修辭學

沈　謙◎著

五南圖書出版公司 印行

自序

曾經與朋友討論：

「中華民族是不是世界上最優秀的民族？」

這個問題很耐人尋味，也很難回答。但是我們卻可以說：

「中華民族是不是全世界最優秀的民族，我們不知道，因為沒有經過客觀的研究，分析，比較，不可能達成一致的結論。但是，無可置疑的，中華民族有兩樣絕活——美食和美辭，被公認為世界第一，卻是不爭的事實！」

研讀「修辭學」，就是要探討語言文辭之美，透過有意識的努力，有系統的歸納分析，享受尋獲寶藏的欣喜和愉悅。只要能稍微下一番功夫，進入情況，能欣賞、運用修辭之美，一定可以淨化心靈，拓廣胸襟，提升精神生活的美境，享受無窮盡的美感經驗，進而開創健康、快樂、幸福的人生。

說得誇張些，懂得修辭之美，生活的世界就像被仙女用魔杖點了一下，瞬息間神奇亮麗起來，活像愛麗絲夢遊仙境，在每一個細微環節中，都隱藏了神祕的妙趣；在每一件生活瑣事中，都流露了深厚的情韻。萬物有情，一花一木耐溫存。豈能不令人精神振奮？

在研讀修辭學之前，有幾項觀念在此予以闡明：

㈠美的層次與美的追尋

語言文辭，是人類表情達意的工具，同時也含蘊深厚的文化內涵與靈智之光。追尋語言文辭之美，大概有四個階段。

第一階段是「拙」的層次。

初習說話作文，往往辭不達意，表現拙劣。如小學生造句：

陸陸續續——到黃昏，爸爸陸陸續續回家來了！

又如國中生作文：

我的家庭——我家有一條爸爸，一條媽媽，一條哥哥，一條妹妹，還有一條牛！

母親——我的母親徐娘半老，風韻猶存。

如此用詞不當，顯得不倫不類，十分可笑。其實，我們每個人在學習成長過程中，都曾經經過此一「拙」的階段，只不過那已經是陳年往事了。

第二階段是「通」的層次。

說話清晰達意，頭緒分明；文章寫得通順妥貼，條理清楚；讓聽者、讀者容易了解，樂意接受。具備相當的語文訓練之後，大概能之。台大中文系葉慶炳教授說得好：

「每一字每一句都能敲開聽眾的心扉，進入對方的心房，占據一席地位。」

通的層次，是文無廢句，句無廢字，乾淨俐落，精確得體。要想達到這種充分達意的地步，其實也頗不簡單，必須處處留意，時時下功夫。

第三階段是「巧」的層次。

在文辭清通，流利暢達之餘，再求文辭靈動巧妙，有情有趣，耐人尋味。這就必須講究修辭技巧，表達方式多采多姿，極態盡妍，令人感覺精采鮮活，新穎別致，印象深刻，饒有餘韻。例如：

1.英國不計八千哩長的補給線，勞師動眾，經過二十幾天的一番惡戰，終於又從阿根廷手中奪回荒涼多石的福克蘭島，重振了昔日大英帝國的民族自尊。但是在一位八十三歲的阿根廷作家的眼中：「這場戰爭就好像是兩個禿子搶一把梳子！」（聖林〈書生論戰〉）

2.自由世界最大的缺點，就是有錢不能共享；共產社會最大的優點，則是有苦卻須同當！（邱吉爾）

3.幾天不吃肉，他就喊：「嘴裡要淡出鳥兒來！」若眞個三月不知肉味，怕不要淡出毒蛇猛獸來！有一個人半年沒有吃雞，看見雞毛帚就垂涎三尺。（梁實秋《雅舍小品・男人》）

4.吸菸之害，眾所周知。沒有人呆到眞以爲抽長壽菸就能長壽，就正如同抽總統菸不見得能當總統一樣！（沈謙《反諷的藝術》）

以上四例，分別運用譬喻、映襯、夸飾、反諷等四種修辭方法，在輕鬆有趣之餘，往往意含諷刺或啓示。

第四階段是「樸」的層次。

語言文辭達到第三層的巧妙生動的地步，固然逸趣橫生，引人矚目，但並非最高的美境；真正最高境界應該是第四層的「樸質真醇，自然高妙」。以最尋常的題材，最平淡的字句，最熟稔的意象，表達最深刻的情理，是蘇東坡評陶淵明的「其詩質而實綺，癯而實腴」，正所謂「繁華落盡見真醇」。是李白所標榜的「清水出芙蓉，天然去雕飾」。這種「樸」的境界，沒有刻意雕琢，表面上並不怎麼惹眼，似乎也不見絢爛奪目的絕妙好辭，可是細細體味之下，卻是真摯感人，餘韻無窮。正如同西施之美，粗服亂頭，難掩國色天香；溫潤如玉的君子，總是「曖曖內含光」的。也正是透過深刻的平易，平實之中見真情，精誠所至，金石為開。

(二)消極修辭與積極修辭

在美的四層次中，第四層「樸」的境界端賴自然修煉，以求達到爐火純青的化境，所謂：「文章本天成，妙手偶得之。」因此，一般人追尋語言文辭之美，主要在第二層「通」與第三層「巧」兩方面下功夫，可以剋日計功，產生立竿見影的具體效用。這也是修辭學的由來。

「修辭」（rhetoric），在西方原始字根意指流水，人類的思想湧現，滔滔不絕，言語流露，口若懸河，修辭學也就是勸說之學。

「修辭」在中國首見於《周易．乾．文言》：「子曰：修辭立其誠。」修，修飾藻繪；辭，兼指語辭和文辭。

「修辭學」的界說，雖然各家意見紛紜，但是一言以蔽之：修辭學就是追尋語言文辭之美的一門學問。修辭學的內涵主要包括「消極修辭」與「積極修辭」兩大範疇。

「消極修辭」旨在求語言文辭之精確通達，避免弊病。即美的第二層「通」。

「積極修辭」旨在求語言文辭之靈動巧妙，姿態橫生。即美的第三層「巧」。

假如說，消極修辭是要敲開聽眾的心扉，進入對方的心房；則積極修辭就是要進而撥動內心深處的某一根弦，激發共鳴，享受多重的美感經驗。

「消極修辭」與「積極修辭」相輔相成，同樣重要。本書的著述範圍與旨趣，是在消極修辭的基礎上，專論積極修辭，列舉廿四種基本的辭格（修辭方法），予以闡述探究：

(一)譬喻，(二)雙關，(三)映襯，(四)夸飾，(五)婉曲，(六)仿諷，(七)反諷，(八)示現，(九)象徵，(十)設問，(十一)轉化，(十二)借代，(十三)引用，(十四)藏詞，(十五)鑲嵌，(十六)類疊，(十七)對偶，(十八)排比，(十九)層遞，(二十)頂針，(廿一)回文，(廿二)錯綜，(廿三)倒裝，(廿四)跳脫。

(三)口語修辭與文章修辭

修辭的對象，包括口語修辭與文章修辭。

「口語修辭」即將修辭方法運用在說話技巧上。如：

1.馬可仕說：「治理菲律賓的國家大政，需要有能力、有經驗的人才。我們豈能將國家大事付託給一個毫無經驗的婦人女子？」他說得也沒全錯。我的確是欠缺經驗，尤其是對於貪污、弄權和暗殺的種種卑鄙手段，我更是毫無經驗。在這些方面，我確實比馬可仕差得太遠啦！（艾奎諾夫人柯拉蓉女士競選總統演說辭）

2.美總統布希：只要伊軍撤出科威特，美國保證絕不攻擊伊拉克！

伊總統海珊：只要美軍撤出中東，伊拉克保證不會進攻沙烏地阿拉伯！

常人聽到精采的言辭，往往只能知其妙，不知其所以妙。實際上其中必有緣故。柯拉蓉用的是「婉曲」中的「微辭」，海珊用的是「仿擬」兼「映襯」。本書列舉許多古今中外的名言雋語，詳加闡釋，俾提升說話的技巧。

「文章修辭」即將修辭方法運用在寫作技巧上，如：

1.朱門酒肉臭，

路有凍死骨。（杜甫〈奉先詠懷〉）

2.春蠶到死絲方盡，

蠟炬成灰淚始乾。（李商隱〈無題〉）

常人讀到優美的傑作，往往直覺地感受到其中的美，但是要想在主觀的美感之外，進而客觀地分析美從何處來，如何創造美，難免困惑。杜甫運用的是「借代」、「對襯」，李商隱用的是「借喻」、「雙關」、「對偶」。本書擷取古今文學名著中的許多精采辭例，詳加闡釋剖析。「靈魂在傑作中尋幽訪勝」，不但可以提升文學欣賞與批評的能力，更可以見賢思齊焉，學習各種寫作的技巧。

進而言之，語文不僅是表情達意的工具，其中更含蘊豐盈的文化意義與人文精神。如果一味講究修辭技巧，僅求形式上的變化趣味，甚且流為賣弄口舌的巧言令色之徒或炫耀文采的輕薄文人，殊非研習修辭學的初衷。有鑑於此，本書特重語言文辭表象之外的內涵。如反諷、仿諷的探討，要求具啓示與警省。又如孟郊的〈遊子吟〉以「春暉」象徵母愛：㈠慈祥溫馨，無微不至。㈡無所偏頗，不分軒輊。㈢純粹付出，不求回報。充分顯現了人世間最高貴的情操。

㈣修辭學的理想目標

為學貴在器識：理想的目標、恢弘的氣度、精審的態度、當代的意識，四者不可或缺。《修辭學》之著述，自有其理想目標。約略言之，努力的方向與期盼有三：

第一，在修辭學的內涵上，兼顧理論與實例，古典文學與現代文學、口語修辭與文章修辭，兼容並蓄。

第二，在教科書的特徵上，作為一本空中大學的自學式教材，力求深入淺出。在紮實的內容上講究可讀性，軟硬兼施。

第三，在一本書的意義上，《修辭學》其實不只是一本教材而已，兼具通識性與實用性。「內行看門道，外行看熱鬧。」希望海峽兩岸的中國人，都能從本書的理論與實例中，遨遊三千年文壇，聆聽古今名人雋語，不但可以學習到說話作文的技巧，更進而開創健康快樂的人生。試想，語言文辭之美，可以使我們做一個可愛的讀者，做一個人際關係良好的溝通者，促進社會和諧，提升生活的境界與生命的意義。不去好好運用、享受，豈非暴殄天物？

本書之孕育過程，得黃永武先生、黃慶萱先生啓示良多。又大陸地區的學者，北京大學的張志公教授、潘兆明教授、南京大學的王希傑教授、上海復旦大學的宗廷虎、李金苓教授，還有香港的單小琳女士、譚全基教授、澳門的程祥徽教授等，協助提供資料，在此一併誌謝！

回顧廿年的教學生涯，自民國六十三年起，先後在師大、淡江、中興、中央、文化等校擔任「修辭學」的課程，與修辭學結緣深厚。這也是筆者的第十本書，從《書評與文評》、《文心雕龍批評論發微》、《期待批評時代的來臨》、《文心雕龍之文學理論與批評》、《案頭山水之勝境》、《神話・愛情・詩》、《現代中國的燈塔》、《文心雕龍與現代修辭學》、《得饒己處且饒己》到《修辭學》，不但本書的內容最豐富，而且最能使我感覺「生命得到舒暢」！在此由衷感謝空中大學校長陳龍英先生在我人文學系主任屆滿之時，仁慈地應允不再兼行政的請求。因為從前想寫《修辭學》，自忖能力不足；等到能力相近時，又為行政瑣務的「塵網」所牽繫，深感力不從心。從心所欲，此其時矣！本書牽涉廣泛，難免欠周之處，尚祈學界先進、同好、讀者諸君，不吝賜教，幸甚幸甚！

目次

第一章 譬 喻

學習目標

——研讀本章內容之後，學習者應可達成下列目標：

一、能了解譬喻的意義與效用。
二、能欣賞文學作品中各種譬喻的辭例。
三、能將譬喻運用在說話與寫作。
四、能掌握運用譬喻的基本原則。

摘要

本章先闡明譬喻的意義，簡述各家譬喻的理論，然後再分類舉例說明譬喻的運用：

一、明喻——基本的構成方式是甲（喻體）像（喻詞）乙（喻依）。
二、隱喻——基本的構成方式是甲（喻體）是（喻詞）乙（喻依）。
三、略喻——基本的構成方式是甲（喻體）——乙（喻依）。
四、借喻——基本的構成方式是甲（喻體）被乙（喻依）所取代。喻體、喻詞省略，只剩下喻依。
五、博喻——基本的構成方式是一個喻體，多種喻依。

譬喻的原則，主要有四：㈠譬喻的喻體與喻依在本質上必須迥異，不宜太相近。㈡要以易知說明難知，以具體顯現抽象，以警策彰顯平淡。㈢進而求其切合情境，要求神似。㈣要求富於聯想，意蘊豐富。

譬喻，又稱比喻，也就是俗謂的「打比方」，是一種最常見的修辭方法，簡言之，就是「借彼喻此」。通常是以易知說明難知，以具體形容抽象，以警策彰顯平淡。無論日常說話作文，宣傳說教，乃至於法庭辯論，外交辭令，如能善用譬喻，往往事半功倍，不但能充分表達、傳達自己的意見，使對方心悅誠服，而且妙趣橫生，賓主盡歡。

兩千多年前的希臘大師亞里斯多德（Aristotle）在《修辭學》中揭示修辭的三大原則：用比喻，用對比，要生動。譬喻既被亞氏視爲三大原則之一，自非可等閒視之，他有關譬喻的名言，傳誦千古。中外皆知：

詩與文之中，比喻之用大矣哉！

世間唯比喻大師最不易得；諸事皆可學，獨作比喻之事不可學，蓋此乃天才之標幟也。

廿世紀的中國修辭學家秦牧在〈譬喻之花〉中，也有一段膾炙人口的妙喻：

精采的譬喻，像是童話中的魔術棒，碰到哪兒，哪兒就產生奇特的變化，它也像是一種什麼化學藥劑。把它投進濁水裡面，頃刻之間，一切雜質都沉澱了。水也澄清了。

如果在文學作品中完全停止採用譬喻，文學必將大大失去光彩。假使把一隻雄孔雀的尾羽拔去一半，還像個什麼樣子呢？雖然牠仍舊可以被人叫做孔雀。譬喻是語言藝術中的藝術，它一出現，往往使人精神為之一振。它具有一種奇特的力量，可以使事物突然清晰起來，複雜的道理突然簡潔明瞭起來，而且形像生動，耐人尋味。

亞里斯多德對譬喻的解說相當簡略，頗有中國古人「高手過招，點到爲止」的風味。「比」，即譬喻，此種表達方式由來已久。有關「比」的理論，先秦時即已屢見不鮮：

子曰：「夫仁者，己欲立而立人，己欲達而達人。能近取譬，可謂仁之方也矣。」（《論語・雍也篇》）

辟（譬）也者，舉也（他）物以明之也。（《墨子・小取篇》）

談說之術，矜莊以涖之，端誠以處之，堅彊以持之，分別以喻之，譬稱以明之。（《荀子・非相篇》）

孔子教弟子求仁之道在推己及人，所謂「能近取譬」，能夠就近以己身爲譬，設想他人。這是有關譬喻最早的言論。朱熹《四書集註》：「譬，喻也。近取諸身以己所欲譬之他人，知其所欲亦猶是也。」墨子在總結論辯的方法時，揭示譬喻的意義是用他一事物來比方說明此一事物。他又在〈貴義篇〉云：「以其言非吾言者，是猶以卵投石也。盡天下之卵，其石猶是也，不可毀也。」〈耕柱篇〉云：「傷矣哉！言則稱于湯文，行則譬于狗豨，傷矣哉！」墨子用「以卵擊石」來比方自己學說的牢不可破。他不但善用譬喻，而且反對不當的譬喻，指出「用豬狗的手鬥來比方武士的爭鬥」，大爲不妥。荀子則在闡明論辯之術時，強調「譬稱以明之」，以爲譬喻不可或缺。

黃慶萱《修辭學》將譬喻的成分分作三部分：

㈠喻體——所要說明的事物主體。
㈡喻依——用來比方說明此一主體的另一事物。
㈢喻詞——連接喻體和喻依的語辭。

又譬喻的種類，由於喻體、喻詞之省略或改變，可以分作明喻、隱喻、略喻、借喻、假喻五種。本章據黃氏的意見，將假喻（其實不是譬喻）刪除，另增博喻，總計可分作五類。

壹、明喻

「明喻」的基本構成方式是甲（喻體）像（喻詞）乙（喻依）。譬喻的組成成分——喻體、喻詞、喻依，三者俱全，且譬喻的意味十分明顯，一望即知，喻詞除了像之外，也包括：好像、就像、竟像、眞像、如、有如、就如、恍如、眞如、似、一似、好似、恰似、若、有若、有類、有同、彷佛、好比、猶、猶之等。且看：

1.書本就像降落傘，打開來才能發生作用。

2.菸酒之於人生，猶如標點之於文字。

3.問君能有幾多愁？恰似一江春水向東流。（李煜〈虞美人〉）

在第一個辭例中，藉「降落傘」（喻依）來形容「書本」（喻體），兩者之間用「就像」（喻詞）連接。書本與降落傘原本是迥然不同的二樣東西，其間並無任何關聯，但是卻有一點微妙的溝通，那就是「打開來才能發生作用」。如此喻體與喻依之間的相似點，黎運漢．張維耿《現代漢語修辭學》稱爲「喻解」。正因爲捕捉了這一點維妙維肖的類似，所以創造了一個精采的譬喻辭例。這樣的說法，比起書中自有顏如玉、書中自有黃金屋、書中自有千鍾粟、貧者因書而富、富者因書而貴等老生常談，要顯得鮮活、生動、別致而容易入耳。降落傘若是沒有打開來的後果眞是可怕，令人怵目驚心。書本沒有打開來，問題當然沒有那麼嚴重，不過仔細想想，其間的道理卻無二致。

第二個辭例，是當年台灣省菸酒公賣局的一則廣告。菸酒人生（喻體）與標點文字（喻依）在本質上完全不同，但是想一想，文章如果沒有標點符號，讀起來多麼沉悶，而人生如果沒有菸酒調劑，那又該是多麼乏味！創造這段廣告詞的人，腦筋眞聰明，虧他想得出來！不過，調劑人生的不是僅僅只有菸酒，還有音樂、美術、文藝、運動、遊戲等。這樣的說法，儘管理不直氣不壯，在廣告效果上卻是神來之筆！

第三個辭例，是李後主〈虞美人〉詞中的千古名句，以具體的「一江春水向東流」（喻依）來形容抽象的「愁」（喻體），眞是狀溢目前，也是典型的譬喻辭例。

像這樣「喻體——想要說明的事物主體、喻詞——連接喻體與喻依的語辭、喻依——藉以比方說明喻體的另一事物，三者俱備，形式完整的譬喻」，是譬喻形式中的第一類「明喻」。

明喻的寫作技巧，在我國古籍中出現甚早，例如：

1.手如柔荑，膚如凝脂，領如蝤蠐，齒如瓠犀，螓首蛾眉；巧笑倩兮，美目盼兮。（《詩經．衛風．

碩人》）

此形容衛莊公夫人莊姜的美麗可愛，連用四個明喻：1.手細嫩柔美得像茅草的嫩芽。2.皮膚潔白潤澤得像凝脂。3.頸子像蝤蠐般白而長。4.牙齒像瓠瓜種籽般整齊潔白。如此描述之下，一幅栩栩如生的古典美人圖就展現在讀者眼前。

2.不義而富且貴，於我如浮雲。（《論語．里仁篇》）

3.君子之交淡若水，小人之交甘若醴。（《莊子．山水篇》）

4.人之有學也，猶木之有枝葉也。木有枝葉猶庇蔭人，而況君子乎？（《國語．晉語》）

在古典詩詞中，明喻的辭例也屢見不鮮：

1.回樂峰前沙似雪，受降城外月如霜。（李益〈夜上受降城聞笛〉）

回樂峰（寧夏靈武縣西）前，一片廣袤無垠的平沙，像雪地；受降城（綏遠杭錦後旗）外，夜間氣溫驟降，月光皎潔，像白霜。生長在鶯飛草長的江南人士，對於塞外沙漠的景象，是陌生而難以想像的。如此運用大家所熟知的雪、霜來比方形容，頓覺景象歷歷，如在目前。

2.芙蓉如面柳如眉。（白居易〈長恨歌〉）

3.離恨恰如春草，更行更遠還生。（李煜〈清平樂詞〉）

4.深花枝，淺花枝，深淺花枝相並時，花枝難似伊！玉如肌，柳如眉，愛著鵝黃金縷衣，啼妝更為誰？（歐陽脩〈長相思〉）

5.人生到處知何似？應似飛鴻踏雪泥。（蘇軾〈和子由澠池懷舊〉）

6.糠和米本是相依倚，卻遭簸揚作兩處飛。一賤與一貴，好似奴家與夫婿，終無見期。（高明《琵琶記．糟糠自厭》）

現代文學中明喻的妙例非常多，信手拈來，隨時可見：

1.一個人的缺點，正像猴子的尾巴，蹲在地上的時候，尾巴是看不見的，直到他向樹上爬，就把後部給大家看了。可是這紅臀長尾巴本來就有，並非地位爬高了的新標幟。（錢鍾書《圍城》）

2.喜歡中國話裏夾雜無謂的英文字，他並無中文難達的新意，需要借英文來講。所以他說話裏嵌的英文字，還比不得嘴裏嵌的金牙，因為金牙不僅裝點，尚可使用。只好比牙縫裏嵌的肉屑，表示飯菜吃得好，此外全無用處。（同上）

就小說而言，錢鍾書的《圍城》並非成功傑作，但是在許多零星片段裏，卻充分顯示了作者的機智與幽默，悲涼憤鬱之中，辛辣的文字，像一支支利箭，射透了人性深處。以上二例，均是採明喻的方式，描述高級知識分子的心理，洞察秋毫，無情的諷刺、揶揄，眞是入木三分。用牙縫裏的肉屑形容說話裏嵌的英文字，用猴子的尾巴形容一個人的缺點，具體而深刻。

3.等於用言語當成一把梳子，在這個長官心頭上癢處一一梳去，使他無話可說。（沈從文〈長河〉）

4.祕密像夏天櫥窗中的美味，根本無法長久保留。（金華〈箭鏃〉）

5.愁，好像味精，少放一點，滋味無窮；多放了，就要倒盡胃口。（吳怡〈一束稻草・愁〉）

6.琦君這本詞人選集出在她十七本散文、小說集之後。讀者好似先看到樹的枝幹花葉，然後才看到樹根。（齊邦媛〈潘琦君《詞人之舟》序〉）

7.像披著如絲的長髮的少女，
柳子樹嬌羞的站在寂寞的窗口。
默默地凝視著她，凝視著，
因為，我今天異常的需要溫柔。（楊喚〈椰子樹〉）

8.說著說著
我們就到了落馬洲

霧正升起，我們在茫然中勒馬四顧
手掌開始生汗
望遠鏡中擴大數十倍的鄉愁
亂如風中的散髮
當距離調整到令人心跳的程度
一座遠山迎面飛來
把我撞成了
嚴重的內傷（洛夫〈邊界望鄉〉）

明喻的形式，往往是喻體在前，喻依在後，但也有例外。楊喚以「披著如絲的長髮的少女」（喻依）形容「椰子樹」（喻體）。其組成方式與多半的明喻不同。但孰爲喻體，要視其爲作者所描繪的主體而定。由此例可見一斑。

洛夫以「亂如風中的散髮」（喻依），譬況「鄉愁」（喻體），使得原本抽象的鄉愁具象化而狀溢目前，再加上接下來的「遠山迎面飛來，把我撞成了嚴重的內傷」，山當然不會飛來，而是作者的思鄉情切，近鄉情怯，所以內心激動，不能自已。這眞是反常合道的「無理而妙」。作者在詩末有一段後記，可做印證：「一九七九年三月中旬應邀訪港，十六日上午余光中兄親自開車陪我參觀落馬洲之邊界，當時輕霧氤氳，望遠鏡中的故國山河隱約可見，而耳邊正響起數十年未聞的鷓鴣啼叫。聲聲扣人心弦，所謂『近鄉情怯』，大概就是我當時的心境吧。」

在一般文章或日常談話中，也有許多巧妙的明喻辭例：

1. 滿座的會場中，第一排正中的若干座位反而空下來，像是一個人掉了門牙，很不好看。這是我們這個禮儀之邦諸君子謙讓的結果。（何凡〈名位之爭〉）
2. 如果把婚姻比喻為一道大菜，那麼夫妻間的爭吵就像是婚姻中的調味料，少了他便炒不出婚姻這

道菜的酸甜苦辣和色香味。（葉月心〈愛的戰火〉）

3.幸福如接吻，必須與人共享。

4.生活像磨石。究竟它能把你磨亮？或是把你磨碎？要看你的質料而定。

5.美式婚姻像吃口香糖，越嚼越乏味，最後吐了；中式婚姻像吃長生果，越嚼越香，最後嚥了。（祝振華〈西線有戰事〉）

6.買稿紙就像買土地，叫人湧起「拓荒」的豪情。

明喻的絕妙好辭例，古今中外，俯拾皆是，不勝枚舉：

美國總統林肯說：「生命有如文章，在乎內容，不在乎長短！」

德國大文豪歌德說：「生命有如一塊粗石，經過雕刻和琢磨，才能成功一個人物。」

著名的電影《七對夫妻》中霍華基爾說：「愛情像出麻疹，你一生只會出一次，年齡越大，出得越頑劣！」

《中央日報》副刊（七十二年二月十二日）曾刊載了聖林的一篇短文〈書生論戰〉：

去年五月，英國不計八千英哩長的補給線，勞師動眾，經過二十幾天的一番惡戰，終於又從阿根廷手中奪回荒涼多石的福克蘭島，重振了昔日大英帝國的民族自尊。但是在一位八十三歲的阿根廷作家的眼中：「這場戰爭就好像是兩個禿子搶一把梳子！」

明喻表面上簡單明確，但是運用得當，卻能生動傳神，不著一字，盡得風流，且含蘊著智慧的結晶，耐人尋味，啓示無窮，足以煥發出人類內心深處的靈光！

貳、隱喻

「隱喻」的基本構成方式是甲（喻體）是（喻詞）乙（喻依），譬喻的組成成分——喻體、喻詞、喻依，三者齊備，不過喻詞由繫詞「是」等代替「像」，喻詞除了「是」之外，也用就是、等於、成爲、變成等。

「隱喻」與「明喻」相比較，同樣是喻體、喻詞、喻依三者齊備，不過其間仍有著顯著的不同：

㈠明喻在形式上只是相類的關係——甲如同乙，隱喻在形式上卻是結合的關係——甲就是乙。陳望道《修辭學發凡》指出：「隱喻是比明喻更進一層的譬喻，正文和譬喻的關係，比之明喻更爲緊切。」陳氏以中國傳統習見的一個例證來予以說明：

如用風喻君子之德，用草喻小人之德。

> 明喻：君子之德如風，小人之德如草。
>
> 隱喻：君子之德，風也；小人之德，草也。草上之風必偃。（《孟子．滕文公篇上》）

由此例可知，在文言文中，隱喻的喻詞，「是」、「爲」也可以由「……也」取代。只要喻體與喻依在形式上是結合的關係，即屬隱喻。

㈡明喻以喻體爲主，喻依爲輔：隱喻卻是喻體與喻依相等而並存。李小岑《現代英文修辭學》指出：「對於一件事物的屬性，不予剖開分析，而概括地綜合起來，以直觀的認識其特質，這方法就是隱喻（metaphor）。」李氏先列舉亞里斯多德《詩學》論隱喻的意見：

> 作詩時最偉大的事在於如何巧妙地使用隱喻。這是無法學自他人。這也是天才的跡象。因為，良好比喻乃是將一個直觀的感覺含蓄地表現在不同的事物中。

隱喻通常根據洞察（insight），其性質與重要性由此可見一斑。他又引用赫伯瑞（Herbert Read）對亞氏的理論說明：

> 隱喻乃等值、迅速的啓示。兩個印象或一個思想和一個印象，以相等地位對立而存在，彼此混合，具有分別的意思，互相反映，突然閃耀而使讀者驚奇者是隱喻。所發的光，在文中發生啓發和潤飾的作用。因此，我們可以將所有隱喻區別為啓發的和潤飾的。

由此可見，從明喻到隱喻，喻體與喻依之關係越來越密切。隱喻以判斷形式出現，其實，隱喻喻詞的「是」字仍與明喻的喻詞「像」意義相同，唯更加強喻體與喻依之間的密切契合。

以下再看隱喻的實例：

1.幽默是人類心靈的花朵。（林語堂〈論東西文化幽默〉）

2.我是天空裡的一片雲，

偶爾投影在你的波心。

你不必訝異，更無須歡欣，

在轉瞬間消滅了蹤影。（徐志摩〈偶然〉）

3.酆舒問於賈季曰：「趙衰、趙盾孰賢？」對曰：「趙衰，冬日之日也；趙盾，夏日之日也。」（《左傳．文公七年》）

在第一個辭例中，藉「花朵」（喻依）來譬喻形容「幽默」（喻體），兩者之間用「是」（喻詞）連接。這個「是」字，其實是「像」的意思，但用「是」要比「像」意義更強烈深刻。「幽默」是一個抽象的概念，直接描述，不容易掌握要領，很難說明白，用具體的「花朵」打比方，頗能直探本心。這正是劉勰所謂的「比義」中的「擬於心」。「幽默」當然不是花朵，人類心靈中也不可能開放。幽默大師林語堂以如此「寫物以附理，颺言以切事」的隱喻予以形容，眞是無理而妙，探驪得珠。

如此「擬於心」的妙喻，頗不乏其例：

古典主義是低眉的菩薩，浪漫主義是怒目的金剛。（傅東華〈什麼是古典主義〉）

古典主義與浪漫主義是文藝史上的兩種流派。二者恰恰相對，古典主義注重形式的和諧完整，浪漫主義注重情感的深刻豐富。前者尊崇理性，毋忘紀律，求靜穆莊嚴；後者掙脫束縛，追尋自由，求感發興起，這中間的界義與區別都是抽象的。傅東華用「低眉的菩薩」與「怒目的金剛」予以比方形容，不但形像躍然，而且是一語道破的神來之筆！

第二個辭例，藉「一片雲」（喻依）來譬喻形容「我」（喻體），兩者之間用「是」（喻詞）連接。這個「是」字，其實是「像」的意思。用「是」字要比「像」字意義更強烈深刻。才情洋溢，光耀卅年代詩壇的徐志摩當然不是一片雲，只因爲雲是飄忽無定，轉瞬即逝，與徐志摩性格有微妙的契合。唯有用「雲」來譬況，才能生動地顯示他的個性特色，這眞是「神似」！

第三個辭例中，有兩個隱喻：第一個隱喻以「冬日之日」（喻依）來比方「趙衰」（喻體），第二個隱喻以「夏日之日」（喻依）來比方「趙盾」（喻體）。喻詞用「……也」。隱喻的喻詞通常用「是」、「爲」等，但在文言文中也有「……也」，能否視爲隱喻，端視喻體與喻依之間的結合關係而定。趙衰、趙盾這一對父子，是春秋時晉國的名卿。趙衰曾隨晉公子重耳在外流浪十九年，後重耳回國即位爲晉文公，趙衰佐政，居功厥偉。趙盾爲趙衰之子，在襄公時主國政，又嘗立靈公、成公，兩人位高權重，但個性作風不同。用冬天的太陽與夏天的太陽來分別比方，適足以顯示前者溫煦可親，與後者的剛猛可畏。

其實，本辭例與前面所言及的傅東華的妙喻，都各有兩個隱喻，又形成強烈的對比，兼用對襯的修辭方法，因此文句更加警策有力。

隱喻在古典詩文中，雖然不像明喻那樣普遍，但是也往往可見：

1.坐須臾，沛公起如廁，因招樊噲出。沛公已出，項王使都尉陳平召沛公。沛公曰：「今者出，未辭也，為之奈何？」樊噲曰：「大行不顧細謹，大禮不辭小讓。如今人方為刀俎，我為魚肉，何辭為？」於是遂去。（司馬遷《史記．項羽本紀》）

這是「鴻門之宴」中的一段重要情節。劉邦應項羽之召赴鴻門會宴。其間項羽的部將項莊假借舞劍之名，想乘機刺殺劉邦。在情勢十分危險的狀況下，劉邦藉口如廁，與樊噲逃出鴻門宴。臨行之時，劉邦猶瞻前顧後，擔心不辭而行會失禮，樊噲卻當機立斷地指陳：「大行不顧細謹，大禮不辭小讓。如今人方爲刀俎，我爲魚肉，何辭爲？」劉邦得以倖免於難。

其中「人爲刀俎，我爲魚肉」，以「刀俎」譬喻對方，以待宰的「魚肉」譬喻己方。又兼用映襯中的「對襯」，對比顯明，如此形像具體而生動，將劉邦的處境充分顯示出來，一語道破當時的險惡情況。非用如此譬喻，不足以逼使劉邦當機立斷！

2.令弟草中來，蒼然請論事，
詔書引上殿，奮舌動天意。
兵法五十家，爾腹為篋笥。
應對如轉丸，疏通略文字。（杜甫〈送從弟亞赴河西判官〉）

杜甫送從弟杜亞赴河西節度府任判官，對杜亞十分推崇，讚美他擅長兵法，又辯才無礙。以「篋笥」（喻依）比方「爾腹」（喻體），中間以「爲」（喻詞）連接。「爾腹爲篋笥」堪稱典型的隱喻。如此則杜亞飽讀兵書的專長，充分顯現。杜甫此語可能出自《世說新語．排調篇》：「郝隆七月七日，出日中仰臥。人問其故，答曰：『我曬書。』」又「應對如轉丸」係「明喻」。

3.水是眼波橫，山是眉峰聚。欲問行人去那邊？眉眼盈盈處。才始送春歸，又送君歸去。若到江南趕上春，千萬和春住。（王觀〈卜算子〉）

此爲北宋詞人王觀的名作，原題〈送鮑浩然之浙東〉。全詞借景寓情，想像豐富，匠心獨運，最大的特色是一開始用了兩個隱喻——水是眼波橫，山是眉峰聚，此處有三點値得闡論：

第一，傳統詩人往往將美人的眼比成水波，美人的眉比成山峰，所以說「眼波」、「眉峰」。不過王觀在本闋詞中所指並非美人，而是他的朋友鮑浩然。

第二，在譬喻中，通常喻體在前，喻依在後。「水是眼波橫，山是眉峰聚」。以「水」、「山」（喻依）形容「眼波」、「眉峰」（喻體）。喻體在後，喻依在前，在譬喻形式的組合上，次序有所變化，也就是黃民裕《辭格匯編》所謂的「倒喻」。

第三，譬喻的形像頗爲生動而富於聯想，原本「眼波」、「眉峰」即已用水波形容目光流盼，用山峰形容雙眉攢聚。此處再以「水」比方別時的眼神，以「山」比方聚鎖的愁眉。則離情別緒的流露，就更加貼切了。

現代文學中隱喻的妙喻頗爲常見，尤其是有關「人」的隱喻，更是不乏佳例：

1.母親啊！你是荷葉，我是紅蓮。心中的雨點來了，除了你，誰是我在無遮攔天空下的蔭蔽？（冰心〈往事㈦〉）

2.曾老太太在時，非常喜愛她，這個剛強的老婦人死後，愫方又成了她姨父曾皓的枴杖，他走到哪裡！她必須隨到哪裡。（曹禺《北京人》）

3.女人的力量，我確是常常領略到的。女人就是磁鐵，我就是一塊軟鐵。（朱自清〈女人〉）

4.最暴露在外面的是一張臉，從「魚尾」起皺紋撒出一面網，縱橫輻輳，疏而不漏，把臉逐漸織成一幅鐵路線最發達的地圖。臉上的皺紋，已經不是熨斗所能燙得平的，同時也不知怎麼在皺紋之外還常常加上那麼多的蒼蠅屎。（梁實秋〈中年〉）

5.人窮則往往自然的有一種抵抗力出現，是名曰：酸。……別看我囊中羞澀，我有所不取；別看我落魄無聊，我有所不為。這樣一想，一股浩然之氣火辣辣的從丹田升起，腰板自然挺直，胸膛自然突出。……在別人的眼裡，他是一塊茅廁磚，臭而且硬。（梁實秋〈窮〉）

6.一個愛說話的女人是朵盛開的花，沒有什麼味道；一個不愛說話的女人，是朵半開的花，沒有人知道它藏著一個什麼樣的花心，最吸引人。（於梨華〈變〉）

以上六個辭例，都是有關人物的隱喻。在前三個辭例中冰心以「荷葉」比方母親，「紅蓮」比方自己，充分顯示了母親對女兒的呵護庇蔭。曹禺以「枴杖」比方女主角愫方，使她的被依賴性凸顯而出。朱自清以「磁鐵」譬喻女人，以「軟鐵」譬喻自己，則女人的吸引力可想而知。

後三個辭例，除了隱喻之外，多少都帶有若干諷刺性，梁實秋在《雅舍小品》中，以「一幅鐵路線最發達的地圖」（喻依），譬喻「中年女子的臉」（喻體），其實臉不可能織成地圖，只是如此形容而已。以「茅廁磚」（喻依）譬喻窮酸（喻體）——他是一塊茅廁磚，其實不是，只是如此比方而已。還有俗諺中以「風乾橘子皮」譬喻「老年人的臉」，也只是略帶消遣性質的形容語。然而，經過如此比方之後，形像才具體而又鮮明生動。至於於梨華以「盛開的花」（喻依）比方「愛說話的女人」（喻體），以「半開的花」（喻依）比方「不愛說話的女人」（喻體），前者一覽無遺，後者耐人尋味，則在傳神之中，頗帶諷刺性的微辭。李密菴〈半半歌〉說得好：「酒飲半酣正好，花開半時偏妍。」爲什麼不愛說話的女子最吸引人呢？因爲她含蘊不露，具有耐人尋味的神祕感，爲什麼盛開的花不好呢？因爲沒有餘韻，而且就快要凋謝了。在此聯想起英國作家王爾德的一段名言：

第一個用花比女子的是天才，

第二個用花比女子的是庸才，

第三個用花比女子的是蠢才。

王爾德的言下之意，譬喻要求新穎，有創造性，不宜流於陳陳相因的陳腔濫調。用花來譬喻形容女子，由天才，庸才，到蠢才，這話當然說得不錯，但是也不必全然。像於梨華的妙喻，誰能說她是庸才！在此再列舉一段趣事，以爲佐證：

有一回高信譚與郭良蕙應邀到某婦女團體演講。聽眾多為四十多歲的媽媽級會員。

郭良蕙：「女人四十一枝花，五十是玫瑰花，六十是喇叭花，越老越發！」

高信譚：「對於郭女士的意見，本人不敢苟同，男人四十才是一枝花——女人嘛，女人四十剛發芽，至於在座還有一些二三十歲的小妹妹們，妳們啊，妳們還沒有發芽，妳們是快藥的小豆豆！」

這當然是說著玩的，「妳們是快樂的小豆豆」，除了隱喻之外，當然還兼帶「夸飾」！

再看現代文學的若干實例：

1.在纏繞中已頓悟中國是個情結，那結子裡包藏著永不休止的愛與關懷。（張智人〈繩結藝術〉）

2.《紅樓夢》裡有許瑣碎的敘述，真虧曹雪芹記得的——他一定是和利瑪竇一樣的人物，整個人就是一架照相機，看過的東西都留下一張底片在腦子裡。（思果〈細節〉）

3.只取少數幾行詩，作為莎士比亞偉大之證據，則不啻一個老古董，為了出售一幢房屋，口袋裡裝著一塊磚頭，作為樣品。（顏元叔〈文學的玄思〉）

4.「家」，真的是一副「枷」，把女人的一生緊緊套牢，一個家庭主婦是不斷地失落，先是失落青春，然後失落丈夫，最後失落孩子。（林貴眞《兩岸》）

5.這個世界已成了畢加索的畫，天翻地覆，一塌糊塗。（陳之藩〈科學與詩〉）

6.我願變一隻蝸牛，慢吞吞無憂無愁，只要我不停地走，總有天爬上枝頭。（趙寧《趙寧詩畫展》）

由以上六個辭例，可見「隱喻」的喻詞除了「是」、「就是」、「眞的是」之外，也有用「不啻」、「成了」、「變」等。

再看現代詩中的「隱喻」：

1.詩，是不凋的花朵，

但，必須植根於生活的土壤裡；

詩，是一隻能言鳥，

要能唱出永遠活在人們心裡的聲音。（楊喚〈詩〉）

古今中外，爲詩下定義的不知凡幾。楊喚在此用了兩個隱喩，以「不凋的花朵」與「能言鳥」（喩依）譬喩形容「詩」（喩體），別致而耐人尋味，比直接的爲詩做界義要豐富而有情韻。類似的隱喩，如梵樂希的名言：

詩是跳舞，

散文是走路。

詩當然不是跳舞，散文也不是走路，但經此比方說明，則詩之意象豐富、輕盈靈動、多采多姿等特色，就具體呈現，感覺狀溢目前了。

2.讓我長成為一株靜默的樹
就是在如水的月夜裡
也能堅持著不發一言（席慕蓉〈誓言〉）

3.火車是女的，
汽車是男的；
汽車看見火車，
總是讓火車先過去。（張繡燕〈火車和汽車〉）

4.牽牛花，牽牛花，
我看你只是吹牛花。
媽媽才是牽牛花，
只有她才能在每天清晨，
將我們家那幾頭懶牛從床上牽起來。

三四兩個辭例，是國小學童寫的兒童詩，純眞之中頗帶童趣。火車、汽車，與男的、女的，媽媽與牽牛花，本質上迥然不同，眞是風馬牛不相及，但是卻捕捉了喻體與喻依之間那一點微妙的關係，所以奇思異想天開，妙趣令人讚賞。

在日常行文與談話中，隱喻也往往可見。

1.社會是一座大的舞台。在這龐大的演出中，每個人都安排了不同的位置，或在幕前，或在幕後，或當主角，或當配角，或做一個獲得萬人喝采的牡丹花，或僅是一片烘托那牡丹的綠葉。（孟瑤

〈自知與自信〉）

2.家庭問題是盒不安全火柴，不要隨便去擦。（三毛〈撒哈拉的故事〉）

3.如果說：「公園綠地是都市的肺。」那麼行道樹就是「氣管」。大家不只是要重視它，而且要協助議會制定適當的保護和管理辦法。（高明瑞〈行道樹是支氣管〉）

4.愛美是女孩子的天性。讀師專時，女同學都拚命減肥，希望有一副模特兒般的好身材。林教授對我們說：「除了要把自己變成衣架子外，更重要的是要使自己也能成為書架子，才能內外兼美。」（蔡美珍〈衣架子〉）

5.一個湖是風景中最美、最有表情的景色；它是大地的眼睛，望著他的人可以測量出自己天性的深淺。（梭羅〈湖濱散記〉）

公園是都市的肺，湖是大地的眼睛，還有圖書館是大學的心臟，歷史是明鏡……。隱喻除了造就許多絕妙的好詞外，其中含蘊的智慧與啓示，尤耐人尋思。

參、略喻

「略喻」的基本構成方式是甲（喻體）——乙（喻依）。譬喻的組成成分——喻體、喻詞、喻依三者之小，省略了喻詞，不過，喻體與喻依在形式上仍如明喻同樣屬相類似的關係，而非隱喻的結合關係。如：

1.忠言逆耳利於行，良藥苦口利於病。（司馬遷〈史記·留侯世家〉）

2.舊恨春江流不盡，新恨雲山千疊。（辛棄疾〈念奴嬌〉）

3.每一棵樹都不免有蟲子，
每一個社會都不免有缺點；

病了的樹需要啄木鳥，
病了的社會需要直言的人。（瘂弦〈啄木鳥專欄〉）

在第一個辭例中，以「良藥」（喻依），形容「忠言」（喻體）。喻詞省略。而喻體、喻依之間卻有極微妙的關聯，「苦口利於病」與「逆耳利於行」真是維妙維肖。

第二個辭例，有兩個略喻，以「春江流不盡」喻「舊恨」、「雲山千疊」喻「新恨」。新恨、舊恨之沒完沒了，接踵而來，永無窮盡的意象湧現，狀溢目前。

第三個辭例，則以「樹有蟲子」（喻依）形容「社會有缺點」（喻體），以「病了的樹需要啄木鳥」（喻依）形容「病了的社會需要直言的人」（喻體）。也是以具體譬喻抽象，使所要表達的主體充分彰顯出來，頗能化解被批評者的排拒感。前二例喻體在前，喻依在後，第三例則喻體在後，喻依在前，次序對調，但效用卻無異。

略喻在古典詩文中運用成功，往往可以影響整篇的文章，例如：

1. 神龜雖壽，猶有竟時；
騰蛇乘霧，終為土灰。
老驥伏櫪，志在千里；
烈士暮年，壯心不已。
盈縮之期，不但在天；
養怡之福，可得永年。
幸甚至哉，歌以詠志。（曹操〈步出夏門行・龜雖壽〉）

曹操的詩，最著名的代表作是〈短歌行〉：「對酒當歌，人生幾何？譬如朝露，去日苦多。」開端即用明喻的筆法，膾炙人口。但是曹操最具代表性名句卻是〈步出夏門行〉四解〈龜雖壽〉的中段四句：

老驥伏櫪，志在千里；

烈士暮年，壯心不已。

此處「老驥伏櫪」（喻依）譬喻形容「烈士暮年」（喻體）。意謂：千里馬雖然老了，卻不甘雌伏在馬棚之下，仍想馳騁千里，一展所長；英雄烈士即使到了晚年，仍然雄心勃勃，很想有所作爲。曹操之詩，沉雄古直爲千古之冠。「老驥伏櫪」四句，英雖烈士的雄心壯志，豪氣干雲，陽剛之中夾雜著蒼莽悲涼之情。英雄豪傑雖明知生命有限，卻不相信夭壽成敗的命運，認爲憑藉著個人的奮發努力仍然大有可爲。此不但抒發了曹操自己的胸懷與感慨，同時透露了古今豪傑的襟懷，令人精神振奮。《世說新語．豪爽篇》記載，晉朝大將軍王敦常在酒後吟詠「老驥伏櫪」四句，用玉如意敲唾壺打拍子，壺口缺痕累累，眞是良有以也。

2. 鬱鬱澗底松，離離山上苗。
以彼徑寸莖，蔭此百尺條。
世冑躡高位，英俊沉下僚。
地勢使之然，由來非一朝。
金張藉舊業，七葉珥漢貂。
馮公豈不偉，白首不見召。（左思《詠史八首之二》）

這首五言古詩，揭露了魏晉南北朝門閥制度的不合理，充分反映了寒門才士與世族庸才之間的矛盾。開端即用譬喻。大意是說：山谷底下長著一株枝葉繁茂的大松樹，山頂上長著一株柔弱的小樹苗。以那樣莖幹只有一寸的小樹苗，竟然遮蓋了如此百尺高的大松樹。同樣的情況，許多平庸的世家子弟高居要津，使得若干優秀的人才只因出身寒門而屈居下屬，難以出頭。這種不公平的現象，正如同澗底松與山上苗一樣，是地勢與家世造成，由來已久。

在譬喻上，這是典型的略喻。喻體「世冑躡高位，英俊沉下僚」在後，喻依「鬱鬱澗底松，離離山上苗」在前，中間省略了喻詞。左思博學能文，只因出身寒微，貌寢口訥，在仕途上很不得志。因此題名詠史，其實在詠懷。他將才高位卑的寒士比作「澗底松」，才拙位高的世族比作「山上苗」。用具體可識的自然界景象，比方說明抽象難知的人事。以樹喻人，再加上後段的借古諷今，形像具體鮮明，不但發洩自己的牢騷，而且抒發了天下所有寒士的不遇之情。

「鬱鬱澗底松」喻寒士不遇之情，對後世影響很大，葉慶炳先生〈風多飛無力〉（載《明道文藝》卅六期）以為，梁朝吳均的〈贈杜容成〉詩，即受左思此篇影響，至於唐代白居易〈悲哉行〉：「山苗與澗松，地勢隨高卑；古來無奈何，非君獨傷悲。」則脫胎自左思，望而能斷。

3.夫鉛黛所以飾容，而盼倩生於淑姿；文采所以飾言，而辯麗本乎情性。故情者，文之經；辭者，理之緯；經正而後緯成，理定而後辭暢；此立文之本源也。（劉勰《文心雕龍．情采篇》）

此以具體的美容化妝來譬喻抽象的文章采飾。喻體是「文采所以飾言，而辯麗本乎情性」，喻依是「鉛黛所以飾容，而盼倩生於淑姿」，意謂：鉛粉黛墨等化妝品用來美容，而美人之所以能秋波流盼，笑靨倩媚，畢竟主要關鍵在天生麗質。同樣的道理，文華辭采用來修飾語言，而文章之所以能義理博辯，筆致綺麗，畢竟植根於內容情性。劉勰主張「為情而造文」，文章須「依情待實」。如此譬喻的表達方式，更增強了其理論的說服力。

4.風吹仙袂飄飄舉，猶似霓裳羽衣舞。
玉容寂寞淚闌干，梨花一枝春帶雨。（白居易〈長恨歌〉）

白居易的〈長恨歌〉，對於楊貴妃的描繪，膾炙人口。此以梨花形容貴妃，喻體是「玉容寂寞淚闌干」，喻依是「梨花一枝春帶雨」，兩者之間，眞是維妙維肖；梨花的雪白，顯現了貴妃的悽清與蒼白，春帶雨，顯現了貴妃涕淚縱橫的悲傷。用「梨花一枝春帶雨」來比方傷心流淚的美女，白居易的生花妙筆，將楊貴妃孤寂的形像描繪得栩栩若生，淋漓盡致。類似的略喻，如杜牧〈贈別〉：

娉娉嫋嫋十三餘，
豆蔻梢頭二月初；
春風十里揚州路，

捲上珠簾總不如。

杜牧寫一個十三歲的女子，體態輕盈苗條，那初長成的嬌態，活像仲春二月剛露出新芽的豆蔻花，柔嫩清新，惹人憐愛，活色生香，狀溢目前。

白居易〈長恨歌〉不僅用略喻，前面的「歸來池苑皆依舊，太液芙蓉未央柳；芙蓉如面柳如眉，對此如何不淚垂？」以「芙蓉」喻面，以「柳」喻眉，則是鮮明生動的明喻。明喻、隱喻交相為用，前後輝映，不但使貴妃的形像躍然紙上，更使得整首詩增色生輝。

各色各樣的花，顯示不同女子的千姿百態。除了用花來形容女子的體態形貌之外，也用花來代表女子的個性。蘭花常生長在深山幽谷，具有孤芳自賞的天性，因此人們常將幽靜中自有風韻的女子比作空谷幽蘭。牡丹花富麗堂皇，明鮮耀目，其所代表的女性是艷麗照人、雍容華貴型的。蓮花出淤泥而不染，濯清漣而不妖，往往被用來形容出身不好而品行高潔的女子。茉莉初夏開小白花，嬌巧玲瓏，清香撲鼻，如小鳥依人般可愛。《浮生六記》中的芸娘即屬此類型的女子，難怪她要對沈三白說：「我笑君子愛小人。」（茉莉花被稱為小人之香，其實並不公平！）玫瑰花美麗多刺，其所代表的又是另一種女子了……

現代文學中略喻也不讓古典的略喻專美於前。且看：

1.西洋趕驢子的人，每逢驢子不肯走，鞭子沒有用，就把一串胡蘿蔔掛在驢子眼睛之前，唇吻之上。這笨驢子以為走前一步，蘿蔔就能到嘴，於是一步再一步繼續向前，嘴愈要咬，腳愈會趕，不知不覺中又走了一站。那時候它是否能吃得到這串蘿蔔，還要看驢夫的高興。一切機關裡，上司駕馭下屬……。（錢鍾書《圍城》）

2.世間最艷羨汽車者當無過於某一些個女人。濃妝淡抹之後，風擺荷葉，搖曳生姿，而猶能昂首闊步一走二三里者，實在少見。所以古宜乘以油壁香車，今宜乘以汽車。精雕細塑的造象，自然應該襯上紅木架座。（梁實秋〈汽車〉）

錢鍾書以「西洋人趕驢子」（喻依）譬喻「上司駕馭部屬」（喻體），梁實秋以「精雕細塑的造象該襯上紅木架座」（喻依）譬喻「濃妝淡抹的女子，宜乘以汽車」（喻體）。除了掌握喻體、喻依之間的微妙關聯，描繪別致之外，最難得的是對現實社會觀察細微，刻畫人性，入木三分，一針見血，將世俗人情表達得淋漓盡致。

3.橋，搭築在兩岸之間；友情，聯繫於兩心之間。（張秀亞〈北窗下〉）

4.一朵花，我們不大覺得它香，但是從許多花朵提煉成的香精，只要一滴，我們就感到它的濃郁了。許多詩歌、戲劇、小說，所以有強烈感人之處，和作者正確把素材濃縮表現出來不是關係極大麼！（秦枚〈北京花房〉）

張秀亞以「橋」比方「友情」，秦牧以「香精」比方「素材濃縮」，都是以具體形容抽象，這兩個略喻，不像前面錢鍾書和梁實秋的略喻那樣帶諷刺性，可是卻另有一番啓示。

5.一個女人，想單憑濃妝艷抹入時衣衫吸引男人，是辦不到的。一個雜誌，只知封面燙金，大加彩色扉頁、舉辦贈獎活動也非長久之計。主要還是要靠內容。應該說，內容比標題重要，標題比封面重要，……封面是巷弄，標題是門户，內容是堂奧。讀書最終的目的仍然是一窺堂奧。通過假山噴泉的花園大道，最後看到一篇篇四壁蕭然言之無物的作品，心中怎能不懊惱？下次再要請人進門可就難了。（亮軒〈這樣辦好嗎？〉）

亮軒以「女子徒具外貌」，比方雜誌不該只講究表面。剴切陳詞，頗能切中時弊，令人警惕。至於引文後段的「封面是巷弄，標題是門戶，內容是堂奧」，則是運用隱喻，在同一段文章中，可以運用數種不同的譬喻，於此可見一斑。

6.穆罕默德說：「我可以教對面那座山走過來。」弟子們瞪著大眼，都靜靜地瞧著那座大山，可是那座山一動也不動，大家都感到很失望。穆罕默德又說：「山它不走過來，我們大家走到山上去！」

聽到這裡，心中忽然靈光一閃，霎時頓悟，立即想通。如果等朋友的信，等不到，何嘗不可再寫一封信去呢？情侶間誤會了，為什麼一定要覺得對方該先來道歉呢？……當我再學會了調整自己去配合他人，調整自己去適應客觀的情勢之後，做什麼都順利多了。（王保珍〈走到山中去〉）

此以「走到山上去」譬喻積極主動地調整自己去配合他人，適應客觀情勢，此理一通，許多問題與困惑都迎刃而解，不失爲現代人理應具備的座右銘。

在古人的名言與通俗的諺語中，不乏略喻的佳例：

1. 良禽擇木而棲，良臣擇主而事。
2. 水清無魚，人清無徒。
3. 養兒防老，積穀防饑。
4. 佛靠一炷香，人爭一口氣。
5. 路遙知馬力，日久見人心。
6. 人善被人欺，馬善被人騎。
7. 人怕出名豬怕肥。
8. 人老懶，樹老空。
9. 好男不當兵，好鐵不打釘。
10. 人急造反，狗急跳牆。
11. 少女心，海底針。
12. 快織無好紗，快嫁無好家。
13. 真金不怕火煉，真人不說假話。
14. 長江後浪推前浪，一代新人換舊人。

以上各辭例，都是日常耳熟能詳的精言諺語，以略喻的方式表達，雖然省略了喻詞，但喻體與喻依的關係密切而微妙，一想即知，且含蘊民族的集體智慧與幽默，堪稱「寓教化於詼諧」，雖不盡深奧，卻頗有可觀者。

在日常說話行文中，略喻雖不像明喻那樣普遍，但也往往可見：

1. 紀政，飛躍的羚羊。
2. 色情很難徹底禁絕，家家有廚房，到處餐廳林立。
3. 網密則水無大魚，法密則國無全民。（朱元璋）
4. 鐵軌規範火車的行駛，道德維護社會與個人。（傅佩榮語）
5. 作者：還沒看完，怎知我的稿子不好？

　編者：壞蛋咬了一口，還要再吃嗎？

有一回，我到華視錄教學節目，遇見華視教學部主任周奉和，見他笑口常開，在電視台如此複雜的環境裡，頗得人緣，向他請教有任何妙方，他笑了笑說：

做什麼事，採低姿勢總是比較安全順當，飛機低空飛行，連雷達都探測不到！

國立空中大學首任校長莊懷義博士的名言：

衣服固然會破舊，

知識照樣會折舊！

略喻雖然省略了喻詞，但是其中的情趣韻味，機鋒雋永，卻一點都沒有省略。

肆、借喻

「借喻」的形式是甲（喻體）被乙（喻依）所取代。喻體、喻詞省略，只剩下喻依。全然不寫正文，將譬喻來做正文的代表。黎運漢．張維耿《現代漢語修辭學》云：

從明喻、隱喻到借喻，喻依與喻體的聯繫越來越密切，喻依越占主要地位，而語言形式也越簡短，因而它們的表達作用也不盡相同。大體說來，明喻的比喻關係比較明顯，使人一目了然；隱喻以判斷形式出現，帶有誇張意味；借喻精練含蓄，能啓發人們的想像力。

「借喻」因爲形式簡單，只有喻依，其所描敘的喻體在字面上隱沒不見，因此在譬喻中是最耐人尋味的。且看：

1.子曰：「歲寒，然後知松柏之後凋也。」（《論語．子罕篇》）

2.鴻鵠高飛，一舉千里；
羽翮已就，橫絕四海。
橫絕四海，當可奈何？
雖有矰繳，尚安所施！

3.股市專家常常喜歡給人的忠告總是：「不可將你所有的雞蛋放在同一隻籃子裡！」

第一個辭例，不但是孔子的名言，更進而成爲中國社會上普遍流傳的口頭語。意謂：在天氣嚴寒，歲月將暮的冬季，當其他草木都已凋謝枯萎的時候，獨有松、柏仍然青翠如常。這才知道松、柏之可貴。孔子在此以「松柏」（喻依）比喻堅貞不屈的君子（喻體）。松柏後凋於歲寒的特性，適足以顯現君子的特質：雖處身亂世，卻能堅守高尚的節操，面臨患難而不改變貞亮的氣節。此處省略喻體、喻詞，只剩喻依，而孔子所要表達的意思——亂世而後知君子之守正也，不但可想而知，且以具體的意象喻抽象之君子，使得君子的形像，躍然紙上，《莊子．讓王篇》：

天寒既至，霜雪既降，吾是以知松柏之茂也；陳蔡之隘，於丘其幸乎！

由此可以推知，孔子這段話可能是在陳蔡受困時對弟子說的。自從孔子創造這個妙喻之後，後世哲人文士受他的影響，常有類似的言辭。

第二個辭例，見於《史記・留侯世家》：

四人為壽已畢，趨去。上目送之，召戚夫人指示四人者，曰：「我欲易之，彼四人輔之，羽翼已成，難動矣。呂后真爾主矣！」戚夫人泣。上曰：「為我楚舞，吾為若歌！」歌曰：「鴻鵠高飛，一舉千里；羽翮已就，橫絕四海。橫絕四海，當可奈何！雖有矰繳，尚安所施！」歌數闋，戚夫人噓唏流涕。上起去，罷酒。竟不易太子者，留侯本招此四人之力也。

漢高祖想廢太子（劉盈，後爲孝惠帝），更立戚夫人子如意。張良設計禮聘商山四皓輔佐太子。高祖見此情況，料太子氣候已成，不宜輕言廢立，乃打消原意。此處以鴻鵠（喻依）喻太子，以羽翮（喻依）喻商山四皓。整首歌只有喻依，喻體省略。而歌中的旨意，雖在言外，卻充分流露。以上引錄〈留侯世家〉原文，足見借喻在文章中之妙用。且如果不見上下文，不明白借喻的場景與前因後果，則言外之喻體，可能不易想見。

第三個辭例，是馳名中外的妙喻。「不可將你所有的雞蛋放在同一隻籃子裡」（喻依）所顯示的喻體「不要將所有資金都拿去買同一種股票」。以免大好大壞，弄不好血本無歸！這種分散投資途徑，以分攤風險的做法，不只是買股票，包括一切經濟投資，甚至政治投資，莫不皆然！投資是抽象的，籃子裡的雞蛋是具體的，以具體喻抽象，且切合情境，故能傳誦廣遠，爲大眾所津津樂道！

在古典詩文中，「借喻」的表達方式，運用普遍，效用甚佳。例如：

1. 新裂齊紈素，皎潔如霜雪。
裁為合歡扇，團團似明月。
出入君懷袖，動搖微風發。
常恐秋節至，涼飆奪炎熱。
棄捐篋笥中，恩情中道絕。（無名氏〈怨歌行〉）

這首詩一開端即用明喻，以「皎潔如霜雪」喻「新裂齊紈素」。但細思之下，整首詩卻是一個借喻。全部八十字均屬喻依，喻體「女子處境」盡在言外。余冠英《漢魏六朝詩選》評云：

這首詩用扇子來比喻女子。扇在被人需要的時候就「出入懷袖」，不需要的時候就「棄捐篋笥」，舊時代許多女子處於被玩弄的地位，他們的命運決定於男子的好惡，隨時可被拋棄，正和扇子差不多（這一篇舊以為班婕妤詩，或以為顏延年作，都是錯誤的。今據李善《文選注》作無名氏樂府古辭，屬相和歌・楚調曲）。

自從此詩流傳之後，「秋扇見捐」已成為閨怨詩中常見的譬喻。

2.唯日月之逾邁兮，俟河清其未極。冀王道之一平兮，假高衢而騁力。懼匏瓜之徒懸兮，畏井渫之莫食。（王粲〈登樓賦〉）

此為王粲〈登樓賦〉末段之開端語。「懼匏瓜之徒懸兮，畏井渫之莫食。」都是有出處的：

子云：「……吾豈匏瓜也哉？焉能繫而不食？」（《論語・陽貨篇》）

井渫不食，為我心惻。（《周易・井卦》）

前者意謂：自己並非無用之人，故極願獲得行道的機會。後者意謂：井水淘乾淨了卻沒有人飲用，實可痛心。王粲在此藉「匏瓜徒懸，井渫莫食」喻自己懷才不遇，沒有機會為社會盡力。與《周易》同樣用借喻的表達方式，孔子「吾豈匏瓜也哉」則是「隱喻」。

3.將軍魚游於沸鼎之中，燕巢於飛幕之上。不亦惑乎？（丘遲〈與陳伯之書〉）

丘遲〈與陳伯之書〉為勸降成功之名作。此以「魚游於沸鼎之中，燕巢於飛幕之上」喻陳伯之處境之危急險惡，這二句也是有來歷的：

相聚偷生若魚游釜中，喘息須臾間耳。（《後漢書・張綱傳》）

季札曰：「夫子之在此也，猶燕之巢於幕上。」（《左傳．襄公廿九年》）

養魚沸鼎之中，棲鳥烈火之上。（《文選》李善注引袁崧《後漢書．朱穆上疏》）

由此可見，一個成功的譬喻，往往在文學傳統乃至文化傳統中被大眾所習用，使得語言的內涵與表達方式更加豐富。

4.洞房昨夜停紅燭，待曉堂前拜舅姑。

妝罷低聲問夫婿，畫眉深淺入時無？（朱慶餘〈近試上張籍水部〉）

此詩若不看題目，以爲閨情詩，從「近試上張籍水部」可知全詩係借喻「朱慶餘奉上作品請張籍法眼過正」，或以爲本詩係「句義雙關」，在此列爲「借喻」，實因本詩主旨偏重在言外之意，與雙關之「兩義並存」理應有所區別。宋尤袤《全唐詩話》云：

慶餘遇水部郎中張籍，知音，索慶餘新舊篇，擇留廿六章，置之懷袖而推贊之。時人以籍重名，皆繕錄諷詠，遂登科。慶餘作閨意一篇以獻，曰：「洞房昨夜停紅燭，待曉堂前拜舅姑。妝罷低聲問夫婿，畫眉深淺入時無？」籍酬之曰：「越女新妝出鏡心，自知明艷更沉吟。齊紈未足時人貴，一曲菱歌敵萬金。」由是朱之詩名流於海內矣。

其實，不只是朱慶餘的整首詩屬借喻，張籍酬詩，也是整首屬借喻。

5.十歲裁詩走馬成，冷灰殘燭動離情。

桐花萬里丹山路，雛鳳清於老鳳聲。（李商隱〈贈韓偓〉）

此詩原題爲〈韓冬郎即席爲詩相送，一座盡驚，他日余方追吟，連宵侍坐，徘徊久之，句有老成之風，因成二絕寄酬，兼呈畏之員外〉。畏之，是韓瞻的字，與李商隱同年，且同爲王茂之婿，誼屬連襟。韓偓，字致光，小字冬郎，爲韓瞻之子，李商隱是他的姨丈。

「十歲裁詩走馬成，冷灰殘燭動離情。」上句讚揚韓偓英年早達，詩才敏捷。下句描述送別的景象。殘燭冷灰，撩人愁緒，助長離情，由長輩對年輕子弟的期許，轉爲一片悽涼的離情。

「桐花萬里丹山路，雛鳳清於老鳳聲。」字面上意謂：在丹山路上，一片連綿不盡的桐樹林，其中有許多鳳凰，剛成長的雛鳳，啼聲初試，清脆響亮，要比老鳳的鳴聲更加悅耳動聽。李商隱在此以「雛鳳清於老鳳聲」（喻依）比方「韓偓詩才勝過其父韓瞻」（喻體）。形像具體生動，清新別致，給予讀者鮮明深刻的印象。如此借喻修辭法的運用，巧妙傳神，非常貼切。

「雛鳳清於老鳳聲」，李商隱所創造的這個妙喻，由於膾炙人口，爲大眾所津津樂道，已經成爲中國文化中的一個絕佳辭例，由原先特定的專指韓偓，擴展爲泛指文壇新秀，或用來形容嶄露頭角的青年俊彥。

6.半畝方塘一鑑開，天光雲影共徘徊：問渠那得清如許？為有源頭活水來。（朱熹〈觀書有感〉）

這首詩，不看題目，只讀內容，很像是一首寫景詩。可是從「觀書有感」來細味詩的題旨，整首詩無疑是一個借喻。表面上所寫的是「池塘的景象」（喻依），實際上表達的卻是「觀書有感」（喻體）。「半畝方塘一鑑開」譬喻的是自己的「心」，「天光雲影共徘徊」，譬喻的是「天理」、「物慾」，正像天光、雲影一般可能同時在心中出現。「問渠那得清如許？爲有源頭活水來」喻只要不斷吸取聖賢經傳的義理，就能使我心永遠清澈明亮如鏡，不致被物慾所蒙蔽，正像活水一般，不會藏污納垢。如此以具體的池塘喻抽象的心，不但是絕佳的妙喻，更道盡了理學家終生追尋的理想目標與修持途徑。在此聯想起佛家的兩首偈：

身是菩提樹，心如明鏡台；
時時勤拂拭，勿使惹塵埃。（神秀）

菩提本無樹，明鏡亦非台；
本來無一物，何處惹塵埃？（慧能）

禪宗六祖慧能，天機深遠，獨得玄奧，明心見性，直了成佛，所以能取代師兄神秀承繼五祖弘忍大師的衣缽。此兩首偈，神秀尚未得「自性」，慧能卻已經「頓悟」。除了境界的高下之外，在表達方式上神秀用的是隱喻和明喻，慧能用的是借喻，借喻之妙用，可見一斑。

現代文學中借喻的辭例如：

1.無論讀什麼書，總要多配幾副好眼鏡。（胡適〈書〉）

讀書為何「要多配幾副好眼鏡」呢？這話令人納悶。仔細思量之下，原來是用借喻修辭法：「眼鏡」是喻依，眞正要表達的喻體是「多掌握幾門別科的知識」。胡適當年宣揚民主與科學，提倡白話文學，曾遭受若干舊派學者攻擊，開始還講道理，最後演變為人身攻擊，胡適雖然修養不錯，終於按捺不住，說了一句名言：

獅子跟老虎向來都是獨來獨往的，只有狐狸與狗才成群結黨！

把結黨攻擊他的人比作狐狸跟狗。這眞是罵人不帶髒字，兩三下就清潔溜溜了。所以能如此妙絕，顯然是借喻之功！

2.也許在讀一些書的時候，你雖盡力誦記，末了卻是忘掉了，但是不必以為無所獲得，「入過寶山的人，絕不會空手回的」。（張秀亞〈書〉）

張秀亞引用「入寶山而不空手歸」這句諺語，說明讀書自然有收穫。讀書的收穫，比較抽象難測，但入寶山而不空手回，卻是相當具體，而且大家都耳熟能詳。

3.人在大病時，人生觀都要改變。……我僵臥了許多天之後，看著每個人都有人性，覺得這個世界還是可留戀的。不過在我體溫脈搏都快恢復正常時，又故態復萌，眼睛裡揉不進沙子。（梁實秋〈病〉）

4.諺云：「樹大自直。」意思是說孩子不需管教，小時恣肆些，大了自然會好。可是彎曲的小樹，長大是否會直呢？我不敢說。（梁實秋〈孩子〉）

借喻的形式，只有喻依，將喻體與喻詞一併省略。梁實秋在《雅舍小品》中，以「彎曲的小樹，長大是否會直呢？」借喻頑劣的小孩，長大之後是否能學好變乖，實在很難說。以「眼睛裡揉不進沙子」借喻對別人的缺點看不順眼，覺得難以忍受。不但是絕佳的借喻，同時洞察人性，刻畫入微。

5.你曾對我說過一句話：「好馬不吃回頭草」——菊英敏感而又直覺地：「那末，你是怕吃回頭草？」（陳殘雲〈深圳河畔〉）

現代文學中常引用諺語做借喻，由以上的「入寶山而不空手回」、「樹大自直」、「好馬不吃回頭草」等，可見一斑。

6.美國舊金山有一名巴士司機，每天想盡了辦法叫乘客上車以後向後面走，以免擁塞通道，可是好說歹說都沒有用。後來他靈機一動，說：「請哪一位好心的牧羊人把你的羊群向從頭領一領好嗎？」果然生效。因為這話意味深長，也夠風趣，所以大家易於接受，給予合作。（祝振華〈說話的藝術〉）

由此辭例，可見借喻用得好，不但不會傷人，而且可以促進人際關係的和諧。意味深長，夠風趣，有說服力。

在古今中外的諺語警句中，不乏精采的借喻：

1.蚍蜉撼大樹，可笑不自量。
2.在山泉水清，出山泉水濁。
3.一分耕耘，一分收穫。
4.種瓜得瓜，種豆得豆。
5.一人得道，雞犬升天。
6.三天打漁，兩天曬網。
7.不到黃河心不死，不見棺材不掉淚。
8.大海有真能容之量，明月以不常滿為心。
9.樹高千丈，落葉歸根。

10. 柿子揀軟的捏。
11. 鍋裡有，碗裡才有！
12. 魚游到鼎裡，要煎、要炸、要煮、要蒸，只好隨你便！
13. 狗改不了吃屎。
14. 老狗變不出第二套新把戲。
15. 小廟容不下大和尚。
16. 成熟的稻穗向下低垂！
17. 半瓶醋響，一瓶醋不響。
18. 歹竹出好筍。
19. 一朝被蛇咬，三年怕井繩。
20. 天塌下來自有個兒高的頂，地崩裂了自有大胖子填。
21. 呷緊撞破碗！

再如百貨公司打折——羊毛出在羊身上。勸人家不要經常換工作，做一行怨一行——滾石不生苔。要掌握自己所能掌握的——眾鳥在林，不如一鳥在握。老師勸導學生早起用功——早起的鳥兒有蟲吃。學生頑皮地回答——早起的蟲兒被鳥吃。問題是：你是蟲子，還是鳥？

伍、博喻

在說話或行文中，如能善用譬喻，不但形像生動，語言鮮活，增進說服力，而且婉轉微妙，事半功倍，具意想之外的奇效。而一般修辭學闡論譬喻時，主要分作明喻、隱喻、略喻、借喻四種類型。如果再深入探討，當可發現，在以上四種基本的類型之外，另有一種特別的「博喻」，更加耐人尋味，更具有精闢的感染力與說服力。

本節先澄清「博喻」的義界，再擷取古今文學中最精采生動的實例，分類予以闡析探討。俾進窺天才們的流風餘韻。

譬喻的基本類型有明喻、隱喻、略喻、借喻四種。誠如劉勰〈比興篇〉所云：「且何謂爲比，蓋寫物以附理，颺言以切事者也。」因爲「颺言」，往往設辭誇張，翻空易奇，所以四種基本類型的譬喻之外，又有「博喻」。「博喻」，又稱「連比」，用兩個以上的喻依譬喻形容同一個喻體，如此從不同角度重複設喻，頗能加強語意，增添氣勢，使文氣更盛，說服力更強。正符合劉勰所謂「颺言以切事」。其譬喻的方式，有明喻、隱喻，也有略喻、借喻。且看：

1.（白妞）方抬起頭來，向台下一盼。那雙眼睛，如秋水，如寒星，如寶珠，如白水銀裡頭養著兩丸黑水銀。（劉鶚《老殘遊記》）

劉鶚在《老殘遊記》中描敘王小玉的美貌，在譬喻的基本形式上屬明喻，喻體只有一個「那雙眼睛」，卻用了四個喻依：

1.秋水，形容眼睛的清澈明亮。

2.寒星，形容眼睛的晶瑩有神。

3.寶珠，形容眼睛的光彩閃耀。

4.白水銀裡頭養著兩丸黑水銀，形容眼珠的圓溜靈動，流盼生姿。

如此颺言以切事，連續用四個喻依形容王小玉的眼睛，一幅美目盼兮的美人圖，躍然紙上。不但加強語意，增添氣勢，而且極態盡妍，多采多姿。由此可見博喻之功效。

劉鶚對於王小玉的描繪，不只是寫形貌多采多姿，描寫聲音，更是令人嘆爲觀止。如：

唱了十幾句之後，漸漸的越唱越高。忽然拔了一個尖兒，像一線鋼絲，拋入天際，不禁暗暗叫絕。

那知她於極高的地方，尚能迴環轉折；幾轉之後，又高一層，接連有三四疊，節節高起。恍如由傲來峰西面攀登泰山的景象：初看傲來峰削壁千仞，以為上與天齊；及至翻到傲來峰頂，才見扇子崖更在傲來峰上；及至翻到扇子崖，又見南天門更在扇子崖上：愈翻愈險，愈險愈奇。那王小玉唱到極高的三四疊後，陡然一落，又極力騁其千迴百折的精神，如一條飛蛇，在黃山卅六峰半中腰裡盤旋穿插，頃刻之間，周匝數遍。從此以後，愈唱愈低，愈低愈細，那聲音漸漸的就聽不見了。滿園子的人，都屏氣凝神，不敢少動。約有兩三分鐘之久，彷彿有一點聲音，從地底下發出。這一出之後，忽又揚起，像放那東洋菸火，一個彈子上天，隨化作千百道五色火光，縱橫散亂。

此形容王小玉的歌聲，用了四個喻依：

1. 像一線鋼絲拋入天際。
2. 恍如由傲來峰西面攀登泰山的景象。
3. 如一條飛蛇在黃山卅六峰半中腰裡盤旋穿插。
4. 像放那東洋煙火。

這當然是用明喻方式表達的「博喻」。劉鶚以具體的視覺形像，譬喻形容抽象的聽覺，其中翻空立奇，變化多端。同時兼用「示現」、「層遞」、「頂針」的修辭法，其筆法之神奇莫測，令人嘆爲觀止。但最基本最重要的表達方式仍屬「博喻」。

2. 三毛豈僅是一個奇女子？三毛是山，其倔強堅硬，令人肅然起敬。三毛是水，飄流過大江南北，許多國家。三毛是一幅山水畫，閒雲野鶴，悠哉遊哉。三毛當然更是一本古書，只要你展讀，就能渾然忘我，憂愁煩惱一掃而空，彷彿自己也已告別「俗世」，走進了一個趣味盎然的「卡通世界」和「漫畫王國」。所以三毛自然也是一齣戲，人生中的一齣難得看到的好戲。（隱地〈難得看到的好戲〉）

三毛是當代普受社會大眾歡迎的作家，對她的讚美恭維的話，不知凡幾。都不如隱地這一段動聽。細思之下，原來是以隱喻方式表達的「博喻」。喻體只有一個「三毛」，喻依卻有四個：

1.山。

2.水。

3.一幅山水畫。

4.一本書。

三毛當然不是山、水、畫、書，只是一個人。但是不如此形容，不足以表現隱地對她的欣賞讚譽之情。

3.且夫山無林則為土山，地無毛則為瀉土，人無文則為僕人。土山無麋鹿，瀉土無五穀，人無文德不為聖賢。（王充《論衡．書解篇》）

王充在此以「山無林則爲土山」、「地無毛則爲瀉土」兩個喻依形容一個喻體「人無文則爲僕人」。又以「土山無麋鹿」、「瀉土無五穀」兩個喻依形容「人無文德不爲聖賢」。中間省略了喻詞。均屬以略喻方式表達的「博喻」。王充論文章主張華實相副，強調形式和內容一致的「文采」。如此博喻形容，使他的理論更加強了說服力。

4.並未能振業以尋根，觀瀾而索源。（劉勰《文心雕龍．序志篇》）

劉勰在《文心雕龍．序志篇》檢視古來文論，以爲前賢之作，不夠理想。用並未能「振葉以尋根」、「觀瀾而索源」兩個喻依來形容一個喻體「前賢文論」。表面上意謂：不能從枝葉追尋到根本，從觀察波瀾去探尋源頭。實則上借喻：並沒有整體有系統的文論專著。此屬借喻方式表達的「博喻」，用具體的觀察樹木、波瀾，譬喻抽象的文學評論。

關於博喻，在此有兩點必須予以闡明：

第一，博喻的表達方式，基本上是一個喻體，運用兩個以上的喻依予以形容，在理論上最關鍵的是一個喻體，許多喻依，而非連續使用好幾個譬喻。例如：

手如柔荑，膚如凝脂，領如蝤蠐，齒如瓠犀，螓首蛾眉；巧笑倩兮，美目盼兮。（《詩經・衛風・碩人》）

此形容衛莊公夫人莊姜的美貌，連用四個明喻：1.手如柔荑，2.膚如凝脂，3.領如蝤蠐，4.齒如瓠犀。有四個喻體：手、膚、領、齒，所以是連續用譬喻，而非博喻。

在過去的學者論博喻，如陳騤《文則》語焉不詳，如周振甫《文章例話》論博喻，則以為博喻就是用幾個比喻來比人或事物，他將博喻分作兩種：「一是分別不同情況來作比的，一是把幾個比喻合在一起來作比的。另外還有把這兩種用法結合起來的。」雖然也能有所建樹，但是總不如以「一個喻體，許多喻依」清晰易辨。

第二，博喻在譬喻的組成結構上，可以用明喻、隱喻、略喻、借喻，其中以明喻、略喻較普遍，隱喻、借喻比較少見。由以上列舉的四個辭例，可見一斑。

博喻的運用，雖然不像明喻、隱喻、略喻、借喻那樣普遍，但是在古今中外的文章與言論中，仍然是妙喻如珠，處處可見，以下且分別舉例闡明。

一、以明喻組成的博喻

博喻的運用，雖然不像明喻、隱喻、略喻、借喻那樣普遍，但是在古今中外的文章與言論中，仍然是妙喻如珠，處處可見，以下且分別舉例闡明。

1.一會價緊呵似玉盤中萬顆珍珠落，一會價響呵似玳筵前幾簇笙歌鬧，一會價清呵似翠岩頭一派寒泉瀑，一會價猛呵似繡旗下數面征鼙操。兀的不惱殺人也麼歌，兀的不惱殺人也麼歌，則被他諸般兒兩聲相聒噪。（白樸《梧桐雨・第四折・叨叨令》）

連用「玉盤中萬顆珍珠落」、「玳筵前幾簇笙歌鬧」、「翠岩頭一派寒泉瀑」、「繡旗下數面征鼙操」四個具體的喻依，形容雨聲，真是跳脫傳神。難怪接下來的一支〈倘秀才〉要說：「這雨一陣陣打梧桐葉凋，一點點滴人心碎了！」

2.其得於陽與剛之美者，則其文如霆，如電，如長風之出谷，如崇山峻嶺，如決大川，如奔騏驥；其光也，如杲日，如火，如金鏐鐵；其於人也，如憑高視遠，如君而朝萬眾，如鼓眾勇士而戰之。其得於陰與柔之美者，則其文如升初日，如清風，如雲，如霞，如煙，如幽林曲澗，如淪，如漾，如珠玉之輝，如鴻鵠之鳴而入寥廓；其於人也，漻乎其如嘆，邈乎其如有思，暖乎其如喜，愀乎其如悲。（姚鼐〈覆魯絜非書〉）

桐城派論文章，講究義法，姚鼐此論文章之陽剛之美與陰柔之美，有五個博喻：

1.其得於陽與剛之美者，則其文如霆，如電，如長風之出谷，如崇山峻嶺，如決大川，如奔騏驥。

2.其光也，如杲日，如火，如金鏐鐵。

3.其於人也，如憑高視遠，如君而朝萬眾，如鼓眾勇士而戰之。

4.其得於陰與柔之美者，則其文如升初日，如清風，如雲，如霞，如菸，如幽林曲澗，如淪，如漾，如珠玉之輝，如鴻鵠之鳴而入寥廓。

5.其於人也，漻乎其如嘆，邈乎其如有思，暖乎其如喜，愀乎其如悲。

其中如第一組以「霆」、「電」、「長風之出谷」、「崇山峻嶺」、「決大川」、「奔騏驥」六個喻依連續形容得陽剛之美之文，眞可謂漪歟盛哉！

3.我以為藝術的女人第一是有她的溫柔的空氣，使如聽著簫管的悠揚，如嗅著玫瑰花的芬芳，如躺在天鵝絨的厚毯上。她是如水的密，如煙的輕，籠罩著我們。（朱自清〈女人〉）

朱自清以「簫管的悠揚」、「玫瑰花的芬芳」、「躺在天鵝絨的厚毯上」、「水的密」、「煙的輕」五個喻依比方「女人」，其中包括聽覺、嗅覺、觸覺、感覺，眞是郁郁乎文哉！

4.秋風起時，樹葉颯颯的聲音，一陣陣襲來，如潮湧，如急雨，如萬馬奔騰，如銜枚急走，……秋

雨落時，初起如蠶食桑葉，悉悉嗦嗦，繼而淅淅瀝瀝，打在蕉葉上，清晰可聞。（梁實秋《雅舍小品・音樂》）

梁實秋以「潮湧」、「急雨」、「萬馬奔騰」、「銜枚急走」等四個喻依形容「秋風吹葉的聲音」，又以「蠶食桑葉」形容秋雨落葉聲，再加上許多狀聲的疊字，描繪秋風秋雨，十分具體細膩，令讀者有身歷其境的感覺。

5.兩岸都是懸崖峭壁，累累垂垂的石乳一直浸到江水裡去，像蓮花，像海棠葉兒，像一掛一掛的葡萄，也像仙人騎鶴，樂手吹簫……說不定你忘記自己在漓江上了呢？（楊朔〈畫山繡水〉）

6.一株巨大的白丁香把花開在了屋頂的灰色的瓦瓴上，如雪，如玉，如飛濺的浪花。（王蒙〈春之聲〉）

7.人能有願，如花之有蕊，燭之有焰，大地之有軸序，該是件極幸運的事。（張曉風〈有願〉）

二、以隱喻組成的博喻

1.所謂美人者，以花為貌，以鳥為聲，以月為神，以柳為態，以玉為骨，以冰雪為膚，以秋水為姿，以詩詞為心。吾無間然矣。（張潮《幽夢影》）

張潮以花、鳥、月、柳、玉、冰雪、秋水、詩詞等八個喻依比方美人。則美人之內在美、外在美、視覺美、聽覺美、感覺美，術德兼備，福慧雙修，美不勝收矣。

2.整整兩天半我們粒米未進，只在涉溪渡河時雙手捧點兒水喝。四十多年後的今天，我仍然記憶深刻，一想起來胃就火燒似的痛、痛！……早已經餓過了頭，早已經忘記飯香、菜香是什麼滋味。它是痛，開始隱隱約約，還忍得住，後來是千萬根針或釘子在往胃腸上猛扎，以後好像是兩片胃和一堆腸子糾結在一起，再後就是絞被單從兩頭往中間絞、絞！起先有人悶哼，後來轉成嚎叫，在草堆上打滾。（張拓蕪〈天大的事〉）

張拓蕪描寫「餓」的滋味，是用「千萬根針或釘子在往胃腸上猛扎」（隱喻），好像是「兩片胃和一堆腸子糾結在一起」（明喻）、「就是絞被單從兩頭往中間絞、絞」（隱喻）三個喻依來做比方，包括兩個隱喻，一個明喻，如此博喻的方式描述「餓」，眞是深刻、生動而又細膩逼眞，景象歷歷，讓讀者感覺如在目前，簡直就是感同身受。

3.結婚以後，是杯茶，喝著喝著淡了！結婚以後，是瓶花，看著看著謝了。結婚以後，是蜜加了開水，甜雖甜怎麼味道變了？（管管〈城市丈夫們的無能感〉）

以「茶淡了」、「花謝了」、「蜜味道變了」三個喻依比方「結婚以後的滋味」，雖然不必盡然，卻有其傳神之處。

三、以略喻組成的博喻

1.狡兔死，走狗烹；飛鳥盡，良弓藏；敵國破，謀臣亡。天下已定，我固當烹！（司馬遷《史記・淮陰侯列傳》）

此以「狡兔死，走狗烹」、「飛鳥盡，良弓藏」兩個喻依比方「敵國破，謀臣亡」，中間省略了喻詞。韓信在幫助劉邦平定天下之後，被械繫時說此語，非常切合當時情境。《淮南子・說林訓》：「狡兔得而獵犬烹，飛鳥盡而強弩藏。」與此類同。

2.臣聞：求木之長者，必固其根本；欲流之遠者，必浚其泉源；思國之安者，必積其德義。源不深而望流之遠，根不固而求木之長，德不厚而思國之治，雖在下愚，知其不可，而況於明哲乎？（魏徵〈諫太宗十思疏〉）

唐太宗與魏徵，明主賢臣，相得益彰，傳爲千古美談。魏徵在此勸唐太宗「思國之安者，必積其德義」（喻體），用「求木之長者，必固其根本」、「欲流之遠者，必浚其泉源」兩個喻依，是以具體喻抽象。此段文字的後半部則以「源不深而望流之遠」、「根不固而求木之長」兩個喻依比方「德不厚而思國之治」，也是一組博喻。又魏徵歿後——唐太宗思之不已，謂侍臣曰：

夫以銅為鏡，可以正衣冠；
以古為鏡，可以知興替；
以人為鏡，可以明得失。
朕常保此三鏡，以防己過，今魏徵殂逝，遂亡一鏡矣。

其實也是一個博喻，喻體是「以人爲鏡，可以明得失」，魏徵就是那面鏡子。

3.山不在高，有仙則名；
水不在深，有龍則靈。
斯是陋室，惟吾德馨。（劉禹錫〈陋室銘〉）

此爲〈陋室銘〉之首段，以「山不在高，有仙則名」、「水不在深，有龍則靈」兩個喻依，比方「斯是陋室，唯吾德馨」。以山、水喻陋室，以仙、龍喻自己德馨。這幾句膾炙人口，但細思之下，劉禹錫未免自己捧自己的嫌疑。

4.花不可以無蝶，山不可以無泉，石不可以無苔，水不可以無藻，喬木不可以無藤蘿，人不可以無癖。（張潮《幽夢影》）

張潮以蝶、泉、苔、藻、藤蘿等五個喻依比方人之有「癖」。如此比方形容之下，「不可以無癖」之抽象情理，充分彰顯出來，堪稱傳神之筆。

5.舊木好燒，老馬好騎，舊書好讀，陳酒好飲，舊朋友也最可信賴。（賴特名言）

賴特以「舊木好燒」、「老馬好騎」、「舊書好讀」、「陳酒好飲」四件事比方「舊朋友也最可信賴」，如此博喻，加強語意，增添文氣，使老友可信賴的主旨更加凸顯。

6.空氣布施新鮮，太陽布施光熱，花朵布施芬芳，草葉布施翠綠，河流布施水，母親布施慈愛。（林貴真《兩岸．揮汗撒播愛的種籽》）

「母親布施慈愛」人盡皆知，但是在空氣、太陽、花朵、草葉、河流等五個喻依的連續比方說明下，母愛的主旨更加印象深刻，銘記在讀者心目中。

以上六個辭例，係以略喻方式表達的「博喻」，且喻體均在連續運用比方的喻依後面出現，給予讀者強烈而深刻的印象。

四、以借喻組成的博喻

1.赤驥頓長纓，非無萬里姿；
悲鳴淚至此，為問馭者誰？
鳳凰從東來，何意復高飛。
竹花不結實，念子忍朝饑。（杜甫〈述古三首之一〉）

此八句用「赤驥頓長纓」、「鳳凰復高飛」兩個喻依，借喻「賢才不遇」（喻體）。楊倫《杜詩鏡銓》引朱鶴齡曰：「題曰述古，述古事以諷今也。肅宗初立，任用李泌、房琯、張鎬諸賢，其後或罷，或斥，或歸隱，君臣之分不終，故言驥非善馭則頓纓，鳳無竹實則飛去，君臣遇合，其難如此，賢者可不明於進退之義乎？」由此可見，杜甫借「千里馬固能馳騁萬里，卻因不遇賢主人而頓纓悲鳴」，「鳳凰雖來卻因竹花不結實而又離去」為喻，其詩旨在表達賢才不遇之情。

2.今天風水之相遭乎大澤之陂（太湖邊）也，紆餘逶迤，蜿蜒淪漣（狀微波），安而相推，怒而相凌，舒而如雲，蹙而如鱗，疾而如馳，徐而如迴。揖讓旋辟（迴避），相顧而不前。其繁如縠（縐紗），其亂如霧，紛紜鬱擾，百里若一。汩乎（狀水急）順流，至乎滄海之濱，滂薄洶湧，號怒相軋，交橫綢繆（交結），放乎空虛，掉乎無垠，橫流逆折，濆旋（湧起迴旋）傾側，宛轉膠戾（相合相背），回者如輪，縈者如帶，直者如燧。奔者如焰，跳者如鷺（浪花如鷺白），躍者如鯉，殊狀異態，而風水之極觀備矣。故曰「風行水上渙」，此亦天下之至文也。（蘇洵〈仲兄字文甫說〉）

蘇洵此一段文字，整段表面上是描寫風與水之相遇，實則上卻是借喻創作之歷程。風喻作者創作的衝動，水喻作者的生活經驗與情感。風水相遇，激起種種變化，喻創作衝動與生活經驗情感相激盪而創作種種文章。

以上兩個辭例，杜甫的詩例，比較單純，蘇洵的文例，比較複雜，尤可見譬喻之藝術手法，極爲豐盈多姿，變幻無窮，誠劉勰〈物色篇〉所謂：「寫氣圖貌，既隨物以宛轉；屬采附聲，亦與心而徘徊。」

譬喻的原則，可以先列舉兩家意見，以窺一斑：

㈠華中師範學院中文系現代漢語教研組編《現代漢語修辭知識》論比喻的原則有三點：

一、比喻可以用人們熟悉的事物去說明人們還不熟悉的事物，讓人們易於理解。如「柴多火焰高」，這個客觀的事實，是人們熟知的，用它說明集思廣益的道理，就容易理解、接受。

二、比喻可以用具體的事物去描繪比較抽象的事物，增加語言的形象性，並且能使讀者產生聯想。如說「罷工的聲勢很大」，比較抽象；說「鬧罷工勢如巨浪」，用「巨浪」作比就把罷工的聲勢具體化、形象化了，很自然地聯想到巨浪翻滾、洶湧澎湃的情景。

三、比喻還能突出事物某一方面的特性，加強讀者的印象，因爲比喻總是從某一方面說明另一事物，就有突出那個事物某一個特性的作用。如：「爲剿匪把土匪扮，似尖刀插進威虎山。」用「尖刀」作比，突現了主角銳不可當，置敵於死命的巨大威力。

㈡黃慶萱《修辭學》分從消極與積極兩方面論譬喻的原則。

消極的原則：一、不可太類似。二、不可太離奇。三、不可太粗鄙。四、避免晦澀的譬喻。五、避免牽強的類比。

積極的原則：一、必須是熟悉的。二、必須是具體的。三、必須富於聯想。四、必須切合情境。五、喻體與喻依在本質上必須不同。

黃氏又分別舉例說明，堪稱洋洋大觀。

如果從譬喻的本質、達意、傳神、內涵等各種角度而言，則可歸納爲四大原則：

第一，本質上，譬喻的喻體與喻依在本質上必須迥然不同。喻體和喻依，不宜太相近。如：

書本就像降落傘，打開來才能發生作用。

書本與降落傘，本質上迥異，但是其間卻有一點微妙的關聯，捕捉了此關鍵，即可造成一個妙喻。但是，茶杯與酒杯太相近，因此不能成爲好的譬喻。

第二，表達上，譬喻要求以易知說明難知，以具體顯現抽象，以警策彰顯平淡。不宜流於晦澀離奇，刻意牽強或粗俗鄙陋。如：

英國、阿根廷爭奪福克蘭群島之戰，好比兩個禿子搶一把梳子。

英阿之戰，這件事毫無意義而且無聊，如此抽象的事理，透過「兩個禿子搶一把梳子」的具體形容，即可巧妙地呈現在讀者心目中，而且印象深刻。

第三，傳神上，好的譬喻，不但是求其達意而已，尤須進而求其切合情境，要求神似。黃慶萱《修辭學》嘗列舉《世說新語．言語篇》的一段實例：

謝太傅寒雪日內集，與兒女講論文義，俄而雪驟，公欣然曰：「白雪紛紛何所似？」兄子胡兒曰：「撒鹽空中差可擬。」兄女曰：「未若柳絮因風起。」公大笑樂。即公大兄無奕女，左將軍王凝之妻也。

以「撒鹽空中」喻「白雪紛紛」，當然是譬喻，但實在不能表現白雪的輕盈飄飛之狀。只有一個好處，他還算老實，眞是「差可擬」。用「柳絮因風起」就顯得輕盈、瀟灑而切合白雪霏霏之情境。

李玉珸〈試談比喻的形似和神似〉說得好：

比喻最大特點是可以增強語言的形象性，它使高深的事理淺顯明白，使繁雜的事情清晰突出，使抽象的事理生動具體。所謂：「狀理則理趣渾然，狀事則事情昭然，狀物則物態宛然。」……一種單有形似的形象，並不能盡「形」盡象，只有蘊含神似的形象，才能盡「形」盡象。比喻手段所注重的正是如何進行這種形象描繪，掌握形象描繪的關係。

由此可知，譬喻除了表達精確之外，還要求切合情境，求其神似。

第四，內涵上，要求富於聯想，意蘊豐富。如此才能含不盡之意，見於言外，讓讀者感覺餘韻無窮，興味盎然。如《古詩十九首》：

燕趙多佳人，美者顏如玉。

美人如玉，可以使人聯想：1.皮膚之之潔白如玉，2.皮膚之潤澤如玉，3.內蘊溫潤如玉之美德。如此具有多層美好的意義，眞是美不勝收。

自我評量題目

一、略述先秦的譬喻理論。

二、何謂明喻、隱喻？舉例說明其異同。

三、何謂略喻、借喻？舉例說明其異同。

四、舉例說明博喻。

五、譬喻有何原則？舉例以明之。

第二章 雙關

學習目標

——研讀本章內容之後，學習者應可達成下列目標：

一、能了解雙關的意義與效用。

二、能區別諧音雙關、詞義雙關與句義雙關之異同。

三、能運用雙關從事文學欣賞與創作。

摘要

一語同時關顧到兩種事物或兼含兩種意義的修辭方法，是為「雙關」。其中包括字音的諧聲，詞義的兼指，語義的暗示等，據此可分為三類：

一、諧音雙關：一個字詞除了本身所含的意義之外，兼含另一個同音或音相近的字詞的意義。

二、詞義雙關：一個詞語在句中兼含兩種意思。

三、句義雙關：一句話或一段文字，雙關到兩件事物或兩層意思。

「雙關」運用得當，可使文章蘊藉，文字風趣，語言鮮活。

清初文壇怪傑金聖嘆，痛恨清朝政府橫徵暴斂，到文廟去哭泣，請求減免錢糧，他這種抗爭的舉動，激怒了清廷，以「哭廟抗糧，鼓動謀反」爲由，將他處死。當金聖嘆臨刑前，他的兒子來看他，便出了一句上聯，要其子對下聯，這個對聯流傳廣遠，頗爲人們所津津樂道：

蓮子心中苦，
梨兒腹內酸。

初唐的詩人張九齡〈詠竹〉云：

高節人相重，
虛心世所知。

詩聖杜甫有一首膾炙人口的七言絕句〈贈花卿〉：

錦城絲管日紛紛，
半入江風半入雲。
此曲祇應天上有，
人間能得幾回聞？

以上三段文字，都是語帶玄機的「雙關」。在修辭學上，以一語同時關顧到兩件事物或兼含兩種意義的表達方式稱做「雙關」（pun）。雙關包括字音的諧聲、詞義的兼指、語義的暗示等，據此可分爲㈠諧音雙關，㈡詞義雙關，㈢句義雙關等三類。以上所舉，正是分別具有代表性的三種辭例，且略予闡論。

第一個例子「蓮子心中苦，梨兒腹內酸」是典型的「諧音雙關」。金聖嘆流傳的軼事甚多，這個對聯以「蓮」雙關「憐」，以「梨」雙關「離」，表面上指水果，實際上敘父子離別之痛，頗具巧思，且充分顯現文人的機智與幽默。類似的例子，如唐代詩人劉禹錫的〈竹枝詞〉：

楊柳青青江水平，

聞郎江上踏歌聲。
東邊日出西邊雨，
道是無晴還有晴。

還有明代馮夢龍的〈山歌〉：

不寫情詞不寫詩，
一方素帕寄心知，
心知接了顛倒看，
橫也絲來豎也絲。
這般心事有誰知？

劉禹錫「道是無晴還有晴」的「晴」字，諧音雙關「情」，一方面關顧第三句「東邊日出西邊雨」晴雨的「晴」，一方面關顧「聞郎江上踏歌聲」情意的「情」。馮夢龍「橫也絲來豎也絲」的兩個「絲」字，諧音雙關「思」。就第二句的一方素帕而言，是「絲」，就末句的「心事」而言，是思念的「思」。

第二個例子「高節人相重，虛心世所知」，「高節」、「虛心」，字面上是詠竹，實質上是歌頌知識分子高尚的節操和虛心的情懷。雙關的兩層意思中，其重點往往不是字面上的表層意思，而是隱藏在骨子裡的深層意思。類似的例子，如杜牧〈嘆花〉：

自是尋春去較遲，
不須惆悵怨芳時；
狂風落盡深紅色，
綠葉成蔭子滿枝。

這首詩的本事，載《唐詩紀事》，杜牧早年遊湖州，參觀民間水戲，路見一個小女孩，長得十分可愛，因年幼而未娶。後十四年，杜牧任湖州刺史，想要娶她，卻早已嫁人生子。惆悵之餘，作此詩，題名「嘆花」，其實「嘆女」，「綠葉成蔭子滿枝」的「子」雙關果子與子女。

又揚州某鹽商的妻子，長得十分漂亮，性喜淡妝，不施脂粉。有友人在其畫像上題詩云：

淡淡衫兒淡淡裙，
淡掃蛾眉淡點唇，
只為一身都是淡，
嫁與揚州賣鹽人。

詩中的「淡」字，雙關妝束之濃淡與口味的鹹淡，頗見詼諧之趣。

第三個例子「此曲祇應天上有，人間能得幾回聞？」表面上讚美音樂美妙，祇能在天上聞之，人間不易聽到；實質上杜甫語帶玄機，兼指蜀將花驚定恃功驕縱，僭用禮樂一事。此詩作於唐肅宗上元二年（西元七六一年），杜甫年五十歲，居成都草堂。楊慎《升庵詩話》云：「杜公此詩譏其僭用天子禮樂也，而含蓄不露，有風人言之無罪，聞之者足以戒之旨。」楊倫《杜詩鏡銓》評云：「似諛似諷。」表面上讚美，實質上諷刺。被公認爲句義雙關之典型範例。

再如孟浩然的〈臨洞庭上張丞相〉：

八月湖水平，涵虛混太清。
氣蒸雲夢澤，波撼岳陽城。
欲濟無舟楫，端居恥聖明。
坐觀垂釣者，徒有羨魚情。

這首詩前四句敘洞庭湖的景色，十分壯麗雄闊。後四句是雙關語，既寫洞庭湖，兼抒個人胸懷。「欲濟無舟楫」表面上的意思：想要渡過湖，唯恐一時之間找不到船。骨子裡的意思，不甘心閒居無事，想要找機會出來做一番事業，只唯恐沒有人汲引推薦。「坐觀垂釣者，徒有羨魚情」，字面上是說，坐觀旁人在湖邊垂釣，頗有收穫，不由地產生羨魚結網的心情。孟浩然在此運用前人的典故：《淮南子．說林》：「臨河而羨魚，不如歸家織網。」又《漢書．董仲舒傳》：「古人有言曰：臨淵羨魚，不如退而結網。」意謂羨慕他人，無補於事，總須親身實地去做。作者在此眞正要表達的意思，無非是希望執政的張丞相能夠賞識自己，讓他有機會做官爲國效力。本來，干謁詩最不易寫，必須不亢不卑，掌握分寸。孟浩然在此善用句義雙關，表達得委婉含蓄，恰到好處，雖然是求人汲引，卻絲毫不露寒乞相，堪稱脫俗之作。

桑塔耶那（George Santayana）在《美感．滑稽》中曾指出：

一句雙關語（a pun）就等於一隻會蹦出妖怪來的盒子，毫無來由地跳到我們那心事重重的思緒中去。

善用雙關，常有意想不到的奇效。其中妙處，正是：此曲祇應天上有，人間能得幾回聞？

壹、諧音雙關

春蠶到死絲方盡，

蠟炬成灰淚始乾！

這是李商隱〈無題〉詩中最膾炙人口的名句，頗能道出人世間的執著之情：我對你的愛情，就像春蠶吐絲，蠟炬燃燒，死而後已，毫無保留，純粹無條件的付出而不求任何回報！其中所運用的「雙關」修辭法，尤耐人尋味。「絲」諧音雙關「思」，淚詞義兼含蠟淚與人淚。將詩中主角爲相思之情而作繭自縛與自我煎熬的痛苦描繪得淋漓盡致，令讀者感覺迴腸盪氣，不能自已。

「諧音雙關」：指一個詞語除本字所含的意義之外，同時兼含另一個同音或音相近的詞語的意義。詞語的本意是表面的，諧音詞語的意義是內藏的。運用得當，頗富諧趣。民歌、小說、戲曲等通俗文學中最爲常見，且看：

1.始欲識郎時，兩心望如一；

理絲入殘機，何悟不成匹！（〈子夜歌〉）

2.朝登涼台上，夕宿蘭池裡；

乘風采芙蓉，夜夜得蓮子！（〈子夜四時歌〉）

此二首均爲南朝的民間情歌，「理絲入殘機，何悟不成匹」，字面上謂：要將絲整理好置於陳舊的紡織機上，還怕織不成整匹的綢緞嗎？實際上作者的眞正意思卻用「絲」諧音雙關「思、思念」，「匹」詞義雙關「匹偶」，由此表達出女主角眞心誠意希望能與情郎結爲連理的企盼之情。「乘風采芙蓉，夜夜得蓮子」。以「芙蓉」諧音雙關「夫容」，「蓮子」諧音雙關「憐子」，其意至爲顯然。

3.一尺深紅蒙曲塵，天生舊物不如新，

合歡桃核終堪恨，裏許原來別有仁。

4.井底點燈深燭伊，共郎長行莫圍棋。

玲瓏骰子安紅豆，入骨相思知不知？（溫庭筠〈新添聲楊柳枝辭〉）

「別有『仁』」雙關「人」，「燭」雙關「囑咐的『囑』」，「圍棋」雙關「違期」失約。再加上「合歡」、「紅豆」所含蘊的團聚、相思之情。情眞意切，處處流露。明謝榛《四溟詩話》云：

古詞曰：「黃蘗向春生，苦心隨日長。」又曰：「霧露隱芙蓉，見蓮不分明。」又曰：「石闕生口中，銜碑不得語。」又曰：「桑蠶不作繭，晝夜長懸絲。」又曰：「理絲入殘機，何悟不成匹。」又曰：「梧桐不結花，何由得梧子。」又曰：「殺荷不斷藕，蓮心已復生。」此皆吳格，指物借意。

謝氏所謂「指物借意」，多係「諧音雙關」；「芙蓉」雙關「夫容」，「蓮」雙關「愛憐的『憐』」，「銜碑」雙關「含悲」，「絲」雙關「思」，「桐枝」雙關「同枝」，「梧子」雙關「吾子」，「藕」雙關「配偶的『偶』」，可見諧音雙關的運用，極爲普遍。

5.于是五嫂遂向菓子上作機警曰：「但問意如何，相知不在棗。」

十娘曰：「兒今正意蜜，不忍即分梨。」

下官曰：「勿遇深恩，一生有杏。」

五嫂曰：「當此之時，誰能忍㮇。」（張文成《游仙窟》）

其中全係以果子名稱諧音雙關人情：「棗」雙關「早」，「梨」雙關「離」，「杏」雙關「幸」，「㮇」雙關「耐」。正所謂「指物借意」。

現代文學中，諧音雙關的運用，更是常見：

1.美其名曰有才氣而性格的奇人，其實卻是精神殘缺而不正常的「畸」人！

2.台灣進口很多瑞士、日本、美國的名錶，勞力士、浪琴、星辰、芝柏、精工，卻買不到一只「Movado」，誰會買這種「沒法度」呢！（王大空《笨鳥飛歌》）

3.高「三」病，有頭昏、嘔吐等現象！

4.同「肝」共苦如何得了，我B型肝炎患者占世界第一位！（新聞報導）

5.學生多四眼，勤讀成「進士」（新聞標題）

6.凡人，凡人，就是要麻煩，要做人就要不怕麻煩，能耐麻煩。

7.台灣雖然沒有華山，但獅頭山和阿里山同樣可以避暑。唉！可惜我被「枷」鎖住了我，如何走得開呢？

8.學醫的在選擇分科時可得留意，為將來開診所設想，姓段的不能開骨科，姓劉的不能開婦產科，姓吳的不能開齒科，姓賴的不能開皮膚科！

9. 談到運動，可別小看了他，各項比賽都有名堂：游泳「灌」軍，辯論「啞」軍，柔道「墊」軍！

10. 買「嘉裕」方便，穿「佳譽」體面！（廣告詞）

11. 大總統，洪憲年，正月十五賣湯圓。（民歌）

其中無論是自我調侃、新聞標題、廣告詞、政治諷刺，都流露了即興的機鋒妙趣。如似「賣湯圓」暗示「元宵」——袁消，袁世凱稱帝要完蛋，透露了廣大民眾的心聲。

貳、詞義雙關

我在四川獨居無聊，一斤花生，一罐茅台當做晚飯，朋友們笑我吃「花酒」！

這段文字出自梁實秋《雅舍雜文．想我的母親》，「吃花酒」頗令人發噱，因爲其中運用了「詞義雙關」——一個詞語在文句中兼含兩種意思。「花酒」除了本義的花生配酒之外，極易令人想入非非的聯想到另一層意思。日前病逝的國學大師臺靜農教授也自稱喜歡「吃花酒」，其中頗見詼諧之趣。

詞義雙關，自古即已有之：

1. 齊人蒯通知天下權在韓信，欲為奇策而感動之。以相人說韓信曰：「僕嘗受相人之術。」韓信曰：「先生相人如何？」對曰：「貴賤在於骨法，憂喜在於容色，成敗在於決斷，如此參之，萬不失一。」韓信曰：「善！先生相寡人何如？」對曰：「願少間。」信曰：「左右去矣！」通曰：「相君之面，不過封侯，又危不安；相君之背，貴乃不可言。」（司馬遷《史記．淮陰侯列傳》）

「相君之背」的「背」字，字面上是指身之背面，實則上兼含「背叛」的意思。《史記集解》引張晏曰：「背畔則大貴。」勸人背叛，總不便明說，但其中雙關的言外之意，至爲明顯。

2.自從別歡後，歎聲不絕響。

黃蘗向春生，苦心隨之長。（〈子夜春歌〉）

3.音信闊弦朔，方悟千里遙。

朝霜語白日，知我為歡消。（〈讀曲歌〉）

以上兩首均爲南北朝時期南方的民歌。黃蘗是一種藥用植物，其子味苦。「苦心隨之長」的「苦」雙關「苦味」與「苦情」。「知我爲歡消」的「消」，兼指「霜」的消融與「人」的消瘦。又另一首〈讀曲歌〉：「一夕就郎宿，通夜語不息；黃蘗萬里路，道苦眞無極。」「道」雙關「道路」與「道說」。〈子夜歌〉：「郎爲傍人取，負儂非一事。擗門不安橫，無復相關意。」「關」雙關「關門」與「關心」。

4.陽春二三月，楊柳齊作花。

春風一夜入閨闥，楊花飄蕩落南家。

含情出户腳無力，拾得楊花淚沾臆。

秋去春還雙燕子，願銜楊花入窠裏。（胡太后〈楊白花〉）

《梁書》云：「楊華，武都仇池人也。少有勇力，容貌雄偉，魏胡太后逼通之。華懼及禍，乃率其部曲來降。胡太后追思之不能已，爲作〈楊白華〉歌辭，使宮人歌之，聲甚悽惋。」詩中屢言「楊花」，兼指植物之花與人名，均屬詞義雙關。

5.孔明廟前有老柏，柯如青銅根如石。……

志士幽人莫怨嗟，古來材大難為用！（杜甫〈古柏行〉）

杜甫晚年在成都作此詩，旨在以古柏的孤高，比喻諸葛亮的忠貞。「材大」既指「古柏」，又兼指「材大之人」，王右仲評云：「公生平極贊孔明，蓋竊比之意。孔明材大而不盡其用，公嘗自比稷契，而人莫之用，故篇中結出『材大難用』，此作詩本旨發興於古柏者也。」

現代文學中的「詞義雙關」也頗爲常見：

1.邵毓麟被任命為駐土耳其大使，友人設宴歡送，祝詞曰：「邵毓麟入『土』為安！」數年後，邵大使任滿返國，原班人為設宴接風，邵大使曰：「我終於破『土』而出了！」

2.人人耳朵裡響著震耳欲聾的「空洞！空洞！」的機器聲。（子敏《小太陽．單車上學記》）

3.人一到西非，氣氛就有點不同，團中人自我解嘲的說：「漸入差境。」因為以往所到各國都是非洲的黃金地帶，此後要開始嘗試非人生活了。（郭敏學《非洲七十日》）

以上三例，「入土爲安」、「破土而出」頗見諧趣。「空洞！空洞！」既是狀聲，又兼指人精神生活上的貧乏。「非人生活」兼含「非洲人的生活」與「不是人過的生活」。

4.除了要使車路順暢，更應該照顧到人行道，畢竟道路還是要給人走的，要人在快車道上和車爭路，實在太危險，也太不「人道」了！（隱地〈車與人〉）

5.七十二年大學聯考「地理」科試題答案錯誤，希望明年「歷史」不會重演！

6.「胡」小姐，請別再胡說了，讓我們聽一聽「高」小姐的高見吧！

7.男：服役時每天都吃滿漢全席！

女：怎麼可能？

男：真的，「滿」桌都是彪形大「漢」！（璇璣子〈滿漢全席〉）

8.洋人：貴國教會多還是廟宇多？

國人：當然廟宇多，菩薩比較吃「香」嘛！（流景〈吃香〉）

9.甲：在蘇俄，如果一個人被格別烏（ＫＧＢ情報機構）找上門，通常的下場如何？

乙：家人只好和他ＫＧＢ（Kiss Good-Bye吻別了）！（璇璣子〈ＫＧＢ〉）

10.他（李抱忱博士）又指指自己的「黑」頭髮，「我是蒙了不白之冤，奉了『太座』之命，硬給染

的！」（樸月〈寶爸！寶爸！〉）

詞義雙關的意思有兩層，表層的意思與裏層的意思，如能細味其中的言外之意、弦外之音，則領略自饒別趣。

參、句義雙關

向晚意不適，驅車登古原。

夕陽無限好，只是近黃昏。（〈登樂遊原〉）

這是唐代詩人李商隱的名作：向晚時分，心情不適，驅車登上古原，藉以排遣愁悶，原本絕美的古原夕照，應該使不適的心情轉而暢快，無奈又興起了近黃昏的悲傷，使得遺愁更愁。「夕陽無限好，只是近黃昏。」字面上指當前客觀的外在景象，兼指李商隱主觀的內心感受。故楊守智評云：「遲暮之感，沉淪之痛，觸緒紛來。」如此膾炙人口的名句，運用的是「句義雙關」——一句話或一段文字，雙關到兩件事物。

「句義雙關」比諧音雙關、詞義雙關要更進一層，在言外之意的表達上比較深刻。且看：

1. 朱虛侯年廿，有氣力，忿劉氏不得職。嘗入侍高后燕飲，高后令朱虛侯劉章為酒吏。章自請曰：「臣，將種也。請得以軍法行酒。」高后曰：「可。」酒酣，章欲進歌舞，……曰：「深耕概種，立苗欲疏；非其種者，鋤而去之。」呂后默然。（《史記．齊悼王世家》）

朱虛侯劉章，齊悼惠王之子，漢高祖劉邦之孫。劉邦在世時，曾斬白馬與大臣約：「非劉氏而王者，天下共擊之！」這首〈耕田歌〉作於呂后稱制，廢劉氏三趙王而立諸呂為三王之時。諸呂擅權用事，劉章憤憤不平。藉機發洩，表面上說耕田之農事，實則句義雙關政事：「深耕概種，立苗欲疏」言劉氏創業艱辛，後世子孫理當繼承大業。「非其種者，鋤而去之！」言非劉氏子孫為王者，必須鏟除。呂后死後，劉章聯合周勃、陳平等大臣，盡誅諸呂，果然達成心願。

2.鳳凰台上鳳凰遊，鳳去台空江自流，

吳宮花草埋幽徑，晉代衣冠成古邱。

三山半落青天外，二水中分白鷺洲。

總為浮雲能蔽日，長安不見使人愁。（李白〈登金陵鳳凰台〉）

李白此詩末二句乃有感而發，字面上的意思：只爲浮雲蔽日遮望眼，仰望不見日夜思念的長安。骨子裡的意思：只因爲皇上被小人讒言所惑，使我無緣爲國盡忠！比起崔顥的〈黃鶴樓〉的結句：「日暮鄉關何處是？菸波江上使人愁。」李白愛君憂國之情，勝過崔顥鄉關之念。其中關鍵，即在於善用「句意雙關」，流露傷時之慨。

3.黃河遠上白雲間，一片孤城萬仞山。

羌笛何須怨楊柳，春風不度玉門關。（王之渙〈涼州詞〉）

此爲著名的邊塞詩。前兩句敘西北涼州一帶的景象，蒼茫壯闊，筆調雄渾。後兩句敘守邊士卒的哀怨。黃永武《中國詩學．思想篇．詩與禪的異同》評云：「字面上的意思是教羌笛不要吹弄〈折楊柳〉的曲子，如果吹起〈折楊柳〉的曲子，徒然喚起折柳馬嘶的回憶，增加去國離鄉的怨恨！但受了第四句的拍合，使楊柳二字又雙關爲柳樹：你在絕塞上怨恨柳樹有什麼用？原來春風根本吹不到玉門關外來！沒有柳條的裊娜，也無從表現春風！用這個春風不到的死角，比擬君恩不及邊塞也罷，比擬自身感覺被遺棄也罷，本詩『楊柳』二字，同時在說笛曲與柳樹，意思是多層疊合著的，原本分不清正意與雙關義。」如此句義雙關，適足以增添詩的意蘊。故李鍈《詩法易簡錄》評云：「不言君恩之不及，而託言春風之不度，立言尤爲得體。」又清代左宗棠率湘軍平新疆回亂，時人詠詩云：

4.大將西征尚未還，湖湘子弟滿天山。

新栽楊柳三千里，引得春風度玉關。

腸斷江春欲盡頭，杖藜徐步立芳洲。

顛狂柳絮因風舞，輕薄桃花逐水流。（杜甫〈絕句漫興第五〉）

此爲春暮惱春之作。仇兆鰲《杜詩詳註》評云：「顛狂輕薄，是借人況物，亦是託物諷人。蓋年老興闌，不耐春事也。」表面上的意思是怨柳惱花，骨子裡的意思卻是雙關沒有立場的小人，不守原則，隨波逐流。

5.根土嬸正在餵雞，發現屋裏氣氛不對頭，猜想余望苟又出了什麼餿主意。她把雞食盆一摔，借著罵雞，嚷了起來：你這隻瘟雞，天都黑了，不往自己窩裏鑽，還滿地亂竄。叫黃鼠狼叼去才好呢！」（鄧友梅《菸壺》）

假借罵瘟雞來罵人，這是典型的指桑罵槐，藉「雞」撻人。

6.覺慧（懇求地）：不，我真有事啊！鳴鳳，你好好地回去吧，走吧！

鳴鳳（含淚）：那麼我去了。

覺慧（安慰地）：睡吧，不要再來了。

鳴鳳（冤痛）：不來了，這次走了，真走了！（曹禺《家》）

在這幕戲中，鳴鳳知道即將被送給馮老太爺做妾，決心一死，但捨不得內心深愛的覺慧，臨上絕路前再來看望他，可是覺慧忙著趕文章，不知其來意，只顧趕她走，眞是冤哉枉也！

「雙關」運用得當，可使文章蘊藉，文字風趣，語言鮮活。由以上諸例，可見一斑。

自我評量題目

一、何謂雙關？可分作哪幾類，分別舉例說明。

二、以梁實秋《雅舍小品》爲題材，指出其中的雙關語。

第三章 映 襯

學習目標

——研讀本章內容之後，學習者應可達成下列目標：

一、能了解映襯的意義與效用。

二、能明辨反襯、對襯、雙襯之異同。

三、能運用映襯致力文學欣賞與創作。

摘 要

在語文中，將兩種相反的觀念或事物，對立比較，從而使語氣增強、意義顯明的修辭方法，是爲映襯。其中又可分爲三類：

一、反襯：對於一件事物，用恰恰與此事物的現象或本質相反的詞語予以形容。

二、對襯：對兩種不同的人、事、物，從兩種不同的觀點予以形容描寫，恰恰形成強烈的對比。

三、雙襯：針對同一個人或同一件事物，從兩種不同的觀點予以形容描寫，著眼點迥異，結果適成其反。

映襯的原則有二：㈠透視矛盾，對比鮮明。㈡緊扣主題，目標明確。

在語文中，將兩種不同的，特別是相反的觀念或事實，對立比較，從而使語氣增強、意義顯明的修辭方法，是為「映襯」。

「映襯」在現代修辭專書中，又有不同的分類：陳望道《修辭學發凡》分為「反映」與「對襯」，黃永武《字句鍛鍊法》分為「反襯」與「正襯」，王希傑《漢語修辭學》、黃民裕《辭格匯編》則取名「對比」，分為「一物相反的兩個方面的對比」與「兩個相反事物的對比」。茲依黃慶萱《修辭學》之分類，約為對襯、雙襯、反襯三種。

壹、反襯

現代詩人鄭愁予有一首膾炙人口的名作〈錯誤〉：

我達達的馬蹄是美麗的錯誤
我不是歸人　是個過客

「美麗的錯誤」不但為大眾所津津樂道，簡直成為鄭愁予的註冊商標。一般讀者都會對如此精采靈動的語句感到精神振奮，覺得真奇妙，也略帶疑惑：錯誤理應是不好的，不美的，卻用「美麗的」來形容，可是又的確感到無理而妙。妙在何處？一言以蔽之，那就是反襯——對於一件事物，用恰恰與此事物的現象或本質相反的詞語予以形容描寫。

一、詩中的反襯

反襯的絕妙好辭，在古今中外的傑作中，屢見不鮮。

王維〈入若耶溪〉：

蟬噪林逾靜，

鳥鳴山更幽。

山林之間，原本一片安恬幽靜，蟬噪、鳥鳴適足以打破這份幽靜的氣氛，可是王維卻用與幽靜的本質相反的噪鳴來予以形容。依常理而論，可謂矛盾不通，極無道理。細思之下，實在是「無理而妙」。因爲，用「蟬噪」與「林逾靜」相映，「鳥鳴」與「山更幽」相襯，對比鮮明，使幽靜的感覺更加強烈。若耶溪在浙江紹興，相傳是西施浣紗之處。唐朝的孟浩然、綦毋潛等詩人均有詩詠此，而以王維的詩句最傑出，就是因爲善用「反襯」的緣故。又清代俞樾詩云：「花落春仍在，鳥鳴山更幽。」用「春仍在」去形容花落，同樣耐人尋味。彭歌曾更動一字，用「花落春猶在」做小說的篇名，並且在序中說：「人生可能遭遇許多的險巇不測，然而，春天畢竟是春天。」其中當然有若干啓示性的哲理。

再看英國詩人布萊克（William Blake）的〈天眞的徵兆〉：

沙粒之中觀宇宙，

野花朵裡見天堂；

用手掌握無限，

剎那捉住永恆。

此四句詩傳誦廣遠，世界馳名：一顆細微的沙粒，竟可以窺見宇宙之大，一朵平凡的野花，卻可以發現天堂；區區小手竟能掌握無限；極短的片刻，卻能捕捉永恆。除了是無理而妙的反襯範例之外，其中的道理更值得我們深思。布萊克的詩句，與我國的古語「胸中自有丘壑」、「尺幅千里」，以及佛家的「一刹那中千百劫」、「納須彌於芥子」，深具異曲同工之妙。前人有詩句云：「門前溪一髮，我作五湖看。」要是能具備如此的胸襟情懷，人生自可隨遇而安，無入而不自得。

二、文章中的反襯

蘇軾〈與弟轍書〉：

淵明作詩不多，然其詩質而實綺，癯而實腴，自曹（植）、劉（楨）、鮑（照）、謝（靈運）、李（白）、杜（甫）諸人，皆莫及也。

蘇東坡評陶淵明，言其詩表面讀起來樸質清癯，其實質卻是綺麗豐腴。「質」、「癯」與「綺」、「腴」本質恰恰相反，如此反襯的運用，尤能彰顯陶詩難能可貴之處。「質而實綺，癯而實腴」遂成爲評陶之壓卷妙語。我曾經用「平易樸拙」形容梁實秋的散文，是「透過深刻的平易，流露智慧的樸拙」，就是脫胎自東坡。

再看幾段現代散文中的反襯辭例：

林海音〈書桌〉：

當這位倒楣的主人回家時，發現他的親切的雜亂，已被改為荒謬的條理了。

余光中〈沙田七友記〉：

從此對思果這種「迷人的嘮叨」頗有戒心，不過既然迷人，也就防不勝防。……思果「單身」的時候，既是我家的常客，我家的四個女孩也認為他「嘮叨」，卻又忍不住要聽下去，且聽入了迷。嘮叨為什麼會迷人，確也費解。大概因為他娓娓而談的時候，面部表情不但複雜，而且總略帶誇張，話裡的意義乃大為加強，又常在上下兩句之間安上許多感嘆詞。總而言之，這是散文家隨風咳唾，筆下既已如此，舌底也不會太走樣的。……

祝振華〈向母親敬禮〉：

如今，世界各國的青少年犯罪問題嚴重，其中的主要原因之一，是今天婦女大多不願留在家裡做母親，而在可能的範圍內，儘量離開子女，到外面找一份「可以使人感到她更能幹」的職業，而忽視了做母親的神聖義務。所以，有人說，現在的孩子們，有許多是「父母俱全的孤兒」。

婚姻的致命傷有時的確來自「太常在一起，使得雙方否定自己心理空間的需求」，有時候，彼此容許各人專心做他的事，就是最好的共享。

隱地・林貴眞《兩岸・互信與互諒》：

林海音的「親切的雜亂」，令人感覺心有戚戚焉。余光中的「迷人的嘮叨」，十足傳神。祝振華的「父母俱全的孤兒」發人省思。隱地、林貴眞的「容許各人專心做他的事——共享」更是現代夫婦相處的藝術。如此反襯的運用，不僅是頗具奇趣，更激發了讀者內心深處的靈智之光。

「反襯」的修辭方法，不但具有詼諧的奇趣，更是「此中有眞意，欲辨已忘言」，在詭譎的嘲弄諷刺之餘，教人警省活著的方向；在富有奇趣的矛盾語辭中，燭照人性深處的奧祕。簡單歸納「反襯」的作用，約有二端：㈠無理而妙的諷刺性。㈡反常合道的啓發性。以下且分別略加闡論：

㈠無理而妙的諷刺性

「反襯」的諷刺，以小說中較爲常見。且看：

吳敬梓《儒林外史》：

蕭金鉉道：「今日對名花，聚良朋，不可無詩，我們即席分韻何如？」

杜愼卿笑道：「先生，這是而今詩社裡的故套。小弟看來，覺得雅得這樣俗，還是清談為妙。」

（第廿九回）

《儒林外史》是中國最著名的諷刺小說，描繪知識分子的迂腐鄙陋，淋漓盡致。吳敬梓在此用「這樣俗」形容「雅」，眞是無理而妙。雅與俗本質恰恰相反，對比強烈，不但給予讀者深刻的印象，且深含譏誚諷刺的意味。凡事總是要以自然合度爲宜，難以勉強力求。過分刻意地追求風雅，矯揉造作，反而顯得俗不可耐。「雅得這樣俗」，眞是一語擊中要害！其實，這種現象自古已有，於今爲烈。有人發了橫財，耗資數百萬裝潢客聽，卻俗不可耐，被譏爲「製造了一大堆美麗的垃圾」。

曹雪芹《紅樓夢》：

寶玉道：「我呢？你們也替我想一個。」

寶釵笑道：「你的號早有了，『無事忙』三字恰當得很。」（第卅七回）

寶玉道：「關了門罷！」

襲人笑道：「怪不得人説你無事忙，這會子關了門，人倒疑惑起來，索性再等一等。」（第六十三回）

《紅樓夢》是最受世人矚目的古典小説，書中的主角賈寶玉、林黛玉、薛寶釵可謂家喻戶曉。「無事忙」是薛寶釵譏誚賈寶玉的話，給他套上這麼一個號，堪稱絕配！「無事」，理應十分空閒，卻用來形容「忙」，將賈寶玉鎮日無聊，像沒頭蒼蠅到處亂鑽的特性，充分顯現，狀溢目前，眞是傳神！

如此無理而妙的反襯語，可頗不勝枚舉，俯拾皆是：

笑裡刀，綿裡針！

蒼老的少年！

死活人！

可怕的朋友！

以退為進！

可惡的精明！

睜眼的瞎子！

熱情得令人心生寒意！

好聰明的糊塗法子！

勤於吃東西的懶人！

當代最著名的美國專欄作家包可華，擅長諷刺。黃驤在《包可華專欄選粹．序》裡說得好：

包可華先生從事寫作的卅五年間一直在為真理、公正和歡樂而奮鬥。他諷刺的目標是虛假、愚妄和偽善，他在寫得最溫和的地方隱藏著最尖刻的諷刺。被他諷刺的大人物，在被他的刀尖刺透身體以前不會感到一點疼痛。

「最溫和的地方隱藏著最尖刻的諷刺」，用反襯的方式，一語道破了諷刺文章的特性！

㈡反常合道的啟發性

「反襯」的啓發，中國自古即有名言：

司馬遷《史記．管晏列傳》：

知與之為取，政之寶也。

這正是儒家「藏富於民」的理想，也正與道家的「無爲而無所不爲」、「無用之用是爲大用」的道理相通。

清初詩人張潮在《幽夢影》裡創造了許多反襯的格言：

能讀無字之書，方可得驚人妙句；能會難通之解，方可參最上禪機。

貌有醜而可觀者，有雖不醜而不足觀者；文有不通而可愛者，有雖通而極可厭者。

以風流為道學，寓教化於詼諧。

現代作家當然也不讓古人專美於前，且看：

劉俠《生之頌．母親的臉》：

每當我想起這張臉，心中就有很深很深的感動。因為我從那卑微中看到了偉大，從怯懦中看到了勇敢，從羞慚中看到了掩飾不住母性的驕傲。這是一張真正屬於母親的臉！

何懷碩〈苦者有福〉：

常聽到有人以為他是最痛苦的，我覺得十分可惜，如果我們自感受苦，更應奮起追求痛苦後面的歡樂與安慰。

劉俠筆名杏林子，自幼殘障卻能寫作成果豐碩，令人敬佩。「卑微中的偉大」、「怯懦中的勇敢」、「羞慚中的驕傲」，適足煥發出最可貴的母性光輝！何懷碩是知名的藝評家，教人「奮起追求痛苦後面的歡樂與安慰」，自然是富有啓示的「反襯」！

反常合道而具有啓示性的反襯語，當然不僅乎此。再看：

非用霹靂手段，不足以顯菩薩心腸！

可敬的敵人！

開明的專制！

大智若愚！

吃虧就是占便宜！

缺陷美！

光榮的失敗！

苦澀中的甜美！

高貴的野蠻！

快樂而別致的吵架！

失落往往是最崇高的獲得！

反襯的語辭，肇基於宇宙和人性的矛盾，有輕鬆有趣的諷刺，有耐人尋味的啓示。除了新奇有趣，生動傳神之外，反襯更是一面鏡子，照見了人性深處的奧妙！

貳、對襯

對兩種不同的人、事、物，從兩種不同的觀點加以形容描寫，是為「對襯」。無論是古典詩文、現代文學中，均極為常見。

一、古典詩文中的對襯

1.昔我往矣，楊柳依依。
今我來思，雨雪霏霏。
行道遲遲，載渴載饑。
我心傷悲，莫知我哀。（《詩經．小雅．采薇》）

〈采薇〉敘出征戰士久役歸來，以上所錄，為其中之第三章。「昔我往矣，楊柳依依。今我來思，雨雪霏霏。」針對當初出征與今日歸來兩種不同的情境，予以描寫，形成強烈的對比。短短的四句話，只有十六個字，時間上的今與昔，季節上的春與冬，景物上的楊柳與雨雪，人情上的散與聚。時空轉移，人事倥傯，征人久役的悲歡離合之情，躍然紙上。此種對襯之運用，寓情於景，意象鮮明，是典型之警策秀句。又「昔我往矣，楊柳依依」，以樂景寫哀，在楊柳飄蕩美好歡樂春光中，被迫出征，更加悲傷；「今我來思，雨雪霏霏」，以哀景寫樂，在雨雪紛飛的苦境中趕路，心情卻反倒愉快，不以為苦。如此對比的程度更加強烈，予讀者的印象更加深刻。

2.親賢臣，遠小人，此先漢所以興隆也；親小人，遠賢臣，此後漢所以傾頹也。先帝在時，每與臣論此事，未嘗不歎息痛恨於桓、靈也。侍中、尚書、長史、參軍，此悉貞良死節之臣，願陛下親之信之，則漢室之隆，可計日而待也。（諸葛亮〈出師表〉）

此為〈出師表〉之第三段，諸葛亮舉貞良死節之臣，勉後主親賢臣，遠小人，以復興漢室。先闡明先漢興盛之原因、後漢衰亡之原因，借古爲鏡；然後落實到現實人事上，列舉操守堅貞、品行善良而能爲國家效命之賢臣，盼望後主親信重用，則漢室之興隆，有厚望焉。諸葛亮此文，對後主懇切叮嚀，諄諄告誡，列舉人事，志盡文暢。黃季剛《文心雕龍札記》將之列爲《文心雕龍》所謂「顯附」文章風格之典型範例。其言曰：「語貴丁寧，義求周洽，皆入此類，若諸葛亮〈出師表〉、曹冏〈六代論〉之流是也。」文中流露老臣謀國之意，一片苦心孤詣，深深感動人心。此所謂：「親賢臣，遠小人，此先漢所以興隆也；親小人，遠賢臣，此後漢所以傾頽也。」將西漢、東漢兩種不同的政治情況——「興隆」與「衰頽」，由兩種不同之作風——「親賢臣、遠小人」與「親小人、遠賢臣」，兩相對列比較。作風迥異，結局相反，使得文章語氣增強，意義明顯，給讀者留下深刻的印象。誠爲映襯法「對襯」之典型範例，更爲傳誦千古之警句。

3.彤庭所分帛，本自寒女出。鞭撻其夫家，聚斂供城闕。聖人筐篚恩，實欲邦國活。臣如忽至理，君豈棄此物？多士盈朝廷，仁者宜戰慄！況聞內金盤，多在衛霍室。中堂有神仙，菸霧蒙玉質。煖客貂鼠裘，悲管逐清瑟。勸客駝蹄羹，香橙壓金橘。朱門酒肉臭，路有凍死骨！榮枯咫尺異，惆悵難再述。（杜甫〈自京赴奉先詠懷五百字〉）

〈奉先詠懷〉爲杜甫五古長篇之傑作，時當天寶十四年，安史之亂即將爆發，杜甫身在長安爲官，家眷寄住在奉先（陝西蒲城縣），請假回奉先探親。因明皇奢蕩失度，楊貴妃、楊國忠紊亂朝綱，感亂事將興而作。以上所錄，自「彤庭所分帛」，至「仁者宜戰慄」，旨在譏皇上濫用賞賜。朝廷所聚斂的錦帛，乃鞭撻民眾，從各地搜括而來，應當珍惜，不可揮霍浪費。天子賞賜之意，本在鼓勵群臣，努力國事。臣子若忽略此意，則非賞賜本意，理應戰慄思報。羅大經《鶴林玉露》評云：「此段即爾俸爾祿，民脂民膏之意也。士大夫誦此，亦可以悚然懼矣。」自「況聞內金盤」至「惆悵難再述」，旨在諷刺后戚奢侈無度，其中「朱門酒肉臭，路有凍死骨」二句，爲篇中之警策。將貴族之奢侈與百姓之困苦，以對比映襯的筆法，濃縮在短短十個字中，予人強烈深刻的印象。「朱門」用借代修辭法，以富貴者的特徵——朱紅色的大門，代富貴人家，意象浮現。用「凍死骨」而不用「餓死骨」，乃是配合前面的「本自寒女出」，暗示凍死者即爲獻帛之人。由此二句，將當時社會上不公平的現象，具體呈現，表現了強有力的控訴。杜甫之爲「詩聖」、「詩史」，因素固然不止一端，但善用竦動人心的警策語，實爲其中關鍵所在。

4.閑坐悲君亦自悲，百年都是幾多時！

鄧攸無子尋知命，潘岳悼亡猶費詞。

同穴窗冥何所望？他日緣會更難期。

惟將終夜長開眼，報答平生未展眉。（元稹〈遣悲懷〉）

元稹悼亡妻的詩共三首，此爲第三首，「惟將終夜長開眼，報答平生未展眉」。爲千古悼亡之名句，以整夜因思念亡妻失眠的「長開眼」，回報亡妻貧賤生活的「未展眉」。強烈的對比，流露了無限深情，也蘊藏了無限往事。元稹在前兩首悼亡詩中曾說：「顧我無衣搜藎篋，泥他沽酒拔金釵。」又說：「誠知此恨人人有，貧賤夫妻百事哀。」三首並讀，更能體味其中的情思。如此透過顯明的對比，將一世夫妻情深，凝聚到「長開眼」與「未展眉」的「眉」「眼」之眼，確屬神來之筆。

5.然則何時而樂耶？其必曰：「先天下之憂而憂，後天下之樂而樂乎！」（范仲淹〈岳陽樓記〉）

范仲淹的〈岳陽樓記〉，不但文章高妙，興會獨絕，更由於人文精神的投射，神遊物外，心與景接，使巴陵勝景增色生輝，千古名勝與一代奇文相得益彰，並垂不朽。不但襟期高遠，胸懷天下，更由於人格精神的感召，警句傳世，竦動人心，爲知識分子奠立典範，昔賢雖歿而芳烈令聞鋒發韻流，風範長存！「先天下之憂而憂，後天下之樂而樂。」無論窮通進退，其心常懷天下。在眾人尚未發現災禍之前，要洞燭機先，遠慮未來，消弭憂患於無形；在天下百姓都能安居樂業之後，自己才眞正能心安理得，感覺精神舒坦，心情愉快。在形式上運用強烈的對襯，顯豁響亮，警策生動，足以恢弘志士之氣！

其實，〈岳陽樓記〉中間二段，分敘雨悲晴喜之兩種處境，整段都是典型的情境對襯。「……登斯樓也，則有去國懷鄉，憂讒畏譏，滿目蕭然，感極而悲者矣。」與「……登斯樓也，則有心曠神怡，寵辱皆忘，把酒臨風，其喜洋洋者矣。」由於對襯的運用成功，留給讀者強烈深刻的印象。

6.俺曾見金陵玉殿鶯啼曉，秦淮水榭花開早；誰知道容易冰消。眼看他起朱樓，眼看他宴賓客，眼看他樓塌了。這青苔碧瓦堆，俺曾睡風流覺。（孔尚任《桃花扇．哀江南》）

孔尚任《桃花扇》是南曲傳奇中的名著，以上這支曲子有兩個對襯：1.「俺曾見金陵玉殿鶯啼曉，秦淮水榭花開早」與「誰知道容易冰消」，興亡盛衰，頓生滄桑！2.「眼看他起朱樓，眼看他宴賓客」與「眼看他樓塌了」，繁華極盛，忽然銷歇；江山改易，人事全非，無限感慨！

古典詩文中的對襯，不勝枚舉，再看：

1.政之所興，在順民心；政之所廢，在逆民心。（《管子．牧民》）

2.竊國者侯，竊鉤者誅。（古諺）

3.賢人而屈於不肖者，則權輕位卑也；不肖而能服賢者，則權重位尊也。（《韓非子．難勢篇》）

4.蟬翼為重，千鈞為輕；黃鐘毀棄，瓦釜雷鳴；讒人高張，賢士無名。（屈原〈卜居〉）

5.以五千之眾，對十萬之軍；策疲乏之兵，當新羈之馬。然猶斬將搴旗，追亡逐北，滅跡掃塵。（李陵〈答蘇武書〉）

6.江畔何人初見月？江月何年初照人？
人生代代無窮已，江月年年只相似。（張若虛〈春江花月夜〉）

7.越王勾踐破吳歸，戰士還家盡錦衣。
宮女如花滿春殿，只今惟有鷓鴣飛。（李白〈越中覽古〉）

8.冠蓋滿京華，斯人獨憔悴！
孰云網恢恢？將老身反累！

千秋萬歲名，寂寞身後事。（杜甫〈夢李白〉）

9.睡覺寒燈裡，漏聲斷，月斜窗紙。自許封侯在萬里，有誰知？鬢雖殘，心未死。（陸游〈夜遊宮〉）

10.宋人尚理而病於意興，唐人尚意興而理在其中。（嚴羽《滄浪詩話》）

11.處世宜帶春氣，律己宜帶秋氣。（張潮《幽夢影》）

二、現代文學中的對襯

現代文學中，對襯的傑出辭例，更是俯拾皆是：

1.但燈光究竟奪不了那邊的月色：燈光是渾的，月色是清的。在渾沌的燈光裡，滲入一脈清輝，卻真是奇蹟！（朱自清〈槳聲燈影裡的秦淮河〉）

亞里斯多德論對比時有一段名言：「相對觀念之意義，易爲人覺察；其於並排列出時，尤爲明顯。」朱自清以「渾」的燈光對襯「清」的月色，透過相對觀念的並列，不但刻畫細膩，尤足以令讀者印象深刻。

2.有缺點的戰士畢竟是戰士，完美的蒼蠅也終竟不過是蒼蠅。（魯迅〈戰士和蒼蠅〉）

「戰士」與「蒼蠅」原本就是顯明的對比，再加上「有缺點的」與「完美的」適得其反，映襯的意義就更強烈了。類似的用法，我們可以說：醜小鴨環遊世界歸來，仍然是醜小鴨！一粒金鵝蛋，即使擺在鴨蛋堆裡，仍然是金鵝蛋！

3.弘一法師與印光法師並肩而坐，正是絕好的對比：一個水樣的秀美、飄逸，而一個是山樣的渾樸、凝重。（葉紹鈞〈兩法師〉）

此段從「仁者樂山，智者樂水」脫化而出，敘兩位得道高僧，從外在的形像透視出其內在涵義個性，眞是探驪得珠之筆！

4.自由世界最大的缺點：是有錢不能共享；共產社會最大的優點：是有苦必須同當。（邱吉爾名言）

二次大戰後，東歐許多國家，被共產黨統治，淪入鐵幕。東西方形成兩大集團，展開冷戰。英國首相邱吉爾創造了許多名言，形容共產社會，入木三分，例如「鐵幕」。以上這一段話，以「最大的缺點——有錢不能共享」與「最大的優點——有苦必須同當」，將自由世界與共產社會的特色，以對襯的方式，一語道破。眞是顯豁響亮，警闢意深。

5.什麼都不愁，不怕，天塌下來有高個子頂，地陷落時有大胖子塡，什麼事都不用操心。我又不是跟你開借，裝窮做什麼？荷包空，心子實在，就成了！（沈從文《長河》）

「天塌下來有高個子頂」對襯「地陷落時有大胖子塡」，「荷包空」對襯「心子實」，運用巧妙，使沈從文的語言更加鮮活傳神。

6.令孺對於中外文學藝術最為傾心，而對於世俗的生活與家庭的瑣碎殊不措意。（梁實秋《雅舍雜文・方令孺其人》）

「文學藝術」與「家庭瑣碎」適成強烈對比。有人對梁實秋說：「您翻譯《莎士比亞全集》，爲何不去英國？」梁先生的回答是：「因爲莎翁一生沒有到過中國，爲了保持平衡起見，我這一生也不必去英國！」

7.柳如是問錢牧齋說：「你為什麼愛我？」

牧齋說：「愛你的頭髮黑如漆，臉白如雪。」

牧齋也問她：「那麼你為什麼愛我呢？」

柳如是說：「愛你的頭髮白如雪，臉黑如漆。」（周法高〈論柳如是〉）

柳如是的「髮黑如漆」與「臉白如雪」顏色迥異，強烈對比；錢牧齋的「髮白如雪」與「臉黑如漆」強烈對比。再加上美人的形象與糟老頭的面貌，適得其反，構成雙重的對襯。

8.這兩個老大學，似乎把學生當成生物，讓生物生長；別的大學，似乎把學生當成礦物，讓礦物定型。（陳之藩〈古瓶〉）

英國的牛津大學和劍橋大學，傳統優良，舉世聞名。尤其是開放自由的學風與啓發式的教學，爲各國年輕學子所欽羨而心嚮神往。陳之藩〈古瓶〉一文，以對話爲主體，暢談牛津、劍橋的風味，是當代膾炙人口的名作，其中最爲人所津津樂道的就是以上所引這段話。「把學生當成生物，讓生物生長」與「把學生當成礦物，讓礦物定型」，兩種作風，形成強烈的對比，前者的開放自由，洋溢著生機，與後者的閉鎖、制式，一片沉寂。不但對襯顯明，印象深刻。更足以發人深省。

9.比起波濤洶湧的洞庭湖來，鏡泊湖是平靜安詳的。……西湖和她相比，一個像「春山低秀、秋水凝眸」的美豔少婦，一個像「樸素自然、貞靜自守」的處子。（臧克家〈鏡泊湖〉）

「波濤洶湧」與「平靜安詳」恰恰相反，「春山低秀、秋水凝眸」的少婦與「樸素自然，貞靜自守」的處子，不但是典型的對襯，同時也是耐人尋味的妙喻。有人曾經說：「如果北京是一個嚴肅的貴婦，杭州就是一個清純的少女。」與此有異曲同工之妙。

10.看文學大師們的創作，有時用簡：惜墨如金，力求數字乃至一字傳神。有時用繁：用墨如潑，汩汩滔滔。雖十、百、千字亦在所不惜。（周先慎〈簡筆與繁華〉）

11.世上有兩個文字礦，一是老礦，一是新礦。老礦在書中，新礦在普通人的語言中。次等的藝術家都從老礦中掘取材料。惟有高等的藝術家，則會從新礦中去掘取材料。（王鼎鈞〈文學種籽〉）

以上兩個辭例，都是論寫作的金玉良言。透過對比映襯的表達方式，尤見奇效。周先慎又曾經說：言簡意賅，是凝煉、厚重；言簡意少，卻不過是平淡、單薄。王鼎鈞又曾經說：文學作品有兩種：一種是胎生的，經過長期孕育、陣痛，好不容易才出世；一種是卵生的，像老母雞下蛋，一天一個，稀鬆平常，孰優孰劣，不言可喻。

12.寧鳴而死，不默而生。對好人好事讚美而不歌頌；對壞人壞事批評而不謾罵。（王大空《笨鳥飛

歌》）

13.為學問著眼，我看過的書太少。為眼睛著眼，我看過的書又太多了！（余光中〈開卷如開芝蔴之門〉）

14.為曾經擁有的而感謝，莫為已經失去的而傷懷。（薇薇夫人〈喪子之痛〉）

以上三個辭例，均為當代作家的名作。透過對襯的運用，對於人生的處世態度，有深刻的認知，可見映襯往往具有啓示性。

15.大凡醫院，皆有一長一短。所謂一長乃是候診室裡等候之長；所謂一短，乃醫師診病之短。兩相比較，長者約比一年，短者則似可一刻。（顏元叔〈哀者肉體〉）

此文以「診病之短」對襯「等候之長」，令讀者心有戚戚焉。批評社會現況，如能善用對襯，往往能立即搔中癢處，引發普遍的共鳴。

其實，對襯的精采實例，眞是不勝枚舉，俯拾皆是：

1.是不是又有哪些事當做不做，而不當做的卻做了。（蔣經國《風雨中的寧靜》）

2.國文系和體育系的作風迥異：體育系是一言不合，三步流血；國文系是君子報仇，三年不晚！（張夢機語）

3.激揚豪氣、才氣與朝氣，即可以攀抵卓越之峰巒。懷抱小氣、俗氣與暮氣，則勢將淪落平庸之泥淖。（余玉照語）

4.林洋港太座管制喝酒。「有此太太日子不好過，無此太太日子過不了！」

5.有人得意，看背影就可以知道；
有人失意，聽腳步聲就可以知道。（王鼎鈞語）

6.資源有限，創意無窮。（中鋼標語）

7.當面批評比背後批評要真心，背後讚美比當面讚美更可靠。
8.求學問，須常存懷疑；交朋友，須心懷信賴。
9.公司徵求女職員的條件：打字每分鐘超過六十字；說話每分鐘少於六十字。
10.「人生可分為哪兩大階段？」
「前期是犧牲健康追求財富；後期是犧牲財富追求健康。」
11.都市人嚮往鄉野的寧靜，鄉野人羨慕都市的熱鬧！
12.批評空大，使空大更進步，是我們的權利與義務！
感念空大，使空大更融洽，是我們的責任與光榮！

參、雙襯

曾經有人說過一段名言：

文學史上偉大的天才詩人，假如住在你家隔壁，可能會被視為神經病！

這話當然頗帶誇張，不但對詩人有欠禮遇，且過甚其辭。縱然有些詩人洋溢著浪漫與激情，生活不正常，顯得有點瘋瘋癲癲，但仍然有許多詩人是溫文有禮，言行令人敬佩的。可是如果仔細思量一下，天才與神經病好像只有一線之隔，「天才詩人被視爲瘋子」的話，似乎也不無幾分道理。再從修辭學的角度來看，這段話就是典型的雙襯——針對同一個人或同一件事物，從兩種不同的觀點予以形容描寫，恰成強烈的對比。

「雙襯」的妙語，在古今中外的傑作中，屢見不鮮。最爲大眾熟知的是十九世紀英國小說家狄更斯在《雙城記》卷首的警句：

那是最好的時代，也是最壞的時代；

那是智慧的時代，也是愚蠢的時代；
那是信仰的時代，也是懷疑的時代；
那是光明的時季，也是黑暗的時季；
那是有希望的春天，也是絕望的冬天；
我們的前途有著一切，我們的前途什麼也沒有；
我們大家一直走向天堂，我們大家一直走向地獄。

這些話鏗鏘有力，發人深省。凡是讀到的人，都會爲之動容，留下深刻的印象。同時也許會思索：其中的奧妙的關鍵處何在？爲何如此警策生動？

略加分析，狄更斯的這段文字，是連續運用七組雙襯句，排空而來，突兀傲立，使讀者感覺怵目驚心。每兩句爲一組，前一句是往好處看，後一句往壞處看，觀點不同，角度迥異，說法大異其趣，恰成強烈的對比。雙襯和反襯同樣緣於宇宙人性的矛盾，但二者在語言藝術的運用上，略有所不同。反襯是「對同一件人事物，用恰恰與其本質或現象迥異的語辭予以形容描述」，所以有「美麗的錯誤」、「迷人的嘮叨」，雙襯則是從兩極化的不同觀點審視同一件人事物而用相反的角度予以形容描述。

反襯通常只是一句話，雙襯至少有兩句，甚至相當長的一段。西洋中古時期，騎士之風盛行，有一則膾炙人口的故事〈盾〉，迄今流傳不衰：

古時，有兩個武士相遇於一株大樹之下，一個武士開口道：「你看見樹上掛的那面盾麼？」
另一個武士答道：「看見的，那是銀的盾。」
前一個武士說道：「不！不！你錯了，這盾是金的。」
後一個叫道：「不，不，錯的是你，明明白白是銀的。」
這兩人始而鬥口，繼而拔出劍來，為他所信奉的真理而戰，結果各自受了不很輕的傷，倒在地上不能動彈。

但當他們倒下時，機會使他們見了這盾的真相，原來一面是金的，一面是銀的。他們各自見了盾的一面，卻自以為自己是對的，別人是錯的，枉自鬥了一場。

這個故事中的兩位武士，當然很冤枉。其實，一般人看問題或分析事理，往往僅從表象著眼，或者是從單一角度以偏概全，就正如上述故事中的武士一樣，只看到盾的一面，就爲自己信奉的眞理而戰。殊不知，片面的眞理並不能代表眞理的全部。〈盾〉的故事所反映的各執一偏之失，固然發人深省，但細思之下，其所運用的表達方式仍然是「雙襯」。可見「雙襯」運用得巧妙，不但趣味盎然，且深具啓示。

「雙襯」的修辭法，也頗能發揮諷刺的效用。張曉風〈答詞表裡〉云：

這兩天的會議，蒙各位踴躍發言（煩死人了，從來沒看過發表慾那麼強的人），提出了許多寶貴的意見（還不是那些陳腔爛調，説了又説，也不嫌煩）。至於趙愛説先生的寶貴意見（這種不切實用的書生之見有個屁用），錢亂講先生的卓識（這人牙都老掉了，怎麼舌頭還如此靈活），孫貪話先生的十項原則（這人年紀輕輕就大放厥詞，三五年後還得了？）李胡説女士的書面報告（唉！女人！妳嘮叨妳丈夫一人也就罷了，跑到這裡來煩我們幹什麼？）將來會印成專冊，以便各單位保留（那也是各位的意見壽終正寢的時辰啦！）。

如此用雙襯的修辭，透視人口中所言與內心所想的矛盾，在表象與實質的強烈對比下，諷刺尖銳，頗見諧趣。

再如《聯合報．黑白集．衝擊》有一段雙襯的妙喻：

一顆石頭，拋入一泓池水，引發了一陣衝擊，這情形可從各種不同的意義來看：

一是擾亂了清靜與安寧。

一是破壞了水池的如鏡景象。

一是驚嚇了池中之魚。

但是，也可說——

一是注添了池中的氧氣。

一是激發了水池的生氣。

一是為池水增添了動態。

所以，外來的衝擊，有破壞的力量，也有激濁揚清的作用，主要的是要看我們如何去回應，去思考。

還有大陸作家莫言的《紅高粱》：

我曾經對高密東北鄉極端熱愛，曾經對高密東北鄉極端仇恨。長大後，我終於領悟到，高密東北鄉無疑是地球上最美麗最醜惡，最超脫最世俗，最聖潔最齷齪，最英雄好漢最忘八蛋，最能喝酒最能愛的地方！

在英國小說家狄更斯的筆下，智慧的時代與愚蠢的時代，是同一個時代；光明的時季與黑暗的時季，是同樣的時季。他連用七個雙襯，大氣磅礡，全世界的讀者都感覺竦人耳目。在中國現代作家莫言的筆下，也是連用五個雙襯，將他對故鄉的既愛又恨之情，表達得淋漓盡致。如果往更深一層去思考，目前台灣社會的現象，不正既是令人絕望的冬天，又是充滿希望的春天嗎？

一、古典詩文中的雙襯

《荀子．勸學篇》：

騏驥一躍，不能十步；駑馬十駕，功在不舍。鍥而舍之，朽木不折；鍥而不舍，金石可鏤。

彭端淑〈爲學一首示子姪〉：

天下事有難易乎？為之，則難者亦易矣；不為，則易者亦難矣。學之，則難者亦易矣；不學，則易者亦難矣。

再看唐代邊塞詩人陳綯的一首〈隴西行〉：

誓掃匈奴不顧身，
五千貂錦喪胡塵；
可憐無定河邊骨，
猶是春閨夢裡人。

此爲唐代七言絕句中膾炙人口的名作。前二句藉李陵喪師辱身發端，言將士用命誓掃匈奴，奮不顧身，傷亡慘重，五千勇士喪身異域。後二句著力描繪閨怨的傷痛：戰士已化身無定河邊的枯骨，可是在春閨夢裡，卻仍然是活生生的良人，日夜思念盼望早歸，殊不知此種希望不僅長期失望，且早已永成絕望！歷來對此詩的鑑賞評析，以黃永武《中國詩學．設計篇》所論最爲精闢：

河邊白骨與閨中良人，在真實的世界裡，該是分隔在二個不同的時間和不同的空間中，憑著詩人的想像和閨人的夢境，將這不同的時空，溶合到眼前的片刻中來。照通常的寫作法則，主角既成了枯骨，已經沒有可寫的東西了，陳綯卻利用不同時空的疊映，死中求活，產生了妙意。再則由於「無定河」三字，除了河名之外，還有潰沙急流，深淺不定的歧義性，這歧義使整個畫面也產生動盪的感覺。

從修辭的雙襯法而言，針對同一個人，從兩種不同的觀點設想：1.眞實的世界——無定河邊骨。2.閨人的夢境——日夜夢寐以思的良人。枯骨與活生生的良人，恰成強烈的對比，適足以表現深刻強烈的悽慘傷痛！「可憐無定河邊骨，猶是春閨夢裡人」，如此傳誦千古的雙襯警句，猶勝於「年年戰骨埋荒外，空見葡萄入漢家」「一將功成萬骨枯」！

雙襯用得最具哲理意味的是蘇軾〈前赤壁賦〉：

客亦知夫水與月乎？逝者如斯，而未嘗往也；盈虛者如彼，而卒莫消長也。蓋自其變者而觀之，則天地曾不能以一瞬；自其不變者而觀之，則物與我皆無盡也。

此〈赤壁賦〉第四段之警策語句，讀之啓人茅塞，發人深省。水月似變化而未變化，人生雖短暫而未幻滅，薪盡火傳，生生不息，生之洪流，永無窮盡。江水依舊，明月萬古，由水、月、人，乃至於世間的萬事萬物，變的是表面現象，物質不滅，本體與眞理是永遠而不變的！

此針對同一主體——物與我，自兩種不同的角度予以描述，一則「自其變者」而觀之，則天地曾不能以一瞬；一則「自其不變者」而觀之，則物與我皆無盡也。變與常兩種不同的觀察角度，結果迥然不同，大異其趣，形成強烈的對比。由於雙襯法的巧妙運用，不但使得文章語氣增強，意義明顯，更流露了宇宙與人性的奧秘：物與我的壽命雖然有時而盡，但是天地之間，日月運轉，四季輪替，萬物榮枯，生生不息，代代無已，人類永遠是宇宙間生之洪流，薪火相傳，永無止境，卻是永遠不變的！

由此更使我們領悟到生命的眞諦，更加肯定人生的價値與意義。在此聯想起西洋的名諺：

生活像磨石，它能將你磨碎，也能使你磨鍊得發光，端視你的本質而定！

羅馬帝國就是在極度與盛時埋下了覆亡的種籽！

老子說得好：「有無相生，難易相成。」從古典詩文中的雙襯警句，更能使我們警省生命的意義與生活的方向！

二、現代文學中的雙襯

擅長運用「雙襯」的高手，不只是孟子、荀子、蘇東坡等古人，現代作家也不讓古人專美於前。

1.我是個極空洞的窮人，我也是一個極充實的富人——我有的只是愛。（徐志摩《愛眉小札》）

同一個「我」，既是「極空洞的窮人」，又是「極充實的富人」。看似矛盾，其實並不衝突，因爲前者從物質經濟上著眼，徐志摩家無恆產，大概是個窮光蛋；後者從精神生活上著眼，徐志摩浪漫熱情，生活多采多姿，當然充實而富有，簡直近乎揮霍！

2.他們是羊，同時也是凶獸；但遇見比他更凶的凶獸時便現羊樣，遇見比他更弱的羊時便現凶獸樣。因此，武者君便認為兩樣東西了。（魯迅〈忽然想到〉）

遇見羊就變成凶獸，遇見凶獸就變成羊。同一種人，在不同的情況下，呈現不同的面貌，不但呈兩極化的強烈對比，同時對於人性的刻畫，有深入的諷刺。

3.大家庭裡做媳婦的女人平時吃飯的肚子要小，受氣的肚子要大；一有了胎，肚子真大了，那時吃飯的肚子可以放大，受氣的肚子可以縮小。這兩位奶奶現在的身體像兩個吃飽蒼蠅的大蜘蛛，都到了顯然減少屋子容量的狀態，忙得老太太應接不暇，那兩個女傭人也乘機吵著，長過一次工錢。（錢鍾書《圍城》）

昔時在大家庭做媳婦，常常要忍氣吞聲，委曲求全，錢鍾書著眼於同一樣的肚子，懷孕前後，情況迥然不同。如此透過一點的突出描述，將媳婦的處境描繪得淋漓盡致，入木三分。《圍城》書中對於知識分子的諷刺，更是單刀直入，毫不留情：

這些學生一方面盲目得可憐，一方面眼光準確得可怕。他們的讚美，未必盡然，有時竟上人家的當；但是他們的毀罵，那簡直至公至確，等於世界末日的「最後審判」，毫無上訴的餘地。他們對於李梅亭的厭惡不用說，甚至韓學愈也並非真正得到他們的愛戴。鴻漸身為先生，才知道西洋人瞧不起東方人，富人瞧不起窮人——不，窮人瞧不起富人，全沒有學生瞧不起先生那樣厲害。他們的美德是公道，不是慈悲。他們不肯原諒，也許因為他們自己不需要別人原諒，不知道也需要人原諒……。

同一些人的眼光，既是「盲目得可憐」，又是「準確得可怕」，當然是從兩種不同觀點觀照下的「雙襯」。

《圍城》另有一段描述鷹潭的客棧，到處是蒼蠅，風肉上蛆蟲載蠕載裊，夥計沒法毀屍滅跡，只重複說：「你們不吃，有人要吃——我吃給你們看——」店主取出嘴裡的旱菸筒，勸告道：「這不是蟲呀，沒有關係的，這叫『肉芽』——『肉』——『芽』。」眞是豈有此理！

4.這個世界往壞處轉是歐威爾筆下一九八四年的提前到來，以奴役為天堂；往好處轉是赫胥黎筆下的「美麗世界」的重現世上，具衣冠之禽獸。（陳之藩《旅美小簡．前記》）

5.美其名曰「大器晚成」，事實上只是「晚不成器」。美其名曰「老驥伏櫪」，事實上無非「馬齒徒增」。（余光中〈迎七年之癢〉）

6.以後在課堂上偶一回頭，一定會觸及他眼鏡後一雙又凝注，又游移的目光。（鍾玲《輪迴》）

7.沈沅來了之後，引起了一些人的注目，也引起了一些人的側目。（汪曾祺〈寂寞和溫暖〉）

8.婚前，我時而清明，時而墮落；時而樂觀奮鬥，時而意氣消沉。反正，過了單身年紀的單身漢，多少有點神經兮兮。

孩子們到底是天使呢還是魔鬼？他們一會兒逗得你哈哈大笑，一會兒可以氣得你怒髮衝冠。如果毫不想有什麼成就感，吃過飯後光陪他們看看電視，或玩在一起，或幫他們溫習溫習功課，倒也罷了；偏偏我自己是有些私心的人，我不甘心每天下班後完全把時間交給孩子……（隱地《兩岸．下班三部曲》）

9.每一個男人事實上都是兩個人：一個是他真正的自己，另一個是理想中的自己。妻子的職責就是幫助她的先生，成為他理想中的那個人。不要挑剔他，不要拿他來和隔壁的某某人相比，應該溫柔的鼓勵他讚賞他，為他加油打氣。（林貴眞《兩岸．寫給女孩子》）

以上辭例，可見雙襯在現代文學中的妙用，眞是極態盡妍，美不勝收。在此又聯想起中國最偉大的諷刺小說《儒林外史》第三回，范進中舉前後，他的丈人胡屠戶的態度語氣判若兩人。

中舉前——同案的人約范進去鄉試。范進因沒有盤費，走去同丈人商議，被胡屠戶一口啐在臉上，罵了一個狗血噴頭道：「不要失了你的時了！你自己只覺得中了一個相公，就癩蝦蟆想吃起天鵝肉來。這些中老爺的都是天上的文曲星，你不見城裡張府上那些老爺，都是萬貫家私，一個個方面大耳。像你這尖嘴喉腮，也該撒泡尿自己照照！不三不四，就想天鵝屁吃！」

中舉後——我每常說，我的這個賢婿，才學又高，品貌又好，就是城裡頭那張府、周府這些老爺，也沒有我女婿這樣一個體面的相貌。得罪你們說，我小老這一雙眼睛，卻是認得人的！

同一個范進，在胡屠戶心目中前後竟有天壤之別，吳敬梓將勢利的胡屠戶，描繪得神氣活現，前後對照，神情如畫，令人嘆為觀止。不過在人情上我還是欣賞隱地、林貴眞夫婦在《兩岸》中對於家庭夫婦之情的描繪，平實之中見眞情。十九世紀英國浪漫詩人布萊克在〈天堂與地獄之婚〉中說得好：「沒有矛盾衝突就沒有進步，也沒有吸引與排斥，沒有理性與力量！」

關於映襯的原則，在此簡要歸納兩點：

第一，透視矛盾，對比鮮明

映襯緣於人性內在的矛盾與宇宙事物的矛盾。美與醜，善與惡，歡樂與哀痛，正確與錯誤，崇高與卑污，光明與黑暗……普遍常存。若能透視種種矛盾現象，對比強烈，必然可以給予讀者鮮明的印象。如《詩經．小雅．采薇》，針對當初出征與今日來歸，兩種不同的情境，並立對照，不但語氣增強，意義顯豁，且意象鮮明，富有感染力。

第二，緊扣主題，目標明確

映襯除了對比強烈，予讀者強烈而深刻的印象之外，須注意目標的明確性，緊扣主題，將作者的意旨充分彰顯出來，如范仲淹〈岳陽樓記〉的主題思想是要抒發「先天下之憂而憂，後天下之樂而樂」的襟懷。文中描敘雨悲晴喜兩種不同的情境，遷客騷人的覽物之情，迥然相異，然後再歸結到先憂後樂的襟懷，足以恢弘志士之氣！又如杜甫〈奉先詠懷〉的「朱門酒肉臭，路有凍死骨」，透過映襯對比，將社會貧富不均的現象，充分顯現，發人深省。

自我評量題目

一、映襯有哪幾類？舉例以明之。

二、反襯有諷刺性或啓發性，試加以闡明。

三、舉例說明映襯的原則。

第四章 夸 飾

學習目標

——研讀本章內容之後，學習者應可達成下列目標：

一、能了解夸飾的意義與效用。

二、能說明夸飾的各種方式。

三、能運用夸飾從事文學欣賞與創作。

摘 要

語文中誇張鋪飾，遠超過客觀事實，使其所表達之形象情意鮮明突出，藉以加強讀者或聽眾印象的修辭方法，是為「夸飾」。

夸飾的產生因素：1.主觀上由於作者想出語驚人。2.客觀上由於讀者的好奇心理。

夸飾之種類，依題材對象約有五類：1.空間的夸飾，2.時間的夸飾，3.物象的夸飾，4.人情的夸飾，5.數量的夸飾。依表達方式分放大與縮小兩種。

夸飾之效用：1.寫景狀物則極態盡妍，凸顯聲貌，2.抒情言志則聳動情感，加強印象。

夸飾之運用原則：1.夸而有節，主觀方面出於情意的自然流露，2.飾而不誣，客觀方面不可使人誤會。

夸飾（hyperbole），是一種具有強烈表達效果同時也易遭爭議的修辭方法。

夸飾意謂：「語文中誇張鋪飾，遠超過客觀事實，使其所表達之形象情意鮮明突出，藉以加強讀者或聽眾的印象。」

夸飾作爲一種修辭方法，最早見於劉勰《文心雕龍．夸飾篇》，現代研究修辭學的人雖然偶有運用不同的名稱，如陳望道《修辭學發凡》、徐芹庭《修辭學發微》用「鋪張」，楊樹達《中國修辭學》用「形容」，陳介白《修辭學講話》用「誇張」，但仍以「夸飾」最精當也最常見。同時，審視各項文學理論與修辭學資料，對於「夸飾」之闡論，仍以劉勰之說最爲精闢。

夸飾之產生因素有二：主觀因素是「語不驚人死不休」（杜甫〈江上值水如海勢聊短述〉），作者想要「出語驚人」。客觀因素是「愛奇者聞詭而驚聽」（《文心雕龍．知音篇》），「俗人好奇，不奇，言不用也」（王充《論衡．藝增篇》），讀者的好奇心理。無論「出語驚人」或「好奇心理」，均爲人類之天性；自有人類以來，即爲普遍而不可變之人性。

現代論夸飾修辭法之種類與方式，要以陳望道《修辭學發凡》爲發端，陳氏分爲「普通鋪張辭」與「超前鋪張辭」二類。而以黃慶萱《修辭學》最爲完備，黃氏將夸飾分爲四類：1.空間的夸飾，2.時間的夸飾，3.物象的夸飾，4.人情的夸飾。黃氏之論，以夸飾之題材對象爲著眼點，若以夸飾之表達方式而言，則夸飾有放大與縮小兩種方式。以下且分別舉例略言之：

壹、空間的夸飾

空間之夸飾，放大者亟言其高度之長、面積之廣、體積之大；縮小者亟言其高度之短、面積之窄、體積之小。如：

1.孔明廟前有古柏，柯如青銅根如石。霜皮溜雨四十圍，黛色參天二千尺。（杜甫〈古柏行〉）

2.安得大裘長萬丈，與君都蓋洛陽城。（白居易〈新製綾襖成感有詠〉）

3.其為書，處則充棟宇，出則汗牛馬。（柳宗元〈陸文通墓表〉）

4.古亭國小圖畫課，規定畫媽媽，有小朋友對老師說：「我媽媽太胖了，這張紙畫不下！」

5.柔嘉雖然比不上法國劇人貝恩哈脫，腰身纖細得一粒奎寧丸吞到肚子裡就像懷孕，但瘦削是不能否認的。（錢鍾書《圍城》）

6.客人：「再來一客牛排，另外給我一個鎮紙。」

侍者：「請問你要鎮紙做什麼？」

客人：「你剛才端來的那盤牛排被風吹走了！」

以上前四例屬放大的夸飾，後二例屬縮小的夸飾。

貳、時間的夸飾

時間之夸飾，放大者亟言時間之快、動作之速，縮小者亟言時間之慢、動作之緩。如：

1.人生天地間，若白駒之過隙，忽然而已。（《莊子．知北遊篇》）

2.朝辭白帝彩雲間，千里江陵一日還。兩岸猿聲啼不住，輕舟已過萬重山。（李白〈早發白帝城〉）

3.「叫聲請，一齊舉箸，卻如風捲殘雲一般，早去了一半。」（吳敬梓《儒林外史》）

4.電動玩具在全球各地風行的速度，比跳躍的雷射光更快。自從電視機問世以來，沒有一種東西像電動玩具這樣的徹底征服大眾文化。（包可華〈殺死這些小行星〉）

5.朝發黃牛，暮宿黃牛；三朝三暮，黃牛如故。（酈道元《水經．江水注》）

6.等在大門口的三個直嘆氣，說他是：「老虎追來了，還得回頭看看是公的還是母的。」真沉得住氣。（琦君〈我的另一半〉）

以上前四例屬放大的夸飾，後二例屬縮小的夸飾。

參、物象的夸飾

物象之夸飾，放大者亟言其性質之強壯，縮小者亟言其性質之微弱。如：

1.虎嘯而谷風至，龍舉而景雲屬。（《淮南子．天文訓》）

2.兵盡矢窮，人無尺鐵，猶復徒手奮呼，爭為先登。當此時也，天地為陵震怒，戰士為陵飲血。（李陵〈答蘇武書〉）

3.萬國盡征戍，烽火被岡巒。積屍草木腥，流血川原丹。（杜甫〈垂老別〉）

4.八月湖水平，涵虛混太清。氣蒸雲夢澤，波撼岳陽城。（孟浩然〈臨洞庭上張丞相〉）

5.義大利的麵包倒不黑，可是硬得像鞋底。有些父母喜歡在飯桌上教訓兒女，在義大利可不妥當。萬一愈說愈氣，非把小嫩肉打出血來不可。（鍾梅音《生活與生存》）

6.美國是紙老虎，一戳就破。

以上前四例屬放大的夸飾，後二例屬縮小之夸飾。

肆、人情的夸飾

人情之夸飾，放大者亟言其能力之強，情感之喜好，縮小者亟言其能力之弱，情感之厭惡。如：

1.詞源倒流三峽水，筆陣獨掃千人軍。（杜甫〈醉歌行別從姪勤落第歸〉）

2.巴爾札克描寫一個人物老葛朗台，此人看到金子以後「連眼睛都是黃澄澄的，染上了金子的光彩」。（張放〈寧吃鮮桃一口〉）

3.活受罪！隔壁紹興戲唱完了，你就打鼾，好厲害！屋頂沒給你鼻子吹掉就算運氣了。我到天亮才睡熟的。（錢鍾書《圍城》）

4.每天吃魚，吃到最後，不但倒胃，連肚子裡都感覺有魚兒在游來游去。（趙寧《趙寧遊美記》）

5.曹操指山下顏良排的陣勢，謂關公曰：「河北人馬如此雄壯！」關公曰：「以吾觀之，如土雞瓦狗耳。……吾觀顏良，如插標賣首耳。」（羅貫中《三國演義》）

6.看你瘦得皮包骨，好似衣索匹亞的難民，腿比兩根火柴還細，只要我吹一口氣就斷了。

以上前四例屬放大之夸飾，後二例屬縮小之夸飾。

伍、數量的夸飾

數量之夸飾，放大者亟言其數量之多，縮小者亟言其數量之少。如：

1.經年至茅屋，妻子衣百結。慟哭松聲迴，悲泉共幽咽。（杜甫〈北征〉）

2.千呼萬喚始出來，猶抱琵琶半遮面。（白居易〈琵琶行〉）

3.千山鳥飛絕，萬徑人蹤滅。孤舟簑笠翁，獨釣寒江雪。（柳宗元〈江雪〉）

4.胡老爺方才這個嘴巴打得親切，少頃范老爺洗臉，還要洗下半盆豬油來。（吳敬梓《儒林外史》）

5.及明皇御曆，文雅大盛，學者如牛毛，成者如麟角。（李延壽《北史‧文苑傳》）

6.無一瓦之覆，一壠之植，以庇而為生。（歐陽脩〈瀧岡阡表〉）

以上前四例屬放大之夸飾，後二例屬縮小之夸飾。

關於夸飾之分類，在此有三項問題予以闡明：

第一，夸飾之分類，並無定式。以上就夸飾之對象題材而言，分爲空間的、時間的、物象的、人情的、數量的五類。就夸飾之表達方式分爲放大與縮小兩類。此就其大類而言，且其中亦有可兩存並取者，如李白之「白髮三千丈」，既是空間的長度的夸飾，也可說是數量的夸飾。

第二，夸飾之表達方式，可分放大與縮小兩類。往往有行文中同時兼用兩式，如：

1. 人固有一死，死有重於泰山，或輕於鴻毛。用之所異也。（班固《漢書・司馬遷傳》）
2. 握手出肺肝相示，指天日涕泣，誓生死不相背負，真若可信。一旦臨小利害，僅如毛髮比，反眼若不相識。（韓愈〈柳子厚墓誌銘〉）

如此放大與縮小之夸飾，同時在一段文字中出現，兩相對襯，更加強了文章的聳動力量。

第三，夸飾之文句，往往兼用其他修辭方法。即本章所引諸例而言，「學者如牛毛，成者如麟角」兼用「對襯」與「明喻」。「兵盡矢窮，人無尺鐵」兼用「借代」，「連眼睛都黃澄澄的，染上了金子的光彩」，兼用「擬物」……。運用之妙，存乎一心。

任何一種修辭方法，均具有其特殊效果，同時也有其局限。「夸飾」自不例外。茲分「主觀感覺與客觀眞實」與「夸過其理與飾而不誣」兩端略論夸飾之原則。

一、主觀感覺與客觀真實

亞里斯多德強調「藝術模擬自然」，模擬的對象包括自然現象與社會現象，也就是《文心雕龍・原道篇》所謂謂道之呈現的「天文、地文、人文」。然而，文學藝術之模擬自然，乃是作者透過主觀觀照將客觀世界重現藝術品或文學作品上。因此，作者運用夸飾的手法，描繪情景，乃是出乎自然的事。在此我們要闡論兩點：

㈠夸飾與修辭立其誠

「修辭」一詞，在中國最早見於《周易．乾．文言》：「子曰：君子進德修業。忠信，所以進德也；修辭立其誠．所以居業也。」從此「修辭立其誠」不但是中國人說話、寫文章的金科玉律。在修辭學的理論上也是一切的根基。過去有人反對夸飾，就是因爲夸飾不得法，以文害意。因此，我們今天可以說：

> 夸飾就是吹牛，但是要有意無意間讓讀者與聽眾知道你是在吹牛，而不致流為欺騙。

作者爲了出語驚人，遣詞造句誇張鋪飾，遠超過客觀事實，藉以滿足讀者的好奇心理。此乃人之常情。而且所謂「情欲信，詞欲巧」。文學講究「眞善美」中的「眞」並非指客觀事實的眞，也可以兼指主觀感覺的眞。且以梁實秋《雅舍小品．男人》一文爲例：

> 有些男人，西裝褲儘管挺直，他的耳後脖根，土壤肥沃，常常宜於種麥！
>
> 幾天不吃肉，他就喊：「嘴裡要淡出鳥兒來！」若真個三月不知肉味，怕不要淡出毒蛇猛獸來？有一個人半年沒有吃雞，看見雞毛帚就流涎三尺。

這兩段都是夸飾的絕妙好辭。前者描繪男人之髒，入木三分。文學的語言與科學的語言迥然不同，科學的語言追求眞實，貴在精確；文學的語言講究美妙，貴在動人。此爲典型的文學語言。我們只要感覺到那人耳後脖根很不乾淨，污垢極厚就夠了。至於是否肥沃到宜於種麥，大可不必太認眞追究。果眞有人鑽牛角尖，硬說此語不通，情理難容，那只有徒貽「欠缺文學細胞」之譏了。

後者描繪男人之嘴饞，傳神之至。嘴巴裡會淡出毒蛇猛獸？就客觀事實而言，當然絕無此事，然而非如此「辭溢其眞」，實不足以形容貪饞之狀。正是劉勰所謂：「辭雖已甚，其義無害也。」文學訴諸主觀的感覺，講究的是情理的眞，而非客觀事實的眞。進而言之，這才是劉勰所謂的「壯辭可得喻其眞」，唯有透過夸飾的極度形容，使語言生動，才能凸顯出情理的眞。

劉師培〈美術與徵實之學不同論〉說得好：「蓋美術以靈性爲主，而實學以考覈爲憑，若於美術之微，而必欲責其徵實，則于美術之學，反去之遠矣。」可見夸飾與「修辭立其誠」表象似相悖，實則於理無違。

㈡善用夸飾頗具奇效

夸飾運用得當，頗具意想不到的奇效，寫景狀物則極態盡妍，凸顯聲貌，抒情言志則聳動感情，加強印象。劉勰《文心雕龍．夸飾篇》云：

> 辭入煒燁，春藻不能程其豔；言在萎絕，寒谷未足成其凋；談歡則字與笑並，論感則聲共泣偕；信可以發蘊而飛滯，披瞽而駭聾矣。

文辭之善用夸飾，刻畫鮮艷，春天的花朵不能與之較量華麗；描摹摧傷，冰谷的落葉不足比況其凋殘。甚至談到歡欣則每個字裡都含著笑意，論及悲戚則每個音節都帶著哭聲。足以聳動感情，加強印象，創造新奇燦爛的效果。在作者的生花妙筆之下，狀溢目前，使目盲耳聾之人感覺如見其形，如聞其聲。例如：

> 敘溫郁則寒谷成暄，論嚴苦則春叢零葉。（劉峻〈廣絕交論〉）

> 班聲動而北風起，劍氣沖而南斗平。喑嗚則山岳崩頹，叱吒則風雲變色。（駱賓王〈爲徐敬業討武曌檄〉）

> 然是役也，碧血橫飛，浩氣四塞；草木為之含悲，風雲因而變色。……則斯役之價值，直可驚天地、泣鬼神，與武昌之役並壽。（孫文《黃花岡烈士事略．序》）

夸飾之功效，可分兩點：1.極態盡妍，凸顯聲貌，主要指描繪外界的景物。2.聳動情感，加強印象，同時指表現主觀的感情，藉夸飾的文辭塑造心象，展現光輝燦爛的境界。比較而言，後者較前者更具奇效。

二、夸過其理與飾而不誣

劉勰在論夸飾之失時，極力駁斥夸飾之詭濫，〈夸飾篇〉末尾又揭示夸飾之原則：

> 然飾窮其要，則心聲鋒起；夸過其理，則名實兩乖。若能酌詩書之曠旨，翦揚馬之甚泰，使夸而有

節，飾而不誣，亦可謂之懿也。

此論夸飾之要，美文固須誇張聲貌，增飾丹采以動人，但須有其節度。「夸過其理，則名實兩乖」，是要避免夸飾之失。「酌詩書之曠旨，翦揚馬之甚泰」是列舉夸飾成功之典範與偏失之警惕。至於眞正揭舉夸飾之運用原則，則爲「夸而有節，飾而不誣」八個字，茲據此予以申論：

㈠夸而有節

夸而有節，謂夸飾之運用須得當。擴而充之，即〈夸飾篇〉所言：「壯辭可得喻其眞」、「因夸以成狀，沿飾而得奇」。陳望道《修辭學發凡》論鋪張辭的原則有二條：

1.主觀方面須出於情意之自然的流露。如《古文苑》裡名爲宋玉作的〈大言賦〉、〈小言賦〉，完全出於造作，可說毫無意義。

2.客觀方面須不致誤爲事實。如「白髮三千丈」，倘如說「三尺」，那便容易使人誤認爲事實。如被誤認爲事實，那便不是修辭上的鋪張，只是實際上的說謊。

陳氏所言第一項，即「夸而有節」的申論，如果更進一步，則「夸而有節」即爲夸飾得當。如何方能夸飾得當？不但要出之於情意的自然流露，更要「爲情而造文」，充分發揮夸飾之效用，彰顯作者所要表達的眞情實感，藉以打動讀者心坎，領略作者的眞意。達到「傳難言之意，摹難傳之狀，得言外之情」的境界。

㈡飾而不誣

飾而不誣，謂夸飾不可使人誤會，流於欺騙。即〈夸飾篇〉所謂「事義睽剌」，「夸過其理」，「曠而不溢，奢而無玷」。陳望道所論夸飾的第二項原則，乃由此而來。飾而不誣最主要的是不可流於欺騙，如現代的房屋廣告：

清晨，從鳥鳴聲中醒來！

孟母到此，再也不會搬家了！

此語頗有矇混欺詐之嫌。誤信廣告詞，買了房子，發現上當，再去找房屋公司理論，他們會回答說：「沒有鳥鳴聲，在陽台上掛個鳥籠不就結了！」至於孟母至此會不會搬家，那更是死無對證！

如何方能不流於欺騙呢？最簡單的道理就是有意無意間讓讀者知道這段文辭是夸飾。鄭子瑜《中國修辭學史稿》論誇張說得好：「既然用了誇張辭，便應誇張到底，不必再顧到合於邏輯與否．如果誇張得不夠，讀者不知其在用誇張的修辭法，反會發生誤解哩。」陳介白《修辭學講話》論夸飾的三個要點：「第一，須使感情豐富顯著。第二，須使人不起疑惑之感。第三，須有適當之音調以保持情感。」其第二項亦與「飾而不誣」同旨。簡言之，「飾而不誣」須極意形容，愈荒唐不合常理愈不致使人誤會而流於欺騙。這也正是本章開端為「夸飾」立界說時強調「誇張鋪飾，遠超過客觀事實」的理由。

自我評量題目

一、何謂夸飾？與「修辭立其誠」是否相悖？

二、舉例說明夸飾的種類與方式。

三、夸飾有何奇效？舉例以明之。

第五章　婉曲

學習目標

——研讀本章內容之後，學習者應可達成下列目標：

一、能了解婉曲的意義與產生因素。
二、能明辨曲折、微辭、呑吐、含蓄之異同。
三、能掌握婉曲的運用原則。

摘要

不直接表達本意，只用委婉曲折的方式，含蓄閃爍的言辭，流露或暗示本意，是爲「婉曲」。又可細分爲四類：

一、曲折：用紆徐的言辭代替直接的表達，故意使文句與涵義紆曲。
二、微辭：將不願直陳的話，避開正面而用側面來表達，從陰微婉曲的文辭中．透露諷刺不滿的意味。
三、呑吐：不以直率噴薄的語句來表達辭意，而只在將說未說之際，強自壓抑，用呑多吐少的語句欲放還收。
四、含蓄：以撇開正面，不露機鋒的語句，從側面道出，但並不說盡，使情餘意外，讓讀者自行尋繹，方感意味深長。

婉曲的原則有三：1.宜於含蓄而不宜晦澀。2.宜於蘊藉而不宜淺露。3.宜於委婉而不宜直陳。

不直截了當地表達本意，只用委婉曲折的方式，含蓄閃爍的言辭，流露或暗示本意，是爲「婉曲」，黃慶萱《修辭學》論婉曲云：

一件東西隱藏得愈嚴密，人們愈有興趣去尋覓發掘。所以措辭愈委婉曲折，便愈能引起對方的注意和研究的興趣，而看出一組文字表面上所沒有的意義，正是讀者快樂的來源。「婉曲」辭格的心理基礎在此。何況，在效果方面，婉曲的言辭比直接的訴說更容易感動人心，而不至於傷害別人的感情呢！

「婉曲」之產生，主要有兩項因素：

(一)由文章之藝術價值而言：文章之美，貴在含蓄。蓋言不盡意，理所當然，要蘊藉，忌太盡；要委婉，忌太直。元王構《修辭鑑衡》嘗言：「文有三等：上焉藏鋒不露，讀之自有滋味；中焉步趨馳騁，飛沙走石；下焉用意庸常，專事造語。」故操觚爲文，明說不如暗說，直說不如曲說，實說不如虛說，要能「義生文外」，使讀者翫賞不盡，滋味無窮。

(二)由文章之創作旨趣而言：作者之情，或不忍明言，不敢直抒，則不得不出之委曲婉約之語。又有不可盡言，不能顯言，則唯有假託蘊藉之語。又或無心於言，而自然流露。於是言外之旨，弦外之音，聲有餘響。要能「秘響旁通，伏采潛發。」爲讀者留下以意逆志，深識鑑奧，靈魂在傑作中尋幽訪勝的空間。根據黃永武《字句鍛鍊法》的研究，婉曲又可分爲曲折、微辭、吞吐、含蓄四類。以下且分別予以闡明。

壹、曲折

用紆徐的言辭代替直接的表達，故意使文句與含義紆曲的修辭法，是爲「婉曲」的第一種方式「曲折」。如：

1.孟武伯問：「子路仁乎？」子曰：「不知也。」又問。子曰：「由也，千乘之國，可使治其賦也；不知其仁也。」「求也何如？」子曰：「求也，千室之邑，百乘之家，可使為之宰也；不知其仁也。」「赤也何如？」子曰：「赤也，束帶立於朝，可使與賓客言也；不知其仁也。」（《論語．公冶長篇》）

孔子向不輕易以仁許人。就其弟子而言，像顏回那樣賢德，也只讚許他「三月不違仁」，其餘弟子，不過「日月至焉而已」。孟武伯是當時魯國的執政大夫，來問孔子弟子仁不仁。孔子將子路、冉求、公西赤的才能與優點和盤托出，但就是不肯虛譽，一再說：「不知也。」「不知其仁也。」並非直截了當地說子路等未見得仁，而是用閃爍的言辭表達不知道，如此曲折的修辭，可使語意委婉，而不致尖刻傷人。

2.臣密言：臣以險釁，夙遭閔凶：生孩六月，慈父見背；行年四歲，舅奪母志。祖母劉愍臣孤弱，躬親撫養。（李密〈陳情表〉）

李密上表晉武帝，願乞終養祖母，辭不赴命。文章一開始，敘述自己的遭遇與家庭的困境。所謂「行年四歲，舅奪母志」，其實就是四歲時母親改嫁。但偏偏不願直言母親改嫁，而說成舅舅強迫母親改變了守節的志願。在古代，女子理當爲夫守節，不能守節而改嫁他人，是一件相當不體面的事。李密在此給皇上上書，既不能有所隱藏不說，又不便直言，只好用「舅奪母志」的曲折文句。

3.後朞年，齊王謂孟嘗君曰：「寡人不敢以先王之臣為臣。」孟嘗君就國於薛……（《戰國策．齊策》）

齊襄王不想用孟嘗君，又不願意直說，所以用推託的語氣說：「不敢以先王之臣爲臣。」這固然是找藉口，但話說得體面，同時也好讓對方有台階可下，不會感覺面子上掛不住。

4.上嘗罷朝，怒曰：「會須殺此田舍翁！」后問誰。上曰：「魏徵每廷辱我！」后退具朝服，立於庭。上驚問其故。后曰：「妾聞主明臣直，今魏徵直，由陛下之明故也。妾敢不賀。」上乃悅。（司馬光《資治通鑑．卷一九四》）

唐太宗英明能幹，歷史上號稱貞觀之治。輔助唐太宗的賢臣固多，以魏徵最著名，因為他能直言勸諫，不惜廷爭犯上。其〈諫太宗十思疏〉，膾炙人口，傳誦天下。這一對明主賢臣，相得益彰的故事，為人所津津樂道。可是直等到我們讀了《資治通鑑》的記載，才知道唐太宗與魏徵之間，原本並非一般所想像的如魚得水，相契無間。以上這段記載，唐太宗在朝廷上被魏徵冒犯，十分惱怒。退朝之後，回到後宮，仍然餘怒未息，越想越氣：「一定要殺了這渾蛋小子！」長孫皇后見皇上憤怒，問為何人何事而生氣。唐太宗的回答是：「魏徵這傢夥，實在太過分了，屢次在朝廷上當眾給我難堪！」長孫皇后聽了這話，立刻回房換上禮服，出來向皇上道賀：「恭喜皇上洪福齊天，大唐皇朝國運昌隆，自古以來，大臣能在朝廷上與皇上辯論國事，犯顏抗爭的，未之聞也。如此足以證明上有明主，下有賢臣，大唐怎會不國運昌隆呢？」一席話使得唐太宗轉怒為喜，龍顏大悅。

長孫皇后眞可謂善體人意，充分掌握了人性心理。她在此對唐太宗的言辭，絕非直言勸諫，而是理直氣緩，以曲折的言辭，成功地使得皇上憬悟。假如沒有長孫皇后這段絕妙好辭的「曲折」，恐怕魏徵性命不保！

曲折由以上辭例可見一斑。當然，曲折之絕妙好辭，絕非僅於斯。富蘭克林說：「如果你要知道錢的價值，試去借一點，因為去借錢的人，就等於去尋煩惱。」梁實秋〈駱駝〉文中說：「公文書裡罷黜一個人的時候，常用『人地不宜』四個字，總算是一個比較體面的下台的藉口。」軍隊作戰失敗，諱言撤退，往往用「我軍轉進某地」——轉個方向進攻，曲折之妙用，不勝枚舉。

貳、微辭

將不願直陳的話，避開正面，用側面來表達，從隱微婉曲的文辭中，透露諷刺不滿的意味，是為「婉曲」的第二種方式「微辭」。如：

1. 齊有得罪於景公者，景公大怒。縛置之殿下，召左右肢解之，敢諫者誅。晏子左手持頭，右手磨

刀，仰而問曰：「古者明王聖主，其肢解人，不審從何肢解始也？」景公離席曰：「縱之，罪在寡人！」（《韓詩外傳》）

國君盛怒之下，要殺人，被殺者罪不至死。此時若直言勸諫，不但無效，反而適足以激怒他。晏子此所謂：「古者明王聖主，其肢解人，不審從何肢解始也？」微辭諷勸，點化齊景公，使國君適時憬悟，可謂婉曲之高手。

2.秦伯使公孫枝對曰：「君之未入，寡人憂之；入而未定列，猶吾憂也；苟列定矣，敢不承命！」（《左傳．僖公十五年．秦晉韓之戰》）

秦穆公幫助晉惠公返國即位，救助其饑荒。惠公歸晉背秦，不但違約不予河西之地，且秦饑坐視不救。秦穆公忍無可忍，出兵伐晉，發生「韓之戰」。此處公孫枝並未直言指斥晉惠公「出因其資，入用其寵，饑食其粟，三施而無報」的種種背信負恩的不當之行爲，也不直截了當地宣戰。而以婉曲的方式說：君未入晉，我實爲君憂懼；既入而未能定位，我憂猶未釋；苟位定而能合其眾矣，敢不承順君請戰之命乎？如此暗含譏刺的微辭，不失爲絕妙之外交辭令，罵人不帶髒字，而語語擊中要害，誠所謂「不著一字，盡得風流」。

3.柳原笑道：「這一炸，炸斷了多少故事的尾巴！」流蘇也怡然，半晌方道：「炸死了你，我的故事就該完了。炸死了我，你的故事還長著呢！」柳原笑道：「你打算替我守節麼？」（張愛玲《傾城之戀》）

張愛玲的中篇小說《傾城之戀》，描敘男女主角在香港遭受日軍空襲的情況。女主角流蘇譏刺對方用情不專，卻不直言明斥，「炸死了我，你的故事還長著呢！」是頗具機鋒妙趣的微辭，耐人尋味。

4.有些道貌岸然的朋友，看見我就要脫離苦海，不免悟出許多佛門的大道理，臉上愈發嚴重，一言不發，愁眉苦臉。對於這朋友我將來要特別借重，因為我想他於探病之外還適於守屍！（梁實秋《雅舍小品．病》）

梁實秋在此對探病者的態度不當，並未直接數落，而是用微辭譏刺，頗能引起讀者會心的微笑。

參、吞吐

不以直率噴薄的語句來表達辭意，而只在將說未說之時，強自壓抑，用吞多吐少的語句，欲放還收的修辭法，是為「婉曲」的第三種方式「吞吐」。如：

1.手種黃甘二百株，春來新葉遍城隅，方同楚客憐皇樹，不學荊州利木奴。幾歲開花聞噴雪，何人摘實見垂珠。若教坐待成林日，滋味還堪養老夫。（柳宗元〈柳州城西北隅種甘樹〉）

這首詩表面上敘種樹，細細體味，卻是用吞吐的筆法，流露懷鄉思歸之意，正是含不盡之情，見於言外。前半首大意是說，親手種植黃色的柑橘二百株，每到春日，新葉長遍了城曲，我正如同楚客（屈原）般與橘樹相憐相惜，並非學李衡（丹陽太守李衡種柑千株，呼為千頭木奴，利貽子孫）種橘謀利。後半首設想未來，不知道幾年之後何人在此聞花香，摘柑橘？如果淹留於此，久謫不返，它的滋味或許還可以滋養我的晚年。姚惜抱《援鶉堂筆記》評云：「結句自傷遷謫之久，恐見甘之成林也。而托詞反平緩，故佳。」柳宗元在此強自壓抑自傷遷謫，懷鄉思歸之情，表面上故作寬解慰語，實則內心情思激盪。如此善用「吞吐」之法，已將「婉曲」的效用充分發揮。

2.問尋舊蹤跡，又酒趁哀弦，燈照離席。梨花榆火催寒食。愁一箭風快，半篙波暖，回頭迢遞便數驛，望人在天北。悽惻，恨堆積！漸別浦縈迴，津堠岑寂，斜陽冉冉春無極。念月榭攜手，露橋聞笛。沉思前事，似夢裡，淚暗滴。（周邦彥〈蘭陵王〉）

周邦彥〈蘭陵王〉全詞共有三疊。第一疊借折柳送別申述久事淹留之苦。以上所錄係二三疊，分敘客中餞別的情景感想與別後的心情。陳廷焯《白雨齋詞話》評云：「閒尋蹤跡二疊，無一語不吞吐，只就眼前景物，約略點綴，更不寫淹留之故，卻無處非淹留之苦。直至收筆云『沉思前事，似夢裡，淚暗滴』，遙遙挽合，妙在才欲說破，便自咽住，其味正自無窮。」無一語不吞吐，當然有夸飾之嫌疑，但全詞結語，的確是強自壓抑的吞吐語，頗耐人尋味。

3.香冷金猊，被翻紅浪，起來慵自梳頭。任寶奩塵滿，日上簾鉤。生怕離懷別苦，多少事，欲說還休。新來瘦，非干病酒，不是悲秋。（李清照〈鳳凰台上憶吹簫〉）

這是〈鳳凰台上憶吹簫〉的上半闋。一開始先描寫室內蕭條與人的無聊：「香冷金猊」言香冷菸斷，唯有冷爐憑添室內的悽涼氣氛。「被翻紅浪，起來慵自梳頭。任寶奩塵滿，日上簾鉤」，以無心整理錦被，懶得梳頭和化妝，顯示女主人心情懶散，無精打采。接著「生怕離懷別苦，多少事欲說還休」，一方面點明女主角的慵懶全係緣於離懷別苦。「欲說還休」，則無限的離情別恨都強自壓抑，按下不表。是典型的「吞吐」。「新來瘦，非干病酒，不是悲秋。」既非病酒，又非悲秋，那是什麼？這當然是前面的「離懷別苦」。李清照不明說為別後的相思而消瘦，卻拐彎抹角地表示不關病酒、悲秋，正劉勰所謂「情在詞外曰『隱』」。

4.當你讚美一位小姊：「妳很漂亮！」

中國人的反應是羞紅著臉，低下頭，很不好意思地不作一聲。

美國人的反應是很大方地微笑：「謝謝！」

俄國人的反應是：「我同意你的看法！」

可是現在的中國小姐……

這段話固然反映不同的民族性，但是末尾卻按下不表，顯示現代中國的小姐們觀念、作風已經與以往大不相同。比較開放、大方、活潑，不再像傳統那樣保守、羞人答答。這按下不表的話，可能是微笑答謝，也可能是「你現在才知道」、「要你管」等，無論如何，還是用吞吐的方式，不說也罷。

肆、含蓄

以撇開正面，不露機鋒的語句，從側面道出，但並不說盡，使情餘言外，讓讀者自行尋繹，方感意味深長的修辭法，是爲「婉曲」的第四種方式「含蓄」。如：

1.行行重行行，與君生別離。
相去萬餘里，各在天一涯，
道路阻且長，會面安可知？
胡馬依北風，越鳥巢南枝。
相去日已遠，衣帶日已緩。（《古詩十九首》之一）

這是漢代一群無名作家《古詩十九首》第一首的前半。表達思婦懷人之詞，哀而不怨。其中最得「情在詞外」之奧妙者，在以上所引的末四句，此言遊子在外飄泊不歸，女主角因相思而消瘦。「胡馬依北風，越鳥巢南枝」，是懷戀的詩句。胡馬產自北地，到南方後仍然依戀北風；越鳥生於南方，到北方後仍然築巢向南。「依北風」、「巢南枝」是自然而發的一種戀鄉情懷，本性使然。禽獸尚且依戀眷顧故土，何況人乎！朱筠《古詩十九首說》云：「就胡馬思北，越鳥朝南襯一筆，所謂『物猶如此，人何以堪』也。」作者在此字面上只說胡馬、越鳥，完全不提人，而男主角理應懷鄉思歸之情，卻已「含不盡之情，見於言外」。「相去日已遠，衣帶日已緩」，是相思的詩句，久別思深，女主角因相思而日益消瘦，衣帶也就日益鬆弛。從身體的具體變化中呈現久別思深的精神痛苦。字面只說衣帶緩，而相思之苦與深已經充分透露，如此含蓄之表達方式，何等委婉，何等耐人尋味！

2.昨夜風開露井桃，未央前殿月輪高。
平陽歌舞新承寵，簾外春寒賜錦袍。（王昌齡〈春宮曲〉）

王昌齡特擅七絕，優柔婉麗，意味無窮。此詩言平陽公主以妙善歌舞得寵。其實，在宴中歌舞，怎知簾外春寒？只緣漢皇恩寵，體貼入微，即使春宴未寒，也唯恐輕寒侵之，噓寒問暖，賜以錦袍。而失寵者慕此殊遇，更加顯得落寞，秋怨愈深。沈德潛《說詩晬語》云：「王龍標絕句，深情幽怨，意旨微茫。『昨夜風開露井桃』一章，只說他人承寵，而已之失寵，悠然可思。此求響於弦指外也。」整首詩在字面上只寫平陽公主得寵之情況，而眞正要表達的「春宮曲」的失寵哀傷，完全一字未提，卻是不怨而怨，宛然可思。如此側寫新人之得幸，弦外之音，即舊人之失寵。含意深曲，蘊藉有餘味。陸時雍《詩鏡總論》云：「王龍標七言絕句，自是唐人騷語，深情苦恨，襞積重重，使人測之無端，玩之無盡。」此詩可爲印證，尤足見其善用含蓄之一斑。

3.國破山河在，城春草木深。

感時花濺淚，恨別鳥驚心。

烽火連三月，家書抵萬金。

白頭騷更短，渾欲不勝簪。（杜甫〈春望〉）

此爲杜甫最著名的代表作，其所以獨高千古，感人至深者，即在於「含蓄」。司馬光《溫公詩話》評云：「古人爲詩，貴於意在言外，使人思而得之。近世詩人惟杜子美最得詩人之體。如〈春望〉詩：『國破山河在，城春草木深。感時花濺淚，恨別鳥驚心。』山河在，明無餘物矣；草木深，明無人跡矣。花鳥，平時可娛之物，見之而泣，聞之而恐，則時可知矣。他皆類此，不可徧舉。」只說山河在、草木深，而國破城空、人煙渺茫的景象都在言外：只說花濺淚、鳥驚心，而憂亂傷春，滿目悽涼的情懷，已充分流露，含不盡之情見於言外，此爲最佳典範之作！

4.門隔花深夢舊游，夕陽無語燕歸愁，玉纖香動小簾鉤。

落絮無聲春墮淚，行雲有影月含羞，東風臨夜冷於秋。（吳文英〈浣溪沙〉）

這闋詞是「情在詞外」的典型。陳廷焯《白雨齋詞話》評云：「〈浣溪沙〉結句貴情餘言外，含蓄不盡。如吳夢窗之『東風臨夜冷於秋』，賀方回之『行雲可是渡江難』，皆耐人尋味。」陳洵《海綃說詞》云：「夢字點出所見，惟夕陽歸燕，玉纖香動，則可聞而不可見矣。是眞是幻，傳神阿堵，門隔花深故也。『春墮淚』爲懷人，『月含羞』因隔面，義兼比興。東風回睇夕陽，俯仰之間，已爲陳跡，即一夢亦有變遷矣。『秋』字不是虛擬，有事實在，即起句之舊游也。秋去春來，又換一番世界，一『冷』字可思。此篇全從張子澄『別夢依依到謝家』一詩化出，須看其游思縹緲，纏綿往復處。」

就其後半闋而言：「落絮無聲春墮淚，行雲有影月含羞。」字面上但寫春墮淚，不寫懷人，但寫月含羞，不說隔面，而懷人、隔面之情宛然想見。「東風臨夜冷於秋」，東風指春風。在具體的體膚觸覺上，秋風當然比春風冷；可是在精神的感覺上，春風就寒冷於秋風了。只言東風臨晚吹來。比秋天還寒冷，懷人隔面的寂寞悽情愁緒，更加含蘊不盡。此種含蓄的筆法，正是劉勰所云：「秘響旁通，伏采潛發。」

「婉曲」——含蓄美，爲中國文學之傳統特色，古代早已屢見闡論。《易經．繫詞》云：「其旨遠，其辭文，其言曲而中，其事肆而隱。」所論雖非文學，但要求「旨遠」，「事隱」，其言曲而中，即婉曲含蓄之意。《孟子．盡心篇》：「言近指遠，善言也；守約而施博者，善道也。」所謂「言近指遠」，即語言含蓄。《史記．太史公自序》：「夫詩書之隱約者，欲遂其志之思也。」「隱約」當然與含蓄相通。劉勰特別指出：「晦塞爲深，雖奧非隱。」隱之運用，言貴得當，正劉永濟所謂：「太過則傷淺，不及則犯晦。」必須求其恰到好處，無過與不及。以下分三點予以討論：

一、宜於含蓄而不宜晦澀

「婉曲」貴在蘊蓄幽深，而丰神獨遠。語意模稜，晦澀難懂的作品，不能視爲含蓄；造語生硬，故弄玄虛，尤非隱的本旨。吳曾祺《涵芬樓文談．含蓄》云：

文有不肯一說而盡，而詘然輒止，使人自得其意於語言之外者，則以含蓄為妙。然語盡於此而意見於彼，凡使人思索而不得者非善含蓄也。

含蓄與隱晦迥異，「思索而不得」，有流於晦澀之嫌。但是也須「因其所言，會其所未言」。假如讀者學養淺薄，不了解作品的語言和典故，不肯深入熟翫，細心體會，畏難裹足，誣含蓄為晦澀，使得「深廢淺售」，並非中肯之論。

二、宜於蘊藉而不宜淺露

「婉曲」既不能流於晦澀，又不能流於淺露。「凡使人思索而不得者」固非善含蓄，相對而言，「使人不待思索而即得者」亦非善含蓄。清沈謙《塡詞雜說》云：

詞要不亢不卑，不觸不悖，蓦然而來，悠然而逝。立意貴新，設色貴雅，構局貴變，言情貴含蓄，如驕馬弄銜而欲行，粲女窺簾而未出，得之矣。

「婉曲」貴在呼之欲出而未出，只聞樓梯響，不見人下來。蘊藉深厚，以有限蘊無限，意在筆先，神餘言外。陳廷焯《白雨齋詞話》所謂：「必若隱若現，欲露不露，重複纏綿，終不許一語道破。」陳氏又嘗舉例以證：「飛卿詞如：『懶起畫蛾眉，弄妝梳洗遲。』無限傷心，溢於言表。又：『春芳正關情。鏡中蟬鬢輕。』悽涼哀怨，眞有欲言難言之苦。又：『花落子規啼，綠窗殘夢迷。』又：『鸞鏡與花枝，此情誰得知？』皆含深意。」此所謂：「驕馬弄銜而欲行，粲女窺簾而未出。」即「不許一語道破」，若弄銜而行，窺簾而出，直接說破，難免流於淺露。

三、宜於委婉而不宜直陳

文似看山不喜平，往往是高手過招，點到為止。中華民族性溫柔敦厚，論事往往語意婉轉，不喜尖刻傷人。如此言外存旨，頗見功效。劉向《新序》有一段故事：

魏文侯與士大夫坐，問曰：「寡人何如君也？」群臣皆曰：「君，仁君也。」次至翟黃，曰：「君非仁君也。」曰：「子何以言之？」對曰：「君伐中山，不以封君之弟，而以封君之長子。以此知君非仁君。」魏文侯怒而逐翟黃，翟黃起而出。次至任座，對曰：「君，仁君也。」曰：「子何以言之？」對曰：「臣聞之：其君仁者，其臣直。向翟黃之言直，臣以是知君仁君也。」文侯曰：「善！」復召翟黃入，拜為上卿。

在專制時代，臣下應對國君，必須委婉，直言指斥，不但不易奏效，甚且惹禍上身。翟黃直言魏文侯非仁君，任座卻婉言魏文侯仁君。其實翟黃、任座均爲魏國之忠臣。假若任座直言翟黃乃直臣，不當見逐，必易遭文侯之反感。改以婉曲的方式，只說「其君仁者，其臣直」，委曲陳詞，魏文侯怒氣頓消。如今民主時代，應對委婉，仍有其必要，庶可避免尖刻傷人，促進人際關係之和諧。

劉勰《文心雕龍．隱秀篇》贊云：「文隱深蔚，餘味曲包。」文辭含蓄而多采，言外之意餘韻無窮，不但耐人尋味，而且言近指遠。誠如葉燮《原詩》所云：「妙在含蓄無垠，思致微渺，其寄託在可言不可言之間，其指歸在可解不可解之會。」無論作文說話，善用之奧妙無窮。

自我評量題目

一、何謂婉曲？其產生因素若何？

二、曲折、微辭、吞吐、含蓄有何異同？舉例以明之？

三、舉例說明婉曲運用之原則。

第六章 仿諷

學習目標

——研讀本章內容之後，學習者應可達成下列目標：

一、能了解仿擬與仿諷之異向。
二、能明辨成功的仿擬與失敗的仿擬。
三、能掌握仿諷的特質與運用的原則。
四、能運用仿擬與仿諷從事文學欣賞與創作。

摘要

本章探討仿擬與仿諷。
仿擬是單純模仿前人的作品，形式結構維妙維肖，題材內容則相去不遠，並無諷刺意味。
仿諷是刻意模仿前人作品，形式結構維妙維肖，題材內容與原作迥異。主要是以用崇高宏偉的文體敘述微不足道的瑣事，藉形式與內容的不調和，模擬嘲諷，造成滑稽悅人的效果。
仿擬又可分㈠擬句——字句的仿擬。㈡仿調——篇章的仿擬。
仿諷也可分字句的仿諷與篇章的仿諷。

風聲、雨聲、讀書聲，聲聲入耳；

家事、國事、天下事，事事關心！

這是明代大儒顧憲成的一段名言，頗能顯示中國傳統讀書人的襟懷。讀起來鏗鏘有力，擲地作金石聲，頗有提升意志，鼓舞精神的作用，因此傳誦不輟。

由於這樣的名句，深中人心，後世仿作者不斷，茲列舉二段文字作爲代表：

1.松聲、竹聲、鐘鼓聲，聲聲自在；

山色、水色、煙霞色，色色皆空。

2.打聲、罵聲、吵架聲，聲聲入耳；

閒事、雜事、無聊事，事事關心。

以上兩段仿作，堪稱「仿擬」與「仿諷」的典型辭例。在人類學習與進化的過程中，摹仿是一種單純而普遍的本能。在寫作技巧與修辭方法上，對前人作品的刻意模仿，頗爲常見。其中可分爲兩種：

(一)仿擬：單純模仿前人的作品，學得維妙維肖。

(二)仿諷：不但模仿前人的作品，在句法與調子上維妙維肖，而且是爲了滑稽嘲弄而故意模仿特定的既成形式，藉形式與內容的不調和，模擬嘲諷，達成滑稽悅人的效果。

就以上兩個辭例而言，「松聲、竹聲、鐘鼓聲，聲聲自在；山色、水色、煙霞色，色色皆空。」顯然是刻意模仿顧憲成的句調，堪稱維妙維肖，只是題材由書房轉變成寺廟，同樣是莊嚴典雅的風格，當然是「仿擬」。至於「打聲、罵聲、吵架聲，聲聲入耳；閒事、雜事、無聊事，事事關心。」除了刻意模仿顧憲成的句調，同樣維妙維肖，如出一轍之外，則內容題材與原作大相逕庭。針對現實俗世的現象，予以嘲弄諷刺，當然是「仿諷」。

「仿諷」（burlesque），或稱「模擬嘲諷」。關於「仿諷」的定義，最簡要中肯的說法是十八世紀的邦德

（Richmond P. Bond）在《英文仿諷詩》中所稱：

仿諷在刻意使用或模仿嚴肅事物或文體，藉形式與內容之不調和而產生滑稽悅人的效果。

以此定義衡諸以上三例的後者，恰恰中的。再看兩個辭例：

1.貢父（劉攽）晚苦風疾，鬚眉皆落，鼻梁且斷。一日與子瞻（蘇軾）數人小酌，各引古人語相戲。子瞻戲貢父云：「大風起兮眉飛揚，安得壯士兮守鼻梁！」座中大噱，貢父恨悵不已。（王闢之《澠水燕談錄》）

蘇東坡戲謔劉貢父「大風起兮眉飛揚，安得壯士兮守鼻梁」，不但「座中大噱」，即使相隔千年後之讀者，莫不爲之捧腹。這當然是「仿諷」，他套用的是劉邦的〈大風歌〉：

大風起兮雲飛揚，

威加海內兮歸故鄉，

安得猛士兮守四方！

漢高祖劉邦在稱帝後的第七年，率部平定淮南王黥布的叛亂，在班師回朝的途中。經過故鄉時，召故人父老子弟縱酒，躊躇滿志，感慨萬端，即席唱出此開國雄主的〈大風歌〉，整首詩氣勢宏偉，予人一股叱咤風雲，氣壯山河的震撼力。蘇東坡仿此句調而成「安得壯士兮守鼻梁！」結構與原作維妙維肖，主題卻與原作大異其趣，「鼻梁」與「天下四方」相較，實在太渺小了。因此滑稽嘲弄的效果至爲強烈。

2.落霞與孤鶩齊飛，

秋水共長天一色。（王勃〈滕王閣序〉）

自古登臨之作，王勃〈滕王閣序〉爲傳誦廣遠之名篇。他才情絕高，擺脫了一般駢文雕琢藻飾，模山範水的窠臼，將豪宕飄逸的情致，融入綺麗辭采與生動描繪之中，「落霞與孤鶩齊飛，秋水共長天一色」，更是秀絕人寰的絕妙好辭，當時主人都督閻公即嘆云：「此眞天才，當垂不朽矣！」然而，如此千古名句卻是由來有自。前人曾屢次指其係仿擬之作：

王應麟《困學紀聞》：「庾信〈馬射賦〉：『落花與芝蓋齊飛，楊柳共春旗一色。』王勃仿其語，江左卑弱之風也。」

陳善《捫蝨新話》：「王勃〈滕王閣序〉『落霞與孤鶩齊飛，秋水共長天一色』之語，當時無賢愚，皆認為驚絕。然予觀庾信〈馬射賦〉，已云：『落花與赤（芝）蓋齊飛，楊柳共青（春）旗一色。』則知王勃之語，已有本處。然其句調雄傑，比舊為勝。」

王勃之作，與前人結構維妙維肖，然句秀境美，靈動有致，遠勝舊作。即以上句而言，庾信敘落花與繪著芝草的車蓋齊飛，難免雕鑿造作。王勃敘紅霞在天空中飄動，白鴨翱翔乎其間，在色彩上藍天中紅白對映，動態上有生命的飛鳥與無生命的晚霞並舉齊飛，畫面鮮活，眞是狀溢目前。故兩者相差不可以道里計，堪稱仿擬成功之典範。

後來仿王作者也屢見不鮮：

1.這寺（常熟興福寺）初建於南宋建炎四年，氣魄不小，幾枝枯桂傍著乾涸了的泉，幽篁並喬木一院，野嵐與孤雁齊飛。（蘇葉《能不憶江南・常熟印象》）

2.所謂城市文學，集注的筆墨不過是在勾勒城市居民的文化心理而已，凡一嘴一鼻，一顰一笑，內中有平民氣，市井味，喜笑怒罵中間，庸碌與機智齊飛，狡黠並誠篤一色。（潔泯《風景・城市意識的消長》）

此等仿作雖不如原作，但仍有若干趣味。筆者前曾為報社撰社論，論及交通安全，嘗仿王作云：「肢體與車輛齊飛，血肉共碎片一地。」則結構相同，題材相反，也是意含嘲弄之「仿諷」。

壹、仿擬

曾經有人問張曉風：

「妳的文章寫得那麼好？有什麼訣竅？」

她的回答是：

「沒有什麼特別的竅門，不過我一想到我所使用的語文，是孔子、孟子、李白、杜甫曾經使用過的，就不由得不格外謹慎小心了！」

其實，張曉風還省略了心裡頭的一句話：「文章就不得不格外精采了。」

張曉風如此的回答當然很精采，我懷疑她的句式是有來歷的，後來當面請教典出何處。她說是仿自幽默大師蕭伯納的《窈窕淑女》：

「妳話說得如此漂亮，有什麼秘訣？」

「沒有啦！只不過我所使用的語言，正是莎氏比亞、密爾頓同樣的語言，所以不得不精采！」

其實類似的句式，仍可以一再套用：

1.這是我們今天吃的食，這是佛祖當年吃的食……（劉半農〈在一家印度飯店裡〉）

2.每次到故宮博物院，面對著琳琅滿目的金石字畫，除了視覺上的美感享受與民族文化的感染之外，在精神還可以過皇帝的癮！不禁聯想起：「我們現在所欣賞的國寶，正是當年只有皇帝才能看得到的！」（沈謙〈評《故宮文物月刊》〉）

《教我如何不想他》的作者，早期的新詩人劉半農，在倫敦吃一頓飯，印度飯也並不好吃，只是好奇的嘗新而已，如此稀鬆尋常的題材，經過詩人的想像幻化，就好像釋迦牟尼一樣，與尋常大異其趣。到故宮流覽國寶，也沒啥稀奇，但是只要想到「正是當年皇帝所欣賞的同樣東西」，感覺上就是不一樣，不由得不令人精神振奮！民國七十四年筆者在台中擔任中興大學中文系主任，興大的校園遍植菩提樹，偶見學生在樹下談笑，告訴他們眞幸福，不料有學生說：

「菩提樹還是不如椰子樹！」

「當然是菩提樹好，有樹蔭，且可以唱『井旁邊大門前面，有一棵菩提樹』，回味純眞的童情，更何況，你現在所依傍的菩提樹，正是當年佛祖身邊的菩提樹；佛祖在樹下四十九天悟道，你在此倘徉一千四百多個日子，眞是福緣匪淺！」

由此可見，「仿擬」運用得當，自有其效用。以下再從古今文學作品中舉例：

1.班聲動而北風起，劍氣沖而南斗平。喑嗚則山岳崩頹，叱咤則風雲變色。以此制敵，何敵不摧；以此圖功，何功不克？（駱賓王〈爲徐敬業討武曌檄〉）

駱賓王此文，氣勢鼎盛，運詞精警，足以鼓舞軍心士氣。傳說武則天讀後擊節嘆服，非但不生氣，反倒責問臣下爲何沒有網羅如此人才？其實，這樣氣壯山河的警句也是有所本的「仿擬」之作。祖君彥〈爲李密討煬帝檄〉：「呼吸則河渭絕流，叱咤則嵩華自拔。以此攻城，何城不克？以此擊陣，何陣不摧？」駱文與祖文句法維妙維肖，題材內容大概彷佛。唯駱文前二句之「山岳風雲」，兼含天地，境界雄偉壯闊。後四句的「制敵圖功」較「攻城擊陣」尤爲積極周延。在文章技巧和氣勢上，後來者居上，屬成功的「仿擬」。

2.安得大裘長萬丈，與君都蓋洛陽城！（白居易〈新製綾襖成感有詠〉）

白居易此詩句仿擬杜甫〈茅屋爲秋風所破歌〉末段：「安得廣廈千萬間，大庇天下寒士俱歡顏！」句法雷同，如出一轍，故屬失敗之仿擬。又白居易另一首〈新製布裘〉末尾云：「丈夫貴兼濟，豈獨善一身。安得萬里裘，蓋裹周四垠。穩暖皆如我，天下無寒人。」可見白公與杜公胸襟同具廣大之同情，唯技遜一籌耳。又陶淵明〈飲酒〉之名句：「采菊東籬下，悠然見南山。」白居易亦仿句云：「時傾一壺酒，坐望東南山。」陶詩一片化機，天眞自具。白詩用「望」代「見」，由偶然無意轉爲刻意，其境界落之下乘，也是失敗的仿擬。

3.六王畢，四海一；蜀山兀，阿房出。覆壓三百餘里，隔離天日。驪山北構而西折，直走咸陽。（杜牧〈阿房宮賦〉）

杜牧〈阿房宮賦〉開端用三字句，起勢突兀，雄健有力。其實首四句仿自陸傪〈長城賦〉：「千城絕，長城列；秦民竭，秦君滅。」不但句法蹈襲之跡至爲明顯，甚至連句末的押韻都同用入聲韻。如此筆勢崢嶸，氣概非凡的名句，當然是成功的「仿擬」。

4.眾芳搖落獨暄妍，占盡風情向小園。

疏影橫斜水清淺，暗香浮動月黃昏。

霜禽欲下先偷眼，粉蝶如知合斷魂。

幸有微吟可相狎，不須檀板共金樽。（林逋〈山園小梅〉）

梅花是我們的國花，歷代詠梅之士，以林逋（和靖）最著名，他隱居西湖孤山下，梅妻鶴子，此詩三四句「疏影橫斜水清淺，暗香浮動月黃昏」爲自古詠梅佳句之最。但也是其來有自。《紫竹軒雜綴》云：「江爲詩：『竹影橫斜水清淺，桂香浮動月黃昏。』林君復改二字爲『疏影』、『暗香』以詠梅。遂成千古絕調。詩字點化之妙，譬如仙者丹頭在手，瓦礫皆金矣。」林逋愛梅，與陶淵明愛菊、周敦頤愛蓮齊名，輝映千古，並垂不朽。江爲原作用「竹影」、「桂香」，雖然是佳作，但林逋換用「疏」、「暗」二字，就比原來的靈動有致，含蘊無窮。「疏影橫斜」繪梅之姿態搖曳，「暗香浮動」寫梅之馨氣遞送，饒有情致，耐人尋味。如此青出於藍的仿擬，眞是點石成金，不愧是梅之知音。

5.烏舍凌波肌似雪，親持紅葉索題詩。

還卿一缽無情淚，恨不相逢未鬀時。（蘇曼殊〈贈調箏人〉）

一代詩僧、情僧蘇曼殊，多才多藝，年輕時出家。後來有女子對他情有獨鍾，作此詩以表明心跡。「還卿一缽無情淚，恨不相逢未鬔時。」仿自唐張籍〈節婦吟〉：

君知妾有夫，贈妾雙明珠。
感君纏綿意，繫在紅羅襦。
妾家高樓連苑起，良人執戟明光裡。
知君用心如日月，事夫誓擬同生死。
還君明珠雙淚垂，恨不相逢未嫁時。

張詩刻畫女子心理，十分細膩，感情波折，「還君明珠雙淚垂，恨不相逢未嫁時」，言辭委婉，意志堅決，兼顧情義。蘇曼殊的「仿擬」，由「未嫁」改爲「未鬔」，頗具異曲同工之妙。

由以上諸例可知，「仿擬」所仿句調多爲大眾熟知之名作，其中有成功者，也有失敗者，運用之妙，存乎一心。

「仿擬」，是舊瓶裝新酒，模仿大家熟知的句式，推陳出新，運用得當，頗能由舊經驗中引發出新經驗。且看現代語文中的仿擬：

1.她叮嚀自己「愛情雖可貴，道德更要緊；感情如野馬，韁繩要收緊」。她默默表示，對俞剛「雖不能當面祝賀來道喜，暗中已奉上一片心，願你們破鏡重圓情更深，你事業更上一層樓」。（吳乾浩〈對心靈善的追求〉）

「愛情雖可貴，道德更要緊」，仿自匈牙利詩人裴多菲的名句：「生命誠可貴，愛情價更高；若爲自由故，二者俱可拋。」不但結構維妙維肖，對愛情也有較深的詮釋，浪漫之中有節制。

2.整治國故，必須以漢還漢，以魏晉還魏晉，以宋還宋，以明還明，以清還清；以古文還古文家，以今文還今文家；以程朱還程朱，以陸王還陸王，……各還他一個本來面目，然後評判各代各家人的義理的是非。不還他們的本來面目，則多誣古人；不評判他們的是非，則多誤今人。但不先

弄明白了他們的本來面目，我們決不配評判他們的是非。（胡適〈國學季刊發刊宣言〉）

胡適自己明言此段仿自段玉裁《經韻樓集．與諸同志論校書之難》：「校經之法，必以賈還賈，以孔還孔，以陸還陸，以杜還杜，以鄭還鄭，各得其底本，而後判其義理之是非。……不先正注、疏、釋文之底本，則多誣古人；不斷其說之是非，則多誤今人。」段玉裁文章較爲罕見，如不說明來歷，一般人恐怕不知道。

3.誰知道阿Q採用怒目主義之後，未莊的閑人們便愈喜歡玩笑他。（魯迅《阿Q正傳》）

魯迅《阿Q正傳》爲卅年代文壇名作，對中華民族性有深入的刻畫。此「怒目主義」仿西洋文學流派名稱「古典主義」、「浪漫主義」。

4.我在店裡也坐不穩，特別看不慣那種趾高氣揚和大吃大喝的行為，一桌飯菜起碼有三分之一是浪費的，泔腳桶裡倒滿了魚肉和白米。朱門酒肉臭倒變成店門酒肉臭了。（陸文夫〈美食家〉）

「朱門酒肉臭，路有凍死骨」是杜甫〈奉先詠懷〉的名句，此改作「店門酒肉臭」，頗耐人尋味。

5.後面有兩行小字：「吾不能去，姊不肯來，恐吾旦暮死，而姊抱無涯之憾也。」（謝冰瑩〈紅豆戒指〉）

此數句仿自韓愈〈祭十二郎文〉：「吾不可去，汝不肯來，恐吾旦暮死，而汝抱無涯之憾也。」韓文摯情流露，感人肺腑，爲大眾所熟知。謝冰瑩仿此文而形式維妙維肖，使讀者感覺十分親切。

6.「山不在高，有仙則名。水不在深，有龍則靈。」劉禹錫的名作〈陋室銘〉，全文八十一字，千古吟讀。既可尊為散文典範，何不可以視為作文指南？正可謂：文不在長短，有識則新，有誠則靈。（李炳銀〈散文語屑〉）

7.啊，我完全陶醉在泉水的唱歌之中，說什麼「山不在高，有仙則名」，我卻道：「山不在名，有泉則靈。」孕育生機，滋潤萬木，泉水就是鼎湖山的靈魂。（謝大光〈鼎湖山聽泉〉）

以上二辭例均仿自劉禹錫〈陋室銘〉開端四句。所謂：「文不在長短，有識則新，有誠則靈。」「山不在名，有泉則靈。」傳誦廣遠的名作，常成爲後人仿擬的對象，由此可見一斑。

8.一九八四年元旦，他（美術家龐薰琹）寫下這樣的抒懷詩：「問我何所思，千頭萬緒事。問我何所欲，願作無名士。」他想以加倍的工作奪回那失去的年華，然而弦過緊則弓必斷，他終於病倒。（葉永烈〈龐薰琹的畫筆〉）

9.她天天早晨起來的第一件事：照鏡子，當窗理雲鬢，對鏡好心酸。原來黑白分明的大眼睛，已經布滿了紅絲絲，色澤濁黃。原先好看的雙眼皮，已經隱現一圈黑暈，四周爬滿了魚尾細紋。原先白裡透紅的臉蛋上有兩個逗人的淺酒窩，現在皮肉鬆弛，枯澀發黃……。（古華《芙蓉鎮》）

以上二例，描繪人物極爲深刻細膩，生動傳神。其中的「仿擬」均來自北朝民歌〈木蘭辭〉：「問女何所思？問女何所憶？」「當窗理雲鬢，對鏡貼花黃。」由於「仿擬」得當，更饒情味。

仿擬除了模仿前人名句之外，在文學作品中，也有模仿對方的口氣說話，維妙維肖，頗饒風趣：

1.洪七公在旁瞧得忍不住了，插口說道：「柯大俠，師徒過招，一個失手也是稀鬆平常之事。適才靖兒帶你這一招是我所授，算是老叫化的不是。這廂跟你賠禮了。」說著作了一揖。周伯通聽洪七公如此說，心想我何不也說上幾句，湊湊熱鬧，於是說道：「柯大俠，師徒過招，一個失手也是稀鬆平常之事。適才郭靖兄弟抓你鐵枴這一招，是我所授，算是老頑童的不是，這廂跟你賠禮了。」說著也是一揖。他這番依樣葫蘆的說話原意是湊湊熱鬧，但柯鎮惡正當怒火頭上，聽起來卻似有意譏刺，連洪七公一片好心，也被他當作了歹意。（金庸《射鵰英雄傳》）

2.男：「你還不曾答覆我你會不會離開我飛去。」

女：「你還不曾答覆我那是不是你痛苦的原因。」

男：「我很難答覆你。」

女：「我也很難答覆你。」（華嚴《智慧的燈》）

3.謝晉在談《天雲山傳奇》一片時也說過：「希望生活中像馮靖嵐這樣的人，多些，再多些……」而我想說的是：「希望像謝晉這樣的導演，多些，再多些……」

4.美總統布希：只要伊軍撤出科威特，美國保證絕不攻擊伊拉克！

伊總統海珊：只要美軍撤出中東，伊拉克保證不會進攻沙烏地阿拉伯！

以上四例，不是仿前人作品，而是仿對方語氣、句法，別具一番風味。

「仿擬」是刻意模仿前人的作品，結構雷同，維妙維肖。其中又可分爲兩類：

㈠擬句：模仿前人的句法，屬字句的仿擬。

㈡仿調：模仿前人的腔調，屬篇章的仿擬。

整首詩、整篇文章刻意模仿前人舊作，舊瓶裝新酒，雖非文學創作之正途，然其中亦頗有可觀者，且看：

1.龍池躍龍龍已飛，龍德光天天不違。
池開天漢分黃道，龍向天門入紫微。
邸第樓台多氣色，君王鳧雁有光輝。
為報寰中百川水，來朝此地莫東歸。（沈佺期〈龍池篇〉）

2.高山代郡東接燕，雁門胡人家近邊。
解放胡鷹逐塞鳥，能將代馬獵秋田。
山頭野火寒多燒，雨裏孤峰濕作煙。
聞道遼西無鬥戰，時時醉向酒家眠。（崔顥〈雁門胡人歌〉）

3.昔人已乘黃鶴去，此地空餘黃鶴樓。
黃鶴一去不復返，白雲千載空悠悠。
晴川歷歷漢陽樹，芳草萋萋鸚鵡洲。

日暮鄉關何處是？煙波江上使人愁。（崔顥〈黃鶴樓〉）

4. 鸚鵡來過吳江水，江上洲傳鸚鵡名。
鸚鵡西飛隴山去，芳洲之樹何青青？
煙開蘭葉香風暖，岸夾桃花錦浪生。
遷客此時徒極目，長洲孤月向誰明？（李白〈鸚鵡洲〉）

5. 鳳凰台上鳳凰遊，鳳去台空江自流。
吳宮花草埋幽徑，晉代衣冠成古丘。
三山半落青天外，二水中分白鷺洲。
總為浮雲能蔽日，長安不見使人愁。（李白〈登金陵鳳凰台〉）

嚴羽《滄浪詩話》：「唐人七言律詩，當以崔顥〈黃鶴樓〉爲第一。」元辛文房《唐才子傳》記李白登黃鶴樓本欲賦詩，因見崔顥此作，說：「眼前有景道不得，崔顥題詩在上頭。」後來仍然心有不甘，先後作〈鸚鵡洲〉與〈登金陵鳳凰台〉二詩，均爲模仿〈黃鶴樓〉，屬整篇的仿擬。論字句，鸚鵡洲詩逼眞：論格調，鸚鵡洲詩卑弱，亦步亦趨，非鳳凰、黃鶴敵手。李白眞正能與崔顥爭奇鬥勝，傳美千古的是〈登金陵鳳凰台〉。其實，崔顥的〈黃鶴樓〉也是有所本的，乃是摹仿沈佺期的〈龍池篇〉，不但是整篇的「仿調」，而且另有一首〈雁門胡人歌〉，也是仿沈佺期，只不過音響節奏，較原作遜色，至於〈黃鶴樓〉則格高調響，當然是成功的「仿調」。

由以上列舉的五首詩，可見仿擬篇章的「仿調」，有成功的典範，也有格卑調下的因襲。

6. 劉禹錫〈陋室銘〉
山不在高，有仙則名。水不在深，有龍則靈。斯是陋室，惟吾德馨。苔痕上階綠，草色入簾青。談笑有鴻儒，往來無白丁。可以調素琴，閱金經。無絲竹之亂耳，無案牘之勞形。

南陽諸葛廬，西蜀子雲亭。孔子云：何陋之有？

陳少華〈陋室銘〉

結廬人境，心遠地偏。柴門蓬户，知足怡然。斯是陋室，樂乎周旋。長藤攀屋角，茂樹蔭簷前。笑談無俗客，來往俱忘年。可以供茗椀，綴詩篇。無是非之亂耳，無榮辱之懷牽。

禹錫〈陋室銘〉，淵明〈五柳篇〉。君子曰：逸士所居，何陋之有？

唐劉禹錫〈陋室銘〉膾炙人口，傳誦極廣，後世擬句仿調者甚多。近人陳少華作〈陋室銘〉，自注「仿劉禹錫之作」。除整篇屬「仿調」外，前半部頗多仿陶淵明之「擬句」。陶詩〈歸園田居〉：「榆柳蔭後簷，桃李羅堂前。」又〈飲酒〉：「結廬在人境，而無車馬喧。問君何能爾，心遠地自偏。」

由以上的例子，可見「仿調」之作，歷代皆有，唯成功傑出之作並不多見。

貳、仿諷

仿諷，又名模擬嘲諷，邦德在《英文仿諷詩》書中曾簡要地指陳其定義——刻意使用或模仿嚴肅事物或文體，藉形式與內容之不調和而產生滑稽悅人的效果。

如果再進一步而言，仿諷又可概分爲兩類：

(一)升格仿諷：借用崇高宏偉的文體敘述微不足道的瑣事。

(二)降格仿諷：借用卑微輕鬆的文體敘述端莊嚴肅的內容。

在修辭方法上，仍以升格仿諷爲主：

1.但大學生卻多而新，惜哉！廢話不如少說，只剩崔顥〈黃鶴樓〉詩以弔之曰：

闊人已騎文化去，此地空餘文化城。
文化一去不復返，古城千載冷清清。
專車隊隊門前站，晦氣重重大學生。
日薄榆關何處抗，煙花場上沒人驚。（魯迅〈崇實〉）

2.我的所愛在山腰，想去尋她山太高。
低頭無法淚沾袍，愛人贈我白蝶巾。
回她什麼：貓頭鷹。
從此翻臉不認我，不知何故兮使我心驚。
我的所愛在豪家，要去尋他兮沒有汽車。
搖頭無法淚如麻，愛人贈我玫瑰花。
回她什麼：赤練蛇。
從此翻臉不認我，不知何故兮——由她去罷！（魯迅〈我的失戀〉）

魯迅的文筆犀利，嘻笑怒罵。以上二例，一仿唐崔顥〈黃鶴樓〉，一仿漢張衡〈四愁詩〉。形式結構維妙維肖，主題卻大異其趣，堪稱典型之「仿諷」。張衡〈四愁詩〉共四章，茲錄首章：「我所思兮在太山，欲往從之梁父艱。側身東望涕霑翰。美人贈我金錯刀，何以報之英瓊瑤。路遠莫致倚逍遙，何為懷憂心煩勞？」魯迅仿作也是四章，以上所列為第一、第四章。兩相對照，可見其中的諷刺意味。

3.山不在高，有草則青；水不在深，有礬則清。斯是陋室，無庸德馨。談笑或鴻儒，往來亦白丁，可以彈對牛之琴，可以背髻鬍之經。聳臀草際白，糞味夜來騰，電台發懶困之叫，茶室擺龍門之陣。西堆交通煤，東傾掃蕩盆。國父云：「阿斗之一，實中華民國之大國民。」（吳稚暉〈斗室銘〉）

抗戰時期，國府遷都重慶，吳稚暉借寓上清寺七十三號，是庚子教育基金保管委員會的一間小屋，周遭環境甚差，乃自寫「斗室」二字，並撰此〈斗室銘〉。明眼人一看即知仿自劉禹錫〈陋室銘〉，原作雖名「陋」，其實居處甚雅，仿作則名副其實的「陋」。如此以高雅之文體敘述陋俗之題材，自然產生滑稽悅人的效果。

4.人不在高，有財則名；學不在深，有貨則靈。斯時錢室，惟吾德馨。榆根滿庭綠，蚨影一房青。談笑少窮儒，往來多白丁。可以焚古琴，悖常經。無書聲之亂耳，有銅臭之隨形。家肥富田廬，屋潤廣園亭，錢癆云：「何愁之有？」（黛郎《磨刀集．何愁之有？》）

此亦仿自劉禹錫。黛郎原作有四篇：何懼之有、何忌之有、何愁之有、何異之有。文末附記：「敬向劉禹錫先生致歉。」可知係刻意模仿而語帶嘲弄之作。〈陋室銘〉原本一片清幽高雅，仿作則一片酒色財氣。以吳稚暉與黛郎的仿作與本章前面所列舉的陳少華仿作相比較，可以明辨「仿擬」與「仿諷」之異同。

5.洞房昨夜翻紅燭，待曉堂前罵舅姑。

妝罷高聲問夫婿，鬚眉豪氣幾時無？（徐枕亞〈詠悍婦〉）

此仿自朱慶餘（近試上張水部）：「洞房昨夜停紅燭，待曉堂前拜舅姑。妝罷低聲問夫婿，畫眉深淺入時無？」原作溫婉含蓄，耐人尋味，仿作潑辣兇悍，令人吃驚。雖係遊戲筆墨，卻可博君一粲。

6.「一失足成千古恨，再回頭把孩子生。」台灣去年一年當中，十九歲以下的小媽媽生下三萬多嬰兒。（新聞標題）

7.宜蘭一位奉「兒女之命」即將結婚的女子，於陣痛開始才匆匆舉行婚禮，不料尚未卸下新娘服飾就已產下女娃——真是一拜天地，二拜高堂，夫妻相拜，送入「產房」。（金聖不嘆《新聞眉批》）

以上二例，取材自台灣現實的社會新聞，由「再回頭已百年身」轉變為「再回頭把孩子生」，「奉父母之命」改為「奉兒女之命」，「送入洞房」改為「送入產房」，除了引人發噱之外，頗具諷刺性。

現代作家中，最喜歡用仿諷的是趙寧，他在《趙寧詩畫展》中，刻意模仿古人詩句，仿作打油詩，諷刺現實：

1.仿王翰〈涼州詞〉敘留美：

葡萄美酒夜光盃，欲飲包機馬達催。
醉臥機場君莫笑，自來留美幾人回。

2.仿《水經・江水注》寫影票黃牛：

朝抓黃牛，暮抓黃牛；
朝朝暮暮，黃牛如故。

3.仿李商隱〈嫦娥〉寫太空人登陸月球：

雲母屏風燭影深，
長河漸落曉星沉；
嫦娥不悔偷靈藥，
雙子星會太空人。

4.仿朱慶餘〈近試上張水部〉寫美容整形：

洞房昨夜停紅燭，
待曉堂前拜舅姑；
妝罷低聲問夫婿，
鼻子整形入時無？

他拈取許多膾炙人口的古典詩文，或模仿其句調，或點竄更改數字，舊瓶裝新酒，結構與原作維妙維肖，主題卻大異其趣，除了令人感覺滑稽可笑之外，往往還具有諷刺現實的意味，發人深省。

趙寧的文字跳脫傳神，原因之一就是善用「仿諷」。《趙寧留美記》書中，擷取許多大眾熟稔的句調，或模仿其形式，或點竄更改數字，結構與原作維妙維肖，主題卻大異其趣，除了深具滑稽悅人的效（笑）果之外，往往還流露了濃厚的諷刺意味。以下且擷取實例，以博一粲。

1.兩人臭味相投，煮鼈促膝長談，細談台大當年諸系「系寶」各院名花，在美男婚女嫁，多出意料之外，真個是「話說終身大事分久必合，合久必分」。（第二回）

羅貫中《三國演義》一開端：「話說『天下』大事，分久必合，合久必分。」此將「天下」改成「終身」。「終身」大事當然也算得上重大，但是與「天下大事」相較，那就小巫見大巫了。

2.趙某人面露不悅，正色道：「用四小時的時間來學習四千年優美文化的結晶，不但不夠，根本是不可能！」言罷，昂首闊步，走下講台。固一「室」之雄也。（第七回）

此仿蘇東坡〈前赤壁賦〉：「方其破荊州，下江陵，順流而東也，舳艫千里，旌旗蔽空，釃酒臨江，固一『世』之雄也。而今安在哉！」從一「世」到一「室」，相差不可以道里計。

3.君不聞趙夫子曰：「美鈔亦我所欲也，志趣亦我所欲也。二者不可得兼，捨美鈔而取志趣也！」（第廿四回）

此仿《孟子．告子篇》：「魚，我所欲也；熊掌，亦我所欲也。二者不可得兼，舍魚而取熊掌者也。生，亦我所欲也；義，亦我所欲也。二者不可得兼，舍生而取義者也。」

4.正是：「風蕭蕭兮易水寒，壯士一去兮洗碗盤。」好一番悽楚景象。（第卅回）

此仿《史記．荊軻傳》：「風蕭蕭兮易水寒，壯士一去兮不復還。」將「不復還」改爲「洗碗盤」，僅著一語，盡得風流。不過「易水」如改成「海水」更切。

5.長髮披肩，美鬚如雲，真正臉貌不大容易看得清楚。正是：「不知喬治真面目，只緣君在此鬚中。」（第卅九回）

此仿蘇軾〈題西林寺壁〉：「不識廬山眞面目，只緣身在此山中。」

6.有的趕緊遞茶送水，有的趕緊遞上滷菜、雞腿，雖然一片嘈雜，卻是真情流露。正是「慈顏共赤心一色，笑聲與淚痕齊飛。」（第五十二回）

此仿王勃〈滕王閣序〉：「落霞與孤鶩齊飛，秋水共長天一色。」

其實，仿諷在日常生活中頗爲常見：

1.李白〈靜夜思〉：「床前明月光，疑是地上霜。舉頭望明月，低頭思故鄉。」中學生上午第四節課，饑腸轆轆，無心聽講，脱口曰：「舉頭望黑板，低頭思便當。」

2.范仲淹〈岳陽樓記〉：「先天下之憂而憂，後天下之樂而樂。」中壢某大學較別校提前一週開學，延後一週放假，師生戲稱：「先天下之課而課，後天下之假而假！」又：「遇見這種倒楣事，我只有先天下之溜而溜了！」

3.杜甫〈客至〉：「舍南舍北皆春水，但見群鷗日日來。花徑不曾緣客掃，蓬門今始為君開。」有人諷刺其居處環境髒亂：「舍南舍北皆垃圾，但見蚊蠅日日來！」

4.文天祥〈過零丁洋〉：「人生自古誰無死？留取丹心照汗青！」有人諷刺吝嗇的守財奴，為富不仁：「人生自古誰無死？留取金銀墊棺材！」

5.國父遺訓：「革命尚未成功，同志仍須努力。」現代講究身材：「減肥尚未成功，同志仍須節食。」

由此可見，升格仿諷運用崇高的文體，敘述微不足道的瑣事，由於內容與筆調差距甚大，自能產生滑稽悅人的效果。更重要的是須帶諷刺警惕，使得遊戲筆墨之中也自有其啓示。

「仿諷」辭例，包括字句的仿諷，篇章的仿諷。以下再看兩個較長的例子：

㈠諸葛四郎〈出師表〉

臣四郎言：

歲月如矢，倏乎三年。七月轉眼將至，而臣辭朝歌去陛下遠行之日亦近矣。今天下三分，情敵虎視眈眈，臣又當離此他往，此誠危急存亡之秋也！固有不得不進諫於陛下者。願陛下垂聽，則臣幸甚。

臣本學生，躬讀於台大。苟全性命於考試，不求聞達於教授。三年不改其道。臣生性淡泊，無意功名。晝夜苦讀，心如止水。遁入空學院既已有年，修成正果日當在不遠。孰料一時定力不堅。因空見色，由色生情，走火入魔，重墮凡塵。雖云臣六根未淨，陛下實為臣造業之因。年前臣於某擔心會中，始初識陛下。一見而驚為天人，再見而拜倒石榴裙下。乃蒙陛下重用，不次擢升為護花大臣。由是感激，遂許陛下以驅馳。受命以來，夙夜憂歎。恐託付不效，以傷陛下之明。故展開快攻，深入敵後，殺退情敵半打。今天下粗定，兵甲已足。昔日強敵，化做灰飛煙滅。然臣猶未能高枕無憂也。蓋臣之於陛下，固未嘗有貳心，陛下之於臣，態度殊為游移。況陛下朝中，臣子何止數十，寵臣亦有三人，鼎足而三。故臣猶戰戰兢兢，必恭必敬，惟恐一朝失寵也。今者，臣接軍書三卷，卷卷有臣名。夫執干戈以衛社稷，義也。臣亦頗思立功異域，揚名成功嶺。顧臣此去，數月不能歸，實有未能釋懷於陛下者。「居廟堂之高，則憂其民。處江湖之遠，則憂其君。」嗚呼，微斯人，吾誰與歸？臣未行已刻刻以陛下為念矣。陛下雖賢，然不免常為群小包圍。故臣常戮力於「清君側」之舉。陛下亦宜自課，凡有花言巧語，自命為護花大臣者，宜付太后裁決，一律逐出宮中，以昭陛下平明之治。小李老陳兩人，口蜜腹劍，絕非善類，陛下切勿親近！陛下之御弟及御犬阿花，此皆良實，志慮忠純，願陛下親之信之。御弟為最佳電燈泡，臣曾領教其威力。愚以為凡有看電影、球賽之事，悉以攜之。必能裨補闕漏，有所廣益。御犬阿花，戰鬥力極強，護主之心尤切。臣在它口中報銷西裝褲兩條。愚以為晚間出遊，悉與之俱，必能使宵小無所乘。親賢臣，遠小人，此臣之所以與陛下情好日蜜也。親小人，遠賢臣，此臣之所以與前任女友告吹也。願陛下諮諏善道，察納雅言，以待臣班師回朝。則臣不勝受恩感激也。反攻之號角響矣！剪光頭上成功嶺之日至矣！臣頓首頻呼：「卿莫忘我，卿莫忘我！」今當遠離。臨表涕泣。不知所云。

諸葛亮〈出師表〉義正辭嚴，忠誠懇切，是傳誦千古的傑作。本文刻意模仿原作，在上成功嶺受軍訓前寫給女朋友的信。形式結構維妙維肖，內容題材卻大異其趣。就仿諷的技巧而言，已經算是相當不錯，唯內容上純係遊戲筆墨，仍然難登大雅之堂。

(二)康文雄〈新桃花源記——悼王迎先〉

戒嚴期中，山東人，開車為業，沿街行，忘路之遠近；忽逢富錦街，兩旁數百户，中無平屋，氣派豪華，門禁森嚴，司機甚異之。復前行，欲窮其路，路中一屋，設有鐵門，門有小口，彷彿若有光，便下車，從口入。

初極狹，繞道入；復行一二步，豁然開朗。庭院平曠，設備儼然。有手銬、鐵棍、刀、槍之屬；刀光劍影，雞犬不寧。其中往來刑警，男女衣著，悉如外人；青面獠牙，並怡然自得。見司機乃大喜，問所從來，具答之。便要入室，設酒、殺雞、灌水。組中聞有此人，咸來問案。自云：外界風風雨雨，率好漢嬌娃來此，別墅寧靜，最適刑求；遂與外人間隔。問贓款何在；乃不知有法，何論天、理。此人一一為具言所聞，皆不滿。餘人各復延至其室，皆出拳腳。停數日，辭去。此中人語云：「不足為外人道也。」

既出，搭警車，往秀朗橋，忽逢尿急。及上橋，學李白，水裡跳。總局即遣人去打撈，尋找屍首，遂為此背黑鍋。台灣老百姓，高尚士也，聞之，無動於衷。不久，忘此事，後遂不了了之。

陶淵明〈桃花源記〉爲中國讀書人普遍喜愛、嚮往。本文刻意仿其結構、語氣、句法，形式上維妙維肖。在《自立晚報》發表時，編者特加案語：「不少人會因談到李師科而又聯想起王迎先遭刑求致死的案子，……，希望透過諷刺的筆調，能喚回一點社會正義與人道關懷。」在技巧上堪稱相當出色，諷刺性頗強。但是平心而論，警察辦案，固然難免令人詬病之弊端，但本文的諷刺，恐有過甚之處。

由此可見，仿諷一方面要有趣味，一方面要求諷刺。光是生動有趣，內容並無意義，固然不足為訓；但諷刺太過，流於尖刻，也並不可取。

關於仿諷的原則，在此簡單歸納三點：

第一，選用最佳句調

古今中外膾炙人口，傳誦廣遠的傑作，俯拾皆是，不勝枚舉。無論是仿擬或仿諷，大可以選用其中最卓著的佳篇名句。如此不僅取法乎上，且由於原作為讀者所熟知，仿作常令讀者感覺親切、熟稔，立即產生共鳴。本章前面所舉辭例〈大風歌〉、〈滕王閣序〉、〈陋室銘〉、陶淵明詩、杜甫詩等常成為後世仿作的對象，其緣由即在於此。

第二，貴能推陳出新

仿擬是「舊瓶裝新酒」，不但要選擇最佳最適合的舊瓶，其中新裝的酒也要求品質高。單純的模仿前人舊作，形式結構句法維妙維肖，其中有成功的傑作，如王勃〈滕王閣序〉、駱賓王〈討武曌檄〉、崔顥〈黃鶴樓〉等，均能推陳出新，後出轉精，遠勝舊作。但仍有許多仿擬，遠遜前人，甚至徒貽東施效顰之譏。成敗之間，存乎一心，不可不慎。

第三，講究諷刺警惕

仿諷要求結構與原作維妙維肖，主題與原作大異其趣，須盡量擴大內容題材與體裁形式之間的不協調，才能產生滑稽悅人的效果。本章前面列舉的「安得壯士兮守鼻梁」、「壯士一去兮洗碗盤」、「但見蚊蠅日日來」等辭例，即由於採用崇高宏偉的文體敘述微不足道的瑣事，才能顯現奇效。同時，運用仿諷必須以嚴肅的態度，講究諷刺警惕，在幽默風趣之餘，更積極地表達啓示與警省。

自我評量題目

一、仿擬與仿諷有何不同？

二、何謂「升格仿諷」？舉例以明之。

三、舉例說明仿諷的原則。

四、仿劉禹錫〈陋室銘〉作一首〈書室銘〉。

第七章　反　諷

學習目標

——研讀本章內容之後，學習者應可達成下列目標：

一、了解反諷的意義與基本因素。
二、能將反諷運用在文學欣賞與創作中。
三、能掌握反諷的運用原則。

摘　要

反諷，即表象與事實相反的表達方式。反諷又可分為兩類：
一、言辭反諷——意與言反的矛盾語。言辭表面的意思和作者內心眞正所想要表達的眞意恰恰相反。
二、場景反諷——事與願違的矛盾事實，常充滿滑稽諷刺的意味。
在修辭格的探討上，反諷以言與意反的言辭反諷爲主，本章專論言辭反諷。
反諷的運用，可以歸納出四點原則：㈠表現幽默感。㈡具有警惕性。㈢流露親切感。㈣避免會錯意。

莎氏比亞有一部戲劇——*As You Like*，梁實秋譯作《皆大歡喜》，朱生豪譯作《如你所願》，其相反的意義就是「事與願違」，正可以用來解釋「反諷」的意義。

何謂反諷（irony）？一言以蔽之，表象與事實相反是也。反諷又可分爲兩類：

1.言辭的反諷，即意與言反的矛盾語，也就是一般所謂的「反話」，言辭表面的意思和內在蘊藏的真意恰恰相反。

2.場景的反諷，即事與願違的矛盾事實，如設計陷害人反而幫助了對方，消防隊辦公室被火燒毀，熱心幫忙結果弄巧成拙，扒手偷雞不著反蝕一把米，自己的錢包失落了等。尤其是在小說戲劇裡，安排經營反諷的情節，常充滿滑稽諷刺的意味。

言辭的反諷，在中國文學作品中，運用非常普遍。《孟子》齊人章那個乞食而驕其妻妾的齊人，自欺欺人，卑鄙下流復可哂，是個最沒出息的可憐蟲。這樣恬不知恥而神氣活現的人物，卻稱之爲「良人」，良人其實惡劣到家，一點也不良！《列子》著名的寓言故事——愚公移山，「愚公」其實大智，「智叟」其實頗愚。又如《西遊記》的丑角豬八戒，顧名思義，八戒者，佛家之八種戒條：一不殺生，二不偷盜，三不淫，四不妄語，五不飲酒，六不塗飾香鬘歌舞及觀聽，七不眠坐高廣大床，八不食非時食。大家都知道，豬八戒貪財好色，好吃懶睡，又喜進讒言，八戒之中眞不知道他戒了哪一樣？

在日常生活裡，反諷的實例更是屢見不鮮：人生四大痛苦——生老病死，死明明是最大痛苦，佛家卻說成「身登極樂世界」，道家的說法是「仙去」，基督教美其名曰「蒙主恩召」。表面的言辭美麗動聽，事實卻悲慘悽清！又醫院的停屍房叫「太平間」，殯儀館取名「極樂」，閩南語棺材叫「大壽」，也都是言辭的反諷。

還有，損害健康的香菸，最流行的卻是「長壽牌」，幸虧吸菸之害，眾所周知，沒有人呆到眞以爲吸長壽菸就能長壽，就正如吸總統菸不見得能當選總統一樣。否則，爲了企求長壽而拚命大吸長壽菸，豈非自尋夭壽？

反諷的基本因素，是由於宇宙和人性的矛盾。有毒的花草，多半美麗多姿；最毒的蛇，身上的斑紋往往燦爛奪目。外表忠厚，內裡不見得老實；最可怕的敵人，也許正是最親切的密友；最厲害的角色，往往是很不惹眼的人物。有時候最危險的地方反倒安全。踏破鐵鞋無覓處，得來全不費功夫；有意栽花花不發，無心插柳柳成蔭（聯副《未名集》的作者張繼高先生筆名叫吳心柳，當取此意。照修辭的分析，吳、無諧音雙關，柳成蔭藏尾，再加事與願違）。大水沖倒龍王廟，欲速則不達；閻王易見，小鬼難纏。羅馬帝國正是最鼎盛的時候埋下了覆亡的種籽。才高遭忌，紅顏薄命。世間多少矛盾的現象，難以理喻！

又富貴者往往裝窮，貧困者喜歡擺闊；老年人佯學年輕，青年人故示老成。外表狂妄自大，往往是由於內心自卑感作祟！待人謙虛過分，也許才是眞正的狂者。自己人之間，隨你臭架子、壞脾氣都行；笑容愈親密，禮貌愈周到，彼此的猜忌或怨恨愈深。有時候冰山底下，卻蘊藏著一顆溫暖的愛心。有人外表嚴肅而欠缺表情，冷冰冰的望之令人生畏。但是接觸之後才深深感覺到他對朋友的關愛，無微不至，是眞正的熱心腸！蘇俄的《眞理報》名稱動聽，但卻是全世界最不講眞理的報紙！

在修辭格的探討上，「反諷」以「言與意反」的「言辭反諷」爲主。自陳望道《修辭學發凡》列「倒反」辭格後，一般分作兩類：

㈠倒辭：或因情深難言，或因嫌忌怕說，便將正意用了倒頭的語言來表現，但又別無嘲弄諷刺等意思。

㈡反語：不只語意相反，而且含有嘲弄譏刺等意思。

實則上，只要是「言與意反」多少帶有嘲弄諷刺的意味，只不過輕重濃淡有別而已，因此本章專論言辭反諷。

1.公使陽處父追之。及諸河，則在舟中矣。釋左驂以公命贈孟明。孟明稽首曰：「君之惠，不以纍臣釁鼓，使歸就戮於秦。寡君之以為戮，死且不朽；若從君惠而免之，三年將拜君賜。」（《左傳．秦晉殽之戰》）

晉襄公既悔釋囚，派陽處父追秦囚。到兩國交界的黃河邊，秦囚已經上船，追之不及。陽處父託言襄公派他來送馬，想要騙秦囚回來受縛，但是孟明也不是省油的燈，不肯上當。「若從君惠而免之，三年將拜君賜。」是言與意反的反諷語，表面上是感恩戴德的客氣話，說得十分漂亮，其實是表示君子報仇，三年不晚。陽處父「釋左驂以公命贈孟明」，固然是言不由衷的違心之論，笑裡藏刀。孟明的謝辭又何嘗不是綿裡藏針，語中帶刺，一方面點破了陽處父誘他入彀的詭計，一方面隱含了雪恥報仇的誓言。

「三年將拜君賜」，謂三年後再來感謝晉君的恩德，一說三年後再來拜領晉君所賜的禮物。實則反諷語，表面上愈是感謝，內裡愈是怨恨。金聖嘆《才子古文讀本》評此云：「此謝今之不復轉船矣。言三年之後來伐晉，當面謝，今不復被誘轉船矣。讀之令人絕倒。」

事實上，《左傳．文公二年》孟明率師伐晉，以報殽之役，是爲彭衙之戰。文公三年的傳文記載，秦伯用孟明伐晉，「濟河焚舟，取王官及郊。晉人不出，遂自茅津濟，封殽尸而還。」孟明的確是實踐了「三年將拜君賜」的諾言兼誓言。

2.景公有馬，其圉人殺之。公怒，援戈將自擊之。晏子曰：「此不知其罪而死，臣請為君數之，令知其罪而殺之。」公曰：「諾。」晏子舉戈而臨之，曰：「汝為吾君養馬而殺之，而罪當死；汝使吾君以馬之故殺圉人，而罪又當死；汝使吾君以馬故殺人聞於四鄰諸侯，汝罪又當死。」公曰：「夫子釋之，勿傷吾仁也。」（劉向《說苑．正諫》）

人情之常，盛怒之下，正面的勸諫不易入耳。齊景公心愛的馬，馬夫沒有照顧好，竟讓牠死去，由「援戈將自擊之」可見景公極爲憤怒。晏子如果直接勸阻，可能無效。反而幫景公數落圉人之罪，判他三個死刑，使景公及時頓悟。堪稱「反諷」運用成功之典型範例。

3.河曲智叟笑而止之曰：「甚矣，汝之不慧！以殘年餘力，曾不能毀山之一毛，其如土石何！」

（《列子．湯問篇》）

《列子．湯問篇》中愚公移山的故事，主角「愚公」，配角「智叟」都是典型的反諷，此處所引智叟的話，「不慧」也是反諷，由代表一般世俗大眾的智叟眼中看來，愚公以殘年餘年妄想移山，簡直是異想天開，愚不可及，確實「不慧」，但是從另一種角度而言，作者正是要借智叟口中彰顯出愚公的「大智大慧」。

4.山不在高，有仙則名；水不在深，有龍則靈；斯是陋室，惟吾德馨。
苔痕上階綠，草色入簾青。談笑有鴻儒，往來無白丁。可以調素琴，閱金經；無絲竹之亂耳，無
案牘之勞形。
南陽諸葛廬，西蜀子雲亭。孔子云：「何陋之有？」（劉禹錫〈陋室銘〉）

本篇題名「陋室銘」，其實一點也不「陋」，反倒是「雅」得很！試觀其中段所敘：

陋室之景——苔痕上階綠，草色入簾青。
陋室之友——談笑有鴻儒，往來無白丁。
陋室之趣——可以調素琴，閱金經；無絲竹之亂耳，無案牘之勞形。

再加上首段的「斯是陋室，惟吾德馨」，末段的「何陋之有」，只有呆瓜才相信劉禹錫的「陋」室銘之「陋」名副其實。傳統講解古文者，往往認爲「陋」室是自謙之辭，從「反諷」的觀點而言，正是「言與意反」，以「陋」字凸顯其「雅」。

5.懷抱摟著俏冤家，搵香腮，悄語低低話。（溫庭筠〈雙調新水令〉）

6.門外猧兒吠，知是蕭郎至；剗襪下香階，冤家今夜歸。（唐無名氏〈醉公子詞〉）

「冤家」字面上意指討厭的人、仇家，以上二例的「冤家」卻是「言與意反」的反諷語，前者稱最親愛的情郎，後者是丈夫的暱稱，後世小說、戲曲、民歌中的冤家，大抵都是反諷，甚至現代流行歌詞也不例外：

你是我前世的冤家，無端端叫我心牽掛，聽得你說了幾句知心話，願來世不再遇見冤家。

「願來世不再遇見冤家」，其實意謂「願生生世世結爲夫婦」、「願結來生未了緣」。

7.莊宗好畋獵，獵於中牟，踐民田。中牟縣令當馬切諫為民請。莊宗怒，叱縣令去，將殺之。伶人敬新磨知其不可，乃率諸伶走追縣令，擒至馬前，責之曰：「汝為縣令，獨不知我天子好獵邪？

奈何縱民稼穡以供賦稅？何不饑汝縣民，而空此地，以備吾天子之馳騁？汝罪當死。」因前請急行刑。諸伶共唱和之。莊宗大笑，縣令乃得免去。（《五代史·伶官傳》）

此處伶人勸諫莊宗的話，用的是「口是心非」的反諷，言辭表面上贊同國君，實則上藉此點醒君王。從晏子、顏鄧聚、優孟、優旃到伶人，其善用反諷，勸諫國君，可謂一脈相承。

「反諷」的運用，典雅莊重的詩文中較少，通俗詼諧的小說、戲曲中頗爲常見。如：

1.你借我半間兒客舍僧房，與我那可憎才居止處門兒相向。（王實甫《西廂記·借廂》）

「可憎才」指崔鶯鶯，言辭表面的意思可憎，骨子裡卻意謂「最可愛的人」。這當然是言與意反的「反諷」。又《西廂記·酬簡》，張生見鶯鶯到來，唱道：「猛見他可憎模樣，早醫可九分不快。」「可憎模樣」意謂「可愛模樣」，也是典型的言辭反諷。

2.孫定為人最鯁直，……只要周全人，……轉轉宛宛，在府上說知就裡，稟道：「此事果是屈了林沖，只可周全他。」府尹道：「他做下這般罪，高太尉批仰定罪，定要問他『手執利刃，故入節堂，殺害本官』，怎周全得他？」孫定道：「這南衙開封府不是朝廷的，是高太尉家的！」（施耐庵《水滸傳·第七回》）

高太尉設計陷害林沖，開封府查明事實，都知道林沖是冤枉的，府尹懼於高家權勢，棄朝廷法制不顧，只管聽高太尉的話。孫定卻不服，「這南衙開封府不是朝廷的，是高太尉家的！」是用言與意反的反諷語表示抗議與嘲諷。在意思表達上要比直接正面說「這南衙開封府是朝廷的，不是高家的」，更具效果！

3.鄆哥道：「那西門慶須了得，打你這般廿個。若捉他不著，反吃他一頓好拳頭。」（《金瓶梅·第五回》）

「好拳頭」當然是言辭的反諷，指「惡拳頭」，拳頭哪有好的？這一回敘西門慶與潘金蓮私通，鄆哥通風報訊，告訴武大，但是提醒武大要謹慎行事。

4.王夫人說：「我就只一件不放心，我有一個孽根禍胎，是家裏的混世魔王，今日因往廟裡還願去，尚未回來，晚上你看見就知道了。」（曹雪芹《紅樓夢．第五回》）

5.寶玉道：「我也歪著。」黛玉道：「你就歪著。」寶玉道：「沒有枕頭，咱們在一個枕頭上罷！」黛玉聽了，睜開眼，起身笑道：「真真你就是我命中的『魔星』，——請枕這一個！」說著將自己枕的推給寶玉，又起身將自己的再拿了一個來枕上，二人對著臉兒躺下。（曹雪芹《紅樓夢．第十九回》）

6.惜春冷笑道：「我雖年輕，這話卻不年輕。你們不看書，不識字，所以是獃子，倒說我糊塗！」尤氏道：「你是狀元！第一才子！我們糊塗人，不如你明白。」（曹雪芹《紅樓夢．第七十五回》）

以上三例，均出自《紅樓夢》。「混世魔王」是王夫人對賈寶玉的暱稱，用言與意反的言辭反諷，適足以表達她對兒子的寵愛。「魔星」是林黛玉對賈寶玉的暱稱。如此貶義詞，其實是寓深情於詼諧幽默之中，使對方感到親切愉快，若不用言與意反的「魔星」，恐怕還眞不容易表達林黛玉對寶玉的摯愛呢！至於尤氏說惜春「你是狀元！第一才子！」言辭表面誇讚，骨子裡卻是在嘲諷對方，用褒義詞在貶斥對方；頗能顯現強烈的感情與語氣。

7.日前掐死了一個丫鬟，尚未結案；今日又殺了一個家人。所有這些喜慶事情，全出在尊府。（《三俠五義．第卅七回》）

8.一席話說得倪繼祖一言不發，惟有低頭哭泣。李氏心下為難，猛然想起一計來，須如此如此，這冤家方能回去。想罷說道：「孩兒不要啼哭。我有三件，你要依從，諸事辦妥，為娘的必隨你去如何？」倪繼祖連忙問道：「哪三件？請母親說明。」（《三俠五義．第七十二回》）

掐死了一個丫鬟，殺家人，都是倒楣事，偏用「喜慶事」這樣的反諷語，比正面說更加有力。「冤家」就是指孩兒，此「冤家」之暱稱，已成爲常見慣用的反諷語。

現代文學中的反諷，更是屢見不鮮：

1.我那時真是聰明過分，總覺得他說話不大漂亮，非自己插嘴不可，但他終於講定了價錢，就送我上車，他給我揀定了靠窗門的一張椅子，我將他給我做的紫皮大衣鋪好座位；他囑我路上小心，夜裏要警醒些，不要受涼；又囑託茶房好好照應我。我心裏暗笑他的迂。他們只認得錢，託他們真是白託！而且我這樣大年紀的人，難道還不能料理自己嗎？唉！我現在想想，那時真是太聰明了。（朱自清〈背影〉）

〈背影〉是描敘父愛最卓著的名篇，這段文字開端用「聰明過分」，末尾用「太聰明」，骨子裡的意義是恨自己「愚笨過分」、「太愚笨」，連父親的心意都領略不出，反嫌他迂。如此首尾連用「反諷」，頗能表現情感的強度與文章的感染力。

2.發明吃瓜子的人，真是一個了不起的天才！這是一種最有效的「消閒」法。要「消磨歲月」，除了抽鴉片之外，沒有比吃瓜子更好的辦法了。（豐子愷〈吃瓜子〉）

3.假若當時我已經能夠記事兒，我必會把聯軍的罪行寫得更具體、更「偉大」、更「文明」。（老舍《小花朵集》）

4.我於是日日盼望新年，新年到，閏土也就到了。好容易到了年末，有一日，母親告訴我，閏土來了，我便飛跑去看。（魯迅〈故鄉〉）

以上四例，出自卅年代的名家之手，豐子愷形容發明吃瓜子的人是「了不起的天才」，言與意反，顯示對只知道抽鴉片、吃瓜子的腐敗生活極端不滿。老舍用「偉大」、「文明」來形容聯軍的罪行，字面意思與本意恰恰相反，適足以流露憤恨的激情與深刻的痛惡。魯迅的「好容易到了年末」，其實是「好不容易」。其中也有若干約定俗成的因素。劉寶成《修辭例句》論反語應注意事項時說得好：「屬於人們語言習慣的反語，必須嚴格遵守約定俗成的原則。我們可以把『很不容易找』說成『好找』：把『很不容易』說成『好容易』，但卻不可以把『很不方便』說成『好方便』。」

5.我掩卷凝思了半天，我想在中國找不出這樣一個「笨」人來。也就是說，在這種笨人不能產生之前，我們的科學，還是抄襲的，短見的……。（陳之藩〈好奇呢，實用呢〉）

「笨」人指眞正肯腳踏實地，沉潛用功的人，也就是指不急功好利的人。在現實社會「生力麵」的文化環境下，大多數人往往只求躐等速成，對於眞正本本分分下苦功夫的人，世俗反視之爲「笨人」。陳之藩在此用貶義來讚美，表面責罵，骨子裏讚賞、認同。

6.我們的家只有一個房間。我們的房間有兩道牆。第一道是板牆……。第二道牆是家具排列成的圓形陣地……。房間的中央是我們的廣場，二尺見方。（子敏〈一間房的家〉）

子敏的散文，親切溫馨，有情有趣，「房間的中央是我們的『廣場』，二尺見方」，是輕鬆詼諧的自我解嘲。二尺見方，怎能說是「廣場」，這當然是言與意反的反諷，表面說「廣」，其實極「狹」。令人聯想起古人的名言：「室雅何須大，花香不在多。」

7.就是這雙手，曾多麼激動地燙人地撫摸過自己……她的心顫慄了一下，一縷帶有酸楚的柔情從心裏升起，心猛地跳了起來，熱血一直沖到臉部。她吃了一驚，難道自己還在愛著這個冤家？（魯彥周《彩虹坪》）

8.「那末妳這樣做，真是一個義舉了，救了我，又助了他。」

「還解決了我自己的問題。」（於梨華《移情》）

第七例，敘女主角的心思，體貼入微，「難道自己還愛著這個冤家」，「冤家」，言與意反，深情款款，要比正說來得情眞意切。第八例中，愛無拋棄自己的男友正剛，搶走二姊的心上人吳經，反以爲是救了二姊，助了正剛。二姊氣憤地反唇相稽，「義舉」意指不義之舉，「救了我」意指害了我，「助了他」意指傷了他，全係意與言反的反諷。

9.譬如說你住在二樓或三樓上吧。樓或小窗下，是人來人往的街道或汽車如流的馬路，那麼早、午、晚你就會被迫「享受」眾聲匯合而成的噪音流了。（舒巷城〈噪音篇〉）

難以「忍受」的噪音，偏偏說成「享受」，這是苦中作樂，無可奈何的自我解嘲。如此可以使心裡感覺好一些，同時也使文章更加輕鬆有趣。

10.今生，我不會再有這種行為（自殺）。我得跟時間競走，我得把自己的生命好好地發揮。我不眠不休地寫，隨處奔赴到需要我的地方。我不僅要為自己活，還要為荷西的那一份活，直到時間要我歸去的時候。（三毛〈考考我吧〉）

作家三毛於民國八十年一月四日自殺身亡，結束了她浪漫傳奇的一生。在此之前，她有兩次自殺的經驗，第一次是在十三歲，第二次是在廿六歲，最後在四十八歲，終於難逃「自殺」這一劫。在自殺之前，她一再勸告年輕朋友「惜生」：「生命眞是美麗，讓我們珍惜每一個朝陽再起的明天。」但是她卻用行爲違背了自己信誓旦旦的宣言，這當然是「言與行反」的場景反諷。

「反諷」的運用，大概可以歸納出四點原則：

第一，表現幽默感

修辭方法的運用，可以表現人類的智慧，詼諧幽默，使得人生有情有趣。梁實秋《雅舍雜文．談幽默》的結尾云：

我有一次為文，引述了一段老的故事：某寺僧向人怨訴送往迎來不勝其煩，人勸之曰：「塵勞若是，何不出家？」稿成，投寄某刊物，刊物主編以為我有筆誤，改「何不出家」為「何必出家」，一字之差，點金成鐵。他沒有意會到，反語（irony）也往往是幽默的手段。

幽默是人類心靈的花朵，要使心靈的花朵永不凋謝，必須善用反諷，在反諷中表現幽默感。在此再舉梁實秋的

〈乞丐〉爲例：

在我住的這一個古老的城裏，乞丐這一種光榮的職業似乎也式微了。……說老實話，這群乞丐，無益稅收，有礙市容，所以難免不像捕捉野犬那樣的被捉了去。餓死的餓死，老成凋謝，繼起無人，於是乞丐一業逐漸衰微。

「光榮的職業」，「老成凋謝」，會令讀者發出會心的微笑，「老成凋謝」原本形容年高德劭的長者逝世，風範不再，卻用來形容老丐，當然是言與意反。乞丐既非職業，更談不到光榮。如此表象與事實的強烈對比，諷刺而不流於尖刻，自然能達成幽默的效果。林語堂《生活的藝術》論幽默：

幽默一定和明達及合理的精神連繫在一起，再加上心智上的一些會辨別矛盾、愚笨和壞邏輯的微妙力量，使之成為人類智能的最高形式。

「反諷」與「幽默」結合，當那交會時互放的光亮，不但可以充分發揮人類的智慧，而且更能提升人類的智能！

第二，具有警惕性

反諷的運用，除了輕鬆有趣的嘲諷意味，讓大家領略語言文辭的可愛之外，往往能促進我們去尋找隱藏在表象反面的眞實意義，體味宇宙人性的矛盾。本章前面列舉的許多辭例，尤其是晏子的故事，足資印證。故意用反話來點醒國君，要比正面說教事半而功倍。更重要的是，能促使對方自我反省，達成勸諫的目標。D.C. Muecke著，顏鍄淵譯的《反諷》一書，曾選用了馬克吐溫的短篇小說〈小貝琪助天記〉爲例：

「媽媽，活著為什麼有這許多痛苦、煩惱或災難呢？這是為了什麼？……」「孩子，這是為了訓練我們的美德。神以他的智慧與慈悲賜與我們苦難，訓練我們，使我們變得更善良、沒有任何苦難，因此這都絕非是因意外事件可以擬的……」

「奇怪了？……難道畢利．那瑞士患傷寒也是神賜與的嗎？」
「是的。」
「為什麼呢？」
「當然是要訓練他，使他變得更好。」
「但是他死了啊，災難無法幫他變成好人的。」
「嗯，我想這是另一種原因……我認為這是為訓練他們的父母的。」
「對，不過這太不公平，媽……畢利卻要受懲罰。……難道那個陌生人為了想從火中救出跛腳的老太婆，卻被倒下來的屋頂壓傷也是神的旨意嗎？」

這眞是「天眞無邪的反諷」，由天眞無邪的小女孩的眼中看事件，問一些傻話，發一點妙論，卻能表現矯飾的複雜性，暴露人們種種無理性的偏見，促使我們認識人性，警省生活的方向。黃慶萱《修辭學》特別申言：「倒反辭格，就表面看來，跟『修辭立其誠』似乎有所違背。但是事實上，恰當地使用倒反辭，並不是抹殺『眞意』，只是設法促使對方進一步去反省，去尋找這個隱藏在文字反面的『眞意』，並且享受發現後的愉悅與痛苦罷了。」

第三，流露親切感

反諷除了表現幽默感，具有警惕性之外，若干言與意反的反語，用口非心是的貶義詞來表示親暱，嘴裡笑罵，心裏疼愛，適足以流露一種親切、喜愛的情感。前面所列舉《紅樓夢》中的辭例，王夫人稱賈寶玉「混世魔王」，林黛玉稱賈寶玉「命中的魔星」，均屬此類。再如：

1. 幾個女人有點失望，也有些傷心，各人在心裏罵著自己的狠心賊。（孫梨《荷花淀》）
2. 最後，張臘月無可奈何的笑罵道：「我現在才認識你，你個頂壞頂壞的女人啊！」（王汶石〈新結識的夥伴〉）

3.她快步走到赤膊的奎大面前，把手中一件藍布夾襖披到奎大肉鼓鼓的身上。「死鬼，怎麼不怕凍！」

她的聲音柔聲柔氣的，很好聽。（趙麗宏〈氿畔〉）

4.二春：瞧趙大叔喲！簡直像總指揮！

趙老：（笑）小丫頭片子！（老舍《龍須溝》）

從「狠心賊」、「頂壞的女人」、「死鬼」，乃至於冤家、魔星等，都是出於情眞意切的暱稱，口非心是，如此更能流露親切感，加強情感的深度。

第四，避免會錯意

「反諷」的運用，當然有其曖昧與困難，D. C. Muecke著，顏鋃淵譯《反諷》書中，就曾經說過一段名言：「如果有人發現自己眞有那份雅興想讓人在心裡和造句上混淆發窘時，最妙的方法莫過於請他當場寫寫反諷的定義。」由於反諷的特點是表象與事實相反，往往口是心非或口非心是，表面貶斥，其實推崇，言辭褒贊，實則諷刺。在幽默詼諧，諷刺揶揄，親切暱稱之餘，不可濫用亂用，避免會錯意。黎運漢．張維耿的《現代漢語修辭學》特別提出兩點必須注意：

㈠看清對象，掌握分寸：運用反語必須根據不同的對象，採取不同的態度，做到愛憎分明，恰如其分，對敵人可以使用諷刺性的反語，無情地揭露，辛辣地嘲弄；對自己人使用諷刺性的反語，則要採善意批評和熱情幫助的態度。

㈡語意明確，避免誤解：運用反語必須語意明確，讓人一看就知道是反語。如果隱晦含糊，就容易使人把反話當成眞話，發生誤解。爲了使反語明朗化，有時可以在上下文點明正意，把正面意思跟反面意思對照著說。有時也可給反語加上引號或一些說明性的詞語。

此外，王希杰《漢語修辭學》也強調要注意分寸，並且闡明書面文字比口語更須避免誤解：「運用反語時必須讓人明白這是正話反說或反語正說，否則，對方按字面意思來理解，那就適得其反了。口語中，有表情、語氣、語調來幫助，一般不會使人誤解。書面語中，可以在上下文中適當點明本意，或用相反的詞語點出來，或使用引號、著重號來暗示。」

最後，我們引用當代著名的西洋反諷家湯瑪斯，曼（Thomas Mann）的一段文字來作爲本章的結束：

噢，……言辭實在太嚴肅而叫人興奮了！也惟其太嚴肅了，所以必使之帶點輕鬆。朋友，輕鬆、輕佻、巧妙玩笑等等真是上帝賜予人的最佳禮物，這也是我們在複雜多端的人生中所擁有的最深奧知識。上帝既然把它給了人類，那麼也許人生的那張道貌岸然的嚴肅臉孔才會被迫換成笑臉。

自我評量題目

一、何謂反諷？其基本因素若何？

二、運用反諷有何原則？

第八章　示　現

學習目標

——研讀本章內容之後，學習者應可達成下列目標：

一、能了解示現的意義與效用。

二、能運用示現從事文學欣賞與創作。

摘　要

「示現」：指透過豐富的想像，運用形像化的語言，將某一項人、事、物描繪得神氣活現，狀溢目前，讓讀者感覺如身歷其境，親聞親見的修辭方法，可分三類：

一、追述示現：將過去的事情描敘得彷彿仍在眼前。

二、預言示現：將未來的事情描敘得好像已經發生在眼前。

三、懸想示現：將想像的事情說得就像在眼前。

示現的原則主要有兩點：㈠運用側筆，主動呈現。㈡馳騁想像，激發共鳴。

透過豐富的想像，運用形像化的語言，將某一個人或某件事物描繪得活靈活現，狀溢目前，讓讀者如身歷其境，親聞親見的修辭方法，是爲「示現」。示現的對象，或追述，或預言，或懸想，不受時間空間的限制，可以將異時、遠方或實際上並不存在的事物播映到讀者面前。如：

1. 暮春三月，江南草長，雜花生樹，群鶯亂飛。見故國之旗鼓，感平生於疇日。撫弦登陴，豈不愴悢！所以廉公之思趙將，吳子之泣西河，人之情也！將軍獨無情哉？想早勵良規，自求多福。（丘遲〈與陳伯之書〉）

此爲千古勸降文之壓卷作，一封書信，兵不血刃，化干戈爲玉帛，使陳伯之擁兵八千歸降梁朝。其所以幡然悔悟，棄暗投明，端賴丘遲之文章精采絕倫，足以打動對方的內心。這封書信膾炙人口，傳誦一千五百年，爲人所津津樂道者，緣於其感染力足以竦動人心。喻之以理，不如動之以情。文中最爲人所讚頌者，於利害相喻之時，忽然插入「暮春三月，江南草長，雜花生樹，群鶯亂飛。見故國之旗鼓，感平生於疇日。撫弦登陴，豈不愴悢！」一段警策文字，所以江南美景，動其鄉思，緩脅迫之勢，俾以情動之。「將軍獨無情哉？」掌握了人性之微妙處——情關，攻心爲上，一舉破解了對方的心防。此文動人因素固多，最精采的關鍵處，即爲善用「示現」筆法，將江南美景與對方撫弦登陴的愴悢之情景描繪得狀溢目前，躍然紙上。

2. 八月秋高風怒號，卷我屋上三重茅。茅飛渡江灑江郊。高者掛罥長林梢，下者飄轉沉塘坳。南村群童欺我老無力，忍能對面為盜賊。公然抱茅入竹去，脣焦口燥呼不得。歸來倚杖自嘆息。俄頃風定雲墨色，秋天漠漠向昏黑。布衾多年冷似鐵，嬌兒惡臥踏裡裂。床床屋漏無乾處，雨腳如麻未斷絕。自經喪亂少睡眠，長夜沾濕何由徹。安得廣廈千萬間，大庇天下寒士俱歡顏，風雨不動安如山。嗚呼！何時眼前突兀見此屋，吾廬獨破受凍死亦足！（杜甫〈茅屋爲秋風所破歌〉）

此詩之妙處，在推開自家，向大處作結，於極潦倒中頗有興會。不顧自己飢寒凍餒，而能心念天下寒士。情懷何等深厚，襟期何等高遠！杜公身在困境，而能超脫困境為天下寒士設想，這是他的過人處。要是以怨天尤人，感慨嗟嘆的牢騷作結，就落之下乘了！

就寫作技巧而言，通篇皆用「示現」的筆法，第一段描繪秋高風怒，茅飛屋破。第二段敘天災人禍，惡少欺凌。第三段敘夜雨侵逼，長夜無眠。第四段敘忽發奇想，廣廈千萬。前三段屬追述之示現，描繪低沉的悲情，他個人所遭遇的苦難躍然紙上，狀溢目前，宛如在讀者面前發生。末段則為「懸想示現」。在極窮困潦倒的景象之中，跳出現場，以懸想廣廈庇寒士作結。「安得廣廈千萬間，大庇天下寒士俱歡顏，風雨不動安如山！嗚呼！何時眼前突兀見此屋，吾廬獨破受凍死亦足！」翻空立奇，將描寫的鏡頭由現場困境轉向理想的虛境。杜甫發揮豐富的想像，訴諸形像化的生動文字，時間空間上騰挪變化，將虛幻的情景播映到讀者面前。我們雖明知此為懸想之幻境，仍然深深感到狀溢目前，好像那些千萬間廣廈，那幅貧困書生歡天喜地的景象就在面前。如此「懸想示現」的技巧，不僅將詩藝發揮到極致，更由於傳誦千古之警句，充分流露了杜甫廣大的同情。

3.六王畢，四海一。蜀山兀，阿房出。覆壓三百餘里，隔離天日。驪山北構而西折，直走咸陽。二川溶溶，流入宮牆。五步一樓，十步一閣；廊腰縵回，檐牙高啄；各抱地勢，鉤心鬥角。盤盤焉，囷囷焉，蜂房水渦，矗不知其幾千萬落。長橋臥波，未雲何龍？複道行空，不霽何虹？高低冥迷，不知西東。歌台暖響，春光融融；舞殿冷袖，風雨淒淒。一日之內，一宮之間，而氣候不齊。（杜牧〈阿房宮賦〉）

阿房宮是中國歷史上最大的宮殿，為秦始皇所建，故址在今陝西長安西北。據說秦始皇滅六國，圖畫了各國宮殿，在咸陽照樣建造。共有一百四十五處宮室，收藏宮女萬餘人。後來，項羽入關，火燒阿房宮，燒了三個月。杜牧作此文時，阿房宮早已化為灰燼。他根據史料再加上豐富的想像，用詞賦體寫下此傳誦千古的美文，借秦諷唐。基本筆法是追述性的「示現」，鋪采摛文，真是狀溢目前。以上所錄為第一段，分從外景、內景、氣象，將阿房宮的壯觀勝景播映到讀者面前。

從「六王畢」到「流入宮牆」，是描繪阿房宮的外貌。「三百餘里」，以見其綿長；「隔離天日」，以見其廣大。山則起伏不斷，水則滔滔不絕，煞是壯觀。

從「五步一樓」至「幾千萬落」，是刻畫阿房宮的內景。「五步一樓，十步一閣」亟言樓閣之密；「廊腰縵回」凸顯曲線美；「勾心鬥角」呈現結構美。「盤盤焉，囷囷焉，蜂房水渦」，描繪樓閣的種種形態。盤旋曲折，迂迴環繞，像邃密的蜂房，迂迴的漩渦。

從「長橋臥波」到「氣候不齊」，則渲染阿房宮的氣象。縱筆馳騁，極盡鋪敘的能事。樓台矗峙，長橋橫臥；複道凌空，流丹飛閣；豐姿盛態，駁雜紛呈，令人目眩神迷，眞是美不勝收。至於「歌台暖響，春光融融；舞殿冷袖，風雨淒淒。」台上歌聲充滿暖意，一片春光融融；殿中舞袖飄拂，帶來寒氣，恍如風雨交加一片淒冷。如此追述性的「示現」筆法，極態盡妍，將讀者引領到切身實感的境域，誠如劉勰〈夸飾篇〉所云：「壯辭可得喻其眞。」此誠警策之「壯辭」。

4.先君子嘗言，鄉先輩左忠毅公視學京畿。一日，風雪嚴寒，從數騎出，微行，入古寺。廡下一生伏案臥，文方成草。公閱畢，即解貂覆生，為掩户。叩之寺僧，則史公可法也。……公辨其聲，而目不可開，乃奮臂以指撥眥，目光如炬。怒曰：「庸奴！此何地也，而汝來前！國家之事，糜爛至此，汝復輕身而昧大義，天下事誰可支拄者！不速去，無俟姦人構陷，吾今即撲殺汝。」（方苞〈左忠毅公軼事〉）

方苞爲文謹嚴雅潔，重視義法，世推爲桐城派之祖。本文落筆即跳出前人窠臼。「公閱畢，即解貂覆生，爲掩戶。」短短十一個字，將左光斗的知人之明與愛才之心，呈現出來，自然流露，不用虛飾，正所謂「不著一字，盡得風流」。試想，左光斗在京師近畿視導學政，偶然到古廟遇見史可法。乘史伏案小睡時看了他的文章，驚爲當世奇才，隨即脫下名貴的貂皮大衣，蓋在史可法的身上，並且把門帶上，深怕他受到風寒。透過追述「示現」的筆法，將左光斗憐惜人才之愛心與觀文知人的眼光點現無遺。如此極精省的文字，極生動的描敘，予讀者極鮮明的印象，狀溢目前，深刻傳神！

後段敘史可法探獄之情節，也是極佳的示現，敘左公之聲音盈盈在耳，動作歷歷在目，而師生之情，忠義之心，均躍然紙上，足以感人肺腑。

5.自此，嚴監生的病，一日重似一日，再不回頭。諸親六眷都來問候。五個姪子穿梭的過來陪郎中弄藥。到中秋以後，醫家都不下藥了。把管莊的家人都從鄉裡叫了上來。病重得一連三天不能說話，晚間擠了一屋子的人，桌上點著一盞燈。嚴監生喉嚨裡痰響得一進一出，一聲不倒一聲的，總不得斷氣；還把手從被單裡拿出來伸著兩個指頭。大姪子上前來問道：「二叔，你莫不是還有兩個親人不曾見面？」他就把頭搖了兩三搖。二姪子走上前來問道：「二叔，莫不是還有兩筆銀子在哪裡，不曾吩咐明白？」他把兩眼睜得的溜圓，把頭又狠狠的搖了幾搖，越發指得緊了。奶媽抱著哥子插口道：「老爺想是因兩位舅爺不在跟前，故此記念。」他聽了這話，把眼閉著搖頭，那手只是指著不動。趙氏慌忙揩揩眼淚，走上前道：「爺，別人都說的不相干，只有我曉得你的心事。你是為那盞燈裡點的是兩莖燈草，不放心，恐費了油，我如今挑掉一莖就是了。」說罷，忙走去挑掉一莖。眾人看嚴監生時，點一點頭，把手垂下，登時就沒了氣。（吳敬梓《儒林外史‧第五回——嚴監生疾終正寢》）

這一段文字，用「示現」的修辭法，敘嚴監生之死。將嚴監生這個守財奴吝嗇的個性描繪得淋漓盡致。《儒林外史》是中國最著名的諷刺小說，此處寓譏諷於詼諧之中，難免誇張其辭，使情節頗具戲劇化的色彩。吳敬梓善用示現，將嚴監生的動作舉止，臨終前與家人的應對，寫得栩栩如坐，宛在面前。臨要斷氣，念念不忘的，是油燈裡點著兩莖燈草，深恐費了油；直到由姨太太扶正的趙氏去挑掉一莖，這才安心瞑目而去，好像這個世界上唯一最值得他關心的事就是省那麼一點點油錢，其他再也沒有什麼更重要的事了。如此繪聲繪影，形像具體生動，嚴監生的動作、神情、個性，一一浮現在我們面前，而絲毫不帶任何褒貶，使人由衷感覺，嚴監生眞是天底下最吝嗇的守財奴了。

6.她又擦了一根，火柴燃起來了，發出亮光來了。亮光落在牆上，那兒忽然變得像薄紗那麼透明，她可以一直看到屋裡。桌上鋪著雪白的台布，擺著精緻的盤子和碗，肚子裡填滿了蘋果和梅子的烤鵝正冒著香氣。更妙的是，這隻鵝從盤子裡跳下來，背上插著刀和叉，蹣跚地在地板上走著，一直向這個窮苦的小女孩走來。這時候，火柴滅了，她面前只有一堵又厚又冷的牆。（安徒生《賣火柴的小女孩》）

《賣火柴的小女孩》是世界兒童文學大師安徒生的名作。小女孩又冷又餓，坐在一座房屋的牆角，她什麼也沒有，孤獨無依，求助無門，實在很可憐。她餓得頭腦發昏，兩眼發花。「桌上的烤鵝」，會向她走過來，是精神恍惚中的幻覺。安徒生用「懸想示現」的筆法，寫得十分逼眞。正因爲如此懸想示現，等到火柴滅了，回到冷酷的現實，她面前只有一堵又厚又冷的牆。如此更適足顯示出賣火柴的小女孩的可憐、孤獨、無助，令讀者激發出無限的同情。

7.嚴閉的心幕，慢慢地拉開了，湧出五年前的一個印象——一條很長的古道。驢腳下的泥，兀自滑滑的。田溝裏的水，潺潺的流著。近村的綠樹，都籠在濕煙裏，弓兒似的新月，掛在樹梢。一邊走著，似乎道旁有一個孩子，抱著一堆發白的東西。驢兒過去了，無意中回頭一看——他抱著花兒，赤著腳兒，向著我微微地笑。（冰心〈笑〉）

8.他頭腦一片清明，閃過一生當中難忘的無數片段：

光腳丫在河中逮泥鰍，泥鰍從手中滑出；

那小夥伴贏三角菸盒，自己贏後的喜悅；

第一次騎自行車上馬路，歪歪扭扭又驚又喜的滋味兒；

收到華夏大學錄取通知書時要幹一番事業的豪情……（佳峻《醉翁奇談錄》）

9.綠葉叢中紫羅蘭的囁嚅，芳草裏鈴蘭的耳語，流泉邊迎春花的低笑，你聽不見麼？我是聽得很清楚的：他們打扮整齊了，只等春之女神揭起繡幕，便要一個個出場演奏。現在她們有點浮動，有點不耐煩，春是準備的，等待的。（蘇雪林《屠龍集．青春》）

10.我把視線停在臉盆的鼈上，它們仍然在盆底毫無目的地泅泳著、掙扎著。我拿起湯匙，依然玩弄著它們。那些可憐的小傢伙，根本不懂得反抗，只是默默地接受命運加諸它們的嘲弄。

……

走出昏暗的樓梯，站在大街上。面對著的是一幅活潑的、生動的、熱鬧的、煩囂的夜景。霓虹燈、廣告牌、大排長龍的車群、一波波起伏的人潮、一雙雙摟抱著走過的情侶。笑聲、叫聲、喇叭聲、館子裏跑堂的吆喝聲，熱門音樂瘋狂的節奏，平劇震耳欲聾的鑼鼓。我雙手插在口袋裏，慢慢的走過那些店鋪、那些櫥窗。在我的眼裏，這些突然都變得陌生起來了。我好像從一個世界走入了另一個世界，從一個星球踏上了另一個星球。這兩種截然不同的世界，交互地在我的眼前顯現。右耳塡滿了現場的喧鬧，左耳卻迴盪著盆底那細微的、清脆的水響。右眼塗滿了一片絢麗的色彩，而左眼卻有一隻鼈，在盆中慢慢的爬著、掙扎著、翻滾著。（古蒙仁〈盆中鼈〉）

以上四個現代文學中的辭例，冰心與佳峻的作品屬「追述的示現」——將過去的事蹟說得彷彿仍在眼前。蘇雪林所作屬「預言的示現」——將未來的事情說得彷彿已經發生在眼前。前者往事歷歷，一幕幕浮現在面前；後者將春臨大地，百花待時而動的情景，帶到現場。古蒙仁的〈盆中鼈〉描述一個大學生去補習班宿舍探視舊同學的經過。就在那狹窄的一角空間與一個晚上的兩個人對話中，暢述了聯考落榜者的悲哀與掙扎，表達了大專聯考落榜者的心聲，令人深深一掬同情之淚。當時頗流行「養鼈」的玩意，作者拈取此眼前即景作爲文中主角的生活映照，描繪出一幅鮮明深刻的畫面，使讀者對主角的遭遇，更增加了悲憫與同情，也使本文主旨所提出的問題更深刻地印銘人心。結尾尤其是不可多得的神來之筆：「右耳塡滿了現場的喧鬧，左耳卻迴盪著盆底那細微的、清脆的水響。右眼塗滿了一片絢麗的色彩，而左眼卻有一隻鼈，在盆中慢慢的爬著、掙扎著、翻滾著。」運用懸想示現的方式，使我們如聞其聲，如見其影。那種聲音與景象，不但顯現在我們眼前，更銘刻在心版上，久久不能忘懷。

關於示現的原則，在此可以提出兩點予以闡論：

第一，運用側筆，主動呈現

韓南（Patrick O. Hanan）在〈早期的中國短篇小說〉中曾提出，文學作品通常有三種敘述語態：

㈠評論式（commentary）語態。

㈡描寫式（description）語態。

㈢表達式（presentation）語態。

評論式語態常用褒貶性的語辭，帶著評價優劣的意味。描寫式語態常用形容詞與譬喻，著重在人物與情景的形態與狀況之描繪。表達式語態也稱做呈現語態，多為人物對話與有關動作的敘述。這種語態棄絕了好壞的批評判斷，也不加形容字眼，主要在呈現（showing），而不告知（telling）。照現代小說的技巧來講，就是作者並不直接說明人物個性與主題意義，而是要讀者參與，自行設想。依中國傳統的說法，是因其所言，會其所未言；作者運用側筆，暗示某些意義，讓讀者由妙悟而自己領略。這是中國文人創作時最精采的一根金針。「示現」基本上即採——主動呈現，帶領讀者進入切身實感的境域，引起鮮明的印象，感覺狀溢目前。且看：

㈠《左傳．宣公十二年．晉楚邲之戰》：

中軍下軍爭舟，舟中之指可掬也。

此處敘晉國戰敗，部隊爭著上船逃命。然而舟少人多，已經上船的人唯恐後來的人太多，船超載而沉沒，大家都活不成；沒有上船的人，不願放棄這最後一線生機，死命抓住船舷不放。船上的人沒辦法，只好用刀砍，船裏砍斷的手指累積成堆，隨手可以捧起一大把。這裏不直接描述兵荒馬亂的整個敗軍情況，而將當時的混亂情勢專注到一點——舟中之指可掬也。在不得已的情況下，兵士們砍斷了自己袍澤的手指，也斷絕了他們的生路。由這一點，可以想見整個兵敗險急的大場面。作者眞可謂善用示現之筆。

㈡王維〈九月九日憶山東兄弟〉：

獨在異鄉為異客，每逢佳節倍思親。
遙知兄弟登高處，偏插茱萸少一人。

這是描敘手足之情的傑作。「獨在異鄉爲異客，每逢佳節倍思親。」充分顯現憶鄉思親的人之常情。「遙知兄弟登高處，偏插茱萸少一人。」用示現的筆法，運用側筆，從對面著眼，遙想在故鄉的兄弟們，重陽登高，偏插茱萸的須臾之間，偏獨少了我王維一人。由此流露兄弟相憶之情。由我思兄弟，知兄弟亦當念我。用形像化的語言，具體意象主動呈現兄弟之情，眞是耐人尋味。

第二，馳騁想像，激發共鳴

在文學作品中，作者發揮豐富的想像力，翻空立奇，將描寫的鏡頭由現場轉換到另一個場面；利用時間空間的騰挪變化，訴諸形像化的生動文字，將虛幻的情景播映到眼前，使讀者感覺如同身歷其境一般。這就是「懸想示現」。劉勰《文心雕龍·神思篇》曾說：「文之思也，其神遠矣。故寂然凝慮，思接千載；悄焉動容，視通萬里。吟詠之間，吐納珠玉之聲；眉睫之前，卷舒風雲之色。」就是在闡明作家的想像力，可以突破時間空間的限制，運用藝術的語言文字，使現實生活中不存在的景象映現到讀者面前。現代西方小說中的意識流（stream of consciousness）和電影中的蒙太奇（montage）正具有若干相似的效用。

㈠杜甫〈月夜〉：

今夜鄜州月，閨中只獨看。遙憐小兒女，未解憶長安。
香霧雲鬟濕，清輝玉臂寒。何時倚虛幌，雙照淚痕乾。

這首詩通篇運用側筆，是「懸想示現」的一個最佳典型範例。「今夜鄜州月，閨中只獨看。」落筆就別出蹊徑，將空間由長安轉移到鄜州。中秋月圓之夜，原本是杜甫在長安想起鄜州的家人，卻偏偏跳出現場，想像妻子正在思念自己；如此一來，自己的思念之情就盡在不言中了。中間四句，全係想像妻子兒女在鄜州的狀況。「遙憐小兒女，未解憶長安。」用兒女的不懂事，反襯妻子的孤寂與痛苦，較正面寫尤爲深刻。「香霧雲鬟濕，清輝玉臂寒。」顯現出其妻深夜不寐，望月懷人的情景：夜深了，滲著花香的霧露，沾濕了她柔美的秀髮；皎潔悽清的月光，照射著她晶瑩的玉臂，傳來一股秋夜的寒意。一個「寒」字，經由體膚的觸覺寒氣，進入精神的感覺寒意，透了寂寞芳心。這兩句從外界的景象寫到內在的心象，比前兩句更加細膩逼真，形像具體生動，畫面躍然紙上，使讀者感覺狀溢目前。末聯「何時倚虛幌，雙照淚痕乾。」再度跳脫出當時的情景，寄望國家太平之後，夫妻見面，破涕爲笑，共賞明月。這兩句從時間空間上的騰挪變化，跳出現場，以懸想之歡聚作結，使讀者眼睛一亮，精神振奮，從低沉的悲情中，開啓另一番喜境。這種出神入化的筆法，不但頓挫轉折，將杜甫思念家人的深情表露無遺，更將「懸想示現」的效用，發揮到了極致。

另外杜甫的〈夢李白〉和李商隱的〈夜雨寄北〉，也運用了類似的筆法。「故人入我夢」，不直說自己思念李白，卻說是李白知道我苦念，自動來託夢，而以懸想之夢中情景，表現了李杜的深情。「何當共翦西窗燭，卻話巴山夜雨時。」從巴山夜雨，兩地相思不得解的百無聊賴困境中跳出，由實轉虛，將眼前景轉化作日後之懷想，以懸想他日翦燭夜話之歡樂作結。這一懸想示現，時空轉移，虛實對映，使得整首詩往復生姿，韻味無窮。

自我評量題目

一、何謂示現？有何效用？

二、舉例說明示現的原則。

三、分析空大教材《國文文選》課文中的示現。

第九章 象徵

學習目標

——研讀本章內容之後，學習者應可達成下列目標：

一、能了解象徵的意義與效用。

二、能分析文學作品中的普遍象徵與特定象徵。

三、能運用象徵從事文學欣賞與創作。

摘 要

本章先闡明象徵的意義，再分類說明象徵的運用：

一、普遍的象徵：放諸四海皆準，可以獨立存在，不受上下文限制。如以國旗象徵國家，十字架象徵基督教等。

二、特定的象徵：即受作品上下文控制的象徵，在作者的刻意設計安排下，在一定的場景與氣氛中，某項事物含蘊特殊的象徵意義，如朱自清〈背影〉以朱紅色的橘子象徵父愛。

象徵與譬喻的區別：題材上譬喻往往針對章句，象徵常牽涉到整篇；表達上譬喻較明確，象徵較曖昧；結構上譬喻均可轉換成明喻的標準形式，象徵只有意象，不能轉換；意象上喻體與喻依各自獨立，象徵卻與意象結合爲一。

象徵的基本原則：㈠隨時起情，㈡依微擬議。

象徵（symbol），是一種相當曖昧的表達方式，既迷人而又令人迷惑，有關象徵的界義，先看幾家說法：

㈠韋氏（Webster）英文字典：

象徵係用以代表或暗示某種事物，出之於理性的關聯、聯想，約定俗成或偶然而非故意的相似；特別是以一種看得見的符號來表現看不見的事物，有如一種意念，一種品質，或如一個國家或一個教會之整體；一種表徵；例如獅子是勇敢的象徵，十字架為基督教的象徵。

韋氏在此論象徵，有兩個要領：第一是爲象徵下了一個最簡單的界說：「以一種看得見的符號來表現看不見的事物。」第二是指明象徵所用的意象（符號）與被象徵的意義之間的關係——約定俗成，亦即有其制約。例如以獅子作爲勇敢的象徵，不但在《伊索寓言》中即係如此，其實由於理性的關聯與聯想，理應在更早的原始部落即已形成此一觀念。再如十字架作爲基督教的象徵，乃自耶穌受難後逐漸形成。十字架非僅是簡單的基督教的表徵而已，同時代表基督教的精神，乃至其全部教義，更是非常複雜的聯想。由此類推，國旗是國家的象徵，圖騰是民族的象徵。

㈡查爾斯・查特微克（Charles Chadwick）《象徵主義》：

象徵非僅以物代物，譬如彌爾頓把撒旦的殘兵敗將喻為「秋風橫掃後，迤邐在瓦隆白露沙河上之落葉」；而係使用具體之意象，以表達抽象的觀念與情感。

查氏自承「當然這個說法自然難免大而無當」。因此他又引述艾略特（T. S. Eliot）所云：「一些事物、某種情況，或一連串事件，它們將成爲該特殊情感之表達公式。」馬拉美（Stéphane Mallarmé）所云：「一種逐漸召喚出某物件，以顯示某種情緒，並抽取其『靈魂狀態』的藝術。」作爲補充，並且強調象徵「是一種表達思想與情感的藝術，其技巧不在直接描述，亦不藉與具體意象的公開比較，來界說這些思想與情感。它利用暗示的方法來展現這些思想與情感，或透過一些不落言詮的象徵，在讀者心目中重新創造出這些思想與情感。」無論如何，查氏總算用一句話直截了當地說明了象徵是什麼，雖然不滿意，但還可以接受。

㈢李德裕《新編實用修辭》：

象徵的特點同比喻有某些相似。不過，象徵要對比擬體進行比較詳細或十分詳細的描敘，用來說明被比擬體，而比喻的比擬體通常只有一兩句話，不可能對被比擬體進行詳細的描寫。所以說，象徵是一種篇章修辭法。它的對象是整篇的文章；至少是文章的一大段話。同比喻只是修飾句子有根本的區別。也可以說，象徵是篇章的比喻。

㈣黃民裕《辭格匯編》：

借用某種具體的形像的事物暗示特定的人物或事理等。以表達真摯的感情和深刻的寓意，這種以物徵事的修辭方式叫象徵。象徵的修辭效果是：寓意深刻，能豐富人們的聯想，耐人尋味，使人獲得意境無窮的感覺，能給人以簡鍊、形像的實感，和表達真摯的情感。

㈤黃慶萱《修辭學》：

任何一種抽象的觀念、情感與看不見的事物，不直接予以指明，而由於理性的關聯、社會的約定，從而透過某種意象的媒介，間接予以陳述的表達方式，我們名之為「象徵」。

從修辭學的角度而言，黃慶萱先生對於「象徵」的闡釋最稱中肯扼要。黃氏又引述顏元叔〈現代英美短篇小說的特質〉中的說法，將象徵分爲三類：

㈠象徵結構：小說中的象徵結構，大體把人生視爲一個旅程或尋求，正如亞瑟王的騎士尋求聖杯或荷馬的優利西斯追求故鄉依色卡。不過，現代小說的追尋目標，似乎都集中於對生命的了解。這種追尋的結構可能占據一個短篇小說的全部或部分。而肉體的行動，總是反映內心的變化。以康拉德的《黑暗心地》爲例，主人翁馬羅在剛果河溯流而上的冒險歷程，便象徵了人類追求智慧的不變過程。

㈡象徵人物：我們可以耶穌式人物與撒旦式人物作爲兩個極致，其間紛陳著聖性與魔性參差不等的人物。西洋文學作品中常有所謂的耶穌人物與撒旦人物，原因是耶穌與撒旦所代表的人性與經驗，最爲遼闊，最爲深刻。現代作家認爲人性是複雜的，所以很少寫出單純的聖性或魔性的人物。即使如此，許多的小說人物，仍可以較近聖性或魔性，加以分別。在很多的短篇小說中，人物的塑造，不僅止於「個性」，而趨向於表現「通性」。

以史坦貝克的〈逃亡〉爲例，主人翁貝貝受到多數人的迫害以及他的死，令我們想起耶穌的相似遭遇，代表著一切受多數迫害的少數人，他的死是一種精神的勝利。

㈢象徵事物：談到象徵事物，大別可分爲兩種：獨立的象徵事物與不獨立的象徵事物。前者如十字架或納粹的鐵十字，各具其獨立的象徵涵義，不受故事上下文的控制。但是，大多數的象徵事物的涵義是不獨立的，是受上下文控制的。

舉例而言，安德森的〈紙丸〉中的紙球象徵各自隔絕的人生關係。〈阿拉伯〉中的博覽會象徵著夢寐以求的愛情幻境：〈斑駁的馬群〉中的斑駁的馬，象徵人類的貪婪。

有關象徵的意義與象徵的分類，在此有兩點必須先加闡明：

第一，象徵是否爲一種修辭方法，仍有不同的意見。有許多修辭學的書並沒有將「象徵」列入，如陳望道《修辭學發凡》、傅隸樸《中文修辭學》、黃永武《字句鍛鍊法》、黎運漢・張維耿《現代漢語修辭學》、路燈照・成九田《古詩文修辭例話》、董季棠《修辭析論》、李小岑《現代英文修辭學》等。顯然不將「象徵」視爲一種修辭方法。

第二，修辭學中所列的象徵辭格，理應與文學理論與批評中所探討的象徵或象徵主義有繁簡之異。修辭方法總是偏重章句，而文學理論與批評所探討的象徵往往是整篇結構方面的象徵。如黃慶萱先生〈西遊記析評〉以兩萬餘字探討《西遊記》的結構象徵與人物象徵，固然精闢而又精采，別開生面。但依據神話與原型的批評方法分析《西遊記》的結構象徵，依據心理學的批評方法分析《西遊記》的人物象徵，可能將之視爲文學批評的分析，要比列入修辭方法的分析更加妥當，而且如此又與中國傳統「興」的觀念相去甚遠。因此，如照文學批評的角度來做修辭學上象徵的分類，有逾越之嫌。再如宋振華《現代漢語修辭學》將象徵分為㈠聯想象徵，㈡描繪象徵，也不盡妥切。因此，從修辭學的角度上考慮，仍似事物象徵為主，其中又可分為普遍的象徵與特定的象徵二類，茲分別舉例以明之。

壹、普遍的象徵

「普遍的象徵」，即放諸四海皆準的象徵。如以國旗象徵國家，十字架象徵基督教，獅子象徵勇敢，狐狸象徵狡猾等等。此普遍的象徵，可以獨立存在，其象徵意義較為明確，不受作品上下文限制。眾所周知，梅花是中國的象徵，龍是中華民族的象徵。

我國傳統的文化中，有許多禮俗活動，都有深厚的文化意義，如稍加留意，透視其內涵的象徵意義，則其來有自，逸趣無窮。

例如台灣民間婚嫁，迎親的禮車上，往往綁上一枝甘蔗，並且掛一塊豬肉，一般人常知其然而不知其所以然。鹿港文物紀念館有婚禮圖，圖中是迎親的「花轎」，轎上綁竹子，並且掛一對雁。從象徵的角度而言，可知其意義深長。

第一，轎子上綁竹子，這根竹子是完整的，從竹葉到竹根，連頭帶尾，還沾著泥土。象徵夫妻白首偕老。竹子中間有節，則象徵女子堅貞守節；竹子中空，象徵夫妻相處不但虛心，而且內心別無他人。現代用甘蔗做替代品，也是連頭帶尾，且甘蔗也有節。

第二，轎子上掛一對雁，是專情的象徵。因為雁是禽獸中最執著，最專情的。後來雁難尋，改用與雁同類的鵝替代，到後來竟改為豬肉。金元好問〈摸魚兒〉云：

問人間情是何物，直教生死相許。天南地北雙飛客，老翅幾回寒暑。歡樂趣，離別苦，是中更有痴兒女。君應有語，渺萬里層雲，千山暮雪，雙影為誰去？

元好問自敘其本事云：「乙丑歲，赴試并州，道逢捕雁者，云今旦獲一雁，殺之矣，其脫網者，悲鳴不能去，竟自投於地而死。予因買得之，葬之汾水之上，壘石爲識，是曰『雁丘』。時同行者多賦詩，予亦有雁丘辭，舊所作無宮商，今改定之。」此事爲元好問十六歲時少年往事，此作蓋中年之後，迭經憂患，追憶往事，以寄身世之感。委婉迴旋，無限悲涼。由此可證，雁爲執著專情之普遍象徵。

以下且從古今文學作品中舉例以闡明普遍的象徵：

1.子曰：「鳳鳥不至，河不出圖，吾已矣夫！」（《論語．子罕篇》）

孔子感傷當世沒有聖明的君王，擔憂用世行道的心願難以實現。在此用鳳凰、河圖作爲聖王在位，天下太平的祥瑞象徵。在中國文化傳統中，如此的象徵，並非孔子所創造，也不是只有在《論語》中才如此用，故爲普遍的象徵。如此的象徵，早就其來有自：

鳳凰來儀。（《尚書．益稷篇》）

鳳鳥適至。（《左傳．昭公十七年》）

河出圖，洛出書，聖人則之。（《易經．繫辭傳》）

鳳鳥，即鳳凰，雄爲鳳，雌爲凰，相傳爲靈異之鳥。鳳凰出現，是一種祥瑞的象徵，表示聖王在位，天下太平。相傳伏羲氏見龍馬負圖而出現在黃河，據圖上文理畫成八卦。河出圖，是聖人承天命以王天下的象徵。類似的情況，喜鵲是吉祥的象徵，烏鴉、鴟梟是不祥的象徵。

2.奉帚平明金殿開
暫將團扇共徘徊。
玉顏不及寒鴉色，

猶帶昭陽日影來。（王昌齡〈長信怨〉）

這首詩題目一作〈長信秋詞〉爲王昌齡的代表作，被王漁洋推爲唐人七絕「壓卷」。「奉帚平明金殿開」言平明即起，奉帚灑掃；「暫將團扇共徘徊」，用中國文化中習見的「秋扇見捐」的意象，充分顯現了被冷落之百無聊賴。「玉顏不及寒鴉色，猶帶昭陽日影來」，用對比的方法，言寒鴉從昭陽殿飛來，猶能映帶曉日的影子，而顯得光彩；自己徒具玉顏，卻不能承恩得寵，如此美人處境竟不如寒鴉。

本詩命意奇警，措辭曲折，佳處甚多，沈德潛《唐詩別裁》云：「優柔婉麗，含蘊無窮，使人一唱三歎！」何焯《唐三體詩評》云：「『平明』二字中便含『日影』，『秋』字起『團扇』，『寒鴉』關合『平明』，『寒』字仍有秋意，詩律之細如此！」但其關鍵之妙處仍在「昭陽日影」之豐富象徵意義。朱光潛《談美》云：

象徵的定義可以說是：「寓理於象。」梅聖俞《續金針詩格》裡有一段話很可以發揚這個定義：「詩有內外意，內意欲盡其理，外意欲盡其象，內外意含蓄，方入詩格。」這首詩裡面的「昭陽日影」，便是象徵皇帝的恩寵。「皇帝的恩寵」是內意，是「理」，是一個空泛的抽象概念，所以王昌齡拿「昭陽日影」一個具體的意象來代替它，「昭陽日影」便是「象」，便是「外意」。

如此，以具體的意象「昭陽日影」表現看不見的抽象情感「皇帝的恩寵」，當然是典型的象徵。同時，在中國文學傳統中，昭陽日影作爲皇帝恩寵的象徵，並不限於王昌齡〈長信怨〉，因此屬「普遍的象徵」。

3.慈母手中線，遊子身上衣。

臨行密密縫，意恐遲遲歸。

誰言寸草心，報得三春暉？（孟郊〈遊子吟〉）

這是中唐詩人孟郊所作的五言古詩〈遊子吟〉，歌頌偉大的母愛，傳誦廣遠。近人彭國棟《澹園詩話》說得好：「自來寫母愛之深切，未有如東野者也。」以短短卅個字顯示母親的無限關懷與深厚愛心，同時更訴盡了天下子女的心聲。文字淺顯，曉暢明白，而內蘊深遠，耐人尋味，足以引發廣大普遍的共鳴。在古今中外許多吟味母愛的詩篇中，堪稱最眞摯動人的壓卷作。

從詩的內容而言，〈遊子吟〉可以分作兩段：前四句敘慈母的形像，後二句敘遊子的心聲。第一段，寫慈母的形像，四句採直敘的方式，用形像化的語言構成一幅生動的畫面。此畫面的焦點在第三句的「臨行密密縫」。由此往前觀照，密密縫的材料是首句的「慈母手中線」，縫的物事則是第二句的「遊子身上衣」；往後觀照，則慈母動作在「密密縫」，精神乃在第四句的「意恐遲遲歸」。且由於遊子眼見母親「密密縫」的動作，而觸發了五六句的「誰言寸草心，報得三春暉？」由衷地發出感念母恩的心聲。如此看來，第三句不僅是前四句的關鍵處，更是全詩的樞紐。

「誰言寸草心，報得三春暉？」借春暉的光澤溫暖撫育小草，象徵慈母的教養恩情，爲人子女者實難以報答。字面上的意思很簡單：誰說遊子像小草般微弱的孝心，能報答慈母像春陽普照般的恩情呢？

如果細加體味，這兩句無論是形式技巧與內容意蘊都值得深入闡析。

就詩的形式技巧而言，以「寸草心」喻子女細微的孝心。以「三春暉」象徵恩澤廣深的母愛。作者所要描述的主體——母愛，在字面上雖沒有明言，然而前四句的「慈母形像」，已經有了充分的顯現，歷歷如繪。象徵是「使用具體的意象以表達抽象的觀念與情感」。母愛雖然澤被廣遠，但是看不見、摸不著，只能感覺得到。孟郊用春暉的具體意象呈現母愛，象徵與意象結合爲一，十分切合情境，人人都可以充分感受得到，是爲描述母愛最佳的象徵。

就詩的內涵意境而言，「三春暉」的意象含蘊極爲豐盈。以和煦、溫暖的春陽撫育小草，讓萬物生長、茁壯，顯示母愛的溫馨，使詩的密度發揮到了極致。此意象之佳妙，內涵之豐美，可以分作二層：

一、春暉象徵母愛的慈祥溫馨，無微不至，春陽普照大地萬物，顯示母親對子女的愛，澤被廣遠，長相左右。

二、春暉象徵母愛無所偏私，不分軒輊。所謂「天無私覆，地無私載」，「日頭照好人，也照歹人」。春陽固然照耀著青山綠水，小草百花，照射著白兔綿羊，但也照著毒蛇大野狼。顯示母親對子女的愛，無論賢愚不肖，沒有偏私。「手心也是肉，手背也是肉。」唯有母愛最具包容性。

三、春暉象徵母愛純粹付出，不求回報。陽光普照大地，潤澤廣遠，是無條件的純粹付出，沒有任何代價。顯示母愛的不求回報，思念及此，則母愛之偉大，彌足珍貴。

由此可見，以春暉象徵母愛已經顯現了人世間最偉大的親情，不但將母愛的特質表現得淋漓盡致，而且描繪了人性所能達到的高貴境域。自從此詩流傳之後，春暉已成爲母愛的普遍的象徵。

4.花搬到美國來，我們看著不順眼；人搬到美國來，也是同樣不安心。這時候才憶起，家鄉土地之芬芳，與故土花草的艷麗。我曾記得，八歲時肩起小鐮刀跟著叔父下地去割金黃的麥穗，而今這童年的彩色版畫，成了我一生中不朽的繪圖。

宋朝畫家鄭思肖，畫蘭，連根帶葉，均飄於空中，人問其故，他說：「國土淪亡。根著何處？」國，就是土，沒有國的人，是沒有根的草，不待風雨折磨，即形枯萎了。

我十幾歲，即無家可歸，並未覺其苦，十幾年後，祖國已破，卻深覺出個中滋味了。不是有人說：「頭可斷，血可流，身不可辱嗎？」我覺得應該是：「身可辱，家可破，國不可亡。」（陳之藩〈失根的蘭花〉）

這是陳之藩《旅美小簡》書中的代表作，毫無疑問，〈失根的蘭花〉這個題目就是一個意象顯明的象徵，而且其象徵意義十分深遠而耐人尋味。從文章的內容，我們可以知道，題旨是用南宋畫家鄭思肖的「畫蘭，連根帶葉，均飄於空中。」寓意是：「國土淪亡，根著何處？」

「失根的蘭花」原本只是鄭思肖畫中的象徵，經過陳之藩此文的流傳，「失根的蘭花」，已經成爲現代中華民族普遍的象徵。流浪在海外的中國人，飄泊無依，有鄉歸不得，與「失根的蘭花」意象緊密結合。這個象徵不但意象鮮明，而且表達自然；更重要的，是充分流露了流落海外中國人的心聲，所以能激發廣大普遍的共鳴，令讀者深深慨嘆而爲之動容。

5. 梅花梅花滿天下，越冷它越開花。

梅花堅忍象徵我們巍巍的大中華。

看哪，遍地開滿了梅花，有土地就有它。

冰雪風雨它都不怕，它是我的國花。（劉家昌〈梅花〉）

梅花是中國的國花，四海都有中國人，都會唱〈梅花〉。這首流行歌詞，已將梅花象徵中華民族的堅忍不屈不撓，無懼冰雪風雨的民族精神意義，和盤托出。這當然是普遍的象徵。事實上，在歷代詩人的詠梅佳句中，梅花早已成爲品格高峻雅潔的象徵：

折花逢驛使，寄與隴頭人

江南無所有，聊贈一枝春！（南北朝陸凱〈贈范蔚宗〉）

獨凌寒氣發，不逐衆花開！（唐鄭述誠〈華林園早梅〉）

怕愁貪睡獨開遲，自恐求容不入時；

故作小紅桃杏色，尚餘孤瘦霜雪姿。（宋蘇軾〈紅梅〉）

衆芳搖落獨暄妍，占盡風情向小園。

疏影橫斜水清淺，暗香浮動月黃昏。（宋林逋〈山園小梅〉）

不受塵埃半點侵，竹籬茅舍自甘心；

只因誤識林和靖，惹得詩人説到今。（宋王淇〈詠梅〉）

何方可化身千億，一樹梅花一放翁。（宋陸游〈詠梅〉）

雪滿山中高士臥，月明林下美人來。（明高啓〈梅花〉）

千年寒氣萬年雪，鍊得梅花是國花。（民國黃永武〈詠梅〉）

如此看來，透過理性的聯想，與文化傳統的約定俗成，梅花早已寄託了詩人的理想，有曠世的孤懷，強者的傲骨，帶領新春，出塵絕俗，倜儻不群，成爲理想人格乃至民族精神的普遍的象徵。「才有梅花便不同」，「不是一番寒徹骨，爭得梅花撲鼻香」，梅花成爲中華民國的國花，眞是其來有自。黃永武先生〈詩人眼中的梅蘭竹菊〉，對此頗有闡發，梅蘭竹菊並爲四君子，實爲最佳象徵。

6.我拉著母親的裙角，迤迤邐邐伴送外祖父走到村口停著的黑色轎車前，老祖父回頭望著身旁的女兒，喟嘆著說：

「貓仔，查某囡仔是油麻菜籽命，做老爸的當時那樣給妳挑選，卻沒想到，撿呀撿的，撿到賣龍眼的。老爸愛子變做害子，也是妳的命啊！老爸也是七十外的人了，還有幾年也當看顧妳，妳自己只有忍耐，尪不似父，是沒辦法挺寵妳的。」

……

「是怎樣我不能吃兩粒蛋？」我嘀咕著：「雞糞每晚都是我倒的，阿兄可沒侍候過那些雞仔。」

媽愣住了，好半晌才說：

「妳計較什麼？查某囡仔是油麻菜籽命，落到哪裡就長到哪裡。沒嫁的查某囡仔，命好不算好，媽媽是公平對待你們，像咱們這麼窮，還讓妳念書，別人早就當女工去了。妳阿兄將來要傳李家的香煙，妳和他計較什麼？將來妳還不知道姓什麼呢？」

……

婚禮前夕，我盛裝為母親一個人穿上新娘禮服。母親蹲在我們住了十餘年的公寓地板上，一手摩擦著曳地白紗，一頭仰望著即將要降到不可知田地裡去的一粒「油麻菜籽」。

我用戴著白色長手套的手，撫著她已斑白的髮：在穿衣鏡中，竟覺得她是那麼無助，那樣衰老，幾乎不能撐持著去看這粒「菜籽」的落點。我跪下去，第一次忘情的抱住她，讓她靠在我胸前的白紗上。我很想告訴她說，我會幸福的，請她放心。然而，看著那張充滿過去無數憂患的，確已

老邁的臉，我卻只能一再的叫著：媽媽，媽媽！（廖輝英《油麻菜籽》）

在台灣鄉下，「菜籽命」是常常被人們掛在嘴邊的一句口頭禪。廖輝英不但小說的題目用它，而且在本篇中，開頭、中間、末尾，一再提到「查某囡仔是油麻菜籽命」，其象徵意味頗爲凸顯。在這個中篇小說裡，「油麻菜籽」自然象徵著女主角母親的命運。可是在傳統社會中，卻是一個普遍的象徵，象徵女子的命運。「查某囡仔是油麻菜籽命，落到哪裡就長到哪裡」。其象徵意義作者在本篇已經明確指出：

> 沒嫁的查某囡仔，命好不算好，妳將來還不知道姓什麼呢？
>
> 查某囡仔是油麻菜籽命，嫁到歹尪，一世人未出脫，像媽媽就是這樣。
>
> 一頭仰望著即將降到不可知田地裡的一粒「油麻菜籽」。

其實，用「油麻菜籽」來象徵女子的命運，其象徵意義除了「嫁雞隨雞，嫁狗隨狗」受丈夫所左右之外，還含蘊著深刻的意義，耐人尋味：

第一，油麻菜籽落到哪裡就長到哪裡，象徵女子適應能力相當強，富有韌性，落地生根。且克勤克儉，含辛茹苦，撫育子女，照顧家庭，一代又一代，生生不息。

第二，油麻菜籽是卑微的，同樣的道理，在傳統社會中，許多婦女雖然活得卑微，雖然不滿現狀，會發牢騷，怨天尤人，但是大多數的婦女最後仍然相當認命地盡其本分。

貳、特定的象徵

在文學創作、欣賞與批評的過程中，「象徵」的運用頗爲廣泛。簡言之，「任何一種不直接指明，而透過某種其他媒介，予以間接陳述的表達方式，即爲『象徵』。」（查爾斯．查特微克《象徵主義》）象徵主義大師馬垃美（Stéphane Mallarmé）認爲象徵是：「一種逐漸召喚出某物件，以顯示某種情緒的藝術。」並且強調象徵是：「一種選擇某物件，並且抽取其『靈魂狀態』的藝術。」

象徵既令人嚮往，又令人迷惑。就好像披上一層神祕的外衣，籠罩了一層迷人的彩霧，眞是既愛且怕！縱然是曖昧費解，偏愛者卻大有人在。其實，只要從千頭萬緒中理出一條思路，則象徵在晦澀難懂的表象之內，卻是奧妙無窮，耐人尋味。

本章基於創作技巧與修辭學的立場，將象徵分作「普遍的象徵」與「特定的象徵」兩類。再專論「特定的象徵」，從古典詩文與現代文學中擷取象徵的典型範例，予以闡釋評析，藉以進入象徵的殿堂，享受多采多姿的美感經驗。

「普遍的象徵」，即放諸四海皆準的象徵。如以國旗象徵國家、十字架象徵基督徒、獅子象徵勇敢、狐狸象徵狡猾等。此普遍的象徵，意義較爲明確，可以獨立存在，不受作品上下文的限制。如眾所周知，梅花是中國的象徵，龍是中華民族的象徵，櫻花是日本的象徵，菊花是隱士的象徵，蓮花是君子的象徵等。

「特定的象徵」即受上下文控制的象徵，在某一部文學作品中，在一定的場景與氣氛下，某項事物含蘊某種象徵意義。在其他的作品或不同的場景中，此項事物卻不一定具備同樣的象徵意義。

如西洋文學名著史坦達的《紅與黑》，以「紅色」與「黑色」象徵軍政勢力與教會勢力的消長。法國大革命失敗後，若干原想通過軍隊向上爬的平民，在教會勢力統治下，紛紛脫下紅色的軍裝，換披黑色的神父長袍。小仲馬的《茶花女》，以山茶花象徵主角瑪格麗特的純潔愛情與高貴品格，在其他的作品或場景中，紅色與黑色就不一定是軍隊與教會的象徵，山茶花也不一定具有《茶花女》中的象徵意義。

又如在我國軍中，凡軍官晉升將軍，國防部會頒發一個手錶，少將是一星錶，中將是二星錶，上將是三星錶，星固然代表將軍的階級，但更具意義的是這個錶有兩層象徵意義：

第一，錶的型式樸實大方，象徵國軍將領，做人處世，堂堂正正，樸質無華，腳踏實地，穩健可靠。

第二，錶殼是不鏽鋼做的，永不褪色，象徵國軍將領精忠報國，節操堅貞，剛強不屈，永不改變。

筆者民國七十二年曾經與許多學者赴成功嶺主持大專青年座談，會後當時的國防部總政治部主任許歷農上將設宴慰勞，席間爲許上將闡釋此錶的象徵意義，許上將特地致贈與會學者每人一個三星錶作爲紀念。然而，「將軍錶」的象徵意義是在軍中才有，屬特定的象徵。父母爲子女買一個不鏽鋼的錶，或者是家庭用不鏽鋼廚具，就沒有精忠報國、堅貞不屈的象徵意義。

文學作品中的象徵，大都屬「特定的象徵」，黃慶萱先生《修辭學．象徵》曾列舉實例：

在小說方面，事物象徵更是被經常使用的技巧。楊海宴的〈兩截壓癟的黃瓜〉象徵百無一用的知識分子的高不成低不就，以及生命的脆弱。於梨華的〈雪地上的星星〉象徵遠看閃閃誘人，接近時除了徹骨冰寒之外一無所有的愛情。水晶的〈沒有臉的人〉，面對的是一面破碎的鏡子。張系國的〈香蕉船〉載的是黃皮白心容易腐爛的貨色。

黃氏所舉的小說裡的象徵，雖未明言乃特定的象徵。但稍微思量之後，從〈兩截壓癟的黃瓜〉、〈雪地上的星星〉乃至於〈香蕉船〉，均屬受上下文控制，在一定的場景和氣氛下才能顯示其獨特的象徵意義。以下且從古今文學作品中舉例闡明「特定的象徵」。

1. 青青河畔草，鬱鬱園中柳。
盈盈樓上女，皎皎當窗牖。
娥娥紅粉妝，纖纖出素手。
昔為倡家女，今為蕩子婦。
蕩子行不歸，空床難獨守。（《古詩十九首》之二）

此爲《古詩十九首》之第二首。全詩十句，可分爲三部分，首二句述眼前所見之景，中四句寫女主角的姿容儀態，末四句敘思婦的身世和愁思。

「青青河畔草，鬱鬱園中柳。」開端呈現在眼前的是一幅春天的景象：河邊一片綠油油的青草，綿延不斷，一直伸展到遠方；園中的楊柳，蓊蓊鬱鬱，是那樣地濃密茂盛，洋溢著旺盛的生機，春氣盎然。「青青河畔草」點明了場景和時間。在篇首有起「興」的作用，由外在的景象引發內心的懷想。「鬱鬱園中柳」與「青青河畔草」相對，形成閉鎖空間與開放空間的強烈對比。「園中柳」頗具多義性。顏元叔先生〈析「青青河畔草」〉指出，此即女主角的象徵：

> 「鬱鬱園中柳」實在是女主人的象徵，她就像「園中柳」，生長在一個封閉隔絕的世界裡，像柳一樣的垂著頭，鬱鬱不樂。假如說她已經是殘花敗柳，也許這樣的豢養生活，不算太壞。然而，她與柳樹一般，生命還在蓊蓊鬱鬱的階段；而她的蓊鬱生命，為緊接的四行所鏤刻，所支持：「盈盈樓上女，皎皎當窗牖。娥娥粉紅妝，纖纖出素手。」從「鬱鬱」到「盈盈」，以「盈盈」承「鬱鬱」，實在十分微妙。因為，「鬱鬱」既予人一種豐盛感，「盈盈」意謂著體態之豐盈，恰好兩相吻合銜接。我們也可以說，「鬱鬱」是「盈盈」的伏筆，「盈盈」是「鬱鬱」的體現。這更加強二至三行間的發展上的連貫性。所以，「鬱鬱」以其多義性，一方面與前句的「青青」形成對比，另一方面與「盈盈」形成順利的發展，可謂是全詩的關鍵詞。
>
> 「樓上女」順理地發展到「當窗牖」。有樓而無窗，當不合理；樓上女站在窗前遠眺，很合理。不過，當她遠眺出去，看到「青青河畔草」，其注意力的走向暗示她不能安於現狀，守在園中，過著如柳樹一般的靜止人生。進一步要注意的是，「樓上女」意味著這個女子脫離了地面，脫離了大地，被抬升起來，生活在一個人工的世界裡，一個豢養的人工世界裡，正如任何所謂kept woman（豢養的女人）一樣。這麼一個世界迥然不同於「青青河畔草」的自然世界；因此「樓上女」與「河畔草」，又隱隱形成了對比。在往前的發展上，「樓上女」又順理地瀉入「當窗牖」。窗牖或窗户或窗口，總是一個木頭框框圍繞起來的空間，它是侷限的，可以引起牢獄的聯想。可是，窗的另一個聯想，甚至象徵涵義，便是渴望自由。這在古今中外多少詩篇，皆可得到證明；而於此，也

十分恰合。這「樓上女」便是處在這麼個封閉的小世界，渴求著自由，通過窗口，眺望著「青青河畔草」。

顏氏用新批評學派的手法，對「鬱鬱園中柳」及其前後有關的聯貫性做精細深入的剖析，頗能言之成理。值得我們注意的有二點：第一，「鬱鬱園中柳」爲本詩的關鍵句。第二，「鬱鬱園中柳」實爲女主角的象徵，而且這個象徵一方面充分顯示了女主角的處境與內在精神狀況，一方面可以呼應整首詩。在此要特別闡明的是，「園中柳」作爲女主角的象徵，是受上下文控制的一個特定象徵，只有在本詩作者所經營、塑造的場景與氣氛中，園中柳才是「被豢養的女子」的象徵。在其他作品中，柳樹的象徵意義可不能與此詩相提並論，甚且迥然不同。

在中國文化傳統中，柳最普遍的象徵意謂著別離。自從《詩經．采薇篇》：「昔我往矣，楊柳依依」傳誦之後，中國人即有折柳贈別的習俗，柳也與「別情」結下不解之緣。《三輔黃圖》：「灞橋在長安東，漢人送客至此橋，折柳贈別。」王維的〈送元二使安西〉：「渭城朝雨浥輕塵，客舍青青柳色新；勸君更進一盃酒，西出陽關無故人。」更是膾炙人口，離情難捨。

2. 素練風霜起，蒼鷹畫作殊。
攫身思狡兔，側目似愁胡。
絛鏇光堪摘，軒楹勢可呼。
何當擊凡鳥，毛血灑平蕪。（杜甫〈畫鷹〉）

杜甫早年所作之〈畫鷹〉，將畫中之鷹描繪得氣勢非凡，神情畢現。仇兆鰲《杜詩詳註》評云：「每詠一物，必以全副精神入之，故老筆蒼勁中時見靈氣飛舞。」其實，這首詩非僅詠畫鷹而已，蓋託物象徵，畫中之鷹的「何當擊凡鳥，毛血灑平蕪」已與杜甫的雄心壯志結爲一體。杜甫年經時正如陶淵明所謂「猛志逸四海」，這首畫鷹詩，正是他當時心境的寫照。劉若愚《中國詩學》評云：

任何一位感覺到最後一聯的強烈力量的人，不會滿足於將這首詩只當做鷹，且是畫的鷹的描寫而已。在另一方面，也沒有必要聽從某詮釋者的解釋，認為鷹代表詩人。而凡鳥代表到處都有的小人。事實可能是杜甫開始時真是老實地描寫一隻畫上的鷹，可是這個主題激起了他的想像力，以致這鳥成為英勇的力與猛烈的美的象徵。

劉若愚將象徵分爲「因襲的象徵」與「個人的象徵」兩種。大約相當於本章「普遍的象徵」與「特定的象徵」。劉氏以「畫鷹」列爲個人象徵之例證，並舉十九世紀英國詩人霍普金斯（Gerard Manley Hopkins）〈紅隼〉中的詩句：「殘猛的美和勇氣和行動，啊啊，空氣，豪情，羽毛，在此激裂。」以爲兩者相類似。劉氏以爲「這鳥成爲英勇的力與猛烈的美的象徵」，可謂言之成理。在作爲杜甫年輕時心境的象徵之餘，爲此詩開拓了更廣闊的象徵的空間。

3. 如期至，即道士與虬髯已到矣，俱謁文靜。時方弈棋，揖而話心焉。文靜飛書迎文皇看棋，道士對弈，虬髯與公傍侍焉。俄而文皇到來，精神風采驚人，長揖而坐，神氣清朗，滿座風生，顧盼煒如也。道士一見慘然，下棋子曰：「此局全輸矣！於此失卻局矣！救無路矣，復奚言？」罷弈而請去。

既出，謂虬髯曰：「此世界非公世界，他方可也，勉之，勿以為念！」因共入京。（杜光庭〈虬髯客傳〉）

〈虬髯客傳〉爲唐人傳奇小說之名篇，敘李靖遇紅拂女、虬髯客之故事。隋末天下大亂，雄豪並起，欲爭奪天下。虬髯客與道士蓄志已久，但是見到李世民一表人才，料想難以爭鋒，因此將家財送給李靖，遠去海外另謀發展。以上所錄，係小說中最具關鍵性的一段。道士見到李世民（文皇），下棋子曰：「此局全輸矣！於此失卻局哉！救無路矣，復奚言？」以具體的下棋象徵抽象的逐鹿中原。其象徵意義十分明顯，讀者很容易推想而知。且後來又再補上「此世界非公世界」之語，更加易識。此象徵一點也不曖昧，且象徵與意象結合爲一，是典型的特定象徵。

4.我說道：「爸爸，你走吧。」他望車外看了看，說：「我買幾個橘子去，你就在此地，不要走動。」我看那邊月台的柵欄有幾個賣東西的等著顧客。走到那邊月台，須穿過鐵道，須跳下去又爬上去。父親是一個胖子，走過去自然要費事些。我本來要去的，他不肯，只好讓他去。我看見他戴著黑布小帽，穿著黑布大馬褂、深青布棉袍，蹣跚地走到鐵道邊，慢慢探身下去，尚不大難。可是他穿過鐵道，要爬上那邊月台，就不容易了。他用兩手攀著上面，兩腳再向上縮；他肥胖的身子向左微傾，顯出努力的樣子。這時我看見他的背影，我的眼淚很快地流下來了。我趕緊拭乾了淚，怕他看見，也怕別人看見。我再向外看時，他已抱了朱紅的橘子望回走了。過鐵道時，他先將橘子散放在地上，自己慢慢爬下，再抱起橘子走。到這邊時，我趕緊去攙他。他和我走到車上，將橘子一股腦兒放在我的皮大衣上。於是撲撲衣上的泥土，心裏很輕鬆似的。過一會說：「我走了，到那邊來信！」我望著他走出去。他走了幾步，回頭看見我，說：「進去吧！裏邊沒人。」等他的背影混入來來往往的人裏，再找不著了，我便進來坐下。我的眼淚又來了。

（朱自清〈背影〉）

朱自清的〈背影〉是卅年代的文壇名作。自古以來，敘母愛的作品多，敘父愛的作品少。〈背影〉描繪慈父的形像歷歷，躍然紙上，父愛的溫暖與光輝，親切感人，堪稱壓卷作。作者以父親的「背影」爲焦點，藉敘事以抒情，樸質眞醇，自然高妙。在文章技巧上，背影分別在開端、結尾及中間出現，首尾呼應，固然佳妙，但眞正最精采的是以上所錄的一段文字。背影的視覺意象，不但使作者「最不能忘記」，更烙印在廣大讀者的心版上。然而，爲什麼會注意到父親的背影呢？是因爲要爬上月台去爲兒子買橘子。而「朱紅的橘子」在朱自清的經營設計下，就成爲父愛的象徵。許家鸞女士〈背影的欣賞〉評析甚爲精闢：

至於「朱紅的橘子」又是什麼含意？便須另行體味了。懂得揀橘子的人都曉得：一個橘子如果皮青色，可能有些酸；如果皮色枯黃，可能是「橘腳」，從樹上自行落在地上的，也不好吃。最好的橘子是朱紅的！作者父親抱著全是「朱紅色」的橘子，表示出它們曾經過一番細心的選擇。畫家畫冬景，總喜歡在霜枝點上幾個花蕾和芽頭，因為它們代表著「生機」。作者在一片黑色青色的背景中塗上了這麼一點點的紫紅，在死亡失業的慘淡中，透露著天倫的溫暖和父愛的光輝！

許氏的評析，有如劉勰《文心雕龍．知音篇》所云：「平理若衡，照辭如鏡。」由此可見，朱自清是以「紫皮大衣」象徵「父愛的溫暖」，以「朱紅的橘子」象徵「父愛的光輝」。紫皮大衣是「他給我做的」，朱紅的橘子「一股腦兒放在我的皮大衣上」，顯示「完整而無所保留的父愛」。象徵是以具體的意象表達抽象的情感，逐漸流露，讓讀者自行尋味，享受發現寶藏的欣喜與愉悅。而且具體的意象和抽象的情感之間，必須要有理性的關聯。照許氏的分析，紫和朱紅，都是「暖色」，假如是灰色的大衣，或者是青綠色的橘子，就不能象徵父愛的溫暖和父愛的光輝了。

在此要強調的是，如此特定的象徵，必須受上下文控制。在朱自清的筆下，橘子象徵父愛，是由於作者的設計、經營與巧妙的安排，塑造了如此動人的場景、情境與氣氛，「朱紅的橘子」才能象徵父愛的光輝。其他一般的情況下，橘子並不能象徵父愛。舉例而言，學校裡開同學會，康樂股長買了許多橘子分給每位同學，橘子就是橘子，並沒有賦予特別的象徵意義，假如那也要被附會成父愛的象徵，絕非象徵，而是笑話！

5.「這個是什麼？」我蹲下去一看，看到了被水泥塊壓在底下的一棵玫瑰花，竟從小小的縫間抽出一些芽，還長出一個拇指大的花苞。

我覺得很有意思，便同他協力把那水泥塊推開了，下面出現了一株被壓得扁扁的玫瑰花。

我真高興，並不是為了取得這麼一株玫瑰花。我家裡種了很多的花卉，比這還要名貴的也不少。我所以感到高興的，是它在很重的水泥塊下，竟能找出這麼一條小小的縫，抽出芽來，還長著這麼一個大花苞，象徵著在日本軍閥鐵蹄下的台灣人民的心。

……

人生固然有許多艱難困苦，特別在異族侵陵之下；但我總覺得，祇要不慌不忙，經常保持鎮靜，就是被關在黑壓壓的深坑裡，時間也會幫助我們解決問題的。這一棵重重地被壓在水泥塊底下的玫瑰的故事，不是蠻有意思的嗎？（楊逵〈壓不扁的玫瑰花〉）

文學作品裡的象徵意義，有的作者並不明說，留待讀者自行尋味，有的作者卻明白指出來。楊逵〈壓不扁的玫瑰花〉，題目就是象徵，跟史坦達的《紅與黑》、廖輝英的《油麻菜籽》一樣。不過光看題目，不可能知道其象徵意義何所指。等到讀畢全文，才眞正感覺玫瑰花的意象鮮明而深刻，永難忘懷。因爲這個象徵是全文的主線，在文章中屢次出現，且作者明白指出：「象徵著在日本軍閥統治下的台灣人民的心。」從比興的角度而言，作者由外在具體的玫瑰花的景象，聯想起抽象的在日本軍閥統治下的台灣人民的心，當然是標準的「興」。從象徵的角度而言，〈壓不扁的玫瑰花〉是典型的特定象徵。只有在楊逵的筆下，透過他文章的上下文的經營，在如此的場景與氣氛之下，壓不扁的玫瑰花才象徵著台灣人民的心。才能顯示這種不屈不撓的民族精神，呈現人性中彌足珍貴的高尚情操。在一般人心目中，玫瑰花往往是愛情的象徵，甚至「多刺的玫瑰」又別具另一種意味。

如此特定的特徵，在現代文學中頗爲常見，如琦君的〈想念荷花〉，荷花是作者父親的象徵。他的父親與荷花眞是有緣，生於荷花含苞待放的六月初六，常住在十里荷花的人間天堂杭州，教女兒唱〈採蓮歌〉，退隱時口吟〈荷花詞〉，象徵自己的心境，逝世之日也是六月六日。這當然是一種巧合，一種善緣，但是更耐人尋味的是文章中象徵的巧妙運用。

又如林清玄的〈椰子樹的聯想〉，作者從小房間的窗口看椰子樹「幾乎難以攀爬」，椰子樹是堂哥的象徵，因爲堂哥有錢有勢，年齡相差很大，不太容易溝通，有可望不可攀的感覺。最後敘堂哥失意時念念不忘椰子樹，椰子樹又是鄉情之所繫。在林清玄的筆下，他的堂哥已經被幻化成從鄉間移植到城市的一株椰子樹：「經過努力的灌溉，雖然也結果，卻不免細瘦，在一整個城市與時間的流轉中，默默的消失了。」

6.叫不出那株蘭花的真正名字，能確定的是它來自中國。朋友、我、家人，都叫它中國蘭。中國蘭在遠離中國的歐洲，回到中國的泥土，能說不是最和諧的結合？它們當會彼此垂憐、依附，泥土給蘭花以生命，蘭花依泥土而欣盛、茁壯。流浪的泥土熱戀著流浪的蘭花，述說的故事已是詩篇般的淒艷！

中國蘭的葉子又長又細，參差有致，盈盈婷婷的立在黑褐色的泥土裏，樸雅中自有一分嫵媚。阿爾卑斯山區冬天的陽光，隔著玻璃柔和的照進來，與蘭花葉相輝映，風韻之美足以入畫。

長著長著，正被祝福與欣喜環繞著，綠油油的葉子上出現了黃色斑痕，接著整個葉身泛黃，最後，終於和野櫻桃一樣，垂下了頭，枯萎、脫落、死去。剪去乾枯的葉，剩下一盆焦黑的土。

……

故鄉的泥土是死土，醜陋的、無光澤的黑褐色裏埋藏著孤絕和死的陰霾，嗅不到一丁點兒生的氣息。它令我頹喪、懊惱、希望幻滅。也許奔波萬里，去到故鄉掘回那一小撮泥土，只是椿多餘而幼稚的舉動，並不具什麼意義，更無需如此珍視和認真；幾次想把盛著土、土裏埋著乾枯的蘭花根的小花盆，丟在垃圾桶裏，竟又幾次的縮回了手。來自故鄉故園的，到底不同於市場上買的，你對它自然懷著一份情，一分偏愛與不忍。不管它是美是醜，是好是壞，有用還是無用。

……

照例是個黯淡的黃昏，照例的拿著銅質小水壺，給花窗上的幾盆花草做三天一次的澆水。不經意的轉眸間，發現小花盆裏的黑土有些異樣。拿起仔細瞧瞧，原來中國蘭枯死的根莖處，冒出兩枝小小的新芽。尖尖的葉梢、挺挺的葉身，流瀉進來的漫漫幽暗，一點也掩不住它鮮活、祥和的生氣。（趙淑俠〈故鄉的泥土〉）

旅居瑞士的趙淑俠，這篇〈故鄉的泥土〉曾經深深感動了許多讀者。因為這樣的作品會觸發我們內心深處的某一根弦，王孝廉說得好：「讀者絕不會記得某一位作家發表了多少篇作品，卻永遠忘不了他最動人的傑作。」此爲最佳明證。〈故鄉的泥土〉所以能成爲趙淑俠最動人的傑作，所以能深深感動人心的關鍵，即在其中的象徵意義。

作者返鄉之行，嗅不到期待中的芬芳，尋根的目的，結果卻是「我的根已整個被斬斷、掘出」。夢境破碎之後緊跟著的是心碎。失落的茫然中拾回兩包故園的泥土，一包從松花江東岸的祖父家，一包自呼蘭河畔的外祖家。回到瑞士後，將中國蘭種在中國的泥土上。其中的曲折約有三層：

第一層是流浪的泥土熱戀著流浪的蘭花：中國蘭在遠離中國的歐洲，回到中國的泥土，當會彼此垂憐、依附。葉子又長又細，參差有致，盈盈婷婷的立在黑褐色的泥土裡，樸雅中自有一份嫵媚。

第二層是焦黑的土埋藏著孤絕和死的陰霾：正被祝福與欣喜環繞著，綠油油的葉子上出現了黃色斑痕。接著整個葉身泛黃，最後，終於和野櫻桃（故鄉攜回來的）一樣，垂下了頭，枯萎、脫落、死去。……隨時觸碰到失去慈母的傷痛，失去故鄉的茫然，抑不住對早夭的中國蘭的惋惜。最不能忍耐的，是它身上看不出生命。

第三層是枯死的中國蘭在根莖處冒出新芽，照例替幾盆花草澆水，不經意的轉瞬間，發現花盆裡的黑土有些異樣，原來中國蘭枯死的根莖處冒出兩枝小小新芽。尖尖的葉梢，挺挺的葉身，流瀉進來的漫漫黑暗，一點也掩不住它鮮活、祥和的生氣。世界瞬息間神奇的亮麗起來，兩株小蘭芽泛著比星星還耀眼的光芒。

作者描敘中國蘭與故鄉泥土的遇合，從追尋、期盼、失落、絕望到再獲新生。這不只是特定的事物象徵，簡直就是文學原始類型中的結構的象徵。象徵的意義爲何？在本文結尾已有透露：

> 故鄉的泥土還是好的、美的、有生命的。它讓我看到希望，看到宇宙萬物競生的潛力，追求存在的本能。植物、動物、以至最有情有靈的人，終極的歸宿固然是同樣的歸於消逝，但逍遙在生的道路上的短短時空，都會用他們所有的力、所有的熱，放射出最美的異采，顯現他生命的極致。
>
> 我在那撮故鄉的泥土中看到了全部生命的真諦。希望、失望、獲取、失落，都不是絕對的。我幻想著，說不定在松花江畔的黑土地上，有天突然冒出個新的故鄉來，就像枯竭的中國蘭，在它的根莖

處發出新芽一樣。

趙淑俠曾經在蘇黎世大學中文系演講「中國當代文學的新型式」，所謂「新型式」乃指「描寫炎黃子孫離鄉背井浪跡天涯，在異域奮鬥的際遇和感受，並足以道出隱藏於靈魂深處之心聲者。」〈故鄉的泥土〉中的象徵意義，所以深深感動讀者，不只是道出作者隱藏於靈魂深處的心聲，更道出了海內外絕大多數中國人共同的幻想與熱切期盼，而這種熱切期盼的心聲，透過象徵的巧妙經營，表達得如此自然、深刻，眞是無愧於故鄉的泥土與中國蘭，無愧於身爲炎黃子孫！在本章結束之前，有兩個問題值得探討：1.象徵與譬喻的區別。2.象徵的基本原則。

首先闡明象徵與譬喻的異同。

鍾嶸《詩品．序》云：「文已盡而意有餘，興也；因物喻志，比也。」比、興在傳統詩歌中被列爲最主要之寫作技巧，比即譬喻，興相當於象徵。因爲比與興有同有異，二者都不是直接的表達，而是藉具體形象的事物去表達情意，採間接的、暗示的表達方式。兩者之間最顯著的區別是「比顯興隱」。從修辭學的角度而言，「比」中的明喻、隱喻、略喻、借喻等，比較易知，「興」中的普遍象徵、特定象徵，就需要讀者用心體味。先看幾家意見：

㈠黃維樑《清通與多姿——中文語法修辭論集．文學的四大技巧》：

象徵是文學創作的另一個技巧，象徵和比喻這兩種技巧，甚有關聯。比喻以「彼物」比「此物」；象徵則以一物「象」表「徵」多重意義。在一個比喻裡面，「彼物」和「此物」之間，關係是很清楚的：二者有一個或多個相同之處，好比一對男女，互相吸引，經過月老（文學家）的撮合而成為夫婦（比喻）。在一個象徵裡面，一物象所表徵的意義，則相當曖昧。好比一個美麗的少女，喜歡她的男孩子很多，她似乎也對他們表示了好感，但到底最喜歡誰，有時連經驗豐富的月老（文學家）也說不清楚。李商隱的〈錦瑟〉詩裡面的「滄海月明珠有淚，藍田日暖玉生煙」兩句，究竟要說明的是愛情的悲哀、懷才不遇，還是生命的茫然呢？就相當朦朧了。〈錦瑟〉詩好像海明威的《老人與海》一樣，都是涵義豐富的象徵。

㈡宋振華《現代漢語修辭學．象徵與借喻的區別》：

第一，借喻是比喻的一種，構成比喻的基礎是本體（喻體）和喻體（喻依）的相似點。借喻的本體雖然沒有出現，但是可以看出做比喻的是什麼，而且一般都可以換成明喻的格式。例如：「全世界被剝削的勞動人民要砸碎鐵鎖鏈。」其中的「鐵鎖鏈」顯然是指壓迫人民的剝削制度，所以可改成明喻：「剝削制度像套在人民身上的鐵鎖鏈。」而象徵體和象徵意義間一般沒有相似點，所以不能換成明喻格式。例如，用鴿子象徵和平，但不能說「和平像鴿子」。

第二，借喻是用喻體（喻依）直接代替本體（喻體）；象徵體不是簡單地代替象徵意義，而是通過多方面描繪形像，才能使象徵意義展示出來。

㈢黃慶萱《修辭學．象徵》：

象徵很像譬喻，尤其像譬喻裡的借喻。二者的分別在：象徵和意象結合為一；而借喻是省去喻體、喻詞的喻依，喻體和喻依卻是獨立的兩個意象。試看下例：

「這話未免太重太狂，太傷人的自尊，火山的爆發，溶岩飛漿，四濺傷人，破壞了美的印象。發怒是心虛的表示。你心虛，祈綏音也心虛。」（水晶〈沒有臉的人〉）

「火山的爆發，溶岩飛漿，四濺傷人。」是一個借喻；與「羅亦強發怒」是二個獨立的意象。作者借前者來譬喻後者。前者事實上並沒有發生。再看下例：

「她突然舉起另外一隻手把那隻玻璃水缸猛一拍，那隻金魚缸便珖瑯一聲拍落到池上，砸得粉碎。」（白先勇〈那片血一般紅的杜鵑花〉）

這個意象象徵著「麗兒」砸碎「王雄」的心。象徵與意象結合，而且事實上也曾發生。

宋氏、黃氏之說，從修辭學的角度辨明象徵與借喻之區別，闡論精微，頗能掌握其間的關鍵處，使疑難迎刃而解。以下且盱衡各家之說，針對譬喻與象徵之迴異，予以整理歸納，約可歸結為以下五點：

第一，就表達的題材而言，譬喻往往是以章句爲主，象徵卻常牽涉到整篇。尤其特定的象徵，受到上下文的限制。所以李裕德認爲象徵是篇章的比喻，雖然不是絕對的，但就創作的題材，或修辭法在作品中運用而言，多半是如此。

第二，就表達的方式而言，比顯而興隱，譬喻的喻體通常相當明確。而象徵的意義卻比較曖昧，所以黃維樑以夫妻的明確關係喻「譬喻」，以多情少女的感情喻「象徵」。象徵的意義固然曖昧，且有歧義，但同時也留給讀者更大的想像空間，可享受尋獲寶藏的欣悅。

第三，就譬喻與象徵的結構而言，譬喻的基本類型有四種，無論是明喻、隱喻、略喻，均有喻體與喻依。即使是借喻，只有喻依，要描述的喻體在言外，但多半可以轉換成明喻的標準形式。而象徵只有意象，其象徵的意義在言外，往往不能轉換成明喻的形式，如用鴿子象徵和平，用十字架象徵基督教，不能轉變成和平像鴿子，基督教像十字架。

第四，就作者所用的意象與所顯示的意旨而言，在譬喻中，喻體與喻依是獨立的兩個意象，象徵與意象結合爲一，所以黃慶萱論象徵的原則強調「結合意象，使象徵有足夠的可信度」。譬如胡適的名言：「獅子與老虎向來都是獨來獨往的，只有狐狸與狗才成群結黨。」獅子與老虎借喻胡適，狐狸與狗借喻攻擊他的人。喻體與喻依的意象是獨立的，且事實上並未見到獅子、老虎、狐狸、狗等，而周敦頤的〈愛蓮說〉，以蓮花象徵君子，意象與象徵已結合爲一，且確實是在描述花的種種特性。

第五，在篇章的象徵中，象徵體並非單純地代替象徵意象，而是多方面描繪形像。其中也許會包括了若干譬喻的手法。

其次，闡明象徵的基本原則，簡單可以歸納爲兩點：

第一，隨時起情

象徵必須針對所採用的意象，做適當的處理、經營、設計、安排。在適當的場景、情境與氣氛之中，藉具體的意象，顯示抽象的情理。黃慶萱先生曾提出「要求自然，創作欣賞切忌機械附會」，堪稱直探本心，切中肯綮之見。如果說得更清楚些，那就是象徵須透過理性的關聯，或適當的安排。要求自然妥貼，不可流於穿鑿附會，或者曖昧難解。

同時象徵須有深刻的意蘊。能對讀者有啓發鼓舞作用，「喻之以理，不如動之以情」。象徵就是要用具體的意象，讓讀者自行體味，如此作者的旨意才能深具感染力而動人心坎。以本章所舉例證而言，楊逵〈壓不扁的玫瑰花〉、陳之藩〈失根的蘭花〉、趙淑俠〈故鄉的泥土〉不但意象鮮明，且深具啓示性感染力，足以激發讀者的民族意識，對國家產生更大的向心力。

第二，依微擬議

象徵是感物吟志。「稱名也小，取類也大」。依微起情擬議，可以以少總多，透過細微的事物，概括深廣的內涵。黃慶萱先生曾提出「濃縮文字，納深廣題旨於短幅之中」，不失爲探驪得珠，精闢體要之見。

例如本章所舉孟郊〈遊子吟〉，以「春暉象徵母愛」，春天的太陽，人人熟知而並不感覺怎麼樣，可是「依微擬議」的結果，春暉所象徵的母愛是那麼廣大溫馨，無所不在；又是那樣無所偏私。尤足可貴者在世間只有一種情感，是純粹付出，不求回報，且出於天性，發乎自然，那就是眞摯偉大的母愛。如此象徵意義，充分顯現了人類最高貴的情操。苟非象徵，不知花費幾許筆墨，還不容易說清楚。

美國小說家海明威有一段名言：「好的短篇像一座冰山，十之七八浸在水底下，露出水面的不過十之二三。」好的象徵，正如同一顆耀眼的水晶球，從不同的角度煥發出多種光芒。象徵由於「依微擬議」，其象徵意義，必須花費心力去思索，甚且有時候相當曖昧。但此特點絕非缺點，相反地，更能含蘊無窮，留給讀者廣大的想像空間，無窮的啓發與逸趣。

自我評量題目

一、象徵與譬喻有何不同？

二、何謂「普遍的象徵」？舉例以明之。

三、何謂「特定的象徵」？舉例以明之。

四、象徵有何基本原則？

第十章 設問

學習目標

——研讀本章內容之後，學習者應可達成下列目標：

一、能了解設問的意義與效用。
二、能明辨提問與激問的異同。
三、能掌握設問的運用原則。

摘要

講話行文，刻意設計問句的形式，以吸引對象注意的修辭方法，是為設問。其中又可分為兩類：

一、提問：自問自答，先提出問題，引發對方好奇與注意，再自行作答。
二、激問：問而不答，以問句表達確定的意思，答案必在問題的反面。

設問可用在篇首以提示全篇主旨，用於結尾以增進文章餘韻，也可連續設問以製造文章氣勢。

講話行文，刻意設計問句的形式，以吸引對象注意的修辭方法，是爲「設問」。

語句表出的形式，主要有四：敘事句、表態句、判斷句、詢問句。其中問句最能引起人的注意，依次爲表態句、判斷句、敘事句。黃慶萱《修辭學》曾以《周易・繫詞傳》的一段文字爲例：

何以守位？曰仁。何以聚人？曰財。

以上原文是問句的形式，如改成判斷句：

仁，守位者也；財，聚人者也。

再如改成敘事句：

以仁守位，以財聚人。

比較之下，問句之引人注意，至爲顯然。

問句之中，又可分爲三類：

㈠疑問：這是內心確有疑問的問句，屬普通問句。

㈡提問：自問自答。先提出問題，引起對方注意，再自行作答。

㈢激問：以問句表達確定的意思，增強語勢。答案必在問題的反面，故又作反問、詰問。

嚴格說來，修辭方法中的「設問」，僅包括「提問」與「激問」。因爲這兩種問句非屬內心確有疑問的「普通問句」，而是內心已有定見的「設問」，屬刻意設計的「明知故問」，不但能留給對方深刻的印象，而且可以在文章中激起波瀾，使語勢起伏不平，迭宕有力。

壹、提問

「提問」是作者先假設問題，激發讀者的疑惑，然後再說出答案。先看三個典型的辭例：

㈠蘇軾〈和子由澠池懷舊〉：

人生到處知何似？應似飛鴻踏雪泥。

泥上偶然留指爪，鴻飛那復計東西？

老僧已死成新塔，壞壁無由見舊題。

往日崎嶇還記否？路長人困蹇驢嘶。

這首七律即成語「雪泥鴻爪」的來歷。前半首以議論之筆創造了膾炙人口的名句。「人生到處知何似？」開端發問，「應似飛鴻踏雪泥」是答案，概括了人生飄泊不定的感受，足以引發廣大的共鳴。由於使用「提問」的方式，更加強了表達效果。劉逸生在《宋詩鑑賞辭典》中評云：「就一個人來說，或是爲了謀生，或是爲了讀書、應舉、做官，東奔西走，像什麼呢？像一隻鴻雁。那鴻雁或是到南方過冬，或是回北方生養，來來去去。腳爪踏在雪泥之上，無非偶然留下指爪的痕跡，轉眼牠又飛走了；至於那留下的痕跡，牠哪能記著啊；何況，痕跡又是很快會消失的。」有關人生的疑惑，曹操在〈短歌行〉中開端即云：

對酒當歌，人生幾何？

譬如朝露，去日苦多。

何以解憂？唯有杜康。

同樣是運用「提問」，「譬如朝露」回答「人生幾何」，「唯有杜康」回答「何以解憂」，比較而論，人生譬朝露，雖然很貼切，但總不如「雪泥鴻爪」的意象豐盈靈動。

㈡彭端淑〈爲學一首示子姪〉：

天下事有難易乎？為之，則難者亦易矣；不為，則易者亦難矣。人之為學有難易乎？學之，則難者亦易矣；不學，則易者亦難矣。

此文開端即提出兩個問題：「天下事有難易乎？」「人之爲學有難易乎？」然後概括有力地回答了這兩個問

題：「爲（學）之，則難者亦易矣；不爲（學），則易者亦難矣。」顯然是開門見山，提綱挈領的「提問」，頗能彰顯文章主旨。類似的筆法，如曾國藩〈原才〉：

風俗之厚薄奚自乎？自乎一二人之心之所嚮而已。

在文章首句即以「提問」句揭示主旨。不但能引起讀者的注意，而且是直探本心，一語中的。在論說文中尤具效果。

㈢魯迅〈生命的路〉：

什麼是路？就是從沒有路的地方踏出來的，從祇有荊棘的地方開闢出來的。

「提問」運用得當，不但能引起注意，加深印象，更可以突現論點，啓發思考，魯迅這段文字即足以使文章警策有力。類似的用法，如羅家倫〈讀標準的書，寫負責的文字〉：

嘗聽見中國一句古話道：「開卷有益。」這話是對的嗎？大大的不見得。開到不好的卷，反有非常的害處。錯誤的、不正確的知識，比毒藥還要厲害。毒藥不過毒壞人的身體，壞書簡直毒壞人的心靈；一包毒藥不過害死一兩個人，一本壞書可以害死無數的人。

羅氏善用提問來提起注意，啓發思考，的確可以使論點鮮明地突現出來，文章才顯得勁健有力。

「提問」的辭例，自古即有，且看：

1.何昔日之芳草兮，今直為此蕭艾也！豈其有他故兮？莫好脩之害也！（屈原〈離騷〉）

此言昔日之君子爲何今日竟變成小人了呢？其實原因無他，只因爲不好脩潔罷了！〈離騷〉爲屈原的代表作。長達三百七十三句，二千四百七十七字，其中迭用「設問」，使得整篇靈動多姿。又此處揭示的「好脩」二字，爲屈原所特別強調的重點，在前文中已有「民生各有所樂兮，余獨好脩以爲常！」朱熹釋云：「言人生各隨氣習，有所好樂，或邪或正，或清或濁，種種不同；而我獨好脩潔以爲常。」

2.（經文：元年春王正月）「元年者何」？君之始年也。「春」者何？歲之始也。「王者」孰謂？

謂文王也，曷為先言「王」而後言「正月」？王正月也。何言乎「王正月」？大一統也！（《春秋公羊傳》）

爲了解釋「元年春王正月」六個字，連續用了五個提問句，文氣遒勁而意思顯豁。

3.有所思，乃在大海南。
何用問遺君？
雙珠瑇瑁簪，用玉紹繚之。（《漢樂府．有所思》）

此爲〈有所思〉的首段：想起心上人，遠在大海的南邊，天各一方，難以相聚。用什麼禮物送給他來寄託思念之情呢？想來想去，還是選擇了懸著雙珠的瑇瑁髮簪，再用玉環將簪子纏繞起來。如此「提問」，適足以加強語氣，萬般情思，唯寄一物。

4.東方千餘騎，夫婿居上頭，
何用識夫婿？白馬從驪駒。
青絲繫馬尾，黃金絡馬頭。（《漢樂府．陌上桑》）

此爲〈陌上桑〉末段誇夫的一段文字。以騎著高駿的白馬，後面跟著黑馬，顯示夫婿目標顯著。採自問自答的「提問」，使得詩句變化多姿，如全用平敘句法，就顯得呆板而欠生氣了！

5.丞相祠堂何處尋？錦官城外柏森森。
映階碧草自春色，隔葉黃鸝空好音。
三顧頻繁天下計，兩朝開濟老臣心，
出師未捷身先死，長使英雄淚滿襟。（杜甫〈蜀相〉）

6.頭上何所有？翠微㔩葉垂鬢唇。
背後何所見？珠壓腰衱穩稱身。（杜甫〈麗人行〉）

7.細雨微風岸，危檣獨夜舟。

星垂平野闊，月湧大江流。

名豈文章著，官應老病休。

飄飄何所似？天地一沙鷗。（杜甫〈旅夜書懷〉）

以上三例，均爲杜甫之名作，〈蜀相〉開端用提問點明諸葛亮祠堂所在，〈麗人行〉中間用提問敘美人之裝飾，〈旅夜書懷〉末尾以提問表現飄泊的苦情，可見提問之運用，極爲尋常。

8.春花秋月何時了，往事知多少？小樓昨夜又東風，故國不堪回首月明中。

雕闌玉砌應猶在，只是朱顏改，問君能有幾多愁？恰似一江春水向東流。（李煜〈虞美人〉）

此爲李後主感懷故國之名作。末二句以自問自答的方式吐露胸中萬斛愁情，意象湧現，無限悵恨，傳誦千古。

9.然則何時而樂耶？其必曰：「先天下之憂而憂，後天下之樂而樂歟！」噫！微斯人，吾誰與歸？

（范仲淹〈岳陽樓記〉）

「先天下之憂而憂，後天下之樂而樂」，警策響亮，不但顯現范仲淹胸懷天下的襟懷，更足以恢弘志士之氣，爲後世讀書人奠立典範。如此警句，在文章末尾，以提問的方式出現，更能竦動人心。

10.我且問你，這七人端的是誰？不是別人，原來正是晁蓋、吳用、公孫勝、劉唐、三阮（阮小二、阮小五、阮小七）這七個。（施耐庵《水滸傳・第十五回》）

用提問的方式，敘此七個人物出場，要比直接敘述更加生動。

現代語文和民歌中，「提問」運用得也十分普遍：

1.試觀一部十七史之列傳，求所謂如哥倫布、立溫斯敦者有之乎？曰：無有也！求所謂如馬丁路德、林肯者有之乎？曰：無有也！求所謂如克林威爾、華盛頓者有之乎？曰：無有也。藉有一二，則將為一世之所戮辱而非笑者也：不曰「好大喜功」，則曰「亡身及親」也。（梁啓超

〈論進取冒險〉）

2.什麼叫做大事呢？大概地說，無論哪一件事，只要從頭至尾徹底做成功，便是大事。（孫文〈立志做大事〉）

梁啓超強調中國歷史上欠缺進取冒險者，國父主張立志做大事，對於大事提出新的定義，為加深讀者印象，都是運用「提問」揭明主旨。

3.魯侍萍：哦，你以為我會哭哭啼啼地叫他認母親麼？我不會那樣傻的。我明白他的地位、他的教育，不容他承認這樣的母親。（曹禺《雷雨・第二幕》）

4.然者此畫果真邪，幻邪？幻想而同于真邪？真者而同于幻邪？斯二者蓋皆有之。（薛福成〈觀巴黎油畫記〉）

5.東方的紙上說：古有三不朽。西方的紙上說：不朽的傑作。但請問，什麼是不朽？永遠不朽的，只有風聲、水聲與無涯的寂寞而已。（陳之藩〈寂寞的畫廊〉）

6.我也見過有一些肥胖的老人，他們在簽名時寫了姓氏卻忘了自己的大號……你以為我在講笑話麼？不！這是鐵的事實，這都是有名有姓的人身上發生過的事情。這究竟是怎麼回事呢？原因除了由於他們的神經系統自然衰老之外，也與血脂較高和腦動脈硬化有關。（秦牧〈生命在於運動〉）

7.父親是什麼？代表支配，代表權益，代表責任？是一種負荷，還是一種福分？父親是另一尊神？這都不是我的心中圖畫。在我的心目中，「父親」只是一個「人」，是子女毫無選擇餘地而又必須面對的「人」。既然是這樣的一個人，他就不能不時時刻刻考慮到態度上對子女的「公平」。（子敏《現代爸爸・序》）

8.無論從事何種學術研究，首先必須考慮三個問題：一是研究什麼？二是如何研究？三是為何研究？第一個問題是找出研究的方向，第二個問題是選擇研究的方法，第三個問題是決定研究的目的。（周何〈漢學研究的方向和方法〉）

9. 桃花開，一片霞，新娶的媳婦走娘家。
穿啥哩？月白褲子花夾襖。
戴啥呢？鬢角戴朵白梨花，
誰送她？哥送她。
誰見啦？我見啦。
我還聽見體己話。……（河南民歌〈新媳婦走娘家〉）

10. 什麼彎彎升上天？
什麼彎彎分兩邊？
什麼彎彎能割稻？
什麼彎彎會種田？
月亮彎彎升上天，
牛角彎彎分兩邊，
鐮刀彎彎能割稻，
雙手彎彎會種田。（宜興民歌〈什麼彎彎升上天〉）

最後兩個辭例，都是地方民歌，〈新媳婦走娘家〉迭用提問，波瀾起伏，引人入勝。〈什麼彎彎升上天〉運用四個提問組合成篇，饒有情味，都能充分顯現民歌生動活潑的特色，假如一味直陳，就顯得淡而寡味了。

貳、激問

「激問」是為激發本意而發問，與「提問」同屬內心已有定見的「明知故問」。二者之迥異：「提問」採自問自答，「激問」則是「問而不答」，因為答案就在問題的反面。且看三個典型的辭例：

㈠屈原《離騷》：

眾不可戶說兮，孰云察余之中情？
世並舉而好朋兮，夫何煢獨而不予聽？

此為屈原的姊姊女嬃告訴他的話，大意是：一般人是不了解你的，但又不能讓他們家喻戶曉，誰又能體諒你的本心呢？世人都好聯群結黨，隨聲附和，你又何苦如此孤獨而不聽我的勸告呢？此處有兩個問題，第一個問題是肯定的，答案卻屬否定：誰都不能了解你我的內心！第二個問題是否定的，答案卻屬肯定：你應該接受我的勸告！如此的激問，頗具警省與啟示，適足以顯現屈原孤憤不俗的處境與心境。

㈡王翰〈涼州詞〉：

葡萄美酒夜光盃，欲飲琵琶馬上催。
醉臥沙場君莫笑，古來征戰幾人回？

此為唐代邊塞詩的名作，表面上寫得豪壯曠遠，立意卻是沉痛悲慨。末句「古來征戰幾人回」，雖是問句，卻更加深了「古來征戰鮮有人歸」的慘痛，撼人心脾，使讀者印象深刻難忘。如此「激問」要比直敘更加警省。比較而論，「年年戰骨埋荒外，空見葡萄入漢家」，「一將功成萬骨枯」等名句，就要遜色三分。

㈢聶華苓〈王大年的幾件喜事〉：

假若虧了本，我的差事也丟了，那豈不是兩頭空？而且，看魚池，得一天到晚守在那兒，那不是和各方面的關係完全斷絕了？

「豈不是兩頭空？」是確定兩頭空；「那不是和各方面的關係完全斷絕了？」是說和各方面的關係完全斷絕了。連續兩個激問，都是用否定的形式，表示肯定的意思。「激問」只問而不答，因爲答案就在問題的反面，如此更能加強語氣，促使對方自行思索在問題反面的答案。

以下再從古今語文中舉例：

1.孟子曰：「存乎人者，莫良於眸子。眸子不能掩其惡。胸中正，則眸子瞭焉；胸中不正，則眸子眊焉。聽其言也，觀其眸子，人焉廋哉？」（《孟子．離婁篇上》）

眼睛爲靈魂之窗，孟子教導我們觀察一個人的善惡，「觀其眸子，人焉廋哉？」字面上是「又能往哪裡藏呢？」實際意思是不能往哪裡藏，無處可藏。

2.力拔山兮氣蓋世，

時不利兮騅不逝。

騅不逝兮可奈何！

虞兮虞兮奈若何？（項羽〈垓下歌〉）

西楚霸王項羽被圍垓下，四面楚歌，唱出這首慷慨悲涼的霸王別姬之歌。末句用「激問」，適足以表現胸中激越不平之氣：在此日暮途窮之時，萬事皆休，虞姬啊虞姬，要把妳怎麼處置呢？答案就是問題反面的不知如何處理，無法安排。

3.青青河畔草，綿綿思遠道；遠道不可思，宿昔夢見之。夢見在我旁，忽覺在他鄉；他鄉各異縣，輾轉不相見。

枯桑知天風，海水知天寒。入門各自媚，誰肯相為言？

客從遠方來，遺我雙鯉魚。呼兒烹鯉魚，中有尺素書。長跪讀素書，書中竟何如？上言加餐食，下言長相憶。（《漢樂府．飲馬長城窟行》）

此詩中段的「入門各自媚，誰肯相爲言？」謂旁人回到家裡，都只顧與親人團聚，無暇來安慰我、看望我。用「誰肯相爲言」的激問要比直說「無人相爲言」更加有力。又末段結尾的三句：「書中竟何如？上言加餐食，下言長相憶。」則屬自問自答的「提問」。

4.歲月易得，別來行復四年。三年不見，〈東山〉猶歎其遠，況乃過之，思何可支？雖書疏往返，未足解其勞結。

昔年疾疫，親故多罹其災：徐、陳、應、劉，一時俱逝，痛可言邪？（曹丕〈與吳質書〉）

曹丕此文，開端迭用「激問」，「思何可支？」即「思不可支」；「痛可言耶？」即「痛不可言」！讀之令人感慨。

5.蒼蒼蒸民，誰無父母？提攜捧負，畏其不壽。誰無兄弟？如足如手。誰無夫婦？如賓如友。生也何恩？殺之何咎？（李華〈弔古戰場文〉）

李華〈弔古戰場文〉，哀古傷今，反對唐朝的窮兵黷武。末段連用五個激問句，言人人皆有父母、兄弟、夫婦，天生蒸民，無假帝王之恩，無辜殺之，太不人道了！

6.清江一曲抱村流，長夏江村事事幽。

自去自來梁上燕，相親相近水中鷗。

老妻畫紙為棋局，稚子敲針作鈎鉤。

多病所須惟藥物，微軀此外更何求？（杜甫〈江村〉）

此爲杜甫晚年居成都浣花溪畔的閒適詩，全詩敘幽景、幽事、幽情，末聯以「多病所須惟藥物，微軀此外更何求？」的激問作結，表明除藥物外無所求的自足自適心境，一片輕鬆蕭閒之情。

7.大海呵，哪一顆星沒有光？哪一朵花沒有香？哪一次我的思潮裡沒有你波濤的清響？（冰心〈繁星〉）

8.我們抱怨我們的生活，苦痛、煩悶、拘束、枯燥，誰肯承認做人是快樂？誰不多少地咒詛人生？但不滿意的生活，大都是由於自取的。（徐志摩〈我所知道的康橋〉）

9.我曾憧憬著如果有一天，捉住它們閃亮的長尾巴，掛在院子裡的葡萄架上，變成一串串的銀葡萄，那該多好玩！但誰又會想到夢與現實離得那麼遙遠呢？（丁穎〈巷西橋的黃昏〉）

10.如果我們從這一點想開去，為什麼有些小詩，寥寥二三十個字，就那麼世代膾炙人口？有些短文，篇幅極短，卻那麼震撼人心？扇畫小幅，蘇州園林，格局很小，卻總是那麼引人入勝？奧妙之處，不是就由於它們在樸素中寄託了深厚，在單純中卻體現了豐富；如果是詩、文，又總是有較強的思想性和較高的藝術性結合著的緣故嗎？（秦牧《藝海拾貝．蝦趣》）

由以上的辭例，可見「激問」運用得當，確實可以加強語氣，吸引讀者的注意，且可使文章激起波瀾，迭宕多姿。至於最後一個辭例，則是提問兼激問，以激問回答前面的問題，可見「設問」之運用，變化多端。

關於設問，可以歸納出幾點結論：

第一，設問的效果有三：

㈠加強語氣，吸引注意力。

㈡表現激情，增進感染力。

㈢激起波瀾，使文章生動。

第二，設問的運用原則：

㈠用於篇首以揭示全篇主旨，如杜甫〈蜀相〉、曾國藩〈原才〉等。

㈡用於結尾以增進文章餘韻，如杜甫〈江村〉、范仲淹〈岳陽樓記〉等。

㈢連續設問以製造文章氣勢，如李華〈弔古戰場文〉、冰心〈繁星〉等。

比較而言，「提問」從正面提出問題，自問自答，語氣較爲舒緩；「激問」從反面提出問題，答案不言而喻，語氣較爲強烈。提問多用於提起下文，常見於開端；激問多用於歸結上文，常用於末尾。

自我評量題目

一、何謂提問、激問？舉例以明之。

二、舉例說明運用設問的原則。

第十一章 轉 化

學習目標

——研讀本章內容之後，學習者應可達成下列目標：

一、能了解轉化的意義與效用。
二、能明辨擬人、擬物的異同。
三、能掌握轉化的原則。
四、能運用轉化致力文學欣賞與創作。

摘 要

描述一件事物時，轉變其原來性質，化成另一種本質截然不同的事物，予以形容敘述的修辭方法，是爲「轉化」。轉化，又稱「比擬」。主要有兩大類：

一、擬人：描寫一件東西，把東西比作人，投射了人的感情與特性。依題材可分：1.有生物的擬人。2.無生物的擬人。3.抽象物的擬人。

二、擬物：描寫一個人，把人比作東西，投射了外物的特質。依題材可分：1.擬有生物。2.擬無生物。除了常見的擬人爲物外，另有：1.以物擬物。2.以抽象概念擬物。

轉化的整體原則有二：㈠物我交融，極態盡妍。㈡抒情狀物，維妙維肖。

曹植才高八斗，卻遭忌薄命，他的同母兄魏文帝曹丕欲殺之。令他在七步之內完成一首詩，不成就「行大法」（處死），曹植應聲詠出〈七步詩〉，曹丕聽了「深有慚色」。此詩一般流傳的是四句：

煮豆燃豆萁，豆在釜中泣；
本是同根生，相煎何太急？

屈原忠君遭讒，被放逐到江南，仍然念念不忘於國事，作《九章》以明志。其中的〈涉江〉首段云：

余幼好此奇服兮，年既老而不衰。
帶長鋏之陸離兮，冠切雲之崔嵬，被明月兮佩寶璐。
世溷濁而莫余知兮，吾方高馳而不顧。

南宋愛國詞人辛棄疾晚年罷官閒居，寂寞憤慨，寄情山水，思念親友，作了一闋〈賀新郎〉詞，其上半云：

甚矣吾衰矣！悵平生、交游零落，只今餘幾？
白髮空垂三千丈，一笑人間萬事。
問何物、能令公喜？
我見青山多嫵媚，料青山見我應如是。
情與貌，略相似。

以上三段文字，都運用了「轉化」。在修辭學上，描述一件事物時，轉變其原來性質，化成另一種本質截然不同的事物，予以形容敘述的修辭方法，是為「轉化」。

轉化，又稱「比擬」。主要分作兩種：

一、擬人——描寫一件東西，把東西比作人，投射了人的感情與特性。

二、擬物——描寫一個人，把人比作東西，投射了東西的特質。

第一個例子，「煮豆燃豆萁，豆在釜中泣。」豆是一種植物，豆是沒有感情的，不會哭泣。但是作者偏偏將人的感情投射到「豆」上，不但有了人的感情與動作，而且會說話：「本是同根生，相煎何太急？」更重要的是，代曹植說出了心底的話；而這樣心底的話，在曹植受到皇帝哥哥曹丕迫害時，是不便明說也不能明說的。曹植將自己的感情與處境投射到「豆」上，寫出了這首〈七步詩〉。從譬喻的角度而言，整首詩是「借喻」，從「轉化」的角度而言，這是「擬人」。此段故事載《世說新語．文學》：

文帝嘗令東阿王七步中作詩，不成者行大法。應聲便為詩曰：「煮豆持作羹，漉菽以為汁。萁在釜下然，豆在釜中泣。本自同根生，相煎何太急？」帝深有慚色。

〈七步詩〉取喻淺顯明暢，形像具體生動，表現曹植的奇才敏捷，以轉化中的擬人法，尤可見其受迫害之情。故能廣泛流傳。

第二個例子，是屈原的名作。王逸《楚辭章句》敘其背景云：

屈原放于江南之野，思君念國，憂心罔極，故復作《九章》，章者，著也，明也，言已所陳忠信之道甚著明也。

「余幼好此奇服兮，年既老而不衰。」總括性的概述屈原不俗的志趣，貫穿一生，至今無悔。「帶長鋏之陸離兮，冠切雲之崔嵬，被明月兮佩寶璐。」遍寫自己衣冠服飾之美：腰佩著陸離長劍，頭戴著崔嵬高冠，還有明月夜光珠和美玉，煥發出清輝。以種種外在的形貌裝飾，顯示自己的志行高潔，獨立危行，不同流俗。

但是屈原真正要表達的是「世溷濁而莫余知兮，吾方高馳而不顧」。縱然是世俗之人混濁不了解我的心意，我仍然要像騏驥一般駿足千里，特立獨行，義無反顧，在此要特別注意的是「高馳」一詞，將人轉化成千里馬加以描述。也唯有如此的「擬物」，才能充分表達屈原那種超凡脫俗的行徑。《莊子．齊物論》：

昔者莊周夢為蝴蝶，栩栩然蝴蝶也。自喻適志與，不知周也，俄然覺，則蘧蘧然周也。不知周之夢為蝴蝶與？蝴蝶之夢為周與？周與蝴蝶，則必有分矣，此之謂物化。

可見「擬物」，自古有之，擬人與擬物，打破人與萬物的隔閡，使得物我交融，拓展了想像的空間，使得文學的天地更加遼闊。

第三個例子，是辛棄疾的名作。〈賀新郎〉詞牌下作者敘其寫作背景云：

邑中園亭，僕皆為賦此詞。一日獨坐停雲，水聲山色竟來相娛，意溪山欲援例者，遂作數語，庶幾彷彿淵明思親友之意云。

「甚矣吾衰矣！悵平生、交游零落，只今餘幾？」感嘆老大無成，知音寥落。「白髮空垂三千丈，一笑人間萬事。」自李白的「白髮三千丈」而來，用「夸飾」筆法，轉爲豁達。「問何物、能令公喜？我見青山多嫵媚，料青山見我應如是。」自問自答，以青山爲知交而頗感寬慰。「我見青山多嫵媚，料青山見我應如是。」爲傳誦千古之名句。意謂：我看見青山姿態美好，可親可愛；料想青山看見我也應當產生同樣的感覺。「嫵媚」本是描述人姿態美好可愛的形容詞，此處卻用來形容青山，「我見青山」是正常的動作，「青山見我」卻是反常的。透過「擬人」的筆法，使得沒有生命、感情的青山投射了人的感情與特性。如此一來，打破了青山與人的隔閡，使得物我交融，所以「情與貌，略相似」，我與青山情感相通，面貌相似。其實，這兩句也是有所本的，脫胎自李白的〈獨坐敬亭山〉：

眾鳥高飛盡，孤雲獨去閒。
相看兩不厭，唯有敬亭山。

從「相看兩不厭，唯有敬亭山」到「我見青山多嫵媚，料青山見我應如是」，「擬人」的運用，使得萬物有情，在文學上創造了一個生氣盎然的多情世界。前人有句云：「小桌呼朋三面坐，留將一面與梅花。」「青山個個伸頭看，看我庵中吃苦茶。」萬物有情，皆可爲伴，天眞、雅興，自在我心！

壹、擬人

樹的愛情是忠實的，她不能離開泥土和鄉村。
雲的生活是懶散的，只知道悠閒的散步，愉快的旅行。

這是現代詩人楊喚〈載重〉的首段。讀起來頗感情味盎然。細思之下，樹怎麼會有愛情呢？雲怎麼會生活懶散呢？原來作者運用的是修辭格「轉化」中的「擬人」。將人的感情與特性投射到樹和雲上，所以才能如此有情有趣。同樣的道理：

石頭的脾氣是頑固的，
春天的腳步近了，太陽的臉紅起來了！

「擬人」的修辭方法，起源甚早，《莊子．秋水》有一段膾炙人口的故事：

莊子與惠子遊於濠梁之上。
莊子曰：「儵魚出遊從容，是魚樂也。」
惠子曰：「子非魚，安知魚之樂？」
莊子曰：「子非我，安知我不知魚之樂？」
惠子曰：「我非子，固不知子矣。子固非魚也，子之不知魚之樂全矣。」
莊子曰：「請循其本。子曰女安知魚樂云者，既已知吾知之，而問我。我知之濠上也。」

這當然是十分精采的辯論，流露了機鋒妙趣。莊子之所以肯定「儵魚出遊從容，是魚樂也」，主要是以己之心，度物之心，將自己出遊從容的樂趣，透過移情作用，投射到魚身上。如此心靈與天地萬物相契，靈氣相通，正辛棄疾所謂：「情與貌，略相似。」

以下再從古今文學中舉例：

1.虎求百獸而食之，得狐。狐曰：「子無敢食我也！天帝使我長百獸，今子食我，是逆天帝命也。子以我為不信，吾為子先行，子隨我後，觀百獸之見我而敢不走乎？」虎以為然，故遂與之行。獸見之皆走，虎不知獸畏己而走也，以為畏狐也。（《戰國策．楚策》）

此即「狐假虎威」成語的來源。在這個故事中，無論是狡猾的狐狸或有勇無謀的老虎，都被投射了人的感情與特性。而且形象鮮明，個性突出，頗能引起讀者會心一笑。如此的寓言故事，當然是頗具諷刺與啓示，但是其主要的筆法卻是採取「擬人」，讓讀者感覺親切有趣。寓言故事中許多都是採「擬人」的表達方式，如《莊子．外物篇．索我於枯魚之肆》、《戰國策．燕策．鷸蚌相爭》等。

2.花間一壺酒，獨酌無相親。舉盃邀明月，對影成三人。
月既不解飲，影徒隨我身。暫伴月將影，行樂須及春。
我歌月徘徊，我舞影零亂。醒時同交歡，醉後各分散。
永結無情遊，相期邈雲漢。（李白〈月下獨酌〉）

在詩仙花前月下詩酒風流的生涯中，李白邀明月作伴，共度良宵：明月原本是無情的，但在詩人純眞的心目中，卻成爲最佳良伴；透過移情作用，被擬人化之後，月忘卻其爲明月，詩人亦忘卻其爲詩人，永遠結爲忘情的好友，人與月得到充分溝通。在詩人的有情觀照下，天地間的萬物都可以產生共鳴，所以「舉盃邀明月」、「我歌月徘徊」、「永結無情遊」，文學的魔力眞令人動心！李白在另一首七言絕句〈聞王昌齡左遷龍標遙有此寄〉詩云：

楊花落盡子規啼，聞道龍標過五溪。
我寄愁心與明月，隨風直到夜郎西。

這是忽發奇想，將思念老友王昌齡的惆悵之情，寄託於明月，讓明月帶著李白的愁情隨風而行，直到夜郎之西再傳遞給王昌齡。就從這種異想天開之中，將明月擬人化，顯現了詩藝的無理而妙，也反映了深厚的友情。至於〈月下獨酌〉的第二首：

天若不愛酒，酒星不在天。地若不愛酒，地應無酒泉。天地既愛酒，愛酒不愧天。

不但將「天」、「地」擬人，更爲愛酒者尋獲了最佳的藉口——愛酒無愧於天地。

3.腸斷春江欲盡頭，杖藜徐步立芳洲。顛狂柳絮隨風舞，輕薄桃花逐水流。（杜甫〈絕句漫興〉）

這是杜甫閒居成都浣花溪畔草堂時所作的一首七言絕句，「顚狂」、「輕薄」原是描敘人的形容詞，用在柳絮、桃花身上，使得植物擬人化，具備了人的特性。杜甫在〈江畔獨步尋花七絕句〉中云：「留連戲蝶時時舞，自在嬌鶯恰恰啼。」將戲蝶、嬌鶯擬人化，蝶在那兒留連飛舞，嬌鶯優閒自在地鳴啼。頗有異曲同工之妙。可見詩仙、詩聖均爲「擬人」的高手。

4.燎沉香，消溽暑。鳥雀呼晴，侵曉窺檐語。葉上初陽乾宿雨，水面清圓，一一風荷舉。（周邦彥〈蘇幕遮〉）

文人善感的心靈，往往能探觸到常人不能感受的幽情微物。周邦彥〈蘇幕遮〉的上片，敘夏日初晴的晨景。焚香消暑，心靜自然涼。「鳥雀呼晴」，用動詞「呼」字將鳥雀擬人化，極爲傳神，且暗示昨夜雨，今朝晴。「侵曉窺檐語」，進一步擬人，描繪出鳥雀多情，窺檐而告訴主人。此鳥雀歡欣的歌聲與動作，生動而有風致。又吳文英〈浣溪紗〉詞云：「落絮無聲春墮淚，行雲有影月含羞。」敘春夜的寂寞，以墮淚，含羞，將春、月擬人，眞是想像豐富。又朱敦儒〈臨江仙〉詞云：「月解重圓星解聚，如何不見人歸？」

5.昨夜雨疏風驟，濃睡不消殘酒。試問捲簾人，卻道海棠依舊。知否？知否？應是綠肥紅瘦。（李清照〈如夢令〉）

這闋小詞敘李清照的閨中生活。通過女主角與侍女的對話，表達海棠花被風雨侵襲的憐惜之情，也流露了自己唯恐青春消逝的惆悵。「綠肥紅瘦」形像鮮明，以「肥」、「瘦」二字將海棠的綠葉和紅花擬人化。色彩濃艷，造語清新有致。李清照與趙明誠婚後，丈夫往太學求學，臨別時作〈鳳凰台上憶吹簫〉詞云：「惟有樓頭水，應念我，終日凝眸。」又蔣捷〈一剪梅〉詞云：「流光容易把人抛，紅了櫻桃，瘦了芭蕉。」透過移情作用，流水也會被別情感動，無情的光陰也會將人拋棄。只有「擬人」，才能表達如此純眞的奇情。

6. 叵耐靈鵲多漫語，送喜何曾有憑據？
幾度飛來活捉取，鎖上金籠休共語。
比擬好心來送喜，誰知鎖我在金籠裡。
欲他征夫早歸來，騰身卻放我青雲裏。（無名氏〈鵲踏枝〉）

7. 老天爺，你年紀大，耳又聾來眼又花。
你看不見人，聽不見話，殺人放火的享盡榮華，吃素看經的活活餓殺！
老天爺，你不會做天，你塌了罷！你不會做天，你塌了罷！（明末民歌〈塌天歌〉）

以上二例，均爲民歌，純眞活潑，情感強烈，愛憎分明。〈鵲踏枝〉將喜鵲擬人化，暢快地傾訴心聲。〈塌天歌〉載《豆棚閒話》，是明末流賊橫行時流行於民間的歌謠，將「老天」擬人，呼天搶地地直接控訴，民怨沸騰，可感可泣！

擬人是將人的感情特性投射到其他事物上，透過移情作用，以己之心，度物之心。也就是王國維《人間詞話》所謂的「有我之境」：

有有我之境，有無我之境。「淚眼問花花不語，亂紅飛過秋千去。」「可堪孤館閉春寒，杜鵑聲裏斜陽暮。」有我之境也。……有我之境，以我觀物，故物皆著我之色彩。

王國維在此舉的兩個例子，一是歐陽脩的〈蝶戀花〉：「淚眼問花花不語，亂紅飛過秋千去。」一是秦觀的〈踏莎行〉：「可堪孤館閉春寒，杜鵑聲裏斜陽暮。」花不語，由於歐陽脩有淚眼，感覺連花都不理他，所以「無計留春住」。其實這是有所本的，唐嚴惲詩：「盡日問花花不語，爲誰零落爲誰開？」秦觀被謫郴州，客館寂寞，聞杜鵑啼鳴，以爲聲聲在催他歸去。馮、秦二氏以我觀物，將「花」、「杜鵑」充分擬人化，才創造出如此膾炙人口的名句。

其實，擬人的運用，不僅是花、鳥而已，擴而充之，萬物皆有情。就擬人的題材對象而言，擬人可分爲三類。

一、有生物的擬人

宇宙間一切動物、植物等有生物皆可擬人。如：

1. 醉裡且貪歡笑，要愁哪得工夫？近來始覺古人書，信著全無是處！

昨夜松邊醉倒，問松我醉何如？只疑松動要來扶，以手推松曰去！（辛棄疾〈西江月〉）

辛棄疾這闋遣興詞，疑松樹要來扶醉，有對話，有動作，神氣活現，將松充分擬人化。在詩人的筆下，所有花木等一切植物，都可以投射人的感情與特性。所以李白說：「雲想衣裳花想容！」杜甫說：「輕薄桃花逐水流！」劉禹錫說：「長安陌上無窮樹，惟有垂楊管別離！」林黛玉說：「花魂默默無情緒！鳥夢痴痴何處驚。」甚至林逋隱居西湖孤山，梅妻鶴子相伴。

2. 湖南為客動經春，燕子銜泥兩度新。

舊入故園曾識主，如今社日遠看人。

可憐處處巢君室，何異飄飄託此生。

暫語船檣還起去，穿花落水益霑巾。（杜甫〈燕子來舟中作〉）

杜甫晚年作客湖南，見燕子來舟中而作此七律。「舊入故園曾識主」、「暫語船檣還起去」，透過移情作用，與燕子相契相通，互憐互惜。比類連物，茫茫有身世無窮之感。又〈發潭州〉詩云：「岸花飛送客，檣燕語留人。」〈小寒食舟中作〉詩云：「春水船如天上坐，老年花似霧中看。娟娟戲蝶過閒幔，片片輕鷗下急湍。」將岸花、檣燕當作有感情的人來描寫，所以會送客、留人。以我之心，度戲蝶、輕鷗之心，所以感覺蝶鷗往來自在，正莊子所謂「鯈魚出遊從容，是魚樂也。」至於另一首〈愁〉：「江草日日喚愁生，春峽泠泠非世情。」著一喚字，移情於物，使江草有感情。有動態、會說話，生動地將「愁」活現出來，眞是跳脫傳神，情致宛然。

由以上兩個辭例可知，無論是植物、動物，透過「擬人」的描敘，都可以寄託了人的感情、動作與個性。豈只是「多識於鳥獸草木蟲魚之名」，簡直是萬物有情！

3.江雨初晴，宿蔴收盡，林花碧柳，皆洗沐以待朝暾；而又嬌鳥喚人，微風疊浪，吳楚諸山，青蔥明秀，幾欲渡江而來。此時坐水閣上，烹龍鳳茶，燒夾剪香，令友人吹笛，作〈落梅花〉一弄，真是人間仙境也。嗟乎，為文者不當如是乎！（鄭板橋〈儀眞縣江村茶社寄舍弟〉）

鄭板橋在家書中描繪的一片人間仙境，迭用「擬人」：「林花碧柳，皆洗沐以待朝暾」，是植物的擬人。「嬌鳥喚人」，是動物的擬人；「吳楚諸山，幾欲渡江而來」，是無生物的擬人。擬人的巧妙運用。呈現出一幅令人嚮往的美境，眞是悅心娛目！

4.越想越傷感，也不顧蒼苔露冷，花徑風寒，獨立牆角邊花陰之下，悲悲戚戚，嗚咽起來。原來這林黛玉秉絕代姿容，具希世俊美，不期這一哭，那附近柳枝花朵上的宿鳥棲鴉，一聞此聲，俱「忒楞楞」飛起遠避，不忍再聽。（曹雪芹《紅樓夢．第廿六回》）

宿鳥棲鴉，聞聲自然驚飛，但曹雪芹偏用擬人法予以渲染，說成「不忍再聽」林黛玉的悲傷哭聲，如此更具有動人心弦的藝術效果。文人的筆，眞具有魔術師的神奇性！又《紅樓夢》第廿七回：「又兼這些人打扮的桃羞杏讓，燕妒鶯慚，一時也道不盡。」透過移情作用，桃、杏、燕、鶯，竟然有了羞、讓、妒、慚等人的特性。古人描寫女子美貌「閉月羞花，沉魚落雁」，也是擬人的妙筆。

5.「這一品鍋裏的物件，都有徽號，你知道不知道？」老殘說：「不知道。」他便用筷子指著說：「這叫怒髮衝冠的魚翅，這叫百折不回的海參，這叫年高有德的雞，這叫酒色過度的鴨子，這叫做恃強拒捕的肘子，這叫做臣心如冰的湯。」（劉鶚《老殘遊記》）

怒髮衝冠、百折不回、年高有德、酒色過度、恃強拒捕、臣心如冰等詞語，原來都是用來形容人的特性，轉化在食物上，頗富諧趣，且使中國人兩樣冠絕世界的絕活——美食與美辭相結合，煥發出嶄新的光輝！

現代文學中，有生物的擬人，也不讓古人專美於前，且看：

1. 鳥已將巢安在繁花嫩葉當中，高興起來了，呼朋引伴地賣弄清脆的喉嚨，唱出宛轉的曲子，跟輕風流水應和著。（朱自清〈春〉）

2. 青蛙唱著戀歌，嫩蒲的香味散在春晚的暖氣裏。（老舍〈月牙兒〉）

3. 天中底雲雀，林中底金鶯，都鼓起它們底舌簧。輕風把它們底聲音擠成一片，分送給山中各樣有耳無耳的生物。桃花聽得入神，禁不住落下了幾點粉淚，一片一片凝在地上。小草聽得大醉，也和著聲音的節拍一會倒，一會起，沒有鎮定的時候。（許地山〈春底林野〉）

二、無生物的擬人

春風她吻上了我的臉，
告訴我現在是春天。

這是一首流行歌詞的開頭兩句。春風是無生物，卻被投射了人的動作。無生物的「擬人」，使得春風分外親切而可愛，朱光潛《文藝心理學》論移情作用：

移情作用有人稱為擬人作用（Anthropomorphism）。拿我做測人的標準，一切知識經驗都可以說是如此得來的。把人的生命移注於外物，於是本身只有物理的東西可具人情，本來無生氣的東西可有生氣，所以法國心理學家德臘查瓦教授（H. Delacroix）把移情作用稱為「宇宙的生命化」。

擬人打破了人與外物的隔閡，創造了一個親切而多情的世界。且看：

1. 天下傷心處，勞勞送客亭。

春風知別苦，不遣柳條青。（李白〈勞勞亭〉）

勞勞亭在南京市西南，是古代送別之地。古人送別有折柳相贈的習俗，勞勞亭旁栽有柳樹。「春風知別苦」意謂：輕柔的春風一定知道離別的痛苦，所以不願讓柳條再青。春風原本無知覺，沒有生命，透過詩人主觀心情的投射，轉化成有情有知，有生命，有善感的心，所以杜甫〈四松〉詩云：「清風爲我起，灑面若微霜。」不只是風可以擬人，雨也可以擬人。杜甫〈春夜喜雨〉詩云：「好雨知時節，當春乃發生。」還有聲音也可以擬人，杜甫〈後出塞〉詩云：「悲笳數聲動，壯士慘不驕。」〈陪王侍御攜酒泛江〉詩云：「笛聲憤怨哀中流，妙舞逶迤夜未休。」

2.清風徐來，水波不興。舉酒屬客，誦〈明月〉之詩，歌〈窈窕〉之章。少焉，月出於東山之上，徘徊於斗牛之間，白露橫江，水光接天。縱一葦之所如，凌萬頃之茫然。浩浩乎如馮虛御風，而不知其所止；飄飄乎如遺世獨立，羽化而登仙。（蘇軾〈前赤壁賦〉）

蘇東坡這段文字，情景相生，令人嚮往。「月出於東山之上，徘徊於斗牛之間」，徘徊，原是形容人進退猶豫不決的詞語，用在「月」上，投射了人情，使得月擬人化，欲進不前，欲往又返，與人一樣流連陶醉在良辰美景之中。與李白的〈月下獨酌〉有異曲同工之妙。又朱敦儒〈臨江仙〉：「月解重圓星解聚，如何不見人歸？」還有韋莊〈女冠子〉詞云：「除卻天邊月，沒人知！」

3.每條嶺都是那麼溫柔，雖然下自山腳，上至嶺頂，長滿了珍貴的林木，可是誰也不孤峰突起，盛氣凌人。（老舍《小花朵集》）

4.但是哪一塊山肯把它的全形給你看呢？哪一塊山都和它的同伴們或者並肩，或者交臂，或者摟抱，或者疊股。有的從她夥伴們的肩膊縫裡露出半個罩著面幕的容顏，有的從她姊妹行的雲鬢邊透出一彎輕描淡妝的眉黛。濃妝的居於前列，隨著你行程的彎曲獻媚呈妍；淡妝的躲在後邊，目送你忍心奔駛向前，有若依依不捨的態度。（傅東華〈杭江之秋〉）

5.波浪一邊歌唱，一邊衝向高空去迎接那雷聲。（高爾基〈海燕〉）

6.一個湖是風景中最美、最有表情的景色。它是大地的眼睛；望著它的人可以測量他自己的天性的深淺。（梭羅《湖邊散記》）

7.來自海上的雲說海的沉默太深，

來自海上的風說海的笑聲太遼闊。（鄭愁予〈山外書〉）

「仁者樂山，智者樂水。」以上五個辭例，全係山、水之擬人。可見文人眞是仁者智者，山嶺、波浪、湖、海、小河，乃至於風、雲，全是自然界的無生物，透過移情作用，全部神氣活現在我們面前。袁枚《隨園詩話》載崔應階詩云：「青山也厭揚州俗，多少峰巒不過江。」崔氏看不慣揚州的奢靡俗氣，將自己的嫌惡投射到青山上，與美國文人梭羅所謂「湖是最有表情的景色」，異曲同工，可見無論古今中外，擬人的妙用則無異。

三、抽象物的擬人

「擬人」是常見的修辭方法，除了有生命的動物植物可以投注人的感情特性，無生命的山水風雲可以投注人的生命與動作外，甚至連抽象概念可以透過移情作用，而予以人格化。先看兩個典型的辭例。

韓愈〈送窮文〉：

元和六年正月乙丑晦，主人使奴星結柳作車，縛草為船，載糗與糧，牛繫下軛，引帆上檣，三揖窮鬼而告之曰：聞子行有日矣！鄙人不敢問所途；竊具船與車，備載米糧，日吉時良，利行四方，子飯一盂，子啜一觴，攜朋挈儔，去故就新；駕車御風，與電爭先。子無底滯之尤，我有資送之恩，子等有意於行乎？

臧克家《臧克家詩選．勝利的狂飆》：

真理可能被遮掩頃刻，

真理它卻永不會彎腰。

「窮」、「眞理」都是抽象的概念，在文人的筆下，卻投注了人情。且略做闡析：

中國古代的習俗，農曆正月廿九日爲窮九，是日民間行送窮禮，送走窮鬼，迎接財神。韓愈的〈送窮文〉將「窮」轉化作人，描敘得神氣活現，頗富諧趣，讀慣了正經的文章，再讀此文，領略自饒別趣。韓愈同時又再作了一副春聯，貼在自家門楹上：「一槍戳出窮鬼去；雙鉤拉進富神來。」表現了人性中強烈的憎窮愛富心理，對窮恨之入骨，必欲去之而後快；對富望眼欲穿，唯恐其不來。

「眞理」只是一個抽象的概念，沒有生命，更不會有任何動作，臧克家用「彎腰」這個人的動作予以描敘，透過移情作用，使得「眞理」形像生動，躍然紙上，又詩人艾青〈在浪尖上〉：

正義被綁著示眾，
真理被蒙上眼睛。

抽象概念的「正義」被「綁」，「眞理」被蒙上「眼睛」，當然也是擬人，使得正義與眞理的形像具體，栩栩若生。

抽象概念的擬人，雖不像有生物、無生物的擬人那樣普遍，但仍然頗爲常見，且看：

1.他想得心煩，怕去唾覺——睡眠這東西脾氣怪得很，不要它，它偏會來。請它，哄它，千方百計勾引它，它拿身分躲得影子都不見。與其熱枕頭上反來覆去，還是甲板上坐坐罷。（錢鍾書《圍城》）

「睡眠」只是一個概念，錢鍾書卻把它當作人來描敘，而且刁鑽古怪，不聽話，眞是神氣得緊。在此聯想起古希臘人的名言：

機會的後腦袋是禿頭，沒有毛的，當它從你身旁經過時，必須立即一把捉住。否則的話，就再也趕不上，只有望塵興嘆的份兒了！

還有人描寫「靈感」：

靈感是一個古怪的朋友，想他，他偏偏不來；有時候他乘興而來，即使是半夜，也必須立即開門迎接。否則，他在你門邊經過，連招呼都不打一聲，就頭也不回地一溜煙走得無影無蹤。

其實，「機會」哪有腦袋，靈感怎會乘興而來？這全是抽象觀念的擬人，若非如此運用擬人法，還眞表現不出它們的特性與精神呢！

2.年啊，年啊，你不過是一個日月更新的計算日程吧，怎得能以排山倒海的氣勢，包攬乾坤的自信，福蔭天下的仁慈，腆著大腹，張著哈哈大口，將十多億炎黃裹進你的大紅袍中去濃醉幾日？（蘇葉〈吃的悲哀〉）

3.有一種人，善於使用利剪，把日子修剪得亮麗又耀眼，他們以理智、行動做後盾，他們的字典裏沒有「昨天」，他們關心「今天」的步伐，「明日」的行腳。

我羨慕這一種人，因為我不是。我常常迷途在「割」「捨」兩字上。（林貴眞《兩岸．割捨》）

「年」是一個抽象的觀念，卻能有人的仁慈與自信，「腆著大腹，張著哈哈大口」，這當然是生氣勃勃的擬人。「今天」的步伐，「明日」的行腳，使得抽象的時間生動起來，李白〈春夜宴從弟桃花園序〉云：「陽春召我以煙景，大塊假我以文章。」「陽春」以美景向我呼喚，也是抽象概念的擬人。還有英國浪漫詩人雪萊〈西風頌〉結尾的名句：「冬天到了，春天還會遠嗎？」

4.既然散文妹妹的那根「辮子」應該剪掉，試問：小說哥哥的這堆「長髮」，是否也應該理掉呢？（關雲〈漫談《家變》中的遣詞造句〉）

5.又如：與純情電影攜手同遊的是純情小說，也就是流行小說。（顏元叔〈林黛玉可以休矣〉）

6.因愛的富庶漠視貧窮，因海的喧囂漠視寂寞。

因潔癖向所有的骯髒封閉，因仇視庸俗被愚蠢拋棄。

困無羈被自由監禁。（曉鋼〈這顆心〉）

透過抽象概念的擬人化，「散文」妹妹有了辮子，「小說」哥哥有了長髮，純情小說竟能與純情電影「攜手同遊」。至於「因仇視庸俗被愚蠢拋棄，因無羈被自由監禁」，庸俗、愚蠢、自由等全被擬人之後，詩句立刻顯得生動而鮮活起來。曾經有華僑返國，興奮地說：「我又回到祖國的懷抱。」抽象觀念的擬人，不但投射了人的感情與特性，同時兼具「擬虛爲實」的作用，使得原本看不見摸不著的概念有了具體的形象，栩栩若生，朱光潛《文藝心理學‧形象的直覺》說得好：

無論是藝術或是自然，如果一件事物叫你覺得美，它一定能在你心眼中現出一種具體的境界，或是一幅新鮮的圖畫；而這種境界或圖畫必定在霎時中霸占住你的意識全部，使你聚精會神地觀賞它，領略它，以至於把它以外一切事物都暫時忘去。這種經驗就是形象的直覺，形象是直覺的對象，屬於物；直覺是心知物的活動，屬於我。

朱氏所論，雖非專指抽象概念的擬人，但抽象概念的擬人，卻是恰恰如此。試看郭小川《郭小川詩選‧向困難進軍》：

困難這是一種懦怯的東西，它慣於對著驚恐的眼睛賣弄它的威力。
而衹要聽見剛健的腳步聲，就像老鼠似地悄悄向後縮去，
它從來不能戰勝人間英雄的意志。

「困難」是一種抽象的概念，詩人運用移情作用，不但投注了人的性格——懦怯，而且有了人的動作——賣弄、悄悄向後縮去。如此形象的描繪，自然遠勝於抽象的說理，讓「困難」神氣活現地站在我們面前，且充分流露了它色厲內荏的個性。若非巧妙生動的「擬人」，曷克至此？

貳、擬物

清人黃圖珌《看山閣閑筆》有一則與蘇東坡愛竹有關的軼事：

有人到朋友家裏作客，對主人說：「蘇東坡說，住的地方不能沒有竹子，你為什麼不種竹？」

主人說：「我胸中有竹，不必另種。」

客人十分驚奇地說：「你胸中怎會有竹？」

主人回答說：「蘇東坡不是寫過『料得清貧饞太守，渭川千畝在胸中』的詩嗎？這不是胸中有竹是什麼？」

客人大笑說：「這是詠筍的詩！」

主人說：「沒有筍，哪裡來的竹？」

照事實而言，胸中當然沒有竹，但是在文人的心目中，胸中當然有竹。「渭川千畝在胸中」不但是夸飾，更是「擬物」，將人當作物態來寫，所以胸中不但有竹，而且「胸中自有丘壑」。其實，「胸有成竹」的成語，典出自晁無咎詩：「與可畫竹時，胸中有成竹。」與可，即文同，以上故事中主人所引詩句即蘇東坡的〈和文與可洋州園池篔簹谷詩〉。

「擬物」的修辭方法，自古即有：

1. 昔我同門友，高舉振六翮；

　不念攜手好，棄我如遺跡。

　南箕北有斗，牽牛不負軛；

　良無盤石固，虛名復何益！（《古詩十九首．明月皎夜光》）

「昔我同門友，高舉振六翮。」翮，羽莖，即羽毛上的翎管。據說健飛的大鳥翅膀上都有六根翎管。《韓詩外傳》：「夫鴻鵠一舉千里，所恃者，六翮耳。」六翮，在此指翅膀。高舉振六翮，即奮翅高飛的意思，詩人以鳥類的動作描敘同門友的得志，是典型的「擬物」。使同門友的得意洋洋之態，躍然紙上。

2.憶我少壯時，無樂自欣豫。

猛志逸四海，騫翮思遠翥。（陶淵明〈雜詩〉）

此詩敘時光消逝，少年壯志難酬。開端四句回憶自己少壯的時候，即使沒有快樂的事也覺得愉快。因爲當時雄心壯志超越四海，像鳥兒一樣想展翅高翔，實現自己的理想抱負。騫，飛舉；翮，羽翼；翥，飛翔。「騫翮思遠翥」將鳥的振翼高飛用在人身上，使陶淵明具備了物態，當然是典型的擬物。此與上例的「高舉振六翮」，意象類似，若非如此擬物，還眞不容易表現得如此生動！又陶淵明在另一首〈歸園田居〉詩中云：「久在樊籠裡，復得返自然！」以關鳥獸的籠子描敘自己受到官場的種種羈絆約束，長久關在籠子裡，終於回歸大自然的懷抱，也是擬物。

3.對案不能食，拔劍擊柱長嘆息。

丈夫生世會幾時，安能蹀躞垂羽翼？

棄置罷官去，還家自休息。（鮑照〈擬行路難〉）

南朝宋詩人鮑照抒發有志不能逞的感慨。「安能蹀躞垂羽翼」，充分顯現出詩人落魄潦倒的不得志之態，形象躍然。蹀躞，小步行走貌。垂羽翼，原本是鳥的動作，藉以描敘人垂頭喪氣的樣子，如此擬物的筆法，充分表達了才秀人微的鮑照在貴族政治下的悲哀：才高、氣盛、敏感、自尊、不服氣，受到壓抑而又無計可施，眞是令人感慨無奈何！此例與前二例雖同屬擬物，且都是同樣以鳥翼投射於人身上，但分敘得意、失意，相映成輝！

4.裴令公有儁容儀，脫冠冕，麤服亂頭皆好；時人以為「玉人」。見者曰：「見裴叔則如玉山上行，光映照人！」（劉義慶《世說新語．容止篇》）

5.有人詣王太尉，遇安豐、大將軍、丞相在坐；往別屋見季胤、平子。還，語人曰：「今日之行，

觸目見琳琅珠玉。」（劉義慶《世說新語．容止篇》）

《世說新語．容止篇》有許多形容人面容舉止的文字，以上擷錄兩段，可見其精采之一斑。前者以玉山之光映照人，形容裴令公之容儀雋美，光可鑑人；後者以「琳琅珠玉」形容諸賢，均爲擬物。唯所擬之物爲無生命之珠玉，而第一至第三個辭例所擬爲有生命之鳥。由此可見，將人擬物，既可擬有生物，也可擬無生物。

6. 秋來相顧尚飄蓬，未就丹砂愧葛洪。
痛飲狂歌空度日，飛揚跋扈為誰雄？（杜甫〈贈李白〉）

詩仙李白與詩聖杜甫「文人相親」，知友情深。杜甫送李白的詩有十餘首之多，《杜詩鏡銓》引蔣弱六評此云：「是白一生小像，公贈白詩最多，此首最簡，而足以盡之。」最難能可貴的是觸及詩仙李白在瀟灑得意的外表形象之外，內心深處寂寥落拓的沉哀。「痛飲狂歌空度日，飛揚跋扈爲誰雄？」扈，尾也；跋扈，猶大魚之跳跋其尾也。飛揚，是將鳥的特性投射於人；跋扈，是將魚的動作投射於人。如此擬物，使得李白的形象更加突現。類似的用法，如揚雄〈解嘲〉：「士無常君，國無定臣，得士者富，失士者貧。矯翼厲翮，恣意所存。」張說〈獄箴〉：「求食搖尾，見更垂頭。」將鳥的特性投射於士人，所以「矯翼厲翮」，將狗的特性投射於獄囚，所以「求食搖尾」。以物態投射於人情，使得人物的描繪，更加極態盡妍。

蘇雪林在〈我所認識的詩人徐志摩〉文中有一段膾炙人口的描繪：

徐志摩這位詩哲，活著時像天空一道燦爛的長虹，死，則像平地一聲春雷，別人是用兩隻腳走路，他卻是長著翅膀飛的。

他的形貌大概很像梁實秋先生所形容：身軀是頎長的，臉兒也是長長的，額角則高而廣，皮膚白皙，鼻子頗大，嘴亦稍闊，但搭配在一起，卻異常的和諧。那雙炯炯發光的大眼，卻好像蒙著一層朦朧的輕霧，永遠帶著迷離恍惚的神態。這正是一雙詩人的眼睛。

徐志摩是近代最可愛的文人之一，懷念徐志摩的文章固然有許多，卻以蘇雪林寫得最精采，最傳神。不但善用譬喻，以「天空一道燦爛的長虹」形容其在世時熱情浪漫，才華橫溢；以「平地一聲春雷」形容其意外逝世帶給人們的震驚哀悼。更難得的是運用「別人是用兩隻腳走路，他卻是長著翅膀飛的」，將徐志摩的精神充分表現出來，令讀者感覺眼睛一亮，精神振奮。蘇雪林如此神來之筆，在修辭學上是最佳的「擬物」。將鳥的特性投射到徐志摩身上。非如此描敘，不足以顯現徐志摩飛揚的神采。

其實，蘇雪林的神來之筆，不只是用在徐志摩身上，用在李白身上也許更傳神。筆者曾在〈李白詩中的月亮〉文中說過：「常人都是用兩條腿走路，李白卻是長著翅膀飛的。從他的九百八十七首詩歌與六十六篇雜著中，展示了無限浩蕩的詩情，呈現了詩人浪漫雄豪的自我形像；通過敏感的觸鬚與現實環境的交感，描繪出詩人內心矛盾複雜的狂熱情緒與精神世界。」

現代文學中「擬物」的辭例，也往往可見：

1.我在少年時代，看見了蜂子或蠅子停在一個地方，給什麼來一嚇，即刻飛去了，但是飛了一個小圈子，便又回來停在原地點，便以為這實在可笑，也可憐。可不料現在我自己飛回來了，不過繞了一點小圈子。可不料你也飛回來了，你不能飛得更遠一些嗎？（魯迅〈在酒樓上〉）

2.現在總算是逃出這牢籠了，我從此要在新的開闊的天空中翱翔，趁我還未忘卻了我的翅子的扇動。（魯迅〈傷逝〉）

「飛」、「翺翔」、「我的翅子」使魯迅具備了物態。想飛，恐怕是人類共同的願望。其實魯迅這個筆名中的「迅」字，速也，就跟飛有相當關聯。再看兩個「飛」的辭例：

3.五嬸，張木匠、小飛娥三個人都要動身了，小飛娥說：「艾艾！你不去看看你姥姥！」艾艾說：「我不去！初三不是才去過了嗎？」張木匠說：「不去就不去吧！好好給我看家，不要到外面飛去！」（趙樹理〈登記〉）

4.他的背是多麼闊大強壯，做母親的不覺有些惘然，不久之前，他不還是一個小小的嬰兒嗎？生他的時候，她夢見大鵬鳥騰空而飛，華麗無比的九天振翼，鵬翅張開，像垂天的雲……然後一切落實，大鵬斂翼，一個小嬰孩在她懷臂中試他響亮的初啼。

她給孩子起名叫「飛」，他是她的夢，她的翱翔的渴想。（張曉風〈扛負一句叮嚀的人〉）

同樣的擬物，同樣的飛，「好好給我看家，不要到外面飛去」，意味著「亂跑」，後者岳母刺字的故事，卻寄託了望子成龍，精忠報國的理想。

5.咱們老實，才有惡霸，咱們敢動刀，惡霸就得夾著尾巴跑。（老舍《龍鬚溝》）

6.你？有了本事啦！你尾巴翹上了天！（張天民〈路考〉）

7.你不妨搖曳著一頭的蓬草，不妨縱容你滿腮的苔蘚。（徐志摩〈翡冷翠山居閑話〉）

8.女性應該為自己保存一方心靈的淨土、一股生命的活泉，偶爾，欣賞一場舞蹈、音樂會、看看畫展，走走博物館，逛逛書店，經常與書為伍。一個愛看書的家庭主婦，她除了是丈夫的妻子、孩子的母親，她一定也是全家人的朋友。（林貴眞〈主婦與書〉）

9.身為方武男的太太，如果沒有一副鋼筋鐵骨，外加滿身刺蝟，如何身經百戰而不死？（廖輝英《不歸路》）

將物態投注於人情，可擬之物甚多，「夾著尾巴跑」、「尾巴翹上了天」、「搖曳著一頭的蓬草」、「用整個生命開朵花」，所擬的是有生命的動物、植物。「一點點耗盡了燈油，熄滅了你的光」，「爲自己保存一方心靈的淨土，一股生命的流泉」，所擬的是無生物。

其實，「擬物」除了最常見的將人擬爲物之外，還有(一)以物擬物——將甲物當作乙物來描敘。(二)以抽象概念擬物——將抽象的概念當作具體的物來描敘。且看：

1.有時候起了狂風，把它打得出不來氣。（老舍《駱駝祥子》）

2.樓房在夜裏呈現出銀灰色，靜靜地蜷伏在霧氣沼沼的地平線上。（李英儒〈野火春風鬥古城〉）

3.南面，則是蒼茫無限的渤海，萬里長城從燕山支脈的角山上直沖下來，一頭扎進了渤海邊，這個所在，就是那有名的老龍頭，也就是萬里長城的尖端。（峻青〈雄關賦〉）

將「狂風」擬成可以打人的東西，將「樓房」擬成會蜷伏的動物，將「長城」擬成會沖下來的水流。這都是投射了另一物性的以物擬物。方苞〈左忠毅公軼事〉記史可法到獄中探望左光斗，被趕出來後說：「吾師肺肝，皆鐵石所鑄造也！」非將肺肝擬爲鐵石，不足以狀其忠肝義膽！

4.等我俘獲他時，我要他把自己所捏造的謊言吞服下去！（《納爾遜傳》）

5.作為一個中國人，可以讓這種使人微醉的感情發酵的去處。（秦牧〈社稷壇抒情〉）

6.對於遙遠不可知的未來，我很恐懼，我怕愛情會用完，會變淡。（蘇玄玄〈天鵝〉）

7.讓我們跨越時光隧道，進入三千年前的周王朝，聽聽先民們所歌唱的情詩，感受一下他們的喜怒哀樂。「靈魂在傑作中尋幽訪勝」之外，理應更具有一股親切的自豪。因為，我們身上流著和詩中主角同樣的血液，我們現在所使用的正是詩的作者所曾經使用過的同樣的語言！（沈謙〈三千年前的情歌〉）

「謊言」可以吞服，「感情」可以發酵，「愛情」會用完甚至會變淡，「時光」有隧道。抽象概念的擬物，不但可以擬虛爲實，而且使得文章更加生動傳神，多采多姿。在此聯想起蘇東坡「不合時宜」的故事：

東坡一日退朝食罷，捫腹徐行，顧謂侍兒：「汝輩且道是中何物？」一婢遽曰：「都是文章。」坡不以為然。又一人曰：「滿腹是海參魚翅。」坡亦未以為當。至朝雲乃曰：「學士一肚皮不合時宜。」坡捧腹大笑。

此脫胎自《世說新語．排調篇》：

郝隆七月七日，出日中仰臥。人問其故，答曰：「我曬書。」

如此無理而妙的文字，卻是靈氣所鍾。可見善用「擬物」的妙筆奇文，所在多有，擬物之效用大矣哉！

在本章結束之前，有兩項問題值得討論：㈠轉化與譬喻的區別。㈡轉化的基本原則。首先闡明轉化與譬喻的異同。

程希嵐《修辭學新編》強調，轉化與譬喻有某些相似之點，但二者是不同的：

相似點是：比擬、比喻都是二者相比。其不同點是：比喻的重點在「喻」，即以甲事物「喻」乙事物，甲乙二事物一主一從，比擬的重點在「擬」，即將甲事物「當作」乙事物，甲乙二事物彼此交融，渾然一體。

黎運漢．張維耿《現代漢語修辭學》則指明比擬與比喻之間明顯的區別：

比喻的重點是「喻」，是用不同事物的相似點來進行說明；比擬的重點在「擬」，是用其它事物才有的動作、屬性來進行描繪。比如，抖開絲綢，甩開錦緞，這些祇有人才能辦得到的，說大自然抖開絲綢，甩開錦緞，這是給大自然一種人的動作，對景物進行一種動態描繪。

黃慶萱《修辭學》認為：轉化跟譬喻有些相似，都由兩件不同的事物間求取修辭的法則。譬喻就兩件不同事物的相似點著眼，是觀念內容的修整；轉化就兩件不同事物的可變處著筆，是觀念形態的改變。並且進一步舉例說明：

1.眉黛有如萱草色，裙紅好似石榴花。（譬喻）
眉黛奪將萱草色，裙紅妒煞紅榴花。（轉化）

2.愛情就像鳥兒飛走了。（譬喻）
愛情飛走了。
愛情的鳥兒飛走了。（轉化）

以上二例，分別採取不同的表達方式，前者就眉黛與萱草色、裙紅與石榴花、愛情離開與鳥兒飛走間的相似點著筆，是為譬喻中的明喻。後者就眉黛、裙紅與人之可變處著眼，投射了人的動作「奪」與人的感情「妒」，是為轉化中的擬人；就愛情與鳥兒的可變處著筆，投射了鳥的特性「飛」，是為轉化中的擬物。

其次，闡明轉化的原則。黃慶萱《修辭學》曾分別揭舉各種轉化的個別原則：

㈠人性化的原則：1.必須創造一個親切的世界。2.必須創造一個生動的世界。

㈡物性化的原則：1.必須顯現一個自由的人生。2.必須顯現一個權威的人生。

㈢形像化的原則：1.必須使抽象的人事物化為具體。2.必須使感覺器官產生鮮明印象。

如果從整體著眼，則轉化可歸納為兩大原則：

一、物我交融，極態盡妍

轉化修辭法，建立在「移情作用」的基礎上，朱光潛《文藝心理學．移情作用》云：

> 從理智觀點看，移情作用是一種錯覺，是一種迷信。但是如果沒有它，世界便如一塊頑石，人也衹是一套死板的機器，人生便無所謂情趣，不特藝術很難產生，即宗教亦無由出現了。詩人、藝術家和狂熱的宗教信徒大半都憑移情作用替宇宙造出一個靈魂，把人和自然的隔閡打破，把人和神的距離縮小。

依中國傳統的說法，以我之心，度物之心，則物我交融，情景相生，萬物有情，透過移情作用，在文學作品中大可以創造無數親切生動的世界。有生命的鳥獸蟲魚，樹木花草等動植物固然可以擬人，無生命的風雲月露，天地萬物；也可以擬人，甚至抽象觀念也可以擬人。朱自清的〈春〉說得好：

> 盼望著，盼望著，東風來了，春天的腳步近了。一切都像剛睡醒的樣子，欣欣然張開了眼。山朗潤起來了，水漲起來了，太陽的臉紅起來了。小草偷偷地從土裡鑽出來，嫩嫩的，綠綠的。園子裏，田野裏，瞧去，一大片，一大片，滿是的。

真是令人精神振奮，手舞足蹈。還有李白〈春夜宴從弟桃花園序〉：「陽春召我以煙景，大塊假我以文章。」

天地萬物，皆能與我靈氣相通，有情有趣，相投相契。這是多麼奇妙的美事！

轉化又建立在想像的基礎上。詩人、藝術家用善感的心靈觀照萬物，不但人的感情、特性可以投注外物，使得「我見青山多嫵媚，料青山見我應如是！」更可以將物態投注於人，馳騁想像，李白、徐志摩可以長著翅膀飛，高興時腳後跟生了彈簧，《紅樓夢》裏的賈寶玉可以化成一股青煙，風一吹就散了。神氣時張牙舞爪，尾巴翹上了天，失意時搖尾乞憐，夾著尾巴溜了。想像豐富可以使得人變成超人，突破種種現實的侷囿，從心所欲。無所不能。眞是極態盡妍，多采多姿。轉化修辭法，使詩人和藝術家變成魔術師，能像孫悟空一樣。大鬧天宮，具七十二變！

二、抒情狀物，維妙維肖

轉化雖然具備無限奇妙的功效，可以拓展人的精神領域，開創多采多姿的文學天空。但仍然有其準則，不可流於浮濫。無論是擬人擬物，必須講究妥貼傳神，維妙維肖。最基本是要有眞情實感，爲情而造文。王希傑《漢語修辭學》說得好：

運用比擬時，首先要注意語言環境，必須跟文章的主題思想、描述對象的特點、人物心情的變化配合起來。同時，也要注意被比擬事物的特點。

王氏雖未舉例，但卻很容易找到最佳印證。例如楊喚的詩：

樹的愛情是忠實的，它不能離開泥土和鄉村。

石頭的脾氣是頑固的。

運用擬人，一方面要將萬物人性化，一方面必須符合原有的特性。如果說「雞蛋的脾氣是頑固的」，或「蒲公英的愛情是忠實的」，那就不倫不類，弄巧成拙了。擬物也是同理，「李白是長著翅膀飛的」，頗具傳神之妙趣，但是如果描敘杜甫也用「長著翅膀飛的」，那就十分牽強，因爲詩仙李白與詩聖杜甫，其性格迥異，不可任意妄加比擬。程希嵐《修辭學新編》說得好：

使用比擬不是隨便把「人」比作「物」或把「物」比作人就算了事。比擬的「人」或「物」在性格、形態、動作等各個方面應該有相似或相近之點，只有這樣才會把「物」寫得具有「人性」，像真正的人一般；把「人」寫得具有「物性」，像真正的物一樣。

所以在此強調，運用轉化必須捕捉所擬與被擬兩者之間微妙的關聯，維妙維肖，才能夠鮮活生動，顯現其神。

自我評量題目

一、何謂擬人？可分哪幾類？分別舉例說明。
二、何謂擬物？舉例說明其效用。
三、轉化與譬喻有何異同？
四、簡述轉化的原則。

第十二章 借代

學習目標

——研讀本章內容之後，學習者應可達成下列目標：

一、能了解借代的意義與效用。
二、能欣賞文學作品中各種借代的辭例。
三、能掌握借代的原則。

摘要

借用其他名稱或語句，代替通常使用的名稱或語句的修辭方法，是為「借代」。借代的種類繁多，約可分為八類：

一、以事物的特徵或標幟相代。
二、以事物的所在所屬相代。
三、以事物的作者或產地相代。
四、以事物的資料或工具相代。
五、以事物的部分與全體相代。
六、以特定的事物與普通事物相代。
七、以具體與抽象相代。
八、以事物的原因與結果相代。

借代的原則：㈠語言鮮活，形像躍然。㈡重點突出，印象深刻。㈢委婉曲折，含蘊深厚。

李白有一首膾炙人口的五言律詩〈贈孟浩然〉：

吾愛孟夫子，風流天下聞。
紅顏棄軒冕，白首臥松雲。
醉月頻中聖，迷花不事君。
高山安可仰？徒此挹清芬。

此詩以清新俊逸之筆，抒率眞自然之情，將孟浩然的風流形象，描繪得栩栩若生，躍然紙上。風流指孟浩然瀟灑清遠的風度人品與超逸出塵的才情氣質。値得注意的是「紅顏棄軒冕，白首臥松雲」短短兩句十個字，四度運用「借代」修辭法：

1.紅顏，臉色紅潤，借代年少。
2.軒冕，豪華轎車與高帽，借代官位或富貴名位。
3.白首，白頭，借代年老。
4.松雲，松樹與白雲，借代隱居。

所謂「借代」，是「借用其他名稱或語句，代替通常使用的名稱或語句的修辭方法」。如此可以使運詞遣字，更加新穎活潑，具體生動。假如不用借代，直接說成「紅顏棄富貴」，或「少年棄富貴」，那就毫無情韻，了無詩意了。更重要的是，善用借代，不但可以保持語言的鮮活，更能夠呈現意象，使讀者感覺狀溢目前，紅顏、白首，立即使我們感覺到孟浩然年少與年老的形像，軒冕、松雲立刻將讀者引進富貴名位與優遊隱居的場景與氣氛中。英國大漢學家阿瑟・威利（Arthur Waliey）在《李白》書中譯此兩句爲：

With youth in your cheeks you spurned your carriage and cap; White-headed you lie amony the pine-tree Clouds.

這顯然是字句表面上的直譯，後一句大概沒問題，前一句就相當牽強，假如將它再譯回中文：當你面頰上洋溢著青春光輝的時候，你拋棄了你的馬車和便帽。尤其令人懷疑從「you spumned your carriage and cap」如何看得出「棄軒冕」的涵義。因爲「軒冕」在中國文化的傳統中，是富貴名位的特徵，而carriage and cap在英文傳統中並無此意。

由此可見，借代不只是具有特殊的表達效果，而且有其傳統的習慣性。再如李白的另一首〈黃鶴樓送孟浩然之廣陵〉：

故人西辭黃鶴樓，煙花三月下揚州。
孤帆遠影碧空盡，唯見長江天際流。

「孤帆」的帆字，原是指船上的一部分，在此卻借代船。假如不用借代，而直接說「孤舟遠影碧空盡」，就顯得太直接而欠缺情味了。又溫庭筠〈望江南〉詞云：「過盡千帆皆不是，斜暉脈脈水悠悠。」用「帆」借代船，就顯得新穎生動。

杜甫〈奉贈韋左丞丈廿二韻〉：

紈袴不餓死，儒冠多誤身。
丈人試靜聽，賤子請具陳。
甫昔少年日，早充觀國賓。
讀書破萬卷，下筆如有神。

這首詩一開頭，就直抒胸臆，表達了強烈的不平之鳴。「紈袴不餓死，儒冠多誤身。」眞是一幅顯明的對比圖：前者指那些富貴子弟，不學無術，才智平庸，偏偏錦衣玉食，腦滿腸肥，趾高氣揚。後者指像杜甫這些正直的讀書人，雖然術德兼修，卻是空懷壯志，一籌莫展，掙扎在貧困之中，誤盡了前程。這正是左思〈詠史〉所謂：「世冑躡高位，英俊沉下僚。」稍微思量，這兩句也運用了「借代」：

1. 紈袴，是富貴子弟的服飾，借代富貴子弟。

2.儒冠，是文人學者的標幟，借代文人學者。

如此借代的運用，不但可以使遣詞新穎變化，保持語言的鮮活性。更將抽象的富貴子弟與文人學者，用具體的意象映現在讀者面前。再如〈奉先詠懷〉中的名句：

朱門酒肉臭，路有凍死骨。

榮枯咫尺異，惆悵難再述。

「朱門酒肉臭，路有凍死骨。」以富貴人家生活奢靡，對襯貧苦百姓的生活困苦。除了強烈的對比，竦人耳目之外。「朱門」與「白骨」的意象，眞是狀溢目前！試想，朱門借代富貴人家，眼前立刻浮現出一幅朱紅色的大門，感受到一股侯門深似海的富麗堂皇的豪門之氣，給予讀者的刺激是何等強烈！

曹雪芹《紅樓夢》第一回凡例：

今風塵碌碌，一事無成，忽念及當日所有之女子，一一細推了去，覺其行止見識皆出於我之上；何堂堂之鬚眉，誠不若彼一干裙釵！實愧則有餘，悔則無益之大無可奈何之日也！

曹雪芹在此用了兩個借代：

1.鬚眉借代男子，濃眉黑鬚是男人的特徵，所以借代爲男人。

2.裙釵借代女子，下身穿的裙子，頭上插的釧釵，是女子的服飾標幟，所以借代爲女子。

如此的借代，以具體的特徵，形像化的語言，激發讀者的想像與情感，的確可以給予人們強烈而深刻的印象。其實，用來代女子的不只是裙釵，還有巾幗、脂粉等。過去有人形容女中豪傑：「巾幗不讓鬚眉。」如果不用借代，直接說成：「女子不比男子差。」就顯得平淡乏味了。

借代的修辭方法，可以達成新穎、具體、含蓄的語言藝術效果。可以分作八類：

壹、以特徵或標幟相代

不直接指明人事物，借人或事物的特徵、標幟來代替。如：

1.陳涉，甕牖繩樞之子，甿隸之人，而遷徙之徒也。（賈誼〈過秦論〉）

以「甕牖繩樞」代貧窮人家，用破甕做窗牖，用繩索繫戶樞，是貧窮人家的標幟。與此相對的是以「朱門」代富貴人家。

2.驅車策駑馬，游戲宛與洛。

洛中何鬱鬱，冠帶自相索。（《古詩十九首．青青陵上柏》）

以「冠帶」代頂冠束帶的達官貴人。此敘東漢京城洛陽一帶的繁華景象，富貴之士相互交結，競逐名利，同氣相求，炙手可熱。又俗諺云：「光腳的不怕穿鞋的！」以「光腳」代窮人，「穿鞋」代富人。

3.臣本布衣，躬耕於南陽，苟全性命於亂世，不求聞達於諸侯。（諸葛亮〈出師表〉）

以「布衣」代平民。古代平民皆穿布衣。又如東漢末年，張角造反，其徒眾皆頭裹黃巾以爲標幟，時人號爲黃巾賊。鄭玄〈戒子益恩書〉：「黃巾爲害，萍浮南北，復歸鄉邦。入此歲來，已七十矣。」除衣服爲標幟外，王莽末年，樊崇起兵，士兵眉毛塗染紅色以爲標幟，號爲「赤眉兵」。《後漢書．劉盆子傳》云：「帝敗赤眉，樊崇、劉盆子及丞相徐宣等降。」《三國志．蜀書．馬良傳》：「馬良字季常，兄弟五人，並有才名。鄉里爲之諺云：『馬氏五常，白眉最良。』馬良眉中有白毛，故以稱之。」還有清代太平天國起事，號爲「長毛」。

4.其中往來種作，男女衣著，悉如外人；黃髮垂髫，並怡然自樂。（陶潛〈桃花源記〉）

以「黃髮」代老人，「垂髫」代兒童。老人髮白轉黃，兒童垂髮爲飾曰髫。此係借人的特徵代人。又如歐陽脩〈醉翁亭記〉：「至於負者歌於途，行者休於樹，前者呼，後者應，傴僂提攜，往來而不絕者：滁人遊也。」傴僂，乃背曲之義，彎腰駝背乃老年人之特徵，故以「傴僂」代老年人。提攜，是牽引著走的意思，故以「提攜」代兒童。

5.絳幘雞人報曉籌，尚衣方進翠雲裘。
九天閶闔開宮殿，萬國衣冠拜冕旒。（王維〈和賈至舍人早朝大明宮之作〉）

此詩敘大明宮早朝時莊嚴華貴的景象。開端兩句描敘報曉、進裘的準備動作，烘托氣氛：天將亮時，頭戴紅巾的衛士（雞人）送曉籌，尚衣局的官員給皇上送進彩飾皮衣（翠雲裘）。接下來的兩句著力描繪早朝的景象：層層疊疊的宮殿大門如九重天門，迤邐開啓，文武百官和各國使節拜倒殿前，朝見皇上。眞是威武莊嚴，氣勢懾人。「衣冠」借代文武百官和各國使節，「冕旒」，天子之冠冕，冠前下綴的綴珠曰旒。以此「衣冠」代官員，冕旒代天子，描寫具體，形象躍然。自此「萬國衣冠拜冕旒」成爲顯示皇朝天威的代表性名句。

6.君臣留歡娛，樂動殷膠葛。
賜浴皆長纓，與宴非短褐。（杜甫〈奉先詠懷〉）

7.誓掃匈奴不顧身，五千貂錦喪胡塵。
可憐無定河邊骨，猶是春閨夢裡人。（陳綯〈隴西行〉）

8.牽衣不肯出朱門，紅粉秀脂刀下死。（韋莊〈秦婦吟〉）

以上三例，杜甫以「長纓」代繫著冠纓的大臣，以「短褐」代穿著粗布短衣的平民。陳綯以「貂錦」代貂皮帽、穿錦袍的戰士。韋莊以「紅粉秀脂」的化妝品代女子，均屬以人物的標幟相代。

9.那些個鬚眉濁物，只知道「文死諫」「武死戰」，這二死是大丈夫死名死節。（曹雪芹《紅樓夢·第卅六回》）

10.是日風和日麗，偏地黃金，青衫紅袖，越阡度陌，蜂蝶亂飛，令人不飲自醉。（沈復《浮生六記·閒情記趣》）

曹雪芹以男子的標幟「鬚眉」代男子，語氣中帶有調侃意味。沈復以「青衫」代男子，「紅袖」代女子，各以其服飾代人。不但形象具體，而且顏色上「青」「紅」對比，相映成趣。

現代文學中，借特徵或標幟來代人事物的，也往往可見：

1.禿頭站在白背心的略略正對面，彎了腰，去研究背心上的文字。（魯迅〈示眾〉）

2.一間陰暗的小屋子裡，上面坐著兩位老爺，一東一西。東邊的一個是馬褂，西邊的一個是西裝。……馬褂問過他的姓名、年齡與籍貫之後，就又問道：「你是木刻研究會的會員麼？」（魯迅〈寫於深夜裡〉）

3.靠屋的西南角，有一張床，床中間放著一盞燈，床上躺著兩個人：一個是小個子，尖嘴猴。一個是塌眼窩。床邊坐著一個人，伸著脖子好像個鴨子，一個肘靠著尖嘴猴的腿，眼睛望著塌眼窩。（趙樹理〈李家莊的變遷〉）

4.眼鏡聽著想，憋不住將心裏一串翻滾的笑抖了出來，惹得那群清湯掛麵直往他瞪。（林懷民〈兩個男生在車上〉）

以上四例，均以特徵借代人物。「禿頭」代沒有長頭髮的人。「白背心」、「馬褂」、「西裝」以服飾代人。「尖嘴喉」、「塌眼窩」以生理特徵代人。「眼鏡」代戴眼鏡的男生，「清湯掛麵」以髮型代女生。如此的借代，不但可以保持語言的鮮活，更使得人物形象具體，生動傳神。

5.先生，給現洋錢——袁世凱，不行嗎？（葉聖陶〈多收了三五斗〉）

6.為何老想把手貼在河面，讓溫暖流過海峽，慰藉那秋色的海棠？（李覓〈我還沒見過長江〉）

「袁世凱」代印有袁世凱人頭像的舊制銀元，俗稱「袁大頭」。又如以「孫中山」代印有國父孫中山先生的台幣，以「女王頭」代印有英國女王像的港幣，均是以貨幣的標幟代貨幣。「秋海棠」是以中國大陸的形狀代替中國大陸，同理也有人以「番薯」代台灣，借代的運用，使得語言多采多姿。

貳、以所在所屬相代

不直接指明人事物，借與人或事物有關的所屬、所在代人或事物。如：

1.司馬牛憂曰：「人皆有兄弟，我獨亡！」子夏曰：「商聞之矣：『死生有命，富貴在天。』君子敬而無失，與人恭而有禮；四海之內，皆兄弟也。君子何患乎無兄弟也？」（《論語．顏淵篇》）

「四海之內皆兄弟也」是中國社會上流行的一句名言，以「四海之內」代四海之內的人，即天下之人。此典出自《論語》，子夏勸慰司馬牛，只要敬慎修身，言行不犯過失，待人謙恭守禮，自然得到大眾的敬愛，甚至全天下的人都樂意與他交往，相親相愛，敬若兄弟。

2.不行王政云爾。苟行王政，四海之內，皆舉首而望之，欲以為君：齊、楚雖大，何畏焉？」（《孟子．滕文公篇下》）

這是孟子回答其弟子萬章的話。宋君只要推行仁政，四海之內的百姓，都會抬頭盼望他來，奉爲君王，此「四海之內」與第一個辭例相同，代四海之內的人。

3.一簞食，一豆羹，得之則生，弗得則死。嘑爾而與之，行道之人弗受；蹴爾而與之，乞人不屑也。萬鍾則不辨禮義而受之，萬鍾於我何加焉？（《孟子．告子篇上》）

鍾，古量器。受六斛四斗。「萬鍾」，代萬鍾裏所盛的粟。又《孟子．公孫丑篇下》齊王曰：「我欲中國而授孟子室，養弟子以萬鍾」，也是以萬鍾代萬鍾所盛之粟。

4.天生我才必有用，千金散盡還復來。烹羊宰牛且為樂，會須一飲三百盃。（李白〈將進酒〉）

「會須一飲三百盃」，以盃代盃中之酒。現代流行歌詞云：「再來一盃，再來一盃，再來一盃也不會醉。」顯然也是以「盃」代盃中酒。另外也有以「酒」代酒盃的，如孟浩然〈過故人莊〉：「開軒面場圃，把酒話桑麻。」

范仲淹〈岳陽樓記〉：「把酒臨風，其喜洋洋者矣。」張先〈天仙子〉：「水調數聲持酒聽，午醉醒來愁未醒。」

5.焦遂五斗方卓然，高談雄辯驚四筵。（杜甫〈飲中八仙歌〉）

杜甫〈飲中八仙歌〉描繪文壇上的八位可愛酒友，各具神態。此敘口吃的焦遂，平日說話結結巴巴。一旦飲酒之後，突然脫胎換骨，神采飛揚，放言高論，雄辯滔滔，使舉座賓客驚嘆。「筵」，原是指筵席，代筵席上的賓客，李頎〈琴歌〉：「一聲已動物皆靜，四座無言星欲稀。」「四座」代座上之人。日常通用的「設筵請客」，閩南語的「辦桌」，也都是以酒菜所在的筵、桌代酒菜。

6.大江東去，浪淘盡千古風流人物。（蘇軾〈念奴嬌──赤壁懷古〉）

蘇東坡此詞，以氣象雄偉見稱，「大江」代大江裏的水。又杜甫〈登高〉：「無邊落木蕭蕭下，不盡長江滾滾來。」以樹「木」代其所屬的落葉，以「長江」代長江裏的水，都使得語言更富有變化。

7.襁褓置道旁，有兒不暇乳。（陳文述〈插秧女〉）

「襁褓」，包裹嬰兒的布巾，此借代襁褓中的嬰兒。又孔子講學於「杏壇」，故後世往往以「杏壇」代教育界。台灣省教育廳每年出版《杏壇芬芳錄》，介紹優良教師。如直書《教育界芬芳錄》，就不若借代典雅而耐人尋味。

8.嚴致和又道：「卻是不可多心，將來要辦祭桌，破費錢財，都是我這裡備齊。」（吳敬梓《儒林外史·第五回》）

9.呼韓邪：為了「漢胡一家」，長安派遣她來；為了「漢胡一家」，我迎她到了草原。（曹禺《王昭君》）

10.一連五六個春夜，每次寫到全台北都睡著，而李賀自唐朝醒來。（余光中〈逍遙遊後記〉）

11.那天晚上你送我回宿舍，當我們邁上那斜斜的山坡，你忽然駐足說：「我在地毯的那一端等你！我等著你；曉風，直到你對我完全滿意。」（張曉風《地毯的那一端》）

吳敬梓以「祭桌」代祭桌上的祭祀物品，曹禹以「長安」代長安的漢朝皇帝，余光中以「全台北」代全台北的人，張曉風以「地毯的那一端」代結婚禮堂。全都是以人事物的所在所屬相代，可謂異曲同工，各呈其妙。

參、以事物的作者或產地相代

不直接指明事物。借與事物有關的作者或產地代替事物。如：

1.對酒當歌，人生幾何？譬如朝露，去日苦多。慨當以慷，憂思難忘。何以解憂，唯有杜康。（曹操〈短歌行〉）

此爲曹操代表作〈短歌行〉的首段。「何以解憂？唯有杜康。」用「提問」的方式表明：如何來消解我心中的愁悶呢？唯有借酒消愁一途。「杜康」相傳是發明造酒的人，此借代酒。乃典型的以事物之作者代事物。

2.雖非甲冑士，疇昔覽穰苴。長嘯激清風，志若無東吳。（左思《詠史》）

這是左思代表作《詠史八首》的第一首，藉詠史以抒寫懷抱。自言除擅長文學之外，還讀過兵書，有志爲國立功，平定邊疆。「穰苴」以兵書作者代替兵書。穰苴，春秋時齊國人，官大司馬，善治軍。齊威王整理古司馬兵法，把穰苴的兵法附在書中，稱爲《司馬穰苴兵法》。

3.老祖宗看看，誰不是你老人家的兒女？難道將來只有寶兄弟頂你老人家上五台山不成？（曹雪芹《紅樓夢》）

五台山是佛教聖地，借「五台山」代墓地。如此的借代，多拐了一個彎，比較含蓄，俾免觸霉頭之嫌疑。

4.湘鄉出將入相，手定東南，勳業之盛，一時無兩。（俞樾《春在堂隨筆．卷一》）

「湘鄉」爲清代中興名臣曾國藩的出生地，借代爲曾國藩。近代中國湖南人從軍的特多，諺曰：「無湘不成軍」，借「湘」代湘人。

5.這一幅像八大，那一幅像石濤，幅幅後面都顯現著一個面黃肌瘦嗷嗷待哺的人影，我覺得慘。（梁實秋〈畫展〉）

6.談到白話文學，他（胡適）的程度就不如我了。因為他提周作人，我就背段周作人；他提魯迅，我就背段魯迅；他提老舍，我就背段老舍；當然他背不過。（陳之藩《在春風裡》）

7.他小子在外面灌什麼，甭當我不知道，茅台他夠不上，專喝「啤的」，有瓶的不喝零的，有「青島」不喝「北京」！（張辛欣・桑曄《北京人・溫墊燙湯》）

8.我的怒中有燧人氏，淚中有大禹。（余光中《五陵少年》）

梁實秋以「八大」代八大山人（朱耷）的畫，「石濤」代石濤的畫，陳之藩以「周作人」、「魯迅」、「老舍」代其人的作品，是以作者代其文學藝術。張辛欣以「茅台」、「青島」、「北京」等產地代酒，是以事物的產地或品牌代事物。余光中以發明鑽木取火的「燧人氏」代火，以治水的「大禹」代水。使得語言多采多姿，耐人尋味。

肆、以資料或工具相代

不直接指明事物，借與事物有關的資料或工具代替事物。如：

1.狄人伐廧咎如，獲其二女叔隗、季隗，納諸公子（重耳），公子娶季隗，生伯儵、叔劉。以叔隗妻趙衰，生盾。將適齊，謂季隗曰：「待我廿五年，不來而後嫁。」對曰：「我廿五年矣，又如是而嫁，則就木焉。請待子。」處狄十二年而行。（《左傳・僖公廿三年》）

此即成語「行將就木」的出處。木是做棺材的材料，借代爲棺材，又再代爲即將死亡的意思。晉公子重耳要妻子季隗等他廿五年，未免太不人道了。而季隗卻是有情有義，矢志不改嫁。在矢志不改嫁，願意一直等下去的同時，也用借代的方式表達了內心的不滿。

2.兵盡矢窮，人無尺鐵，猶復徒手奮呼，爭為先登。當此時也，天地為陵震怒，戰士為陵飲血。（李陵〈答蘇武書〉）

「兵盡矢窮，人無尺『鐵』」，借「鐵」代兵器。與第一個辭例的借「木」代棺材，同屬以事物的材料相代。又「天地爲陵震怒，戰士爲陵飲血」，兼用「夸飾」與「擬人」。可見同一段文字中，往往兼用多種修辭方法，效果更佳。

3.此地有崇山峻嶺，茂林修竹，又有清流激湍，映帶左右。引以為流觴曲水；雖無絲竹管弦之盛，一觴一詠，亦足以暢敘幽情。（王羲之〈蘭亭集序〉）

王羲之〈蘭亭集序〉書法、文章雙絕，相傳他是用鼠鬚筆寫在蠶繭紙上的。東坡語云：「蘭亭繭紙入昭陵，世間遺跡猶龍騰。」以上所錄爲文章首段的後半部。絲、竹、管、弦，均爲製樂器的材料，在此「絲竹管弦」代樂器，樂器又再進而借代爲音樂。劉禹錫〈陋室銘〉：「無絲竹之亂耳，無案牘之勞形。」同樣是以絲竹代樂器與音樂，以公文書的材料「牘」代公文書。

4.時難年荒世業空，弟兄羈旅各西東。
田園寥落干戈後，骨肉流離道路中。
弔影分為千里雁，辭根散作九秋蓬。
共看明月應垂淚，一夜鄉心五處同。（白居易〈望月有感〉）

這是白居易膾炙人口的代表作，敘兄弟離散之苦。原題爲「自河南經亂，關內阻饑，兄弟離散，各在一處。因望月有感，聊書所懷，寄上浮梁大兄、於潛七兄、烏江十五兄，兼示符離及下邽弟妹。」可見其創作背景。其中「田園寥落干戈後」，以戰爭的工具「干戈」代替戰爭。又《晉書．何曾傳》：「日食萬錢，猶曰無下箸處。」陸游〈蔬園雜詠〉：「陸生盡臥腹便便，歎息何時食萬錢。」也是以買取食物的工具「錢」代食物。

5.辛苦遭逢起一經，干戈寥落四周星。

山河破碎風飄絮，身世浮沈雨打萍。

惶恐灘頭説惶恐，零丁洋裏嘆零丁。

人生自古誰無死，留取丹心照汗青！（文天祥〈過零丁洋〉）

此爲民族英雄文天祥抗元被俘後表明心跡的代表作，「干戈」當然是以戰爭的工具代戰爭。「人生自古誰無死，留取丹心照汗青！」捨生取義的民族氣節，躍然紙上，足以恢弘志士之氣！「汗青」是竹片火炙使出汗後成爲竹簡，借代爲史冊，也是材料代事物。又〈正氣歌〉：「時窮節乃見，一一垂丹青！」以繪畫的材料「丹青」代圖像。《漢書．蘇武傳》：「今足下放歸，揚名於匈奴，功顯於漢室，雖古竹帛所載，丹青所畫，何以過子卿！」其中的「竹帛」、「丹青」均用同樣的借代筆法。如果再細作分析，則〈過零丁洋〉三四句用「略喻」，五六句用「迴文」。

現代文學中，以材料或工具借代事物的辭例也往往可見：

1.有些人倒吊起來肚子裏滴不出幾滴墨水，因為家裡有錢，捐了個縣丞，縣丞雖然是微秩，究竟是朝廷的命官，磨夠了資格，就做了縣令、知府，也是有的。（秦牧〈憤怒的海〉）

2.陳景潤受到了最嚴峻的考驗。……莊嚴的科學院被騷擾了：熱騰騰的實驗室冷冷清清了。日夜的辯論，劇烈的爭吵。行動勝於語言，拳頭代替舌頭。（徐遲〈哥德巴赫猜想〉）

「墨水」是寫字的材料，在此借代知識、學問。俗語稱「胸無點墨」，就比直接説沒有知識要顯得鮮活。「拳頭」是打架的工具，「舌頭」是辯論的工具，以「拳頭代替舌頭」，代以動手打架取代動口辯論。諺云：「君子動口，小人動手。」也與此同理。

3.北京附屬醫院大夫做手術超過十二點，僅僅補助兩個雞蛋。而他們雇個剃頭的，專管給頭部手術的人剃頭，每剃一個就是三塊錢。社會上流行的新型民諺「手術刀不如剃頭刀」絕不是無稽之談。我們有多少本末倒置的怪事！（霍達〈國殤〉）

4.因為當初我們都曾夢想成為文學家，而且還說過酸溜溜的話：要握莎士比亞的筆，不舞拿破崙的劍。（逯耀東〈三人行〉）

霍達痛斥本末倒置的不合理之事——醫生的待遇遠遜於理髮師，以工具手術刀、剃頭刀分別借代醫生和理髮師，一句「手術刀不如剃頭刀」，語言鮮活生動而深切地表達了不平之鳴，發人深省。逯耀東以「握莎士比亞的筆」借代寫出與莎翁媲美的作品，以「舞拿破崙的劍」借代指揮大軍征服四方。類似的借代，也不在少數，如曾經有人討論學術界教學與研究孰重，說：「書桌與講桌同樣重要，筆和舌不可偏廢。」至於漢代班超「投筆從戎」的故事，正與逯耀東的志願相反，表達方式相同，堪稱異曲同工。

伍、部分和全體相代

不直接指明人或事物，而以全體代部分，或部分代全體，如：

1.世衰道微，邪說暴行又作，臣弒其君者有之，子弒其父者有之。孔子懼，作《春秋》；《春秋》，天子之事也。是故孔子曰：「知我者其惟春秋乎！罪我者其惟春秋乎。」（《孟子．滕文公篇下》）

一年有春、夏、秋、冬四季，「春秋」代年，年代歷史，均屬部分代全體。又「春秋」也往往代年齡。《漢書．蘇武傳》：「且陛下春秋高，法令亡常。」

2.野外罕人事，窮巷寡輪鞅。白日掩荊扉，虛室絕塵想。時復墟曲中，披草共來往。相見無雜言，但道桑麻長。

桑麻日已長，我土日已廣。常恐霜霰至，零落同草莽。（陶淵明〈歸園田居〉）

此詩敘陶淵明歸隱後，交遊稀少，屏除一切塵俗雜慮，所關心的只有農事，其中有兩處用「借代」：(1)「窮巷寡輪鞅」，輪是車的一部分；鞅，馬駕車時頸上的皮帶。以「輪鞅」代車馬，正是門前寥落車馬稀。(2)「但道桑麻長」，桑、麻，是農作物的一部分，代所有的農作物。孟浩然〈過故人莊〉：「開軒面場圃，把酒話桑麻。」筆法與陶詩相同。

3.明眸皓齒今何在？血污遊魂歸不得。

清渭東流劍閣深，去住彼此無消息。（杜甫〈哀江頭〉）

安史之亂，杜甫身陷賊中，見江水江花哀思而作〈哀江頭〉，此段敘楊貴妃死在馬嵬坡之事。「明眸皓齒」，借楊貴妃身體之部分代楊貴妃，使美人的形象具體鮮明。又杜甫〈城西陂泛舟〉：「青蛾皓齒在樓船，橫笛短簫悲遠天。」以「青蛾皓齒」美人身體之部分代美人。白居易〈長恨歌〉：「六軍不發無奈何，宛轉蛾眉馬前死。」同樣用「蛾眉」代楊貴妃。

4.至若春和景明，波瀾不驚；上下天光，一碧萬頃；

沙鷗翔集，錦鱗游泳；岸芷汀蘭，郁郁青青。（范仲淹〈岳陽樓記〉）

此為〈岳陽樓記〉第四段有關晴喜景象的描寫。令人遊目騁懷，生命得到舒暢。其中有動態、有靜態，活色生香。「錦鱗游泳」，以魚身上的部分「鱗」代替魚。錦鱗就是美麗魚兒，范仲淹用借代法，「錦鱗游泳」就比「眾魚游泳」或「錦魚游泳」美得多了！又如有人讚美畫家：「花卉翎毛，無一不精。」以鳥翎獸毛代鳥獸，就比直指鳥獸有美感有韻味。

5.孺人不憂米鹽，乃勞苦若不謀夕。冬月罏火炭屑，使婢子為團，累累暴階下。室靡棄物，家無閒人。（歸有光〈先妣事略〉）

歸有光敘其母親的生平事略，平實之中寓眞情。此段敘其勤儉持家，可為典範。「不憂米鹽」，以米鹽兩樣日常生活必需品代全部生活必需品。諺云：「每日開門七件事，柴米油鹽醬醋茶。」可見一斑。又吳敬梓《儒林外史》第一回：「你歷年賣詩賣畫，我也積聚下三五十兩銀子，柴米不愁沒有。」

6.幾年來的文治武功，在我早如幼小時候所讀過的「子曰詩云」一般，背不上半句了，獨有這一件小事，卻總是浮現在我的眼前。（魯迅〈一件小事〉）

7.春天，樹木開花了，是晴朗暖和的天氣，早晨大路上還充滿了襤褸的衣服和光赤的腳。（巴金〈能言樹〉）

8.咱們既然在此地駐紮，就不許他們在這一帶動百姓一草一木。（姚雪垠《李自成》）

魯迅以「子曰詩云」代古代書籍，有「子曰詩云」的書只是古書的一部分。老舍以「襤褸的衣服和光赤的腳」代貧民，既是部分代全體，也可以說是以標幟相代。姚雪垠以「一草一木」代老百姓的所有農作或物品，也有人用「一針一線」借代所有物品。

9.我為了明天的麵包及昨日的債務辛勞地工作。（紀弦〈存在主義〉）

10.這將是個什麼場面呢？是以火車的前輪輾扁了小車的鋼圈，還是車頭撞斷了人的脊梁骨？那脊梁骨也許就挑著一家老小的嘴巴吧！（陳旭明〈馬路指揮家〉）

11.亮著汗水的胸膛退去了，他們背上全是泥沙，貴賓全都很滿意。（張曉風〈十月的陽光〉）

紀弦以「麵包」代全部日常生活所需，陳旭明以「脊梁骨」代整個人，張曉風以「亮著汗水的胸膛」代勇士，由於善用借代，使得人物形象具體生動，留給讀者強烈而深刻的印象。

陸、特定與普通相代

不直接指明人事物，而以特定代普通，或以普通代特定。如：

1.（士會）乃行，繞朝贈之以策，曰：「子無謂秦無人，吾謀適不用也！」（《左傳·文公十三年》）

「子無謂秦無人」的「人」字，原係指普通的人，在此以普通代特定，指有眼光有見識的人才。繞朝曾識破晉人之計，欲阻止士會東去；而秦康公不用之，頗引以爲憾。

2.千巖競秀，萬壑爭流。（《晉書·顧愷之傳》）

此所謂「千」巖，「萬」壑，並非眞的有千、萬那樣大的數目，而是以特定的「千」、「萬」代普通的多數。現代作家三毛有一本書《萬水千山走遍》，也是以特定的數目字代普遍的多。從夸飾的角度而言，這當然也可以說是數字的夸飾。從「轉化」的角度而言，「千巖競秀，萬壑爭流」則是「無生物的擬人」。

3.千古江山，英雄無覓，孫仲謀處。舞榭歌台，風流總被，雨打風吹去。斜陽草樹，尋常巷陌，人道寄奴曾住。想當年，金戈鐵馬，氣吞萬里如虎。 元嘉草草，封狼居胥，贏得倉皇北顧。四十三年，望中猶記，烽火揚州路。可堪回首，佛狸祠下，一片神鴉社鼓。憑誰問：廉頗老矣，尚能飯否？（辛棄疾〈永遇樂——京口北固亭懷古〉）

這是辛棄疾的代表作之一，讀之令人精神振奮，意志昂揚。詞的開端與末尾分別用特定代普通：

(1)「千古江山，英雄無覓，孫仲謀處。」以三國時東吳的雄主「孫權」，代像孫權那樣的英雄人物。

(2)「憑誰問：廉頗老矣，尚能飯否？」《史記·廉頗傳》：「趙使者既見廉頗，廉頗爲之一飯斗米，肉十斤，被甲上馬，以示尚可用。趙使者還報王曰：『廉將軍雖老，尚善飯，然與臣坐頃之，三遺矢矣。』趙王以爲老，遂不召。」此以特定的「廉頗」代一切老當益壯的英雄，當然也是指辛棄疾自己。如此借代，使詞的內涵深厚曲折，更加令讀者感慨良深。

4.彼此説著閒話，掌上燈燭，管家捧上酒、飯、雞、魚、鴨、肉，堆滿春台。王舉人也不讓周進，自己坐著喫了，收下碗去。（吳敬梓《儒林外史·第二回》）

「肉」，原來是通稱各種動物的肉，在此以普通代特定的豬肉，在習俗上往往慣做如此用。

5.我明白這是某某隊派來接我的「解差」。管他是董超，還是薛霸，反正得開步走，到草料場勞動去。（丁玲《牛棚小品》）

6.湖南是中國的斯巴達。（蔣夢麟《西潮》）

「董超」、「薛霸」是《水滸傳》裡押解林沖的解差，以特定的董超、薛霸代一切普通的解差。「斯巴達」是古希臘的城邦，人民富有尚武精神。以特定的斯巴達代居民富有尚武精神的地區。如此的借代，的確可以使人感覺新穎而別致。

7.不是沒有人才，是沒有識人才的眼睛。不是沒有良馬，而是一些根本未見過馬的人，自欺為伯樂而已。（陳之藩〈第五封信——紀念適之先生之亡〉）

8.純情作家或者生來獨眼，或者目瞎一眼，永遠只看見林黛玉，看不見劉姥姥，她永遠只看見所謂純情，看不見純情之後的血肉。（顏元叔〈林黛玉可以休矣〉）

陳之藩以古代擅長相馬的「伯樂」代所有擅長相馬的人，顏元叔以《紅樓夢》中的人物「林黛玉」代所謂純情作品中的人物，以「劉姥姥」代所謂非純情作品中有血有肉的人物。由於伯樂、林黛玉、劉姥姥是大眾所熟稔的人物，如比借代，不但印象鮮明，更帶給讀者一股親切感。

柒、具體與抽象相代

具體概指事物的形體，抽象概指事物的性質、狀態、關係、作用等。彼此可以相代。如：

1.胥甲、趙穿當軍門呼曰：「死傷未收而棄之，不惠也；不待期而薄人於險，無勇也。」（《左傳・文公十二年》）

「死傷」代或死或傷的人。又《國語．越語下》：「居軍三年，吳師自潰。吳王帥其賢良與其重祿以上姑蘇，使王孫雒行成於越。」「賢良」代吳王親近之賢臣，「重祿」代受吳國厚祿的大臣，均屬以抽象代具體。

2.為肥甘不足於口與？輕煖不足於體與？抑為采色不足視於目與？聲音不足聽於耳與？便嬖不足使令於前與？（《孟子．梁惠王篇上》）

「肥甘」代食物，「輕煖」代衣服，「便嬖」代佞臣。前者均爲描述事物狀態性質的形容詞，屬抽象的「虛」體詞；後者均爲指稱事物實體的名詞，屬具體的「實」體詞。是以抽象代具體。

3.千里遊遨，冠蓋相望，乘堅策肥，履絲曳縞；此商人所以兼并農人，農人所以流亡者也。（鼂錯〈論貴粟疏〉）

「乘堅策肥」，以「堅」代堅固的馬車，「肥」代肥壯的馬，是以抽象代具體。「履絲曳縞」，以「絲」代絲織的鞋子，「縞」（生絹）代生絹做的衣裳，以事物的資料代事物。

4.披堅執銳，義不如公；坐而運策，公不如義。（司馬遷《史記．項羽本紀》）

這是宋義對項羽所說的話，「堅」代堅固的鎧甲，「銳」代銳利的兵器。以抽象代具體。

5.寒山轉蒼翠，秋水日潺湲。
倚杖柴門外，臨風聽暮蟬。
渡頭餘落日，墟里上孤煙。
復值接輿醉，狂歌五柳前。（王維〈輞川閒居贈裴迪〉）

「臨風聽暮蟬」以「蟬」代蟬聲，「渡頭餘落日」以「落日」代夕陽之餘光，同係以具體的實物代抽象的聲光。王維另一首〈過香積寺〉：「古木無人徑，深山何處鐘？」「鐘」代鐘聲，也是以具體代抽象。

6.人有悲歡離合，月有陰晴圓缺，此事古難全。但願人長久，千里共嬋娟。（蘇軾〈水調歌頭〉）

「但願人長久，千里共嬋娟。」嬋娟是色態美好的樣子，以「嬋娟」代明月，是抽象代具體。如此借代要比直接說「千里共明月」更有情趣韻味。

7.那一隊嬌嬈，十車細軟，便是俺的薄薄宦囊。不要叫仇家搶奪了去。（孔尚任《桃花扇．逃難》）

以抽象的形容詞「嬌嬈」代美女，「細軟」代金帛，令讀者感覺情味盎然。若直接指陳「一隊美女，十車金帛」，就了無情味了。又洪昇《長生殿．定情》：「寰區萬里，徧徵求窈窕，誰堪領袖嬪嬙？」《長生殿．聞鈴》：「我獨在人間，委實的不願生。語娉婷，相將早晚伴幽冥。」以「窈窕」代美女。「娉婷」代楊貴妃，均屬抽象代具體。

8.中國人民的手，在全人類中是最出色的手。（老舍〈我們在世界上抬起了頭〉）

9.四十多年的砲火硝煙，煉就他一雙銳利的眼睛。（柯巖〈我的爺爺〉）

以上二辭例，均屬以具體代抽象。「中國人民的手」不是指具體的手，而是代抽象的能力、才藝或本事，「銳利的眼睛」代能洞察事理的敏銳觀察力。

10.這是蛇與蘋果最猖獗的季節

太陽夜夜自黑海泛起

伊壁鳩魯痛飲苦艾酒

在純理性批判的枕下

埋著一瓣茶花（周夢蝶〈五月〉）

11.你向女人猛然提出一個問句，她的第一個回答是正史；第二個就是小說了。（張愛玲《流言》）

在詩人周夢蝶的筆下，以具體的「蛇」和「蘋果」代抽象的誘惑。這是用西洋伊甸園中的典故。在小說家張愛玲的心目中，以「正史」代事實，「小說」代編造的虛構故事。如此的借代，除了使語言鮮活之外，同時具有耐人尋味的啓示或諷刺，眞是入木三分。

捌、原因與結果相代

不直接指明事物，以事物的結果代事物本身。如：

1. 胡馬依北風，越鳥巢南枝。相去日已遠，衣帶日已緩。

浮雲蔽白日，游子不顧返。（無名氏《古詩十九首》）

此爲《古詩十九首》第一首的中段，敘游子在外飄泊不歸，女主角因相思而消瘦。「胡馬依北風，越鳥巢南枝。」以胡馬到南方後仍依戀北風，越鳥到北方後仍築巢向南的事實，將胡馬、越鳥擬人化，禽獸尙且依戀眷顧故土，何況人乎！「相去日已遠，衣帶日已緩。」離別久遠，女主角因相思而日益消瘦，衣帶也就日益鬆弛，字面上只言相思的結果「衣帶日已緩」，是典型的以結果代原因：「衣帶緩」是人消瘦的結果，相思又是人消瘦的原因。此處就果顯因，暗示因相思而消瘦，頗耐人尋味，且從身體的具體變化中呈現久別深思的痛苦，語言頗富形象化。如此的用法，在中國文學傳統中，頗不乏其例：

離家日趨遠，衣帶日趨緩。（《漢樂府．古歌》）

坐視帶長，轉看腰細。（蕭繹〈蕩婦秋思賦〉）

宿昔改衣帶，旦慕異容色。（鮑照詩）

徒使春帶賒，坐惜紅妝變（謝朓詩）

年年阻音信，月月減容色。（劉邈詩）

比較而言，仍然是「衣帶日已緩」最爲含蓄溫婉，假使不用借代，直接說成「思君令人瘦」，就顯得淺露而欠蘊藉了。

2. 漢皇重色思傾國，御宇多年求不得。

楊家有女初長成，養在深閨人未識。（白居易〈長恨歌〉）

此為白居易〈長恨歌〉開端前四句，首句即用了兩個「借代」，以「漢皇」代唐明皇，這是避諱。「傾國」，敘美人的魅力無邊，佳人是原因，傾國是結果。此事典出自漢協律都尉李延年的〈李延年歌〉：

北方有佳人，絕世而獨立，一顧傾人城，再顧傾人國。

寧不知傾城與傾國，佳人難再得。

此詩的本事，見《漢書．外戚傳》：「孝武李夫人，本以倡進。初，夫人兄延年性知音，善歌舞，武帝愛之，每為新聲變曲，聞者莫不感動。延年侍上起舞，歌曰：『北方有佳人……。』上歎息曰：「善！世豈有此人乎？」平陽主因言延年有女弟，上乃召見之，實妙麗善舞。由是得幸。」白居易在此用「傾國」代佳人，也許另外含了一層美色禍國的諷刺意味。

3.野芳發而幽香，佳木秀而繁陰，風霜高潔，水清而石出者：山間之四時也。（歐陽脩〈醉翁亭記〉）

此敘滁州瑯琊山醉翁亭周遭的景色，春夏秋冬，四時之景致迴異，而各有其可觀者。「佳木秀而繁陰」是夏景：樹木成長秀麗，枝葉繁茂，濃蔭處處，這是夏季的景象。此以「繁陰」代枝葉茂盛。因為枝葉茂盛的結果是「繁陰」。善用借代可以使文句永遠新穎動人，歐陽脩可謂此道高手。

4.故鄉吳江多好山，

筍輿篾舫相窮年。（范成大〈題金牛洞〉）

與尤袤、楊萬里、陸游並稱南宋四大家的詩人范成大，是蘇州人，晚年退居故鄉石湖，以善寫田園詩著稱。此所謂「故鄉吳江多好山」，正指此也。「筍輿篾舫相窮年」，篾舫是竹筏，筍輿是竹轎，以原因的「筍」代結果的「竹」。蘇東坡嘗謂：「食者竹筍，庇者竹瓦，載者竹筏，爨者竹薪，衣者竹皮，書者竹紙，履者竹鞋，眞可謂：一日不可無此君也。」

5.逾三年，余披宮錦還家，汝從東廂扶案出，一家瞠視而笑；不記語從何起，大概說長安登科，函

使報信遲早云爾。（袁枚〈祭妹文〉）

「余披宮錦還家」以「披宮錦」代考取進士。唐時進士及第後，披宮錦袍，後世遂謂登進士曰「披宮錦」，也是結果代原因。

6.瑜兒，可憐他們坑了你，他們總有報應，天都知道；你閉了眼睛就是了。（魯迅〈藥〉）

7.於是大家替他們弟兄捏著把汗。（老舍〈黑白李〉）

「閉了眼睛」是安息長眠的結果，以結果代原因。如此比直說死亡要委婉。「捏著把汗」是緊張擔心的結果，也是以結果代原因。如此借代頗能烘托緊張的氣氛。

8.老太太發誓說，她偏不死，先要媳婦直著出去，她才肯橫著出來。（張愛玲〈五四遺事〉）

9.三仙姑半輩子沒臉紅過，偏這會沉不住氣了，一道道熱汗在臉上流。（趙樹理〈小二黑結婚〉）

10.我也沒有你們那樣餓嫁，個個去捧棺材板！（白先勇〈金大班的最後一夜〉）

以上三個辭例，均出自現代小說家的手筆。張愛玲所謂「直著出去」是「離婚」的結果，「橫著出來」是死的結果。趙樹理所謂「臉紅」、「熱汗在臉上流」是害羞的結果。如此用借代表達，比較委婉含蓄。白先勇的語言鮮活，「餓嫁」就很生動傳神。他所謂「捧棺材板」，是嫁給糟老頭兒的結果。以結果代原因，使得金大班神情畢現，流露了尖銳的挖苦意味。原因與結果相代，運用得不像其他七類借代那樣普遍，但仍然處處可見，現實生活中不乏其例，夫妻吵架：嘔了一天嘴——生氣的結果。小學生急著要吃飯：媽媽，我肚子快癟掉了——飢餓的結果。

關於借代的原則，可以歸納為三點：

一、語言鮮活，形像躍然

運用借代，可以使語言鮮活，形象具體，躍然紙上。如李白〈贈孟浩然〉：「紅顏棄軒冕，白首臥松雲。」杜甫〈奉先詠懷〉：「朱門酒肉臭，路有凍死骨。」以「軒冕」代富貴，以「朱門」代富貴人家，頗能讓讀者感覺狀溢目前。

二、重點突出，印象深刻

善用借代，可以使人事物的特徵或特性，重點突出，生動傳神。如《左傳》載士會所言：「子無謂秦無人，吾謀適不用也！」溫庭筠〈望江南〉詞：「過盡千帆皆不是！」以普通的「人」代特定的有識之士，以「帆」代船。還有諺云：「三個臭皮匠，勝過一個諸葛亮！」以「諸葛亮」代智士。都頗具代表性，給予讀者深刻的印象。

三、委婉曲折，含蘊深厚

善用借代，可以使文字精練，增強語言的密度，如《古詩十九首》：「相去日已遠，衣帶日已緩。」辛棄疾〈永遇樂〉：「廉頗老矣，尚能飯否？」委婉曲折地表達了因相思而消瘦的別情，英雄暮年仍思振作之氣概，含蘊深厚，耐人尋味。

自我評量題目

一、何謂借代？可分作哪幾類？試各造一例。

二、舉例說明借代的原則。

第十三章 引 用

學習目標

——研讀本章內容之後，學習者應可達成下列目標：

一、能了解引用的意義與功能。

二、能明辨明引、暗用之異同。

三、能將引用運用在日常說話與文學創作中。

摘 要

說話作文中，援引現成的語言文辭，以印證、補充、對照作者的本意的修辭方法，是為「引用」。引用的語辭包括經典精言，名人雋語，詩文中的警句，社會上流傳的成語、諺語等，可分為兩類：

一、明引：明白指出所引文字的出處和來源，是為「明引」。

二、暗用：引用時並未指明出處，直接將引文編織在自己的文章或講辭中，是為「暗用」。

引用的原則主要有三：㈠增強說理，配合情境。㈡新舊交融，別致有趣。㈢切忌誤謬，避免艱澀。

說話作文中，援引現成的語言文辭，以印證、補充、對照作者的本意的修辭方法，是爲「引用」。引用的成語包括經典的精言，前賢的雋言，詩文中的警句，社會上熟知的成語、諺語等。其心理基礎建立在訴諸權威或訴諸大眾。

中國歷史上首先提出「引用」予以討論的，是《莊子．寓言篇》：

寓言十九，重言十七，卮言日出，和以天倪。……重言十七，所以已言也，是為耆艾。年先矣，而無經緯本末以期年耆者，是非先也；人而無以先人，無人道也；人而無人道，是之謂陳人。

所謂「寓言」，有所寄託之言，言在此而意寄在彼。所謂「卮言」，卮是酒器，滿則傾，空則仰，隨物而變，不執一守故。語言隨人物時空不同而立論，並無成見，是爲「卮言」。所謂「重言」，在內容上是尊貴者之言，效用上是受人重視之言，方式上是「重複他人之言」，也就是「引用」修辭法。莊子釋「重言」這段話，據黃錦鋐先生《莊子讀本》，大意是：引重的話，占了十分之七，藉以阻止天下的爭辯。因此引用的對象必然是年長而有學識的前輩；然而，若是年長而欠缺抱負學識足資後學信從，也不能稱爲先輩。人若沒有學識使人信從，便不能盡立人之道，光是年紀大，只能算作老朽罷了。

莊子在此簡明扼要地指陳「引用」的要旨，堪稱切中肯要。

又劉勰《文心雕龍．事類篇》云：

事類者，蓋文章之外，據事以類義，援古以證今者也。

所謂「事類」，是在文辭章法之外，依據事情以類比義理，援引往古以證驗來今之修辭方法。用典之利，在能以片言數字，闡明繁複隱微之寓意。劉勰又指陳用典之方式有二：一爲「略舉人事以徵義」，一爲「全引成辭以明理」。前者爲用古事，援古事以證今情；後者爲用成辭，引彼語以明此義。「用成辭」即修辭法中的「引用」。「引用」又可分爲「明引」、「暗用」兩種。

壹、明引

「引用」明白指出所引的文字的出處和來源，是爲「明引」。

明引原文，加上引號，文字不予刪節更改，是爲「全引」。自孔子、孟子開始，即常引用古書上的話，而孔子、孟子的話也常被後人引用。如：

1.子曰：「《書》云：『孝乎惟孝，友于兄弟。』施於有政，是亦為政，奚其為為政？」（《論語．爲政篇》）

2.孔子曰：「求，周任有言曰：『陳力就列，不能者止。』危而不持，顛而不扶，則將焉用彼相矣？且爾言過矣！虎兕出於柙，龜玉毀於櫝中，是誰之過歟？」（《論語．季氏篇》）

以上兩個辭例，孔子引《尚書》中的話來教導弟子爲政之道，又引古代良史周任的話來糾正冉有的誤謬。均爲明引原文，加上引號，文字不予刪節更易的「全引」。

3.孟子曰：「離婁之明，公輸子之巧，不以規矩，不能成方圓；師曠之聰，不以六律，不能正五音；堯舜之道，不以仁政，不能平治天下。今有仁心仁聞而民不被其澤，不可法於後世者，不行先王之道也。故曰：徒善不足以為政，徒法不能以自行。《詩》云：『不愆不忘，率由舊章。』遵先王之法而過者，未之有也。」（《孟子．離婁篇上》）

4.老吾老以及人之老，幼吾幼以及人之幼，天下可運于掌。《詩》云：「刑于寡妻，至于兄弟，以御于家邦。」言舉斯心加諸彼而已。故推恩足以保四海，不推恩無以保妻子。（《孟子．梁惠王篇上》）

5.且王者之不作，未有疏於此時者也；民之憔悴於虐政，未有甚於此時者也。饑者易為食，渴者易為飲。孔子曰：「德之流行，速於置郵而傳命。」當今之時，萬乘之國行仁政，民之悦之，猶解

倒懸也。故事半古之人，功必倍之，惟此時為然。（《孟子．公孫丑篇上》）

孟子引《詩經．大雅．假樂》：「不愆不忘，率由舊章。」意謂：不要偏差，不要遺忘。一切依循傳統的規章。旨在強調印證前面所主張的「徒善不足以爲政，徒法不能以自行」。又引《詩經．大雅．思齊》：「刑于寡妻，至于兄弟，以御于家邦。」旨在加強說明「推恩」的道理，也正與前面所謂的「老吾老以及人之老，幼吾幼以及人之幼」相印證呼應。至於引孔子的「德之流行，速於置郵而傳命」，意謂：德政之流行，比驛站傳達政令還要迅速。因爲孔子的主張德政，正與孟子的「行仁政而王」主張前後一致。孟子在此引孔子的話，適足以加強自己文章的說服力。如此用法，正是莊子所謂「重言」。

6. 鄙諺曰：「長袖善舞，多錢善賈。」，此言多資之易為工也。（《韓非子．五蠹篇》）

7. 故《周書》曰：「皇天無親，惟德是輔。」又曰：「黍稷非馨，明德惟馨。」又曰：「民不易物，惟德繄物。」如是，則非德，民不和，神不享矣。（《左傳．僖公五年》）

8. 初，春申君之說秦昭王，及出身遣楚太子歸，何其智之明也！後制於李園，旄矣。語曰：「當斷不斷，反受其亂。」春申君失朱英之謂邪？（《史記．春申君列傳》）

9. 諺曰：「千金之子，不死於市。」此非空言也。故曰：「天下熙熙，皆為利來；天下攘攘，皆為利往。」夫千乘之王，萬家之侯，百室之君，尚猶患貧；而況匹夫編戶之民乎！（《史記．貨殖列傳》）

古代的史書、子書，「引用」的辭例甚多。以上《左傳》是引《尚書》的成辭。《韓非子》所引「鄙諺」云：「長袖善舞，多錢善賈。」《史記》所引「語」曰：「當斷不斷，反受其亂。」「語」曰：「千金之子，不死於市。」均爲當時社會上習見的諺語、俗語。可見引用並不限於經典精言、前賢名言，流傳的諺語、俗語，必有其道理，也可以引用來幫助說理。

10. 管子曰：「倉廩實而知禮節。」民不足而可治者，自古及今，未之嘗聞。古之人曰：「一夫不耕，或受之饑；一女不織，或受之寒。」生之有時，而用之亡度，則物力必屈。古之治天下，至纖至悉也，故其畜積足恃。（賈誼〈論積貯疏〉）

11.聖人無常師，孔子師郯子、萇弘、師襄、老聃。郯子之徒，其賢不及孔子。孔子曰：「三人行，則必有我師。」是故弟子不必不如師，師不必賢於弟子；聞道有先後，術業有專攻。如是而已。（韓愈〈師說〉）

12.孟子稱：「人之患，在好為人師。」自魏晉以下，人益不事師。今之世不聞有師，有，輒譁笑之，以為狂人。獨韓愈奮不顧流俗，犯笑侮，收召後學，作〈師說〉，因抗顏而為師。（柳宗元〈答韋中立論師道書〉）

賈誼引管子的「倉廩實而知禮節」，又引古人曰「一夫不耕，或受之饑；一女不織，或受之寒」，旨在闡明他所主張的「積貯」。韓愈引孔子的話，柳宗元引孟子的話，也是在藉以闡明師道，如此明白全引古聖先賢的名言，均足以加強其文章的說服力。

現代文學裡的「明引」也頗爲常見：

1.拿破崙曰：「『難』之一字，惟愚人所用字典為有之耳。」……嗚呼！至今讀此言，神氣猶為之王焉。（梁啓超〈論冒險與進取〉）

2.形容「經濟」兩個字，最好借用宋玉的話：「增之一分則太長，減之一分則太短；傅粉則太白，施朱則太赤。」（胡適〈論短篇小說〉）

3.使我最佩服的是鄧肯的佳句：「世人只會吟詠春天與戀愛，真無道理，須知秋天的景色更華麗，更新奇，而秋天的快樂有萬倍的雄壯驚奇、郁麗。我真可憐那些婦女識見褊狹，使他們錯過愛之秋天的宏大的贈賜。」（林語堂〈秋天的況味〉）

4.女人善變……因為變得急速，所以容易給人以「脆弱」的印象。莎士比亞有一名句：「脆弱呀，

你的名字叫做女人！」但這脆弱，並不永遠使女人吃虧。（梁實秋〈女人〉）

5.「疲馬戀舊林，羈禽思故棲。」是孟郊的句子，人與疲馬羈禽無異，高飛遠走，疲于津梁，不免懷念自己的舊家園。（梁實秋〈疲馬戀舊林，羈禽思故棲〉）

6.我又想起了法國現代畫家盧奧的話：「如果我曾消耗我的時間去圖繪薄暮，我就應該有權利去描畫黎明。」我試著自己拿起筆去摹描窗外清曉的藍光，我要的是黎明，但是只發現了黃昏。（張秀亞〈牧羊女〉）

從宋玉的文章，孟郊的詩句，乃至於西洋的莎士比亞、拿破崙、鄧肯、盧奧等，都成爲「引用」的對象，可見現代文學中可以引用的範疇更加寬廣。其中梁實秋所引孟郊的詩句：「疲馬戀舊林，羈禽思故棲。」也是有來歷的，語出陶淵明〈歸園田居〉詩：「羈鳥戀舊林，池魚思故淵。」句法、題材、主題幾乎如出一轍，那是「仿擬」中的「擬句」。

7.我在普林斯敦時，跟一位專做強流撞擊器的泰斗在咖啡廳聊天，說到什麼叫做科學，我就引用了禪宗裏的一段話：「老僧卅年前見山是山，見水是水；後來，見山不是山，見水不是水；而今，見山又是山，見水又是水」相告，我至今還記得他聽到這話時，眼睛所放的光芒，如同在一長夜裏，幾條曙線從昏沉沉的大地上跳出來。（陳之藩〈方舟與魚〉）

8.俗話說：「種瓜得瓜，種豆得豆。」又說：「龍生龍，鳳生鳳，老鼠生兒打地洞。」人們把這種現象稱為「遺傳」。（葉永烈〈揭開遺傳的奧祕〉）

9.在包可華專欄中，政治諷刺是他的目的！幽默祇是他達到這種目的的一種手段。美國學者韋廉・斯塞在一篇論包可華的文章中說：「他是今日美國最重要的力量之一，因為他能用幽默的方式諷刺政治；使用嚴肅的方式來諷刺同一事件的學者，沒有一個能逃避懲罰。」……美國暢銷書籍雜誌總編輯馬丁・萬洛斯在介紹包可華廿五年專欄選集時說：「美國文化中最可悲的事情，是具有超人機智的作家只有包可華一個人。」要欣賞這個不世的奇才諷刺政治的方法，最起碼的條件必須了解他每一篇專欄的新聞背景。（黃驤《包可華專欄精粹．序》）

10.荔枝也許是世界上最鮮最美的水果。蘇東坡寫過這樣的詩句：「日啖荔枝三百顆，不辭長作嶺南人。」可見荔枝的妙處。（楊朔〈荔枝蜜〉）

11.傅東華有一段名言：

「古典主義是低眉的菩薩，浪漫主義是怒目的金剛！」

哀樂中年，浪漫之中有節制，古典之中有活力。少年時洋溢著理想與熱情，擇善固執。中年後才知道，美其名曰理想，其實可能是熱情；美其名曰熱情，其實或許是濫情！更何況，你所擇之善，換個角度，不見得是唯一的善！更重要的是在理想與現實之間，如何調整平衡：媚世阿俗，固非所願；好高騖遠，亦屬徒然！（沈謙《得饒己處且饒己》）

現代文學中所引用的文字，多係精言警句，足以振起文氣，彰顯主旨，增加文章的感染力與說服力。

以上所舉辭例，都是明引一句或數句，文字並未刪節更改！是爲「全引」。也有明引一句或數句，文字酌予刪節更改的，是爲「略引」。聊舉二例，以窺一斑：

1.是以不論落花或秋雨，柳絮或更香，在黛玉看來都和她自己一般：「憔悴花遮憔悴人」（〈桃花行〉）；「明媚鮮艷能幾時，一朝漂泊難尋覓」（〈葬花詩〉）；「燈前如伴離人泣」（〈秋窗風雨夕詞〉）；「漂泊亦如人命薄……草木也知愁，韶華竟白頭……嫁與東風春不管，憑爾去，忍淹留」（〈唐多令．柳絮〉）；以及「焦首朝朝還暮暮，焦心日日復年年」（〈更香〉）。（傅孝先《漫談紅樓夢及其詩詞》）

傅孝先在此明引《紅樓夢》中的詩詞，總計引用了五處，其中四處是不加刪節的全引一句或數句，唯〈唐多令〉是節錄部分，其原詞爲：「粉墮百花洲，香殘燕子樓，一團團逐隊成毬。漂泊亦如人命薄，空繾綣，說風流！

草木也知愁，韶華竟白頭，歎今生誰舍誰收？嫁與東風春不管，憑爾去，忍淹留！」如此「略引」，可以擷取其重要詞句，顯示作者論述之重點。

2.即使十字坡賣人肉饅頭的張青告訴武松說，有三等人不殺。「第一是雲遊僧道……第二等是江湖上行院妓女之人……第三等是各處犯罪流配的人……」（第廿七回）似乎其中已照顧到一種憐憫不幸者的愛，但是實質上還是江湖俠義的有分別的愛。（樂蘅軍〈梁山泊的締造與幻滅〉）

樂蘅軍明引《水滸傳》第廿七回，只略引其中的三種人，下面的說明文字一概刪節，適足以重點強調這三種人，如果全引，就顯得冗長，而不易一氣呵成地直接論述作者所要探討的「江湖俠義的有分別的愛」。由以上二例也可見「略引」多半出現在論述文章中。

貳、暗用

引用時並未指明出處，直接將引文編織在自己的文章或講辭中，是爲「暗用」。且看：

1.青青子衿，悠悠我心。
但為君故，沉吟至今。
呦呦鹿鳴，食野之苹。
我有嘉賓，鼓瑟吹笙。
明明如月，何時可掇？
憂從中來，不可斷絕。（曹操〈短歌行〉）

這是曹操代表作〈短歌行〉的中段。半數以上的詩句係引用《詩經》的成辭。《詩經．鄭風．子衿》首章：「青青子衿，悠悠我心。縱我不往，子寧不嗣音？」《詩經．小雅．鹿鳴》首章：「呦呦鹿鳴，食野之苹。我有嘉賓，鼓瑟吹笙。」作者是原句照錄，直接編織到自己的作品中，並未說明出處。但是因為引用得好，卻是融合無間，讀者假如不熟悉《詩經》，一定弄不清其中的奧妙。

2.寶轂雕輪狹路逢，一聲腸斷繡帷中。身無彩鳳雙飛翼，心有靈犀一點通。金作屋，玉為籠，車如流水馬如龍。劉郎已恨蓬山遠，更隔蓬山一萬重。（宋祁〈鷓鴣天〉）

北宋詞人宋祁這闋〈鷓鴣天〉詞，大半的詞句均是有所本的。

昨夜星辰昨夜風，畫樓西畔桂堂東。
身無彩鳳雙飛翼，心有靈犀一點通。
隔座送鉤春酒暖，分曹射覆蠟燈紅。
嗟余聽鼓應官去，走馬蘭台類轉蓬。（李商隱〈無題二首其一〉）

多少恨，昨夜夢魂中，還似舊時遊上苑，車如流水馬如龍。（李煜〈望江南〉）

來是空言去絕蹤，月斜樓上五更鐘。
夢為遠別啼難喚，書被催成墨未濃。
蠟照半籠金翡翠，麝薰微度繡芙蓉。
劉郎已恨蓬山遠，更隔蓬山一萬重。（李商隱〈無題四首其一〉）

李商隱的〈無題〉與李後主的〈望江南〉都是傳誦廣遠的傑作，宋祁擷取其中膾炙人口的名句，組合成〈鷓鴣天〉一詞，頗見匠心巧思。

3.鳳髻金泥帶，龍紋玉掌梳。走來窗下笑相扶，愛道：「畫眉深淺入時無？」弄筆偎人久，描花試手初。等閒妨了繡工夫，笑問：「雙鴛鴦字怎生書？」（歐陽脩〈南歌子〉）

歐陽脩這闋〈南歌子〉描敘一位嬌美多情的新嫁娘，神情躍然，姿態橫生。上下兩片的結句，都是俏黠的問話。其中上片末句出自朱慶餘〈近試上張水部〉：「洞房昨夜停紅燭，待曉堂前拜舅姑。妝罷低聲問夫婿，畫眉深淺入時無？」如此暗用得恰到好處，堪稱化工之筆。

4.夢後樓台高鎖，酒醒簾幕低垂。去年春恨卻來時，落花人獨立，微雨燕雙飛。記得小蘋初見，兩重心字羅衣，琵琶弦上說相思。當時明月在，曾照彩雲歸。（晏幾道〈臨江仙〉）

此詞敘歌女小蘋的深情。其中暗用唐翁殘的〈春殘〉詩：「又是春殘也，如何出翠幃？落花人獨立，微雨燕雙飛。寓目魂將斷，經年夢亦非。那堪向愁夕，蕭颯暮蟾輝。」「落花人獨立，微雨燕雙飛」，藉燕子的比翼雙飛，對襯花落人散的寂寞。原本即爲膾炙人口的佳句，經晏幾道引用之後，更加爲大眾所津津樂道。

5.寶玉笑道：「妹妹，你說好不好？」黛玉笑著點頭兒。寶玉笑道：「我是個『多愁多病的身』，你就是那『傾國傾城的貌』。」黛玉聽了，不覺帶腮連耳的通紅了，登時豎起兩道似蹙非蹙的眉，瞪了一雙似睜非睜的眼，桃腮帶怒，薄面含嗔，指著寶玉道：「你這該死的，胡說了！好好兒的，把這些淫詞艷曲弄了來，說這些混賬話，欺負我。我告訴舅舅、舅母去！」（曹雪芹《紅樓夢．第廿三回》）

6.鴛鴦又道：「左邊一個『天』。」黛玉道：「良辰美景奈何天。」寶釵聽了，回頭看著他，黛玉只顧怕罰，也不理論。鴛鴦道：「中間『錦屏』顏色俏。」黛玉道：「紗窗也沒有紅娘報。」（曹雪芹《紅樓夢．第四十回》）

以上二例，均出自《紅樓夢》。賈寶玉所說的「多愁多病身」和「傾國傾城貌」，語本王實甫《西廂記》。張生是多愁多病身，鶯鶯是傾國傾城貌。賈寶玉在此自比張生，將林黛玉比作崔鶯鶯，如此「暗用」，委婉含蓄地表達了他對於林黛玉的愛慕之情。林黛玉所說的「良辰美景奈何天」，暗用湯顯祖的《牡丹亭》，劇中女主角杜麗娘在第十齣〈驚夢〉中所唱的一支曲子〈皂羅袍〉：「原來姹紫嫣紅開遍，似這般都付與斷井頹垣。良辰美景奈何天，賞心樂事誰家院！」賈寶玉、林黛玉如此「暗用」，顯然是《紅樓夢》的作者曹雪芹對於《西廂記》、《牡丹亭》非常熟悉，而能擷取契合書中主角的個性、神情、心態的名句。二例相較，後者係遊戲工作，遠遜前例之巧思。

7.詞以境界為最上。有境界，則自成高格，五代北宋之詞所以獨絕者在此。……有有我之境，有無我之境。「淚眼問花花不語，亂紅飛過秋千去。」「可堪孤館閉春寒，杜鵑聲裏斜陽暮。」有我之境也。「采菊東籬下，悠然見南山。」「寒波澹澹起，白鳥悠悠下。」無我之境也。有我之境，以我觀物，故物皆著我之色彩。無我之境，以物觀物，不知何者為我，何者為物。古人為詞，寫有我之境者為多，然未始不能寫無我之境，此在豪傑之士能自樹立耳。（王國維《人間詞話》）

王國維在此揭舉「有我之境」與「無我之境」。分別舉了兩個例子。「淚眼問花」二句，出自南唐馮延巳的〈鵲踏枝〉詞（或作歐陽脩），「可堪孤館」二句出自北宋秦觀的〈踏莎行〉詞。「采菊東籬下」二句出自陶淵明的〈飲酒詩〉，「寒波澹澹起」二句出自金元好問的〈穎亭留別詩〉。王國維在本文中並未明言出處，是典型的「暗用」。然非如此「引用」，不能印證其理。

8.古今之成大事業大學問者，必經過三種之境界。「昨夜西風凋碧樹，獨上高樓，望盡天涯路」，此第一境也。「衣帶漸寬終不悔，為伊消得人憔悴」，此第二境也。「眾裏尋他千百度，回頭驀見，那人正在燈火闌珊處」，此第三境也。（王國維《人間詞話》）

王國維的第一境所引「昨夜西風」出自晏殊〈蝶戀花〉：「檻菊愁煙蘭泣露，羅幕輕寒，燕子雙飛去。明月不諳離別苦，斜光到曉穿朱戶。昨夜西風凋碧樹，獨上高樓，望盡天涯路。欲寄彩箋無尺素，山長水闊知何處？」原詞敘秋日之悵望，王國維意謂：追求理想的嚮往之情。

第二境所引「衣帶漸寬」出自柳永〈鳳棲梧〉：「竚立危樓風細細，望極春愁，黯黯生天際。草色煙光殘照裏，無言誰會凭欄意。擬把疏狂圖一醉，對酒當歌，強樂還無味。衣帶漸寬終不悔，爲伊消得人憔悴。」原詞敘別後相思之苦，王國維意謂：追求理想的艱苦歷程。

第三境所引「眾裏尋他」出自辛棄疾〈青玉案〉：「東風夜放花千樹，更吹落星如雨。寶馬雕車香滿路，鳳簫聲動，玉壺光轉，一夜魚龍舞。　蛾兒雪柳黃金縷，笑語盈盈暗香去，眾裏尋他千百度，驀然回首，那人卻在燈火闌珊處。」（案：許文雨《文論講疏》云：「王引有異文，或由未展原書，僅憑記憶耶？」）原詞敘乍見之驚喜。王國維意謂：理想實現後的喜悅。

現代文學中的「暗用」也頗爲常見：

1.桃源洞離桃源縣廿五里，從桃源縣坐上船沿沅水上行，船到白馬渡時，上岸走去，忘路之遠近，亂走一陣，桃花源就在眼前。（沈從文〈桃源與沅州〉）

2.這裏精通拿筷子法的人，有了一雙筷，可抵刀鋸叉瓢一切器具之用，爬羅剔抉，無所不精。（豐子愷〈吃瓜子〉）

3.後來年齡一天天增加，讀的書也一天天多起來，所謂「學然後知不足」，真是一點不錯。（謝冰瑩〈關於女兵自傳〉）

沈從文語本陶淵明〈桃花源記〉：「晉太元中，武陵人，捕魚爲業，緣溪行，忘路之遠近。忽逢桃花林，夾岸數百步，中無雜樹，芳草鮮美，落英繽紛。」豐子愷語本韓愈〈進學解〉：「爬羅剔抉，刮垢磨光。蓋有幸而獲選，孰云多而不揚？」謝冰瑩語本《禮記．學記》：「學然後知不足，教然後知困。」引用古人成辭，都沒有明言出處，故屬「暗用」。

4.「了不得！了不得！」雷委員喝采道，「這點年紀就能有這樣的捷才。」他轉向樸公又說道：「莫怪我唐突，將來恐怕『雛鳳清於老鳳聲』呢！」（白先勇〈梁父吟〉）

5.鳳鳴——桐花萬里丹山路，雛鳳清於老鳳聲。在雄渾的文藝大合唱裏，我們期待四面八方響起的雛鳳清音！（瘂弦〈聯副「新人月」祝詞〉）

白先勇、瘂弦暗用了李商隱的〈贈韓偓〉：

十歲裁詩走馬成，冷灰殘燭動離情。

桐花萬里丹山路，雛鳳清於老鳳聲。

「雛鳳清於老鳳聲」字面上意謂：剛長成的雛鳳，啼聲乍試，比老鳳的鳴聲更加清脆悅耳。借喻：韓偓的詩才勝過其父韓瞻，也用來形容嶄露頭角的青年才俊，此句意象鮮明，生動傳神，引用得當，頗具奇效。

6.在沒有上帝觀念的人文學者裏，對於「生」的態度總是「發憤忘食，樂以忘憂，不知老之將至」；更不知死之將至。（陳之藩〈羅素與服爾泰〉）

7.築路的人，也最具有路的性格。他不會愕然驚呼：「噫吁嚱！危乎高哉！」山再陡，高路入雲端；他們不會喟然長歎：「煙波江上使人愁。」水再闊，一橋飛架南北。

他們總是在開拓人間的道路，哪怕是獻出青春，獻出自己的生命！（陳繼光〈一〇〇一公里〉）

8.「牆裏開花牆外香」，王振泰的藝術之花、生命之花開得燦爛奪目，香遠益清，卻又開得太遲、太短、太難……等到「牆外」的清香反饋到「牆裏」，中國已經沒有王振泰了！零落成泥輾作塵，只有香如故。（霍達〈國殤〉）

「發憤忘食，樂以忘憂，不知老之將至」出自《論語．述而篇》。「噫吁嚱危乎高哉，蜀道之難難於上青天」是李白〈蜀道難〉開端的名句。「日暮鄉關何處是，煙波江上使人愁」是崔顥〈黃鶴樓〉的末聯。又周敦頤〈愛蓮說〉：「香遠益清，亭亭淨植，可遠觀而不可褻玩焉。」陸游〈卜算子——詠梅〉下片：「無意苦爭春，一任群芳妒。零落成泥碾作塵，只有香如故。」

9.楊柳岸，曉風殘月。

江霧似輕紗蒙蒙，小舟自橫，舟上分坐著一對青年男女。（陳繼光〈向著生活微笑〉）

10.先知先覺之所以能夠這樣做，正是因為他們首先有了很多知識，而又承認自己知識不夠：「吾生

也有涯，而知也無涯」，對新事物採取謙虛、謹慎、嚴肅、認真的態度。（吳晗〈說謙虛〉）

11.快筆短文屬靈感即興之作，雖非道貌岸然的正經文章，卻往往有膾炙人口的神來之筆。希望能「以風流為道學，寓教化於詼諧」。或筆道得意鏡頭，或語破心中事，或抒寫某種感觸，或描述別有所見。趣味饒、警惕深、餘韻長。苟金聖嘆復生於今日，必曰：「讀聯副快筆短文，不亦快哉！為聯副撰快筆短文，不亦快哉！」（沈謙〈快筆短文前言〉）

「楊柳岸，曉風殘月」出自柳永〈雨霖鈴〉。「吾生也有涯，而知也無涯」出自《莊子・養生主》。「以風流爲道學，寓教化於詼諧」出自張潮《幽夢影》。

以上所舉辭例，都是暗用一句成數句，文字並未刪節更改，是爲「全用」。也有暗用一句成數句，文字酌予刪節更改的，是爲「略用」，聊舉數例，以窺一斑。

1.可是我並不準備回國打麻將，或是開同鄉會，或是躲到漢家陵闕去看西風殘照。我只是不甘心做孝子，也不放心做浪子，只是嘗試尋找，看看有沒有做第三種子弟的可能。（余光中〈掌上雨〉）

2.我想三五月明之夜，疏影橫斜，暗香浮動，梅花映月，月籠梅花，漫山遍野都是晶瑩朗澈，真可謂玉山照夜哩。（周瘦鵑〈蘇州游蹤〉）

3.如此兩天一夜，實在是寂寞難堪，只好守著那車窗兒，吟起太白〈蜀道難〉的詩句，想：如今電氣化鐵路，且還這般艱難，唐代時期，那太白騎一頭瘦驢，攜一卷詩書，冷冷清清，「怎一個愁字了得？」（賈平凹〈入川小記〉）

余光中略用李白〈菩薩蠻〉末二句：「西風殘照，漢家陵闕。」周瘦鵑略用林逋〈山園小梅〉：「疏影橫斜水清淺，暗香浮動月黃昏。」賈平凹略用李清照〈聲聲慢〉：「尋尋覓覓，冷冷清清，悽悽慘慘戚戚。……守著窗兒，獨自怎生得黑！梧桐更兼細雨，到黃昏點點滴滴。這次第，怎一個愁字了得！」引用文字，較原文略有變易。

關於引用的原則，可以簡要歸納三點：

一、增強說理，配合情境

引用前賢經典的警句名言，顯現集體智慧的成語諺語等，來印證自己的論點，主要是基於訴諸權威的心理，可以加強文章的可信性與說服力。如賈誼引管子的「倉廩實而後知禮節」論積貯，韓愈引孔子「三人行，則必有我師」論師道等。再如《史記．范睢蔡澤列傳》有一段蔡澤勸范睢退位的說詞：

今主之親忠臣不忘舊故不若孝公、悼王、勾踐，而君之功績愛信親幸又不若商君、吳起、大夫種，然而君之祿位貴盛，私家之富過于三子，而身不退者，恐患之甚于三子，竊為君危之。語曰：「日中則移，月滿則虧。」物盛則衰，天地之常數也。進退盈縮，與時變化，聖人之常道也。故「國有道則仕，國無道則隱」。聖人曰：「飛龍在天，利見大人。」「不義而富且貴，于我如浮雲。」今君之怨已仇而德已報，意欲至矣，而無變計，竊為君不取也。

蔡澤主要強調的是「應該功成身去，急流勇退，否則會遭致殺身之禍」，除了列舉商鞅、吳起、文種的歷史教訓之外，又引用諺語和孔子的話來印證，如此引用，使得蔡澤的說詞更加可信、有力，擲地鏗然有聲。

引用詩文名句，必須配合情境，與文章的場景、氣氛相配合，可使文章委婉含蓄，如宋祁的〈鷓鴣天〉暗用李商隱〈無題〉，又如《紅樓夢》中賈寶玉引《西廂記》表達他對林黛玉的情意，林黛玉明暗用《牡丹亭》抒自己的處境等。

二、新舊交融，別致有趣

引用的警句名言，多爲大眾所熟知。往往能產生一股親切感，使讀者在新舊融會中獲得喜悅與滿足，如王國維引用晏殊、柳永、辛棄疾的詞論人生三境界，白先勇、瘂弦引用李商隱的「雛鳳清於老鳳聲」，意象鮮明，饒有別趣。再如朱光潛《談美》：

工夫雖從點睛出，卻從畫龍做起。

此略用「畫龍點睛」之成語，略加變易，不但生動傳神，而且形象具體，是創造性的引用。語本張彥遠《歷代名畫記》所載張僧繇的故事：「（梁）武帝崇飾佛寺，多命僧繇畫之……金陵安樂寺四白龍不點眼睛，每云：『點睛即飛去。』人以為妄誕，固請點之，須臾雷電破壁，兩龍乘之騰去上天，二龍未點睛者見在。」再如有人引孟子的話說：

「好色之心，人皆有之。」所以大陸探親最受歡迎的禮物是彩色電視機。

這是將原文的意思加以引申變化，「好色」採有趣的「詞義雙關」。

三、切忌誤謬，避免艱澀

「引用」既可以言簡意賅，有助於論理抒情，又可增益文章之典贍氣氛。但仍有其節制，不可流於浮濫，切忌誤謬，避免艱澀。劉勰《文心雕龍・事類篇》云：

凡用舊合機，不啻自其口出；引事乖謬，雖千載而為瑕。

此論「引用」不當，雖千載以下不免瑕疵。劉寶成《修辭例句》曾指陳引用時須注意三點：

㈠引用的話必須與自己的話密切配合，與上下文要有自然聯繫。
㈡要正確理解引用的詞語，不能牽強附會，斷章取義。
㈢引用要忠於原文，不可隨意改動，特別是引用經典著作時，更應準確無誤。

劉氏所論第一點則要求「用舊合機」，第二、三點則相當於「引事乖謬」。聊舉一例。以為鑑戒：

中國古來有一句鼓勵人讀書的話：「書中自有顏如玉，書中自有黃金屋。」黃金美人全在了，實在是夠功利的吧！可是這仍舊不失冥想的力量，因為透過這鼓勵可以跟書對話，生命的領域就可以擴大。曾子有句話說：「三日不讀書面目可憎。」所以讓我們鼓勵自己多多讀書，常常冥想。（陳怡

安《把自己找回來》）

「三日不讀書，便覺語言乏味，面目可憎。」出自明王世貞《世說新語補》：「黃太史云：『士大夫三日不讀書，則理義不交於胸中，便覺面目可憎，語言無味。』」又明朱舜水〈書讀書樂卷後〉：「三日不讀書，便覺語言無味，面目可憎。」其典當係語出北宋的黃山谷（即黃太史）。此段文字誤作曾參，雖是偶然記錯，但既然「引用」，就必須力求謹慎。

「引用」不但要忠於原文，準確無誤，同時也須避免艱澀難懂。引用的目的是在闡明事理，使文章更具說服力，假如艱澀難懂，那就適得其反了。

自我評量題目

一、明引與暗用有何異同？舉例以明之。

二、簡述引用的原則。

第十四章 藏 詞

學習目標

——研讀本章內容之後，學習者應可達成下列目標：

一、能了解藏詞的意義與效用。

二、能明辨藏頭、藏尾、藏腰之異同。

三、能掌握藏詞的原則。

摘 要

將大眾所熟知的成語、諺語、格言、警句，只說一部分，藏去所欲表達的詞語的修辭方法，是為「藏詞」。

依表達形式而分，藏詞有三類：

一、藏頭：藏去的詞語在成語或警句的開頭，是為「藏頭」，或稱「拋前藏詞」。

二、藏尾：藏去的詞語在成語或警句的末尾，是為「藏尾」，或稱「棄後藏詞」。

三、藏腰：藏去的詞語在成語或警句的中間，是為「藏腰」，或稱「藏腹」、「舍中藏詞」。

藏詞的原則有二：㈠語意含蓄，顯現機鋒妙趣。㈡善用成語，流露民族智慧。

將大眾所熟知的成語、諺語、格言、警句，只說一部分，藏去所欲表達的詞語的修辭方法，是爲「藏詞」。「藏詞」語意委婉，暗藏玄機，使讀者因其所言，會其所未言，富有幽默感，不但表現了作者的巧心匠藝，更流露了民族的集體智慧。依形式而分，藏詞有三類：㈠藏頭，㈡藏尾，㈢藏腰。

壹、藏頭

藏去的詞語在成語或警句的開頭，是爲「藏頭」，或稱「拋前藏詞」。且看：

1.行行重行行，與君生別離。

相去萬餘里，各在天一涯。

道路阻且長，會面安可知。（無名氏《古詩十九首》）

這是漢朝《古詩十九首》第一首的首段。回想當初情郎離家遠行的情景：走了一程又一程，愈行愈遠，一雙有情人就這樣活生生地被拆散了。相隔萬里之遙，各在天涯海角的一邊。路途艱難險阻而又長遠，不知何時才能見面團聚？值得注意的是「與君生別離」，「生別離」，謂活生生地分開。敏感的讀者，也許會聯想起《楚辭．九歌．少司命》的兩句名言：

樂莫樂兮新相知，

悲莫悲兮生別離！

從「藏詞」的修辭法而言，「與君生別離」是典型的「藏頭」，話只說了一半「生別離」，將「悲莫悲兮」藏在字面之外，不但語意含蓄，而且情韻深厚，耐人咀嚼。

2.自弱冠涉乎知命之年，八徙官而一進階，再免，一除名，一不拜職，遷者三而已矣。（潘岳〈閒居賦〉）

潘岳才貌冠世，爲眾所疾，鬱鬱不得志。此自敘其卅年間八次任官。「自弱冠涉乎知命之年」，以「弱冠」藏廿歲，「知命」藏五十歲，都是省略了前半的「藏頭」。前者出自《禮記・曲禮》：「廿曰弱冠。」後者出自《論語・爲政篇》孔子自敘其爲學修養之歷程：

> 子曰：吾十有五而志於學，卅而立，四十而不惑，五十而知天命，六十而耳順，七十而從心所欲，不踰矩。

自此以後，以「志於學」代十五歲，「而立」代卅歲，「不惑」代四十歲，「知命」代五十歲，「耳順」代六十歲者，頗爲常見。

3.烈宗知具抗直，而惡聞逆耳。（《晉書・孝武帝紀》）

此以「逆耳」代忠言。出自《孔子家語・六本》：

> 良藥苦于口而利于病，忠言逆于耳而利于行。

後世遂以「良藥苦口，忠言逆耳」作爲警世良言，成爲社會上流傳的成語。當然，這是就其大處而言，如作翻案，則也有「可口的良藥」，「不逆耳的忠言」。

4.南陽諸葛廬，西蜀子雲亭。孔子云：「何陋之有？」（劉禹錫〈陋室銘〉）

劉禹錫〈陋室銘〉的「陋」字，用的是「反諷」。末段以諸葛亮、揚雄等前賢自況。又引孔子的話「何陋之有？」字面上意思簡單明晰，實際暗藏玄機。孔子的話見《論語・子罕篇》：

> 子欲居九夷，或曰：「陋，如之何？」子曰：「君子居之，何陋之有？」

原文有兩句八個字，劉禹錫省略了前面的「君子居之」，只說出後半的「何陋之有」四字。顯然是「藏頭」，劉禹錫隱然以君子自居，而意思隱藏在字面之外，頗耐人尋味，假如不用藏詞，直接說「君子居之，何陋之有？」不但一覽無遺，了無餘味，且公然自我吹捧，難免惹人嫌厭。

5.君欲老夫旦旦耶？（蒲松齡《聊齋誌異・薛慰娘》）

「旦旦」藏去前半的「信誓」。語本《詩經．衛風．氓》：「總角之宴，言笑晏晏；信誓旦旦，不思其反。」「信誓旦旦」已成爲通行之成語。

現代文學中，「藏頭」也不乏其例：

1.阿Q本來也是正人，我們雖然不知道他曾蒙什麼明師指授過，但他對于「男女之大防」卻歷來非常嚴；也很有排斥異端——如小尼姑和假洋鬼子之類——的正氣。……誰知道他將到而立之年，竟被小尼姑害得飄飄然了。（魯迅《阿Q正傳》）

此以「而立」藏卅歲，由於孔子是至聖先師，《論語》傳誦廣遠，自古到今，類似的藏頭，到處可見：

2.間常默察外勤諸同事中，似乎以「血氣方剛」的少男少女占多數，而道心堅定的「不惑」之士殊不多覯。（何凡〈何其衰也〉）

3.你要知道，我們都是耳順之年了，晚年喪子，多大打擊！（朱西寧〈我與將軍〉）

4.三劉的年紀，都在不惑和知命之間。湛秋居大，再復居中，心武最小。（陳慧瑛〈勁松三劉〉）

5.那時，我雖然已經過了「而立」之年，卻對眼前發生的事情失去了判斷力，也不知道歷史將如何去寫。（江波〈匡廬八月〉）

何凡以「不惑」藏四十，朱西寧以「耳順」藏六十，陳慧瑛以「不惑和知命之間」代「四十和五十之間」，江波以「而立」藏卅。當然是最常見的藏頭，不過在運用上也須適度，否則極易流於浮濫。

6.鄭志那麼親暱地抱著我的丑兒，他的「及烏」之情燒烤著我。（司絲〈他從「昨天」走來〉）

7.一九五六年黨號召向科學進軍，她找了位知識分子——縣水利局的一位眼鏡先生。兩人已經有了「百日之恩」。可是眼鏡先生第二年被劃成右派分子。（古華《芙蓉鎮》）

8.錢雖不多，書倒不少。櫥櫃裏，書桌上，舊桌子，地板上到處有「顏如玉」、「黃金屋」，書海氾濫，構成這個窩的髒亂之源，於是我們的腦海裏開始有了幻想，如果我們有一面「書牆」那該

多好！（林貴眞《兩岸．簷前懸起了風鈴》）

「愛屋及烏」、「一夜夫妻，百日之恩」、「書中自有顏如玉」、「書中自有黃金屋」，都是大眾耳熟能詳的成語、諺語，作爲藏頭的題材，自然感覺親切而有趣！

9.徐信義與張美煜有一道名菜「苦瓜鑲肉」，是獨門絕藝，嘗過口味的朋友都讚不絕口。有一回筆者在大快朵頤之餘，忍不住說：「我看你們不要做窮教書匠了，乾脆去開餐館，名稱就叫『人上人專店』，只賣一道招牌菜『人上人』——苦瓜鑲肉，吃得苦中苦，方為人上人。最好在鬧市的頂樓開張，保證生意興隆！」（何常〈人上人美味無窮〉）

10.許多人由於思考的惰性，往往迷信若干約定俗成的觀念，譬如「良藥苦口」、「忠言逆耳」。其實，也有裹著糖衣的良藥，忠言未嘗不可以悅耳。只要運用之妙，存乎一心。可以寓教化於詼諧，談笑間或難題迎刃而解，或強虜灰飛煙滅，或心理的結渙然冰釋。《史記．商鞅列傳》有言：「千人之諾諾，不如一士之諤諤。」不知諤諤之士，以為然否？（沈謙《得饒己處且饒己．正諫與諷諫》）

以上兩個辭例，在本文中即已明言藏頭之出處。在現實社會中，人人都想做人上人，遺憾的是往往難以如願，而且充滿了挫折感。只要走進「人上人專店」，嘗嘗「人上人」的滋味，慰情聊勝於無，不亦快哉！「諤諤」，直言貌。語出《史記．商鞅列傳》：「趙良曰：千羊之皮，不如一狐之掖；千人之諾諾，不如一士之諤諤。武王諤諤以昌，殷紂墨墨以亡。」筆者民國七十六年在《中央日報．副刊》寫專欄，取名「諤諤篇」，即本於此。又前台中市警察局長李樹鈺先生發表文章筆名「一士」，則是藏尾。

貳、藏尾

藏去的詞語在成語或警句的末尾，是爲「藏尾」，又稱「棄後藏詞」。且看：

1.孔文舉年十歲，隨父到洛；時李元禮有盛名，為司隸校尉；詣門者皆儁才清稱，及中表親戚乃通。文舉至門，謂吏曰：「我是李府君親。」既通，前坐。元禮問曰：「君與僕有何親？」對曰：「昔先君仲尼，與君先人伯陽，有師資之尊；是僕與君奕世為通好也。」元禮及賓客莫不奇之。太中大夫陳煒後至，人以其語語之。煒曰：「小時了了，大未必佳！」文舉曰：「想君小時必當了了！」（劉義慶《世說新語．言語篇》）

此所謂「想君小時必當了了」，下藏「大未必佳」，意含嘲諷。可見孔融才思敏捷，用藏尾顯現機鋒妙趣。又《融別傳》所載文字略有出入：「煒曰：『人小時了了者，長大未必能奇。』融應聲曰：『即如所言，君之幼時，豈實慧乎？』膺大笑，顧謂融曰：『長大必爲偉器。』」

2.斜光照墟落，窮巷牛羊歸。
野老念牧童，倚杖候荊扉。
雉雊麥苗秀，蠶眠桑葉稀。
田夫荷鋤至，相見語依依。
即此羨閒逸，悵然吟式微。（王維〈渭川田家〉）

此詩描繪了一幅夕陽西下，恬然自樂的田家晚歸圖。令人油然而生羨慕之情。所以末尾說：「即此羨閒逸，悵然吟式微。」以「式微」藏後半的「胡不歸」，語本《詩經．邶風．式微》：

式微，式微！胡不歸？微君之故，胡為乎中露！
式微，式微！胡不歸？微君之躬，胡為乎泥中！

3.醉翁之意不在，

君子之交淡如。（紀曉嵐）

據說紀曉嵐曾以酒瓶裝水贈人，並附此對聯。語本《莊子．山木篇》：「且君子之交淡若水，小人之交甘若醴；君子淡以親，小人甘以絕。」歐陽脩〈醉翁亭記〉：「醉翁之意不在酒，在乎山水之間也。」紀曉嵐以「醉翁之意不在」藏末尾的「酒」字，以「君子之交淡如」藏末尾的「水」字，頗見趣味。

4.人生不滿君常滿，

世上難逢我獨逢。（乾隆皇帝）

相傳江南某地，有老夫婦同登百歲，老翁對街坊親友們揚言：「我一生視富貴如浮雲，這次只要送副壽聯即可，但聯中既要寫出百歲大壽之意，又不能出現『百歲』字樣。」這下子卻難倒了大家。適逢乾隆皇帝下江南，途經此地，聞說此奇事，遂作此聯。語本《古詩十九首》：「生年不滿百，常懷千歲憂。」又諺云：「山中自有千年樹，世上難逢百歲人。」上聯「人生不滿」藏「百」字，下聯「世上難逢」藏「百歲人」，構成巧聯妙對。如此藏尾，頗見奇思妙趣。

5.國之將亡必有，

老而不死是為。（章太炎）

清末民初的政學兩棲人物中，章太炎與康有爲是兩位頗具代表性的人物。在學術上，章太炎是古文學派，康有爲是今文學派；在政治上，章是革命黨，康是保皇黨。兩人當然是對頭。康有爲主張變法圖強，立意本佳，惜見解迂腐，沉溺於君主立憲，尤其晚年贊助張勳擁廢帝溥儀妄圖復辟，更是老朽昏庸。章太炎作此聯以侮之。「國之將亡必有」下藏「妖孽」，「老而不死」下藏「賊」。尤其是句末以「有」「爲」二字詞義雙關扣緊康有爲的「有爲」，如此藏尾的運用，堪稱妙絕。筆者曾戲稱：康有爲一直在苦思回敬，也許迄今仍在黃泉下苦思呢！

藏尾的修辭法。不只是古人的專利，現代文學與語文中也屢見不鮮。且看：

1.這種獎賞，不要誤解為「拋來」的東西，這是「拋給」的，說得冠冕些，可以稱之為「送來」，我這裏不想舉出實例。（魯迅〈拿來主義〉）

2.這實在是叫做「天有不測風雲」，她的男人是堅實人，誰知道年紀輕輕，就會斷送在傷寒上？本來已經好了的，吃了一碗冷飯，復發了。（魯迅〈祝福〉）

「冠冕堂皇」、「天有不測風雲，人有旦夕禍福」，都是中國社會裏大家熟稔的成語諺語。第一個辭例以「冠冕」藏「堂皇」，第二個辭例以「天有不測風雲」藏「人有旦夕禍福」。都是典型的「藏尾」，話只說了一半，中途打住，留給讀者或聽眾自行尋味，可以說是「高手過招，點到爲止」。

3.因為平素一向缺少涵養，喜怒易形於色，臉上一時也就掩飾不住心底的莞爾。（吳魯芹〈懶散〉）

「莞爾」下藏「笑」字。語本《論語．陽貨篇》：「夫子莞爾而笑曰：『割雞焉用牛刀』？」莞爾意指「微笑的樣子」，自此遂以莞爾代微笑，如此用法，可使讀者心領神會，爲之莞爾。

4.就是四周過于寂靜，尤其夜裏。有一天晚上，忽然看見隔房有燈光，卻無聲息，不知有人無人，是男是女。一夜惴惴，不敢入睡。（陳慧瑛〈竹葉三君〉）

5.真要造字，自有文字學家；小說家能夠不寫白字，不寫錯就已經「阿彌陀佛」了。（隱地〈家變與龍天樓〉）

6.無論敘事技巧，氣氛的處理，和帶殘酷性逼真的情感表達各方面，實在都使人為之刮目。（隱地〈家變與龍天樓〉）

以上三個辭例，藏尾的題材都是日常慣用的成語諺語。陳慧瑛以「惴惴」下藏「不安」，隱地以「阿彌陀佛」下藏「保佑」，以「刮目」下藏「相看」。其所要表達的重點都是沒有說出，藏於字面以外的本詞。與「刮目相看」相對的是「洗耳恭聽」：「高小姐這段高論，值得我們留神洗耳！」

7.在這裏，大家都不讀書，因此很容易讓我們產生夜郎式的錯覺。（黃森松〈露從今夜白〉）

8.朱達仁來到窯上就抓住財務、銷售這一大攤子不放手，柱子兄弟看出來派不對，幾次逐客都沒成。這次趁朱達仁老娘病故，給了他五百元，叫他回去料理。沒想到這傢伙把錢寄回去。說什麼「窯上忙，算了，不回啦」。柱子兄弟暗暗叫苦，這真是「請神容易」啊！（張拙〈游客僧〉）

「夜郎」下藏「自大」，「請神容易」下藏「送神難」。均頗見委婉之致與詼諧之趣。「夜郎自大」典出《漢書・西南夷傳》：「南夷君長以十數，夜郎最大。」夜郎國以一州王，不知漢之大，見漢使曰：「漢孰與我大？」「請神容易送神難」則爲習見之諺語。

9.劉鎖成逞了一輩子能，這一回可落下一個「智者千慮」的話把兒。（紫薇〈無能之輩〉）

10.他一想起旅行社裏，那些受過高等教育，滿口洋文，穿著入時的女同事們就恨之入骨，滑溜得像條水蛇似的，沒沾著邊兒，還會著了她們的道兒，他們小氣、世俗、保守而又刻薄，真是金玉其外啊！（蘇玄玄〈爪痕〉）

11.走到電影街，觸目盡是漂亮的女郎，花花的耀眼，但似乎總是衣服比臉漂亮，臉比心漂亮，真是金玉其外啊！（曾昭旭〈工具發達的時代〉）

「智者千慮」藏去「必有一失」，「金玉其外」藏去「敗絮其中」。不但是典型的「藏尾」範例，而且都是其來有自，值得深究。「智者千慮」語本《史記・淮陰侯列傳》：

廣武君曰：臣聞智者千慮，必有一失；愚者千慮，必有一得。

「金玉其外」語本劉基〈賣柑者言〉：

觀其坐高堂，騎大馬，醉醇醴而飫肥鮮者，孰不巍巍乎可畏，赫赫乎可象也！又何往而不金玉其外，敗絮其中也哉！

「智者千慮，必有一失」，凝聚了民族的智慧與經驗教訓。「金玉其外，敗絮其中」，喻外表華美，內質破敗，有強烈的諷刺性。這都是內蘊顚撲不破至理的名言警句。藏詞運用的題材，往往是含有民族集體智慧的成語諺語，而出之以委婉詼諧的表達方式，集體的智慧與民族的幽默相結合，自然能展現出奇葩異采。

參、藏腰

藏去的詞語在成語或警句的中間，是爲「藏腰」，或稱「藏腹」、「舍中藏詞」。且看：

1.又楚人屈原，含忠履潔，君非從流，臣進逆耳，深思遠慮，遂放湘南。耿介之意既傷，壹鬱之懷靡愬；臨淵有「懷沙」之志，吟澤有「憔悴」之容。騷人之文，自茲而作。（蕭統《昭明文選・序》）

此論文學隨時而變，騷體產生之緣由。其所謂「君非從流，臣進逆耳」，指屈原與楚王之遇合關係。「臣進逆耳」用「藏頭法」藏去「忠言」。「君非從流」是典型的「藏腰」。在「從」「流」中間藏去「善」字。從善如流，是中國社會上習見的成語。早在《左傳》中即已迭見運用：

君子曰：「從善如流，宜哉！《詩》曰：『愷悌君子，遐不作人？』求善也夫！作人，斯有功績矣。」（成公八年）

對曰（叔向）：「齊桓，衛姬之子也，有寵於僖；有鮑叔牙、賓須無、隰朋以為輔佐；有莒、衛以為外主；有國、高以為內主；從善如流，下善齊肅；不藏賄，不從欲，施舍不倦，求善不厭。是以有國，不亦宜乎？」（昭公十三年）

「從善如流」的成語，已經流傳廿餘年，迄今未衰，用「從流」藏腹藏去中間的「善」，尤具委婉之致與隱藏之趣。

2.重以尸素，抱罪枕席。（《晉書・紀瞻傳》）

「尸位素餐」也是常見的成語，謂居官位不理事，虛耗國家俸祿。此以「尸素」藏去中間與末尾的「位」、

「餐」二字，是典型的藏腰兼藏尾。季少德《古漢語修辭》論藏詞的種類，以爲「截取句子或詞組的一部分，並重新加以組合，來表示整個句子或詞組的意思」。此截取「尸素」來表示「尸位素餐」的意思。語本《漢書・朱雲傳》：

今朝廷大臣，上不能匡主，下亡以益民，皆尸位素餐。

其實，「尸位素餐」的人，不只是漢朝、晉朝才有，也不只是朝廷官員才有，可謂時時有之，處處可見，所以「尸位素餐」這個成語才流傳數千年。

3.審塞翁之倚伏，達蒙叟之浮休。（張說〈左羽林大將軍王公神道碑奉敕撰〉）

「審塞翁之倚伏」以「倚伏」藏頭代「禍福」，語本《老子》：「禍兮福所倚，福兮禍所伏。」「達蒙叟之浮休」語本《莊子》：「其生若浮，其死若休。」張說截取兩個句子中的一部分「浮」和「休」，重新組合成「浮休」，表示「生死」的意思，如此「藏頭」兼「藏腰」的運用，要比直接說成「達蒙叟之生死」委婉蘊藉。

4.免懷之歲，天奪聖善；不食三日，哀比成人。（張說〈息國長公主神道碑銘〉）

「免懷」語出《論語・陽貨篇》：「子生三年，然後免於父母之懷。」以「免懷」代三歲，藏頭。「免懷」藏去中間的「父母」，也屬「藏腰」。聖善語出《詩經・邶風・凱風》：「母氏聖善，我無令人。」則以「聖善」藏去前面的「母氏」，屬「藏頭」。

5.豈不念旦夕，

為爾惜居諸。（韓愈〈符讀書城南〉）

以「居諸」代日月，語本《詩經・邶風・柏舟》：「日居月諸，胡迭而微。」將「日居月諸」截取「居」、「諸」二字重新組合。「居」字前面藏「日」，「居諸」中間藏「月」，是兼用「藏頭」和「藏腰」。不過如此的用法，研究文學的人固然可以心領神會，一般讀者恐怕不容易理解。

6.上聯：一二三四五

下聯：六七八九

橫披：南北

相傳舊時有人在家門口貼上這樣的對聯，旁觀的人起先莫名其妙，不曉得在搞什麼名堂，後來經過思索，原來是運用「藏詞法」，故弄玄虛。其中分別運用了藏頭、藏尾與藏腰。

㈠上聯是「藏頭」，「二三四五」缺「一」（諧音雙關「衣」）。

㈡下聯是「藏尾」，「六七八九」無「十」（諧音雙關「食」）。

㈢橫披是「藏頭」兼「藏腰」，「東南西北」少了前面的「東」與中間的「西」。

原來作者是發牢騷，意謂：缺衣無食少東西。

7. 一二三五六——沒四。

8. 一二五六七——丟三落四。

以上兩個辭例，出自通俗常見的歇後語。「一二三五六」藏去中間的「四」，再諧音雙關「事」，就是「沒事」，不要緊、沒關係的意思。「一二五六七」藏去中間的「三、四」，就是「丟三落四」，形容一個人記性差，老是忘記事情，極為生動傳神。如此的「藏腰」，屬於文字遊戲，雖然難登大雅之堂，卻顯現語文的趣味，使語言更加新穎活潑。

「藏詞」的運用，顯現民族的智慧與幽默。除了古今文學作品之外，許多文人的書齋、堂號，對聯、名字，往往可見。

至於日常所見的市招，用「藏詞」者也不乏其例。台北市中山北路有一家「奇緣皮鞋公司」（仙履奇緣——藏頭），羅斯福路有一家「放長線釣具行」（放長線釣大魚——藏尾），新店中正路有一家「先得月餐廳」（近水樓台先得月——藏頭），彰化有一家「無心插柳藝品屋」（無心插柳柳成蔭——藏尾）；有一家食品公司取名「飛達」（飛黃騰達——藏腰）。

關於「藏詞」的原則，可以歸爲兩點：

一、語意含蓄，顯現機鋒妙趣

「藏詞」的運用，一言以蔽之，那就是「高手過招，點到爲止」。不但語意含蓄，促使讀者思索聯想，具備文學上的經濟效果，更可以使語言豐富變化，多采多姿，讓讀者或聽眾感覺新穎、親切而詼諧風趣。其所顯現的機鋒妙趣，眞是令人心有戚戚焉。例如劉禹錫的：「何陋之有？」章太炎送康有爲的：「國之將亡必有，老而不死是爲。」再看：

中國三千年來的文化傳統，是拜金主義者（沉默是金——藏頭）！

關於空大應否授予學位問題，我有話要說，這是「箭在弦上」（箭在弦上，不得不發——藏尾），也是「身不由己」（人在江湖「空大」，身不由己——藏頭）。據我們所知，全世界所有的空中大學——除去中華民國之外——全部都頒授學位，人皆有學位，緊我獨無，情何以堪？

無論是常見的藏頭、藏尾，少見的藏腰，從古典詩文到現代文學，乃至於日常對話，藏詞使得語言含蓄蘊藉，耐人尋味，其中所顯現的機鋒妙趣，令人稱快。

二、善用成語，流露民族智慧

「藏詞」的運用，是建立在成語（擴而充之，包括諺語、格言、詩文警句等）的基礎上。所謂「成語」，是指在語言歷史中逐漸形成而普遍流傳的固定詞組。成語在形式上可以使語言文辭豐富、精練，形象化，並且增強了語言的穩定性和藝術性。成語在內涵上更流露了民族的集體智慧，顯現文化的深厚內涵。「藏詞」充分運用成語、諺語、格言、詩文警句，截取其中的一部分，做巧妙的表達。成語等原本的優點、特色，全部保留，照單全收。再加上藝術的處理，豈能不煥發出嶄新的意義與光芒？即以本章前面所舉的辭例而言：

良藥苦口利于病，忠言逆耳利于行。

禍兮福所倚，福兮禍所伏。

君子之交淡若水，小人之交甘若醴。

金玉其外，敗絮其中。

騏驥一躍，不能十步；駑馬十駕，功在不舍。鍥而舍之，朽木不折；鍥而不舍，金石可鏤。

這些語句，都是警策精言，內蘊顛撲不破的至理，是數千年來民族智慧的結晶。當「藏詞」在處理如此的成語警句時，不但讓讀者與聽眾感覺親切，其中的啓示與警省更活現到我們的眼前，歷世而常新。眞是「寓教化於詼諧」！

自我評量題目

一、藏詞有哪幾類？各舉一例以明之。

二、舉例說明藏詞的原則。

第十五章　鑲　嵌

學習目標

——研讀本章內容之後，學習者應可達成下列目標：

一、能了解鑲嵌的意義與產生因素。
二、能辨明鑲字、嵌字、配字、增字的異同。
三、能欣賞語文中的嵌字與配字。
四、能掌握鑲嵌的原則。

摘　要

在詞語中，故意插入數目字、虛字、特定字、同義字、異義字的修辭方法，是爲「鑲嵌」。鑲嵌的產生因素有二：㈠避免字音混淆。㈡蘊藏巧妙辭趣。

鑲嵌可分四類：

一、鑲字：以無關緊要的虛字或數目字，插在有意義的實詞中間，藉以拉長詞語，是爲「鑲字」。
二、嵌字：故意用特定字詞嵌入語句中，是爲「嵌字」。往往詞涉雙關，暗藏巧義。
三、增字：同義字的重複並列，藉以加強語意，是爲「增字」。
四、配字：異義字的重複並列，僅偏取其中一字的意義，是爲「配字」。

鑲嵌的原則有四：㈠強調語意，㈡蘊藏巧義，㈢音節和諧，㈣語意委婉。

在詞語中，故意插入數目字、虛字、特定字、同義字或異義字的修辭方法，是為「鑲嵌」。

鑲嵌是漢語特有的修辭現象，旨在使語氣舒緩，語意鄭重，或委婉含蓄，俾免尖刻傷人；或隱藏巧意，耐人尋味。其產生因素可以分從兩方面略加闡明。

㈠避免字音混淆

漢語在語言分類上，屬於單音節的「孤立語」，一字一形體，一字一音節，一字一本義。同音字特別多，在書面文字上，字形尚易識別，在口頭語言上，缺少讀音的差異，極易混淆。依台灣省國語推行委員會編印的《國音標準彙編》，光是一個「衣」字，同音字就有依、伊、咿、醫、翳、繄、鷖、猗、漪、椅、郼、噫、黟、壹、揖等數十個。如果只說一個「衣」字，聽者常不知所云，因此往往說成「衣服」。鑲嵌在詞語中插入字，在消極上可以避免混淆，積極上使語氣更加舒緩。

㈡蘊藏巧妙辭趣

中國的民族性崇尚中庸之道，行事不愛走偏鋒，不為已甚；說話不喜尖刻傷人，預留餘地。如「不以成敗論英雄」，敗字配上「成」，「置個人生死於度外」，死字配上「生」，語意和緩，不完全落實在敗、死上，俾免尖銳刺人。再加上對美文與美辭的講究，鑲嵌還可以蘊藏巧心安排的辭趣，如此使得詞語更加耐人尋味。

鑲嵌依插入字詞的不同，可以分為四類：

壹、鑲字

以無關緊要的虛字或數目字，插在有實際意義的字中間，藉以拉長詞語，是為「鑲字」。

鑲字有鑲虛字者，如：

1.有女同車，顏如舜華。

將翺將翔，佩玉瓊琚。（《詩經．鄭風．有女同車》）

2.詩者志之所之也，在心為志，發言為詩。情動於中而形於言，言之不足故嗟嘆之，嗟嘆之不足故永歌之，永歌之不足，不知手之舞之足之蹈之也。（衛宏《詩．大序》）

3.仕宦而至將相，富貴而歸故鄉。此人情之所榮，而今昔之所同也。（歐陽脩〈相州晝錦堂記〉）

「將翺將翔」在翺翔中間鑲上虛字「將」，拉長詞語，構成四言詩句，語氣上讀起來也比較順。「不知手之舞之足之蹈之也」，在「手舞足蹈」中間鑲上虛字「之」，虛字只是湊足音節，本身是沒有意義的，但是在語氣上就大不一樣了。非用「不知手之舞之足之蹈之也」，不足以盡其情，足其氣。假如只說「不知手舞足蹈也」，感覺上就不是那麼一回事。歐陽脩為好友韓琦的「晝錦堂」作記，開端本為：「仕宦至將相，富貴歸故鄉。」文章已送出，後來又派快馬追加兩個「而」字，成為「仕宦而至將相，富貴而歸故鄉」。此二「而」字純係無實際意義的虛字。但是添增「而」字之後，彷彿若有神助，與原句精神迥異，讀起來硬是不一樣，使得文章悠揚舒緩，氣足神出，眞不可同日而語。吳曾祺《涵芬樓文談》評云：「苟無此兩而字，尙成何句法？」

鑲字也有鑲數詞者，如：

1.約束既布，乃設鈇鉞，即三令五申之。（司馬遷《史記．孫吳列傳》）

2.此地有崇山峻嶺，茂林修竹；又有清流激湍，映帶左右。引以為流觴曲水，列坐其次，雖無絲竹管弦之盛，一觴一詠，亦足以暢敘幽情。（王羲之〈蘭亭集序〉）

3.丁言志羞得臉上一紅二白，低著頭，卷了詩，揣在懷裏，悄悄的下樓回家去了。（吳敬梓《儒林外史．第五十四回》）

孫子在吳王闔閭面前，以宮女試操演兵法，「三令五申」，在令申中間插入三、五的數字，此數字非實指，而是強調再三的意思。王羲之描述在會稽山陰蘭亭雅集的場景，「一觴一詠」，此「一」字也非實指，而是拉長字句使得音節完足，讀起來更加有情味。吳敬梓描寫丁言志羞愧的表情，「一紅二白」的「一」、「二」的數字也相當於虛字，藉以拉長字句，湊足音節，加強語氣。

鑲字的用法，自古有之：

1.君不聞漢家山東二百州，千村萬落生荊杞！縱有健婦把鋤犁，禾生隴畝無東西。（杜甫〈兵車行〉）

2.移船相近邀相見，添酒回燈重開宴。千呼萬喚始出來，猶抱琵琶半遮面。（白居易〈琵琶行〉）

3.風朝露夜陰晴裏，萬户千門開閉時。曾苦傷春不忍聽，鳳城何處有花枝？（李商隱〈流鶯〉）

4.斗酒隻雞人笑樂，十風五雨歲豐穰。（陸游〈村居初夏〉）

5.不主敬而欲存心，外面未有一事時，裏面已是三頭兩緒矣。（朱熹〈答張敬夫書〉）

6.他們不過是奉官差遣，打殺他也覺冤哉枉也。（《何典．卷九》）

7.林之洋鬍鬚早已燒得一乾二淨。（李汝珍《鏡花緣．第廿六回》）

8.索性給他一不做二不休罷。（李汝珍《鏡花緣．第卅五回》）

9.只怕這事倒有個十拿九穩。（文康《兒女英雄傳．第十回》）

以上所鑲的虛字、數字，都沒有實際的獨特意義，卻有延長音節，增強語氣的作用。藉以引起讀者或聽眾的注意，加強印象。

現代語文中，鑲字的運用，也頗爲常見：

1.譬如城市的人久住鴿子籠的房屋，一旦置身曠野或蕭閒的庭院中，乍見到放眼生輝的一泓滿月。其時我們替他想一想，吟之哦之，詠之玩之，手之舞之，足之蹈之，都算不得過火的胡鬧。（俞平伯〈眠月〉）

2.這種人凡事要問底細，「打破沙缸問到底，還要問沙缸從哪裏起？」他們於一言一動之微，一沙一石之細，都不輕輕放過。（朱自清〈山野掇拾〉）

3.他相信波拿伯只是一位平者常也的法國人。（郭沫若譯《戰爭與和平》）

4.只有一知半解似通非通的人，還未能接受西方文化對幽默的態度。（林語堂〈方巾氣研究〉）

5.所以園中的一花一木，一亭一榭，無不像一部讀得爛熟的書一般，了然於心目。（蘇雪林〈島居漫興〉）

6.學生不能體會老師的苦衷，一片至誠，三催四請。如果換了別人，可能我會忍不住的發起脾氣，對於光善這樣的好學生卻有些於心不忍。（楊念慈〈前塵〉）

7.我這位乾小姊呀！實在孝順不過，我這個老朽三災五難的，還要趕著替我做生日。（白先勇〈永遠的尹雪艷〉）

8.歷盡了我國三山五嶽與五湖三江之後，曾經親臨了這種悅目洗心的山光水色，就會愈覺得我們的五指就是五嶽，五甲就是五湖。（彭邦楨〈掌上的明山秀水〉）

鑲字的運用，十分普遍，鑲虛字、數目字，可以和緩語氣或加強語意，運用之妙，存乎一心。

貳、嵌字

故意用特定字詞嵌入語句中，是爲「嵌字」，往往詞涉雙關，暗藏巧義，耐人咀嚼。先看三個典型的辭例：

1.江南可採蓮，蓮葉何田田。魚戲蓮葉間：

魚戲蓮葉東，魚戲蓮葉西，魚戲蓮葉南，魚戲蓮葉北。（《古樂府·採蓮曲》）

這是江南青年男女採蓮時所唱的民歌，迴旋反復，形象鮮明，音調和諧而極生動自然，純出天籟。又採蓮的

「蓮」諧音雙關愛憐的「憐」，魚兒戲游，隱指情侶之間歡樂地尋尋覓覓。細心的讀者當會發現，後四句的每句句末分嵌東西南北四字，頗饒情趣，令人感覺從四面八方響起清脆悅耳的歌聲。

2.善渡群生，人成即佛成，到此悉由忠孝路。

導歸極樂，心淨則土淨，從茲共入聖賢門。（台北市善導寺山門聯）

善導寺是台北市鬧區最著名的一座佛寺，上聯下聯首字嵌「善導」二字，可謂開宗明義的必也正名乎！又上聯的「到此悉由『忠孝路』」，不但嵌了忠孝二字，指明寺之所在，同時更用「詞義雙關」盡忠盡孝之途徑。勸勉世人向佛須先從「忠」「孝」二字著手，方能修成正果。下聯的「心淨則土淨」，嵌淨土二字，表明善導寺在佛家諸宗派中屬「淨土宗」。且雙關淨心修行之義，頗耐人尋味。又吾師宗孝忱教授爲台北市香火最鼎盛的「行天宮」作楹聯云：

行義常昭，為聖為福，名垂萬古。

天心可協，允文允武，威震八方。

上下聯首字嵌「行天」二字。行天宮俗稱「恩主公廟」，供奉關公。又聯中強調行義，允文允武，名垂萬古，威震八方，正與關公的事蹟相契合。

3.空間真無限，

大器可晚成。（吳永猛〈題國立空中大學花蓮學習指導中心新廈落成〉）

民國八十年三月廿四日，空大花蓮中心新廈落成典禮，由校長陳龍英博士、花蓮學習指導中心主任徐泉聲教授主持，冠蓋雲集，盛況空前。空大教務長吳永猛教授特地撰此聯以贈。上下句開端嵌「空大」二字，且內容充分彰顯空大的教學特色。空大的同學們都感覺精神振奮。又教務長辦公室掛了一聯：

空間無限，

大有可為。

同樣是嵌「空大」二字。與「空間眞無限，大器可晚成」，意義相近，也可以鼓舞精神，激勵意志，我們曾以此作爲「國文文選」期末考的作文試題，讓同學們有所發揮。民國七十八年筆者擔任人文學系主任時，與空大同仁許應華等拜訪汪中老師，商請主持「書法欣賞」的課程，汪老師特書一聯以贈：

觀天文以極變，
察人文以成化。

此聯語出《文心雕龍．原道篇》，本《易經．賁卦．彖辭》：「觀乎天文以察時變，觀乎人文以化成天下。」不但嵌了「人文」二字，指明出處，揭示人文學系的教育目標與理想，且筆者平素鑽研《文心雕龍》，理當欣然拜納。

古今詩文中，「嵌字」的辭例，斐然可觀，且看：

1. 東西南北更堪論，白首扁舟病獨存。
遙拱北辰纏寇盜，欲傾東海洗乾坤。
邊塞西蕃最充斥，衣冠南渡多崩奔。
鼓瑟至今悲帝子，曳裾何處覓王門？（杜甫〈追酬故高蜀川人日見寄〉）

在此首七言古詩中，杜甫先將「東西南北」置於一句中，再將北、東、西、南四字，分別嵌入四句，強調四處流亂，頗見匠心巧意。清楊倫《杜詩鏡詮》評云：「因高有東西南北句，更用四句分疏出，此古人酬和體也。」

2. 金釵影搖春燕斜，
木杪生春葉，
水塘春始波，
火候春初熟，
土牛兒載將春到也。（貫雲石〈清江引〉）

貫雲石此曲，句首分嵌金木水火土，又每句中均嵌有「春」字。也是典型的「嵌字」。

3.蘆花灘上有扁舟，
俊傑黃昏獨自遊；
義到盡頭原是命，
反躬逃難必無憂。（施耐庵《水滸傳．第六十一回》）

此七言絕言嵌「盧俊義反」四字，一望即知，其中「蘆」諧音雙關「盧」。

4.倦繡佳人幽夢長，金籠鸚鵡喚茶湯。
窗明麝月開宮鏡，寶靄檀雲品御香。
琥珀盃傾荷露滑，玻璃檻內柳風涼。
水亭處處齊紈動，簾捲朱樓罷晚妝。（曹雪芹《紅樓夢．第廿三回．夏夜即事》）

曹雪芹借賈寶玉之口，展現了他「嵌字」的才思。此詩將大觀園中六個丫鬟之名分別嵌入前六句中，並且反映了賈寶玉在眾丫鬟簇擁侍奉下的豪華生活：「佳人」（襲人）陪他入夢，「鸚鵡」是豢養在籠中的玩物，「麝月」指夜生活，「檀雲」指室內的燃香，「琥珀」指光澤透明的酒杯，「玻璃」指園內寬敞明亮的長廊。兼用「詞義雙關」與人名「嵌字」。

5.史筆留芳，雖未成功終可法；
洪恩浩蕩，不能報國反成仇。

這是清代文人詠史可法與洪承疇的一副對聯。上下聯首末分嵌「史可法」與「洪承疇」的姓名。一則以褒，一則以貶。兼用「嵌字」、「雙關」與「對襯」三種修辭方法。

6.順泰康寧，雍然乾德嘉千古；
治平熙世，正是隆恩慶萬年。（李紹〈壽聯〉）

清朝嘉慶年間，皇帝慶壽，欽命評比壽聯，此爲壓卷作。將順治、康熙、雍正、乾隆、嘉慶等年號依次嵌入聯中，雖爲歌功頌德之諛詞，也可見匠心巧思。

7. 一別之後，二地懸念，只說三四月，又誰知五六年，七弦琴無心彈，八行書無可傳，九連環從中折斷，十里長亭望穿眼。百思想，千繫念，萬般無奈把郎怨。

萬言千語說不完，百無聊賴十依欄，重九登高看孤雁，八月中秋月兒不圓，七月半燒香秉燭問蒼天，六月伏天人人搖扇我心寒！五月石榴火樣紅，偏遇陣陣冷雨澆花端。四月枇杷未黃，我欲對鏡心意亂，忽匆匆三月桃花隨風轉，飄零零，二月風箏線兒斷。噫！郎呀郎，巴不得下一世你為妹來我為男！（無名氏〈倒順書〉）

這封民間文學的「書」，先依順序嵌入一至十、百千萬的數字，再依倒序嵌入萬千百、十至一。兼用「嵌字」與「層遞」修辭法，敘離別之苦，纏綿悱惻，相思之情，曲折盡致。如此嵌數字的文字，頗不乏其例。如寫字描紅教材上的小詩：

一去二三里，烟村四五家。
亭台六七座，八九十枝花。

再如盧潤祥《元人小令選》所載：

一兩句別人閑話，三四日不把門踏，五六日不來入在誰家？七八遍實龜兒掛，久以後見他麼，十分的憔悴煞。

嵌入一至十的數目字，當然是刻意設計安排的「嵌字」。

8. 悲哉秋之為氣，
慘矣瑾其可懷。（〈輓秋瑾〉）

清末女革命志士秋瑾被殺害後，紹興文人爲她作此輓聯，將「秋瑾」二字拆開，分別嵌入上下聯的第三字，適足以表達對秋瑾的敬仰和懷念之情。

民國以後，現代文學中已經比較少見「嵌字」，但無論舊詩、新詩、對聯中，仍不乏「嵌字」之作。先看舊詩中的「嵌字」：

1.苦旱喚雷雨，日出憐夢沉。
寄情蛻變日，長憶北京人。
脫口成珠玉，揮毫多典型。
何時重醉倒，滾地共長吟。（光未然〈贈曹禺〉）

曹禺是民國以來最著名的劇作家，其代表作有《雷雨》、《日出》、《蛻變》、《北京人》等，此詩前四句將此四個劇本名嵌入，概括了曹禺在戲劇上的主要成就，頗能引發知情者的會心一笑。

2.罷官容易折腰難，憶昔投槍夢一番。
燈下集中勤考據，三家村裏錯幫閒。
低眉四改元璋傳，舉眼千回未過關。
夫婦雙雙飛去也，只留鴻爪在人間。（廖沫沙〈悼吳晗〉）

以《海瑞罷官》一劇馳名的吳晗，著有《投槍集》、《燈下集》、《朱元璋傳》等，又曾與鄧拓、廖沫沙三人在《前線雜誌》上合寫「三家村」專欄。這首詩爲吳晗死後的悼念詩。將吳晗的作品及專欄名稱嵌入前五句中，頗見巧思，尤其是作者即與吳晗合寫「三家村」專欄的廖沫沙，更可謂適其人矣！

再看現代詩及文學作品中的「嵌字」：

1.向每一寸虛空
問鶩鴻底歸處
虛空以東無語

虛空以西無語
虛空以南無語
虛空以北無語（周夢蝶〈虛空的擁抱〉）

2.我播種春花，我播種夏日，我播種秋月，我播種冬雪，在我的土壤中，我播種金石的愛情。
春花已飛出展翅的海燕，
夏日已點亮如林的珊瑚，
秋月已剪裁流浪的方舟，
冬雪已釀成滿盃的瓊漿，
唯有金石的愛情，在我心中燃燒不已。（羊令野〈初生之鳥〉）

現代詩講究意象和情韻，刻意的設計「嵌字」，不容易取巧。勉強爲之，則反而妨礙詩的藝術性，得不償失。

以上二例，分別嵌入「東西南北」和「春夏秋冬」，別饒趣味。

3.那奔騰豪邁的雷聲，充分地寫出了夏日的性格；它不像冬的含蓄，秋的多愁善感，與春的賣弄風情，而是……。（殷穎〈故鄉的夏聲〉）

4.一夢醒來淚如麻，兩眼哭腫有核桃大，卅三年朝朝暮暮盼兒歸，四季裏哪管冬春並秋夏，五心煩躁，六神不安，七竅生火，八孔冒煙，吾兒歸來吧，吾兒歸來吧，快來看望九十掛零的老媽媽：掏心窩給你句實（諧音十）情話，九九歸一還是葉落樹底下，巴（八）不得東西半屏山，齊（七）并為一個大陸（六）架，五湖四海三江水，兩岸共慶統一，吾兒歸來吧，吾兒歸來吧，臨（零）死娘也眼睜睜銅鑼大。（陳有才〈盼兒歸〉）

殷穎的〈故鄉的夏聲〉嵌「夏冬秋春」四字，兼用「嵌字」與「擬人」，頗爲生動。陳有才的〈盼兒歸〉先順序嵌一至十的數字，再依倒序嵌十至一的數字。

「嵌字」仍以對聯中較為常見：

1.民猶是也，國猶是也，何分南北？

總而言之，統而言之，不是東西！（王闓運〈諷曹錕〉）

民初北洋軍閥弄權，曹錕靠賄選當了總統，舉國大譁，人神共憤。王闓運作此對聯，將「民國何分南北，總統不是東西」嵌入上下聯，諷刺辛辣，一針見血，令讀者稱快！

2.不折不從亦慈亦讓，

星斗其文赤子其人。（傅漢思〈輓沈從文〉）

沈從文是近代馳名的作家，傅漢思此聯悼念其人，推崇其文。上下聯第四字分嵌「從」「文」，堪稱名副其實。

3.奇乎？不奇，不奇亦奇！

園耶？是園，是園非園！（〈題奇園茶社〉）

此聯題西安蓮湖公園「奇園茶社」，上下聯嵌入四個「奇園」。

4.健步入神山，摘來雲芽霧葉；

仁心淑濁世，悟得先苦後甘。（尉素秋〈題健仁茶行〉）

這是我的老師尉素秋教授為台中市復興路健仁茶行題的一副對聯。上下聯首字嵌「健仁」，不只是嵌得巧妙，而且切合情境，耐人尋味。健仁茶行老闆陳登佑先生，世居南投縣鹿谷鄉永隆村，是茶之鄉的典型製茶世家，他的弟弟陳登山畢業於東海大學中文研究所，經常邀我們去品嚐純正的凍頂烏龍茶。在一片茶香氤氳之中，再看到這副對聯，油然興起探訪茶之鄉的念頭。民國七十三年元月三日，我們全家和陳登山、簡恩定、楊得月等一行八人，驅車先到鹿谷村，再到永隆村，右方一泓清澈的麒麟潭，潭的那一邊是彰亞村（即俗稱的凍頂山），再往東北方的鳳凰村，眞是「健步入神山」，「悟得先苦後甘」，迄今回味無窮！

5.秀色可餐，猶其餘事；

蘭陵買醉，舍此何求？（高陽〈題秀蘭小館〉）

民國七十六年，香港中文大學中文系主任常宗豪教授來台北，小說家高陽先生設宴接風，適秀蘭小館在民生東路新開分店，高陽題此聯以贈。席間大家都對此聯讚譽備至。不只是上下聯首嵌「秀蘭」，更難能的，是上聯首句「秀色可餐」原本是習見的俗句，但配上後面的「猶其餘事」，感覺就迥然不同。下聯首句「蘭陵買醉」原本即雅，再加上「舍此何求」的激問句作結，使得波瀾迭起，不但唸起來音調鏗鏘，而且饒有情致。可見嵌字聯，不只是機械地刻意嵌字，還要切合情境，有情有趣，回味無窮。

由以上兩個辭例，可見名家之手，畢竟不同凡響。

6.老山龍園意味幽遠，

舍下雀舌談笑風生。（〈題老舍茶館〉）

民國七十九年十一月，李殿魁、鄭向恆教授、空大同仁許應華與筆者赴南京出席「唐代文學國際學術研討會」，先飛北平，至琉璃廠購書。十七日晚間至「老舍茶館」欣賞民俗技藝表演，戲台兩旁題此聯。上下聯首字嵌「老舍」，且頗切合場景氣氛。

7.人能知足心常樂，

事至無求品自高。（〈題空中大學人事室〉）

古人云：「人人知足，則天下自安。」一個人什麼長處都可以沒有，但至少有一樣，那就是「自知之明」。必懂得掌握自己手頭上所能擁有的幸福，知足常樂，不貪心，不奢求。此聯為前人所作，但用來送空中大學人事室主任江元秋先生，藉以共同勉勵，卻是適合得很，因為聯中涵義，雖淺顯易知，卻含蘊耐人尋味的至理，且上下聯首句嵌「人事」二字。

8.學行熙明辨思元善，

易良廣博悅懌蘭馨。（戴培之〈賀王熙元唐廣蘭婚禮〉）

9.嘉耦和熙元辰叶吉，
德行深廣蘭玉增輝。（成惕軒〈賀王熙元唐廣蘭婚禮〉）

王熙元教授曾在空大擔任「詩詞曲賞析」課程，現任師範大學文學院長，當年結婚時吾師戴培之先生、成惕軒先生分別撰賀聯，戴老師將新郎的名字嵌在上聯第三、第七字，新娘的名字嵌在下聯第三、第七字，恰恰相稱。成老師的賀聯將新郎的名字嵌在上聯四、五字，新娘的名字嵌在下聯第四、五字，兩位老師雖然先後逝世，但遺墨長存，「善馨」「吉輝」傳照人間。

10.思我故存其神遠矣，
兼人則廣吾道大哉！（陳耀南〈贈沈謙〉）

11.思齊聖賢，春華秋實；
兼該才藝，日升月恆。（張佛千〈贈思兼、秋月〉）

以上二聯，均為友人所贈，陳耀南博士是香港大學中文系高級講師，現任僑選立委。聯末自署「丁卯春日，時客興大」。作此聯時，筆者任中興大學中文系主任，請陳博士來台擔任客座教授。上下聯所嵌「思兼」為本人在報刊寫專欄的筆名。張佛千先生為台灣最擅長嵌字聯的名家，嘗在聯副撰「一燈小記」專欄。年逾八十，仍笑口常開，意氣凌雲，體健筆更健。上下聯首字嵌「思兼」，第七字嵌「秋月」係內子名。聯下注：「上聯首句本《論語》見賢思齊，次句本《顏氏家訓》學猶種樹，春玩其華，秋登其實。下聯首句本《魏文帝紀》評才藝兼該，次句本《詩經》如日之升，如月之恆。」可見其語語皆有來歷，自是行家手筆。

12.雪山壓垮望夫崖，
飛狐踹倒張三豐。（題《雪山飛狐》）

上下聯首二字所嵌《雪山飛狐》是台視八點檔連續劇的劇名。據民國八十年三月十四日《中國時報》載：「昨天，台視舉行《雪山飛狐》試片會，會場高掛兩標語：『雪山壓垮望夫崖，飛狐踹倒張三豐』，足可見台視企圖藉《雪山飛狐》重拾八點檔威風的決心。」上聯末三字所嵌《望夫崖》爲中視劇名，下聯末三字所嵌《張三豐》爲華視劇名。電視劇競爭劇烈，這當然是搞宣傳的噱頭，但由此也可見主事者挖空心思的強烈企圖心。

參、增字

同義字的重複，是爲「增字」，旨在拉長音節，使語氣完足，語意充實。如：

1.卅二年冬，晉文公卒。庚辰，將殯於曲沃；出絳，柩有聲如牛。卜偃使大夫拜，曰：「君命大事！將有西師過軼我，擊之，必大捷焉。」（《左傳．僖公卅二年．蹇叔哭師》）

過即軼，軼即過，同義的兩個詞重複使用，可使語氣完足，同時有加強語意的作用。

2.夏四月戊午，晉侯使呂相絕秦，曰：「昔逮我獻公及穆公交好，戮力同心，申之以盟誓、重之以昏姻。……文公躬擐甲冑，跋履山川，踰越險阻，征東之諸侯，虞夏商周之胤，而朝諸秦，則亦報舊德矣。

「無祿，文公即世。穆為不弔，蔑死我君，寡我襄公，迭我殽地，奸絕我好，伐我保城，殄滅我費滑，散離我兄弟，撓擾我同盟，傾覆我國家。……」

這是秦晉麻燧戰前，晉國對國內外公布秦國罪狀的一篇宣傳文字。其中迭用同義字重複的「增字」法，如：盟誓、昏姻、跋履、踰越、殄滅、散離、撓擾、傾覆等。

3.覽相觀於四極兮，
周流乎天余乃下！（屈原〈離騷〉）

此言到四方極遠之地訪視求賢，在天上縱目遍察之後始下降於地。覽、相、觀三字同義而連用，以「增字」法加強語義。

4.先帝創業未半，而中道崩殂！（諸葛亮〈出師表〉）

「崩」「殂」二字同義，如此重複並列，用「增字」法使文章語氣完足，如直接用「中道崩」，唸起來就不順。

5.此地有崇山峻嶺，茂林修竹，又有清流激湍，映帶左右。引以為流觴曲水，列坐其次；雖無絲竹管弦之盛，一觴一詠，亦足以暢敘幽情。（王羲之〈蘭亭集序〉）

「絲竹」與「管弦」二詞同義而運用。此兼用「借代」與「增字」，至於「一觴一詠」則爲鑲數目字加強語氣的「鑲字」。

6.噫吁嚱危乎高哉，

蜀道之難難於上青天！（李白〈蜀道難〉）

噫、吁、嚱皆嘆詞，三字同義連用，使得李白這首詩的開端音節拉長，語氣足而語意重，充分顯現出李白的氣勢鼎盛。

7.方知象教力，足可追冥搜。

仰穿龍蛇窟，始出枝撐幽。（杜甫〈同諸公登慈恩寺塔〉）

8.夜半歸來衝虎過，山黑家中已眠臥。（杜甫〈夜歸〉）

足可二字意義相同，重複並列，使詩句湊成五言。眠臥二字意義相同，重複並列，湊成七言。楊倫《杜詩鏡銓》引黃白山評云：「杜詩中多用疊字（增字）以助句法，如足可、徒空、始初、愁畏、晨朝、涼冷、車輿、眠臥，並是一意，唐人詩中亦多有之。」以上聊舉二例，以見一斑。

9.仕宦而至將相，富貴而歸故鄉。此人情之所榮，而今昔之所同也。（歐陽脩〈相州晝錦堂記〉）

「仕宦」二字同義並列，以「增字」法拉長音節，湊成六字句，俾與下文相對。

10.余曰：「噫嘻！悲哉！此秋聲也，胡為乎而來哉？蓋夫秋之為狀也：其色慘淡，煙霏雲斂；其容清明，天高日晶；其氣慄冽，砭人肌骨；其意蕭條，山川寂寥。故其為聲也，淒淒切切，呼號憤發。……」（歐陽脩〈秋聲賦〉）

此文迭用「增字」，如噫嘻嘆詞增字，寂寥形容詞增字，呼號動詞增字，均可使文章語氣完足。

11.他們的眼光，他們的胸懷，他們的抱負，是多麼遠大、寬廣、宏偉！（峻青〈滄海賦〉）

12.有夜鶯為紅玫瑰歌唱，

有太陽跟康乃馨親愛的談話。（楊喚〈花〉）

「胸懷」、「寬廣」、「歌唱」都是同義並列的「增字」。在現代白話文中，單音詞往往轉變爲複音詞。十之八九用「增字」。王了一《中國現代語法》曾列舉許多例子：名詞如「狀」增爲「狀態」，「方」增爲「方法」，「信」增爲「書信」，「書」增爲「書籍」，「意」增爲「意義」，「樂」增爲「娛樂」等。形容詞如「幸」增爲「幸福」。「重」增爲「重要」，「全」增爲「完全」，「獨」增爲「單獨」，「苦」增爲「痛苦」，「僞」增爲「虛僞」等。動詞如「明」增爲「明瞭」，「解」增爲「了解」，「慶」增爲「慶祝」，「生」增爲「生產」，「識」增爲「認識」，「讀」增爲「閱讀」等等。嚴格說來，現代語文中這些複詞，已不能算是一種修辭方法了。

肆、配字

在語句中，用一個平列而異義的字做陪襯，只取其聲以舒緩語氣，而不取其義，是爲「配字」。「增字」是同義字的重複，義可並存，有加強語氣的作用；「配字」卻是異義字的重複，義無所取，有淡化語義的作用，二者恰恰相反。

「配字」修辭法，在各家修辭學專著中，名稱頗有不同，楊樹達《中國修辭學》稱「連及」（第十四章〈連及〉），傅隸樸《修辭學》稱「媵詞」（第五章〈足氣〉），黃永武《字句鍛鍊法》、黃慶萱《修辭學》稱「配字」，語本黃季剛：「古人文多用配字，如〈出師表〉『危急存亡之秋』，存係配字；〈游俠傳・序〉『緩急人所時有』，緩字係配字。」（見《制言》第五期）如果從文法上講，「配字」即「偏義複詞」——用兩個意義相反的單詞，合組成一個複詞，其中一個詞素的原義成為這個複詞的意義，另一個詞素只作為陪襯。易言之，即並列相反的異義字，僅偏取其中一義。

「配字」的修辭法，為漢語所特有，以下且從古今語文中舉例：

1.苟利社稷，生死以之。（《左傳・昭公四年》）

生死，死也。此謂：只要有利於國家，乃全力以赴，雖死不足惜，生為配字，無取其義。

2.鳳凰上擊九千里，絕雲霓，負蒼天，翱翔乎杳冥之上，夫藩籬之鷃豈能與之料天地之高哉？（宋玉〈對楚王問〉）

天地，天也，地不能言高。天與地相對，偏取天之義，地係配字，無取其義。

3.罵其妻曰：「生子不生男，有緩急，非有益也。」（司馬遷《史記・文帝紀》）

緩急，急也，緩係配字，無取其義。

4.喈！我人民生各各有壽命，死生何須復道前後？（《漢樂府・烏生篇》）

死生，死也。意謂：夭壽全屬天命，死亡遲早不足計較。

5.越陌度阡，枉用相存。

契闊談讌，心念舊恩。（曹操〈短歌行〉）

契闊，契也。契是投合，闊是疏遠，此偏用契字的意思。曹操此四句想像賢才遠道來歸的喜不自勝之情。契闊談讌，謂兩情契合，歡宴談心。

6.先帝創業未半，而中道崩殂！今天下三分，益州疲弊，此誠危急存亡之秋也。

宮中府中，俱為一體；陟罰臧否，不宜異同。若有作姦犯科及為忠善者，宜付有司論其刑賞，以昭陛下平明之治；不宜偏私，使內外異法也。（諸葛亮〈前出師表〉）

危急存亡之秋，存亡，亡也，存係配字。不宜異同，異同，異也，同係配字。存、同無取其義，只取其聲以舒緩語氣，淡化語意。如不用配字，將句子改成「危急覆亡之秋」、「不宜有異」，就欠委婉了。尤其是臣下對君王說話，必須委婉，不宜直言指斥，故配字之運用，實有其必要。

7. 奉事循公佬，進止敢自專？

晝夜勤作息，伶俜縈苦辛。（無名氏〈孔雀東南飛〉）

作息，作也。作，勞動；息，休息。此謂勤奮工作，哪有勤於休息的？此顯然是偏取「作」的意思，息是配字。

8. 金籠共惜好毛羽，

紅嘴莫教多是非。（羅鄴〈詠鸚鵡〉）

是非，非也。諺云：「是非只爲多開口。」勸人不要惹是生非。

9. 華綵衣裳，甘香飲食，汝來受此，無少無多。（李商隱〈祭小姪女寄寄文〉）

無少無多，無少也。意謂衣食不曾匱乏。由此例可見配字也有不僅二字者，又如「三長兩短」，意在兩短，三長係配字。

10. 多少恨！昨夜夢魂中。還似舊時遊上苑，車如流水馬如龍，花月正春風。（李煜〈望江南〉）

多少，多也。意謂有許多恨。李後主另一闋〈虞美人〉詞云：「春花秋月何時了，往事知多少。」意謂往事許多，與此用法相同，少係配字。

11. 你往哪裏去了？這早晚纔來？（曹雪芹《紅樓夢．第四十三回》）

早晚，晚也，意謂這麼晚。現代小說家朱西寧《狼》：「天多早晚了？還跟著去遊魂！」早晚也是晚的意思，可見如此用法頗爲常見。

12.大凡憂之所從來，不外兩端：一曰憂成敗，一曰憂得失。（梁啓超〈爲學與做人〉）

成敗，敗也；得失，失也。成、得係配字，無取其義。所憂者在敗與失，倘使有所成、有所得，尚何憂之有？

13.幾番得失，我已失卻一切。（林懷民〈變形虹〉）

得失，失也，得係配字，無取其義。但是若直言「幾番失」，則音節不暢適，語氣欠完足，若逕言「失敗」，則語言太尖銳，有欠委婉。若有所得，下文就不會說「失卻一切了」！

14.五十年前吧，文化界有一很著名的官司。就是現在還在台灣已八十歲的梁實秋先生與左派自封自命的大宗師魯迅打筆仗。在筆仗中，梁先生說了一句：「把某一件事褒貶得一文也不值。」魯迅抓住辮子不放，用像匕首一樣鋒利的詞句閃電似的向梁先生劈過來：

「你梁實秋，究竟是在說『褒』，還是說『貶』？褒是褒，貶是貶，什麼叫做褒貶得一文不值？」

梁先生竟然無詞以對，只解釋說，北京城裏大家所說的褒貶，都是貶的意思，並沒有褒的意味。（陳之藩〈褒貶與恩仇〉——民國七十年八月九日《中國時報．人間副刊》）

陳之藩這篇文章，由於看到魯迅的詩句「相逢一笑泯恩仇」而哈哈大笑，特別申明是替梁先生笑的。原來魯迅自己不知不覺地也有梁實秋類似的用法，泯「恩仇」者，泯的當然是「仇」，「恩」有什麼好泯的呢？恩仇者，仇也；正如同褒貶者，貶也。陳之藩的一笑不但替梁先生報了一箭之仇，而且是「以其人之道還治其人之身」，非常有趣。然而，眞正的問題癥結並未徹底解開：爲何「褒貶」只有「貶」的意思，「恩仇」就沒有「恩」的意味呢？

從梁實秋、魯迅，到陳之藩等文壇名家都感到迷惑的問題，在修辭學的觀點來看，可謂茅塞頓開，渙然冰釋，那就是「鑲嵌」中的「配字」，褒、恩，是配字，無取其義。若從文法上而言，則是「偏義複詞」——並列相反的異義字，只取其中一義。

「配字」在漢語中，並非獨特的偶然現象，而是相當普遍的。不但古書中常見，現代文學中常見，在日常生活中，也不乏其例，如：

1. 我們應該互通有無。
2. 騎機車不戴安全帽，萬一有個好歹，叫家人怎麼過？
3. 凡事豈能盡如人意？但求當下心安，只要做得有意義，毀譽在所不惜，又何必計較得失？
4. 老爺飛機還是少坐為妙，萬一有什麼三長兩短，可不是鬧著玩的！
5. 西線無戰事，戰場上一點動靜也沒有！

有無，其義偏在無；好歹，其義偏在歹；毀譽，其義偏在毀；得失，其義偏在失；三長兩短，其義偏在兩短；動靜，其義偏在動。

關於鑲嵌的原則，在此可以歸納爲四點：

一、強調語意

鑲字是在實字中插入無關緊要的虛字或數目字，除了拉長音節，使語氣完足之外，往往有強調語意的作用。例如《詩經．鄭風．有女同車》的「將翺將翔」，在翺翔中間鑲上虛字「將」，構成四言詩句，不但讀起來順適，同時也強調了翺翔這個詞的動態，洋溢著一股興奮喜悅之情。又如《詩．大序》的「不知手之舞之足之蹈之也」，連續鑲虛字「之」，非如此不足以盡其情，傳其神。與未鑲字的「手舞足蹈」相比較，前者精神盡出，後者黯然失色；前者靈動生姿，後者板滯無光：迥然不同。再如歐陽脩〈晝錦堂記〉的「仕宦而至將相，富貴而歸故鄉」，鑲上「而」字，悠揚舒緩、氣足神完，一字之差，何啻天壤？

二、蘊藏巧義

嵌字用特定字詞嵌入語句中，往往詞涉雙關，暗藏巧義。如古樂府的〈採蓮曲〉，嵌東西南北，令人感覺從四面八方響起清脆悅耳的歌聲，純眞活潑，饒富情趣。又如杜詩：「遙拱北辰纏寇盜，欲傾東海洗乾坤。邊塞西蕃最充斥，衣冠南渡多崩奔。」嵌東西南北，顯示四方未靖，奔波流離於四處，以該當時國事家事，耐人尋味。再如清代文人詠史可法的「史筆留芳，雖未成功亦可法」，不但嵌「史可法」之姓名，且將史可法之風範節操，生前生後，概括其中，典型躍然紙上。民國王闓運諷曹錕的「總而言之，統而言之，不是東西」，嵌上「總統不是東西」，眞是快人快語，舉國稱快！

三、音節和諧

增字藉同義字的重複，易單詞爲複詞，消極上可以拉長音節，湊足字句，便於對偶；積極上亦可以加強語氣，使音節和諧。如李白〈蜀道難〉的「噫吁嚱危乎高哉！」噫、吁、嚱皆嘆詞，三字同義連用，不但使得詩句湊成七言，語氣足而語意重，更能使音節和諧，氣勢鼎盛，非如此「增字」，不足以顯現李白那股雄豪奔放的激情！再如王維〈山中與裴秀才迪書〉：「多思曩昔攜手賦詩，步仄徑，臨清流也。」曩昔二字同義連用，構成複詞，讀起來不只是音節和諧而已，尤能從和諧的音節中流露悠然恬然的山水田園之情趣。若不用「增字」，僅言「曩」或「昔」，則誦讀不妥順，韻味全失。

四、語意委婉

配字藉異義字的重複並列，不但可以舒緩語氣，更可以使語意委婉。如諸葛亮〈出師表〉的「此誠危急存亡之秋也」，「陟罰臧否，不宜異同」，以「存」配「亡」，以「同」配「異」，如此可以使語意蘊藉委婉，較適合臣子對君王的身分語氣。配字的運用，不僅爲漢語的特有修辭法，且反映了中華民族溫柔敦厚的特性。中國的民族性中正和平，行事不愛走極端，說話不喜太直率。往往是「高手過招，點到爲止」，俾免尖刻傷人。運用「配字」，可使語氣舒緩，語意委婉，留下迴旋的餘地，說話保留彈性，至少在字面不會太刺耳，以免將對方逼入牛角尖。譬如，得失、成敗、緩急，語義上沒有完全落實，比較和緩，如直言失、敗、急，難免觸霉頭。用「褒貶」和「恩仇」，比起「貶」和「仇」來，比較不會太刺激對方。再如「生死」和「存亡」，更避免了「死」「亡」的不祥預兆。由此也可領悟到，「配字」多偏取負面詞的緣由。「配字」的運用，其實含蘊了不少耐人尋味的至理。

自我評量題目

一、何謂鑲嵌？其產生因素爲何？
二、舉例說明鑲字、嵌字的異同。
三、舉例說明增字、配字的異同。
四、闡明配字的原則。

第十六章　類疊

學習目標

——研讀本章內容之後，學習者應可達成下列目標：

一、能了解類疊的意義與效用。
二、能明辨疊字、類字、疊句、類句的異同。
三、能運用類疊致力文學欣賞與創作。

摘要

同一個字詞或語句，在語文中接二連三地重複出現的修辭方法，是為「類疊」。類疊使詞面整齊，其主要作用：㈠突出思想感情。㈡增添文辭美感。

類疊的內容有字詞的類疊、語句的類疊，表達方式有連接的、間隔的。由此可分四類：

一、疊字：同一字詞的連接使用。
二、類字：同一字詞的隔離使用。
三、疊句：語句的連續出現，或稱「連接重複」。
四、類句：語句隔離的出現，或稱「間隔重複」。

類疊的原則：㈠摹聲繪狀，曲盡情態。㈡重複強調，語重心長。㈢噴薄而出，因情立文。

同一個字詞或語句，在語文中接二連三地反復出現的修辭方法，是爲「類疊」。

類疊使得詞面整齊，其主要作用有二：

㈠突出思想感情：同一個字詞語句，重複出現，可以加強語氣和感情，凸顯作者的意思，遠比單次出現更能打動讀者或聽眾的心靈。

㈡增添文辭美感：類疊不但可以表達強烈的情感，堅定的意志，更由於具層次脈絡，展現旋律美，加強節奏感，可以造成一種特別的情調，增添語言文辭的美感。

類疊的內容有1.字詞的類疊，2.語句的類疊。類疊的表達方式有：1.連接的類疊，2.間隔的類疊。由此可以將類疊分爲疊字、類字、疊句、類句等四種。

壹、疊字

同一字詞的連接使用，是爲「疊字」。

1.迢迢牽牛星，皎皎河漢女。纖纖擢素手，札札弄機杼。
終日不成章，泣涕零如雨。河漢清且淺，相去復幾許？
盈盈一水間，脈脈不得語。（《古詩十九首．迢迢牽牛星》）

此詩敘織女隔著銀河遙望牽牛的愁苦心情，藉以抒發思婦遊子的相思之情，與〈青青河畔草〉同樣以疊字運用巧妙見稱，都是十句之中有六句用疊字組成的形容詞開頭。前者疊字六句，連用在前；後者疊字六句，四句連用在前，二句在結尾。「迢迢」言牽牛相距遙遠，「皎皎」言織女孤光自照。「纖纖」是尖細的齒音，適足以模擬細巧清瘦的素手；「札札」狀織布機聲，其聲令人感覺心中紛亂如麻，百無聊賴。「纖纖」的狀貌再加「札札」的狀聲，使讀者如聞其聲，如見其形，頗有歷歷在目，盈盈在耳，身歷其境的感覺。末尾的「盈盈」，水清淺貌；「脈脈」，相視貌。分繪水的形態與人的神情。疊字的運用，極態盡妍，含蘊無窮，已達到摹景入神，天籟自鳴的妙境。

2.舟搖搖以輕颺，風飄飄而吹衣。問征夫以前路，恨晨光之熹微。……

雲無心以出岫，鳥倦飛而知還。景翳翳以將入，撫孤松而盤桓。……

木欣欣以向榮，泉涓涓而始流。羨萬物之得時，感吾生之行休。（陶潛〈歸去來辭〉）

陶淵明這篇〈歸去來辭〉是膾炙人口的傑作，篇中迭用疊字。「舟搖搖以輕颺，風飄飄而吹衣」敘歸途水行情景。以疊字「搖搖」、「飄飄」狀船搖動貌、風吹衣貌，同時顯示了一股輕快的喜悅之情。「景翳翳以將入，撫孤松而盤桓」敘鄉間薄暮之情景。以疊字「翳翳」狀日光昏暗貌，日將西下，猶手撫孤松徘徊不去，同時暗示了一股依依不捨的流連忘歸之情。「木欣欣以向榮，泉涓涓而始流」敘郊野踏青之情景，以疊字「欣欣」、「涓涓」狀樹木茂盛生氣勃發，泉水細流不絕之貌，同時流露了一股旺盛的生機。如此疊字的運用，善畫物態，曲盡人情，使〈歸去來辭〉更加意蘊豐富，饒有情韻。

3.風急天高猿嘯哀，渚清沙白鳥飛迴。

無邊落木蕭蕭下，不盡長江滾滾來。

萬里悲秋常作客，百年多病獨登台。

艱難苦恨繁霜鬢，潦倒新停濁酒盃。（杜甫〈登高〉）

4.佳辰強飲食猶寒，隱几蕭條戴鶡冠。

春水船如天上坐，老年花似霧中看。

娟娟戲蝶過閒幔，片片輕鷗下急湍。

雲白山青萬餘里，愁看直北是長安。（杜甫〈小寒食舟中作〉）

〈登高〉是杜甫七言律的壓卷作，胡應麟《詩藪》評爲「古今七言律第一」。「無邊落木蕭蕭下，不盡長江滾滾來。」疊字的運用，堪稱妙絕古今。「蕭蕭」狀聲兼狀貌，摹寫出無邊落葉的聲勢；「滾滾」狀聲兼狀貌，摹寫出不盡長江的雄偉。上句是東南西北，天地四方，下句是古往今來，無窮無盡。騁目四顧，時間空間盡在其中，意境上開拓恢張，筆力神奇，氣勢凌空，迥非常人可及。〈小寒食舟中作〉係杜甫晚年的代表作之一，「娟娟戲蝶過閒幔，片片輕鷗下急湍。」以蝶鷗之往來自在反興自己欲歸長安不得之情。「娟娟」、「片片」疊字狀貌，不但狀溢目前，且由外在進入蝶鷗的內心，悠然自在，閒適自得之情，躍然紙上。

5.尋尋覓覓，冷冷清清，悽悽慘慘戚戚。乍暖還寒時候，最難將息。三杯兩盞淡酒，怎敵他晚來風急？雁過也，正傷心，卻是舊時相識。　滿地黃花堆積，憔悴損，如今有誰堪摘？守著窗兒，獨自怎生得黑？梧桐更兼細雨，到黃昏點點滴滴。這次第，怎一個愁字了得！（李清照〈聲聲慢〉）

李清照是中國文學史上排名第一的女詞人，〈聲聲慢〉是她最負盛名的代表作。此詞最惹人注目者即開端連下十四疊字，歷代詞評家佳評如潮，以傅庚生《中國文學欣賞舉隅．精研與達詁》所評最精闢。傅氏指明〈聲聲慢〉的妙處，除連疊十四字外，妙在有層次而又曲盡思婦之情，堪稱切中肯綮。可見疊字之運用，尚須與整篇文章相配合。李詞每組疊字各有其作用，從「尋尋」到「覓覓」，由粗而細；從「冷冷」到「清清」，由體膚的觸覺而心裏的感覺，由外而內；從「悽悽」到「慘慘」，一片悽涼而被愁雲慘霧所籠罩，由淺入深。逐層推進，細膩描繪思婦之情，眞是淋漓盡致！再加上末尾的「點點」、「滴滴」，雨打梧桐，一葉葉，一聲聲，是那麼清脆，點點滴滴都敲擊著讀者的心坎。如此疊字的運用，令人嘆爲觀止。

6.側著耳朵兒聽，躡著腳步兒行，悄悄冥冥，潛潛等等，等我那齊齊整整，嬝嬝婷婷，姊姊鶯鶯。

（王實甫《西廂記．酬韻》）

7.鶯鶯燕燕春春，花花柳柳真真。事事風風韻韻，嬌嬌嫩嫩，停停當當人人。（喬吉〈天淨沙〉）

8.恰正好嘔嘔啞啞霓裳歌舞，不提防撲撲突突漁陽戰鼓。剗地裡出出律律紛紛攘攘奏邊書，急得個上上下下都無措。早則是喧喧嗾嗾驚驚遽遽，倉倉卒卒挨挨拶拶出延秋西路，鑾輿後攜著個嬌嬌滴滴貴妃同去。又只見密密匝匝的兵，惡惡狠狠的語，鬧鬧吵吵轟轟剳剳四下喳呼，生逼散恩恩愛愛疼疼熱熱帝王夫婦。霎時間畫就了這一幅慘慘悽悽絕代佳人絕命圖。（洪昇《長生殿．彈詞》）

以上三個辭例，均出自曲。王實甫所作，堪稱自然生動，喬吉所作就難免造作，洪昇則有堆砌之嫌。後二者固然有其趣味，但比較李清照的〈聲聲慢〉，則不可同日而語。

9.只見鳳尾森森，龍吟細細，舉目望門上一看，只見匾上寫著「瀟湘館」三字。（曹雪芹《紅樓夢．第廿六回》）

10.正説著閒話，猛不防那壁廂桂花樹下，嗚嗚咽咽，悠悠揚揚吹出笛聲來。趁著明月清風，地空地靜，真令人煩心頓解，萬慮齊消，都肅然危坐，默相賞聽。（曹雪芹《紅樓夢．第七十六回》）

「森森」狀竹林之貌，「細細」狀風吹竹林之聲，將林黛玉所居瀟湘館的幽靜環境播映到讀者面前。「嗚嗚」、「咽咽」、「悠悠」、「揚揚」以疊字狀聲，不但寫出蕭瑟悠揚的笛聲，更描繪出賈府中秋之夜的悽清寂寥，對於場景氣氛的烘托，極爲逼眞。林興仁《紅樓夢的修辭藝術》曾列舉第八回各家版本的一段話，闡明疊字的作用：

只聞一陣陣涼森森甜絲絲的幽香。（甲戌本）

只聞一陣陣涼森森甜甜的幽香。（戚序本）

只聞一陣香氣。（程甲本）

只聞一陣陣的香氣。（程乙本，通行本）

比較而言，當然是甲戌本的文字最生動，最有文采，其關鍵處即爲「疊字」。「一陣陣」顯現香氣連續不斷，「涼森森」顯示幽香沁人心脾。「甜絲絲」令人感覺到撲鼻的香感。眞是情致盎然，耐人尋味。其餘三種版本的文字由於疊字之差，黯然失色。

11.風風雨雨暖暖寒寒處處尋尋覓覓，
鶯鶯燕燕花花葉葉卿卿暮暮朝朝。（蘇州網師園對聯）

12.紫紫紅紅處處鶯鶯燕燕，
朝朝暮暮年年雨雨風風。（杭州西湖花神廟對聯）

這兩副對聯全係由疊字組成，既能切合情境，又頗饒情趣，令觀者發出會心的微笑。

現代文學裏的疊字。也頗爲常見：

1.荷塘四面，長著許多樹，蓊蓊鬱鬱的。路的一旁，是些楊柳和一些不知道名字的樹。沒有月光的晚上，這路上陰森森地有些怕人，今晚卻很好，雖然月光也還是淡淡的。（朱自清〈荷塘月色〉）

2.湖岸上，葉葉垂楊葉葉楓；湖面上，葉葉扁舟葉葉篷；掩映著一葉葉的斜陽，搖曳著一葉葉的西風。（劉大白〈西湖秋泛〉）

3.到了夏至後，發青的酥油草把它們養得胖墩墩，圓滾滾。（碧野〈天山景物記〉）

4.漳河水，九十九道彎。層層樹，重重山，層層綠樹重重霧，重重高山雲斷路。（阮章竟〈漳河水〉）

5.平時辛辛苦苦的工作，戰時浩浩蕩蕩的流血，大批美元向外送，大批兵源向外派，而它這個國家所獲得的東西是譏笑，是辱罵，是世界奸雄們擺好的圈套，美國大步的走進去，自己牢牢的套上自己。（陳之藩〈成功的哲學〉）

6.台北的雨季濕漉漉，冷淒淒，灰暗暗的。（羅蘭〈那豈是鄉愁〉）

7.他從一疊用宣紙抄好的詩稿中取出一張遞送給我。這首詞是這樣的：風蕭蕭，水迢迢，黃鶴一去歌聲渺。西風烈，沉雲濁，一腔熱血，十年蹉跎。錯！錯！錯！　暮雨霽，長空碧，櫪下夢馳八千里。等閒過，情急切，餘生幾何，豈容消磨。莫！莫！莫！（張鍥〈熱流——河南漫行記〉）

8.有時驅車百里，見到的村落和市鎮也並不多，總是莽原、莽原、莽原，或是森林、森林、森林，到處是一種天蒼蒼，野茫茫，無邊無際，遼闊博大的景觀。（秦牧〈莽原語絲——訪問黑龍江漫記〉）

以上各例所用疊字，狀聲狀貌，抒情寫景，疊字的適當運用，使得文章更加靈動而多采多姿。其中張鍥所引係現代人寫的舊詞。「錯！錯！錯！」「莫！莫！莫！」一詞連疊三次，意重氣足，情感強烈，噴薄而出！此詞語本南宋陸游〈釵頭鳳〉：

紅酥手，黃縢酒，滿園春色宮牆柳。東風惡，歡情薄，一懷愁緒，幾年離索。錯！錯！錯！春如舊，人空瘦，淚痕紅浥鮫綃透。桃花落，閑池閣。山盟雖在，錦書難托。莫！莫！莫！

陸詞以三疊「錯」、「莫」字，和著血淚傾訴愛之深，痛之切，肺腑之言，信手成篇，遂爲千古絕唱。陸游初娶表妹唐婉，伉儷情深，然因不如陸母之意，不得不離異，陸游另娶，唐婉也改嫁趙士程。數年後春日陸游遊沈園，巧遇唐婉，在園壁題下這闋〈釵頭鳳〉，唐婉見後曾和詞云：「世情薄，人情惡，雨送黃昏花易落。曉風乾，淚痕殘。欲箋心事，獨語斜闌。難！難！難！　人成各，今非昨，病魂常似秋千索。角聲寒，夜闌珊。怕人尋問，咽淚裝歡。瞞！瞞！瞞！」由此可見，疊字不只是疊一次，也可以疊多次。疊字之傳神，古今無異。

貳、類字

字詞隔離的類疊，是爲「類字」。類字淵源甚早，《詩經》中即屢用之。唯比起疊字之運用普遍與效果，則弗如也。以下聊舉數例，以見一斑。

1.父兮生我，母兮鞠我。拊我畜我，長我育我。

顧我復我，出入腹我。

欲報之德，昊天罔極！（《詩經．小雅．蓼莪》）

〈蓼莪〉詩敘人民勞苦，子女不得奉養雙親之情。以上所錄爲第四章。回想起父母對孩子的養育之恩，歷經生、鞠、拊、畜、長、育、顧、復、腹等歷程，從生養，長育到教導，從幼兒至成人，照顧無微不至，其中連續用了九個「我」，同一字詞隔句迭用，是爲典型的「類字」。

2.凡地有絕澗、天井、天牢、天羅、天陷、天隙，必亟去之，勿近也。吾遠之，敵近之；吾迎之，敵背之。（《孫子兵法．行軍篇》）

此所謂「天井、天牢、天羅、天陷、天隙」，隔句迭用五個「天」字，強調行軍作戰，必須選擇有利地形，速離不利地形。

3.不自見，故明；不自是，故彰；不自伐，故有功；不自矜，故長。（《老子．第廿二章》）

此將「不自」二字，隔句迭用四次。

4.齊臻臻珠圍翠繞，冷清清綠暗紅疏。但合眼夢裏尋春去：春光堪畫，春景堪圖，春心狂蕩，春夢何如？消春愁不曾兩葉眉舒，殢春嬌一點心酥。感春情來來往往蜂媒，動春意哀哀怨怨杜宇，亂春心嬌嬌怯怯鶯雛。春光怎如！綠窗猶唱留春住。怎肯把春負，長要春風醉後扶，春夢似華胥。（馬致遠〈惜春曲〉）

此曲隔句連疊十五個「春」字，從「鑲嵌」的角度而言，也可以說是「嵌」春字。另迭用疊字：齊臻臻、冷清清、來來往往、哀哀怨怨、嬌嬌怯怯，頗饒情味，且充分顯現元曲跳脫傳神的特殊風格。

5.平生不會相思，才會相思，便害相思。身似浮雲，心如飛絮，氣若游絲。空一縷餘香在此，盼千金遊子何之，症候來時，正是何時？燈半昏時，月半明時。（徐再思〈蟾宮曲——春情〉）

此曲首三句均有「相思」一詞，屬字詞隔離的類疊，當然是類字。如此「相思」的三度出現，不但強調相思之中人至深，且別具一番情趣。

6.沈從文的一生是靜悄悄的。他的書是靜悄悄的，他去世的日子也是靜悄悄的。先生和他的書就是這樣靜悄悄地走進了歷史。歷史是靜悄悄的，正如人生。（蔡測海〈太陽底下靜悄悄〉）

沈從文逝世，其人其文都令讀者懷念。蔡文別出心裁，運用字詞隔離的類疊，「靜悄悄」一詞在這一段文字中五度出現，頗耐人尋味。再加上文題中也有「靜悄悄」，頗見微妙的契合。

7.一塘月光一塘銀，一塘歌聲一塘人，
一塘钁頭丁當響，一塘黑泥變黃金。（陝西民歌〈金銀塘〉）

「一塘」隔離在各句中，連續出現六次，頗饒情味。在民歌中不乏疊字、類字、疊句、類句，造成特有的語言風格。

參、疊句

語句連續的類疊，是爲「疊句」，或稱「連續重複」。同一個句子，重複使用，可以強調意思，加強語氣和情感，使讀者印象深刻。且看：

1.子曰：「視其所以，觀其所由，察其所安。人焉廋哉？人焉廋哉？」（《論語．爲政篇》）

孔子論觀人之道，分爲三層：先看他行爲動機是否純正，再觀察他行爲所採手段是否適宜，最後考察他行爲的習慣是否出於自然。「視其所以，觀其所由，察其所安」在句子的形式上是「排比」，在意思的表達上是「層遞」。最後，「人焉廋哉？人焉廋哉？」則是典型的「疊句」，意謂：一個人的人格又豈能隱藏？「人焉廋哉？」這句話的重複，強烈抒發了孔子對觀人之道的重視與強調，使讀者印象深刻。在這一段話的末尾用「激問」，也使得語氣更加強烈。由此例不僅可了解疊句的效用，也可見各種修辭方法綜合運用，排比、層遞、疊句、激問，在文章的表達上，尤具奇效。

2.伯牛有疾，子問之。自牖執其手曰：「亡之，命矣夫！斯人也，而有斯疾也！斯人也，而有斯疾也！」（《論語．雍也篇》）

孔子痛惜弟子冉伯牛有德行而遇惡疾，以「斯人也，而有斯疾也！」的句子連續重複使用，適足以顯現孔子強烈的語氣與內心的沉痛。又顏淵死，子曰：「噫！天喪予！天喪予！」「天喪予」這句話連續重複出現，強烈地抒發了孔子對得意門生逝世的無限悲痛。又讚美管仲：「桓公九合諸侯，不以兵車，管仲之力也。如其仁！如其仁！」重疊「如其仁」，適足以顯現對管仲的讚譽備至。

3.嚮者僕嘗廁下大夫之列，陪外廷末議，不以此時引維綱，盡思慮，今已虧形為掃除之隸，在闒茸之中，乃欲仰首伸眉，論列是非，不亦輕朝廷、羞當世之士邪？嗟乎！嗟乎！如僕，尚何言哉！尚何言哉！（司馬遷〈報任安書〉）

司馬遷這段文字，傾訴了自己受宮刑之後，無顏在朝堂上議論國事的鬱憤苦悶與悲痛情懷。結尾以「嗟乎！嗟乎！如僕，尚何言哉！尚何言哉！」用「疊句」的強烈語氣，抒發了受辱苟活不能揚眉吐氣的憤慨，令讀者衷心有所感焉。苟不用「疊句」，實不足以吐其氣、盡其情！

4.見安排著車兒馬兒，不由人熬熬煎煎的氣。有什麼心情將靨兒、花兒，打扮得嬌嬌滴滴的媚。準備著被包、枕兒，則索昏昏沉沉的睡。從今後衫兒、袖兒，都搵濕做重重疊疊的淚。兀的不悶殺人也麼哥！兀的不悶殺人也麼哥！久已後書兒、信兒，奈與我恓恓惶惶的寄。（王實甫《西廂記．草橋店夢鶯鶯．叨叨令》）

《西廂記》第四本第三折敘張君瑞赴京趕考，崔鶯鶯在十里長亭送別未婚夫。當場她所唱的這一支〈叨叨令〉，表露情態與心態，生動傳神。「兀的不悶殺人也麼哥」重複疊句，非如此一再強調，不足以顯現臨別的依依之情。

5.嗟吁涕洟而告之曰：「嗚呼傷哉！緊何人？緊何人？吾龍場驛丞餘姚王守仁也。……」（王守仁〈瘞旅文〉）

6.公此行此心，為若輩所動，游移萬一，此千載之一時，事機一跌，不敢言之矣！不敢言之矣！（龔自珍〈送欽差大臣侯官林公序〉）

王守仁以疊句「緊何人」，充分流露傷痛之情，既傷此人，兼爲自傷。龔自珍送林則徐以疊句「不敢言之矣」，重複強調茲事體大，必須掌握時機，不可不愼！林則徐以禁菸馳名，中外盡知。

現代文學中，疊句也往往可見：

1.翩翩少年，弱不禁風；皤皤老成，尸居餘氣。無三年能持續之國士，無百人能固結之法團。嗚呼！有國如此，不亡何待哉！不亡何待哉！（梁啓超〈論毅力〉）

2.嗚呼！使長此而終古也，則吾國前途，尚可問耶？尚可問耶？故今日欲改良群治，必自小說界革命始；欲新民，必自新小說始。……有此四力而用之於善，則可以福億兆人；有此四力而用之於惡，則可以毒萬千載。而此四力之最易寄者，惟小說。可愛哉小說！可畏哉小說！（梁啓超〈論小說與群治之關係〉）

以「筆鋒常帶感情」與「新民叢報體」馳名的梁啓超，文章常喜用類疊。因爲類疊的修辭法，適足以顯現他強烈的情感與語氣。以上二例，「不亡何待哉」疊句表達內心的激越不平之氣。「尚可問哉」疊句加強語氣，增添對讀者的刺激強度。「可愛哉小說！可畏哉小說！」雖有「愛」「畏」之異，仍強烈發出其內心深處的慨嘆，使文章更具感染力。

3.啊啊，我知道你那時候心裏並不怨我的，我知道你並不怨我的。我看了你的眼淚，就能辨出你的心事來，但是我哪能不哭，我哪能不哭呢！（郁達夫〈驚夢行〉）

4.大刀向鬼子們的頭上砍去，

全國武裝的弟兄們，
抗戰的一天來到了，
抗戰的一天來到了。……（麥新〈大刀進行曲〉）

5.振豐還沒等老姑母講完，便衝動的，一下子跑到母親的靈堂，趴伏在棺木上，捶打痛喊著說：「我可以走大門，那麼就讓我媽連著我走一回大門吧！就這麼一回！就這麼一回！」（林海音〈金鯉魚的百褶裙〉）

6.盧先生一邊走，兩隻手臂猶自在空中亂舞，滿嘴冒著白泡子，喊道：「我要打死她！我要打死她！」（白先勇〈花橋榮記〉）

7.請你原諒我啊，請你原諒我。親愛的朋友，你給了我你流浪的一生，我卻只能給你一本薄薄的詩集。（席慕蓉〈最後的一句〉）

8.零殘的噩夢，又變成了耳根裏的蟬鳴；胃中的酸水，也像火山口的熔漿那樣往上湧冒。我知道自己有了麻煩，弄不好整個下午和夜晚都要在悲涼懊喪中浪費掉了。於是，警惕心讓我倏然精明起來，緊接著一疊聲音由我心底發出：「原諒他，原諒他，原諒他！」我真得徹底地原諒了那個對我滿懷敵意的人。而且，說來神奇，我立刻感到心胸之間豁然開朗，裏面好像重現了青青的山木、如鏡的明湖。（朱炎《我和你在一起．敵意的功用》）

以上各家用「疊句」，均各見其效用，或增加文章的氣勢，或顯現強烈的情感，或強調語意的鄭重，或懇切叮嚀，或殷殷期許，或情韻綿邈，或語重心長，令讀之者感覺情趣盎然。

肆、類句

語句隔離的類疊，是為「類句」，或稱「間隔重複」。同一個句子，在文章中重複使用，中間被別的語句隔開，因而迥異於連續重複的疊句。且看：

1.桃之夭夭，灼灼其華；之子于歸，宜其室家。

桃之夭夭，有蕡其實；之子于歸，宜其家室。

桃之夭夭，其葉蓁蓁；之子于歸，宜其家人。（《詩經·周南·桃夭》）

此為祝賀女子出嫁之詩。以桃花、桃子、桃葉之茂盛、豐碩，豔麗形容女子容顏既美，嫁後又可使夫家興旺。詩分三章，每章的第一句用「桃之夭夭」，第三句用「之子于歸」，屬典型的「類句」。如此間隔重複的表達方式，不但有節奏，有情韻，且標明了詩的段落層次，類似的「間隔重複」，在《詩經》和後世民歌中運用得十分普遍。

2.子曰：「予欲無言。」子貢曰：「子如不言，則小子何述焉？」子曰：「天何言哉？四時行焉，萬物生焉，天何言哉？」

孔子回答子貢的話，首句末句迭用「天何言哉」，重複強調。類似的情況，也不乏其例：

其唯聖人乎！知進退存亡而不失其正者，其唯聖人乎！（《周易·乾·文言》）

子曰：「賢哉回也！一簞食，一瓢飲，在陋巷，人不堪其憂，回也不改其樂。賢哉回也！」（《論語·雍也篇》）

如此首尾重疊同一語句的類句，前後對照，遙相呼應，別饒情味。季少德《古漢語修辭》將重複分為三種：1.直接重複（相當於本章的疊句），2.間隔重複（相當於本章的類句），3.首尾重複，即緣於其首尾呼應。

3.朝辭爺娘去，暮宿黃河邊。

不聞爺娘喚女聲，但聞黃河流水鳴濺濺！
旦辭黃河去，暮宿黑山頭，
不聞爺娘喚女聲，但聞燕山胡騎聲啾啾！（〈木蘭詩〉）

此所以用「不聞爺娘喚女聲」者，正緣於念茲在茲，精神長相左右也！

4.噫吁嚱危乎高哉，蜀道之難難於上青天！……
但見悲鳥號古木，雄飛雌從繞林間。
又聞子規啼夜月，愁空山。
蜀道之難難於上青天！使人聽此凋朱顏！……
錦城雖云樂，不如早還家。
蜀道之難難於上青天！側身西望長咨嗟。（李白〈蜀道難〉）

李白〈蜀道難〉首、中、尾三度重複「蜀道之難難於上青天」，適足以強調主題，營造整篇的奇勢與奇氣，讓讀者感覺驚心怵目，湧現出一股排山倒海的風雲之氣！

5.燕趙古稱多感慨悲歌之士，董生舉進士，連不得志於有司，懷抱利器，鬱鬱適茲土，吾知其必有合也。董生勉乎哉！

夫以子之不遇時，苟慕義彊仁者，皆愛惜焉。矧燕趙之士，出乎其性者哉！然吾嘗聞風俗與化移易，吾惡知其今不異於古所云耶？聊以吾子之行卜之也，董生勉乎哉！（韓愈〈送董邵南游河北序〉）

此爲董邵南送行，懇切叮嚀，殷切期盼有所作爲。文章共有三段，以上所錄爲一二段，段末以「董生其勉乎哉」重複寄語，適足以流露韓愈語重心長的關愛情誼。

6.峰巒如聚，波濤如怒，山河表裡潼關路。望西都，意踟躕，傷心秦漢經行處。宮闕萬間都做了

土。興，百姓苦；亡，百姓苦。（張養浩〈山坡羊——潼關懷古〉）

此曲由懷古思今，念及「百姓苦」，間隔重複，強調無論興亡，都苦了百姓。

7. 世人都曉神仙好，惟有功名忘不了；
古今將相在何方？荒塚一堆草沒了。
世人都曉神仙好，只有金銀忘不了；
終朝只恨聚無多，及到多時眼閉了。
世人都曉神仙好，只有嬌妻忘不了；
君生日日說恩情，君死又隨人去了。
世人都曉神仙好，只有兒孫忘不了；
痴心父母古來多，孝順兒孫誰見了。（曹雪芹《紅樓夢．好了歌》）

現代文學中的「類句」也不乏其例：

1. 言論可以自由也，而或乃許發隱私，指揮盜淫；居處可以自由也，而或於其間為危險之製造，作長夜之喧囂；職業可以自由也，而或乃造作偽品，販賣毒物；集會可以自由也，而或以流布迷信，恣行奸邪；諸如此類……皆縱放之咎也。（蔡元培〈自由與放縱〉）

2. 五百年來，無數失學國民，從這部書裡，得著了無數的常識與智慧；從這部書裡，學會了看書寫信作文的技能；從這部書裡，學得了做人與處世的本領。他們不求高超的見解，也不求文學的技能；他們只求一部趣味濃厚，看了使人不肯放手的教科書。四書五經不能滿足這個要求，廿四史與通鑑、綱鑑也不能滿足這個要求，古文觀止與古文辭類纂也不能滿足這個要求。但是三國演義恰能供給這個要求。（胡適《三國演義．序》）

蔡元培迭用「可以自由也」，四度強調自由若無節制，任意縱放，害莫大焉。如此類句，適足以加強說服力。

胡適論《三國演義》之價值，先後迭用「從這部書裡」、「不能滿足這個要求」，將《三國演義》在社會教育上的偉大貢獻彰顯出來，予讀者極深刻的印象。

3. 就打這樣的紅領結
在黑色的忍冬花下
斑馬啊，我的小親親
在可笑的無花果樹下
我的童年的那些
在地球和鐘錶的那一邊
明天要到那兒去
在篷布的難忍的花紋下
就打這樣的紅領結
發酵的鼻子
第二面臉孔
明天要到那兒去。
……
在黑色的忍冬花下
豹啊，我的小親親
月光穿過鐵柵
把格子絨披在你的身上
在可笑的無花果樹下

就打這樣的紅領結（瘂弦〈馬戲的小丑〉）

4. 給我一瓢長江水啊長江水——
酒一樣的長江水，
醉酒的滋味，
是鄉愁的滋味。
給我一瓢長江水啊長江水。（余光中〈鄉愁四韻〉）

5. 又是一年春風，
吹白了多少少年頭，
多少壯懷，為著故國愁！
又是一年春雨，
灑綠了多少異鄉樹，
多少傲骨，埋進了荒丘！
……
又是一年春風，
春風裡故鄉依如舊，
多少游子，為著故鄉愁！
又是一年春雨，
春雨中故鄉依如舊，
多少鄉客，為著故鄉憂！（流行歌詞）

從瘂弦、余光中的現代詩，乃至流行歌詞。由於善用「類句」，使得語言更加活潑，語氣更加強烈。「類句」

之運用，不但普遍常見，而且會使語言文辭之美，綻放出更燦爛的花果！

關於類疊的原則，在此歸納爲三點：

一、摹聲繪狀，曲盡情態

類疊常用來形容物態。疊字狀聲狀貌，頗具奇效。如本書所舉辭例〈青青河畔草〉、〈迢迢牽牛星〉、〈聲聲慢〉，又如明代沈淮的〈宛轉詞〉：「宛宛轉轉青春姬，紅紅綠綠春衣垂，紛紛泊泊趁春時，寂寂寞寞凝春思。」各句迭用「春」字，是「類字」。每句句首連疊四字，分別描繪狀貌的動人，色彩的富繁，流光的匆促，再集中投射於主角的孤寂。再如流行歌詞：「情切切，意綿綿，儂爲郎憔悴。」如此類疊的運用，都可以摹聲繪狀，曲盡情態。

二、重複強調，語重心長

類疊可以突出重點，重複強調，語重心長。無論是語句連接的「疊句」，語句隔離的「類句」，各見其效用。或增加文章的氣勢，或強調語意的鄭重，或懇切叮嚀，或殷殷期許，或情韻綿邈，或語重心長，令讀者衷心有所感動。「疊句」如孔子論觀人之道：「人焉廋哉？人焉廋哉？」司馬遷〈報任安書〉：「尚何言哉！尚何言哉！」「類句」如李白〈蜀道難〉首、中、尾三度重複強調「蜀道之難難於上青天！」曹雪芹〈好了歌〉每段開端迭用「世人都曉神仙好！」類字如朱自清〈背影〉：

> 我與父親不相見已二年餘了，我最不能忘記的是他的背影。……
>
> 這時我看見他的背影，我的淚很快地流下來了。……
>
> 在晶瑩的淚光中，又看見他那肥胖的，青布棉袍，黑布馬褂的背影。唉！我不知何時再能與他相見！

如此「背影」的三度出現，重複強調，突現重點，感人至深。

三、噴薄而出，因情立文

類疊在表意上仍有其限制，任意濫用，不但造成字詞語句的重複累贅，且容易流於單調乏味，使讀者官能倦怠。因此必須妥善運用，掌握分寸。誠如劉勰《文心雕龍．情采篇》所謂「為情而造文」。如鄭玄〈戒子益恩書〉迭用「可不深念耶？可不深念耶？」朱炎〈敵意的功用〉迭用「原諒他，原諒他，原諒他！」是由於內心有強烈的情感，不得不用疊句，噴薄而出，適足以在文章的情境與氣氛中渲染情感。假若刻意濫用，則適得其反。陸稼祥《辭格的運用》曾列舉反面的辭例：

這是個什麼問題呢？這個問題是把自己列在哪一邊看問題的問題，這是認識問題，分析問題以至處理問題的根本問題，亦即立場問題。

後來事實證明，要這樣繼續下去，事實上是辦不到的事情。

一再重複「問題」，不但不能達成類疊效果，反造成空洞抽象，言之無物之感。前有「事實證明」，後用「事實上」，重複累贅，眞是弄巧成拙，適得其反！

自我評量題目

一、何謂類疊？有何作用？

二、舉例說明疊字與類字之異同。

三、舉例說明疊句與類句之異同。

四、簡述類疊的原則。

第十七章 對 偶

學習目標

——研讀本章內容之後，學習者應可達成下列目標：

一、能了解對偶的意義與效用。

二、能明辨當句對、單句對、隔句對、長偶對的異同。

三、能掌握對偶的原則。

四、能運用對偶從事文學欣賞與創作。

摘 要

將語文中字數相等、語法相似、詞性相同的文句，成雙作對地排列的修辭方法，是爲「對偶」。

對偶之方式多端，種類繁富，在修辭學上，依句型可分爲四類：

一、當句對：同一句中，上下兩個短語，自爲對偶。又名「句中對」。

二、單句對：上下兩句，字數相等、詞性相同、平仄相對，是對偶中最常見者。

三、隔句對：第一句與第三句對，第二句與第四句對。又名「扇對」。

四、長偶對：奇句對奇句，偶句對偶句，至少三組。又稱「長對」。

對偶的原則有三：㈠對仗工穩，錦心繡口。㈡意境高遠，自然成趣。㈢對偶異於排比映襯。

將語文中字數相等、語法相似、平仄相對的文句，成雙作對的排列，藉以表達相對或相關意思的修辭方法，是爲「對偶」。

對偶緣自宇宙萬物的自然對稱與心理學上的聯想作用，以及美學上對比、平衡、勻稱的原理，再加上漢語屬單音節的孤立語，具平仄的特性，所以在漢語中極爲普遍常見，且形成中國美文發達的基本因素。劉勰《文心雕龍．麗辭篇》云：

> 造化賦形，體必雙支；神理為用，事不孤立。夫心生文辭，運裁百慮；高下相須，自然成對。

此直接指明對偶本由天成，天地創造化育，所賦予人物之形像，四肢必然左右對稱；陰陽神明妙理，所施行剛柔之作用，凡事亦非單獨成立。而吾國文字，單體單音，有平有仄，宜於對偶，殆出自然。又劉師培《中古文學史》亦云：

> 物成而麗，交錯發形，分明而動，剛柔判象，在物僉然，人亦猶之。

由此可見，對偶乃天地萬物之法則，自然形成之徵象，爲文用字，往往對偶，乃自然形成，並非刻意創造。

對偶之體與用，種類繁富，方式多端，變化無窮。若從修辭學的角度著眼，則依句型分類，約可歸納爲「當句對」、「單句對」、「隔句對」、「長偶對」四種，如此分類，一則可以執簡馭繁，一則可以兼該古今。

壹、當句對

同一句中，上下兩個短語，自爲對偶，是爲「當句對」，又名「句中對」，這是最短的對偶。以下且從古今作品中舉例：

1.大道之行也，天下為公。選賢與能，講信修睦。（《禮記．禮運》）

「選賢與能」、「講信修睦」均屬當句對。「選賢」對「與能」，即選拔賢良，委任才能之意。「講信」對

「修睦」，即講求信義，修習和睦之意。

2.襟三江而帶五湖，控蠻荊而引甌越。物華天寶，龍光射牛斗之墟；人傑地靈，徐孺下陳蕃之榻。

（王勃〈滕王閣序〉）

王勃〈滕王閣序〉開端即迭用當句對，「襟三江」對「帶五湖」，「控蠻荊」對「引甌越」，「物華」對「天寶」，「人傑」對「地靈」，「徐孺」對「陳蕃」，幾乎連續每句用「當句對」。洪邁《容齋續筆》卷三論「當句對」特舉此爲例：

如王勃〈宴滕王閣序〉，一篇皆然。謂若襟三江、帶五湖，控蠻荊、引甌越，龍光、牛斗，徐孺、陳蕃，騰蛟起鳳，紫電青霜，鶴汀鳧渚，桂殿蘭宮，鐘鳴鼎食之家，青雀黃龍之軸，落霞孤鶩，秋水長天，天高地迥，興盡悲來之辭是也。

可見前人早已注意到〈滕王閣序〉中的「當句對」。

3.密邇平陽接上蘭，秦樓鴛瓦漢宮盤。
池光不定花光亂，日氣初涵露氣乾。
但覺游蜂饒舞蝶，豈知孤鳳憶離鸞。
三星自轉三山遠，紫府程遙碧落寬。（李商隱〈當句有對〉）

全詩八句，句句皆爲當句對！平陽對上蘭，秦樓對漢宮，池光對花光，日氣對露氣，游蜂對舞蝶，孤鳳對離鸞，三星對三山，紫府對碧落。眞是名副其實的「當句有對」。

4.若夫霪雨霏霏，連月不開；陰風怒號，濁浪排空；日星隱耀，山岳潛形；商旅不行，檣傾楫摧；薄暮冥冥，虎嘯猿啼。登斯樓也，則有去國懷鄉，憂讒畏譏，滿目蕭然，感極而悲者矣。

至若春和景明，波瀾不驚；上下天光，一碧萬頃；沙鷗翔集，錦鱗游泳；岸芷汀蘭，郁郁青青。而或長煙一空，皓月千里；浮光躍金，靜影沉璧；漁歌互答，此樂何極！登斯樓也，則有心曠神

怡，寵辱皆忘，把酒臨風，其喜洋洋者矣。（范仲淹〈岳陽樓記〉）

這是〈岳陽樓記〉中間的兩段文字。其中迭用當句對，如：檣傾楫摧，虎嘯猿啼，去國懷鄉，憂讒畏譏等，描敘雨悲之情景。又如：岸芷汀蘭，郁郁青青，心曠神怡等，描敘晴喜之情景，均各見其巧妙。

5. 莫笑農家臘酒渾，豐年留客足雞豚。
山重水複疑無路，柳暗花明又一村。
簫鼓追隨春社近，衣冠簡樸古風存。
從今若許閑乘月，拄杖無時夜叩門。（陸游〈游山西村〉）

山西村，是浙江紹興的一個小山村。陸游到此一遊，留下傳誦千古的名句：「山重水複疑無路，柳暗花明又一村。」意謂：重疊的山巒夾著迴環的溪水，似覺前頭已無路可通；沒想到峰迴路轉，在綠柳紅花掩映下，又出現了一個幽靜的小山村。此二句均爲當句對，「山重」對「水複」，「柳暗」對「花明」，柳色深綠是爲「暗」，花光紅艷是爲「明」。不但描繪了江南水鄉的特有風光，且可以用來借喻人生的事理，含蘊無窮。

6. 無善無惡是聖人，善多惡少是賢者，善少惡多是庸人。有惡無善是小人，有善無惡是仙佛。（張潮《幽夢影》）

7. 我想他們看著身上的毛一塊塊的脫落，真的要變成「有板無毛」的狀態，蕉風椰雨，展夕對泣，心裏多麼悽涼！（梁實秋〈駱駝〉）

8. 閃動著，閃動著的，是你的眼睛，
流過來，流過來的，是我們的愛情；
每當我回到走近來的過去的日子，
我的心就一如美好的田野和亮藍的星空。（楊喚〈懷劉妍〉）

9. 他們以大無畏的精神，沐風櫛雨，胼手胝足，就這樣轟著、唱著、前進著。（葉蟬貞〈大路之

歌〉）

10.假如，我們將歷史比喻做一條源遠流長的大河！中華民族五千年的時光，該是一支奔騰浩蕩的主流了。流過了千山萬水，流過了層巒疊嶂；流過了多少英雄美人的綺麗纏綿。歷史的洪流呀！永不回頭，浪淘盡千古風流人物，一任世事灰飛煙滅？（古蒙仁〈一個沒有鼾聲的鼻子〉）

11.不喜歡動手的人，憑什麼逞英雄呢？他想到了「動口」，至於「動筆」，好像反而是附帶的事。曾有一段時間，他很以「伶牙俐齒」為榮，在文教圈裏，有老一輩的四大名嘴和小一輩的四小名嘴，他是四小名嘴之一。（張曉風〈未絕——一位作者的成長〉）

12.在這個和平絕無所失，戰爭絕無所獲的時代。（美總統詹森〈繼續前進〉）

從「蕉風」對「椰雨」，「美好的田野」對「亮藍的星空」、「沐風」對「櫛雨」，「胼手」對「胝足」，「千山」對「萬水」，「層巒」對「疊嶂」、「伶牙」對「俐齒」，「和平絕無所失」對「戰爭絕無所獲」，乃至於平日常用的許多成語：價廉物美、驚天動地、朝秦暮楚、藍天白雲等，「當句對」仍然活現在我們日常的生活中！

貳、單句對

語文中上下兩句，字數相等，詞性相同，平仄相對，是為「單句對」。單句對是對偶中最普遍常見的。不只是近體詩中的基本句式，而且在古今語文中也時時可見：

1.滿招損，謙受益。（《尚書．大禹謨篇》）

此以「滿招損」對「謙受益」，不但是形式整齊的對偶，在意義上也是「映襯」，同時更流露了民族的智慧，指引世人處世的方針。

2.凡操千曲而後曉聲，觀千劍而後識器；故圓照之象，務先博觀。閱喬岳以形培塿，酌滄波以喻畎澮；無私於輕重，不偏於憎愛；然後能平理若衡，照辭如鏡矣。（劉勰《文心雕龍・知音篇》）

此論文學批評貴在博觀。以「操千曲而後曉聲」對「觀千劍而後識器」，「閱喬岳以形培塿」對「酌滄波以喻畎澮」，「無私於輕重」對「不偏於憎愛」，「平理若衡」對「照辭如鏡」，均屬單句對，使得文章說理更加強而有力。其中「閱喬岳」對「形培塿」，「酌滄波」對「喻畎澮」，是「當句對」。又迭用譬喻，意象鮮明，如「平理若衡」謂評量文理若天平之衡物，「照辭如鏡」謂照察文辭如明鏡之顯形。以具體喻抽象，十分契合。清楊倫撰《杜詩鏡銓》，顯然脫胎自「照辭如鏡」。又廿世紀美國批評家艾布拉姆斯的名著《鏡與燈——浪漫主義文論及批評傳統》，也與此有異曲同工之妙。

3.水天一色，

風月無邊。（李白〈題岳陽樓〉）

此爲傳誦千古之名聯，短短八個字，將登臨岳陽樓眺望洞庭湖景色之大觀，盡收其中。用字平易近人，而卻是氣象萬千，令讀者心曠神怡，逸興遄飛。

4.風急天高猿嘯哀，渚清沙白鳥飛迴。

無邊落木蕭蕭下，不盡長江滾滾來。

萬里悲秋常作客，百年多病獨登台。

艱難苦恨繁霜鬢，潦倒新停濁酒盃。（杜甫〈登高〉）

杜甫以律詩見長，此爲其中的壓卷作。胡應麟《詩藪》評云：「如海底珊瑚，瘦勁難移，沉深莫測；而精光萬鈞。通篇章法、句法、字法，前無昔人，後無來學，此當爲古今七言律第一，不必爲唐人七言律第一也。」就對偶而言，一般律詩只要求中間四句對偶，〈登高〉卻是八句皆對，獨創新體，典麗精工，塑造全璧。整首詩四聯，即四個單句對。首聯以「風急天高猿嘯哀」對「渚清沙白鳥飛迴」，高聳入雲，一波三折，筆力萬鈞。兩句之中又分別運用「當句對」以「風急」對「天高」，「渚清」對「沙白」。次聯以「無邊落木蕭蕭下」對「不盡長江滾滾來」，縱目天地，俯仰古今，雄渾壯闊。三聯以「萬里悲秋常作客，百年多病獨登台」，老去悲秋，孤病登台，百憂交集。末聯以「艱難苦恨繁霜鬢」對「潦倒新停濁酒盃」，國事家事，潦倒停盃，愴恨無窮。羅大經《鶴林玉露》評第三聯云：

萬里，地遼遠也；秋，時慘悽也；作客，羈旅也；常作客，久旅也。百年，暮齒也；多病，衰疾也；台，高迥處也；獨登台，無親朋也。十四字之間含八意，而對偶又極精確。

如此兩句十四字之中，竟含蘊八層意思，密度高，含蘊深，對偶之佳妙，已經達到登峰造極的境地。

5.苔痕上階綠，草色入簾青。

談笑有鴻儒，往來無白丁。

可以調素琴，閱金經。

無絲竹之亂耳，無案牘之勞形。（劉禹錫〈陋室銘〉）

此爲〈陋室銘〉的中段，由四個單句對組成。「苔痕上階綠」對「草色入簾青」，敘陋室之景。「談笑有鴻儒」對「往來無白丁」，敘陋室之友。「調素琴」對「閱金經」，「無絲竹之亂耳」對「無案牘之勞形」，敘陋室之雅趣。如此對偶的運用，除形式整齊外，頗饒情趣。且其中多用顏色字，綠對青，紅（諧音鴻）對白，素對金，相互輝映，增進文章的華彩，使全文生「色」！

6.若夫日出而林霏開，雲歸而巖穴暝，晦明變化者：山間之朝暮也。野芳發而幽香，佳木秀而繁陰，風霜高潔，水清而石出者：山間之四時也。朝而往，暮而歸，四時之景不同，而樂亦無窮也。（歐陽脩〈醉翁亭記〉）

〈醉翁亭記〉爲唐宋散文中文字最純淨之名作。散文中迭見偶句，奇偶相生，自然高妙。此段描敘山間景色早晚不同，四季變換。以「日出而林霏開」對「雲歸而巖穴暝」，以見山間之朝暮。以「野芳發而幽香」對「佳木秀而繁陰」，以見山間之春夏，均屬上下句相對的「單句對」。又「朝而往」對「暮而歸」，亦爲「單句對」。

7.情切切良宵花解語，

意綿綿靜日玉生香。（曹雪芹《紅樓夢．第十九回》）

章回小說的回目往往用對偶。這是《紅樓夢》第十九回的回目。不但是工整的單句對，而且概括了這一回的主要內容。「情切切良宵花解語」顯示花襲人對賈寶玉的一片痴情。「意綿綿靜日玉生香」突現賈寶玉對林黛玉一往情深，進入初戀高潮的纏綿之情。用「情切切」與「意綿綿」的疊字，更加耐人尋味。

8.諸君聽我這段話，切勿誤會，以為我用道德觀念來選擇趣味。我不問德不德，只問趣不趣。（梁啓超〈學問之趣味〉）

9.所以一陣騷動，胡亂穿起，有的寬衣博帶如稻草人，有的細腰窄袖如馬戲丑，大體是赤著身體穿一層薄薄的西裝褲。凍得涕泗交流，雙膝打戰，那時的情景足當得起「沐猴而冠」四個字。（梁實秋〈衣裳〉）

10.種牡丹者得花，種蒺藜者得刺。這是應該的，我毫無怨恨。（魯迅〈答有恆先生〉）

以上三例，均爲現代散文中穿插單句對。梁啓超以「不問德不德」對「只問趣不趣」，梁實秋以「寬衣博帶如稻草人」對「細腰窄袖如馬戲丑」，魯迅以「種牡丹者得花」對「種蒺藜者得刺」，均爲文中的警句。又魯迅〈自嘲〉云：「橫眉冷對千夫指，俯首甘爲孺子牛。」現代文學中的對偶，要求比較寬，已經不再嚴格講究平仄了。

11.為輕舟激水的人生找一駐腳，

為西風落葉的時代找一歸宿。（陳之藩〈童子操刀〉）

12.暴風雨中的雷聲特別響，

烏雲深處的閃電特別亮；

只有通過漫長的黑夜，

才能噴湧出火紅的太陽。（艾青〈光的贊歌〉）

13. 山巒爽朗，湖水清淨，日裏披滿陽光，夜裏綴滿星辰。牧民們的蒙古包隨著羊群環湖周游，他們的羊群一年年繁殖，他們戀愛、生育，他們彈琴歌唱自己幸福的生活。（碧野〈天山景物記〉）

14. 中華民族是一個詩的民族。數千年來，中國人民涵詠在溫柔敦厚的詩教中，沉潛於醇美精粹的詩藝裏，陶冶性靈，變化氣質，使得中國人的血液裏，經常流動著溫潤優美的細胞，使得中國人的性格中，增添了審美的觀念與高尚的情操。（沈謙〈詩情畫意，春滿人間——發起每日一詩運動〉）

15. 歲月端溪硯，

詩書凍頂茶。（亮軒〈題張曉風盹谷〉）

張曉風在天母山上的櫻谷，購置了一間小屋，取名「盹谷」，除了自家人偶爾去「打個盹兒」之外，經常招待朋友。房子不大，卻很迷人，還有許多可愛的小玩藝兒，燒水的是外表陶製的灶形電爐，泡茶的是藝術家的手拉胚，窗前掛的是從象脖子上解下來的木製風鈴，床頭桌上，有各種奇石，還有席慕蓉的畫，楚戈、亮軒的字，李霖燦先生的麼些文對聯……。以上是亮軒的對聯，與屋裏的情境與氣氛，正相契合。筆者曾經改作「琴劍茅台酒，詩書凍頂茶」聊以自娛。

「單句對」應用最廣，到處可見，凡名勝之處，必有對聯，奇聯妙對，與山河勝景爭輝。《世說新語．言語篇》：「顧長康從會稽還，人問山川之美。顧云：『千巖競秀，萬壑爭流；草木蒙籠其上，若雲興霞蔚。』」其實，人間處處有勝景，勝景處處有妙對：

千朵蓮花三尺水，

一彎明月半亭風。（〈題蘇州間吟亭〉）

泉自幾時冷起，

峰從何處飛來。（董其昌〈題杭州西湖冷泉亭〉）

四面荷花三面柳，
一城山色半城湖。（劉鳳浩〈題濟南大明湖小滄浪亭〉）
萬樹梅花一潭水，
四時煙雨半山雲。（碩慶〈題昆明黑龍潭〉）
山光撲面經新雨，
江水回頭為晚潮。（鄭板橋〈題鎮江焦山自然庵〉）

妙對之中，頗多趣聞軼事，如董其昌題西湖冷泉，上下都是問句，相傳清末俞樾遊西湖，戲答云：「泉自有時冷起，峰自無處飛來。」其夫人不以爲然，另答云：「泉自冷時冷起，峰從飛處飛來。」遊談之中，其樂何支。

參、隔句對

第一句與第三句對，第二句與第四句對，是爲「隔句對」。嚴羽《滄浪詩話》云：有扇對，又謂之隔句對。如鄭都官「昔年共照松溪影，松折碑荒僧已無。今日還思錦城事，雪銷花謝夢何如？」等是也。蓋以第一句對第三句，第二句對第四句。

「隔句對」雖不若「單句對」普遍，但仍頗爲常見：

1. 樂民之樂者，民亦樂其樂；
憂民之憂者，民亦憂其憂。（《孟子・梁惠王篇下》）

此以第一句「樂民之樂者」對第三句「憂民之憂者」，第二句「民亦樂其樂」對第四句「民亦憂其憂」。不但是典型的「隔句對」。而且由於對偶的形式整齊，使孟子勸國君行仁義之道的話，更加理直氣壯，更有說服力。

2. 夫鉛黛所以飾容，而盼倩生於淑姿；文采所以飾言，而辯麗本乎情性。故情者，文之經，辭者，

理之緯；經正而後緯成，理定而後辭暢；此立文之本源也。（劉勰《文心雕龍·情采篇》）

劉勰論文主張文質並重。此段文字，第一句「鉛黛所以飾容」對第三句「文采所以飾言」，第二句「盼倩生於淑姿」對第四句「辯麗本乎情性」，是典型的隔句對。此四句意謂：鉛粉黛綠固可以美容，但秋波流轉、笑靨倩媚，畢竟出自天生麗質；文華辭采固用來修飾文章，但義理博辯，筆致綺麗，終究緣於內容情性。從句式上而言，是「隔句對」，從表達方式上而言，是「略喻」。

3.老當益壯，寧知白首之心？
窮且益堅，不墜青雲之志。（王勃〈滕王閣序〉）

4.山不在高，有仙則名；
水不在深，有龍則靈。
斯是陋室，惟吾德馨。（劉禹錫〈陋室銘〉）

這是〈陋室銘〉的首段。以山水喻室，以仙龍喻有德之士。意謂：山不在乎高，只要有仙人居住，就會馳名於世；水不在乎深，只要有蛟龍潛藏，便能顯露靈氣。雖然是一間簡陋的房子，只要居室主人德行高尚，自能煥發出曖曖內含光的芬芳。前四句以「山不在高」對「水不在深」，「有仙則名」對「有龍則靈」，也是典型的「隔句對」。

5.縹緲巫山女，歸來七八年。
殷勤湘水曲，留在十三弦。（白居易〈瀟湘送神曲〉）

6.驚湍直下，跳珠倒濺；
小橋橫截，缺月如弓。（辛棄疾〈沁園春〉）

此二例均為一三句、二四句兩兩相對，錦心繡口，駢儷工整。又辛棄疾前兩句敘「急流飛沫」，後兩句敘「小橋倒影」，用隔句對交錯成趣。

7.地也，你不分好歹何為地？
天也，你錯勘賢愚枉做天！（關漢卿《竇娥冤》）
8.大肚能容，容天下難容之事。
開口便笑，笑世間可笑之人。（〈題北京潭柘寺彌勒殿〉）
《感天動地竇娥冤》是關漢卿最著名的悲劇，此隔句對以呼天喊地的方式，噴薄而出，令讀者深深一掬同情之淚。潭柘寺建於晉朝，距今已有一千六百餘年。這副對聯不但是典型的「隔句對」兼「頂針」，而且意蘊深遠，雅俗共賞！上聯寫容，須胸如丘壑，容得下人間風雨，世上煙雲；下聯寫笑，須笑口常開，笑那些紅塵紛爭，庸人自擾。此聯傳誦之後，類似之作，屢見不鮮：
大肚能容，了卻人間多少事。
滿腔歡喜，笑開天下古今愁。
肚腸寬肥容世事，大大大！
心肺冷淨笑人生，哈哈哈！
9.翁去八百年，醉鄉猶在。
山行六七里，亭影不孤。（〈題滁州醉翁亭〉）
10.欲知前世因，今生受者是。
欲知來世果，今生作者是。（佛家偈語）
11.文化五千年，匯群流而歸大海；
圖史十萬冊，開寶藏以利後人。（于右任〈題中央圖書館〉）
12.你說它樸素，它像朝霞一樣絢爛；
你說它瑰麗，它像露珠一樣晶瑩。（聞捷〈紅裝素裹〉）

13.凡是測驗我們勇氣的人，將會發現我們的勇氣堅強；凡是覓求我們友誼的人，將會發現我們的友誼忠實。（美總統詹森演說辭）

14.與朋友交，每多任情任性；偕妻兒處，復得相讓相忍。困厄快意相參半，有事無事盡平安。天固未絕我，親友陌路尤未絕我，若有數則命好，無則天地人群好。料此生無以為報，唯願不棄絕於君子，得徜徉於大化。（亮軒〈自編年譜跋語〉）

15.四十年的文章，透明如玻璃；

五十年的婚姻，穩固如金石。（余光中〈贈何凡、林海音〉）

由以上的辭例，可見「隔句對」應用普遍，流風餘韻，迄今未衰。余光中的對聯出現在電視上，民國七十九年一月卅一日《華視新聞雜誌》介紹何凡、林海音夫婦的文學生涯。此聯幾乎概括了他們的一生。稍知內情的人，都知道何凡的專欄「玻璃墊上」的每日一篇，近四十年之久。所以上聯曰：「四十年的文章，透明如玻璃。」何凡、林海音結褵五十年，所以說：「五十年的婚姻，穩固如金石。」則「隔句對」又兼用「嵌字」。

肆、長偶對

奇句對奇句，偶句對偶句，至少三組，多則數十組的對偶，是為「長偶對」，又稱「長對」。「長對」其實與「隔句對」的結構相同，只不過「隔句對」只有二組四句，長對卻不受此限，通常是三組六句。且看：

1.及其品評成文，有同乎舊談者，非雷同也，勢自不可異也；有異乎前論者，非苟異也，理自不可同也。同之與異，不屑古今，擘肌分理，唯務折衷。（劉勰《文心雕龍．序志篇》）

劉勰論文，不避雷同，不標新立異，務求合乎中道。此段文字中「有同乎舊談者」對「有異乎前論者」，「非雷同也」對「非苟異也」，「勢自不可異也」對「理自不可同也」，一三五句與二四六句兩兩相對，是為典型的

「長對」。且由於意義上的對比，又屬「映襯」中的「對襯」。如此形式的對偶，內容的對比，適足以使其主旨明顯突現，留給讀者強烈而深刻的印象。

2.臣聞：聖人之行法也，如雷霆之震草木，威怒雖盛而歸於欲其生；人主之罪人也，如父母之譴子孫，鞭撻雖嚴而不忍致之死。（蘇軾〈乞常州居住表〉）

此段文字共六句，一三五句與二四六句兩兩相對，駢四儷六，對偶工整，用之論理，適足以增強說服力。

3.今夫佩虎符、坐皋比者，洸洸乎干城之具也，果能授孫吳之略耶？峨大冠、拖長紳者，昂昂乎廟堂之器也，果能建伊皋之業耶？（劉基〈賣柑者言〉）

〈賣柑者言〉爲著名的諷喻文章。託杭州賣柑者之言，譏刺當朝文武百官率皆無能之輩，正如柑之金玉其外，敗絮其中。此段文字，前半敘武官虛有其表，後半敘文官尸位素餐。兩組文字，恰恰相對偶。

4.風聲、雨聲、讀書聲，聲聲入耳；

家事、國事、天下事，事事關心。（顧憲成〈無錫東林書院楹聯〉）

這副對聯，顯現讀書人的志節與懷抱，擲地鏗然有聲。不但是典型的長對，更爲傳統知識分子樹立了爲學做人的典範，不只是刻在明代東林書院的門楹，更烙印在無數士人的心版上！

5.文章做到極處，無有他奇，只是恰好；

人品做到極處，無有他異，只是本然。（洪自誠《菜根譚》）

明洪自誠《菜根譚》，頗多耐人尋味的警句，此段文字論文章與人品，語雖平淡卻是出乎摰誠。

6.有山林隱逸之樂，而不知享者，漁樵也，農圃也。

有園亭姬妾之樂，而不知享者，富商也，大僚也。（張潮《幽夢影》）

7.坐，請坐，請上坐；

茶，泡茶，泡好茶。（阮元〈題揚州平山堂〉）

此聯在形式上是「長對」，在內容上是「層遞」。相傳清阮元告老歸儀徵老家後，偶遊揚州平山堂，寺僧正在寫楹帖，阮元布袍麻鞋，旁立而觀。僧以爲林叟，不經心地說：「坐，茶。」書罷，問其姓氏，告以姓阮。僧以爲阮氏族人，略爲尊重，改口曰「請坐」，並呼人「泡茶」。坐後再叩問何字，阮以實告，僧大驚失措，拂炕請上坐，亟令泡好茶。舉紙墨乞阮書聯語。阮元濡毫據案，沉吟曰：「無好聯語。」旋以該僧前後數語串聯而成。毫無雕鑿痕跡，頗見天然之趣，且寺僧之音容神態躍然紙上。諷刺世態人情之勢利，令人心有戚戚焉。

8.五百里滇池，奔來眼底。披襟岸幘，喜茫茫空闊無邊。看東驤神駿，西翥靈儀，北走蜿蜒，南翔縞素。高人韻士，何妨選勝登臨。趁蟹嶼螺洲，梳裹就鳳鬟霧鬢；更蘋天葦地，點綴些翠羽丹霞。莫辜負：四圍香稻，萬頃晴沙，九夏芙蓉，三春楊柳。

數千年往事，注到心頭。把酒凌虛，歎滾滾英雄誰在。想漢習樓船，唐標鐵柱，宋揮玉斧，元跨革囊。偉烈豐功，費盡移山心力。盡珠簾畫棟，卷不及暮雨朝雲；便斷碣殘碑，都付與蒼煙落照。只贏得：幾許疏鐘，半江漁火，兩行秋雁，一枕清霜。（孫髯〈題昆明大觀樓〉）

大觀樓位於昆明西二公里處大觀公園內，南臨滇池，與太華山隔水相望。聯板係木製，長一點五丈，寬二尺，爲覆瓦形；上下聯各九十字，陽文楷體，書法遒勁，藍底金字，光彩奪目。上聯敘滇池風景，生機勃勃，氣勢不凡；下聯敘雲南歷史，驚天動地，意境深遠。在藝術技巧上，構思精巧，形像鮮明，對仗工穩，語如貫珠，遣詞精妙，運字傳神，情景交融，渾然一體。爲長聯中之名作，當年號稱天下第一長聯。至若後來張之洞的〈洞庭君山屈原廟湘妃祠聯〉，長四百字，鍾雲舫的〈題四川江津臨江城樓〉，更長達一千六百一十二字，也是典型的長偶對。

9.兩卷新詩，廿年老友，相逢同是天涯，只為佳人難再得。

一聲河滿，九點齊煙，化鶴重歸華表，應愁高處不勝寒。（郁達夫〈輓徐志摩〉）

10.作白話文，傳白話神，令普天下讀者如親謦咳。

為青年師，向青年學，願吾輩中愨士共守儀型。（郭紹虞〈輓朱自清〉）

徐志摩、朱自清爲中國現代文學史上重要作家。郁達夫輓聯上聯寫徐志摩的著作與兩人交情，下聯寫遇難的驚愕與懷念心情。郭紹虞輓朱自清，語言通俗，情感眞摯，對朱自清的文章與道德，有確切的評價。這是近代傳誦廣遠的「長對」。

11. 我別良人去矣！大丈夫何患無妻，他年弦續房中，休向生妻談死婦。
子依嚴父悲哉！小孩子終當有母，異日歡樂膝下，須將繼母作親娘。（自輓）

12. 早開風氣，是一代宗師，吾道非歟？浮海説三千弟子。
忍看銘旌，正滿天雲物，斯人去也，哀鴻況百萬蒼生。（台大全體員生輓傅孟眞校長）

某女士的自輓聯，上聯別夫，「休向生妻談死婦」，胸襟寬廣。下聯勉子，「須將繼母作親娘」，心地敦厚。如泣如訴，哀婉感人。台大師生輓傅斯年校長，概括了傅氏的精神貢獻，切合時事。均爲傑出之長對。

13. 志於道，據於德，依於仁，止於至善。
踐其位，行其禮，奏其樂，敬其所尊。（宗孝忱〈題台灣師範大學禮堂〉）

14. 門稱不二，二不二，俱是自家眞面目。
山爲靈山，山非山，無非我人清淨身。（高雄佛光山山門聯）

師範大學爲培育教師之搖籃，禮堂聯集《四書》中成句，切合情境。佛光山爲台灣佛教名剎，山門聯，用佛家語，透露禪機。均爲耐人尋味之長對。

15. 你曾以你的意趣，你的柔情，升我於最高之天。而那個女人呢，卻是以她的痴狂，她的愚昧，墮我於最深之淵。（張秀亞〈懷念〉）

16. 學者的文章，常常喜歡掉書袋，賣弄學問而欠缺靈氣，惹人嫌厭；文人的作品，往往喜歡出花樣，炫耀技巧而欠缺厚度，華而不實。梁老玩學問、文章於掌中，創造出新奇燦爛的成果。是「透過深刻的平易，密度甚大的流暢，超越豐富的明朗」。好像信手拈來，毫不費力，卻是觸筆

成趣，風味雋永，饒有情韻。（沈謙〈梁實秋的人格與風格〉）

「長對」在現代語文中，應用雖不像古代那樣普遍，但仍然時時可見。

關於對偶的原則，可以歸納爲三點：

一、對仗工穩，錦心繡口

對偶基於平衡、勻稱、圓滿，是美文的基本要素之一。在外部結構上，必須講究對仗工整穩妥，有聲有色，動靜結合，再加上內容的情景交融，時空交感。氣勢雄壯，場面顯赫，富麗堂皇，美不勝收。王了一《中國詩律研究．對仗的講究和避忌》云：

對仗可分為三類：第一類是工對，例如以天文對天文，人倫對人倫等等；第二類是鄰對，例如以天文對時令，以器物對衣服等等；第三類是寬對，就是以名詞對名詞，動詞對動詞（甚或對形容詞）等等。……工對最妙是「妙手偶得之」，其次是在不妨礙意境的情形之下，儘量求其工。

對偶的運用，使得中國的駢文、律詩、對聯等，創造了光輝燦爛的成果。現在一般人寫作文章，雖然不必像駢文律詩那樣要求嚴格，對偶的應用，也沒有從前那樣必須。但由於對偶形式整齊，結構勻稱，順口悅耳，便於傳誦。所以不但在詩、歌、小說和散文中廣泛運用，即便是日常生活的諺語、門聯，也少不了對偶。例如對日抗戰勝利，國府由四川重慶遷回南京，有人作了一副對聯：

南京重慶成都，

中國捷克日本。

上聯意謂：淪陷了八年的南京，又重新慶祝成爲中國的首都了。下聯意謂：中國奏捷，克服了日本。上聯是三個地名，下聯是三個國名。在抗戰勝利喜慶氣氛中，有此對聯，自然令人精神振奮。

二、意境高遠，自然成趣

對偶除了形式上的典麗精工之外，同時須講究內容的意境高遠，自然成趣，不見斧鑿痕跡。誠如嚴羽《滄浪詩話》所謂：「鈴羊掛角，無跡可求，故其妙處，透徹玲瓏，不可湊泊。」又沈德潛《說詩晬語》云：「固在屬對精工，然或工而無意，譬之剪彩爲花，全無生韻。」試觀王勃「落霞與孤鶩齊飛，秋水共長天一色」境界何等高遠，造語何等自然。黃永武《字句鍛鍊法．儷辭》說得好：

> 駢文和律詩是中國文學中很別致的一種文體，也是中國文學中最美的一種文體，而對偶就是駢文和律詩的靈魂，其實除了駢文和律詩，在散文中偶然出現駢偶的句子，不須字字相儷、不必雕飾得纖巧，也十分出色的。如司馬遷在〈報任安書〉中引用豫讓的兩句話「士為知己者死，女為悅己者容」，意義平行，輕重悉稱，兩相對偶，自然成趣。又如王安石〈泰州許君墓誌銘〉的「辯足以移萬物，而窮於用說之時；謀足以奪三軍，而辱於右武之國」，及蘇軾〈教戰守策〉的「奉之者有限，而求之者無厭」，都是在散句中偶然用駢儷的句子，成為全文中最美的一筆。

在此令找聯想起鄭板橋〈淮安舟中寄弟墨書〉中的一段文字：

> 以人為可愛，而我亦可愛矣；以人為可惡，而我亦可惡矣。東坡一生覺世上沒有不好的人，最是他好處。愚兄平生漫罵無禮，然人有一才一技之長，一行一言之美，未嘗不嘖嘖稱道。……

再如前人論行善與行惡：

> 行善之人，如春園之草，不見其長，日有所增。
>
> 行惡之人，如磨刀之石，不見其損，日有所虧。

每個人都有缺點，也自有其優點，多看別人的好處，人人都可愛；多看別人的壞處，人人都顯得可惡，鄭板橋以「隔句對」指陳此理。又行善與行惡，以「長對」兼譬喻兼對襯出之，尤令人印象深刻。對偶苟能境高意遠，其作用大矣哉！

三、對偶異於排比映襯

對偶爲語文運用之基本形式之一，常兼用其他修辭方法，其形式與排比、映襯之異同，不可不辨。前人論之已詳，在此列舉二家意見，以備參考：

㈠黎運漢．張維耿《現代漢語修辭學．句式類．排比》以爲，排比可視爲對偶的擴展，其區別有四：

1. 對偶是事物對立對應關係的反映，排比是同一範圍事物的列舉。
2. 對偶限於兩個對句，排比的句數則不受限制。
3. 對偶的兩個對句意思互相對應，字數大體相等，而排比只須句子結構相同或相似就可以了，字數不必相等。
4. 對偶的兩個對句避免用同樣的字，組成排比的各句則常出現相同的字。

㈡季紹德《古漢語修辭．對偶》論對偶與對比（即本書中之映襯）的區別，對比的著眼點是意義上的對比，語句可以對稱，也可以長短參差，其中包括詞語與詞語，句與句乃至段與段之間的對比。對偶的著眼點是語言結構，則要求語言結構必須整齊對稱。他舉杜甫詩爲例：

兩個黃鸝鳴翠柳，一行白鷺上青天。

窗含西嶺千秋雪，門泊東吳萬里船。（〈絕句四首之三〉）

朱門酒肉臭，路有凍死骨。（〈自京赴奉先詠懷五百字〉）

第一例語句形式整齊對稱，是典型的兩組「單句對」，在意義上並沒有對比，所以不是「映襯」。第二例在意義上是對比，屬「映襯」中的「對襯」，但形式上語句不對稱，所以不是「對偶」。當然，也有不少「對偶」兼「映襯」的辭例，由本章前面所列舉，即可得到印證。

自我評量題目

一、何謂對偶？緣何而產生？

二、舉例說明當句對、單句對、隔句對、長偶對。

三、簡述對偶的原則。

第十八章 排 比

學習目標

——研讀本章內容之後，學習者應可達成下列目標：

一、能了解排比的意義與效用。

二、能區別排比與對偶、類疊的不同。

三、能掌握排比的原則。

四、能運用排比從事文學欣賞與創作。

摘 要

用結構相似的句法，接二連三地表達同範圍同性質的意象的修辭方法，是爲「排比」。依語言結構可分「單句的排比」與「複句的排比」。

排比與對偶不同：1.對偶必須字數相等，排比只要相當即可。2.對偶必須兩兩相對，排比不拘，唯最少三句。3.對偶力避字同意同，排比卻以字同意同爲常例。

排比與類疊不同：類疊是一種意象有秩序有規律地重複出現，排比是數種意象有秩序有規律地連接發生。

排比的原則有二：

(一)充分發揮排比的功能：1.敘事寫人，清晰鮮明。2.抒情寫景，淋漓盡致。3.說理透徹，具體深刻。

(二)確實掌握排比的特性：1.鮮明地表現多樣的統一。2.具體地表達共相的分化。

用結構相似的句法，接二連三地表達同範圍同性質的意象的修辭方法，是爲「排比」。

「排比」的句法結構相似，容易與「對偶」混淆。陳望道《修辭學發凡．排比》曾揭舉排比與對偶之不同：同範圍同性質的事象用了結構相似的句法逐一表出的，名叫排比。排比和對偶，頗有類似處，但也有分別：1.對偶必須字數相等，排比不拘。2.對偶必須兩兩相對，排比也不拘。3.對偶力避字同意同，排比卻以字同意同為常例。

「排比」的句法是接二連三，至少三句，容易與「類疊」混淆。黃慶萱《修辭學．排比》曾指陳排比與類疊之迥異：

類疊是一種意象有秩序有規律地重複發生，其秩序或為重疊的，或為重複的。排比卻是數種意象有秩序有規律地連接發生，其秩序或為交替的，或為流動的。類疊在美學上，基於劃一中的多數，而排比卻基於多樣的統一與共相的分化。

舉例來說，類疊中的疊字如「走走」，類字如「這邊走那邊走」，疊句如「盼望著，盼望著」，類句如「星子們都美麗，分占了循環著的七個夜……啊，星子們都美麗。」都只是一種意象的重疊或重複。排比卻不然。試看：「富貴不能淫，貧賤不能移，威武不能屈：此之謂大丈夫。」（《孟子．滕文公篇》）前三句是排比，從「富貴不能淫」而「貧賤不能移」是由於「對比聯想」；從「貧賤不能移」而「威武不能屈」是由於「類似聯想」。三種意象的本源只是一個：「大丈夫」。這個共相，隨著意識的流動，分化成三個意象，有秩序有規律地連接出現。

排比依據語言結構，約可分爲單句的排比與複句的排比二類。以下且分別舉例以明之。

壹、單句的排比

用結構相似的單句，接二連三地表達同範疇同性質的意象，是爲「單句的排比」（廣義而言，包括句子成分的排比）。且看：

1.子曰：「知者不惑，仁者不憂，勇者不懼。」（《論語．子罕篇》）

如此平列的三句話，結構相似，表達同範圍同性質的意象，當然是典型的「排比」。這三句話都是單句，所以屬「單句的排比」。王熙元《論語通釋》釋義爲：「有智慧的人不致疑惑，有仁德的人不生憂患，有勇氣的人無所畏懼。」也是「單句的排比」。王氏的釋詞云：「明智足以洞察事理，所以無所疑惑。仁德足以安然處世，所以無所憂患。勇氣足以配合道義，所以無所畏懼。」則是「複句的排比」。

2.季孫行父禿，晉卻克眇，衛孫良夫跛，曹公子手僂，同時而聘於齊。齊使禿者御禿者，使眇者御眇者，使跛者御跛者，使僂者御僂者。（《春秋穀梁傳．成公元年》）

此段文字有兩組「單句的排比」，雖然貌似重複，但如此適足以突現出一幅滑稽可笑的場面，尤可見齊國之罔顧外交禮儀，存心戲弄人。

3.（公孫丑）曰：「何謂知言？」

（孟子）曰：「詖辭知其所蔽，淫辭知其所陷，邪辭知其所離，遁辭知其所窮。生於其心，害於其政，發於其政，害於其事。聖人復起，必從吾言矣。」（《孟子．公孫丑篇上》）

孟子以四個單句，排比指陳詖辭、淫辭、邪辭、遁辭之失，義正辭嚴。用排比說理，可以闡理透徹，增進說服力。

4.（蘇秦）歸至家，妻不下紝，嫂不為炊，父母不與言。蘇秦喟然歎曰：「妻不以我為夫，嫂不以我為叔，父母不以我為子。是皆秦之罪也。」（《戰國策．秦策》）

5.語曰：「以管窺天，以蠡測海，以筳撞鐘。豈能通其條貫，考其文理，發其聲音哉？（東方朔〈答客難〉）

6.昔仲宣獨步於漢南，孔璋鷹揚於河朔，偉長擅名於青土，公幹振藻於海隅，德璉發跡於北魏，足下高視於上京。當此之時，人人自謂握靈蛇之珠，家家自謂抱荊山之玉。（曹植〈與楊德祖書〉）

7.挽弓當用強，用箭當用長。射人先射馬，擒賊先擒王。（杜甫〈前出塞〉）

8.天變不足畏，祖宗不足法，人言不足恤。（《宋史．王安石傳》）

9.梅令人高，蘭令人幽，菊令人野，蓮令人淡，春海棠令人艷，牡丹令人豪。蕉與竹令人韻，秋海棠令人媚，松令人逸，桐令人清，柳令人感。（張潮《幽夢影》）

10.其為質則金玉不足喻其貴，其為體則冰雪不足喻其潔，其為神則星日不足喻其精，其為貌則花月不足喻其色。（曹雪芹《紅樓夢．第七十八回》）

11.天上星多月不明，
塘裏魚多水不清，
地裏草多苗不長，
小妹郎多亂了心。（湖南民歌〈小妹郎多亂了心〉）

12.啥花開來節節高？
啥花開來像雙刀？
啥花開在青草裏？
啥花開在太湖梢？
芝麻花開來節節高。

扁豆花開來像雙刀。

薺菜花開在青草裏。

野菱花開在太湖梢。（江蘇常熟民歌〈啥花開來節節高〉）

最後兩個辭例，出自民歌，別具一股明朗活潑的風味。〈小妹郎多亂了心〉兼用「博喻」，〈啥花開來節節高〉兼用「提問」。各地民歌乃至流行歌曲，不乏「排比」的句法。

「排比」在現代文學中頗爲常見，與「對偶」相比較，排比的運用要普及得多，且看：

1.坐著，躺著，打兩個滾，踢幾腳球，賽幾趟跑，捉幾回迷藏。風輕悄悄的，草軟綿綿的。（朱自清〈春〉）

2.有喜有憂，有笑有淚，有花有實，有香有色，既須勞動，又長見識，這就是養花的樂趣。（老舍〈養花〉）

3.我一步一步艱難地走著，不怕三頭怪獸，不怕黑色魔鬼，不怕蛇髮女怪，不怕赤熱沙池……我經受了幾年的考驗，拾回來「丟開」了的「希望」，終於走出了「牛棚」。（巴金〈十年一夢〉）

4.我承認，有些人是特別的善於講價，他有政治家的臉皮，外交家的嘴巴，殺人的膽量，釣魚的耐心；堅如鐵石，韌如牛皮；所以他能壓倒那待價而沽的商人。（梁實秋〈議價〉）

以上四個辭例，都是單句的排比。其中以梁實秋的〈議價〉最精采，「政治家的臉皮，外交家的嘴巴，殺人的膽量，釣魚的耐心」四個結構相同的單句，將善於殺價者的特性充分突現而出，淋漓盡致，入木三分。梁氏〈影響我的幾本書〉：「人踏上仕途，很容易被污染，會變成另外一種人：他說話的腔調會變，他臉上的筋肉會變，他走路的姿勢會變，他的心的顏色有時候也會變。」以排比刻畫人性，既深刻又詼諧。

5.我是忙碌的。

我是忙碌的。

我忙於搖醒火把，
我忙於雕塑自己；
我忙於擂動行進的鼓鈸，
我忙於吹響迎春的蘆笛；
我忙於拍發幸福的預報，
我忙於採訪真理的消息，
我忙於把生命的樹移植於戰鬥的叢林，
我忙於把發酵的血釀成愛的汁液。……（楊喚〈我是忙碌的〉）

〈我是忙碌的〉是《楊喚詩集》的第一篇，更是他馳名的代表作，用排句顯現對生命的激情與熱愛。

6.「成熟」的涵義，是常常被誤解的。最常見的誤解，就是把「待人越來越刻薄」，「對人越來越懷疑」，「心胸越來越狹窄」，「行為越來越自私」，「態度越來越虛假」，「脾氣越來越暴躁」，「熱情越來越冷卻」，全部當作「成熟」來看待。我認為這種成熟是很醜的。「成熟」應該是青草更青，綠葉更綠，蘋果更紅，藍天更藍，白雲更白。（子敏〈純眞好〉）

7.如你在遠方，你獨立在傳統的影子之外，陽光染你，山嶽拱你，樹木托你，你呼吸無羈，毛孔舒逸。（許達然〈如你在遠方〉）

8.滿山是野草的清香，
滿山是發光的新綠，
滿山是喧鬧的小溪。……
我想起了金色的沙灘，

我想起了蕉葉的煙雨，

我想起了塞北的馬蹄。（李瑛〈雨〉）

子敏以「待人越來越刻薄」等七個排句指明對「成熟」的誤解，接著以五個排句指明「成熟」的眞諦。對現代人性的冷酷有所洞悉，又滿懷赤子的期盼。李瑛以「滿山是野草的清香」等三個排句描述雨後情景，又以「我想起了金色的沙灘」等三個排句敘雨後的聯想，自然排比，自由聯想，頗見純眞之趣。又劉俠〈和諧人生〉以四個排句敘處世交友之道：「不炫己之長，不揭人之短，不誇己之功，不忘人之恩」，除排比之外，兼有對比的作用。這是從崔瑗〈座右銘〉：「毋道人之短，毋說己之長」「施人愼勿念，受施愼勿忘」中脫化而出。如此句法整齊的排比方式，在美學上基於多樣的統一與共相的分化，令讀者印象深刻，且琅琅上口，易於記誦。

9.平生最喜愛游山玩水。這幾年來，很改了不少閒情逸致，只在這山水上頭，卻還依舊。那五百里滇池粼粼的水波，那與安嶺上起伏不斷的綠沉沉的林海，那開滿了各色無名的花的廣闊的呼倫貝爾草原，以及那舉手可以接天的險峻的華山……一到這些名山大川異地勝景，總會有一種奇怪的力量震蕩著我，幾乎忍不住要呼喊起來！……西湖勝景很多，各處有不同的好處，即使是一個綠色，也各有不同。黃龍洞綠得幽，屏風山綠得野，九曲十八洞綠得閒。（宗璞〈西湖漫筆〉）

10.不是有許多人在謳歌那光芒四射的朝陽，四季常青的松柏，莊嚴屹立的山峰，澎湃翻騰的海洋嗎？（秦牧〈土地〉）

11.她失去了平時那種嬌憨的笑容，那種天真的笑容，那種嘲弄的笑容，那種聰慧的笑容，只是那雙漂亮的眼睛看著我，目光裏有親切，有安慰，有滿足，有感激，有探詢，有深情。（張同吾〈愛的超越〉）

12.讀萬卷書，行萬里路，交萬種友，懷萬般情。未及此者，不可言賢達！當然，也不要忘了「賺萬萬元」！（高信譚〈羅曼蒂克死啦〉）

宗璞先以一組四個長排句，鋪敘四處名山勝景，再集中筆力以一組三個排句描寫西湖各景的綠，令讀者心嚮神往。若不用排句，不足以表達這種愛好名山勝景的激情。張同吾以四個排句敘「笑容」，再以六個排句敘目光裏的情意，排比的運用，狀貌抒情，各呈其妙。高信譚將古人的名句擴而充之，伸長觸鬚，擴大生活半徑，適足以開拓更廣闊豐盈的現代人生。

13. 天下百分之九十九的作家，天生怪模怪樣：
憂愁使他臉白，
妒嫉使他臉青，
退稿使他臉黑，
得意使他一臉五顏六色。（顏元叔〈書是較好的朋友〉）

14. 北方的羊肉火鍋性格，
南方的海鮮火鍋細緻，
湖南的毛肚火鍋刺激，
都不及自助火鍋所象徵的團圓氣氛。（也行〈大衆火鍋頌〉）

15. 想起那年，你只因見了我一篇草稿，便興致勃勃地開始鼓勵我。那一年，在所有這些不認識我的人之前，你便先認識了我，承認我、欣賞我、肯定我；並不只是因你認識了我的優點，而是因你同時認識了我的缺點。……你指導我做學問，砥礪我念書，鼓勵我寫作，糾正我的錯誤，容忍我的脾性，又教導我做人。在別人對我讚譽之後，你仍然責備我、鞭策我、鼓勵我。……於是，我便用這張照片，做我生命上的一個逗號，相信你會了解它的意義，體會它的份量，感受它的情意。（鄭明娳〈寄第一張畢業照〉）

16. 如果是冬天，便坐在暖爐旁的安樂椅上；倘使在夏天，便披著浴衣，啜著香茗，和好友任意閒談，將這些話，照樣移在紙上，便是小品文。興之所至，也說些不至於頭痛的道理，也有冷嘲，也有警惕，也有幽默，也有憤慨。所談的題材，天下國家大事固不待言，就是市井的瑣事、書籍的批評、相識者的消息，以及自己過去的追懷，想到什麼，就談什麼，而托於即興之筆。（廚川白村〈出了象牙之塔〉）

顏元叔描述作家的天生怪模怪樣，先用三個形式整齊的排句，最後再略作變化，形式上寓變化於規律之中，內容上風趣傳神，引人發噱。也行讚美大眾火鍋的團圓氣氛，也是同樣的筆法，〈寄第一張畢業照〉與〈出了象牙之塔〉都是在整段的散文中穿插若干排句，這些排句正是抒情、說理、敘事的重點所在，使讀者印象深刻。

貳、複句的排比

用結構相似的複句，接二連三地表達同範疇同性質的意象，是為「複句的排比」（廣義而言，包括段與段的排比）。且看：

1.孟子曰：「由是觀之，無惻隱之心，非人也；無羞惡之心，非人也；無辭讓之心，非人也；無是非之心，非人也。惻隱之心，仁之端也；羞惡之心，義之端也；辭讓之心，禮之端也；是非之心，智之端也。人之有是四端也，猶其有四體也；有是四端而自謂不能者，自賊者也；謂其君不能者，賊其君者也。」（《孟子．公孫丑篇上》）

孟子倡導「仁、義、禮、智」，用「無惻隱之心，非人也」等四個複句，排比而出，強調人皆有惻隱、羞惡、辭讓、是非之心。又用「惻隱之心，仁之端也」等四個複句，排比而出，重申仁義禮智人皆有之。孟子的文章氣勢鼎盛，善用排比，也是重要的因素之一。

2.是以泰山不讓土壤，故能成其大；

河海不擇細流，故能就其深；

王者不卻眾庶，故能明其德。（李斯〈諫逐客書〉）

李斯此段文字，用了三個因果關係的複句，排比而出，勸諫秦王廣納人才。就句式而言，是典型的「複句的排比」；就表達方式而言，兼用譬喻。前兩個複句是「喻依」，眞正要表達的「喻體」是最後的「王者不卻眾庶，故能明其德」。

3.昔西伯拘羑里，演《周易》；孔子戹陳蔡，作《春秋》；屈原放逐，著〈離騷〉；左丘失明，厥有《國語》；孫子臏腳，而論兵法；不韋遷蜀，世傳《呂覽》；韓非囚秦，〈說難〉〈孤憤〉；《詩三百篇》，大抵聖賢發憤之所為作也。此人皆意有所鬱結，不得通其道也。故述往事，思來者……（司馬遷《史記・太史公自序》）

司馬遷自述其所以作《史記》之緣由，迭用八個排比複句，情感強烈，語氣完足，噴薄而出，適足以表示此係志思蓄憤，爲情而造文。

4.臣聞：求木之長者，必固其根本；欲流之遠者，必浚其泉源；思國之安者，必積其德義。源不深而望流之遠，根不固而求木之長，德不厚而思國之治。臣雖下愚，知其不可，而況于明哲乎？（魏徵〈諫太宗十思疏〉）

魏徵是中國歷史上最著名的諫臣，〈諫太宗十思疏〉爲其諫言之代表。此文一開端，即連續用排比，「求木之長者，必固其根本」等三個排比複句，「源不深而望流之遠」等三個排比單句，兼用譬喻，將「國安須積德義」的主旨充分凸顯出來，說理透徹，文氣鼎盛。不但使得文章具有說服力，更顯現出一股富麗的廟堂氣概。

5.故吾每為文章，未嘗敢以輕心掉之，懼其剽而不留也；未常敢以怠心易之，懼其弛而不嚴也；未嘗敢以昏氣出之，懼其昧沒而雜也；未嘗敢以矜氣作之，懼其偃蹇而驕也。（柳宗元〈答韋中立論師道書〉）

柳宗元論爲文之道，以「未嘗敢以輕心掉之，懼其剽而不留也」等四個排比複句，表明寫作文章，須嚴肅認眞，以避免浮滑而不停蓄，鬆散而不嚴謹，隱晦而雜亂，傲慢而狂妄等四種弊病。由於排比得當，說理清晰，主旨鮮明。

6.在齊太史簡，在晉董狐筆，在秦張良椎，在漢蘇武節。為嚴將軍頭，為嵇侍中血，為張睢陽齒，為顏常山舌。或為遼東帽，清操厲冰雪；或為〈出師表〉，鬼神泣壯烈；或為渡江楫，慷慨吞胡羯；或為擊賊笏，逆豎頭破裂。（文天祥〈正氣歌〉）

此爲文天祥〈正氣歌〉之第二段，共十六句，由三組排比組成：第一組排比是「在齊太史簡，在晉董狐筆，在秦張良椎，在漢蘇武節」四個單句，每句敘一人，第一字皆用「在」；第二組排比是「爲嚴將軍頭，爲嵇侍中血，爲張睢陽齒，爲顏常山舌」四個單句，每句敘一人，第一字皆用「爲」；第三組排比是：「或爲遼東帽，清操厲冰雪；或爲〈出師表〉，鬼神泣壯烈；或爲渡江楫，慷慨吞胡羯；或爲擊賊笏，逆豎頭破裂。」四個複句，每個複句含兩個單句，敘一人，皆以「或爲」開頭。如此列舉歷史上十二位人物：齊太史、晉董狐、秦張良、漢蘇武，三國嚴顏、晉嵇紹、唐張巡、顏杲卿、漢管寧、蜀漢諸葛亮、晉祖逖、唐段秀實，將其中所代表的節操正氣，集中展現。三組排比，前兩組爲「單句的排比」而句式略見變化，後一組爲「複句的排比」。在整齊規律之中，又有適度的靈活變化，既能給讀者深刻的印象，又不致流於刻板呆滯。假如不用排比，則欠缺整齊和諧之美；假如全部十二句一組排比，則又難免刻板，文天祥眞乃善用排比者！

7.憶髫齔時，便喜讀史家言，而牽於制舉之業，未暇朝夕從事也。迨年四十有一，始得肆力於司馬公《通鑑》全書。怒而讀之，躍然喜矣；憂而讀之，欣然樂矣；躁而讀之，悠然恬矣。容或有終日不食之時，未有終食不讀之時也。（嚴衍《資治通鑑補‧自序》）

明代史學家嚴衍撰《資治通鑑補》，其〈自序〉開端敘其讀《通鑑》之樂，用三個排比複句：「怒而讀之，躍然喜矣」；「憂而讀之，欣然樂矣」；「躁而讀之，悠然恬矣」。如此平列之同範圍同性質之意象，適足以將其讀書之樂充分展現。嚴文又云：

其人雖遠，吾如登其堂焉，吾如見其面焉，吾如披其胸焉。吾病愚，則凡明者皆吾師也；吾病怯，則凡勇者皆吾師也；吾病懶，則凡敏者皆吾師也；吾病褊、吾病吝、吾病不斷，吾病器小而盈，則凡廣大者、好施者、果毅而淵深不測者皆吾師也。

此論讀史進入情況之心得，「吾如登其堂焉」等三句是「單句的排比」；自「吾病愚，則凡明者皆吾師也」以下則為「複句的排比」。

8. 對淵博友，如讀異書；對風雅友，如讀名人詩文；對謹飭友，如讀聖賢經傳；對滑稽友，如閱傳奇小說。（張潮《幽夢影》）

張潮《幽夢影》，以精短警策之語，敘作者對自然、人物、詩文等宜有之態度，頗能顯現傳統文人生活的藝術，堪稱「以風流為道學，寓教化於詼諧」。其中雋語妙論，往往可見，經常以排比方式表現。以上所錄，論交友與讀書，是四個複句的一組排比，而兼用譬喻，以書喻人，維妙維肖，恰恰搔中癢處。類似的「複句的排比」，《幽夢影》書中，不乏其例：

讀經宜冬，其神專也；讀史宜夏，其時久也；讀子宜秋，其致別也；讀諸集宜春，其機暢也。

天下無書則已，有則必當讀；無酒則已，有則必當飲；無名山則已，有則必當游；無花月則已，有則必當賞玩；無才子佳人則已，有則必當愛慕憐惜。

現代文學中，「複句的排比」也往往可見：

1. 在他的「憶的路」上，在他的「兒時」裏，滿布著黃昏與夜的顏色：夏夜是銀白色的，帶著梔子花的香；秋夜是鐵灰色的，有青色的油盞火的微茫；春夜最熱鬧的是上燈節，有各色燈的輝煌，小燭的搖蕩；冬夜是數除夕了，紅的、綠的、淡黃的顏色，便是年的衣裳。在這些夜裏，他那生活的模樣兒啊，短短兒的身材，肥肥兒的個兒，甜甜兒的面孔，有著淺淺的笑渦，這就是他的

夢，也正是多麼可愛的一個孩子！（朱自清跋《憶》）

俞平伯的《憶》，是一本非常可愛的小書，「瓶花帖妥爐香定，覓我童心廿六年」，回憶童年往事，純情可感。並且由豐子愷配上漫畫，民國十四年出版，曾傳誦一時。朱自清為此書作跋，先用「複句的排比」敘夏夜、秋夜、春夜、冬夜，再用「單句的排比」敘俞平伯的模樣，這一切都統合在開端的「兒時裏，滿布著黃昏與夜的顏色」中。

2.試想含意未伸的文人，他們在不得意時，有的樵採，有的放牛，不僅無異於庸人，並且備受家人或主子的輕蔑與凌辱。然而他們天生得性格倔強，世俗越對他白眼，他卻越有精神：他們有的把柴挑在背後，拿書在手裏讀；有的騎在牛背上，將書掛在牛角上讀；有的在蚊聲如雷的夏夜，囊了螢照著書讀；有的在寒風凍指的冬夜，拿了書映著雪讀。（朱湘〈書〉）

3.嫩綠的芽兒和青年說：「發展你自己！」

淡白的花兒和青年說：「貢獻你自己！」

淡紅的果兒和青年說：「犧牲你自己！」（冰心〈繁星〉）

朱湘以「複句的排比」列舉古人讀書的處境與場景，令人感慨。冰心以「複句的排比」兼用「擬人」與「層遞」，鼓舞青年發展、貢獻與犧牲。

4.人對書真的會有感情，跟男人和女人的關係有點像。字典之類的參考書是妻子，需在身邊為宜，但是翻了一輩子未必可以嫻熟。詩詞小說只當是可以迷死人的艷遇，事後追憶起來總是甜蜜的。又長又深的學術著作是半老的女人，非打點十二分精神不足以深解；有的當然還有點風韻，最要命的是後頭還有一大串註文，不肯罷休！至於政治評論、時事雜文等集子，都是現買現賣，不外是青樓上的姑娘，親熱一下也就完了，明天看就不是那麼一回事了。

倒過來說，女人看書也就這些感情上的區分：字典、參考書是丈夫，應該可以陪一輩子；詩詞小說不是婚外關係，就是初戀心情，又緊張又迷惘；學術著作是中年男人，婆婆媽媽，過分周到，臨走還要殷勤半天，怕你說他不夠體貼；政治評論、時事雜文正是外國酒店房間裏的一場春夢，旅行完了也就完了。（董橋〈藏書家的心事〉）

5. 若觀瑞典之光也，但見波羅的海煙霞萬頃，波濤浩渺，是何等氣魄？若觀德國之光也，但見萊茵河緩緩流去，黃昏慢慢襲來，是何等境界？若觀波斯之光也，但見大漠飛雪，寒枝棲鴉，是何等蒼涼？若觀肯亞之光也，但見莽莽草原，萬獸奔騰，是何等豪放？（高信譚〈觀光竟然變買光〉）

6. 人總是看不到最高點，卻看得到最低點：人在最快樂時，並不知道自己多麼快樂，總要到日後回憶起來方才明白；人在最幸福時，並不知道自己多麼幸福；人在被人愛時，並不知道這份情感有多麼可貴；人在意氣風發時，並不知道自己已經到達事業的顛峰，開始走下坡路了……。（張系國〈陳腔濫調〉）

董橋以各色各樣的男女關係譬喻人對書的感情，在表達方式上固屬絕妙的「隱喻」，形式句法上卻是兩組排比，頗具諧趣。高信譚以四個複句排比瑞典、德國、伊朗、肯亞之景觀，各見其特殊風味。張系國以四個複句排比人生之處境，筆鋒犀利，一針見血。堪稱極態盡妍，各呈其妙。

其實，在現實社會上，許多格言往往也是用排比句法，藉整齊的形式，警惕為人處世之道，例如〈濟公活佛聖訓〉廿七條全係「複句的排比」，聊錄數則，以窺一斑：

一生都是命安排，求什麼？
今日不知明日事，愁什麼？
兒孫自有兒孫福，憂什麼？
人世難逢開口笑，苦什麼？
得便宜處失便宜，貪什麼？

榮華富貴眼前花，傲什麼？
治家勤儉勝求人，奢什麼？
冤冤相報幾時休，結什麼？
世事如同局一棋，算什麼？
聰明反被聰明誤，巧什麼？
虛言折盡平生福，謊什麼？
欺人是禍饒人福，卜什麼？
一旦無常萬事休，忙什麼？

如此警世格言，勸世聖訓，若不用「排比」，焉能求其普及傳誦？

關於排比的原則，在此歸納為兩點：

一、充分發揮排比的功能

排比主要作用是「壯文勢、廣文義」（陳騤《文則》語），表現磅礡的氣勢與廣闊的內容。結構相似，字數相當，內容相關的句子，接二連三出現，不但顯現文章的節奏感與旋律美，更重要的是強而有力，讓讀者感覺精神振奮。具體而言，可分三方面舉例說明：

㈠敘事寫人，清楚鮮明。如晁錯〈論貴粟疏〉：

今農夫五口之家，其服役者不下二人，其能耕作者，不過百畝。百畝之收，不過百石。春耕，夏耘，秋獲，冬藏；伐薪樵，治官府，給徭役；春不得避風塵，夏不得避暑熱，秋不得避陰雨，冬不得避寒凍。四時之間，亡日休息。

如此排比，依時間順序將農民之辛勞，一年四季不得休息的事情敘述得井然有序。再如梁實秋的〈議價〉，將人的性格寫得鮮明、突出。

㈡抒情寫景，淋漓盡致。如喬孟符《揚州夢》雜劇第一折：

天有情，天亦老；春有意，春須瘦；雲無心，雲也生愁。

用排比抒寫愁情，表現得淋漓盡致。再如張小山的〈紅繡鞋〉：

船繫誰家古岸？人歸何處青山？且將詩做畫圖看。

雁聲蘆葉老，鷺影蓼花寒，鶴巢松樹晚。

用排比寫景，從雁聲、鷺影、鶴巢到葉、花、樹，細緻周全。現代文學中如中原先生的〈夢迴江南〉：

每當月白風清、午夜夢迴之際，腦海中輒會浮現出舊時家山的影子：那高聳巍峨的紫金山、那嬌艷明媚的玄武湖、那撩人情懷的台城柳、那煙水迷茫的秦淮河、那楓葉滿樓的清涼寺、那彩色斑斕的雨花台、那楓紅如火的棲霞山、那香煙繚繞的雞鳴寺、那蘆花翻飛的莫愁湖、那西風斜陽的烏衣巷、那碧空如洗的白鷺洲、那雲蒸霞蔚的牛首山、那四壁書香的豁蒙樓、那展翅欲飛的燕子磯、那一衣帶水的揚子江……以及那太湖的風帆落日、那梅園的臘梅飄香、那姑蘇的拱橋舊院、那寒山古剎的夜半鐘聲、那嘉興的南湖風雨、那西湖的瀲灩湖光……還有那隱約樓台煙雨中的南朝四百八十寺，和那幾經興亡的綠水青山……在模糊的記憶裏，不知它們，不知它們都無恙否？

如此數十句的排比鋪敘，由於出乎摯誠，真情洋溢，不僅無繁瑣之感，更能展現一股噴薄之氣，具有強烈的感染性，動人心坎。

㈢說理透徹，深刻具體。如《史記．高祖本紀》：

高祖曰：「公知其一，未知其二。夫運籌帷幄之中，決勝千里之外，吾不如子房；鎮國家，撫百姓，給饋饟，不絕糧道，吾不如蕭何；運百萬之軍，戰必勝，攻必取，吾不如韓信。此三者，皆人傑也，吾能用之，此吾所以取天下也。」

如此運用「複句的排比」，將高祖取天下之道，貴在「能用人傑」，闡發得十分透徹，給讀者具體深刻的印象。再如李斯〈諫逐客書〉：

今陛下致昆山之玉，有隨和之寶，垂明月之珠，服太阿之劍，乘纖離之馬，建翠鳳之旗，樹靈鼉之鼓。此數寶者，秦不生一焉，而陛下説之，何也？必秦國之所生然後可，則是夜光之璧不飾朝廷，犀象之器不為玩好，鄭衛之女不充後宮，而駿馬駃騠不實外廄，江南金錫不為用，西蜀丹青不為采……

如此列舉許多珍奇寶玩，排比而出，都不是秦國所產，為何秦王您偏偏喜歡呢？一連串排句，光彩奪目，聲威顯赫，辭情強烈，使秦王不得不接受他的建議。

二、確實掌握排比的特性

排比運用是多方面的，在敘事清晰，抒情盡致，說理透徹之餘，須進而掌握排比的特性。黃慶萱《修辭學》曾揭舉「鮮明地表現多樣的統一」、「具體地表達共相的分化」，並舉例以明。茲撮引如下：

㈠鮮明地表現多樣的統一：第一是各個構成的成分的鮮明，第二是各成分從屬於全體的關係的鮮明，第三是全體統一性的鮮明。如陳之藩〈垂柳〉：

濃綠的柳枝後面，襯景是變換的；有時是澄藍，那是晴空；有時是乳白，那是雲朵；有時是金黃的長針，那是陽光；有時是銀白的細絲，那是月色。

陳之藩連續用四個排比的複句，描述「襯景是變換的」。每一句都獨立地表達出一個鮮明的景象。四句句法同用「有時是……，那是」的判斷句型式，其後屬於統一的全體又十分明顯。至於全體四句構成「濃綠的柳枝後面變換的襯景」，則尤使人一目了然。優良的排比，常能如此鮮明地表現多樣的統一。再如本章所舉朱自清的〈憶跋〉，即為最佳辭例。

㈡具體地表達共相的分化：當排比為共相的分化時，部分與部分之間，或分殊，或背馳，或矛盾，但是，每一部分都必須是具體的，且由一「共相」彼此貫串。如《禮記‧禮運‧大同》：

使老有所終，壯有所用，幼有所長，矜、寡、孤、獨、廢、疾者，皆有所養。

此段文字用四個排比句表達儒家的理想社會，首先可予以二分：「老壯幼」指正常的人生，「矜寡孤獨廢疾」指不正常的人生。其間是矛盾的。第一部分又分：老、壯、幼，其中是分殊的。第二部分又分：矜、寡、孤、獨、廢、疾，其中也是分殊的。但是「老有所終」、「壯有所用」等等，每一部分都十分具體。四句由一個「共相」所貫串，那就是「大同社會適合每一個人的生存，使民眾都能各得其所」。優良的排比，常能如此具體地表達共相的分化。再如本章所舉文天祥〈正氣歌〉，即為最佳辭例。

當然，排比如果運用不當，勉強拼湊，以多取勝，極易使文章囉嗦累贅，繁瑣乏味。運用排比最重要的是掌握分寸，針對內容題材，做最適當的安排。

自我評量題目

一、何謂「單句的排比」、「複句的排比」？舉例以明之。

二、排比與對偶有何異同？舉例以明之。

三、簡述排比的原則。

第十九章 層遞

學習目標

——研讀本章內容之後，學習者應可達成下列目標：

一、能了解層遞的意義與效用。

二、能掌握層遞的原則。

三、能運用層遞從事文學欣賞與創作。

摘要

說話行文時，針對至少三種以上的事物，依大小輕重本末先後等一定的比例，依序層層遞進的修辭方法，是爲「層遞」。

層遞又可分兩類：

一、單式層遞：1.前進式，排列的次序從淺到深、從低到高、從小到大、從輕到重、從前到後、從始到終，或稱「遞增」、「遞升」。2.後退式，排列的次序從深到淺、從高到低、從大到小、從重到輕、從後到前、從終到始，或稱「遞減」、「遞降」。

二、複式層遞：1.重複式：由前進式、後退式的層遞前後連接而成。2.並立式：由兩組同性質的層遞並列而成。3.雙遞式：甲乙兩現象有因果關聯，乙現象視甲現象的層遞而自成層遞。

層遞的原則：㈠一貫的秩序。㈡適度的變化。

說話行文時，針對至少三種以上的事物，依大小輕重本末先後等一定的比例，依序層層遞進的修辭方法，是爲「層遞」。劉寶成《修辭例句》曾簡要指陳層遞的條件：

1.必須有兩層以上的意思，並且彼此互相銜接；

2.這些事物有深淺、高低、大小、重輕、長短等比例；

3.比例有一定的次序，不是逐層遞進，就是逐層遞退，不可紊亂。

層遞由於上下句意義的規律化，具有一貫的秩序，易於了解記憶，且可重點突出，給予讀者強烈而深刻的印象。如：

1.摽有梅，其實七兮。求我庶士，迨其吉兮！
摽有梅，其實三兮。求我庶士，迨其今兮！
摽有梅，頃筐塈之，求我庶士，迨其謂之！（《詩經．召南．摽有梅》）

此詩主角是一位尚未出嫁的姑娘，以第一人稱的口吻道出她渴望及時成婚的心聲，全詩分爲三章，藉梅子的成熟黃落，喻青春早逝，年華老大。整首詩採取層遞的表達方式：

第一層即首章：梅子落啦，樹上的果實還剩七成。想起自己已到成婚之年，同輩的女伴們也有三分之一的人出嫁了。不禁要表示：有意追求我的男士們，請勿遲疑，要趕快選擇良辰吉日採取行動啊！

第二層即次章：梅子落啦，樹上的果實還剩三成，想起自己年華老大，同輩的女伴們已經三分之二以上的人成婚了，不禁心底著急：有意追求我的男士們，不必猶豫，現在正是好時候，切勿錯過良機！

第三層即末章：梅子落啦，樹上的果實全掉下來了，得拿個筐子來滿載而歸。想起自己婚期延誤，同輩的女伴們一個個全都結婚生子，只剩下我孤伶伶的一個人，眞是懊惱：有意追求我的男士們，只要你開口，我馬上答應嫁給你！

如此由以上三層，層層遞進，越來越迫切，將女子渴望及時成家的焦灼之情，表達得十分生動。

2.客有歌於郢中者，其始曰〈下里〉、〈巴人〉，國中屬而和者數千人；其為〈陽阿〉、〈薤露〉，國中屬而和者數百人；其為〈陽春〉、〈白雪〉，國中屬而和者不過數十人；引商刻羽，雜以流徵，國中屬而和者，不過數人而已；是其曲彌高，其和彌寡。（宋玉〈對楚王問〉）

此即「陽春白雪，曲高和寡」典故之來歷：有客到楚國的都城唱歌，最先唱〈下里〉、〈巴人〉之類的俗曲，城裡頭跟著唱和的有好幾千人；接著唱〈陽阿〉、〈薤露〉之類稍高尚的曲子，跟著唱和的也有數百人；再唱〈陽春〉、〈白雪〉之類的高雅曲調，跟著唱和的就只剩下幾十個人；最後演奏商調羽調，配合著流徵，此時能跟著唱和的，不過寥寥數人而已。如此分四層，循序以進，表達得十分生動，成爲傳世警言。

3.乃下令：「群臣吏民能面刺寡人之過者，受上賞；上書諫寡人者，受中賞；能謗譏於市朝，聞寡人之耳者，受下賞。」令初下，群臣進諫，門庭若市；數月之後，時時而間進；期年之後，雖欲言，無可進者。（《戰國策．齊策．鄒忌諷齊威王納諫》）

此段文字由兩組層遞所構成，分別各有三層。第一組是①群臣吏民，能面刺寡人之過者，受上賞。②上書諫寡人者，受中賞。③能謗譏於市朝，聞寡人之耳者，受下賞。第二組是①令初下，群臣進諫，門庭若市。②數月之後，時時而間進。③期年之後，雖欲言，無可進者。

此二組層遞均屬有因果關係的複式層遞。乙現象視甲現象的層遞，也自成層遞狀態，由面刺到上書，乃至於謗譏於市朝（甲現象），勸諫的程度，依一貫秩序而有輕重之異，因此有上賞、中賞、下賞（乙現象）。由令初下到數月之後，乃至於期年（甲現象），時間依序增長，而諫議從門庭若市、時時而間進，乃至無可進者（乙現象），依序遞減。均屬有因果關係之複式層遞。其句法之靈活生動，條理之層次清楚，意義之顯豁深刻，已將層遞之妙用，發揮得淋漓盡致。類似的例子，如西洋T．摩爾的名言：

對長輩謙恭，是本分；

對平輩謙虛，是和善；

對晚輩謙遜，是高貴。

同樣是有因果關係的複式層遞。可見層遞之妙用，古今同轍，中外無異。

4.太上不辱先，其次不辱身，其次不辱理色，其次不辱辭令；其次詘體受辱，其次易服受辱，其次關木索被箠楚受辱，其次剔毛髮嬰金鐵受辱，其次毀肌膚斷肢體受辱，最下腐刑極矣！（司馬遷〈報任少卿書〉）

司馬遷因李陵之禍，慘遭宮刑，此文對老友任安一吐胸中積憤，至情感人。以上所錄敘己身遭辱之慘痛。前四句「不辱」，是秩序遞降的層遞，將所強調的「不辱先」放在開端。後六句「受辱」，是秩序遞升的層遞，將最重大受辱「最下腐刑極矣」放在末端。遞降的「不辱」與遞升的「受辱」，分別循序漸進，層次井然，具有一貫的秩序。且接連使用，使語勢踵接，文氣健勁，適足以表達司馬遷遭受奇恥大辱的不平之情。

5.環滁皆山也。其西南諸峰，林壑尤美。望之蔚然而深秀者，琅邪也。山行六七里，漸聞水聲潺潺，而瀉出於兩峰之間者，讓泉也。峰回路轉，有亭翼然臨於泉上者，醉翁亭也。（歐陽脩〈醉翁亭記〉）

此敘醉翁亭之位置，層層剝筍，由大而小，由外而內，循序以進，共分為五層：

第一層「環滁皆山也」。要言不繁，用一句話說明滁州四面都是山。

第二層「其西南諸峰，林壑尤美」。將描寫的鏡頭轉向林木、溪谷特美的西南諸峰。

第三層「望之蔚然而深秀者，琅邪也」。再由西南諸峰縮小到望過去一片青蔥，草木茂盛而景色幽深清麗的琅邪山。

第四層「山行六七里，漸聞水聲潺潺，而瀉出於兩峰之間者，讓泉也」。前三層已將描寫的焦點由四周的群山逐步凝聚到琅邪山。此又幾經曲折，由外表景觀進入到琅邪山的內部，點出了讓泉。只有山而沒有水，總覺遺憾，此處既有靈山，又見秀水，庶幾不負「仁者樂山，智者樂水」之衷。

第五層「峰回路轉，有亭翼然臨於泉上者，醉翁亭也」。幾經轉彎抹角，醉翁亭終於呼之而出。有山又有水，仍然好像欠缺了什麼，直到看見一亭，頂簷如鳥之翅膀，展翼飛臨泉水之上，這才算功德圓滿。歐陽脩寫醉翁亭的位置，不但層次井然，而且極盡迂迴曲折之妙。他不是靜態的說明醉翁亭的位置，而是採取空間壓縮，鏡頭移轉的方式，帶領讀者，依序層層遞進，來到醉翁亭。如此層遞法的運用，已進入不落痕跡的化境。

6.少年聽雨歌樓上，紅燭昏羅帳，壯年聽雨客舟中，江闊雲低，斷雁叫西風。

而今聽雨僧廬下，鬢已星星也。悲歡離合總無情，一任階前點滴到天明。（蔣捷〈虞美人〉）

整闋詞採層遞的方式，時間上是三層，少年、壯年、晚年，循序漸進。心境上也是三層：浪漫、飄泊、悽涼，層層遞進。而通篇僅以「聽雨」一事的時間與場景，即已概括了作者的一生，從少年的浪漫生活，到中年的飄泊天涯，乃至於最後的晚景悽涼。

依時間、心境的層遞表達的作品甚多，又如張潮《幽夢影》：

少年讀書，如隙中窺月；

中年讀書，如庭中望月；

老年讀書，如台上玩月；

皆以閱歷之淺深，為所得之淺深耳。

7.曹元朗料想方鴻漸認識的德文跟自己差不多，並且是中國文學系學生，更不會高明——因為在大學裡，理科學生瞧不起文科學生，外國語文系學生瞧不起中國文學系學生，中國文學系學生瞧不起哲學系學生，哲學系學生瞧不起社會系學生，社會系學生瞧不起教育系學生，教育系學生沒有誰可以給他們瞧不起了，只能瞧不起本系的先生。（錢鍾書《圍城》）

這段文字描述抗戰時大學裡熱門科系與冷門科系的情況，從理科、文科、外文系、中文系、哲學系、社會系、教育系的學生，乃至於教育系的老師，有規律而帶著一貫性，依序層層遞進地瞧不起別人，於趣味之中，頗帶諷刺性。

用層遞的方式，諷刺俗世瞧不起人的情況，頗爲常見。梁實秋《雅舍小品》裡有兩段絕妙好辭，頗能使讀者爲之傾倒：

8. 客人常被分為若干流品，有能啓用平夙主人自己捨不得飲用的好茶者，有能專受主人自己日常享受的中上茶者，有能大量取用茶滷沖開水者，饗以「玻璃」者是為未入流。至於座處，自以直入主人的書房繡闥者為上賓，因為屋內零星物件必定甚多，而主人略無防閑之意，於親密之中尚含有若干敬意，作客至此，毫無遺憾；次焉者廊前簷下隨處接見，所謂班荊道故，了無痕跡；最下者則肅入客廳，屋內只有桌椅板櫈，別無長物，主人著長袍而出，寒暄就座，主客均客氣之至。在廚房後門佇立而談者是為未入流。（〈客〉）

9. 誤入仕途的人往往養成這一套本領。對下司道貌岸然，或是面部無表情，像一張白紙似的，使你無從觀色，莫測高深。或是面皮繃得像一張皮鼓，臉拉得驢般長，使你在他面前覺得矮好幾尺。但是他一旦見到上司，驢臉得立刻縮短，再往癟裡一縮，馬上變成柿餅臉，堆下笑容，直線條全變成曲線條。如果遇見更高的上司，連笑容都凝結得堆不下來，未開言嘴唇要抖上好大一陣子，臉上做出十足的誠惶誠恐之狀。簾子臉是傲下媚上的主要工具，對於某一種人是少不得的。（〈臉譜〉）

梁實秋對世俗人情，洞察幽微。他描述主人以茶待客之道，分爲四層：①啓用主人捨不得的好茶，②享用與主人同樣的上等茶，③取茶滷沖開水，④白開水。描述主人待客之座處，也分爲四層：①書房繡闥，②廊前簷下，③肅入客廳，④後門佇立。此種差別的方式，出以層層遞進的表達方式，井然有序，有條不紊之中，令讀者發出會心的微笑。至於描述若干官場中人的臉譜，以對下屬、上司、更高的上司，三種人，三種態度，迴然不同，刻畫人性眞是淋漓盡致，令人拍案稱絕。其所以能如此「狀溢目前」的緣故，除了世事洞明、人情練達、觀察入微之外，「層遞」之修辭法，功不可沒。

10.玉春沒等子敬説出男子膽大的證據，發了命令：「都給我出去！」二位先生立刻覺出服從是必要的，一齊微笑，一齊起立，一齊鞠躬，一齊出去！（老舍〈同盟〉）

11.她那種小野貓似的歡蹦亂跳，一見面他心裏便由驚訝而羨慕而憐愛而痴迷……（老舍〈二馬〉）

12.他父親留下的一份家產就這麼變小，變做沒有，而且現在還負了債。（茅盾〈春蠶〉）

13.石像的整個姿態應該怎樣，面目應該怎樣，小到一個手指應該怎樣，細到一根頭髮應該怎樣，他都想好了。（葉聖陶〈古代英雄的石像〉）

14.金聖嘆批《西廂記》，拷豔一折，有卅三個「不亦快哉」。……仿此，我也寫來台以後的快事廿四條，……讀書為考試，考試為升學，升學為留美。（林語堂〈來台後廿四快事〉）

以上五個辭例，均屬短句或詞語的層遞。排列的次序各有不同，老舍的「一齊微笑，一齊起立，一齊鞠躬，一齊出去」、「心裏便由驚訝而羨慕而憐愛而痴迷」，林語堂的「讀書爲考試，考試爲升學，升學爲留美」，是由近到遠，由淺到深，由始到終遞升，屬前進式層遞。茅盾的「變小，變做沒有，而且現在還負了債」，葉聖陶的「整個姿態、面目、手指、頭髮」，是由多到少，由大而小的遞降，屬後退式層遞。無論是依序遞升前進，或者是依序遞降後退，都具有大小輕重等比例與一定秩序。

15.本來，一個女人上了男人的當，就該死；女人給當男人上，那更是淫婦；如果一個女人想給當給男人上而失敗了，反而上了人家的當，那是雙料的淫惡，殺了她也還污了刀。（張愛玲《傾城之戀》）

16.一個時代總該有個把言行高潔的志士；如果沒有，也應該有個把叱咤風雲的英雄；再沒有，也應該有個把豪邁不羈的好漢。如果連這類屠狗的人全找不到，這個時代就太可憐了。（陳之藩〈願

天早生聖人〉）

17.醫院附近設火葬場，火葬場附近設肥料場，肥料場附近設農場；人在醫院裏死了以後屍體送火葬場，火葬場火化骨灰後送肥料廠，肥料廠加工成肥料後送農場，農場就用它肥田。這是康有為〈大同書〉對大同世界的一項政治理想。（楊柳青青〈利用屍體〉）

張愛玲的《傾城之戀》描述女人，分三層，而又兼含兩組現象。從「上了男人的當」到「給當男人上」，乃至於「想給當給男人上而失敗了」，依次層遞是「甲現象」，從「就該死」到「那更是淫婦」，乃至於「雙料的淫惡」。依次層遞是「乙現象」。甲乙兩現象有因果關係，乙現象視甲現象也自成層遞，這是「複式層遞」中的「雙遞式」。楊柳青青的〈利用屍體〉，則也有兩組層遞，第一組由醫院——火葬場——肥料場——農場；第二組由屍體——火葬場——肥料廠——農場。這兩組同性質的層遞，並列而形成「複式層遞」中的「並立式」。陳之藩〈願天早生聖人〉論時代需要人才，由「志士」到「英雄」到「好漢」，是由重到輕的後退式層遞。以上三個辭例，都帶有諷刺性。如此諷刺入微，層層遞進，往往使讀者印象更加深刻。再如有人諷刺美國外交的雙面性，習慣與各國執政黨、反對黨同時打交道：

根據這位官員長期駐外的經驗，反對派人士早晚一定會造訪美國大使館的，「他們如果不能從大門進來，就會從窗户進來，否則也會想盡方法從煙囱溜下來」。即使是「反美團體」，也會和美國大使館接觸，以蒐集更多的反美資料。

18.戀愛中人對父母的勸告所做的反應也是過與不及，要就是矢口瞞騙，要嘛就是悍然反抗。這些大孩子也被電影、小説嚇破了膽。其實那些父母已是古裝劇中的人物，今天的父母已由君王變位為諫議大夫。他們對女兒的約束，從「必須跟男朋友坐在自家客廳裏談天」退讓到「白天可以出去，晚上必須在家」，由「晚上必須在家」退讓到「晚上可以出去，但是夜間十二點鐘以前必須回家」，由「十二點以前回家」退讓到「如果在第二天早晨回家，必須是在父母熟識的女同學家

中過夜，而且由女同學來電話證明」。除此以外，他還能做多少事情呢？（王鼎鈞〈嚇破膽〉）

王鼎鈞的〈嚇破膽〉敘現代父母對女兒的約束，越來越少，也是層遞以降，頗見諧趣。在此聯想起二次世界大戰時美國征兵的一段趣談：

你不必害怕，因為你不一定被徵召入伍；即使被徵召，有可能上前線，也有可能不上前線。如果不上前線，就不必怕！上前線有可能打仗，也有可能不打仗。如果不打仗，也不必怕！打仗有可能受傷，也有可能不受傷。不受傷當然不必怕！受傷有輕傷有重傷，輕傷也不必怕！重傷有的可以治療，有的就死了；可以治療的不必怕；至於死了的，更用不著怕了！

如此用層遞法勸人入伍不必害怕，不但富有趣味，而且的確有安定心理的作用，苟非層遞，何能臻此？

19. 月光潔白得就像牛奶，而我所乘坐的花轎，紅得就像花；花的紅顫悠著，顫悠著，連同提琴之聲、歡笑聲，連同我心上的歡愉，浸潤開去，於是牛奶般的月光粉紅了，淺紅了，大紅了，載著花轎載著我，流向山的那邊。（劉成章〈壓轎〉）

20. 記得那次路過西長安街，我竟挪不動腳步——路旁的花畦裏，一溜兒開著繁花；濃綠的葉子，淡紅的花兒，直開得成串，成團，成堆，成陣，現出一種讓人目不暇給的氣派來。（韓少華〈杏花村隨筆〉）

21. 逢蒙！你一連三箭都射穿了雁的眼睛，可是你射不到第四隻雁。因為前面的雁被射落之後，後面的雁群勢必驚慌大亂，不再成行。你要從後面的雁射起，要使後面的雁中箭落地而前面的雁仍不知不覺地繼續前飛；這樣你才能隨心所欲地獵雁。其實我也還不行，以前我的老師甘蠅，他晚年連這種竹箭也不必用，只要將弓對空中拉滿，那拉弓的聲音就能使雁驚落下來……唉，前幾年我要你跟我回到這草原來，主要的也是希望我們能夠在草原的隱居生活中體會一點箭道罷了……（王孝廉《流星》）

劉成章敘月光的顏色「粉紅了，淺紅了，大紅了」，韓少華述花的繁茂「成串，成團，成堆，成陣」，都是用遞進的單式層遞，一望即知。王孝廉在小說《流星》中的這段文字，雖然層遞沒有那樣明顯，但稍微思量一下，論箭道從「一連三箭射穿雁眼」到「後面的雁中箭落地而前面的雁仍不知不覺地繼續前飛」，乃至於「拉弓的聲音就能使雁驚落下來」，除了夸飾神乎其技之外，難道不是遞進的單式層遞嗎？

22.英國經濟學家凱因斯的經濟理論在今天大部分已不合時宜，但是他對銀行和貸款人關係的看法卻還是很正確。他說：「如果你欠銀行一百萬美元，你有了麻煩；如果你欠銀行十億美元，銀行有了麻煩；如果你欠銀行一千億美元，整個世界就有了麻煩。」（《包可華專欄．好貸款和壞呆帳》）

23.走到西門町，滿街漂亮的女郎，花花的耀眼，但總是衣服比臉漂亮，臉比心漂亮。不錯，衣服和臉都可以是愛的敲門磚，但只有心才有愛。（曾昭旭〈工具發達的時代〉）

24.少年是動物，生命是未知數，充滿著美麗的憧憬，無限嚮往，自由馳騁！
中年是植物，生命可望可即，有得有失，哀樂參半，不願疲於奔命，惟有畫地自限！
老年是礦物，生命已捏在手中，定了型，或成了精，不得不認命！（沈謙《得饒己處且饒己》）

包可華引凱因斯的話論經濟，是運用層遞的成功例證。其實，層遞的運用，不僅是古今中外文學作品中，頗爲常見，在現代社會，日常生活中，也相當普遍。且看：

外交如果有利於雙方，可以做；有利自己而無害於他方，可以做；有利他人而無害於自己，也可以做；利己害他或利他害己則不可以做！（蔣孝武論「外交」）

外遇，第一次是無知，第二次是無奈，第三次是無聊！（楊惠珊論「外遇」）

失掉金錢，只不過損失某些東西；失掉了愛，則可能喪失大部分人生；若失掉勇氣，就一無所有！（紀政論「勇氣」）

談戀愛三部曲：起初是三心兩意，其次是有意無意，最後是一心一意！

愚笨的人畏懼學問，平庸的人排斥學問，聰明的人賣弄學問，智慧的人親近學問，超脫的人則「遊於藝」！

關於層遞的分類，各家說法不同。陳望道《修辭學發凡》沒有分類，王希傑《漢語修辭學》則稱「遞進」，分從「時間」、「空間」、「數量」、「程度或範圍」著眼。黃永武《字句鍛鍊法》、黎運漢．張維耿《現代漢語修辭學》則分「遞升」與「遞降」，季紹德《古漢語修辭》分「遞增」、「遞減」。黃慶萱《修辭學》則分類最爲詳備，茲撮舉如後：

㈠單式層遞

1.前進式：層遞排列的次序是從淺到深，從低到高，從小到大，從輕到重，從前到後，從始到終，屬前進式。如：

天命之謂性，率性之謂道，修道之謂教。（《禮記．中庸》）

2.後退式：層遞排列的次序從深到淺，從高到低，從大到小，從重到輕，從後到前，從終到始，屬後退式。如：

天下之佳人，莫若楚國；楚國之麗者，莫若臣里；臣里之美者，莫若臣東家之子。（宋玉〈登徒子好色賦〉）

3.比較式：數量之比較，程度之差池，屬比較式。如：

天時不如地利，地利不如人和。（《孟子．公孫丑篇下》）

㈡複式層遞

1.重複式：將前進式與後退式的層遞一前一後連接起來，屬複式層遞中的重複式。如：

古之欲明明德於天下者，先治其國；欲治其國者，先齊其家；欲齊其家者，先修其身；欲修其身者，先正其心；欲正其心者，先誠其意；欲誠其意者，先致其知；致知在格物，物格而後知至，知至而後意誠，意誠而後心正，心正而後身修，身修而後家齊，家齊而後國治，國治而後天下平。（《禮記・大學》）

2.並立式：將兩種同性質的層遞並列起來，屬複式層遞中的並立式。如：

民富則安鄉重家，安鄉重家則敬上畏罪，敬上畏罪則易治也。

民貧則危鄉輕家，危鄉輕家則敢陵上犯禁，陵上犯禁則難治也。（《管子・治國》）

3.雙遞式：當甲乙兩現象有因果關係時，乙現象於是視甲現象的層遞也自成層遞現象，屬複式層遞中的雙遞式。如：

群臣吏民能面刺寡人之過者，受上賞；上書諫寡人者，受中賞；能謗譏於市朝，聞寡人之耳者，受下賞。（《戰國策・齊策・鄒忌諷齊威王納諫》）

黃氏所論，頗爲詳備。綜而言之，「單式層遞」中的「前進式」即「遞增」、「遞升」，「後退式」即「遞減」、「遞降」。比較式或遞升或遞降。「複式層遞」則爲兩組層遞的連接。

關於層遞的原則，可以歸納爲兩點：

一、一貫的秩序

層遞使語意環環緊扣，步步深入，形成一種有秩序的「漸層美」。層遞的基本條件是按大小輕重等比例，依次層層遞進。無論是前進式的遞升，後退式的遞減，無論是著眼於時間、空間、數量、程度或範疇，都必須掌握一貫的秩序。如此用之於敘事，則可以表達客觀事物之間逐步發展的關係；用之於說理，可以將道理闡發得一層比一層深入，增強語言的說服力；用之於抒情，則可以將感情抒發得一步比一步強烈，增強語言的感染力。如宋玉〈對楚王問〉、蔣捷〈虞美人〉、陳之藩〈願天早生聖人〉等。

二、適度的變化

層遞當然必須具有一貫的秩序，但是在規律之中，如能在不妨礙秩序的情況下，要求適度的變化，則尤具表達效果。如本章所舉第五個辭例，歐陽脩〈醉翁亭記〉開端敘醉翁亭之出現，層層剝筍，由大而小，由外而內，循序以進。採空間壓縮，鏡頭移轉的方式，帶領讀者，依序層層遞進，來到醉翁亭。前三層由「環滁皆山」而「西南諸峰」而「琅邪山」，由大而小；後兩層由「讓泉」而「醉翁亭」，由外而內，如此適度的變化，不但層次井然，而且極盡曲折之妙。再如宋玉〈登徒子好色賦〉：

天下之佳人，莫若楚國；楚國之麗者，莫若臣里；臣里之美者，莫若臣東家之子。東家之子，增之一分則太長，減之一分則太短；著粉則太白，施朱則太赤；眉如翠羽，肌如白雪，腰如束素，齒如含貝。嫣然一笑，惑陽城，迷下蔡。然此女登牆窺臣三年，至今未許也。

此段文字，原本是從「天下之佳人」、「楚國之麗者」、「臣里之美者」而逼出「東家之子」。由此四層顯示「東家之子」是天下最美者。然宋玉卻在下文鋪敘東家之子的美貌後，再起波瀾，加上「此女登牆窺臣三年，至今未許也」，憑添意外的結局，原來宋玉才是天下最美者。如此變化，眞是神乎其技。正是「怎當他臨去秋波那一轉」。類似筆法，如本章第七個辭例，錢鍾書《圍城》描述抗戰時期熱門科系與冷門科系的情況，從理科、文科、外文系、中文系、哲學系、社會系乃至教育系，依序層層遞進，但前面都指學生，後來卻變化成「教育系的學生沒有誰可以給他們瞧不起了，只能瞧不起本系的先生」。最後的變化，使得末尾搖曳生姿。

自我評量題目

一、何謂層遞？須具備何等條件？

二、舉例說明複式層遞中的雙遞式。

三、簡述層遞的原則。

第二十章 頂針

學習目標

——研讀本章內容之後，學習者應可達成下列目標：

一、能了解頂針的意義與效用。

二、能明辨連環體、連珠格、句中頂針的異同。

三、能運用頂針致力文學欣賞與創作。

摘要

後面的開端，與前面的結尾，重複同樣的字詞或語句，前後緊接，蟬聯而下，使得文章緊湊而顯現上遞下接趣味的修辭方法，是爲「頂針」。

頂針可分爲三類：

一、段與段之間的頂針：又名「連環體」，是文章上一段的末尾，與下一段的開端用同樣的句子或字詞。

二、句與句之間的頂針：又名「聯珠格」，是前一句的末尾，與下一句的開端用同樣的字詞。

三、句中頂針：是同一文句中片語與片語之間用同一字詞來頂接，貌似疊字，其實字疊而語析。

頂針的原則有三：㈠首尾蟬聯，上遞下接。㈡節奏緊湊，音律和諧。㈢爲情造文，文質合一。

後面的開端，與前面的結尾，重複同樣的字詞或語句，前後頂接，蟬聯而下，使得文章緊湊而顯現上遞下接趣味的修辭方法，是爲「頂針」，又名「頂針」。在傳統學者的心目中，「頂針」一般分作兩類：

1.段與段之間的頂針——連環體。

2.句與句之間的頂針——聯珠格。

據筆者研究所得，有：

3.句中頂針。

以下且分三類予以探討，並分別舉例闡明其運用之奧妙。

壹、段與段之頂針（連環體）

段與段之間的頂針，又名「連環體」，是指文章上一段的末尾，與下一段的開端，用同樣的句子或字詞，如：

1.謁帝承明廬，逝將返舊疆。清晨發皇邑，日夕過首陽。伊洛廣且深，欲濟川無梁。汎舟越洪濤，怨彼東路長。顧瞻戀城闕，引領情內傷。

（以上第一章，寫初離京師時的眷戀之情。）

太谷何寥廓，山樹鬱蒼蒼。霖雨泥我塗，流潦浩縱橫。中逵絕無軌，改轍登高岡。修坂造雲日，我馬玄以黃。

（以上第二章，寫渡過伊、洛二水後，因霖雨不止，道路淤塞而登高涉險，人馬不堪其苦。）

玄黃猶能進，我思鬱以紆。鬱紆將何念？親愛在離居。本圖相與偕，中更不克俱。鴟梟鳴衡軛，豺狼當路衢。蒼蠅間白黑，讒巧令親疏。欲還絕無蹊，攬轡止踟躕。

（以上第三章，說明兄弟之所以不得相親，是由於小人從中離間。）

踟躕亦何留？相思無終極。秋風發微涼，寒蟬鳴我側。原野何蕭條，白日忽西匿。歸鳥赴喬林，翩翩厲羽翼。孤獸走索群，銜草不遑食。感物傷我懷，撫心長太息。

（以上第四章，寫秋原日暮悽涼景象和作者的離情別緒。）

太息將何為？天命與我違。奈何念同生，一往形不歸。孤魂翔故城，靈柩寄京師。存者忽復過，亡沒身自衰。人生處一世，去若朝露晞。年在桑榆間，影響不能追。自顧非金石，咄唶令心悲。

（以上第五章，由悲悼任城王的暴死而引起人生無常的哀嘆。吳淇說，題是贈白馬，非弔任城也。於彼兄弟有生死之感，益於此兄弟有離合之悲。）

心悲動我神，棄置莫復陳。丈夫志四海，萬里猶比鄰。恩愛苟不虧，在遠分日親。何必同衾幬，然後展殷勤。憂思成疾疢，無乃兒女仁。倉卒骨肉情，能不懷苦辛？

（以上第六章，慰曹彪，亦自慰。對於分手離別猶可以萬里比鄰的豪語相勉勵，對於骨肉暴死則不能克制其悲辛。）

苦辛何慮思？天命信可疑。虛無求列仙，松子久吾欺。變故在斯須，百年誰能持？離別永無會，執手將何時？王其愛玉體，俱享黃髮期。收淚即長路，援筆從此辭。（曹植〈贈白馬王彪〉）

（以上第七章，謂人生無常，後會無期。但望彼此保重，最後寫贈詩惜別的情意。）

曹丕、曹植兄弟不和，「本是同根生，相煎何太急？」曹丕即位爲文帝後，對曹植之迫害甚烈。這首詩作於黃初四年，曹植與同母弟任城王曹彰、異母弟白馬王曹彪同至京城朝見文帝曹丕。曹彰被曹丕下毒，暴斃京師。曹植想跟曹彪同路東歸封地，又爲奸小所阻。曹植恨兄弟無情，曹彰已死，曹彪又不得相聚，既傷逝惜離，復又憂讒懼禍，憤激而作此詩。全詩共有七章，除了第一章之外，二至七章均用段與段之頂針「連環體」。二章以「我馬玄以黃」結，三章以「玄黃猶能進」起；三章以「踟躕」結，四章以「踟躕」起；四章以「太息」結，五章以「太息」起；五章以「心悲」結，六章以「心悲」起；六章以「苦辛」結，七章以「苦辛」起。如此連環頂針，不但使得詩的章與章之間頂接緊湊，流露了激動的情緒，更顯現了愁腸曲折，悲情鬱結之情境與氣氛。梁章鉅《退庵隨筆》云：「曹子建〈贈白馬王彪詩〉、顏延之〈秋胡行〉，皆次章首句蟬聯上章之尾，此本《大雅．文王》、〈下武〉、〈既醉〉三篇章法也。而蔡中郎〈飲馬長城窟行〉，晉〈西洲曲〉，復施法於一章之中，纏綿委折，而節拍更緊，遂極文情之妙。」梁氏以爲，曹植此詩章法，取法於《詩經》，自頂針而言，當然有明顯的軌跡可循。

2.皎皎窗中月，照我室南端。清商應秋至，溽暑隨節闌。凜凜涼風生，始覺夏衾單。豈曰無重纊，誰與同歲寒。

歲寒無與同，朗月何朧朧。展轉眄枕席，長簟竟床空。床空委清塵，室虛來悲風。獨無李氏靈，彷彿睹爾容。撫衿長歎息，不覺涕沾胸。

沾胸安能已，悲懷從中起。寢興目存形，遺音猶在耳。上慚東門吳，下愧蒙莊子。賦詩欲言志，此志難具紀。命也可奈何，長戚自令鄙。（潘岳〈悼亡三首之二〉）

潘岳〈悼亡〉爲思念亡妻之傑作，這是其中的第二首。由深秋月夜引起思念之情，歲寒孤寂，人去室空，床空委塵，徒來悲風，一片悽涼！全首共有三段，段與段之間用「連環體」頂針，頂針的詞語是「歲寒」、「沾胸」；再加上中段以「床空」「連珠格」頂針，如此由「誰與同歲寒」而「長簟竟床空」，乃至於「沾胸安能已」，頂針的形式，恰能盡訴悼亡之情！

3.那榆蔭下的一潭，

不是清泉，是天上的虹；

揉碎在浮藻間，

沉澱著彩虹似的夢。

尋夢？撐一支長篙，

向青草更青處漫溯；

滿載一船星輝，
　在星輝斑斕裡放歌。
但我不能放歌，
　悄悄是別離的笙簫；
夏蟲也為我沉默，
　沉默是今晚的康橋！（徐志摩〈再別康橋〉）

徐志摩的〈再別康橋〉爲中國新詩名篇，其中流露了柔美的音律、秀麗的景色、依依的離情，以及作者瀟灑的襟懷，都令讀者陶醉而神往。全詩共有七章，以上所錄爲其中的四五六三章。讀起來感覺特別和諧，就是因爲善用頂針。第四章以「夢」結，第五章以「尋夢」起；第五章以「放歌」結，第六章以「放歌」起。如此連環體的頂針，頂接的字詞重疊，造成極佳的橋樑作用。將讀者眼前的景象，由康河的美景，推移到作者的行事，再由作者的行事進入離情別緒之中。如此牽引了讀者的思緒，融進作者所塑造的情境和氣氛中。「頂針」在篇章中之效用，由此可見一斑。

其實，〈再別康橋〉不只是章與章之間的頂針，各章之中的句與句的聯珠頂針，也頗具奇效。如第五章三句末尾與四句開端以「星輝」重疊。第六章三句末尾與四句開端以「沉默」重疊。不但具有前後轉接的橋樑作用，更能使語言和諧，誦讀起來，尤增情韻之美。如此連環體的各章之中，又分別兼用聯珠格的情況，也相當常見。即以前面所列舉作品而論，如〈贈白馬王彪〉第三章：「我思鬱以紆，鬱紆將何念？」

4.那挺立的樹身，仍舊，
　我們擁有最真實的存在，
——衹要我們有根。
衹要我們有根，

縱然沒有一片葉子遮身，
仍舊是一株頂天立地的樹。（蓉子〈只要我們有根〉）

5. 啊，一個希臘向我走來
金雞在宮殿上飲露水
荷馬彈一隻無弦琴
啊，無弦琴
我感覺那芬芳的溫暖
像海倫沐浴時的愛琴海
啊，愛琴海
維娜絲站在一隻貝殼中
花朵們紛紛落下
啊，花朵們
我的心中藏著誰的歌
誰的心中藏著我的歌
啊，歌
城堞上譜上一些青苔
一個希臘向我走來（瘂弦〈希臘〉）

現代文學裏「連環體」比較罕見，以上兩個辭例，都出自現代詩，整篇用段與段之頂針。蓉子的〈只要我們有根〉，兼用「擬物」與「隱喻」，饒具深意。瘂弦的〈希臘〉兼用「擬人」與「回文」，意象豐盈。由於善用「連環體」，使詩歌增添了情趣，耐人尋味。

貳、句與句之頂針（聯珠格）

句與句間之頂針，又名「聯珠格」，是指前一句的結尾與後一句的開端，用同樣的字詞。如：

1.〈燭之武〉見秦伯曰：「秦晉圍鄭，鄭既知亡矣。若亡鄭而有益於君，敢以煩執事。越國以鄙遠，君知其難也，焉用亡鄭以陪鄰？鄰之厚，君之薄也。若舍鄭以為東道主，行李之往來，共其乏困，君亦無所害。」（《左傳．燭之武退秦師》）

〈燭之武退秦師〉爲左傳中極精采的一段文字。燭之武憑三寸不爛之舌，說服秦穆公退兵，解除了鄭國的危機，堪稱「弱國有外交」的典範。他這一段外交辭令，剖陳利害，立論精闢，使秦穆公怦然心動，在千古以來說客中獨占鰲頭。其中相當重要的技巧，就是在關鍵字句處運用「頂針」——「秦晉圍『鄭』，『鄭』既知亡矣。」「焉用亡鄭以陪『鄰』，『鄰』之厚，君之薄也。」前一句的結尾，用作下一句的起頭。上下句首尾蟬聯，文句緊湊，增強了說服力。所以金聖嘆《才子古文讀本》評云：「其文皆作連鎖不斷之句，一似讀之急不得斷者。」

2.天下之佳人，莫若楚國；楚國之麗者，莫若臣里；臣里之美者，莫若臣東家之子。東家之子，增之一分則太長，減之一分則太短，著粉則太白，施朱則太赤；眉如翠羽，肌如白雪，腰如束素，齒如含貝。嫣然一笑，惑陽城，迷下蔡。然此女登牆窺臣三年，至今未許也。（宋玉〈登徒子好色賦〉）

宋玉描述東家之子的美麗：先說天下之佳人，以楚國爲最；再說楚國之麗者，以宋玉所居住之地區爲尤；最後說宋玉所居住地區之美人，又以他隔壁東家之女獨占鰲頭，如此點出「東家之子」美冠天下。然後才形容其美貌，頗饒情味。從修辭角度分析，他所運用的是頂針兼層遞法，自第二句至七句，連續三處頂針。自天下、楚國、臣里、東家之子，層層遞進，共有四層。如此頂針兼層遞的句法，自然使得文章警策生動，竦人耳目。

3.秦王謂軻曰：「取舞陽所持地圖。」軻既取圖奏之。秦王發圖，圖窮而匕首見。因左手把秦王之袖，而右手持匕首揕之。未至身，秦王驚，自引而起，袖絕；拔劍，劍長，操其室。時惶急，劍堅，故不可立拔。荊軻逐秦王，秦王環柱而走。……卒惶急，不知所為。左右乃曰：「王負劍！」負劍，遂拔以擊荊軻，斷其左股。荊軻廢，乃引其匕首以擿秦王，不中，中銅柱。秦王復擊軻，軻被八創。（司馬遷《史記．刺客列傳》）

《史記》這段文字，根據《戰國策．燕策》而來，文字略有刪節。但其中的頂針處，幾乎全同。讀起來，使人頗具心理壓迫感，籠罩了一股緊張氣氛。如此緊湊的文字節奏，由頂針句法造成。用「圖」字頂「圖」字，「劍」字頂「劍」字，「秦王」頂「秦王」，「負劍」頂「負劍」，「中」字頂「中」字，「軻」字頂「軻」字。凡情勢緊張之中，六用連珠頂針，文句踵接，使得劍及履及的迫促情況，躍然紙上，狀溢目前，讓人心驚不已。如此頂針句法，使文章之形式技巧與文章之內容情境，緊密契合，遂成傳誦千古之絕妙好辭。

4.青青河畔草，綿綿思遠道；遠道不可思，宿昔夢見之。夢見在我旁，忽覺在他鄉；他鄉各異縣，展轉不相見。

枯桑知天風，海水知天寒。入門各自媚，誰肯相為言！

客從遠方來，遺我雙鯉魚。呼兒烹鯉魚，中有尺素書。長跪讀素書，書中竟何如？上言加餐食，下言長相思。（漢樂府〈飲馬長城窟行〉）

〈飲馬長城窟行〉是思婦懷人之辭。敘女主角懷念在遠方作客的丈夫，情思哀婉。首敘因相思而入夢，中敘夢後想像更切，末敘得到遠方的來書。其中迭用連珠頂針：「綿綿思遠道；遠道不可思」的「遠道」，「宿昔夢見之。夢見在我旁」的「夢見」，「忽覺在他鄉；他鄉各異縣」的「他鄉」。如此字句上的聯珠頂針，表現了迴環相生，連綿不絕之美，與青草綿綿引發的綿綿情思。形式與內容配合得十分巧妙，使思婦懷念遠人之情，纏綿宛轉，尤足動人。又如末段「長跪讀素書，書中竟何如」的「書」字頂針，可見女主角捧書即欲速讀內容的迫切之情。

5.河曲智叟笑而止之，曰：「甚矣，汝之不惠！以殘年餘力，曾不能毀山之一毛，其如土石何？」

北山愚公長息曰：「汝心之固，固不可徹；曾不若孀妻弱子！我雖死，有子存焉；子又生孫；孫又生子；子又有子，子又有孫，子子孫孫，無窮匱也；而山不加增，何苦而不平？」河曲智叟無以應。（《列子．湯問．愚公移山》）

這是馳名的〈愚公移山〉寓言故事，愚公反駁智叟的話，理直氣壯，直指對方見識固陋，不通事理。「汝心之固，固不可徹」的「固」字頂針，使得文辭更加緊湊有力。「子又生『孫』，『孫』又生『子』，『子』又有『子』，『子』又有孫。」一句緊扣一句，句句頂接，環環緊扣，除了顯示子子孫孫，綿延無窮外；另有一股銳不可當之氣勢，適足以顯示愚公移山的決心與信心，不可搖撼。

6.楚山秦山皆白雲，
白雲處處長隨君。
長隨君，君入楚山裏，
雲亦隨君渡湘水。
湘水上，女蘿衣，
白雲堪臥君早歸。（李白〈白雲歌送劉十六歸山〉）

這首詩是天寶初年，李白在長安送劉十六歸隱湖南之作。詩中迭用頂針，讀起來聲韻流轉，順暢悅耳。句與句之間重疊的詞語有「白雲」、「長隨君」、「湘水」，再加上重複迭用「楚山」、「白雲」、「湘水」、「君」、「長隨君」等，不但具有民歌複沓歌詠的特殊風味，音節流暢與情意纏綿，使藝術形式與內在情思達到和諧的統一，且讓讀者感覺處處是白雲、楚山、湘水，處處長隨君！

7.天若不愛酒，酒星不在天。
地若不愛酒，地應無酒泉。
天地既愛酒，愛酒不愧天。

已聞清比聖，復道濁如賢。
賢聖既已飲，何必求神仙？
三盃通大道，一斗合自然。
但得酒中趣，勿為醒者傳。（李白〈月下獨酌四首之二〉）

這首詩開頭六句，每句都有「酒」字，其中「愛酒」一詞，出現了四次，是隔離重複的「類字」。令人感覺整首詩到處都是「酒」、「愛酒」，在讀者面前晃動。這首詩讀起來音節特別美，氣特別盛。稍加留意，原來他三度運用了「聯珠格」：

(1)「天若不愛酒，酒星不在天」，以「酒」字頂接，出手不凡，一開始就將酒扯到與天的關係。

(2)「天地既愛酒，愛酒不愧天」，以「愛酒」一詞頂針。「酒」不但是李白的最愛，他甚至爲古今中外的愛酒者找到了最佳的藉口——天地既愛酒，愛酒不愧天！

(3)「復道濁如賢，賢聖既已飲」，以「賢」字頂針，愛好杯中物即以聖賢自居，難怪要說：「何必求神仙？」

8. 車轔轔，馬蕭蕭，行人弓箭各在腰。耶孃妻子走相送，塵埃不見咸陽橋。牽衣頓足攔道哭，哭聲直上干雲霄。

道旁過者問行人，行人但云點行頻。或從十五北防河，便至四十西營田。去時里正與裹頭，歸來頭白還戍邊。邊庭流血成海水，武皇開邊意未已。君不聞漢家山東二百州，千村萬落生荊杞。縱有健婦把鋤犁，禾生隴畝無東西。況復秦兵耐苦戰，被驅不異犬與雞。

長者雖有問，役夫敢伸恨？且如今年冬，未休關西卒。縣官急索租，租稅從何出？信知生男惡，反是生女好；生女猶得嫁比鄰，生男埋沒隨百草。君不見青海頭，古來白骨無人收？新鬼煩冤舊鬼哭，天陰雨濕聲啾啾！（杜甫〈兵車行〉）

杜甫此詩敘窮兵黷武帶給民眾的困苦。全詩分爲三段：首段敘送別征夫難分難捨之情。末二句：「牽衣頓足攔道哭，哭聲直上干雲霄。」以「哭」字頂針，彷彿使天地之間充滿哭聲。場面十分悽慘。

中段敘征夫連年在外征戰，農村殘破之情。「道旁過者問行人，行人但云點行頻」。「行人」頂針，適足以表達回答過者之惶急匆促情況。「歸來頭白還戍邊，邊庭流血成海水」。「邊」字頂針，文句緊湊，表現行人對玄宗開邊之不滿。

末段敘催租之急，生男不如生女。「縣官急索租，租稅從何出？」「反是生女好：生女猶得嫁比鄰。」所用來頂針的字詞「租」、「生女」均屬篇中重要關鍵處，適足以顯示役夫之內心怨痛，一幅民不聊生的慘狀圖，狀溢目前。

全詩共有五處聯珠頂針，散見首中尾三段。蕭滌非〈學習人民語言的詩人——杜甫〉評此詩云：「共五處使用了接字的辦法，使讀者眞有『累累如貫珠』之感，覺得非常順溜，非常動聽，從而也就加強了詩的感染力。」蕭氏所謂「接字」，即「頂針」，杜甫之爲詩聖，頂針之運用，已出神入化。

杜詩除近體外，頂針頗爲常見，即以三吏三別而言，如：

府帖昨夜下，次選「中男」行；「中男」絕短小，何以守王城？（〈新安吏〉）

室中更無人，惟有乳下「孫」，「孫」有母未去，出入無完裙。（〈石壕吏〉）

自嗟貧家女，久致「羅襦」裳。「羅襦」不復施，對君洗紅妝。（〈新婚別〉）

如此頂針，均能顯示詩中主角的激越緊迫之情，讀之令人心酸。

9.自余為僇人，居是州，恆惴慄。其隟也，則施施而行，漫漫而游。日與其徒，上高山，入深林，窮迴溪，幽泉怪石，無遠不到。到則披草而坐，傾壺而醉，醉則更相枕以臥。臥而夢，意有所極，夢亦同趣。覺而起，起而歸。以為凡是州之山水有異態者，皆我有也，而未始知西山之怪特。（柳宗元〈始得西山宴游記〉）

〈始得西山宴游記〉為柳宗元《永州八記》之第一篇，以上所錄係其文之第一段，其中迭用「到」、「醉」、「臥」、「起」四處連珠頂針，黃慶萱〈始得西山宴游記析評〉評此云：「簡短的句法與登山時短促的呼吸相配合，頂針的句法與登山時緊湊的步伐相配合。」將文章所用形式與所寫內容之微妙契合處，闡析得鞭辟入裡，眞是體貼入微。如果再仔細思量，則如此緊湊句法，也適足以表現柳宗元之率性即興之情。

10.打起黃鶯兒，莫教枝上啼。

啼時驚妾夢，不得到遼西。（金昌緒〈春怨〉）

舊詩中的頂針，多見於古詩，近體詩囿於格律，罕用頂針。這首五言絕句是一個典型的成功範例。

11.周瑜歌曰：「丈夫處世兮立功名，立功名兮慰平生；慰平生兮吾將醉，吾將醉兮發狂吟。」（羅貫中《三國演義・第四十五回》）

12.這閶門外有個十里街，街內有個仁清巷，巷內有個古廟，因地方狹窄，人皆呼作「葫蘆廟」。廟旁住著一家鄉宦，姓甄名費，字士隱。（曹雪芹《紅樓夢・第一回》）

從「街」、「巷」、「廟」，這段文字迭用句與句之頂針。此外，開端三句是「頂針」兼「層遞」。曹雪芹也是運用「頂針」的高手。林興仁《紅樓夢的修辭藝術・談紅樓夢的聯珠句》曾歸納出其中三種結構形式：

(1)詞和詞首尾蟬聯的聯珠句式。例如：

黛玉道：「我不依。你們是一氣的，都戲弄我不成？」寶玉勸道：「誰敢戲弄你？你不打趣他，他焉敢說你？」（第廿一回）

(2)詞組和詞組首尾蟬聯的聯珠句式。例如：

願儂此日生雙翼，隨花飛到天盡頭。

天盡頭。何處有香丘？（〈第廿七回・黛玉葬花詞〉）

(3)句子和句子上下蟬聯的聯珠句式。例如：

據我看著脈息，大奶奶是個心性高強、聰明不過的人；但聰明忒過，則不如意事常有；不如意事常有，則思慮太過：此病是憂慮傷脾，肝木忒旺，經水所以不能按時而至。（第十回）

其實，「頂針」中的「連環體」與「聯珠格」，上下頂接重疊的部分，也可以做如此的分類。

13.惟斂繁就簡之術，非皆下筆自成，實由錘鍊而致。如作記事之文。初稿但求盡賅事實，而後視全篇有無可刪之章，每章有無可節之句，每句有無可省之字；必使篇無閒章，章無贅句，句無冗字；乃極簡鍊之能事。（劉師培《漢魏六朝專家文研究・學文四忌・文章最忌繁冗》）

劉師培論文章斂繁就簡之術，兩度運用「章，章」「句，句」之聯珠頂針句法，使得上下句頭尾蟬聯，文章緊湊，文氣貫串，自然能加強說服力。至於從篇、章、句、字，循一貫次序，層層遞進，則又是頂針兼層遞。如此用法，其實在劉勰《文心雕龍》書中，已屢見不鮮，如〈章句篇〉首段云：「夫人之立言，因字而生句，積句而為章，積章而成篇。篇之彪炳，章無疵也；章之明靡，句無玷也；句之清英，字不妄也；振本而末從，知一而萬畢矣。」同樣是運用「句，句」「章，章」之頂針句法，且由字、句、章、篇，同時兼用層遞。

在口語中，頂針兼層遞，也不乏其例，如：

沒有功勞有苦勞，沒有苦勞有疲勞！

頭髮由黑而灰，灰而白，白而疏，疏而無！

頂針在形式上以同一語辭貫串上下句，層遞卻以數句意義的關聯為主。前者著重一個中心觀念，後者著重的是比例與因果。兩者都講究秩序與層次。因此，頂針與層遞，有同有異。同時兼用的情況也頗為常見。

現代文學中，聯珠格也往往可見：

1.做戲的鑼鼓，在阿Q耳朵裏彷彿在卅里之外；他只聽得莊家的歌唱了。他贏而又贏，銅錢變成角洋，角洋變成大洋，大洋又成了疊。他與高采烈得非常：

「天門兩塊！」（魯迅《阿Q正傳》）

2.有下棋者，久而無聲響，排闥觀之，闃不見人，原來他們是在門後屋角裏扭做一團，一個人騎在另一個人身上，正在他的口裏挖車呢。被挖者不敢出聲，出聲則口張，口張則「車」被挖回，挖回則必悔棋，悔棋則不得勝，這種認真的態度憨得可愛。（梁實秋《雅舍小品．下棋》）

3.宅中有園，園中有屋，屋中有院，院中有樹，樹上見天，天中有月，不亦快哉！（林語堂〈來台後廿四快事〉）

魯迅用「角洋、角洋」「大洋、大洋」的聯珠頂針，描寫阿Q賭博贏錢，滿紙都是錢，生動傳神。兼用「層遞」與「倒裝」，尤足以顯現「興高采烈得非常」之神態。梁實秋用「出聲、出聲」「口張、口張」「挖回、挖回」「悔棋、悔棋」的聯珠頂針，適足以將下棋者的憨，播映到讀者面前。林語堂由宅、園、屋、院、樹、天、月，連續頂針，兼用層遞，描敘居住之環境，一路貫串而下，眞是「不亦快哉」！由此可見，頂針要與所描敘的題材、場景、氣氛相契合，才能充分發揮效用！

4.常見閑散的少爺們，一隻手指間夾著一支香菸，一隻手握著一把瓜子，且吸且咬，且咬且吃，且吃且談，且談且笑。從容自由，真是「交關得意！」（豐子愷〈吃瓜子〉）

5.她顯露出秀美的彩色的容貌，更突出了她的眼睛，靈魂的窗户，那紅顏中的黑色眼圈，黑色眼圈中的眼白，眼白中的烏黑的瞳仁以及瞳仁中的含有無限感情的閃光。（徐遲〈牡丹〉）

6.蘇州菜有它一套完整的結構。

比如説開始的時候是冷盤，接下來是熱炒，熱炒之後是甜食，甜食的後面是大菜，大菜的後面是點心，最後以一盆大湯作總結。這台完整的戲劇一個人不能看，只看一幕又不能領略其中的涵義。（陸文夫〈美食家〉）

以上三個辭例，從豐子愷描寫吃瓜子，徐遲描繪美人的容貌，乃至於陸文夫介紹蘇州菜上菜的次序，都由於善用「聯珠格」，使得文章一路貫串而下，條理井然，生動有致，饒富情趣。

7.談到這兒，老人又慨歎說：「這真是座活山啊。有山就有水，有水就有脈，有脈就有苗。難怪人家說下面埋著聚寶盆。」（楊朔〈香山紅葉〉）

8.深深的山谷，淡淡的薄霧，靜靜的草尖滾流著露珠；露珠子映著青松林，青松林圍著小木屋。（李瑛〈敖魯古雅〉）

9.巧巧！巧巧！孫旺泉低下頭，沒話了。他憶起那湛藍的陰涼裏那甘冽的清泉，那甘冽的清泉水裏那漾動的草棍和幽幽的大眼睛，那幽幽的大眼睛裏那怨恨的歌聲……（鄭義〈老井〉）

以上三個辭例，都跟寫景有關：楊朔描寫北京西郊名勝香山，借老人的口，逐層推論，步步進逼。李瑛用頂針寫景，由草尖的露珠到青松林，再寫到小木屋的出現。鄭義則由甘冽的情泉寫到幽幽的大眼睛。頂針的運用得當，不但語氣連貫，有節奏感，同時更能牽引讀者的思緒。

10.「聽說牠昨夜在外面咬過人，小心！」

「小心！共同的威脅使大家不只點頭而且開口。開口雖不一定關懷，也使人覺得親切了。（許達然〈伏〉）

11.仍然是春天，春天在城外，城外明媚；

仍然是明媚，明媚是水，水在城外。（菩提〈城外的樹〉）

12.濛濛霧中，乃見你渺渺回眸

那時，我們將相遇

相遇，如兩朵雲無聲的撞擊（鄭愁予〈探貝〉）

許達然兩度用頂針，值得注意的是「小心」以敘述頂接對話。菩提以「春天」、「城外」、「明媚」、「水」頂針，令人感覺城外一片春光明媚。鄭愁予以「相遇」頂接，頗有承先啓後的作用。

13.月光光，秀才郎，騎白馬，過蓮塘。蓮塘背，種韭菜；韭菜花，結親家；親家門口一口塘，放個鯉魚八尺長；長個拿來炒酒吃，短個拿來娶姑娘。（廣東嘉應歌謠〈月光光〉）

14.你騎驢兒我騎馬，看誰先到丈人家。
丈人丈母不在家，吃一袋菸兒就走價。
大嫂子留二嫂子拉，拉拉扯扯到她家。
隔著竹簾望見她！
白白手兒長指甲，櫻桃小嘴糯米牙，
回去告與我媽媽，賣田賣地要娶她！（陝西民歌〈望見她〉）

民間歌謠常用「連珠格」頂針，以上選錄兩首，〈月光光〉只是順口道來，內容貧乏，不足爲訓。〈望見她〉則別具一股純眞的情趣，耐人尋味。

參、句中頂針

句中頂針，是指文句中片語與片語之間用同一字來頂接，貌似疊字，其實字疊而語析，如：

1.出門採紅蓮，採蓮南塘秋，蓮花過人頭，低頭弄蓮子，蓮子青如水。置蓮懷袖中，蓮心徹底紅。憶郎郎不至，仰首望飛鴻。飛鴻滿西洲，望郎上青樓；樓高人不見，盡日闌干頭；闌干十二曲，垂手明如玉。（沈約〈西洲曲〉）

此詩迭用聯珠頂針，共有六處：「採紅蓮、採蓮」「頭、低頭」「蓮子、蓮子」「飛鴻、飛鴻」「青樓、樓」「闌干頭、闌干」。如此一路貫串而下，恰似一串珍珠，頗有上遞下接的趣味。但是，在此我們要注意的是其中「憶郎郎不至」，此句實屬句中頂針，在「憶郎」與「郎不至」兩個片語中，以「郎」字頂接，顯示了急切的思念之情。此詩包括了句中頂針與聯珠頂針，尤增情趣。黃永武《中國詩學．設計篇．談詩的強度》列舉杜牧的〈湖州正初招李郢秀才詩〉：「行樂及時時已晚，對酒當歌歌不成！」與楚石的詩：「遣愁愁不去，認愁愁不眞；誰知遣愁者，正是自愁身！」以爲兩個愁字頂接在一起，節拍更見迫促，如此激動的語氣，可以增加詩的強度。同樣的道理，「憶郎郎不至」，以兩個「郎」字頂接在同一句中，在語氣上、情感上均顯示了女主角的激越之情。

2.棄我去者昨日之日不可留，亂我心者今日之日多煩憂！長風萬里送秋雁，對此可以酣高樓！

蓬萊文章建安骨，中間小謝又清發。俱懷逸興壯思飛，欲上青天覽明月。

抽刀斷水水更流，舉杯消愁愁更愁。人生在世不稱意，明朝散髮弄扁舟。（李白〈宣州謝朓樓餞別校書叔雲〉）

此詩可分三段：首段餞別起興，歲月如流，煩憂不斷。中段懷古思今，賓主惺惺相惜。末段送別抒感。其中最動人的警句是末段的「抽刀斷水水更流，舉杯消愁愁更愁。」此二句意興遄飛，膾炙人口，以水更流的「水」字頂接抽刀斷水，以愁更愁的「愁」字頂接舉杯消愁，是爲句中頂針的典範。不但文句緊湊有力，而且當句翻疊，情致清新，鋒發韻流，傳誦古今。

類似的句中頂針，頗不乏其例：

有意栽花花不發，無心插柳柳成蔭。

春風吹花花怒開，春風吹人人老矣。

酒不醉人人自醉！

3.眼看客愁愁不醒，無賴春色到江亭。

即遣花開深造次，便教鶯語太丁寧。（杜甫〈絕句漫興九之一〉）

杜甫此詩寫江邊春色，花開鶯語，一片春光燦爛。起句以「愁不醒」頂接「眼看客愁」，將旅況愁苦因而惱春之情，生動地表出，頗稱奇警。杜甫詩中，句中頂針，往往可見：

安得萬丈梯，為君上上頭。（〈鳳凰台〉）
誰重斷蛇劍，致君君未聽。（〈奉酬薛十二丈判官見贈〉）
湖城城東一開眼，駐馬偶識雲卿面。（〈湖城過孟雲卿〉）
浣花溪水水西頭，主人為卜林塘幽。（〈卜居〉）
楚公畫鷹鷹戴角，殺氣森森到幽朔。（〈姜楚公畫角鷹歌〉）
冬至至後日初長，遠在劍南思洛陽。（〈至後〉）
陰山驕子汗血馬，長驅東胡胡走藏。……至今今上猶撥亂，勞心焦思補四方。（〈憶昔二之一〉）

其中如以「水」字連貫「浣花溪水水西頭」的上下片語，而帶出「主人為卜林塘幽」。以「鷹」字連貫「楚公畫鷹鷹戴角」的上下片語，而帶出「殺氣森森到幽朔」。不但有上遞下接的趣味，且與林塘的幽景、畫鷹之威武，情境上微妙契合，頗饒情韻。

4.庭院深深深幾許？楊柳堆煙，簾幕無重數。玉勒雕鞍遊冶處，樓高不見章台路。雨橫風狂三月暮，門掩黃昏，無計留春住。淚眼問花花不語，亂紅飛過秋千去。（歐陽脩〈蝶戀花〉）

此屬惜春之作。感傷春暮，追懷舊遊，由殘春之景興起寂寥虛空之情。首末均用句中頂針。「庭院深深」與「深幾許」兩個片語用「深」頂接，充分顯示庭院的幽寂，引出春深似海的感覺與無限幽邃的想像。「淚眼問花」與「花不語」兩個片語用「花」頂接，適足以表達情景交融，一片渾然之境。如此句中頂針，一個深字，一個花字，為全詞憑添了幾許情韻！相似的句中頂針，在詞中頗為常見，如：

昨夜夜半，枕上分明夢見。（韋莊〈女冠子〉）
幾許傷春春復暮，楊柳清陰，偏礙游絲度。（賀鑄〈蝶戀花〉）
庭院深深深幾許，雲牕霧閣常扃。（李清照〈臨江仙〉）

惜春春去，幾點催花雨。（李清照〈點絳唇〉）

夢裡尋秋秋不見，秋在平蕪遠渚。（劉過〈賀新郎〉）

年年躍馬長安市，客舍似家家似寄。（劉克莊〈玉樓春〉）

如此句中頂針，迭用夜、春、深、秋、家，可見詞中的傷感之情。

「句中頂針」雖不如「聯珠格」那樣普遍常見，其實在古今警句名言與日常口語中，也往往可見：

1.聖人不病，以其病病，夫唯病病，是以不病。（《老子．第七十一章》）

2.知能能而不能所不能。（《莊子．知北遊篇》）

3.民之所好好之，民之所惡惡之。（《禮記．大學》）

4.入山山易淺，飲水水不清。（吳梅村〈詠古〉）

5.含淚問花花不語，殷勤留君君不留！

6.柴米油鹽醬醋茶，件件都在別人家。不是不愁愁不得，推窗且去看梅花。

7.呼天天不應，喊地地不靈。

8.自欺欺人。

9.怕吃苦苦一輩子，不怕吃苦苦半輩子！

由此可見，句中頂針不但常見，而且多用於警句名言，由於句子中片語的上下頂接，緊湊有力，尤能留給讀者深刻的印象。

在探討完「連環體」、「聯珠格」與「句中頂針」之後，尚有一問題，必須予以闡明：

「頂針」又名「頂針」，在過去的修辭學書中，多作「頂針」。本書用「頂針」，乃取其原意。「頂針」原爲刺繡或縫衣時中指所戴之金屬指環，銅環上滿布小凹點，俾推針穿布。尤其是古人縫布鞋，不用頂針則無從著力。而「頂針」一詞由具體工具之銅指環，借爲抽象名詞之修辭方法，古書上亦有明證：

愛他走筆題詩，出口成章，頂針續麻。（馬致遠〈江州司馬青衫濕〉）

十八公道：「好個『吟懷瀟灑滿腔春』！」

孤直公道：「勁節，你深知詩味，所以只管咀嚼。何不再起一篇？」

十八公亦慨然不辭道：「我卻是頂針字起：春不榮華冬不枯，雲來霧往祇如無。」

凌空子道：「我亦體前頂針二句：無風搖曳婆娑影，有客欣憐福壽圖。」

拂雲叟亦頂針道：「圖似西山堅節老，清如南國沒心夫。」

孤直公亦頂針道：「夫因側葉稱梁棟，台為橫柯作憲烏。」（吳承恩《西遊記・第六十四回》）

由此可見，「頂針」一詞用爲修辭方法之名，早在元、明即已普遍流傳。

關於頂針的原則，在此歸納爲三點：

一、首尾蟬聯，上遞下接

頂針是用上一句的結尾做下一句的開頭，上下句首尾蟬聯，上遞下接，饒有情趣。無論是前後段藉同一語句頂接的「連環體」，上下句藉同一字詞頂接的「聯珠格」，乃至於同一句子中上下片語藉同一字頂接的「句中頂針」，基本原理，都是重複字詞以聯繫。如頂針續麻，上一句啓後，下一句承先，前後榫接，連環套用，使得結構緊密，絲絲入扣，語氣連貫，一氣呵成。這種以同一語句或字詞貫串上下文的結構形式，除了具備引渡讀者注意力的橋樑作用之外，所顯現的首尾蟬聯、上遞下接的特有趣味，十分別致。用於抒情寫景，纏綿細膩，明晰深刻；用於敘事說理，連鎖暢達，緊湊嚴密。沈德潛《古詩源・西洲曲》評云：「續續相生，連跗接萼，搖曳無窮，情味愈出。」雖然是針對一首詩的頂針情趣而發，卻可以概見其餘。

二、節奏緊湊，音律和諧

「頂針」的作用，研究修辭學的專著，屢見闡述：

黃慶萱《修辭學》強調四點：

(1)橋樑，(2)和諧，(3)緊湊，(4)趣味。

劉寶成《修辭例句》提出兩點：

(1)可以更好地揭示事物內在的聯繫，準確地反映、認識客觀事物。論說文運用好頂針，能把事理說得嚴密、周詳；文藝作品運用好頂針，可把景物描寫得更爲清晰，把感情抒發得更爲深切。

(2)可以使層次分明，結構緊密，鄰句蟬聯相接，像一條鏈條似的，一環扣住一環，語氣貫通。

季紹德《古漢語修辭》則揭舉三點：

(1)能更好地反映事物的有機聯繫，闡明事物相互間的辯證關係。

(2)能使語句結構嚴密，氣勢通暢。

(3)常用在詩歌裏，能起到「加強音律的節奏感，表達回環復沓的感情，表現出蟬聯的情趣」的作用。

如果著眼於「頂針」的藝術效用，則可以一言以蔽之：節奏緊湊，音律和諧。

節奏緊湊如〈愚公移山〉：

> 我雖死，有子存焉；子又生孫，孫又有子；子又有子，子又有孫：子子孫孫，無窮匱也；而山不加增，何苦而不平？

如此以「子」「孫」句句頂針，環環緊扣，除了顯示子子孫孫綿延不絕，無窮盡之外，另有一股銳不可當的氣勢，適足以顯示愚公移山的決心與信心，不可搖撼。

又如柳宗元〈始得西山宴游記〉：

幽泉怪石，無遠不到。到則披草而坐，傾壺而醉，醉則更相枕以臥。臥而夢，意有所極，夢亦同趣。覺而起，起而歸。

其中迭用「到」、「醉」、「臥」、「起」四處頂針。不但誠如黃慶萱〈始得西山宴游記析評〉「簡短的句法與登山時短促的呼吸相配合，頂針的句法與登山時緊湊的步伐相配合」，文章形式與內容微妙契合，且如此節奏緊湊，更顯現了柳宗元率性即興的個性與作風。

音律和諧如〈飲馬長城窟行〉：

青青河畔草，綿綿思遠道；遠道不可思，宿昔夢見之。夢見在我旁，忽覺在他鄉；他鄉各異縣，展轉不相見。

以「遠道」、「夢見」、「他鄉」頂針，不但音律和諧，讀起來順溜悅耳，且流露了回環相生，連綿不絕之美感，青草綿綿所引發的綿綿情思——遠道、夢見、他鄉，形式與內容配合得十分巧妙。使纏綿宛轉的思婦懷人之情，烙印在讀者腦海中，縈迴不已。

再如沈約的〈西洲曲〉：

出門採紅蓮，採蓮南塘秋，蓮花過人頭，低頭弄蓮子，蓮子青如水。置蓮懷袖中，蓮心徹底紅。憶郎郎不至，仰首望飛鴻。飛鴻滿西洲，望郎上青樓。樓高人不見，盡日闌干頭；闌干十二曲，垂手明如玉。

此詩迭用聯珠頂針與句中頂針，一路貫串而下，讀起來特別和諧悅耳、情韻綿邈。又以「蓮子」諧音雙關「憐子」，而「憶郎郎不至」，以兩個「郎」字頂接在同一句中，語氣上、情感上強烈顯現了女主角殷切期盼的激越之情。

三、為情造文，文質合一

頂針雖然有其特殊效用，但仍然有其節制，不可流於濫用。必須爲情而造文，要求文質合一，妙造自然，才能鋒發韻流，膾炙人口。陸稼祥強調：「用好頂針辭格，關鍵在於語句形式要與人物情思緊緊相連，絲絲入扣，這樣才能連跗接萼，承先啓後，充分發揮頂針格抒情細膩、推理嚴密的作用。」

黎運漢．張維耿《現代漢語修辭學》則揭舉運用頂針必須注意兩點：

⑴根據表達的需要，恰當使用頂針，切勿單純追求上遞下接的形式，把蟬聯當作文字遊戲。

⑵頂針的構成，必須反映事物之間的內在聯繫。否則，生拼硬湊頂針句式，就收不到修辭效果。

又張春榮〈庭院深深深幾許——談頂針〉指出：

唯運用頂針，當求有益於文章之美。若藉此技巧，以逞嬉笑怒罵之能，則非正途。如有人每每云：「你是我心目中的神」而後頓了一下，接道：「神經病！」前後兩句，以「神」銜接，正是頂針方式。只不過，如此耍嘴皮，旨在博聽者噴笑，沒有什麼特別意義。

運用頂針，貴在表達內容與頂針形式有微妙的契合，奇思妙趣，耐人尋味。即如本章所舉辭例，多以此爲選擇標準，若〈月光光〉之流，則誠如劉勰《文心雕龍．情采篇》所云「繁采寡情，味之必厭」，豈可不愼乎！

自我評量題目

一、何謂頂針？有何作用？

二、舉例說明連環體與聯珠格。

三、古今詩文中，常有層遞兼頂針者，能否舉例以明之？

第二十一章 回 文

學習目標

——研讀本章內容之後，學習者應可達成下列目標：

一、能了解回文的意義與效用。

二、能掌握回文的原則。

三、能欣賞古今詩文中的回文。

摘 要

上下兩句，詞彙大都相同，詞序排列恰好相反，造成回環往復的形式的修辭方法，是爲「回文」。

回文就其形式結構而言，可分作兩類：

一、嚴式回文：如蘇東坡〈菩薩蠻〉的「離別惜殘枝，枝殘惜別離」，上句依序倒讀，即爲下句，甚至整首詩、整段文字都可以依序倒讀。

二、寬式回文：如「時代考驗青年，青年創造時代」，前一句的結尾，用作後一句的開頭，後一句的結尾又重複前一句的開頭，中間字句略有彈性。

回文的原則有二：㈠回環往復，情味盎然。㈡適度變化，保其天趣。

《華視新聞雜誌》的主持人高信譚有一句名言：

懂得如何讚美朋友的人，他自己本身一定有更多的優點值得朋友讚美。

如比類推，也可以說：

凡是熱心為朋友鼓掌喝采的人，在他有生之年可能會贏得更多的掌聲！

懂得讚美人的人很多，宋朝的蘇東坡就是個中翹楚，他在〈與弟轍書〉讚美陶淵明：

淵明作詩不多，然其詩質而實綺，癯而實腴，自曹（植）、劉（楨）、鮑（照）、謝（靈運）、李（白）、杜（甫）諸人，皆莫及也。

又推崇王維：

味摩詰之詩，詩中有畫；觀摩詰之畫，畫中有詩。

前者評陶淵明的詩，表面上讀起來樸質清癯，其實質卻是綺麗豐腴，已達爐火純青的化境。用「反襯」法將陶淵明的奧藝美境充分顯現，在歷代評陶之語中，堪稱壓卷。後者更是直探本心，片言中的，如此探驪得珠之筆，使「詩中有畫，畫中有詩」成爲王維的註冊商標。

蘇東坡、高信譚的名言，用語精采，富有磁性，其中必有緣故。如果稍加思索，則「詩中有畫，畫中有詩」用的是修辭學上的「回文」——上下兩句，詞彙大都相同，而詞序的排列恰好相反，造成回環往復的形式。

有一首膾炙人口的流行歌〈你儂我儂〉，歌詞通俗，卻是其來有自：

元朝湖州書畫名家趙孟頫，風流倜儻，有一回想娶妾，便填了一闋詞給他的妻子管夫人：

我為學士，你做夫人；豈不聞王學士有桃葉、桃根。蘇學士有朝雲、暮雲？我便多娶幾個美姬、越女無過分。你年紀已過四旬，只管占住玉堂春。

管夫人見了此詞，心知丈夫在探測己意，按捺住性子，暫不作聲，心想「兵來將擋，水來土掩」，必須立刻回敬，趕緊填了一闋〈我儂〉詞：

你儂我儂，忒煞情多。情多處熱如火！
把一塊泥，捏一個你，塑一個我。將咱倆個，一齊打破，用水調和。
再捏一個你，再塑一個我。我泥中有你，你泥中有我；與你生同一個衾，死同一個槨。

這闋詞既沒有妒火中燒，也沒有醋性大發，純粹傾訴了萬種柔情，趙孟頫看了之後，自然深受感動，取消了納妾之念。其中的關鍵語句「我泥中有你，你泥中有我」，即是「回文」的成功範例。黃民裕《辭格匯編‧回環》說得好：

用上句的末尾做下句的開頭，又用下句的末尾做上句的開頭，兩個句子或詞組，後者是前者的倒文，後一句或幾句是按前一句或幾句倒著唸回來。這種運用詞序回環往復，表現兩種事物或事理的相互關係的修辭手法，叫做回環，又叫回文。

回文的作用，一方面有回環往復之美，頗具情趣韻味，一方面能深刻有力地表達情思，在加強語氣，發揮語言的感染力上，頗見奇效。即以〈我儂〉詞為例，由於傳誦廣遠，為大眾所津津樂道。甚至仿作者也屢見不鮮：

李季〈王貴與李香香〉：

摔碎了泥人再重和，再捏一個你來再捏一個我；
哥哥身上有妹妹，妹妹身上有哥哥。

劉大白〈心裏的相思〉：

各築起一座相思寶殿，設起一個相思寶座。
我寶座上坐著你，你寶座上坐著我。

由於回文的回環往復之美頗具吸引力，再加上管夫人的「你泥中有我，我泥中有你」濃情可感。所以李季直接模仿其作而為：「哥哥身上有妹妹，妹妹身上有哥哥。」至於劉大白的〈心裏的相思〉，則略做變化，改成：「我寶座上坐著你，你寶座上坐著我。」然而，其間遞嬗之痕跡，十分明顯。足見美好的詞句，人人喜愛；巧妙的回文法，人人樂意採用。

前面提到蘇東坡的回文句，以下再看他的兩闋詞：

㈠蘇東坡〈少年遊〉：

去年相送，餘杭門外，飛雪似楊花。今年春盡，楊花似雪，猶不見還家。

㈡蘇東坡〈菩薩蠻〉：

嶠南江淺紅梅小，小梅紅淺江南嶠。

窺我向疏籬，籬疏向我窺。

老人行即到，到即行人老。

離別惜殘枝，枝殘惜別離。

〈少年遊〉中「飛雪似楊花」與「楊花似雪」，以回文法表達去年相送時與今年思歸的情景，雪似楊花，楊花似雪，藉景抒情，離別思歸之心情，回環往復，頗饒情味。其實，早在東坡之前五百年，六朝時的詩人范雪就在〈別詩〉中說：

洛陽城東西，長作經時別。

昔去雪如花，今年花如雪。

范雪用「雪如花」、「花如雪」的回文句法，抒寫今昔對比之感，慨嘆時間推移，如此悠悠之嘆，正是所有離別者共同的心聲！蘇東坡的「雪似楊花」、「楊花似雪」顯然脫胎自此。〈菩薩蠻〉更是整闋詞用回文句法，每兩句兩兩相回環，上句倒過來唸，即成爲下句，頗饒趣味。後來清代的詞人納蘭性德也塡了一首整闋詞都用回文句法的〈菩薩蠻〉：

客中愁損摧寒夕，夕寒摧損愁中客。

門掩月黃昏，昏黃月掩門。

翠衾孤擁醉，醉擁孤衾翠。

醒莫更多情，情多更莫醒。

蘇東坡與納蘭性德的〈菩薩蠻〉雖然整闋詞用回文句法，但也只是每兩句上下回環往復，另外還有一種「回文詩」，整首詩從頭到尾順讀、倒讀皆可通，如蘇東坡的〈題織錦圖迴文〉：

春晚落花餘碧草，夜涼低月半梧桐；

人隨雁遠邊城暮，雨映疏簾繡閣空。

此詩從頭到尾，可以整個倒過來唸成：

空閣繡簾疏映雨，暮城邊遠雁隨人；

桐梧半月低涼夜，草碧餘花落晚春。

如此已近乎文字遊戲，只可偶然戲筆，不宜刻意強求，以免走火入魔。

回文的修辭法，在現代語文中，也頗爲常見，且具奇效。如鼓勵年輕人的標語：「時代考驗青年，青年創造時代。」讀來顯豁響亮，語氣強烈，意義深刻，在回環往復之美中，頗能使人精神振奮，足以恢弘志士之氣！細心的讀者當知道此語脫胎自「英雄造時勢，時勢造英雄」。

回文，就其形式結構而言，可以分作嚴式回文與寬式回文。

嚴式回文如前面所列舉的蘇東坡〈菩薩蠻〉：「老人行即到，到即行人老」「離別惜殘枝，枝殘惜別離」，上句依序倒過來唸，即爲下句。甚至如〈題織錦圖迴文〉整首詩可以依序倒過來唸。

寬式回文則如蘇東坡讚美王維的「詩中有畫，畫中有詩」，管夫人〈我儂〉的「我泥中有你，你泥中有我」，還有現代標語的「青年創造時代，時代考驗青年」等，前一句的結尾，用作後一句的開頭，後一句的結尾又重複前一句的開頭，中間字句略有彈性。

壹、嚴式回文

刻意追求字序的迴繞，使同一語句或同一段文字既可以順讀，又可以倒讀，是爲「嚴式回文」。

嚴式回文，在一般文章中，極爲罕見，常見於回文詩或回文對。南朝梁劉勰《文心雕龍・明詩篇》：

> 回文所興，則道原為始。

由此可見，「回文」體起源甚早，但道原何許人也，已無從查考，其作品也不可見，我們只能從現有資料中舉例：

1. 山樹高，鳥悲鳴。泉水深，鯉魚肥。空倉雀，常若飢。吏人婦，會夫稀。出門望，見白衣。謂當是，而更非。還入門，中心悲；北上堂，西入階；急機絞，杼聲催。長歎息，當語誰？君有行，妾念之：出有日，還無期。結巾帶，長相思。君忘妾，未知之；妾忘君，罪當治。妾有行，宜知之。黃者金，白者玉；高者山，下者谷。姓者蘇，字伯玉。人才多，智謀足。家居長安身在蜀，何惜馬蹄歸不數。羊肉千斤酒百斛，令君馬肥麥與粟。今時人，知四足。與其書，不能讀，當從中央周四角。（蘇伯玉妻〈盤中詩〉）

這首〈盤中詩〉被視爲回文詩的肇端。文淵閣《四庫全書》收宋桑世昌編《回文類聚》，清朱存孝序云：

> 詩體不一，而回文尤異。自蘇伯玉妻〈盤中詩〉為肇端，竇滔妻〈璇璣圖〉而大備。

〈盤中詩〉相傳是漢蘇伯玉出使西蜀，歷久不歸，其妻在長安思念丈夫，特地將此詩寫在盤中寄給伯玉。伯玉讀後，感悟而歸。其讀法是從中心點的「山」字讀起，接第二圈向右轉，再接第三圈向左轉；如此右轉左轉，從中央迴旋到四周，取宛轉回環的思念之意。（圖見下頁）

這首詩嚴格說來，還不能算眞正的回文詩，因爲不能順讀，不能倒過來唸。只是一首詩，排列成圓形，表示情思宛轉，離情深長。

漢蘇伯玉妻〈盤中詩〉圖：

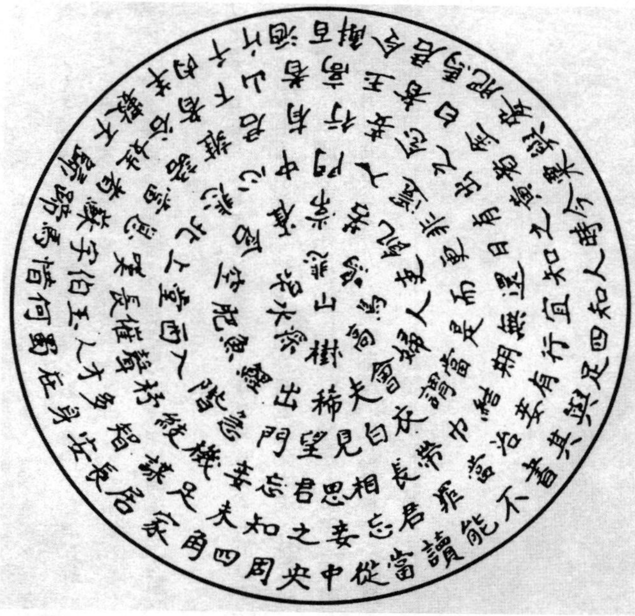

2.仁智懷德聖虞唐，
貞志篤終誓穹蒼。
欽所感想妄淫荒，
心憂增慕懷慘傷。（竇滔妻〈璇璣圖詩〉第一首）
傷慘懷慕增憂心，
荒淫妄想感所欽。
蒼穹誓終篤志貞，
唐虞聖德懷智仁。（〈璇璣圖〉詩倒讀）

這是眞正的回文詩，〈璇璣圖〉爲竇滔妻蘇蕙所作。《晉書．列女傳》：「滔被徙流沙，蘇氏思之，織錦爲迴文旋圖詩以贈滔，宛轉循環以讀之，詞甚悽惋。」又武則天〈璇璣圖序〉，則說竇滔是前秦苻堅時扶風人，妻蘇氏名蕙，字若蘭。竇滔鎮襄陽，攜寵姬之任，斷蘇氏音問。悔恨自傷，因織錦爲回文，五綵相宜，瑩心耀目，縱橫重複，皆成文章，是爲〈璇璣圖〉。請人送至襄陽，竇滔見後，非常感動，即將蘇氏接到任上。

〈璇璣圖〉排列成正方形，縱橫各廿九行，共八百四十一字。回環重複讀起來，可得詩三千七百五十二首，堪稱洋洋大觀（圖見下頁，讀法詳李汝珍《鏡花緣》

第四十一回）。以上所錄，係圖中右上角方塊的順讀、倒讀。〈璇璣圖詩〉雖是回文詩中空前絕後的巨製，但內容貧乏，只能算作文字遊戲。所以陳望道《修辭學發凡》評云：「其內容被形式牽制，即所謂『窘縛剌促』的形容，也還了然可指。回文實在是難能而並不怎麼可貴的東西。」

3. 池蓮照曉月，慢錦拂朝風。
風朝拂錦慢，月曉照蓮池。（王融〈春游〉）

4. 斜峰繞徑曲，聳石帶山連，
花餘拂鳥戲，樹密隱鳴蟬。
蟬鳴隱密樹，戲鳥拂餘花，
連山帶石聳，曲徑繞峰斜。（王融〈後園作〉）

齊王融這兩首五言小詩，都是運用回文句法，〈春游〉的後兩句，是將一二句依序倒讀而成。〈後園作〉則由四組回文句組成，奇句倒讀即成偶句，每相鄰兩句是回文。

5. 枝雲間石峰，脈水侵山岸。
池清戲鵠聚，樹秋飛葉散。（梁簡文帝〈和湘東王後園回文詩〉）
散葉飛秋樹，聚鵠戲清池。
岸山侵水脈，峰石問雲枝。（倒讀）

南朝梁簡文帝這首五言小詩，依序倒讀，即成另一首詩。王融的兩首詩則用回文句組合成篇。

6. 花朵幾枝柔傍砌，
柳絲千縷細搖風。
霞明半嶺西斜日，
月上孤村一樹松。（薛濤〈春〉）

蘇蕙織錦回文〈璇璣圖〉

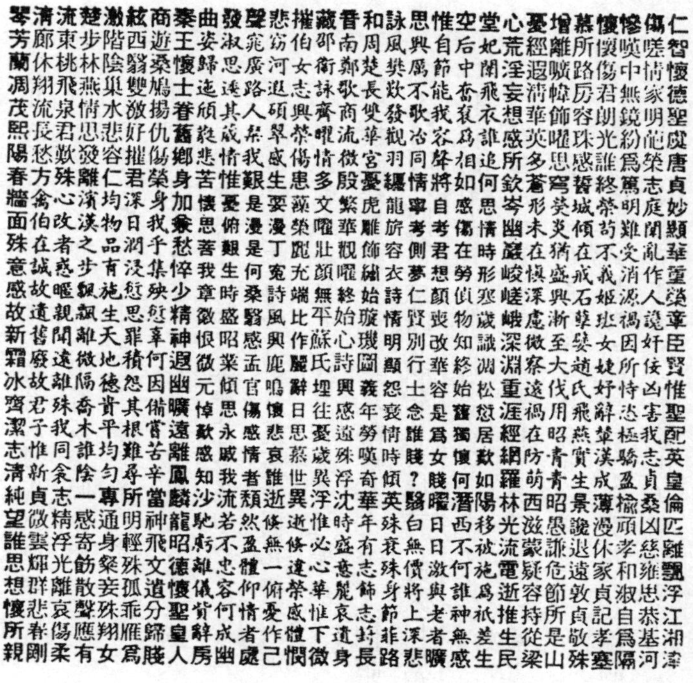

松樹一村孤上月，
日斜西嶺半明霞。
風搖細縷千絲柳，
砌倍柔枝幾朵花。（倒讀）

唐薛濤的〈春〉這首七言絕句，依序倒讀，即為另一首七言絕句，與簡文帝所作同是整首詩的回文體，與王融的由回文句組合成詩，略有不同。

7. 夢長隨永漏，吟苦雜疏鐘。動蓋荷風勁，沾裳菊露濃。（王安石〈夢長〉）

濃露菊裳沾，勁風荷蓋動。鐘疏雜苦吟，漏永隨夢長。（倒讀）

8. 泊雁鳴深渚，收霞落晚川。柝隨風斂陣，樓映月低弦。漠漠汀帆轉，幽幽岸火然。壑危通細路，溝曲繞平田。（王安石〈泊燕〉）

田平繞曲溝，路細通危壑。然火岸幽幽，轉帆汀漠漠。弦低月映樓，陣斂風隨柝。

川晚落霞收，渚深鳴雁泊。（倒讀）

王安石有五首回文詩，都是依序倒讀即成另一首詩的回文體。回文體囿於形式，必然要犧牲詩的意境和情韻，王安石的回文詩，還算是比較有詩味的，但也不能算是佳作。

9.家山是處斷林平，近舍村橋跨水橫。
華吐夜來初月朗，影留溪上晚霞明。
花開半落飛紅雨，瀑瀉長空劈翠晴。
沙印綠多苔徑曲，斜枝竹礙路人行。（劉大白〈山家〉）
行人路礙竹枝斜，曲徑苔多綠印沙。
晴翠劈空長瀉瀑，雨紅飛落半開花。
明霞晚上溪留影，朗月初來夜吐華。
橫水跨橋村舍近，平林斷處是山家。（倒讀）

劉大白的〈山家〉是回文體的七言律詩，載《白屋遺詩》，可見民國仍然有人寫作回文詩。

10.花開菊白桂爭妍，好景留人宜晚天。
霞落潭中波漾影，紗籠樹色月籠煙。（湖北鳳仙縣仙佛寺回文詩）
煙籠月色樹籠紗，影漾波中潭落霞。
天晚宜人留景好，妍爭桂白菊開花。（倒讀）

11.悠悠綠水傍林偎，日落觀山四望回。
幽林古寺孤明月，冷井寒泉碧映台。
鷗飛滿浦漁舟泛，鶴伴閑亭仙客來。
游徑踏花煙上走，流溪遠棹一蓬開。（廣東茂名鎮觀山寺回文詩）

開蓬一棹遠溪流，走上煙花踏徑游。
來客仙亭閑伴鶴，泛舟漁浦滿飛鷗。
台映碧泉寒井冷，月明孤寺古林幽。
回望四山觀落日，偎林傍水綠悠悠。(倒讀)

名山勝地，詩人雅士，常有吟詠，回文詩往往可見。這兩首回文詩，寫景清幽，堪稱其中的佼佼者。

12. 鶯啼岸柳弄春晴曉日明。
香蓮碧水動風涼夏日長。
秋江楚雁宿沙洲淺水流。
紅爐獸炭積寒冬御冷風。(無名氏〈四句回文詩〉)

古代文人將回文視為一種文字遊戲，挖空心思，無所不用其極。這是古人寫的一首四句詩回文詩，每句只有十個字，但是每句卻能分別組成一首四句七言詩。其讀法是：每句一字到七字為第一句，四字到十字為第二句。倒讀一字到十字為第三句，倒數四字到十字為第四句：

鶯啼岸柳弄春晴，柳弄春晴曉日明。
明日曉晴春弄柳，晴春弄柳岸啼鶯。(其一)
香蓮碧水動風涼，水動風涼夏日長。
長日夏涼風動水，涼風動水碧蓮香。(其二)
秋江楚雁宿沙洲，雁宿沙洲淺水流。
流水淺洲沙宿雁，洲沙宿雁楚江秋。(其三)
紅爐獸炭積寒冬，炭積寒冬御冷風。
風冷御冬寒積炭，冬寒積炭獸爐紅。(其四)

如此組合成的四首回文詩，每首無論從頭到尾順讀，或從尾到頭倒讀，都是完整的同一首詩，頗饒趣味。

13. 賞花歸去馬如飛，
去馬如飛酒力微。
酒力微醒時已暮，
醒時已暮賞花歸。（秦觀〈賞花〉）

秦觀出遊在外，蘇東坡寫信問他近況，秦觀寫此首詩託人送去（如下圖）。蘇東坡乍見之下，莫名其妙，靜思半日後，才悟出這麼一首七言詩。

在詞、對聯，乃至其他文章中，回文的辭例也往往可見：

1. 雪花飛暖融香頰，頰香融暖飛花雪。
欺雪任單衣，衣單任雪欺。
別時梅子結，結子梅時別。
歸不恨開遲，遲開恨不歸。（蘇軾〈菩薩蠻——冬〉）

2.細細風清撼竹，遲遲日暖開花。
香幃深臥醉人家，媚語嬌聲嫣。
嫣聲嬌語媚，家人醉臥深幃香。
花開暖日遲遲，竹撼清風細細。（黃庭堅〈西江月——用惠洪韻〉）

3.過雨輕風弄柳，湖東映日春煙。
晴蕪平水遠連天，隱隱飛翻舞燕。
燕舞翻飛隱隱，天連遠水平蕪晴。
煙春日映東湖，柳弄風輕雨過。（吳文英〈西江月——泛湖〉）

4.暮江寒碧縈長路，路長縈碧寒江暮。
花塢夕陽斜，斜陽夕塢花。
客愁無勝集，集勝無愁客。
醒似醉多情，情多酬似醒。（朱熹〈菩薩蠻——次圭甫韻〉）

以上這四闋，都是回文辭，回文的方式略有不同。蘇東坡和朱熹的〈菩薩蠻〉，是整闋詞用回文法，每兩句相回環，上句倒過來唸，即為下句。黃庭堅與吳文英的〈西江月〉，則上半闋依序倒讀，即為下半闋。

5.難離別情萬千，眠孤枕，愁人伴。閒庭小院深，關河傳信遠。魚和雁天南，看明月，中腸斷。
斷腸中，月明看。南天雁，和魚遠。信傳河關深，院小庭閒伴。人愁枕孤眠，千萬情，別離難。
（〈卷簾雁兒落〉）

6.傷德壞身荒國敗神（呂洞賓〈酒箴〉）

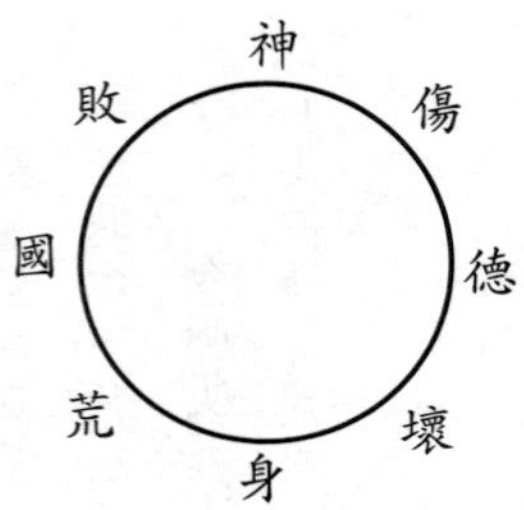

第五個辭例，是回文曲。第六個辭例是回文箴，屬四字句，無論從其中的任何一個字開頭，順時針或逆時針方向唸，都有戒酒之意。例如從右上方的「傷」字讀起：

傷德壞身，荒國敗神。

傷神敗國，荒身壞德。

類似的文字遊戲，頗為常見。例如有人茶杯上題「清香味永」四字，每一個字都可以做開頭讀：

清香味永、香味永清、味永清香、永清香味。（順讀）

永味香清、清永味香、香清永味、味香清永。（倒讀）

再如有人在茶壺上題「可以清心也」五字，每個字都可以開頭順讀：

可以清心也、以清心也可、清心也可以、心也可以清。

7. 客上天然居，

居然天上客。（乾隆．紀曉嵐〈題天然居酒樓〉）

8. 人過大佛寺，

寺佛大過人。（紀曉嵐〈題香山大佛寺〉）

這兩個辭例是回文對，清代北京有酒樓名曰「天然居」，相傳乾隆皇帝爲此作對子，只作了上聯「客上天然居」，下聯苦思不得，後紀曉嵐用「回文」做了下聯「居然天上客」。對聯通常以平聲收尾，這個對聯下聯末字爲仄聲，是對聯中的變例，但弦外回音，頗饒妙趣。至於「人過大佛寺，寺佛大過人」，則爲紀曉嵐遊北京西郊香山大佛寺而作。也有人將此二聯合爲一聯。顧平旦《名聯鑑賞辭典》評〈天然居酒樓〉云：

全聯明白如話，談的是客人如果上「天然居」來，那麼居然如同天上神仙一般。一句話概括了多少良辰美景，且有很高的藝術性。後來文人喜其「天然」渾成，又嫌其上下不工，于是把「客上天然居，居然天上客」回文句作為上聯，對出了許多下聯，流傳較廣者，如：「人過大佛寺，寺佛大過人」，「僧游雲隱寺，寺隱雲游僧」，「花香滿園亭，亭園滿香花」等，後來又有「人來交易所，所易交來人」，「人來調驗所，所驗調來人」等俚對。

回文聯既要字序顛倒，又須語句通順，再加上對聯的形式格律以及內容的情趣韻味。眞是「文章本天成，妙手偶得之」！

9.要而言之，就因為先前可以不動筆，現在卻只好來動筆，仍如舊日的無聊的文人，文人的無聊一樣。（魯迅〈醉眼中的朦朧〉）

10.雲薄了，霧又上來。我們歇歇走走，走走歇歇，如今已經是下午四點多了。（李健吾〈雨中登泰山〉）

11.想眺望故鄉的山崗，我爬到了阿里山上，只見茫茫雲海，雲海茫茫。想尋覓故鄉的小溪，我沿著淡水河來到海濱，只隔著汪洋一片，一片汪洋。（佚名〈故鄉〉）

12.喬美娜：什麼是滿意，滿意是什麼？（想了又想）也許是我永遠不會滿足現狀……（中英傑〈灰色王國的黎明〉）

以上數例，出自現代文學。「無聊的文人」雖然不可以依「字」序倒讀作「人文的聊無」，但依「詞序」卻可以倒讀作「文人的無聊」，也算是「嚴式回文」。還有「歇歇走走，走走歇歇」，「茫茫雲海，雲海茫茫」，「汪洋一片，一片汪洋」，「什麼是滿意，滿意是什麼」等，由於回文的運用，使文章回環往復，頗見奇思諧趣。

其實，在古今名言乃至日常諺語、標語中，也不乏回文之警句：

人磨墨，墨磨人。（蘇東坡）

讀書不忘救國，救國不忘讀書。（蔡元培）

國語的文學，文學的國語。（胡適）

享受犧牲，犧牲享受。（蔣經國）

我為人人，人人為我。（合作社標語）

喝酒不開車，開車不喝酒。（交通安全標語）

如此警句，由於善用「回文」，不但饒有情味，更由於回環往復，容易記誦，予聽眾極深刻之印象。

貳、寬式回文

上句的末尾，用作下句的開頭，下句的末尾，又迭用上句的開頭，是爲「寬式回文」。「嚴式回文」要求上句依字序或詞序倒讀即成下句，甚至整段文字或整篇作品都可以倒讀。「寬式回文」只要求上句末尾與下句開頭相同或近似，下句末尾與上句開頭相同或近似即可，中間的字語可略具彈性。且看：

1.信言不美，美言不信；

善者不辯，辯者不善；

知者不博，博者不知。

聖人不積，既以為人己愈有，既以與人己愈多。天之道，利而不害；聖人之道，為而不爭。

（《老子・第八十一章》）

《老子》書中，頗多運用「回文」的精言妙句。這段話即用了三個回文句：

(1)信言不美，美言不信：眞實無妄的言論，表面聽起來並不巧妙華美；巧妙華美的言論，往往是虛妄失眞的。

(2)善者不辯，辯者不善：善於修道的人注重身體力行，而不在於巧言善辯；巧言善辯的人，往往並非眞正善於修道。

(3)知者不博，博者不知：有智慧的人一理通而百理通，執一以爲天下式，不一定具有廣博的知識；有廣博知識的人，如果只是記問之學，不能會通，往往並非眞正具有智慧的人。

由上可見，老子不但是眞正的智者，更是中國最擅長運用「回文」修辭法的人。他的哲理智慧，由於用回環往復的方式予以表達，更能增強語氣，深具感染力；回文修辭法，更在老子的智慧之光籠罩下，發揚光大。當然，擅長用回文修辭法的智者，不只有老子一人。孔子、孟子也是其中高手。

2.學而不思則罔，思而不學則殆。（《論語・爲政篇》）

光是學習知識，不去思辨其中的道理，就會受到知識的蒙蔽；如果單憑思考，不去取法前人的經驗，就會危而不安。如此以回環往復的表達方式，闡明學思並重，不可偏廢，堪稱擲地有聲的至理名言。又如：「君子周而不比，小人比而不周。」比較君子與小人之別，更是直探本心，一語中的。

3.不仁哉，梁惠王也。仁者，以其所愛及其所不愛；不仁者，以其所不愛及其所愛。（《孟子・盡心篇》）

孟子以「以其所愛及其所不愛」，「以其所不愛及其所愛」比較仁君、暴君之別，也是回環往復之中見其至理。

一般人往往誤以爲回文乃小道之文字遊戲。由孔子、孟子、老子之言觀之，眞可謂：「雖小道，卻頗有可觀者焉。」

4.臣無祖母，無以至今日；祖母無臣，無以終餘年。（李密〈陳情表〉）

這是互爲因果關係的回文句，「臣無祖母」與「祖母無臣」中間另夾著其他字句，故屬「寬式回文」，如此回文，適足以充分表達祖孫相依爲命之情況，情眞意切，分外感人。

5.已矣哉！春草暮兮秋風驚，秋風罷兮春草生。綺羅畢兮池館盡，琴瑟滅兮丘壟平。自古皆有死，莫不飲恨而吞聲。（江淹〈恨賦〉）

江淹〈恨賦〉發思古之幽情，抒慷慨之懷抱。此末段以「春草暮兮秋風驚，秋風罷兮春草生」敘春秋代謝，陰陽慘舒，十分動人。其實類似的意思，類似的筆法，早見《周易・繫詞下》：

日往則月來，月往則日來，
寒往則暑來，暑往則寒來。

不過，江淹加上春「草」、秋「風」的物色之變化，更加能即景生情。

6.王平子年十四五，見王夷甫妻郭氏貪欲，令婢路上擔糞；平子諫之，並言諸不可。郭大怒，謂平子曰：「昔夫人臨終，以小郎囑新婦，不以新婦囑小郎！」急捉衣裾，將欲杖；平子饒力，爭得脫，踰窗而走。（劉義慶《世說新語・規箴篇》）

「以小郎囑新婦，不以新婦囑小郎」，以回文的方式顯現潑婦罵街之情態，情景聲態躍然紙上，栩栩若生。

7.江畔何人初見月？江月何年初照人？
人生代代無窮已，江月年年只相似。
不知江月待何人，但見長江送流水。（張若虛〈春江花月夜〉）

8.今人不見古時月，今月曾經照古人。
古人今人若流水，共看明月皆如此！

唯願當歌對酒時，月光長照金樽裡。（李白〈把酒問月〉）

張若虛、李白對月抒感，「江畔何人初見月，江月何年初照人？」兩個問句，以回文的方式，慨嘆時空綿邈。「今人不見古時月，今月曾經照古人」，則深惑於人生有盡，宇宙無限；現在的人不曾見過古時候的月亮，然而當頭一輪明月，卻曾經照耀過古人。自有天地，便有此月，照過了秦漢的烽煙，照過了春江花夜的張若虛，也照過了把酒問月的李白和赤壁泛舟的蘇軾，明月依舊，人世無常，真是千古同聲一嘆！其實，「今人不見古時月」也意味著「古人不見今時月」，「今月曾經照古人」也意味著「古月依然照今人」，互文之妙，回環之美，令讀者回味無窮。

9.孔子曰：「三人行，則必有我師。」是故弟子不必不如師，師不必賢於弟子。聞道有先後，術業有專攻。如是而已。（韓愈〈師說〉）

10.顧人之常情，由儉入奢易，由奢返儉難。吾今日之俸豈能常有？身豈能常存？一旦異於今日，家人習奢已久，不能頓儉，必致失所。（司馬光〈訓儉示康〉）

11.吾聞之申包胥曰：「人定者勝天，天定者亦能勝人。」天之論天者，皆不待其定而求之，故以天為茫茫，善者以惑，惡者以肆。（蘇軾〈三槐堂銘並序〉）

以上三個辭例，都是在論說文中穿插回文句。韓愈以「弟子不必不如師，師不必賢於弟子」論師道。司馬光以「由儉入奢易，由奢返儉難」論儉道，蘇軾以「人定者勝天，天定者亦能勝人」論天道，由於論理回環重複，使得文章更加理直氣壯，說服力大為增強。

12.甚矣吾衰矣！悵平生、交游零落，只今餘幾？白髮空垂三千丈，一笑人間萬事。問何物、能令公喜？我見青山多嫵媚，料青山見我應如是。情與貌，略相似。一尊搔首東窗裏，想淵明〈停雲〉詩就，此時風味。江左沉酣求名者，豈識濁醪妙理？回首叫，雲飛風起。不恨古人吾不見，恨古人不見吾狂耳。知我者，二三子。（辛棄疾〈賀新郎〉）

此爲辛棄疾流露眞性情的傑作。上半闋的「我見青山多嫵媚，料青山見我應如是」用回文句抒物我交融之情，形式與內容微妙相契。下半闋的「不恨古人吾不見，恨古人不見吾狂耳」，頗見靈氣飛舞，尤稱警策有力。

13. 辛苦遭逢起一經，干戈寥落四周星。

山河破碎風飄絮，身世浮沉雨打萍。

惶恐灘頭説惶恐，零丁洋裏歎零丁。

人生自古誰無死，留取丹心照汗青！（文天祥〈過零丁洋〉）

這是文天祥抒情吟志的代表作。是祥興二年（西元一二七九年），他被元軍俘獲的第二年正月過零丁洋時所寫。惶恐灘，原名黃公灘，在江西萬安縣，爲贛江十八灘之一，水流湍急，船行十分驚恐，故又稱「惶恐灘」。景炎二年（西元一二七七年），文天祥兵敗，曾從惶恐灘撤退到福建汀州。前臨大海，後有追兵，令人惶悚不安。〈過零丁洋〉詩五六句即述當時之事。「惶恐灘頭説惶恐」、「零丁洋裏歎零丁」兩個回文句構成巧對，再加上「惶恐」、「零丁」的詞義雙關地名與心情。但覺滿紙都是惶恐、惶恐，零丁、零丁！

14. 我相思為她，他相思為我，從今以後兩下裏相思都較可，酬賀間禮當賀酬。俺母親也好心多。

（王實甫《西廂記．賴婚》）

15. 文章是案頭之山水，山水是地上之文章。（張潮《幽夢影》）

張潮《幽夢影》書中警句甚多，回文句往往可見。這是其中最出色者。李聖許評曰：「文章必明秀，方可作案頭山水；山水必曲折，乃可名地上之文章。」頗耐人尋味。

16. 木匠製枷枷木匠，

翰林監斬斬翰林。（戴名世聯）

清初大興文字獄，戴名世因其所著《南山集》而下獄處死。他早年曾因見一木匠犯罪上枷，而作上聯「木匠製枷枷木匠」，但苦思下聯而不得。等到臨刑被斬之時，因監斬者是一名翰林，戴也曾任翰林，於是立即想到下聯

「翰林監斬斬翰林」，上下兩句，都是回文，構成絕配的巧對。

現代文學中，「嚴式回文」較少，「寬式回文」較爲常見：

1.宇宙即是人生，人生即是宇宙，我的人格和宇宙無二分別。（梁啓超〈爲學與做人〉）

2.後來他在一家錢鋪裏做夥計。他也會寫也會算，只是總不精細。十字常常寫成千字，千字常常寫成十字。（胡適〈差不多先生傳〉）

3.我騎著一匹拐腿的瞎馬，向著黑夜裏加鞭；
向著黑夜裏加鞭，我跨著一匹拐腿的瞎馬！
我沖入這黑綿綿的昏夜，為要尋一顆明星；
為要尋一顆明星，我沖入這黑綿綿的荒野！（徐志摩〈爲要尋一顆星〉）

梁啓超的「宇宙即是人生，人生即是宇宙」，與美國學者杜威的「教育即生活，生活即教育」異曲同工。同樣的道理，我們也可以說：「生活是藝術，藝術是生活。」不過後者已屬「嚴式回文」。徐志摩的〈爲要尋一顆星〉，則是一四句相同，二三句相同，別饒情趣。

4.近來呀，我越幫忙，她越跟我好；她越跟我好，我越幫忙。這不就越來越對勁兒了嗎？（老舍〈女店員〉）

5.長相知，才能不相疑；不相疑，才能長相知。（曹禺《昭君》）

6.「人家說了再做，我是做了再說。」
「人家說了也不一定做，我是做了也不一定說。」（臧克家〈聞一多先生的說和做〉）

7.我坐在徐徐而動的火車中，望著窗外發呆。而窗外，不是煙，就是柳樹；不是柳樹，就是煙。（陳之藩〈垂柳〉）

8.房子裏有箱子，箱子裏有匣子，匣子裏有盒子，盒子裏有鐲子；鐲子外有盒子，盒子外有匣子，

匣子外有箱子，箱子外有房子。（吳超《繞口令．子字令》）

由以上諸辭例，可見「回文」常見於各種文章中。其中吳超的〈子字令〉，前四句與後四句回環往復，頗饒趣味，同時又是「前進式」與「後退式」兩組層遞合組成的「重複式」的「複式層遞」。從形式上看，則又兼用句句頂針的「聯珠格」。

9.「是我編的嗎？」阮秋吭吭嘰嘰的。

「作家嘛，什麼不能編，活的能編死，死的能編活。」（諶容〈得乎？失乎〉）

10.可是「聞名不如見面，見面勝似聞名」——越州別一方面的面目終於親見了。（陳望道《龍山夢痕．序》）

11.天上一個月亮

水裏一個月亮

天上的月亮在水裏

水裏的月亮在天上（彭邦楨〈月之故鄉〉）

12.日光白如飛塵，飛塵白如日光。嗆鼻的乾燥中，只有深圳河是永不止息的淚溝。八月，飲冰的季節，我的心卻只能飲恨，只能飲廿年流不盡的憂傷。（張曉風〈鄉情〉）

13.你害怕生命的強者，因為你不向人低頭，人也不向你低頭。於是，你使死亡豐收。（喻麗清〈寫給命運〉）

現代文學中的回文，頗見情韻諧趣。「活的能編死，死的能編活」當然是誇張的諷刺。「日光白如飛塵，飛塵白如日光」回文寫景，句秀境奇。「你不向人低頭，人也不向你低頭」誰也不肯讓步之情，躍然紙上。回文其實不僅是文字遊戲而已！

關於回文的原則，在此歸納兩點：

一、回環往復，情味盎然

宇宙間大自然的一切現象，四時運轉，晝夜交替，以及人世間的萬事萬物，生老病死，興衰盛亡，莫不是周而復始，循環不已。回文即淵源於此宇宙人生之自然道理，基本形式是首尾回環相合，中間頂針重疊。無論是單句的首尾回環，雙句的詞序顛倒，多句的重複回環，都能立即打動讀者的心，感覺情味盎然。

回文的應用很廣，用之於敘事說理，簡潔有力，且能充分顯現事物間相互依存與相互制約的關係，如：

日往則月來，月往則日來。

寒往則暑來，暑往則寒來。（《周易．繫詞下》）

信言不美，美言不信。（《老子．第八十一章》）

昔詩人篇什，為情而造文；辭人賦頌，為文而造情。（《文心雕龍．情采篇》）

自古英雄皆飯桶，飯桶未必盡是英雄。

回文用之於抒情，尤能表達回環迭宕的情感，使人感到深情無限。如：

離別惜殘枝，枝殘惜別離。（蘇軾〈菩薩蠻〉）

我泥中有你，你泥中有我。（管夫人〈我儂〉）

回文用之於寫景，不但能具體顯現其意境，且能使人體會景物間之聯繫以及情與景的融合。如：

春草暮兮秋風驚，秋風罷兮春草生。（江淹〈恨賦〉）

洛陽城東西，長作經時別。昔去雪如花，今年花如雪。（王融〈別詩〉）

門掩月黃昏，昏黃月掩門。翠衾孤擁醉，醉擁孤衾翠。（納蘭性德〈菩薩蠻〉）

重重青山抱綠水，彎彎綠水繞青山。

青山綠水風光好，江心來往打魚船。（王明希〈漁民歌〉）

回文之運用，無論敘事說理，抒情寫景，只要掌握要領，使內容與形式微妙契合，必然可以鋒發韻流，妙趣無窮，令人感覺回環往復，情味盎然。

二、適度變化，保其天趣

運用回文，必須「遊於藝」。單純講究形式，而忽略了內涵，往往流於寡情乏趣的文字遊戲。那只是「空戲滑稽」，不足爲訓。程希嵐《修辭學新編》指出：

古代的詩、詞、曲都有回文體，即所謂「回文詩」、「回文辭」、「回文曲」。不過古人多半是用這種稀奇的文體，進行「文字游戲」，並不能正式登上「大雅之堂」。……舊社會的「文人雅士」用這種方法或作「茶餘飯後」的消遣，或作「顯示才華」的手段，這都毫不足取。

又黃慶萱《修辭學》強調：如何使回文發揮特性中的優點而避免缺點，必須留意三個原則：⑴回文應力求簡潔，⑵回文應講究變化，⑶回文應保其天趣。並且指出：

如何使「回文」避免「圓形」之僵硬而趨向「自由曲線形」之活潑自然，講究變化便是不二法門。事實上，很少「回文」是完全「迴環往復」一似圓周的。「信言不美」的回文不是「美不言信」，而是「美言不信」。「時代考驗青年」的回文不是「青年考驗時代」，而是「青年創造時代」，其中消息，可供細思。

黃氏所言，極爲精闢。講究適度變化，保其天趣，乃爲運用回文之最高準則。在這方面，可以掌握的要領是學習莊子的「周將處乎材與不材之間」，在有意無意之間運用回文，避免刻意牽強套用。如此「山色有無中」，「道是無情還有情」，庶幾可以遊於藝，將循環不息的天道人事，以回文的形式，做最佳的展現。

自我評量題目

一、何謂回文？舉例說明嚴式回文與寬式回文。
二、簡述回文之原則。

第二十二章 錯綜

學習目標

——研讀本章內容之後，學習者應可達成下列目標：

一、能了解錯綜的意義與效用。
二、能明辨抽換詞面、交蹉語次、伸縮文身、變化句式的異同。
三、能掌握錯綜的原則。
四、能運用錯綜致力文學欣賞與創作。

摘要

將類疊、對偶、排比、層遞等整齊的表達形式，故意抽換詞面、交蹉語次、伸縮文身、變化句式，使其形式參差、詞面別異的修辭方法，是為「錯綜」。錯綜寓變化於整齊規律之中，可使文章生動活潑，靈動多姿。

錯綜有四類：

一、抽換詞面：在形式整齊的句式上，將詞面略為抽動，以同義的詞語取代原本重複的詞語。
二、交蹉語次：將語辭的順序，故意安排得前後參差不同。
三、伸縮文身：將原本字數相等的句子，調整得參差不齊，使長句短句交錯。
四、變化句式：將肯定句和否定句，直述句和詢問句等不同句式，穿插使用。

錯綜的原則有三：㈠靈活變化。㈡錯落有致。㈢綜合運用。

將類疊、對偶、排比、層遞等整齊的表達形式，故意抽換詞面、交蹉語次、伸縮文身、變化句式，使其形式參差、詞面別異的修辭方法，是為「錯綜」。

對偶、排比等修辭法，要求形式整齊規律，富麗堂皇，但過分整齊規律的結果，也容易流於刻板、重複而欠缺變化。「錯綜」是寓變化於整齊規律之中，故意使上下文詞語互異，句法參差，文法語氣迴異。使得文章生動活潑，靈動多姿。

「錯綜」依變化的方式可分四類：

壹、抽換詞面

在形式整齊的句式上，將詞面略為抽動，以同義的詞語取代原本重複的詞語，是為「抽換詞面」。如：

1. 桃之夭夭，灼灼其華；之子于歸，宜其室家。
桃之夭夭，有蕡其實；之子于歸，宜其家室。
桃之夭夭，其葉蓁蓁；之子于歸，宜其家人。（《詩經．周南．桃夭》）

〈桃夭〉是祝賀女子出嫁的詩。以桃花鮮艷、桃子碩大、桃葉茂盛形容女子容顏之美，嫁後必能使夫家和睦興盛。全詩三章，採形式整齊的四言排比句法。每章末句分別是「宜其室家」、「宜其家室」、「宜其家人」。室家，猶言家室、家人。意謂女子出嫁後能與其家人相處融洽。此詩的「室家」、「家室」、「家人」，三詞同義，交錯使用，是刻意錯綜，使語言有變化。

2. 彼其道幽遠而無人，……吾無糧，我無食，安得而至焉？（《莊子．山木篇》）

「吾」、「我」同義，「糧」、「食」同義，抽換詞面，旨在錯綜。

3. 故謀用是作，而兵由此起。（《禮記．禮運．大同》）

「作」與「起」同義，「用是」與「由此」也同義。是，此也；由，用也。王引之《經傳釋詞》：「『由』可訓爲『用』，『用』亦可訓爲『由』，一聲之轉也，《禮記．禮運》曰：『故謀用是作，而兵由此起。』『用』亦『由』也，互文耳。」王氏所謂「互文」即抽換詞面。

4.惠王用張儀之計，拔三川之地，西併巴蜀，北收上郡，南取漢中，包九夷，制鄢郢，東據成皋之險，割膏腴之壤。遂散六國之眾，使之西面事秦，功施到今。（李斯〈諫逐客書〉）

這段文字敘秦惠王用張儀之計，四處擴張，連續八句中的八個動詞：拔、併、收、取、包、制、據、割，都是攻城略地的意思。八個意義相同的動詞，意思雖同，詞面各異，文章顯得生動活潑，錯綜變化，如不用錯綜抽換字面，以同樣的詞面迭用到底，就難免重複呆板。

5.秦孝公據殽函之固，擁雍州之地，君臣固守，以窺周室。有席捲天下，包舉宇內，囊括四海之意，併吞八荒之心。

孝公既沒，惠文、武、昭，蒙故業，因遺策，南取漢中，西舉巴蜀，東割膏腴之地，北收要害之郡。

於是六國之士，有寧越、徐尚、蘇秦、杜赫之屬為之謀；齊明、周最、陳軫、召滑、樓緩、翟景、蘇厲、樂毅之徒適其意；吳起、孫臏、帶陀、兒良、王廖、田忌、廉頗、趙奢之倫制其兵。嘗以十倍之地，百萬之眾，叩關而攻秦。（賈誼〈過秦論〉）

此上所錄，爲〈過秦論〉首三段的部分文字。第一段的「席捲」天下，「包舉」宇內，「囊括」四海，「併吞」八荒，四句話的四個動詞，都是意思相同，詞面各異。第二段的南「取」漢中，西「舉」巴蜀，東「割」膏腴之地，北「收」要害之郡，也是用四個詞面各異的同義動詞。第三段的「屬」、「徒」、「倫」都是同義詞，謂「這一類人」，爲錯綜而故意不用同一個詞。如此抽換詞面，使得文句錯綜變化，有整齊規律的好處，卻沒有重複的缺失。當然，賈誼〈過秦論〉明顯地受到李斯〈諫逐客書〉的影響。兩篇傑作都由於善用錯綜，使語句錯落有致，文章波瀾起伏。

6.伯夷、叔齊雖賢，得夫子而名益彰；顏淵雖篤學，附驥尾而行益顯。（司馬遷《史記・伯夷叔齊列傳》）

「得『夫子』而名益彰」，與「附『驥尾』而行益顯」兩句同義。顧炎武《日知錄》云：「『附驥尾』三字，本當是『附夫子』耳，避上文雷同，改作『驥尾』。」爲了避雷同，所以用抽換詞面，使文句錯綜變化，靈動多姿。

7.謀于管仲，齊桓有召陵之師；邇于易牙，小白掩陽門之扇。（《南史・恩倖傳・序》）

此論齊桓公近君子則成功，近小人則遭禍，第二句的「齊桓」與第四句的「小白」，是同一個人的不同稱呼，抽換詞面，俾錯綜變化。

8.自吾氏三世居是鄉，積于今六十歲矣，而鄉鄰之生日蹙，殫其地之出，竭其廬之入，號呼而轉徙，飢渴而頓踣，觸風雨，犯寒暑，呼噓毒癘，往往而死者相藉也。（柳宗元〈捕蛇者說〉）

「殫其地之出，竭其廬之入」，「殫」、「竭」都是「盡」的意思，爲錯綜變化，所以同義而異詞。

9.爲善的受貧窮更命短，造惡的享富貴又壽延。天地也，做得個怕硬欺軟，卻原來也這般順水推船。地也，你不分好歹何為地？天也，你錯勘賢愚枉做天！哎，只落得兩淚漣漣。（關漢卿《竇娥冤・第三折・滾繡球》）

「不知好歹」與「錯勘賢愚」同義異詞，作者爲避重複，抽換詞面，俾錯綜變化。

10.左等不見人影，右等不見聲響。（曹雪芹《紅樓夢・第十二回》）

這兩句的「左等」、「右等」、「人影」、「聲響」是上下句互文、互用的。照實際意思可直接寫成「左等右等不見人影、聲響」或「左等右等不見人影，左等右等不見聲響」。曹雪芹用互文錯綜，使得句法簡潔靈動。

11.惟自民國成立之日，則余之主張，反致半籌莫展，一敗塗地。（孫文《心理建設・自序》）

「半籌莫展」原作「一籌莫展」，是慣用的成語，國父爲避免與「一敗塗地」重複，刻意將「一」字抽換成「半」字。

現代語文中，抽換詞面的錯綜，也不乏其例：

1.小草偷偷地從土裡鑽出來，嫩嫩的，綠綠的，園子裡，田野裡，瞧去，一大片一大片滿是的。坐著，躺著，打兩個滾，踢幾腳球，賽幾趟跑，捉幾回迷藏，風輕悄悄的，草軟綿綿的。（朱自清〈春〉）

「打兩個滾，踢幾腳球，賽幾趟跑，捉幾回迷藏」是三個四字的排比句，再加一個五字句，其中「個」、「腳」、「趟」、「回」都是作用相同的量詞，朱自清如此用同義異詞，自然能錯綜變化，活潑生動。

2.凡是我想的，不說他也知道；凡是他想的，我也不會有陌生之感。（歸人〈樂園之夜〉）

第三句的「不說他也知道」，與第四句「我也不會有陌生之感」意思相同，如果求其形式整齊，第四句可以說成「不說我也知道」，作者如此抽換詞面，自然是基於錯綜變化。

貳、交蹉語次

將語辭的順序，故意安排得前後參差不同，是爲「交蹉語次」。

1.有盛饌，必變色而作。迅雷風烈，必變。（《論語・鄉黨篇》）

此敘孔子之遇事態度：主人設有豐盛的菜餚，一定神色變動，起身表示感謝。遇到迅疾的雷鳴，猛烈的暴風，一定改變常態，表示戒慎。「迅雷風烈」，即「迅雷烈風」，此交蹉語次，以錯綜變化，使語勢矯健。

2.孟子見梁惠王，王曰：「叟不遠千里而來，亦將有以利吾國乎？」

孟子對曰：「王何必曰利？亦有仁義而已矣。王曰何以利吾國，大夫曰何以利吾家，士庶人曰何以利吾身，上下交征利，而國危矣。萬乘之國，弒其君者，必千乘之家；千乘之國，弒其君者，必百乘之家。萬取千焉，千取百焉，不為不多矣；苟後義而先利，不奪不饜。未有仁而後其親者也，未有義而後其君者也。王亦曰仁義而已矣，何必曰利？」（《孟子．梁惠王篇上》）

孟子倡仁義，這段對梁惠王的說詞，理直氣壯，膾炙人口。其開端即直探本心：「王何必曰利？亦有仁義而已矣。」末尾復重申：「王亦曰仁義而已矣，何必曰利？」同樣的意思的兩句話，前後說法故意參差不齊，交蹉語次，結構變化，韻味各異。再加上首尾呼應，頗能增強語勢，使文章更具說服力。

3.青，取之于藍，而青于藍；冰，水為之，而寒于水。（《荀子．勸學篇》）

此即「青出于藍而勝於藍」的出處。若用形式整齊的句法，則後半可說成：「冰，出之于水，而寒于水」，作者刻意改變詞序，以「水爲之」，交蹉語次，使語句有變化。

4.夫疾風而波興，木茂而鳥集。（《淮南子．主術》）

這本來是形式整齊的偶句：「疾風而波興，『茂木』而鳥集」，作者偏用「木茂」，有意交蹉語次，使語句錯綜變化。

5.秋風起兮白雲飛，草木黃落兮雁南歸。
蘭有秀兮菊有芳，懷佳人兮不能忘。
汎樓船兮濟汾河，橫中流兮揚素波。
簫鼓鳴兮發櫂歌，歡樂極兮哀情多。
少壯幾時兮奈老何！（劉徹〈秋風辭〉）

漢武帝這首感秋懷人的〈秋風辭〉，第七句「簫鼓鳴兮發櫂歌」，「簫鼓鳴」與「櫂歌發」形式才整齊，可形成「句中對」，偏說「發櫂歌」，交蹉語次，整齊中求變化，別具一股韻味。當然，「歌」與「河」、「波」、「多」、「何」押韻，也是錯綜的因素之一。

6.昔伯牙絕弦于鍾期，仲尼覆醢于子路：痛知音之難遇，傷門人之莫逮。諸子但為未及古人，自一時之儁也。（曹丕〈與吳質書〉）

照整齊的句法，應作：「昔伯牙絕弦于鍾期，痛知言之難遇；仲尼覆醢于子路，傷門人之莫逮。」作者卻交蹉語次，構成一三句一組、二四句一組的形式。雖然表面形式整齊，實際上也是交蹉語次。

7.弱冠弄柔翰，卓犖觀群書。
著論準過秦，作賦擬子虛。
邊城苦鳴鏑，羽檄飛京都。（左思〈詠史八首之一〉）

這首詩開端都是形式整齊的偶句。但是到第五句，偏將「鳴鏑苦邊城」交蹉語次，與下句不再對偶，這是明明可對偶的詩句，錯綜變化。類似的情況，頗不乏其例。梁春芳《舊詩略論》云：

魏晉以上人，多不喜平整的偶句，或故為錯綜。像曹植的「高台多悲風，朝日照北林」，意本駢偶，但不說「悲風彌高台」以求字面的工整，而寧說「高台多悲風」。陶潛詠貧士的「南圃無遺秀，枯條盈北園」，上句不說「遺秀索南圃」。左思詠史的「邊城苦鳴鏑，羽檄飛京都」，上句不說「鳴鏑苦邊城」，觀此，可明當時的風氣。

其實，魏晉古人不甚講究對偶，形式整齊的對偶，與參差不齊的錯綜，往往在有意無意之間率性用之，可能是有意用錯綜，也可能是無心用之。

8.農人告余以春及，將有事于西疇。或命巾車，或棹孤舟，既窈窕以尋壑，亦崎嶇而經丘。木欣欣以向榮，泉涓涓而始流。羨萬物之得時，感吾生之行休。（陶淵明〈歸去來辭〉）

照這段話的意思，「或命巾車」，是「崎嶇而經丘」；「或棹孤舟」，是「窈窕以尋壑」。陶淵明卻交蹉語次，成爲一四句一組，二三句一組。如此錯綜語法，同時可使「舟」、「丘」協韻。

9.臣聞：

求木之長者，必固其根本；欲流之遠者，必浚其泉源；思國之安者，必積其德義。源不深而望流之遠，根不固而求木之長，德不厚而思國之治，雖在下愚，知其不可；而況于明哲乎？（魏徵〈諫太宗十思疏〉）

魏徵〈諫太宗十思疏〉開端這一段文字，警策遒勁，理直氣壯。細思之下，運用了三種修辭方法。

(1)譬喻：以「求木之長者，必固其根本」、「欲流之遠者，必浚其泉源」兩個「喻依」，形容「思國之安者，必積其德義」（喻體）。以「源不深而望流之遠」、「根不固而求木之長」兩個「喻依」，形容「德不厚而思國之治」（喻體）。

(2)排比：以「求木之長者，必固其根本」等三個排比複句，「源不深而望流之遠」等三個排比單句，從正反兩方面，將「國安必積德義」的主旨充分凸顯出來，便讀者印象深刻。

(3)錯綜：第一組排比的「求」、「欲」、「思」三詞，「長」、「遠」、「安」三詞，第二組排比的「望」、求、思」三詞，「遠」、「長」、「治」三詞，都是義同詞異的「抽換詞面」。第二組排比，若依第一組的內容順序，當作「根不固而求木之長，源不深而望流之遠，德不厚而思國之治」，作者故意「交蹉語次」，使文句錯綜變化。

10.熊羆咆我東，虎豹號我西。
我後鬼長嘯，我前狨又啼。
天寒昏無日，山遠道路迷。
驅車石龕下，仲冬見虹蜺。（杜甫〈石龕〉）

這是杜甫〈石龕〉詩的前半首。開端四句，訴諸聽覺，敘山行見聞，若求形式整齊，三四句當作「鬼長嘯我後，狨又啼我前」。杜甫在此將語辭順序錯綜變化，形成「交蹉語次」，使句式在整齊中見變化，且「啼」字可與「西」、「迷」、「蜺」等協韻。

11.蜀江水碧蜀山青，聖主朝朝暮暮情。

行宮見月傷心色，夜雨聞鈴腸斷聲。（白居易〈長恨歌〉）

前面既云「行宮見月『傷心』色」，下句理當云「夜雨鈴『斷腸』聲」。但白居易偏用「腸斷聲」，當然是交蹉語次，俾錯綜變化。若用「斷腸聲」，雖整齊對偶，但落入俗套，反爲不美。

現代文學中的「交蹉語次」，也不乏其例：

1.這上面的夜的天空，奇怪而高，我生平從來沒有見過這樣奇怪而高的天空。（魯迅〈秋夜〉）

2.如今我好像失了什麼，原來她不見了。

她的美在沉默的深處藏著，我這兩日便在沉默裡浸著。沉默隨她去了，教我茫茫何所歸呢？但是她的影子卻深深印在我心坎裡了！

原來她不見了，只如今我好像失了什麼！（朱自清〈悵惘〉）

魯迅以「夜的天空，奇怪而高」與「這樣奇怪而高的天空」，交蹉語次，有參差錯落的美感。朱自清敘悵惘之情，前面用「只如今我好像失了什麼，原來她不見了」，末尾用「原來她不見了，只如今我好像失了什麼」。在首尾呼應的類句之中，如此交蹉語次，適足以顯現當時的悵惘之情。

3.有人認為文學是時代的產兒：飛揚的時代，有飛揚的文學；頹廢的文學，有頹廢的時代。（梁實秋《實秋雜文》）

4.他招待我們一餐永不能忘的飯食，四碗菜，一隻火鍋。四碗菜，以青菜豆腐為主；一隻火鍋，以豆腐青菜為主。（梁實秋〈記張自忠將軍〉）

5.區長他們把菜端來，兩頭都放了一大盆肉，還配搭兩碟子涼菜——一碟子是粉條豆腐白菜，一碟子是白菜豆腐粉條。（袁靜等《新兒女英雄傳》）

梁實秋在「飛揚的時代，有飛揚的文學」之下，常理當接「頹廢的時代，有頹廢的文學」，但偏將下文的語句順序同上文交錯，顯得活潑而有致。至於「四碗菜，以青菜豆腐爲主；一隻火鍋。以豆腐青菜爲主」，則尤見情趣盎然。如兩句都用「青菜豆腐」。就顯得重複平淡。詞語交蹉，神采立現，迥然不同。「一碟子是粉條豆腐白菜，一碟子是白菜豆腐粉條」則與梁文有異曲同工之妙。

6.「娃兒，娃兒，過爹這兒來，替爹喝一盃……算你好運氣，回來就趕上吃酒喝肉……」人們發現了他，他爹也發現了他，舌頭打著卷兒，又驚又喜，話語顛倒，醉態可掬。（哲夫〈長牙齒的土地〉）

7.愛我少一點，我請求你，因為你必須留一點柔情去愛你自己。因我愛你，你便不再是你自己，你已是我的一部分，所以，把愛我的愛也分回去愛惜你自己吧！

聽我最柔和的請求，愛我少一點。因為春天總是太短太促太來不及，因為有太多的事等著在這一生去完成去償還，因此，請提防自己，不要愛我太多，我請求你。（張曉風〈矛盾篇〉）

「喝酒吃肉」故意將吃、喝交錯。說成「吃酒喝肉」，如此錯綜，生動地顯現了「爹」的興奮之情與醉態。「聽我最柔和的請求，愛我少一點」與「愛我少一點，我請求你」，後段開頭的語句，與上段開頭語句的順序，交蹉語次，文章就顯得變化多姿。

參、伸縮文身

將原本字數相等的句子，調整得參差不齊，使長句短句交相錯雜，是爲「伸縮文身」。

1.齊人有馮諼者，貧乏不能自存，使人屬孟嘗君，願寄食門下。孟嘗君曰：「客何好？」曰：「客無好也。」曰：「客何能？」曰：「客無能也。」孟嘗君笑而受之，曰：「諾。」

左右以君賤之也，食以草具。居有頃，倚柱彈其劍，歌曰：「長鋏歸來乎！食無魚。」左右以告。孟嘗君曰：「食之，比門下之客。」居有頃，復彈其鋏，歌曰：「長鋏歸來乎！出無車。」左右皆笑之，以告。孟嘗君曰：「為之駕，比門下之車客。」於是乘其車，揭其劍，過其友曰：「孟嘗君客我。」後有頃，復彈其劍鋏，歌曰：「長鋏歸來乎！無以為家。」左右皆惡之，以為貪而不知足。孟嘗君問：「馮公有親乎？」對曰：「有老母。」孟嘗君使人給其食用，無使乏。於是馮諼不復歌。（《戰國策．齊策．馮諼客孟嘗君》）

馮諼客孟嘗君的故事，立意奇，波瀾迭出，姿態橫生。文中三番彈鋏，發出不平之鳴，左右三次告孟嘗君，文句都參差不齊，錯綜變化，顯見妙趣。

(1)「倚柱彈其劍」。

(2)「復彈其鋏」，減去「倚柱」，增加「復」。

(3)「復彈其劍鋏」，又多了一個「劍」字。

(1)「左右以告」，簡潔明瞭。

(2)「左右皆笑之，以告」，增加「皆笑之」。

(3)「左右皆惡之，以爲貪而不知足」。由取「笑」轉爲鄙視厭「惡」，又增加了「以爲貪而不知足」。

如此增減字詞，使文句長短參差不齊，「伸縮文身」之後，使文章錯綜變化，不但不會單調乏味，更顯現靈動多姿。吳楚材《古文觀止》評云：「三番彈鋏，想見豪士一時淪落，胸中磈磊勃不自禁。通篇寫來波瀾層出，姿態橫生，能使馮公鬚眉浮動紙上。淪落之士，遂爾頓增氣色。」其句調之變換佳妙，摹寫之精細生動，令讀者稱絕。

2.今有一人，入人園圃，竊其桃李，眾聞則非之，上為政者則罰之。此何也？以虧人自利也。至攘人犬豕雞豚者，其不義又甚入人園圃竊桃李。是何故也？以虧人愈多，其不仁茲甚，罪益厚。至入人欄廄，取人馬牛者，其不仁義又甚攘人犬豕雞豚。此何故也？以其虧人愈多，其不仁茲甚，罪益厚。至殺不辜人也，拖其衣裳，取戈劍者，其不義又甚入人欄廄取人馬牛。此何故也？以其虧人愈多，苟虧人愈多，其不仁茲甚矣，罪益厚。當此，天下之君子皆知而非之，謂之不義。今至大為不義攻國，則弗知非，從而譽之謂之義。此可謂知義與不義之別乎？（《墨子·非攻篇上》）

墨子這段文字論各種不義行爲，其中運用了三個隔離重複的類句：

⑴以虧人愈多，其不仁茲甚，罪益厚。

⑵以其虧人愈多，其不仁茲甚，罪益厚。

⑶以其虧人愈多，苟虧人愈多，其不仁茲甚矣，罪益厚。

第一次用「以虧人愈多，其不仁茲甚」，第二次在「以」下加「其」字，第三次句末再加「矣」字，使文句一句比一句拉長，語氣一次比一次增強，是典型的「伸縮文身」。

3.莊暴見孟子曰：「暴見於王，王語暴以好樂，暴未有以對也。曰『好樂』何如？」孟子曰：「王之好樂甚，則齊國其庶幾乎！」他日見於王，曰：「王嘗語莊子以好樂，有諸？」王變色，曰：「寡人非能好先王之樂也，直好世俗之樂耳！」曰：「王之好樂甚，則齊其庶幾乎！今之樂，由古之樂也！」（《孟子·梁惠王篇下》）

孟子兩度用「王之好樂甚……」，而語句略有不同：

⑴王之好樂甚，則齊國其庶幾乎！

⑵王之好樂甚，則齊其庶幾乎！今之樂，由古之樂也！

4.客有歌於郢中者，

其始曰下里巴人，國中屬而和者數千人；

其為陽阿薤露，國中屬而和者數百人；

其為陽春白雪，國中屬而和者不過數十人；

引商刻羽，雜以流徵，國中屬而和者，不過數人而已。（宋玉〈答楚王問〉）

從「下里巴人」到「陽阿薤露」、「陽春白雪」乃至於「引商刻羽，雜以流徵」，從數千人、數百人、數十人乃至於數人，當然是「層遞」。但除了層遞之外，句法長短參差不齊，錯落有致，由於第三層加上「不過」，第四層再加上「而已」，且「引商刻羽，雜以流徵」句法拉長，使得這一段文字在整齊中另有一番變化。

5.看見燕子就和燕子說話，

河裡看見了魚就和魚兒說話，

見了星星月亮，他不是長吁短歎的，就是咕咕噥噥的。（曹雪芹《紅樓夢．第卅五回》）

曹雪芹借傅家兩個老婆子的嘴中，描述賈寶玉的「呆氣」。如果求形式整齊，可以將「看見……就和……說話」的句式連用三次，但作者在第二句加上「河裡」，第三句又伸縮文身，加長語句，不但錯綜變化，更適足以顯現賈寶玉的「呆氣」。

6.以上三難，送難者皆天下黠猾游說，而貌為老成迂拙者也。

粵省僚吏中有之，

幕客中有之，

游客中有之，

商沽中有之，

恐紳士中未必無之，

宜殺一儆百。（龔自珍〈送欽差大臣侯官林公序〉）

在「僚吏中有之……商沽中有之」等四個排比句之後，最末用「恐紳士中未必無之」，不但伸縮文身，使字句形式上錯綜變化，而且適足以加強語氣。

現代文學中的「伸縮文身」也往往可見：

1. 話不多，暖人；

　酒不多，醉人；

　罐頭不多，卻留下永久甜甜的回憶。（蕭復興〈姜昆走麥城〉）

前兩句形式整齊，簡潔明快，第三句伸縮文身，句式拉長，使語氣舒緩，耐人尋味。

2. 這是一個線條的世界，柔和而富有彈性的線條，奔放、流暢的線條，挺拔、秀麗的線條，也有纏綿、緩慢、游絲一般的線條——單純與豐富高度和諧的統一！（理由〈痴情〉）

3. 我何人斯！能在四壁圖書的小齋中自由閱讀，自由寫作，自由思想，自由俯仰于廣大的天地之間，夫復何求？（黃維樑〈車喧齋〉）

4. 璀璨的燈光，浮動的海水，雜沓的市聲，乘涼的街景，構成了香港的「美麗」，令遊人讚歎，令冒險家狂熱，也令清醒者感覺到越來越不容易找到生存的空間了。（曾敏之〈空間〉）

5. 人們紛紛回到自己的屋裡，抱著膝蓋坐在床上。這裡的夜是最寂寞的，沒有報紙，沒有廣播，沒有電視，甚至沒有電。只好聊天，只好睡覺，只好想家，只好讓一些奇怪的小蟲子咬。（王小平〈攝像機後面的故事〉）

6. 然而，不可諱言的是，由於長久的偏安、乍然的開放、思想的紊亂、人生價值的顛倒和個人權利的膨脹，自由中國人民的愛國心，正值空前的低潮。（朱炎〈愛國之心不可無〉）

以上數例，多係在一串短句後，再接上一個長句，短句形式整齊而緊湊，長句詞氣舒緩而內容豐當。有整齊規律，也有參差變化，錯綜有致！

肆、變化句式

將肯定句和否定句，直述句和詢問句等不同句式，穿插使用，是爲「變化句式」。且看：

1.鄒忌脩八尺有餘，而形貌昳麗。朝服衣冠，窺鏡，謂其妻曰：「我孰與城北徐公美？」其妻曰：「君美甚，徐公何能及君也？」城北徐公，齊國之美麗者也。忌不自信，而復問其妾曰：「吾孰與徐公美？」妾曰：「徐公何能及君也？」旦日，客從外來，與坐談。問之客曰：「吾與徐公孰美？」客曰：「徐公不若君之美也。」

明日，徐公來。孰視之，自以為不如；窺鏡而自視，又弗如遠甚。暮寢而思之，曰：「吾妻之美我者，私我也；妾之美我者，畏我也；客之美我者，欲有求於我也。」（《戰國策．齊策．鄒忌諷齊威王納諫》）

〈鄒忌諷齊威王納諫〉在寫作技巧上的最大特色是「句法變化，錯落有致」。文中有許多重複的對話和文句，同樣的問題，同樣的應答，如流於刻板，極易令人感覺沉悶。本文在句法上，由於善用「錯綜」，極盡變化之能事，使讀者感覺靈動巧妙。

第一段中，鄒忌分別問其妻、妾、客的話，都是他和徐公誰比較美的同樣問題，可是問法各有不同：

1.謂其妻曰：「我孰與城北徐公美？」

2.復問其妾曰：「吾孰與徐公美？」

3.問之客曰：「吾與徐公孰美？」

作者在此處運用了三種錯綜：第一個問句用「我」，後面的兩個問句用「吾」，是意同詞異的「抽換詞面」。前兩個問句用「孰與徐公美」，第三個問句用「與徐公孰美」，是詞語順序參差的「交蹉語次」。第一個問句比後兩個問句多「城北」二字，是使文句長短不齊的「伸縮文身」。如此同樣的意思，問題的表達方法不同，前後錯落有致。而且先問其妻，次問其妾，最後問客，由親及疏，由內而外，井然有序。

再看三次回答，意思一樣，都說鄒忌比徐公美，然而表達的方式也是各不相同：

1.其妻曰：「君美甚，徐公何能及君也？」

2.妾曰：「徐公何能及君也？」

3.客曰：「徐公不若君之美也！」

回答的方式變化多端，也運用了兩種錯綜：妻的回答多了「君美甚」三個字，句子比較長，是「伸縮文身」。妻的回答是複句，妾與客的回答是單句。妻與妾的回答均用疑問句中的「激問」，客的回答則用感嘆語氣的準判斷句。這是穿插不同句式的「變化句式」。同時，三種不同的回答，充分顯現了與鄒忌的關係，在對話的同時流露人物的個性、神態、心理，栩栩若生。妻表現出內心的偏愛，妾透露了親暱與畏懼，客則顯然是應酬的虛文客套。所以第二段鄒忌自省到：「吾妻之美我者，私我也；妾之美我者，畏我也；客之美我者，欲有求於我也。」

總結而論，〈鄒忌諷齊威王納諫〉，三問三答，在隔離反復的類句中，運用了四種「錯綜」，整齊規律中帶著變化，使得文章生動活潑，有情有趣，耐人尋味。

2.孫子曰：兵者，國之大事，死生之地，存亡之道，不可不察也。故經之以五事，校之以計，而索其情，一曰道，二曰天，三曰地，四曰將，五曰法。……凡此五者，將莫不聞，知之者勝，不知者不勝。（《孫子兵法．始計篇》）

孫子在此強調用兵必須掌握五方面的實情：治道、天時、地理、將領、法制，最後申言「知之者勝，不知者不勝」，是肯定句與否定句的錯綜。

3.民勇者，戰勝；民不勇者，戰敗。能壹民於戰者，民勇；不能壹民於戰者，民不勇。（《商君書．畫策》）

4.人有亡鈇者，意其鄰之子。觀其行步，竊鈇也；顏色，竊鈇也；言語，竊鈇也；動作態度，無為

而不竊鈇也。（《列子．說符篇》）

5.孟子見梁惠王。王立於沼上，顧鴻雁麋鹿。曰：「賢者亦樂此乎？」孟子對曰：「賢者而後樂此，不賢者雖有此不樂也！」（《孟子．梁惠王篇上》）

以上三個辭例，《商君書》是兩組肯定句與否定句的錯綜。《列子》則在連續三個肯定句後，再加一個否定句，錯綜變化，充分顯現疑人作賊，越看越像的心理。孟子則以「賢者而後樂此」的肯定句與「不賢者雖有此不樂也」的否定句錯綜使用，強調「賢者」。

6.古之人與民偕樂，故能樂也。〈湯誓〉曰：「時日害喪，予及汝偕亡。」民欲與之偕亡，雖有台池鳥獸，豈能獨樂哉？（《孟子．梁惠王篇上》）

「古之人與民偕樂，故能樂也」，是直述句，意謂：像文王這樣的古代賢君能與民同樂，所以自己也真正能享樂。「民欲與之偕亡，雖有台池鳥獸，豈能獨樂哉？」是詢問句，意謂：像夏桀這樣的暴君，人民寧可與他同歸於盡，又怎麼能獨自享樂？如此對比映襯，勸梁惠王見賢思齊，與民同樂，直述句與詢問句錯綜使用，尤能使文章激起波瀾。

7.試想林黛玉的花顏月貌，將來亦到無可尋覓之時，寧不心碎腸斷？

既黛玉終歸無可尋覓之時，推之于他人，如寶釵、香菱、襲人等，亦可以到無可尋覓之時矣，寶釵等終歸無可尋覓之時，則自己又安在哉！

且自身尚不知何在何往，則斯處、斯園、斯花、斯柳，又不知當屬誰姓？（曹雪芹《紅樓夢．第廿八回》）

賈寶玉在聽到林黛玉的〈葬花詞〉之後，這一段心理描寫，有三個帶有詢問性質的結句，每個結句句式如果相同，則顯得呆板。曹雪芹善於「變化句式」，第一個結句「寧不心碎腸斷？」是答案即在問題反面的「激問」。第二個結句「則自己又安在哉！」是帶疑問語氣的感嘆句。第三個結句「又不知當屬誰姓？」是內心確有問題的疑問句。問句用在末尾，原本就可以激起文章餘韻，如此錯綜變化適足以顯現賈寶玉的複雜心理。

現代文學中的「變化句式」，也往往可見：

1.啊，那是新來的畫眉，在那凋不盡的青枝上試牠的新聲！

啊，這是第一朵小雪球花，掙出半凍的地面！

啊，這不是新來的潮潤，沾上寂寞的柳條？（徐志摩〈我所知道的康橋〉）

徐志摩在此描述「畫眉」、「小雪球花」，用的是直述句，描述「潮潤沾上柳條」，用的是激問句。變化句式，使文字更加靈動。

2.母親一知道就很著急，幾乎幾夜睡不著。──她又自己能看信的。然而我能有什麼法子呢？沒有錢，沒有工夫，當時什麼法子也沒有。（魯迅〈在酒樓上〉）

魯迅先用激問，再用陳述，變化句式，將沒辦法的無可奈何之情充分顯現。

3.枝上停著一對黑色的八哥：一隻停得高些，小小的眼兒半睜半閉的，似乎在入夢之前，還有所留戀似的；那低些的一隻，背過臉來對著這一隻，已縮著頸兒睡了。（朱自清〈一張小小的橫幅〉）

朱自清描敘兩隻畫眉，「一隻停得高些」，主語（八哥──省略）後面有動詞（停）、副詞（高些），是常態句；「低些的一隻」，動詞（停──省略）、副詞（低些）轉變爲形容附加語，結構不同，也是變化句式。

4.（水）永遠那麼純潔，永遠那麼活潑，永遠那麼鮮明，冒，冒，冒！永不疲乏，永不退縮，只有自然有這樣的力量！（老舍〈趵突泉的欣賞〉）

5.你再瞧，那天邊隱約閃亮的不就是黃河嗎？那在山腳纏繞不斷的自然是汶河。（楊朔〈泰山極頂〉）

老舍敘泉水向上升騰，肯定句與否定句交錯運用。楊朔敘黃河與汶河，問句與直述句變化句式。不同的句式可以使文章生動活潑。

6.這是淡紫色的花，名叫美麗杜鵑。

這是花冠鐘形白色，兼具紫色斑點的花，名叫常麗杜鵑。

倒懸岩畔而生長的惟麗杜鵑，其花是淡玫瑰色的。

皺葉杜鵑的花，淡粉色，小萼。

正在盛開的承先杜鵑，花黃色，極明亮。

長蕊杜鵑開白花，香味濃，花管基部細如管形，雄蕊十餘本伸出管外。（徐遲〈直薄峨眉金頂記〉）

徐遲描述各種杜鵑花，有的先敘花的姿色，再說花名；有的先說花名，再描繪姿色。句型的錯綜變化，使文章更加多采多姿。

7.哦，我不是逃避生活，世上儘管有躲避烈日的篷帳，有躲避風雨的場屋，但沒有躲避生活的所在。（艾雯〈一束小花〉）

8.漫長而幸福的婚後生活，就像是一座七彩琉璃塔。

從腳到頂，堆積的不是磚，不是石，不是泥，不是沙；

而是容忍，是體貼，是寬恕，是犧牲。（孟谷〈琉璃塔〉）

艾雯在兩個肯定句之後，再加一個否定句，勸人要積極投入生活。孟谷連續用四個否定句，四個肯定句，闡明漫長而幸福的婚姻生活要素。句式變化，對比映襯，使得說理更加有力。

關於錯綜的原則，可以歸納爲三點：

一、靈活變化

諺云：「文似看山不喜平！」語言文辭之美，要求靈活變化，多采多姿。陳望道《修辭學發凡》有言：「凡將重複、對偶、排比或其他可有整齊形式，共同詞面的語言，說成形式參差，詞面別異的，我們稱為錯綜。」錯綜可以改變整齊規律的形式，使原本嚴肅、呆板、僵硬的語句，參差不齊，靈動變化，使讀者感覺輕鬆活潑，多采多姿。除了本章所舉辭例之外。再看茅盾的〈白楊禮讚〉：

白楊樹實在是不平凡的，我讚美白楊樹！

……

那就是白楊樹，西北極普通的一種樹，然而實在是不平凡的一種樹。

……

這就是白楊樹，西北極普通的一種樹，然而決不是平凡的樹。

……

白楊樹是不平凡的樹，它在西北極普通。

……

我要高聲讚美白楊樹！

作者在〈白楊禮讚〉這篇一千二百字的文章裡，從開端，中間，乃至末尾，重複讚美白楊樹的不平凡。同樣的意思，同樣的一句話，在語言形式的表達上，錯綜變化，融合了節奏的複沓美與語言的錯綜美，使文章靈活變化，波瀾迭起，適足以抒發作者對白楊樹的強烈愛好之情。

二、錯落有致

錯綜運用得當，可以避免刻板、單調，使語句錯落有致，文章波瀾起伏。但無可諱言，運用不當，則難免流於蕪雜凌亂，弄巧成拙，反為不美。是以貴在寓變化於整齊規律之中，使整齊規律與參差變化得到和諧平衡，文章錯落有致，分寸必須拿捏得恰到好處。在此借用林語堂論「碧姬芭杜的頭髮」的妙語，以窺一斑：

似散亂而實整齊，似隨便偶然，而實經過千般計慮，百般思量剪裁而成的。貌似蓬髮，而實至頤而不可紊。——這就像一篇文章。

所謂「運用之妙，存乎一心」，豈可不慎！如本章所舉的辭例，有的首尾呼應，有的在一連串短句之後再以長句作結，都値得取法。

三、綜合運用

木章所舉四種錯綜：抽換詞面、交蹉語次、伸縮文身、變化句式。不只是可以單獨使用，也可以綜合運用，使文章更加生動靈活。前面所舉〈鄒忌諷齊王納諫〉的首段，靈活運用四種錯綜，即爲典型的例證。此外，再看施耐庵在《水滸傳．第十回．林教頭風雪山神廟》有關下雪的描寫：

（林沖）兩個投草料場來，正是嚴冬天氣，彤雲密布，朔風漸起，卻早紛紛揚揚捲下一場大雪來。

雪地裡踏著碎瓊亂玉，迤邐背著北風而行，那雪正下得緊。

便出籬笆門，仍舊迎著朔風回來，看那雪，到晚越下得緊了。

提著槍只顧走，那雪越下得猛。

這段文字敘林沖冒雪去沽酒禦寒，配合人物動作描寫風雪，極爲生動傳神。其中四次寫下雪，文句錯綜變化，栩栩若生。雪下得「緊」，下得「猛」，是「抽換詞面」。句子長短不齊，是「伸縮文身」。第一次寫下雪，主語（雪）在後，後三次寫下雪，主語（雪）在前，是「變化句式」。將三種錯綜做靈活的綜合運用，錯落有致。

自我評量題目

一、何謂錯綜？有何效用？
二、舉例說明錯綜的綜合運用。
三、簡述錯綜的原則。

第二十三章 倒裝

學習目標

研讀本章內容之後，學習者應可達成下列目標：

一、能了解倒裝的意義與效用。

二、能欣賞詩文中的倒裝。

三、能掌握倒裝的原則。

摘要

語文中刻意顛倒文法上、邏輯上正常順序的語句，是爲「倒裝」。倒裝可以加強語勢、突現重點，調和音律，使文章激起波瀾。修辭學上的倒裝，可以分爲兩類：

一、爲詩文格律而倒裝：中國的韻文美辭，講究音調諧適，特重聲律之美，往往爲了遷就押韻、平仄等格律，用「倒裝」刻意變更慣用的語法。

二、爲文章波瀾而倒裝：積極地追求文章之遒健、警策、靈動多姿，透過刻意的經營、設計與安排，以反常的奇特句法，激起文章波瀾，引起讀者注意。

倒裝的原則主要有三：㈠講究格律之美。㈡要求靈動多姿。㈢不可弄巧成拙。

語文中刻意顛倒文法上、邏輯上普通順序的句子，是爲「倒裝」。倒裝往往可以加強語勢，調和音節，使文章激起波瀾。

中國語文中句子的各種語辭，通常的順序是：

(一)敘事句：起詞——述詞——止詞。

(二)表態句：主語——謂語。

(三)判斷句：主語——繫詞——謂語。

(四)有無句：起詞——有或無——止詞。

另修飾成分的附加語通常在被修飾成分的前面。如果一個句子語辭的次序與上述正常的次序不同，就是倒裝句。

陳望道《修辭學發凡》將倒裝分爲兩大類。

第一類是隨語倒裝，純粹只是語次或語氣上的顚倒，並不涉及思想內容和文法組織。

第二類是變言倒裝，雖然也是顚倒次序，卻往往侵及內容和組織，與第一類單純的倒裝不同。

「隨語倒裝」，是出於語文上自然的倒裝；「變言倒裝」，是出於作者刻意的經營。嚴格說來，「隨語倒裝」是由於古今語法的不同，不宜列爲修辭學上的倒裝辭例，只有出於作者刻意經營的「變言倒裝」才能視爲一種修辭方法。

關於「隨語倒裝」，古人依語爲文，所以古書上有許多倒裝句法，黃慶萱《修辭學》曾依句子的組成分別舉例說明，頗有助於了解古今語法之不同。

關於「變言倒裝」，是眞正可視爲一種修辭方法的倒裝。無論是爲遷就詩文格律而倒裝，或是爲激發文章波瀾而倒裝，均出自作者刻意設計的經營安排，俾創造美辭美文。以下且分別舉例予以闡明：

壹、為詩文格律而倒裝

中國的韻文美辭，講究音調諧適，特重聲律之美。往往爲了遷就押韻或平仄的格律，用「倒裝」刻意變更慣用的語法。且看：

1. 將仲子兮，無踰我里，無折我樹杞。豈敢愛之？畏我父母！仲可懷也，父母之言，亦可畏也！
將仲子兮，無踰我牆，無折我樹桑。豈敢愛之？畏我諸兄！仲可懷也，諸兄之言，亦可畏也！
將仲子兮，無踰我園，無折我樹檀。豈敢愛之？畏人之多言！仲可懷也，人之多言，亦可畏也！
（《詩經．鄭風．將仲子》）

這是一首熱烈的戀歌，女主角深愛著「仲子」，急切盼望能與情郎相會，可是在家庭、社會的壓力下，不得不委婉地勸阻情郎爬牆來幽會，以免惹麻煩。在內心眞情與外在環境壓力下，眞是無可奈何！其中運用了三種修辭方法：

(一)就形式結構而言，用結構相似的句法，接二連三地表達同範圍同性質的意象，是典型的「排比」。

(二)就內容意義而言，以「父母之言」、「諸兄之言」、「人之多言」之亦可畏也，與女主角的關係，由親及疏，依序層層遞進，是「層遞」。全詩分三層：

第一層是首章：求求你，二哥！別摸進我家里巷，別弄折我家的樹枝；不是我有什麼吝惜，怕的是我的父母，我當然是喜歡你的，但父母的話也不能不依啊！

第二層是次章：求求你，二哥！別跳越我家的圍牆，別攀折我家的桑樹椏；不是我有什麼吝惜，怕的是我的哥哥們。我當然是想見你的，但哥哥們的囉嗦卻很討厭，不能不有所顧忌！

第三層是末章：求求你，二哥！別跨過我家的後園，別弄斷了我家的檀樹條；不是我有什麼吝惜，怕的是鄰人的閒話多多。我當然是想念你的，但人言可畏，別人的閒言閒語可也是令人受不了的啊！

如此依序層層遞進的表達方式，充分顯現了女主角不得已的無奈之情。這是「浪漫之中有節制」，也是受盡外界壓力的悲歌。一個「將」（請，願）字，一句「仲可懷也」，含蘊多少眞情，多少委屈！

㈢就文法上字句的順序而言，每章的第三句都屬「倒裝」。首章的「無折我樹杞」順序作「無折我杞樹」，次章的「無折我樹桑」順序作「無折我桑樹」，末章的「無折我樹檀」順序作「無折我檀樹」。如此倒裝之後，「杞」字可與「里」字協韻，「桑」與「牆」協韻，「檀」與「園」協韻。顯然是爲押韻而倒裝，屬典型的「爲詩文格律而倒裝」。類似的情況，《詩經》中頗爲常見。

2.大風有隧，有空大谷。
維此良人，作為式穀。
維彼不順，征以中垢。（《詩經・大雅・桑柔》）

「大風有隧」，古謂衝風曰隧。有隧，隧然也，奔衝而至貌。「有空大谷」，有空，空然也。空谷易於來風，故有此語。「有空大谷」爲「大谷有空」之倒裝，俾句末之「谷」、「穀」、「垢」押韻。此爲典型的爲遷就詩文格律而故意倒裝。

3.原野闃其無人兮，征夫行而未息。
心悽愴以感發兮，意忉怛而憯惻。
循階除而下降兮，氣交憤於胸臆。
夜參半而不寐兮，悵盤桓以反側。（王粲〈登樓賦〉）

此爲王粲〈登樓賦〉之末尾。「原野」二句謂原野闃無農人，唯有征夫而已。「心悽愴」二句謂看到四外的景物，心中有所感觸而悽愴不已。「循階除」二句謂順著樓梯下來，胸中積鬱難伸。「夜參半而不寐兮，悵盤桓以反側」謂直到半夜不能成眠，輾轉反側，只好起來盤桓解悶。末句順序當作「悵反側而盤桓」，王粲將「反側」倒置在「盤桓」之後，俾「側」字與前句末的「息」、「惻」、「臆」協韻。

4.二儀既肇，判合始分。外治徒擧，內佐無聞。幸移蓬性，頗習蘭薰。式傳琴瑟，相酬典墳。（劉令嫺〈祭夫徐敬業文〉）

劉令嫺爲劉孝綽之三妹，頗有才名。《梁書．劉孝綽傳》：「悱（徐敬業）爲晉安郡卒，喪還京師，妻爲祭文，辭甚悽愴。」以上所引爲第三段，自慚才性薄弱，而唱和情篤。其中有兩處「倒裝」。(1)「幸移蓬性，頗習蘭薰」爲句子的倒裝，順序作「頗習蘭薰，幸移蓬性」，謂自己生性懶散，幸受夫君美德之薰染，頗能有所移化。「習蘭薰」是因，「移蓬性」是果，此因果倒置，俾「薰」字與本段其他偶句句末的「分」、「聞」、「墳」等字協韻。(2)「相酬典墳」爲句子中字詞的倒裝，「典墳」一詞本作「墳典」，重要之典籍也。「墳」與「典」倒置，俾與「分」、「聞」、「薰」等字協韻。

5.空山新雨後，天氣晚來秋。
明月松間照，清泉石上流。
竹喧歸浣女，蓮動下漁舟。
隨意春芳歇，王孫自可留。（王維〈山居秋暝〉）

王維的詩「詩中有畫，畫中有詩」，這首詩中間兩聯寫景眞切，渾然天成，可爲明證。「竹喧歸浣女，蓮動下漁舟」，是「竹喧浣女歸，蓮動漁舟下」的倒裝。俾「舟」字與「秋」、「流」、「留」等字協韻。王力在《漢語詩律學．近體詩的語法．倒裝法》將此列爲「主語倒置」。

6.問訊東橋竹，將軍有報書。
倒衣還命駕，高枕乃吾廬。
花妥鶯捎蝶，溪喧獺趁魚。
重來休沐地，真作野人居。（杜甫〈重遊何氏五之一〉）

這是杜甫重過何將軍山林而作，前半敘重遊之因，後半敘所見之景。其中「花妥鶯捎蝶，溪喧獺趁魚」，爲

「鶯捎蝶（而）花妥，獺趁魚（而）溪喧」的倒裝。但若照順序則「喧」字不協韻，如此倒置，俾「魚」字與「書」，「廬」、「居」協韻，且與五律腹聯的「仄仄平平仄，平平仄仄平」相合。就意義上而言，「鶯捎蝶」是因，「花妥」是果，「獺趁魚」是因，「溪喧」是果，故仇兆鰲《杜詩詳註》評云：「二句倒裝，本言鶯捎蝶而花墮，獺趁魚而喧耳。」這兩句不但是爲協韻而倒裝，爲平仄而倒裝，屬「爲遷就詩文格律而倒裝」的典型辭例，且使得詩句更加勁健有力。何淑貞《杜甫五言近體詩語法研究．結論》說得好：

> 詩中句子經倒裝排列後，在形式上已給人一個擺脫常規的嶄新面貌，其新的語序有如一股逆流，阻遏了句子自然的行進，一推一阻本足以加強詩歌投射出來的勁力；再加上讀者要了解那倒裝句法的原意時，在心理上要將語序作一番還原活動，而且這還原運作的力量正好又反射到詩歌上去，倒裝句所以勁健，氣勢所以豪邁的原因在此。

7. 賸水滄江破，殘山碣石開。
綠垂風折笋，紅綻雨肥梅。
銀甲彈箏用，金魚換酒來。
興移無灑掃，隨意坐莓苔。（杜甫〈陪鄭廣文遊何將軍山林十首之五〉）

王力《漢語詩律學》揭舉「綠垂風折笋，紅綻雨肥梅」爲「主語和目的語都倒置」的辭例。正常語序當作「風折（之）筍垂綠，雨肥（之）梅綻紅」。如此倒裝，也是爲遷就押韻、平仄的格律。同時，將「綠」、「紅」兩個顏色字放在句首，使得詩句更有力，意象更鮮明。試想：綠色下垂的是被風吹折的筍，紅色飽滿的是經雨滋潤的梅，堪稱狀溢目前。范晞文《對床夜語》評云：

> 老杜多欲以顏色字置第一字，卻引實字來。如「紅入桃花嫩，青歸柳葉新」是也。不如此，則語既弱而氣亦餒。他如「青惜峰巒過，黃知橘柚來」，「碧知湖外草，紅見海東雲」，「綠垂風折笋，紅綻雨肥梅」，「紅侵珊瑚短，青懸薜荔長」，「翠乾危棧竹，紅膩小湖蓮」，「紫收岷嶺芋，白種陸地蓮」，皆如前體。若「白摧朽骨龍虎死，黑入太陰雷雨垂」，益壯而險矣。

由此可見，倒裝句中若以顏色字置諸句首，頗能顯現色彩突出之效果。

8.嗟乎！一人之心，千萬人之心也。秦愛紛奢，人亦念其家，奈何取之盡錙銖，用之如泥沙。使負棟之柱，多於南畝之農夫；架梁之椽，多於機上之工女；釘頭磷磷，多於在庾之粟粒；瓦縫參差，多於周身之帛縷；直欄橫檻，多於九土之城郭；管弦嘔啞，多於市人之言語。使天下之人，不敢言而敢怒；獨夫之心，日益驕固。戍卒叫，函谷舉，楚人一炬，可憐焦土。（杜牧〈阿房宮賦〉）

此爲〈阿房宮賦〉第四段，敘獨夫之驕固奢靡而亡國。其種種倒行逆施之行徑，洋溢紙上，狀溢目前。且使天下之人，「不敢言而敢怒」。正常語序當作「敢怒而不敢言」，也是爲遷就詩文格律而倒裝，俾「怒」字協韻。

9.天地有正氣，雜然賦流形。

下則為河嶽，上則為日星。

於人曰浩然，沛乎塞蒼冥。

皇路當清夷，含和吐明庭。

時窮節乃見，一一垂丹青。（文天祥〈正氣歌〉）

此爲〈正氣歌〉之首段。一片浩然正氣，沛乎莫之能禦。其中第三四兩句脫胎自蘇軾〈潮州韓文公廟碑〉：「故在天爲星辰，在地爲河嶽，幽則爲鬼神，而明則復爲人。」正常順序當作「上則爲日星，下則爲河嶽」，此倒置爲「下則爲河嶽，上則爲日星」，俾「星」字與「形」、「冥」、「庭」、「青」等字協韻。

「爲遷就詩文格律而倒裝」，除了以上所列舉的爲韻而倒裝之外，也有爲遷就平仄、對偶，或其他格律而倒裝者。且看：

1.暮春三月，江南草長；雜花生樹，群鶯亂飛。見故國之旗鼓，感平生於疇日，撫弦登陴，豈不愴悢！所以廉公之思趙將，吳子之泣西河，人之情也。將軍獨無情哉！想早勵良規，自求多福。

（丘遲〈與陳伯之書〉）

「喻之以理，不如動之以情」，丘遲這篇成功的勸降文，以江南之美景、故國之舊情打動陳伯之之心，堪稱同類文章中之壓卷作。其中「見故國之旗鼓」等四句係「倒裝」。依正常語序，理當作「撫弦登陴，見故國之旗鼓，感平生於疇日，豈不愴悢！」但四、六、六、四的句式，不合駢儷文的常規。駢儷文運句的形式，往往是「四六四六」、「六四六四」，或「四四六六」、「六六四四」。丘遲爲遷就駢儷文的格式，將其中的第一句「撫弦登陴」倒置爲第三句：「見故國之旗鼓，感平生於疇日，撫弦登陴，豈不愴悢！」如此「六六四四」的句式，乃爲了遷就駢儷文的句式而倒裝。

2. 南昌故郡，洪都新府；星分翼軫，地接衡廬。襟三江而帶五湖，控蠻荊而引甌越。物華天寶，龍光射斗牛之墟；人傑地靈，徐孺下陳蕃之榻。（王勃〈滕王閣序〉）

這是王勃〈滕王閣序〉的開端。「物華天寶，龍光射斗牛之墟；人傑地靈，徐孺下陳蕃之榻。」爲「隔句對」！「物華天寶」對「人傑地靈」，「龍光射斗牛之墟」對「徐孺下陳蕃之榻」，其中「人傑地靈」順序當作「地靈人傑」。「地靈」係因，「人傑」係果，此因果倒置，旨在「地靈」與「天寶」相對偶，這是爲遷就對偶而倒裝。

3. 琵琶起舞換新聲，
總是關山舊別情。
撩亂邊愁聽不盡，
高高秋月照長城。（王昌齡〈從軍行七之二〉）

這是唐代邊塞詩人王昌齡的名作。首句「琵琶起舞換新聲」，依正常語序當爲「起舞琵琶換新聲」，但不合近體詩的平仄，倒置之後，「平平仄仄仄平平」，才合乎七絕仄起平韻的格律，此屬典型的爲遷就平仄而倒裝。

4. 戍鼓斷人行，邊秋一雁聲。

露從今夜白，月是故鄉明。

有弟皆分散，無家問死生。

寄書長不達，況乃未休兵！（杜甫〈月夜憶舍弟〉）

此係杜甫敘兄弟之情的名作。三四句「露從今夜白，月是故鄉明」，意謂：露水從今夜起愈加發白，月色總是故鄉最爲明亮。末尾用顏色字凸顯效果，敘人情頗爲眞實深切。依正常語序當作「從今夜露白，是故鄉月明」，但與「平平平仄仄，仄仄仄平平」的平仄格律不合，故將第四字「露」、「月」調至句首，如此倒裝，不但合乎近體詩的平仄，且詩句的氣勢更加遒勁。王彥輔《麈史》評云：「子美善於用事及常語，多離析或倒句，則語健而體俊，意亦深穩，如露從今夜白，月是故鄉明是也。」

5.舍南舍北皆春水，但見群鷗日日來。

花徑不曾緣客掃，蓬門今始為君開。

盤飧市遠無兼味，樽酒家貧只舊醅。

肯與鄰翁相對飲，隔籬呼取盡餘杯。（杜甫〈客至〉）

杜甫這首〈客至〉詩，眞誠款客，頗見坦率之情。「盤飧市遠無兼味，樽酒家貧只舊醅」，謂由於市遠，故盤飧缺乏兼味；由於家貧，故樽酒只有舊醅。雖不夠豐盛，卻是傾其所有，掏誠以待。此二句依正常語序當作「市遠盤飧無兼味，家貧樽酒只舊醅」，但不合平仄規律，故將「盤飧」、「樽酒」調至句首，如此倒裝，不但合乎「平平仄仄平平仄，仄仄平平仄仄平」的規律，且使詩句新穎，氣勢雄健。

6.昔年有狂客，號爾謫仙人。

筆落驚風雨，詩成泣鬼神。

聲名從此大，汩沒一朝伸。

文采承殊渥，流傳必絕倫。（杜甫〈寄李十二白廿韻〉）

此係杜甫贈李白的一首五言排律的首段。「筆落驚風雨，詩成泣鬼神」，依正常語序當作「筆落風雨驚，詩成鬼神泣」。但與平仄不合，且不協韻。故將「風雨」、「鬼神」調至句末，如此倒裝，不但合乎「仄仄平平仄，平平仄仄平」的規律，且「神」適可與「人」、「伸」、「倫」等協韻。又「驚」、「泣」提在「風雨」、「鬼神」之上，可強調夸飾李白詩才之奇妙絕倫。

7.九重城闕煙塵生，千乘萬騎西南行。
翠華搖搖行復止，西出都門百餘里。
六軍不發無奈何，宛轉蛾眉馬前死！
花鈿委地無人收，翠翹金雀玉搔頭。
君王掩面救不得，回看血淚相和流。（白居易〈長恨歌〉）

這是〈長恨歌〉的第四段，敘安史亂起，明皇出奔，楊妃慘死。「花鈿委地無人收，翠翹金雀玉搔頭」，順序當作「花鈿、翠翹、金雀、玉搔頭委地無人收」。蓋花鈿、翠翹、金雀、玉搔頭等，均係楊貴妃縊死後散落在地上的飾物。白居易將「委地無人收」移置前句，如比倒裝，旨在湊足七言詩的整齊句式，也屬「爲詩文格律而倒裝」。

8.塞下秋來風景異，衡陽雁去無留意，四面邊聲連角起。千嶂裏，長煙落日孤城閉。 濁酒一盃家萬里，燕然未勒歸無計，羌管悠悠霜滿地。人不寐，將軍白髮征夫淚。（范仲淹〈漁家傲〉）

范仲淹這闋〈漁家傲〉，顯現了一股英雄氣概，其中第二句「衡陽雁去無留意」，正常詞序當作「雁去衡陽無留意」。作者將「衡陽」移置「雁去」之前，爲遷就「平平仄仄」的格律而倒裝。

以上爲遷就押韻、平仄、對偶，以及句式等格律的辭例，從辭賦、駢文、詩、詞、曲，均不乏其例。唯現代文學中除偶見爲押韻而倒裝外，其他爲遷就詩文格律而倒裝的情況，已幾乎絕跡。

貳、為文章波瀾而倒裝

爲遷就詩文格律而倒裝，只是消極地要求合乎格律，不得不爾。爲激發文章波瀾而倒裝，乃積極地追求文章之勁健、警策、靈動多姿。後者透過刻意的經營、設計與安排，以反常的奇特句法，引起讀者注意。其修辭效果尤勝於前者。此理前人屢有闡論。

傅隸樸《修辭學．倒裝》云：

倒裝是言語倫次上下顛倒的安置法。言辭本該依事物的程序排列，但有時嫌其平板爛熟，反容易使閱讀者眼滑口滑，而囫圇其深情曠旨。故善為文者，往往在關要處，故亂其序，一方面梗澀讀者的眼口，喚起其注意；一方面增加文章的波瀾。正如瞿塘江水，必藉灩澦堆的阻遏，才成它的壯觀。

黃永武《中國詩學．設計篇．談詩的強度》云：

倒裝詩中文句的次第，或倒裝詩句中文字的次第，往往能增強語勢，構成豪邁的筆力。像高巖上逆生的奇松，像急灘中回折的波瀾，足以成其壯觀，強化聲勢。

梅祖麟、高友工〈論唐詩的語法、用字，與意象〉云：

倒裝句法的運用有如逆流，或破壞或阻遏這種前進的動力。一推一阻所造成的張力，適足以加強詩歌投射出來的那股脈動與勁力。

以下分別從古今詩文中舉例：

1.子曰：「三軍可奪帥也，匹夫不可奪志也。」（《論語．子罕篇》）

孔子勉勵人堅守志節，不爲外力所奪。此言三軍雖眾，人心不一，則其將帥可奪而取之；匹夫雖微，苟守其志，不可得而奪也。此二句依正常語序當作「三軍之帥可奪也，匹夫之志不可奪也」。但倒裝之後，就顯得文句警策，剛健有力。

2.河曲智叟笑而止之曰：「甚矣，汝之不慧！以殘年餘力，曾不能毀山之一毛，其如土石何？」北山愚公長息曰：「汝心之固，固不可徹。曾不若孀妻弱子。雖我之死，有子存焉；子又生孫，孫又生子；子又有子，子又有孫：子子孫孫無窮匱也。而山不加增，何苦而不平？」河曲智叟無以應。（《列子·湯問·愚公移山》）

愚公與智叟這一段對話，極為精采生動。其中智叟所謂「甚矣，汝之不慧！」順序當作「汝之不慧，甚矣！」將「甚矣」移置前頭，是藉此倒裝加強語氣。類似的倒裝，頗為常見。

3.伯魚之母死，期而猶哭。夫子聞之，曰：「誰與？哭者。」（《禮記·檀弓》）

「誰與？哭者。」順序當作「哭者，誰與？」倒裝之後，使得語勢強烈，文章警策，適足以將說話當時的情況表達得逼眞而傳神，使孔子的關切之情，溢於言表。

4.南郡太守馬融，名有俊才。（《三國志·虞翻傳注·虞翻別傳》）

「名有俊才」正常語序當作「有俊才之名」，但平板爛熟，不易引人注意。此將「名」字移置句首，倒裝之後，句法雋美，足以喚起讀者的注意。

5.水亭涼氣多，閒棹晚來過。
澗影見藤竹，潭香聞芰荷。
野童扶醉舞，山妓笑酣歌。
幽賞未云遍，煙光奈夕何！（孟浩然〈夏日浮舟過滕逸人別業〉）

孟浩然的田園詩，頗有獨造之妙。這首五律敘浮舟遊賞之樂。「澗影見藤竹，潭香聞芰荷」，從視覺與嗅覺描述所歷之景。正常語序當作「澗（中）見藤竹影，潭（裏）聞芰荷香」，但是平順乏味，情韻全失。孟浩然用倒裝句法，不但筆力遒勁，而且有情有趣，耐人尋味。

6.風勁角弓鳴，將軍獵渭城。

草枯鷹眼疾，雪盡馬蹄輕。
忽過新豐市，還歸細柳營。
回看射鵰處，千里暮雲平。（王維〈觀獵〉）

王維雖以自然恬淡的田園詩見長，但是這首〈觀獵〉卻具有遒勁的邊塞詩風，將一次狩獵活動描繪得豪情洋溢，意興遄飛。「風勁角弓鳴，將軍獵渭城。」順序當作「將軍獵渭城，風勁角弓鳴。」但是那樣寫太平板而欠缺精神。倒裝之後，開端即將狩獵的場面和音響播映到讀者面前，筆勢突兀有力，頗能先聲奪人，立刻捕捉讀者的注意力。故方東樹《昭昧詹言》評云：「起手貴突兀，王右丞風勁角弓鳴……，直如高山墜石，不知其來，令人驚絕。」

7. 楚塞三湘接，荊門九派通。
江流天地小，山色有無中。
郡邑浮前浦，波瀾動遠空。
襄陽好風日，留醉與山翁。（王維〈漢江臨泛〉）

這是王維融畫法入詩的傑作。「楚塞三湘接，荊門九派通」，起勢雄奇，兩句勾勒出漢江壯闊的景觀：泛舟江上，縱目眺望，但見莽莽楚原和湖南奔湧而來的三湘之水連接，波濤起伏的漢江入荊江又與長江九條支流相通。這兩句讀起來，頗感奇峭生動。細思之下，原本是「楚塞接三湘，荊門通九派」的倒裝。將「接」字「通」字移至句末，不但合乎詩的格律，更造成詩句的警策遒勁，但覺靈氣飛舞，狀溢目前。

8. 駿馬驕行踏落花，
垂鞭直拂五雲車。
美人一笑褰珠箔，
遙指紅樓是妾家。（李白〈陌上贈美人〉）

這首七絕只有四句廿八個字，卻具備了戲劇化的情節，且每句各呈現了一幅畫面，四幅畫面構成了一個完整的極短篇喜劇。

在此特別值得探究的是第三句，正常順序，應該是「美人（氣惱）褰珠箔（見李白）一笑」，李白在語法上用「時間倒裝」，不但使得文句警策遒勁，而且讓讀者感覺「褰珠箔」與「一笑」兩個動作在瞬間同時發生。這種「句子中字詞的倒裝」，將「一笑」移置「褰珠箔」之前，頗能增強語勢，使文句緊湊有力。

9.青天有月來幾時？

我今停盃一問之。

人攀明月不可得，

月行卻與人相隨。（李白〈把酒問月〉）

這是李白〈把酒問月〉的首段，「青天有月來幾時？我今停盃一問之」，開端就發問，藉以提起全篇主旨，頗能吸引讀者的注意力。更重要的是詩句有氣勢，足以顯現李白飛躍的豪情與雄偉的氣魄，使讀者感覺精神振奮。這兩句正常語序當作「我今停盃一問之，青天有月來幾時」，但若不用倒裝，則平板呆滯，黯然失色。此種倒裝係「上下句子的倒裝」，前一個辭例〈陌上贈美人〉則是「句子中字詞的倒裝」。後來蘇東坡的〈水調歌頭〉：「明月幾時有？把酒問青天」，即脫胎於此。

10.苔痕上階綠，草色入簾青。（劉禹錫〈陋室銘〉）

此二句寫陋室之景。順序當作「階前苔痕綠，簾外草色青」。作者刻意將「苔痕」、「草色」兩個關鍵詞調至句首，透過句中字詞的倒裝，使得句法鮮活，極生動之致。尤其在倒置之後，「上」與「入」兩個動詞用得極爲神奇奧妙。原本是作者看到階前的苔痕，簾外的草色，偏說成「苔痕上階綠，草色入簾青」。使苔痕與草色由靜態轉爲動態，由被動的形容變爲主動的呈現，好像苔痕跑上了台階，草色進入了簾內，將屬於植物的綠苔和青草賦予動態的生命力，生動別致，頗饒情味。若不用倒裝，那就顯得板滯而不通靈氣了。

11.賓客食，必夫人親治之，誠厚士勤矣。（沈亞之〈別前岐山令鄒君序〉）

「誠厚士勤矣」奇峭有力，用倒裝強調「厚士」，足以增強語勢，吸引讀者的注意力。若不用倒裝，照正常語序作「誠勤厚於士矣」或「於士誠厚且勤矣」，則遠遜於「誠厚士勤矣」的警策有力。

12.水是眼波橫，山是眉峰聚。欲問行人去哪邊？眉眼盈盈處。才始送春歸，又送君歸去。若到江南趕上春，千萬和春住。（王觀〈卜算子〉）

這闋詞開端即出手不凡，「水是眼波橫，山是眉峰聚」。作者以「水波橫」譬喻「眼」，「山峰聚」譬喻「眉」，用的是譬喻中的「隱喻」，堪稱維妙維肖的傳神妙喻。但是除了譬喻佳妙之外，同時也是兩個倒裝句，正常詞序當作「眼是水波橫，眉是山峰聚」，作者刻意將「水」、「山」調至句首，以奇特的句法加強語勢，尤能凝聚讀者目光的焦點。

13.千古江山，英雄無覓、孫仲謀處。舞榭歌台，風流總被、雨打風吹去。斜陽草樹，尋常巷陌，人道寄奴曾住。想當年，金戈鐵馬，氣吞萬里如虎。（辛棄疾〈永遇樂——京口北固亭懷古〉）

這是辛棄疾〈永遇樂〉的前半闋，劈頭「千古江山」四字，立刻將讀者帶入古今興亡的氣氛中，感慨萬端。「英雄無覓、孫仲謀處」意謂：在這千古不變的江山裏，再也難以找到像孫權那樣的英雄了。這兩句依正常順序當作「無處覓英雄孫仲謀」。作者刻意將「英雄」調到句首，使得詞句勁健，奇峭生動，且顯示其內心對英雄的迫切嚮慕與期盼。

現代文學中，爲「文章波瀾而倒裝」的辭例，也往往可見：

1.靜極了，這朝來水溶溶的大道，只遠處牛奶車的鈴聲，點綴這周遭的沉默。（徐志摩〈我所知道的康橋〉）

2.我送別她歸去，與她在此分離，
在青草裏飄拂，她的潔白的裙衣。（徐志摩〈死城〉）

第一個辭例，依照正常順序，應該是：「這朝來水溶溶的大道，靜極了！」徐志摩將「靜極了」倒裝在主語「大道」前面，是爲了強調靜景之美。可以增強語勢，給予讀者深刻的印象。第二個辭例，順序當作「她的潔白的裙衣，在青草裏飄拂。」用倒裝凸顯分別時的場景和氣氛。其實，「裙衣」也是「衣裙」的倒裝，屬「句子中字詞的倒裝」，俾「衣」字與前句末的「離」字協韻。

3.沿著荷塘，是一條曲折的小煤屑路。這是一條幽僻的路；白天也少人走，夜晚更加寂寞。荷塘四面，長著許多樹，蓊蓊鬱鬱的。（朱自清〈荷塘月色〉）

4.天空變成了淺藍色，很淺很淺的；轉眼間天邊出現了一道紅霞，慢慢兒擴大了它的範圍，加強了它的光亮。（巴金〈海上的日出〉）

朱自清所謂：「荷塘四面，長著許多樹，蓊蓊鬱鬱的。」順序當作：「長著許多蓊蓊鬱鬱的樹。」巴金所謂：「天空變成了淺藍色，很淺很淺的；」順序當作：「天空變成了很淺很淺的淺藍色；」將「蓊蓊鬱鬱的」、「很淺很淺的」移到後面，拆散了原來的語句，不但有強調作用，也使得節奏明快，語句暢順。

5.這事到了現在還是時時記起。（魯迅〈一件小事〉）

6.「雷峰夕照」的真景我見過，並不見佳，我認為。（魯迅〈論雷峰塔的倒掉〉）

依正常順序，這兩個辭例當作：「到了現在還是時時記起這事。」「我見過『雷峰夕照』的眞景，我認爲並不見佳。」魯迅如此倒裝，是爲了突出「這事」、「雷峰夕照」、「並不見佳」，如比可使文句更加有力。類似的用法，在現代語文中頗爲常見。

7.到了我十三歲的那一年冬天，是光緒卅四年，皇帝死了；小小的這富陽縣裏，也來了哀詔，發生了許多議論。（郁達夫〈書塾與學堂〉）

8.太陽落下了山坡，只留下一段燦爛的紅霞在天邊，在山頭，在樹梢。（巴金〈鳥的天堂〉）

「小小的這富陽縣裏」，順序當爲「這小小的富陽縣裏」，郁達夫將「小小的」移到「這」之前，旨在突出富陽縣的「小」。這麼偏陋的小地方居然也議論起國家大事來了，足見封建社會消息閉塞的狀況已有所轉變。〈鳥的天堂〉順序當作：「太陽落下了山坡，只在天邊，在山頭，在樹梢，留下一段燦爛的紅霞。」巴金將「在天邊，在山頭，在樹梢」狀語移置句末，成爲處所補詞，旨在從容表現落日餘暉映照的範圍。

9.他不但被免職，他的財產也被沒收了去。日本人鼓勵他貪污，在他做科長的時候；日本人拿去他的財產，當他被免職的時候。這樣，日本人賺了錢，而且懲辦了貪污。（老舍〈四世同堂〉）

10.上海客人把莊票看了兩遍，忽又笑著說道：「對不起，林老闆，這莊票，費神兑了鈔票給我吧！」（茅盾〈林家鋪子〉）

11.招待員向他說：「小心點，老人家！這房子剛修好，交了工還不到一禮拜，院子還沒有清理完哩！」（趙樹理〈套不住的手〉）

12.好久了，我都不曾把這件事向人提起過。（邱燮友〈髫齡舊夢〉）

老舍的〈四世同堂〉，將「日本人鼓勵他貪污」倒置在「在他做科長的時候」之前，「日本人拿去他的財產」倒置在「當他被免職的時候」之前，是強調日本人的手段，使文章更具諷刺性。茅盾將「對不起」倒置在「林老闆」之前，趙樹理將「小心點」倒置在「老人家」之前，邱燮友將「好久了」倒置在「我」之前，都是爲了加強語氣，凸顯重點，從而使讀者領略到作者的心情。

13.成功不必一定在我，只要努力的方向是同一個。讚賞朋友的成功，用誠意；檢討自己的失敗，用勇氣！（季薇〈朋友〉）

14.我覺得我自己彷佛是一個探寶者，正在這茫茫霧海中尋找著稀世的珍寶，不時地為一些突然的發現而驚喜的叫起來——當一座精巧的建築閃爍著繽紛的色澤，突然從霧幔中探身而出的時候；當一塊奇異的岩石突然橫在眼前，擋住你的去路的時候；當一叢野花搖曳著露珠瑩瑩的花瓣，突然出現在路邊的時候；當一汪清亮的泉流發著叮叮咚咚的聲響，突然湧到你的腳下的時候；當你在

艱難的攀登之中，突然發現峰迴路轉的時候。……（趙麗宏〈綠色的雨霧〉）

季薇〈朋友〉的一段文字全係倒裝，順序當作：「只要努力的方向是同一個，成功不必一定在我。用誠意讚賞朋友的成功，用勇氣檢討自己的失敗。」倒裝之後，不但重點突出「成功不必一定在我」、「讚賞」、「檢討」等作者的主旨，且使文句更加警策遒勁。趙麗宏〈綠色的雨霧〉，將「不時地為一些突然的發現而驚喜的叫起來」倒置在前，如果不用倒裝，則「驚喜」將在「當一座精巧的建築……」一大段文字之後，表達效果就要大打折扣了。

15.中國的雲，在秋天，
是全世界最悅目的，最美好的姿態。
我可以從我的明麗的窗，
眺望那海似的青空：那麼深邃。
那些散步的雲，抽著板菸。
悠悠然，有大國民風度。
鼓著浪，迎著風，在航行中，
那些是勝利中國的無敵艦隊，
青天白日滿地紅的飄揚。
水手們，吹著口笛，輕快的進行曲，
敏捷地，有節奏地，工作著，在甲板上。
……（紀弦〈中國的雲〉）

16.小窗，郵箱嘴般的
許多永晝，題我的名投入
（是題給鬢生花序的知風草吧？）而

驚蟄如歌，清明似酒，惟我
卻在穀雨的絲中，懶得像一隻蛹了（鄭愁予〈知風草〉）

紀弦〈中國的雲〉迭用倒裝，如：「中國的雲」倒置在「在秋天」之前，「鼓著浪，迎著風」倒置在「在航行中」之前，「艦隊」倒置在末，「敏捷地，有節奏地，工作著」倒置在「在甲板上」之前。鄭愁予〈知風草〉：「小窗，郵箱嘴般的，許多永晝，題我的名投入」，順序當作：「許多永晝，題我的名投入，郵箱嘴般的小窗」。如此倒裝句法的運用，在現代詩中頗爲常見，往往可以突現重點，使詩句遒勁有力，靈動多姿。

關於倒裝的原則，可以歸納爲三點：

一、講究格律之美

古典詩文往往爲了遷就格律而倒裝。無論是句子中字詞的倒裝，上下文句的倒裝，刻意變更正常慣用的語序，旨在創造音調諧適、形式駢儷的韻文美辭。

爲協韻而倒裝者如王維〈山居秋暝〉：「竹喧歸浣女，蓮動下漁舟。」

爲平仄而倒裝者如杜甫〈客至〉：「盤飧市遠無兼味，樽酒家貧只舊醅。」

爲對偶而倒裝者如王勃〈滕王閣序〉：「物華天寶，龍光射斗牛之墟；人傑地靈，徐孺下陳蕃之榻。」

爲駢文句式而倒裝者如丘遲〈與陳伯之書〉：「見故國之旗鼓，感平生於疇日，撫弦登陴。豈不愴悢！」

如此爲遷就格律而倒裝，雖然有其不得已之緣故，但講究格律之美，自有其價值與效用。

二、要求靈動多姿

爲激發文章波瀾而倒裝，不但可以強調作者的旨意，突出重點內容，加強語氣，且可以使句法警策遒勁，靈動多姿。黃永武《字句鍛鍊法．以倒裝取勁》云：

用字的排列次序，一變常法，特意顛倒，使平板爛熟的文句，產生新貌，達到加強語勢、調和音節或變換語法的目的。

劉寶成《修辭例句．倒裝》云：

> 調換次序的主要作用是為了強調某一部分的文意。因為我們每說一句話，其中必定有一部分文意是重點，為了突出這一點，給讀者以強烈的印象，往往要把它提到前面去先說。先說要比後說給人的印象更鮮明些。

黃慶萱《修辭學．倒裝》也提出兩點：

(一)要拍攝語者的心境。

(二)要追求語感的鮮活。

使文句警策者如《論語．子罕篇》：「三軍可奪帥也，匹夫不可奪志也。」此爲句子中字詞的倒裝取勁。又王維〈觀獵〉：「風勁角弓鳴，將軍獵渭城。」此爲上下句子的倒裝使語勢矯健，如順序作：「將軍獵渭城，風勁角弓鳴。」則懨懨然全無生氣。

突出內容者如杜甫〈畫鷹〉：「素練風霜起，蒼鷹畫作殊。」強調畫鷹之靈氣飛舞。徐志摩〈我所知道的康橋〉：「靜極了，這朝來水溶溶的大道！」強調大道之「靜」。均可使文章波瀾迭起，靈動多姿。

三、不可弄巧成拙

倒裝，是刻意改變正常語序，不合常規的特殊表達方式。必須謹慎地要求運用得當，切忌流於濫用，弄巧成拙，劉勰《文心雕龍．定勢篇》云：

> 自近代辭人，率好詭巧，原其為體，訛勢所變，厭黷舊式，穿鑿取新，察其訛意，似難而實無他術也，反正而已。故文反正為支，辭反正為奇。效奇之法，必顛倒文句，上字而抑下，中辭而出外，

回互不常，則新色耳。……舊練之才，則執正以馭奇；新學之銳，則逐奇而失正。勢流不反，文體遂弊。

倒裝必須「執正以馭奇」，倒裝得有意義，有道理，有效果；否則，與其失體成怪，弄巧成拙，反爲不美！

自我評量題目

一、除協韻、平仄外，還有沒有爲詩文格律而倒裝的緣故？

二、爲激發文章波瀾而倒裝有何效用？

三、簡述倒裝的原則。

第二十四章 跳 脫

學習目標

——研讀本章內容之後，學習者應可達成下列目標：

一、能了解跳脫的意義與效用。

二、能辨明突接、岔斷、插語、脫略的異同。

三、能運用跳脫致力文學欣賞與創作。

摘 要

由於心意的急轉、事象的突出等特殊情境，語文半途斷了語路的修辭方法，是爲「跳脫」。跳脫原本是語言的一種變態，形式上殘缺不全或間斷不接，但若運用得當，卻可以契合眞情實境。

跳脫可以分爲四類：

一、突接：敘事的時候，一件事尚未完畢，突然接敘另一件事，是爲「突接」。

二、岔斷：由於其他事象橫闖進來，使思慮、言語、行爲中斷，是爲「岔斷」。

三、插語：在必須的語言之外，插入若干話語，是爲「插語」。

四、脫略：爲適應情勢的急迫，要求文氣的緊湊，說話行文時故意省略若干語句，是爲「脫略」。

跳脫的原則有二：㈠要求逼眞傳神。㈡避免語意曖昧。

由於心意的急轉、事象的突出等特殊情境，語文半途斷了語路的修辭方法，是爲「跳脫」。跳脫原本是語言的一種變態，形式上殘缺不全或間斷不接，但若運用得當，卻可以契合眞情實境，以不完整的語句表達比完整語句更豐盈的內容，從不連接中收到比連接更佳的效果。

一般而言，語路中斷的情況有四，跳脫依此可分爲四類：

㈠從甲突然跳到乙，是爲「突接」。

㈡甲被乙打斷，是爲「岔斷」。

㈢將乙插入甲中，是爲「插語」。

㈣只說甲，省略乙，是爲「脫略」。

壹、突接

敘事的時候，一件事尚未完畢，突然接敘另一件事，是爲「突接」。一端未了，以另一端直起突接，雖有突兀之感，卻能契合情境，與「頂針」恰恰相反：頂針是頂接上句，蟬聯而下；突接是劈空而來，與上句迴無關聯。且看：

1. 晉侯賞從亡者。介之推不言祿，祿亦弗及。推曰：「獻公之子九人，惟君在矣！惠、懷無親，外內棄之。天未絕晉，必將有主。主晉祀者，非君而誰？天實置之，而二三子以為己力，不亦誣乎？竊人之財，猶謂之盜；況貪天之功以為己力乎？下義其罪，上賞其姦；上下相蒙，難與處矣。」

其母曰：「盍亦求之，以死誰懟？」

對曰：「尤而效之，罪又甚焉！且出怨言，不食其食。」

其母曰：「亦使知之，若何？」

對曰：「言，身之文也；身將隱，焉用文之？是求顯也。」

其母曰：「能如是乎？與女偕隱。」遂隱而死。（《左傳．僖公廿四年．介之推不言祿》）

〈介之推不言祿〉是《左傳》馳名的故事，表現了典型的狷者之行。介之推與其母的三度對話，均極爲精采，第三次對話在「焉用文之」之下，突接「是求顯也」，此與「焉用文之」，並不相關。意謂「若使知之，是求顯也」。如此突接須與前文並讀，從文章整體來觀照，才能領略其妙處。

2.項王曰：「壯士能復飲乎？」

樊噲曰：「臣死且不避，卮酒安足辭！夫秦王有虎狼之心，殺人如不能舉，刑人如恐不勝，天下皆叛之。懷王與諸將相約曰：『先破秦入咸陽者王之。』今沛公先破秦，入咸陽，毫毛不敢有所近，封閉宮室，還軍霸上，以待大王來。故遣將守關者，備他盜出入與非常也。勞苦而功高如此，未有封侯之賞，而聽細說，欲誅有功之人，此亡秦之續耳。竊為大王不取也。」（司馬遷《史記．項羽本紀》）

這是「鴻門之宴」極精采生動的一段。樊噲答項王的話，在「卮酒安足辭」句下，突接大段議論「夫秦王有虎狼之心，……竊爲大王不取也」，與上文不相關，但就當時的急迫的情境而言，不可能容許他緩緩細述。如此突接，在「項莊舞劍，意在沛公」的劍拔弩張氣氛下，適其時矣。不但使壯士瞋目的神情畢現，且情勢緊急，語勢強烈，讓讀者感同身受。

3.漢王乃得與數十騎遁去。欲過沛，收家室而西；楚亦使人追之沛，取漢王家。家皆亡，不與漢王相見。漢王道逢得孝惠、魯元，乃載行。楚騎追漢王，漢王急，推墮孝惠、魯元車下；滕公常下，收載之，如是者三。曰：「雖急，不可以驅？奈何棄之！」於是遂得脫。（司馬遷《史記．項羽本紀》）

此敘楚漢相爭，劉邦在敗退途中遇到子女，載上車同行，後恐爲追兵所及，嫌車重不能速馳，將子女推落車下。此時夏侯嬰爲漢之太僕，爲劉邦駕車，故能經常下車將劉盈姊弟抱回車上，仍載之同行。「如是者三」謂劉邦三次推墮子女下車，夏侯嬰三次將他們抱上車。並且說：事雖緊急，難道不可以把車趕得快些麼？怎麼能把孩子拋棄呢？「於是遂得脫」這句與上文並不銜接，但兵敗逃命的急迫情況，狀溢目前。

4. 棄我去者昨日之日不可留，亂我心者今日之日多煩憂！
長風萬里送秋雁，對此可以酣高樓。
蓬萊文章建安骨，中間小謝又清發。
俱懷逸興壯思飛，欲上青天覽明月。
抽刀斷水水更流，舉盃消愁愁更愁。
人生在世不稱意，明朝散髮弄扁舟。（李白〈宣州謝脁樓餞別校書叔雲〉）

此詩爲李白送別族叔李雲登樓有感而作，興寄超忽，豪宕飄逸之氣，躍然紙上。首段四句以歲月煩憂興起餞別之情，中段四句從前賢俊才敘及賓主相偕之情，末段四句以抒感送別作結。中段以「蓬萊文章建安骨」突接首段的「長風萬里送秋雁，對此可以酣高樓」。黃永武《字句鍛鍊法．突接》評云：「於高樓酣飲下，忽然突接蓬萊文章建安骨句，橫亙而出，極感緊峭，而抽刀斷水句又再度突起，處處都是破空而來，像風雨驟至，把各句間的端倪承接都簡省了。」黃氏又在《中國詩學．鑑賞篇．結構美的欣賞》舉此爲「承接的美」的詩例，詳加闡析：

王夫之評本詩說：「興比超忽」（《唐詩評選》），方東樹評本詩說：「起二句發興無端，長風二句落入，如此落法，非尋常所知。」（《昭昧詹言》）所說超忽無端，正指本詩忽起忽落，恣肆奇橫。吳北江更指首句說：「破空而來，不可端倪。」指第三句說：「再用破空之句作接，非太白雄才，那得有此奇橫？」又指抽刀句說：「抽刀句再斷。」而翁覃溪說：「蓬萊句從中突起，橫亙而出。」依諸家所說，本詩的長風句、蓬萊句、抽刀句都是取突接的方式，既飄忽，又緊峭，像風雨驟至，有「恣肆奇橫」的美。

如此看來，突接運用得當，眞是「恣肆奇橫」，有令人氣爽神怡的妙思奇情。

5.生還對童稚，似欲忘飢渴。問事競輓鬚，誰能即嗔喝？

翻思在賊愁，甘受雜亂聒。新歸且慰意，生理焉得說？

至尊尚蒙塵，幾日休練卒？仰觀天色改，坐覺妖氛豁。（杜甫〈北征〉）

〈北征〉是杜甫長篇敘事詩的代表作。敘安史之亂期間從朝廷所在的鳳翔回鄜州探望妻子兒女的經歷見聞。全詩共一百四十句，分作五大段。第四段開端以「至尊尚蒙塵」突接第三段的「新歸且慰意，生理焉得說？」如此突接，不與上文銜接，突然轉向，將冗雜一齊拋開，使詩句緊湊有力。故沈德潛《唐詩別裁》評云：「敘到家後悲喜交集，詞尚未了，忽又至尊蒙塵，直起突接，他人無此筆力。」又劉中和《杜詩研究》評云：

舊時代家庭禮法很嚴，而此時兒女竟敢揪父親的鬍鬚，想必是各人紛紛搶著問，父親一張嘴巴來不及回答，得不到回答的兒女就揪鬍鬚催著，於是杜甫想到在賊中受到吵鬧還不也只好算了，此時到家，兒女吵鬧是天倫親情，焉能責叱？

假如不用突接，則家中瑣雜實難以了結。

6.相見時難別亦難，東風無力百花殘。

春蠶到死絲方盡，蠟炬成灰淚始乾。

曉鏡但愁雲鬢改，夜吟應覺月光寒。

蓬山此去無多路，青鳥殷勤為探看。（李商隱〈無題〉）

此詩開端即道出了愛情受到阻礙的無可奈何之情。「相見時難」是由於外在環境阻隔的難以相聚，「別亦難」是內心精神感覺的難分難捨。難以相聚與難分難捨、內外兩難交相夾攻，則痛苦可想而知。次句「東風無力百花殘」由抒情轉為寫景，表面與上句毫無關聯，實則寓情於景，明轉暗承。此種只起一端的突接手法：寄興無窮，令讀者玩味不盡。故馮浩《玉谿生詩集箋註》評云：「次句畢世接不出。」

7.賈母道：「既如此，請到外面坐著開方子。若治好了，我另外預備好謝禮，叫他親自去磕頭；若耽誤了，我打發人去拆了太醫院的大堂。」

王太醫只躬身笑說：「不敢，不敢。」

他原聽了說「另具上等謝禮，命寶玉去磕頭」，故滿口說「不敢」，並未聽見賈母後來說「拆太醫院」之戲語，猶說「不敢」，賈母與眾人反倒笑了。（曹雪芹《紅樓夢・第五十七回》）

這一回紫鵑以林黛玉要回蘇州來試賈寶玉。不想寶玉急痛迷心，賈母忙請醫生，連急帶嚇地問病情。王太醫被逼問得慌，回答得上氣不接下氣，原本是不敢受謝禮，並非「不敢」拆大堂。答非所問，適得其反，如此突接流露了回話當時的急切神情。

現代文學中，突接的手法，也往往可見：

1.民伕問那兩個生意人道：「沒有拿走什麼吧？」

生意人說：「沒有。」並且又向小喜點頭道：「謝謝老總，不是碰上你就壞了！」

小喜在驢上搖頭道：「沒有什麼！他媽的！好大膽，青天白日就截路搶人啦！」（趙樹理〈李家莊的變遷〉）

小喜的話「沒有什麼」，是回答生意人的「謝謝老總，不是碰上你就壞了！」接下來的「他媽的！好大膽！青天白日就截路搶人啦」，用突接手法，針對生意人所說「沒有」，予以反駁。如此突接，適足以表達小喜的憤怒，使讀者想見當時的情境與氣氛。

2.杜善人走到門邊，又回轉頭來問道：「他瞎編些啥？」

老孫頭反問：「誰？」

杜善人說：「我那傻兒巴嘰小子。」

老孫頭瞇著左眼說：「他說呀……咳……，」才說這一句，看到郭全海衝他使眼色，連忙改口影影綽綽的說道：「他麼？可也沒說啥。」（周立波《暴風驟雨》）

老孫頭的「他說呀」，回答杜善人，接著本想繼續說「傻兒巴嘰小子」的，但是看見郭全海使眼色，於是以「他麼？可也沒說啥。」突接上文，如此突接，可以充分顯現當時的氣氛，且使老孫頭愛饒舌而又圓滑的性格流露無遺。

3.武雲對著電話喊：「你聽著，無論如何，火車要按計劃……喂！喂！話還沒有說完呢，誰給掐線了？」

電話裏透出姚志蘭的聲音：「不是掐線，是前面的線炸斷了。」（楊朔《三千里江山》）

4.人家說，黃毛丫頭十八變，我看你呀，都卅囉，好像一點都沒變。眼睛別動，否則畫不平。（王令嫺〈哭在冷冷的月色裏〉）

楊朔以「話還沒有說完呢，誰給掐線了」突接前面的「火車要按計劃」，王令嫺以「眼睛別動」突接「都卅囉，好像一點都沒變」。

5.不是追尋，必須追尋，
不是超越，必須超越——
雲倦了，有風扶著，
風倦了，有海托著，
海倦了呢？隄倦了呢？（周夢蝶〈逍遙遊〉）

周夢蝶以「雲倦了」突接「必須超越」，雲倦了表面上與前文並無關聯，但如此突接，使這首現代詩別具韻味。

貳、岔斷

由於其他事象橫闖進來，使思慮、言語、行爲中斷，是爲「岔斷」。且看：

1.叔孫宣伯之在齊也，叔孫還納其女於靈公，嬖，生景公。丁丑，崔杼立而相之，慶封為左相，盟國人於大宮曰：「所不與崔、慶者——」晏子仰天嘆曰：「嬰所不唯忠於君，利社稷者是與，有如上帝！」乃歃。（《左傳．襄公廿五年》）

崔杼、慶封的盟辭尚未讀完，就被晏子岔斷。所以杜預注云：「盟書云：『所不與崔、慶者，有如上帝。』讀書未終，晏子抄答易其辭，因自歃。」

2.魏武侯謀事而當，群臣莫能逮，退朝而有喜色。吳子進曰：「亦嘗有以楚莊王之語，聞於左右者乎？楚莊王謀事而當，群臣莫逮，退朝而有憂色。楚莊王以憂，而君以喜——」武侯逡巡再拜曰：「天使夫子振寡人之過也。」（《荀子．堯問篇》）

吳起的話尚未說完，就被魏武侯打斷了。魏武侯由於反應快，即時領悟，來不及等吳起說完，急忙插嘴認錯。這段文字，《吳子．圖國篇》作：「此楚莊王之所憂，而君說之，臣竊懼矣。」語氣雖完整，卻難以想見武侯急忙認錯的神情，不但文句比不上荀子緊湊，而且精神全失。

3.智深走到面前，那和尚喫了一驚，跳起身來便道：「請師兄坐，同喫一盞。」

智深提著禪杖道：「你這兩個如何把寺來廢了！」

那和尚便道：「師兄請坐，聽小僧——」

智深睜著眼道：「你說，你說！」

那和尚道：「——說，在先敝寺十分好個去處，田莊又廣，僧眾極多。只被廊下那幾個老和尚，喫酒撒潑，將錢養女，長老禁約他們不得，又把長老排告了出去，因此把寺來都廢了。僧眾盡皆

走散，田土已都賣了。小僧卻和這個道人新來住持此間，正欲要整理山門，修蓋殿宇。」（施耐庵《水滸傳．第六回》）

瓦官寺的和尙，話才開頭，就被魯智深岔斷。和尙的「師兄請坐，聽小僧說」原爲一句，只因魯智深睜眼喝斥「你說，你說」，就被岔斷爲兩截。如此岔斷，適足以讓讀者充分體會到當時的情境。宛如親眼目見魯智深急驟神情，感覺靈氣飛舞。難怪金聖嘆批云：「千古未有之奇事，章法奇絕，從古未有。」

4.襲人道：「又開門闔户的鬧，倘或遇見巡夜的問——」

寶玉道：「怕什麼！咱們三姑娘也吃酒，再請他一聲才好。還有琴姑娘。」（曹雪芹《紅樓夢．第六十三回》）

在「壽怡紅群芳開夜宴」時，賈寶玉等要行個令，嫌人少沒趣，要去請薛寶釵、林黛玉等來湊熱鬧，襲人怕夜深不方便，有意勸阻，話還沒說完，就被寶玉的「怕什麼」打斷了。如此岔斷，不但生動傳神，同時也反映了襲人的謹愼守節與寶玉的浪漫性急。

5.張靜齋道：「老世叔，這句話斷斷使不得的了。你我做官的人，只知有皇上，哪知有教親？想起洪武年間，劉老先生——」

湯知縣道：「哪一個劉老先生？」

靜齋道：「諱基的了。他是洪武三年開科的進士，『天下有道』三句中的第五名——」

范進插口道：「想是第三名？」

靜齋道：「是第五名……」（吳敬梓《儒林外史．第四回》）

這是插口的岔斷，張靜齋的話，中間二度被湯知縣、范進岔斷，雖未節省文辭，卻可以表現當時急促的神態。

現代文學中的岔斷，也往往可見：

1.孔乙己一到店，所有喝酒的人便都看著他笑，有的叫道：「孔乙己，你臉上又添上新傷疤了！」

他不回答，對櫃裏說：「溫兩碗酒，要一碟茴香豆。」便排出九文大錢。他們又故意的高聲嚷道：「你一定又偷了人家的東西了！」孔乙己睜大眼睛說：「你怎麼這樣憑空污人清白……」「什麼清白？我前天親眼見你偷了何家的書，吊著打。」孔乙己便漲紅了臉，額上青筋條條綻出，爭辯道：「竊書不能算偷……竊書……讀書人的事，能算偷嗎？」接著便是難懂的話，什麼「君子固窮」，什麼「者乎」之類，引得眾人都鬨笑起來：店內外充滿了快活的空氣。（魯迅〈孔乙己〉）

〈孔乙己〉是魯迅短篇小說的代表作。以上這段文字，當他說「你怎麼這樣憑空污人清白」時，話還沒完，就被人岔斷：「什麼清白？前天我親眼看見……」如此岔斷，使得文章活潑有趣，生動傳神。陸文蔚《古今名作修辭賞析．孔乙己》評云：

眾人第一次說孔乙己偷了人家東西，孔乙己還「睜大眼睛」申辯，維護自己的自尊心，說人污他清白。及至有人說「親眼見」他偷了「何家」的書，既有名姓，又是親見，遭到無情打擊的情況下，便「漲紅了臉，額上的青筋條條綻出」，說明他自尊心還未泯滅，還做最後掙扎的爭辯，連用兩個「竊書」，正見孔乙己的文謅謅，避免說「偷書」，「不能算偷」、「能算偷麼？」還是盡力狡辯。「君子固窮」，語出《論語．衛靈公篇》，孔乙己是不合原意的套用，正見他的迂腐。「什麼『者乎』之類」是泛指，表示孔乙己說的不知所云，亂扯一通，掩飾自己。

魯迅在〈孔乙己〉開端描述主角出場到酒店的情況，對於人物個性的刻畫，頗爲生動深刻。其中的岔斷，可顯現當時的情境和氣氛。

2.十年前，我默念王國維的詞句：「天末彤雲暗四垂，失行孤雁逆風飛，江湖寥落爾安歸？」這幅墨色山水似的詩人心境，現在看來卻歷久而愈新了。

十年了，像一個夢，我現在究否醒來？

「陳教授，修士在請你去呢！」（陳之藩〈幾度夕陽紅〉）

3.發瘋似地在背街小巷裏瞎走。觸目盡是傷心的顏色。忘不了貓咪的影子，就是忘不了。走了以後才發覺。設法遺忘是一件痛苦的事。——羅兄，原來在這裏。校長要我來找你。（水晶〈沒有臉的人〉）

陳之藩散文〈幾度夕陽紅〉、水晶的小說〈沒有臉的人〉，都用了同樣的「岔斷」。此與前面〈孔乙己〉裏的岔斷不一樣。〈孔乙己〉中的岔斷，是言語被打斷，這裏是文中主角的思慮被打斷。

4.我說：「你有時太聰明，有時太愚蠢，有時太勇敢，有時太怯懦；有時太……」

「你有時太知足！」他攔住了我的話頭說。（蕭克凡〈黑砂〉）

5.冷師傅說完，伸手從牆上摘下個考勤簿，緊緊地提著鉛筆，像一年級小學生一樣，記下了遲到五分鐘。

林小龍一看，火辣辣地說：「你真是冷……」

「冷什麼？」

「冷酷無情！」（蕭冰〈冷師傅〉）

這兩個辭例，都是話說了一半，被對方岔斷，然而岔斷的方式卻有不同，前者是攔住了話先說「你有時太知足」，後者是將對方原本克制著剎住嘴的下半句逼出來。如此的岔斷，不但有諷刺，有趣味，且能刻畫人物的性格。唐松波．黃建霖《漢語修辭格大辭典．布置類．跳脫格》對〈冷師傅〉有一段精闢的評析：

林小龍一時氣惱，原本想對冷師傅發作一番，但畢竟自己遲到理虧，而對方不過是堅持原則，嚴格考勤，於是話說半句急忙剎住，這說明他在竭力克制自己。不料冷師傅偏偏接過話頭，追問一句。這一來一去，逼得林小龍也就不管不顧地說出後半句更難聽的話來。

其實，林小龍諷刺「冷」師傅「冷」酷無情，是雙關的「詞義雙關」，在此雖頗見諧趣，但流於尖刻傷人，不足為訓。

6.「你念那一科，是文科還是理科——啊，你先別說，讓我猜猜！我准保能猜出來！」她說話的聲音又甜又脆。（莫伸〈旅途中〉）

7.他站起來，像一頭鴨子似地走著，慢慢地走到炕前，對大家說：「我想這樣子吧，把事情分做兩下裏說——」

才說了這麼一句，忽然門外有人接著說：「把什麼事情分做兩下裏說呀？」門開了，從院子裏走進一個公務人員，大家一看，原來是鄉長羅生旺。高生亮讓他炕上坐下，把剛才的問題對他簡單地敘述一遍，就接著說下去：「怎麼分做兩下呢？——一下是辦得到的事情，一下是辦不到的事情。凡是辦得到的事情，合作社吃點虧倒沒什麼，像賀家媳婦紡的線子，若是差些，合作社還是收下。……」（歐陽山《高干大》）

前面幾個辭例，無論是說話，或者是思慮，都是被旁人岔斷。莫伸〈旅途中〉卻是說話者自己岔斷。高生亮話說到一半，就被羅生旺的問題岔斷了，如此岔斷，也使文章生動變化。

參、插語

凡在必須的語言之外，插入若干話語，是為「插語」。且看：

1.沛公旦日從百餘騎來見項王，至鴻門，謝曰：「臣與將軍戮力而攻秦，將軍戰河北，臣戰河南。然不自意能先入關破秦，得復見將軍於此。今者，有小人之言，令將軍與臣有郤。」項王曰：「此沛公左司馬曹無傷言之。不然，籍何以至此？」

項王即日因留沛公與飲。項王、項伯東嚮坐，亞父南嚮坐，——亞父者，范增也——沛公北嚮坐，張良西嚮侍。范增數目項王，舉所佩玉玦以示之者三。項王默然不應。（司馬遷《史記·項羽本紀》）

此爲「鴻門宴」開端的兩段文字。「亞父者，范增也」，是解釋性的插語。如不用插語，在正文中不易安排。

2.方欲發使送武等，會緱王與長水虞常等謀反匈奴中。——緱王者，昆邪王姊子也，與昆邪王俱降漢，後隨浞野侯沒胡中。——及衛律所降者，陰相與謀劫單于母閼氏歸漢。（班固《漢書·蘇武傳》）

「緱王者……」也是解釋性的插語，將敘述性的文字打斷。由於這一意外事件，使蘇武受到牽連，在匈奴羈留十九年。

3.黛玉住在大觀園中，雖靠著賈母疼愛，然在別人身上凡事終是寸步留心。聽見窗外老婆子這樣罵著，——在別人呢，一句也貼不上的，——竟像專罵自己的。（曹雪芹《紅樓夢·第八十三回》）

此敘林黛玉寄人籬下的生活，難免敏感多疑。「在別人呢，一句也貼不上的」，插語打斷了敘述性的語言。

4.到了二更時分，英雄（展昭）換上夜行的衣靠，將燈吹滅，聽了片時，寓所已無動靜。悄悄開門，回手帶好，仍然放下軟簾，飛上房，離了寓所，來到花園，——白晝間已然丈量過了。——約略遠近，在百寶囊中掏出如意絲來，用力向上一抛。——是練就準頭，——便落在牆頭之上，用腳尖登住磚牙，飛身而上。到了牆頭，將身爬伏。（石玉崑《三俠五義·第十二回》）

這段文字敘南俠展昭的動作，「白晝間已然丈量過了」、「是練就準頭」，敘述語中間有兩段解釋性的「插語」。

現代文學中，「插語」也往往可見：

1.知縣大老爺還是原官，不過改稱了什麼，而且舉人老爺也做了什麼，——這些名目，未莊的人都

說不明白，——官，帶兵的也還是先前的老把總。（魯迅《阿Q正傳》）

2.我們只談了一會兒，而且並沒有什麼重要的話；——我現在已全忘記。——但我覺得已懂得他了，我相信他是一個可愛的人。（朱自清〈哀韋杰三君〉）

魯迅在《阿Q正傳》小說裏敘滿清結束，民國成立，但地方官吏仍然是照舊那班人。以「這些名目，未莊的人都說不明白」插入敘述之中，頗具諷刺性。朱自清在〈哀韋杰三君〉文裏，以「我現在已全忘記」插入敘事中，有補充說明的作用。

「插語」在跳脫的效果上，比起「突接」、「岔斷」，難免要略遜一籌，但仍然有其作用。

肆、脫略

為適應情勢的急迫，要求文氣的緊湊，說話行文時故意省略若干語句，是為「脫略」。運用脫略，言辭雖不能循序完整，但卻可以表達得更加逼眞傳神。且看：

1.師及齊師戰于郊。……右師奔，齊人從之。陳瓘、陳莊涉泗。孟之側後入，以為殿。抽矢策其馬曰：「馬不進也！」（《左傳・哀公十一年》）

齊魯兩國交戰，魯國戰敗。孟之側後入，在「馬不進也」句上脫略「非敢後也」，頗能顯現當時緊急之情勢。孟之側，字反。這段事《論語・子罕篇》也有記載：「子曰：孟子反不伐，奔而殿，將入門，策其馬，曰：『非敢後也，馬不進也！』」比較而論，《左傳》以敘事為主，用脫略頗能生動逼眞地呈現戰場狀況；《論語》旨在說理，增加了「非敢後也」，藉以彰顯孟子反不誇耀自己勇敢的謙虛心。

2.戰于郎，公叔禺人遇負杖入保者息，曰：「使之雖病也，任之雖重也，君子不能為謀也，士弗能死也！不可！我則既言之矣。」與其鄰童汪踦往，皆死焉。（《禮記・檀弓》）

在「我則既言矣」下脫略「敢不勉乎」，如此跳脫，使得文句緊湊，文氣急促，而公叔禺人慷慨陳詞的激昂之態，躍然紙上。此事又見《左傳．哀公十一年》：「公叔務人見保者而泣，曰：『事充政重，上不能謀，士不能死，何以治民？吾既言之矣，敢不勉乎？』」

3.晉獻公將殺其世子申生。公子重耳謂之曰：「子盍言子之志於公乎？」世子曰：「不可！君安驪姬，是我傷公之心也！」（《禮記．檀弓》）

驪姬於酒肉中下毒誣申生弒父，晉獻公誤信讒言，欲殺世子，世子則寧受其冤而不願澄清。此「君安驪姬」句下，脫略「吾若言志於公，則驪姬必死，驪姬死則吾君不安」等句，使文章緊湊。且此理公子重耳也心知肚明，不說也了解。

4.馮唐者，其大父趙人，父徙代。唐以孝著，為中郎署長，文帝輦過，問唐曰：「父老何自為郎？家安在？」唐具以實對。文帝曰：「吾居代時，吾尚食監高祛數為我言趙將李齊之賢，戰於鉅鹿下。今吾每飯，意未嘗不在鉅鹿也。父知之乎？」唐對曰：「尚不如廉頗、李牧之為將也。」上既聞廉頗、李牧為人良，說而搏髀曰：「嗟乎！吾獨不得廉頗、李牧時為吾將，吾豈憂匈奴哉！」（司馬遷《史記．馮唐傳》）

《史記》這段文字，在慨嘆「不得廉頗、李牧時爲吾將」之下，脫略「若得廉頗、李牧時爲吾將」，如此脫略，無妨文意，有助文氣。當漢文帝在患於匈奴，「以胡寇爲意」之時，適足以顯現他對良將的殷切思慕之情與聽到良將的搏髀歡欣之態。

5.林沖聽了，大驚道：「這卅歲的，正是陸虞侯，那潑賤賊，敢來這裏害我，休要撞著我，只教他骨肉為泥！」（施耐庵《水滸傳．第九回》）

由於當時情況惶急，來不及細說，所以在「休要撞著我」句下，脫略了「如撞著我」，如此脫略，不但將林沖的驚惶、憤怒之情態播映到讀者面前，且讓大家充分感受到現場的氣氛。

6.王冕看了一回，心裏想道：「古人說：『人在圖畫中。』其實不錯。可惜我這裏沒有一個畫工，把這荷花畫他幾枝，也覺有趣。」（吳敬梓《儒林外史．楔子》）

作者在「也覺有趣」句上，脫略了「如有一個畫工，把這荷花畫他幾枝」，如此脫略，可以避免重複，使文句簡鍊、緊湊。

7.探春過來，摸了摸黛玉的手，已經涼了，連目光也都散了。探春紫鵑正哭著叫人端水來給黛玉擦洗，李紈趕忙進來了。三個人才見了，不及說話。剛擦著，猛聽黛玉直聲叫道：「寶玉！寶玉！你好……」說到「好」字，便渾身冷汗，不作聲了。紫鵑急忙扶住，那汗愈出，身子便漸漸地冷了。探春李紈叫人亂著攏頭穿衣，只見黛玉兩眼一翻，嗚呼！（曹雪芹《紅樓夢．第九十八回》）

這段林黛玉魂歸離恨天的描繪，極為生動傳神。黛玉直聲叫道「寶玉！寶玉！你好」下面的話脫略。此例與以上的辭例均不相同，前面的辭例是作者或文章中的人脫略，在此林黛玉是再也不作聲。然而不說要比說好，無論說什麼，總是不夠盡致。這一脫略，可以讓書中現場眾人以及無數的讀者自行想見黛玉的孤苦身世，不幸遭遇，情感的失落，臨死前滿腔怨恨，盡在不言之中流露無遺。

現代文學中，「脫略」的辭例也往往可見：

1.他平常很不喜歡說話，可是這陣兒他願意跟光頭的矮子說幾句，街上清靜得真可怕。

「抄土道走吧？馬路上……。」

「那還用說？」矮子猜到他的意思：「只要一上了便道，咱們就算有點底兒了！」

還沒有拉到便道上，祥子和光頭的矮子連車帶人都被十來個兵捉了去！（老舍〈駱駝祥子〉）

祥子在「抄土道走吧，馬路上」句下脫略了「不平靜」、「有危險」，用脫略可以顯見他緊張的心理，擔心出意外。不說要比說出來更加害怕。

2.「他怎麼會愛上她呢？真不可能。你漂亮，有學問，而她……怎麼會？」（林海音〈冬青樹〉）

3.剛到美國就上了這麼一個不大不小的當。幸而他家裏有錢，否則——當然，如果他是個窮學生，像自己一樣，根本就不會也不敢做那樣的淘金夢了。（彭歌〈在天之涯〉）

林海音在「而她」之下脫略了「醜陋」、「無知」等，彭歌在「否則」之下脫略了「糟糕」、「倒楣」等。所脫略的，都是不好的意思。不說要比說出來好。

4.樂聲漸漸穩定，已經能夠聽清吹的是一支傳統的民歌。好清麗的旋律！多絢爛的色彩！我心頭立即閃過一個奇蹟的影子，萬一真是……！我幾乎激動得全身顫慄了。（白榕〈嗩吶曲〉）

多年離別之後，意外重逢的情況下，在「萬一眞是」下跳脫一個「他」字。如此脫略，適足以顯現那種既驚且喜既信又疑之複雜情緒，生動傳神！

5.「我不是信不過你，我只是怕啊！」耿秋英一搖頭，頭髮又散開了，一直披到肩上，不無傷感地說：「我自信我還是一個硬性子的人，我是天不怕地不怕的。這一回，我卻怕了，怕得那麼厲害。你闖進了我的生命裏，你要是……你要是……那就等於把我的生命也拿走了。」（魯彥周〈彩虹坪〉）

「你要是」句下脫略了「欺騙了我」、「負情變心」，如此脫略，將少女初戀的表白之情態，寫得十分生動而又深刻。

關於跳脫的原則，在此可以歸納爲兩點：

一、要求逼真傳神

跳脫在形式上往往是殘缺不全或間斷不接。在語言上是一種刻意的變態，以異乎尋常的句法，引起讀者的注意。誠如陳望道《修辭學發凡．跳脫》所稱：「若能夠用得眞合實情實境，卻是不完整而有完整以上的情韻，不連接而有連接以上的效力。」因此，跳脫貴在要求逼眞傳神。例如本章所舉〈項羽本紀〉樊噲與項王的對話，以「突接」的方式，顯現鴻門宴的緊張氣氛與急迫情勢。《水滸傳》第五回魯智深與瓦官寺和尚的對話，以「岔斷」呈現出眞實的情境，刻畫出魯智深嫉惡如仇的魯莽性格。《儒林外史》王冕的尋思，以脫略避免重複，使文句簡鍊緊湊。苟非善用「跳脫」，盍能如此逼眞傳神，警策絕倫？

再如杜甫〈北征〉以「突接」將冗雜一齊拋開，另開新局，《禮記・檀弓》申生以「脫略」顯現其內心苦衷，《紅樓夢》第九十八回，林黛玉臨終以「脫略」表達滿腔的哀怨。如此跳脫，語未盡而意無窮，縱有千言萬語，也難以盡訴。苟非善用跳脫，盍能如此豐盈深刻，含蘊無窮？

二、避免語言曖昧

「跳脫」與錯綜、倒裝的相似之處，是以異常的句法，要求「無理而妙」、「反常合道」。其間的分寸必須拿捏得恰到好處。如何運用得當，前輩學者，屢見闡論：

黃慶萱《修辭學》嘗列舉四點：(1)須能引人注意。(2)表現當時情境。(3)須使語意含蓄。(4)不可語意不明。並申言：跳脫過甚，導致語意不明，那也不足爲法的。

劉寶成《修辭例句》強調：運用跳脫修辭格，是爲了說話、寫文章生動、形象，富有感染力。但必須用得準確、恰當，假如沒有眞實情感故意拼湊，就會華而不實，使人感到厭煩。

季紹德《古漢語修辭》則提出三點：

(1)運用急收（相當本章的「脫略」），能把難以說盡的千言萬語急速收住，因而顯出語未盡而意無窮的深刻涵義。

(2)恰當地運用「突接」、「沖斷」（岔斷），有助於製造緊張的氣氛，刻畫人物的性格。

(3)在敘述中，突然插入注釋性的話（插語），能起到說明的作用，使語言經濟，效果良好。

所謂「不可語意不明」，「必須用得準確、恰當」，「恰當地運用」，都是在強調運用「跳脫」必須妥當謹愼。「跳脫」除積極地要求逼眞傳神之外，尤須避免語意曖昧。「跳脫」傳神，旨在「無理而妙」，若「無理而不妙」則修辭弄巧成拙，就大爲不妙了。

自我評量題目

一、何謂突接、岔斷？舉例說明之。

二、何謂插語、脫略？舉例以明之。

三、有許多文章在同一段中連用頂針與跳脫，能否舉例以明之？

參考文獻

1.中國修辭學會：《修辭和修辭教學》，上海教育出版社，民國七十四年七月。
2.中國修辭學會：《修辭學論文集一、二、三、四、五集》，福建人民出版社，民國七十二年七月起。
3.王希傑：《漢語修辭學》，北京：北京出版社，民國七十二年十二月。
4.吳士文：《修辭格論析》，上海教育出版社，民國七十五年九月。
5.李小岑：《現代英文修辭學》，台北：美亞出版公司，民國七十年。
6.李裕德：《新編實用修辭》，北京出版社，民國七十四年九月。
7.沈　謙：《文心雕龍之文學理論與批評》，台北：華正書局，民國七十年五月。
8.沈　謙：《文心雕龍與現代修辭學》，台北：文史哲出版社，民國七十九年六月。
9.季紹德：《古漢語修辭》，吉林文史出版社，民國七十五年五月。
10.宗廷虎：《中國現代修辭學史》，浙江教育出版社，民國七十九年二月。
11.俞　樾：《古書疑義舉例五種》，台北：泰順書局，民國六十年一月。
12.姚殿芳、潘兆明：《實用漢語修辭》，北京大學出版社，民國七十六年六月。
13.唐　鉞：《修辭格》，上海：商務印書館，民國十一年十二月。
14.唐松波、黃建霖：《漢語修辭格大辭典》，北京：中國國際廣播出版社，民國七十八年十二月。
15.孫萬國譯：《論修辭》，台北：黎明文化公司，民國六十二年八月。
16.徐芹庭：《修辭學發微》，台北：中華書局，民國六十三年八月。
17.張文治：《古書修辭例》，台北：中華書局，民國六十年三月。
18.張漢良譯：《象徵主義》，台北：黎明文化公司，民國六十二年八月。

19. 陳望道：《修辭學發凡》，台北：學生出版社，民國五十七年八月。
20. 陸稼祥：《辭格的運用》，遼寧人民出版社，民國七十八年六月。
21. 傅隸樸：《修辭學》，台北：正中書局，民國五十八年三月。
22. 復旦大學語言研究室：《陳望道修辭論集》，安徽教育出版社，民國七十四年七月。
23. 程希嵐：《修辭學新編》，吉林人民出版社，民國七十三年七月。
24. 黃民裕：《辭格匯編》，湖南人民出版社，民國七十三年四月。
25. 黃永武：《中國詩學・設計篇、鑑賞篇、考據篇、思想篇》，台北：巨流圖書公司，民國六十五年六月。
26. 黃永武：《字句鍛鍊法》，台北：商務印書館，民國五十八年八月。
27. 黃維樑：《清通與多姿——中文語法修辭論集》，香港：香港文化公司，民國七十年十二月。
28. 黃慶萱：《修辭學》，台北：三民書局，民國六十四年一月。
29. 楊樹達：《漢文文言修辭學》，台北：樂天出版社，民國六十一年十一月。
30. 董季棠：《修辭析論》，台北：益智書局，民國七十年十月。
31. 路燈照、成九田：《古詩文修辭例話》，台北：商務印書館，民國七十六年十月。
32. 劉寶成：《修辭例句》，吉林文史出版社，民國七十五年二月。
33. 鄭子瑜：《中國修辭學史稿》，上海教育出版社，民國七十三年五月。
34. 黎運漢、張維耿：《現代漢語修辭學》，商務印書館香港分館，民國七十五年八月。
35. 譚全基：《修辭精華百例》，香港：金陵出版社，民國七十六年十月。

國家圖書館出版品預行編目資料

修辭學／沈謙著. — 初版. — 臺北市：五南圖書出版股份有限公司，2010.08
面； 公分.
ISBN 978-957-11-5892-1（平裝）

1.漢語 2.修辭學

802.75 98025207

1X1Y 語言文字學系列

修辭學

作 者 — 沈 謙(103.2)
發 行 人 — 楊榮川
總 經 理 — 楊士清
總 編 輯 — 楊秀麗
副總編輯 — 黃惠娟
責任編輯 — 胡天如 潘婉瑩 李鳳珠 吳佳怡
封面設計 — 童安安
出 版 者 — 五南圖書出版股份有限公司
地 址：106台北市大安區和平東路二段339號4樓
電 話：(02)2705-5066 傳 真：(02)2706-6100
網 址：https://www.wunan.com.tw
電子郵件：wunan@wunan.com.tw
劃撥帳號：01068953
戶 名：五南圖書出版股份有限公司

法律顧問 林勝安律師事務所 林勝安律師

出版日期 2010年 8 月初版一刷
2021年10月初版五刷
定 價 新臺幣500元

五南
WU-NAN
全新官方臉書
五南讀書趣
WUNAN
since1966
Books
Facebook 按讚
1 秒變文青
★ 專業實用有趣
★ 搶先書籍開箱
★ 獨家優惠好康
不定期舉辦抽獎
贈書活動喔！！！
五南讀書趣 Wunan Books